Darlis Stefany

+ 18

wattpad
by Montena

Papel certificado por el Forest Stewardship Council®

MIXTO
Papel procedente de fuentes responsables
FSC® C117695

Penguin Random House Grupo Editorial

Primera edición: abril de 2022

Printed in Spain – Impreso en España

ISBN: 978-84-18798-46-7
Depósito legal: B-3.195-2022

Compuesto en Grafime Digital S. L.
Impreso en Rodesa
Villatuerta (Navarra)

GT 98467

A cada lector que alguna vez se ha sentido juzgado: ¡lee lo que quieras!

A cada escritor que han intimidado por escribir lo que quiere y soñar en grande: ¡no te detengas!

A todas las Alaskas del mundo que sueñan en silencio, son juzgadas y subestimadas: no dejes de soñar y creer en ti, el mundo es una selva intimidante y feroz, pero no temas alzar tu voz y si el mundo teme escucharte: ¡grítalo, reina! Porque naciste siendo una estrella destinada a brillar.

A cada Drake apasionado que apoya, grita y te alienta a ir por más, ¡Drakes del mundo! No se escondan ni desaparezcan, que el mundo necesita más lectores como ustedes.

Y a ti, que te caes y te levantas, que sonríes y lloras, que gritas y callas, que crees y te subestimas, que temes y eres valiente: ¡importas! Y haces del mundo un lugar especial.

Playlist +18

Steal my girl de **One Direction**

Kiss me de **Ed Sheeran**

Style de **Taylor Swift**

I've got you de **McFly**

Your biggest fan de **Jonas Brothers**

Slow hands de **Niall Horan**

La vecina de **Los Amigos Invisibles**

Dime tú de **Danny Ocean**

When you're ready de **Shawn Mendes**

Mi nuevo vicio de **Morat**

She looks so perfect de **5 Seconds of Summer**

Write on me de **Fifth Harmony**

Bésame sin miedo de **RBD.**

Querido Drake:

Te dedicaría el cielo, la luna, las estrellas y mis bragas.

Te haría sonetos de amor, compondría dulces melodías y también escribiría una escena obscena sobre tu cuerpo.

Me inspiras las más dulces palabras y las más bellas escenas… También me inspiras escenas calientes.

Drake, Drake. Caliente, caliente.

Quiero decirte que tienes bonitos ojos, pero también quiero decirte que tu culo es fogoso.

Tienes un lado muy dulce, pero también quiero conocer tu lado salvaje.

Te daría flores y también te daría mis bragas.

¡Joder! A ti yo te haría una historia +18 con saga incluida.

Es una lástima que no vayas a leer esto, ningún poema mal escrito nunca sonó mejor.

ALASKA HANS, febrero de 2014

Querida Alaska:

Muéstrame tus sonetos de amor.

Dame un poco más de esa información.

Si yo te inspiro todo eso, entonces deja que me inspires mis más locas fantasías.

Alaska, Alaska, Alaska, nunca supe que querías darme tus bragas.

Si mi culo te parece fogoso, entonces a mí el tuyo me parece maravilloso.

Yo sí que te leería esa saga +18.

Es una lástima que solo esté leyendo este poema y un tiempo después… ¿Tienes más?

Psss, psss, sorpresa: encontré tu poema, pequeña escritora.

Drake Harris, agosto de 2016

Prólogo

2 de abril de 2015

Cepillo mi cabello mientras canto una tonta canción pegadiza que escuché en la radio, tomo el cepillo como micrófono y bailo. Alguien toca mi puerta, interrumpiendo el magnífico concierto que estoy llevando a cabo para mi público invisible.

—¡Aska, nos dejas sordos! —se queja mi hermana mayor Alice.

—Cállate, tú eres la que canta mal.

La escucho reír antes de que una puerta —supongo que es la de su habitación— se cierre. Vuelvo a cepillar mi cabello húmedo y me estremezco a causa del frío, lo que me hace darme cuenta de que me he dejado la ventana abierta y solo llevo puesto el pijama. Podría pescar un resfriado con mi descuido.

Camino hasta la ventana y descorro las cortinas para cerrarla, pero antes de que pueda hacerlo algo me detiene o tal vez deba decir *alguien*. Me quedo con la boca abierta al ver a mi vecino con una toalla alrededor de sus caderas mientras parece muy enfrascado hablando por teléfono.

Observo los tatuajes en uno de sus brazos y en su costado, veo las tabletas de su abdomen —aun cuando es de contextura delgada— y agradezco que nuestras casas estén tan cerca, o al menos que nuestras habitaciones estén una frente a la otra. Va descalzo y de manera distraída tira de su cabello hacia arriba; su otra mano sostiene el teléfono contra su oreja.

Es toda mi fantasía, y él la está alimentando.

¡Jesús! ¿Desde cuándo mis hormonas están tan descontroladas? Casi me doy miedo a mí misma. Me inclino hacia delante en la ventana, pero siendo lo suficientemente sensata para no caerme y partirme los huesos contra el suelo.

Y es que mi vecino, Drake Harris, una vez más me tiene cautiva y atrapada con tan solo un vistazo. ¿Cuánto tiempo hace que siento esto? Creo que ya ni siquiera lo recuerdo. Solo sé que él pone a prueba mi fuerza de voluntad y mi inocencia.

Cualquiera diría que este enamoramiento es un desperdicio de tiempo. Él no me vería más que como su vecina de toda la vida o la hermanita del mejor amigo de su hermano. No es que me ofenda, tiene sentido. En primer lugar, nos separan unos pocos años, no muchos, pero actualmente, teniendo en cuenta que él es mayor de edad y yo no, suena escandaloso. En segundo lugar, él es un auténtico mujeriego. Y en tercer lugar: me cree la persona más dulce, pura e inocente del planeta.

El muy tonto no tiene ni idea de que protagoniza escenas candentes en mi cabeza y que cada vez que puedo no pierdo la ocasión de comérmelo con los ojos mientras fantaseo en un mundo donde *Daska* (Drake + Alaska) es real; no es que me permita pensar mucho en ello porque volver a la realidad es muy duro.

Así que sacudo la cabeza y me concentro en el ahora. Drake se gira y veo su espalda, quiero patalear de la emoción. No es la primera vez que lo veo sin camisa, pero siempre doy gracias por tener la fortuna y la bendición del cielo de poder apreciar una de las maravillas del universo. Otra maravilla que no se puede ignorar es su culo. Cuando bajo la vista a ese bulto de su trasero aferrando la toalla, veo que justo por encima hay unos benditos hoyuelos que me hacen suspirar.

Ni siquiera mis personajes logran esta perspectiva visual y, créeme, tengo buena imaginación.

Me inclino mucho más hacia delante y, cuando la toalla comienza a aflojarse en sus caderas, pierdo el equilibrio de mi mano. Afortunadamente logro agarrarme a tiempo de la cortina, pero… Bueno, he conseguido tirarla abajo y la veo caer en el pequeño jardín lateral que separa nuestras casas. Mierda.

¿Cómo les explico a mis padres que la cortina se ha caído por la ventana? Decir que estaba babeando ante la visión de Drake sin toalla no parece ser la respuesta idónea, incluso si la sinceridad va ante todo.

Decido que puedo preocuparme luego por la cortina, en este momento la prioridad es el espectáculo que mi vecino me ofrece de forma gratuita, así que subo la vista esperando seguir viendo más material de fantasía, pero todo lo que encuentro es una ceja enarcada y a Drake de pie ante su ventana, ahora abierta.

Aún lleva la toalla, pero ahora simplemente me observa.

¿Atrapada? Seguro. Llegó el momento de fingir indiferencia o demencia.

—¿Qué le ha pasado a tu cortina? —pregunta.

Bajo la vista para ver al soldado caído en nuestro jardín después de sufrir bajo mi ataque por querer ver más de Drake. Lo siento, *señora cortina.*

—Se ha caído. —Es mi brillante respuesta.

En líneas generales soy una persona muy ingeniosa y con buenas respuestas, pero parece que en este momento mi cerebro ha hecho cortocircuito.

—¿Y cómo ha sucedido eso? —Reposa el trasero, que antes me comía con la mirada, contra la ventana y se cruza de brazos.

—Me he asomado y se ha caído —continúo con mi brillante explicación.

—Hum… —Se pone nuevamente de pie—. Supongo que deberás tener más cuidado la próxima vez, ¿no?

—Claro, lo tendré.

Me sonríe pareciendo bastante divertido y entonces lleva su mano a la toalla y no puedo evitar dirigir mi vista ahí. Contengo la respiración cuando comienza a aflojarla, pero frunzo el ceño cuando la libera y aparece un short.

—¿Estabas esperando algo, Aska? —cuestiona sacándome de mi ensoñación.

Alzo la vista con rapidez y siento el calor esparcirse por mis mejillas. Esto está resultando vergonzoso porque estoy siendo muy evidente.

—¡Cielos, no!

Él ríe y cierra las cortinas de su habitación, yo cierro mi ventana y sonrío. Quizá debería escribirle algún otro poema a Drake. ¡Me inspira tanto! Me dejo caer sobre la cama y reproduzco en mi mente la escena de la toalla que acabo de presenciar.

Este enamoramiento tonto algún día se va a desgastar, ¿verdad?

Pasados unos minutos, preparo mi portátil para escribir antes de dormir, pero finalmente decido que es hora de ir por mi cortina antes de que mis padres lo noten y no pueda dar ninguna excusa. Tomo un suéter para esconder que no llevo sujetador, puesto que estoy con el pijama ajustado, y salgo de la habitación.

Bajo las escaleras y no me encuentro a nadie en la sala, sin embargo, escucho la risa de mamá y papá en la cocina. Abro la puerta de la casa y camino rápidamente hasta el lateral para recuperar mi pobre cortina.

La tomo con la intención de regresar, pero hay dos obstáculos. Me detengo al ver a Drake y Dawson salir de su casa. Teniendo en cuenta que son gemelos parecería que es difícil distinguirlos, pero además de que Drake lleva tatuajes, este tiene una actitud descarada y hay picardía en su mirada mientras que Dawson es dulce e incluso romántico. Sin embargo, estoy muy segura de que ambos son unos rompecorazones a sus diecinueve años.

Y, pese a ser gemelos, siempre he tenido muy claro cuál de ellos es el que me vuelve loca: Drake Harris, el más mujeriego.

Parece que se están riendo de algo; Dawson es el primero en verme, por lo que camina hacia mí sonriendo. Le devuelvo el gesto de inmediato, es imposible no hacerlo.

—¡Aska! Es una alegría verte aquí abajo en pijama y con tu… ¿cortina? —Se ríe ante lo último y yo me encojo de hombros.

—Fue un pequeño accidente de torpeza —me excuso, esperando que Drake lo deje pasar.

—Y vaya accidente, ¿no, Aska? —Pero por supuesto que él no lo permite. Entorno los ojos hacia él.

—Sí, un pobre accidente. —Intento cambiar rápidamente de tema—: ¿Van a alguna cita?

—Una pequeña reunión —responde Dawson—. Nada muy importante.

—Tal vez un día te invite a una… Cuando tengas dieciocho —se ríe Drake.

Vive para molestarme la mayoría de las veces del mismo modo en que suele ser dulce conmigo, o al menos lo era antes de que yo cumpliera los quince años hace ya casi dos. Antes pasaba tiempo conmigo, después de eso se alejó.

—Tal vez cuando eso pase te diga que no quiero ir —respondo de manera tardía a su declaración anterior.

—Supongo que en ese caso esperaremos a ver qué sucede. ¿Nos vamos, Dawson?

—Sí. Buenas noches, Aska. —Dawson besa mi mejilla y me sonríe—. Y evita futuros accidentes con tu cortina.

—Que te diviertas.

—Dulces sueños —imita Drake en burla a su hermano besando mi mejilla y luego pellizcándola—. Si tienes pesadillas, solo piensa en mí.

—Pero si tú eres la pesadilla.

—Entonces creo que estás confundiendo la palabra «pesadilla» con «sueño», Aska. Tienes un grave problema de definición de términos.

—Ya, déjala —se ríe Dawson tirando del brazo de Drake.

Si supiera que tiene razón y que, de hecho, ha estado en algún que otro sueño… hormonal. Sacudo la cabeza y vuelvo a mi casa. Me encargo de poner la cortina y luego procedo a escribir, excepto que borro todo lo que escribo en mi supernovela exitosa con contenido adulto.

Todo lo que escribo es muy parecido a la escena de la ventana, solo que para mi protagonista la historia parece terminar diferente. Lo borro una y otra vez hasta que decido no luchar contra ello y dejarlo. *Harper, disfruta de lo que Cody te hace, ya que a mí ni en sueños.*

Frunzo el ceño escribiendo unas líneas muy sinceras que, evidentemente, no voy a publicar:

Soy Alaska Hans, tengo dieciséis años y mi vecino es el maldito cielo para la vista. Para mi vista. Mi propia fantasía. A veces escribo deseando que esos fuéramos él y yo. Mi primer sueño húmedo fue con él y aún tengo varios de ellos.

Confesión frustrada: me torturo pensando cómo sería si me viera como algo más.

Confesión realista: Drake y yo… no sucederá.

Lo borro todo y resoplo frustrada. ¿Tan difícil es aceptar la realidad? Suspiro y me pongo de pie, camino hacia mi ventana y veo la suya. Mi amor platónico.

1

Dime qué lees y te diré…

DRAKE

10 de abril de 2015

—¿No te parece que Aska a veces actúa de una forma rara? —le pregunto a mi hermana Hayley.

Ella alza brevemente la vista de su teléfono móvil para prestarme atención mientras continúo saltando a la cuerda. Me mira durante varios segundos sin responder, algo muy típico de ella porque a veces le gusta hacerse de rogar.

—No. Tú a su edad eras mucho más raro y estabas un montón de tiempo en la ducha supuestamente bañándote —responde finalmente.

No puedo evitar reír, lo que me hace perder la cuenta y el tiempo en los saltos de la cuerda. Dejo la cuerda a un lado y tomo una toalla para limpiarme el sudor. Hayley detiene el cronómetro que llevaba con mi serie de ejercicios y me sonríe.

La verdad es que mi hermana es como una princesa para nosotros, es la única chica de los cuatro hermanos Harris. Y, además, es la pequeña. El mayor de todos es Holden, que es un reconocido presentador de televisión del programa *Infonews;* luego venimos nosotros, los gemelos, y por último, Hayley, lo más hermoso e insoportable de la familia. No se puede negar que es una consentida. Nuestra hermana nunca escoge muy bien a sus novios porque parece que en lugar de novios busca sirvientes. Pobres desgraciados.

Bebo agua de mi botella y me echo un poco sobre el rostro antes de sentarme al lado de mi hermana en las escaleras de nuestra casa.

—Hablo en serio. Todo el tiempo parece metida en su teléfono, a veces ríe mirando a su alrededor como si le avergonzara algo y luego tiene esa mirada risueña. Además…

—Ya. ¿Te diste cuenta de todo eso con un rápido vistazo?

—Soy así de observador.

—Quizá es que Aska tiene un novio. —Se ríe y yo sacudo la cabeza.

—No lo creo.

—¿Por qué no? Es una chica preciosa.

—Nunca dije que Aska fuese fea. Eso sería una estupidez.

Alaska es preciosa, al menos a mí me lo parece y seguro que cualquiera con ojos lo notaría. Los Hans siempre han sido nuestros vecinos, y el hecho de que Jocker Hans, presentador también de *Infonews,* se hiciera el mejor amigo de mi hermano mayor selló el pacto entre nuestras familias para volvernos a todos cercanos.

—Entonces ¿por qué no podría ser que tuviera un novio? —pregunta mi hermana desconcertada.

—Porque Aska no es así.

—Discúlpame, pero es una adolescente y recuerda que en esa etapa las hormonas están disparadas. Incluso a esa edad algunas chicas ya soñamos e imaginamos si alguna vez tendremos sexo.

—Pero Aska…

—Pareces horrorizado. —Se ríe—. Me siento celosa de que no te preocuparas así por mí.

—Sí lo hice.

—No lo recuerdo.

—Eso es porque eras muy pequeña.

—Estúpido, tenía dieciséis años hace casi cuatro años. —Golpea mi brazo y yo río envolviéndola en un abrazo—. ¡Qué asco, Drake! Estás sudado, suéltame. Apestas.

Escuchamos un auto detenerse y dejo de abrazarla para ver a mi copia romanticona bajar del coche que compartimos. Viene con una sonrisa de idiota que me hace enarcar una ceja.

Tener un gemelo te hace sentir como si tuvieras otra mitad; dudo que alguna vez me sienta así de unido a ninguna otra persona. El amor que siento por Dawson es especial; es mi otra mitad, mi complemento. Y es el mejor hermano que puedo tener.

—Parece que recibiste una mamada sin que te mordieran —suelto.

—¡Drake! —se queja Hayley ante mi expresión, lo que me divierte aún más.

—Es todo tuyo. —Dawson me arroja las llaves del auto y, aún sonriendo, entra en casa pasando por entre medio de nosotros.

—No quieres escucharlo, pero conozco a mi copia romanticona y ese hombre ha tenido un orgasmo de alguna manera.

—¡Arggg! Asqueroso. —Hayley se pone de pie y entra en casa resoplando, no puedo evitar reír antes de ponerme en pie y retomar mis ejercicios.

Salto a la cuerda hasta terminar mi serie, luego me toca hacer unas sentadillas y flexiones, hasta llegar a los abdominales. Voy por mi segunda serie cuando una sombra cae sobre mí. Alzo la vista y me encuentro con una de las hermanas Hans.

—Alice Hans.

—Drake Harris —imita mi tono de voz antes de reír mientras me observa—. ¿Así es como consigues los músculos? Pensé que todos ustedes habían nacido con ellos.

—Nací con ellos, solo hago ejercicio para que crezcan.

—¿De qué hablan? —cuestiona Alaska situándose frente a mí.

Lleva el mismo uniforme de escuela privada que Alice. La falda de Alaska es más larga y su camisa más holgada que la de su hermana. Ellas son muy diferentes, del mismo modo en que lo somos Dawson y yo.

—De lo bonita que te ves en uniforme. —Le guiño un ojo y de inmediato ella frunce el ceño antes de mover su pie contra mi pierna como si se contuviera de patearme. Me incorporo antes de estar sentado—. ¿Qué tal les ha ido a las bonitas damas en la escuela?

—Pregúntale a Aska por qué tiene una notificación escolar.

Las palabras de Alice me toman por sorpresa. Puede que la hermana mayor sea un poco más desobediente y rebelde mientras que Alaska sigue las reglas y es soñadora, pero normalmente ambas son alumnas ejemplares en cuanto a notas. Ambas se sientan en el césped, Alaska a mi lado y Alice justo enfrente.

—¿Qué pudo haber hecho este pequeño ángel? —cuestiono con curiosidad y un poco de sarcasmo.

—Me distraje en clase con el teléfono en una asignatura que nos exige apagarlos. —Se encoge de hombros dándome una pequeña sonrisa—. No es gran cosa.

—Y yo que me esperaba que te hubiesen encontrado fumando un porro o algo así de escandaloso.

—Ya lo has dicho, yo soy un ángel.

—¿Qué hay de ti?

—Buenas notas, cero notificaciones y ansiosa por terminar este último curso.

—¿Alguna decisión sobre la universidad?

—Me tomaré un semestre para pensar bien mis opciones, ya me he equivocado bastante en mi vida.

Asiento entendiendo a lo que se refiere. Hace un tiempo Alice vivió una mala y delicada situación cuando se le practicó un aborto. Más allá de si está bien o no, uno de los problemas más graves fue el hecho de que lo hiciera bajo coacción del imbécil con el que salía y no porque ella se hiciera cargo de su cuerpo. Me hubiese gustado haber golpeado a esa pequeña mierda que se hace llamar hombre, pero Jack, el hermano mayor Hans, se encargó de él. Y de no haberlo hecho él, antes de poder intervenir yo, ese tipo se habría encontrado con Jocker, que estaba preparado para darle unos cuantos saludos con sus puños. Creo que poco a poco Alice ha vuelto a sentirse mejor de nuevo. Su terapeuta la ha ayudado mucho.

Siento un dedo en mi brazo y cuando giro mi cabeza me encuentro el dedo de Alaska trazando uno de los tatuajes.

—¿Qué hará la dulce Aska cuando termine la escuela dentro de unos años? —pregunto para enfocarme en otra cosa que no sea su tacto. ¿Qué está pasando?

Abre la boca como si fuera a decir algo de inmediato, pero luego se sonroja alejando su dedo de mi brazo para colocar su cabello oscuro detrás de sus orejas. De pronto, se ve un tanto tímida.

—No lo sé. —Es su respuesta final, pero sé que quería decir algo más.

—Algo me dice que sí lo sabes.

Se encoge de hombros y vuelvo mi atención a Alice, que comienza a hablarme. A diferencia de mi hermano, que estudia una carrera universitaria para ser veterinario, yo me dedico al marketing. Cuando me gradué hice un curso de marketing y luego he hecho algunos más para reforzar conocimientos. Ahora trabajo desde casa para un par de agencias y me va bien, no me arrepiento de mi decisión. Era lo que quería y me desenvuelvo genial en un trabajo que me gusta mucho, me siento libre.

Mientras Alice y yo seguimos hablando, Alaska tiene de nuevo esa expresión risueña y sus mejillas se sonrojan mientras revisa notificaciones que llegan a su teléfono. Me intriga demasiado saber qué está sucediendo con ella. ¿Realmente está saliendo con algún tipo?

Hago como que me estiro y miro hacia la pantalla del teléfono. Hay una serie de palabras que no logro entender, pero capto el nombre de la aplicación: JoinApp. Trato de memorizar el nombre de la aplicación y la mitad de un nombre de usuario que capto. Ella bloquea la pantalla y suspira antes de ponerse en pie.

—Me voy a casa —anuncia.

No nos da tiempo a decirle nada cuando ya está corriendo hacia su casa. Miro a Alice y ella solo se encoge de hombros.

—Ya sabes que Aska es así de atolondrada —dice mientras se pone de pie—. Te dejo hacer tus ejercicios, dile a Hayley que vendré más tarde.

—De acuerdo.

Retomo mi rutina de ejercicio para finalizarla y me repito una y otra vez el nombre de la aplicación para no olvidarla.

Creo que estoy a nada de tener el peor dolor de cabeza de todos los tiempos. Fui muy crédulo al creer que esto sería sencillo, qué inocente de mi parte.

JoinApp resultó ser una aplicación para leer y escribir historias que pasan por muchas categorías y en donde, al parecer, a partir de una cantidad alta de suscritores comienzas a obtener ingresos según tu nivel de influencia en la aplicación, además de publicidad que pagan en la plataforma a los autores más reconocidos. Me gustaría hacer una recomendación sobre el marketing, pero no es en esto en lo que estoy enfocado en este momento.

Intento de nuevo poniendo otro nombre: Alaska Brooke Hans.

Usuario no encontrado.

¡Mierda! Me acuesto y observo fijamente mi teléfono móvil. Me he tenido que bajar la aplicación y me he creado un usuario, y, aunque el logo de esta aplicación me asegura que es la misma página en la que ella se encontraba, no encuentro a Alaska.

Me pongo cómodo contra las almohadas intentando recordar lo poco que vi. Estoy seguro de que vi su usuario, solo que no logro recordarlo.

—Oye, he quedado con Holden. ¿Vienes?

Como siempre, Dawson no toca a la puerta mientras entra, toma una de mis chaquetas y se gira esperando que responda.

—No. Paso, estoy en plan de investigación.

—¿Qué investigas?

—¿Recuerdas algún apodo o clave que haya usado Alaska alguna vez?

—A veces es obvia poniendo claves, como por ejemplo su fecha de nacimiento. En *Instagram* es Aska Hans…

—No, piensa en otro.

—Oh. Recuerdo que me escribió una carta de cumpleaños cuando tenía diez años.

—Sí, lo recuerdo. Yo recibí la mía. —Sonrío ante el recuerdo.

—Ella firmó como Alas Book H. Nos dimos cuenta de que sería una devoralibros como el señor Hans y Jocker.

Desbloqueo rápidamente mi teléfono, escribo el seudónimo que mi hermano acaba de darme y finalmente, tras una hora y media de investigación, doy con Alaska. Sé que es ella por su foto de perfil. Sonrío y me pongo de pie abrazando a Dawson antes de alzarlo.

—¡Bájame, idiota!

—Eres un maldito genio. Seguro que todos los animales confiarán en ti para que los cuides —le digo antes de besar de manera sonora su mejilla.

—Ya, calma. Deja la locura. ¿Qué estás haciendo?

—Algo de investigación. Vete, vete, saluda a Holden, dile que lo veré mañana.

Dawson ni siquiera se molesta en entenderme cuando sale y le grita a Hayley que se dé prisa. Escucho a mamá comenzar a recitar todo lo que mi copia romanticona debe decirle a Holden. Vuelvo a acostarme con mi teléfono. Comienzo por leer su biografía.

Hola, mundooo. Si estás aquí es porque te parecí remotamente interesante y eso está bien, muy bien.
Alerta de spoiler: puedo ser terriblemente rara.
Soy un intento de escritora, lectora profesional. Mi edad es una incógnita. De Londres, pero con un corazón mundial para amar a personas especiales de todo el mundo.
Antes de conseguir la paz mundial creo que primero debemos matar la hambruna.
Hay un mundo de sueños esperando ser explorado y tengo muchas ganas de conocerlo.
Mi mente tiene pensamientos sexis.
Tengo metas por alcanzar y sueños por vivir.
Espero que disfrutes leyendo el loco mundo que hay en mi cabeza y que quiero compartir contigo.
Besitos con sabor a fresa.

Alas Book H.

Sonrío y me sorprendo cuando veo que tiene casi noventa mil seguidores. Parece que ha escrito tres historias. Decido empezar a leer la más antigua hasta llegar a la más nueva. Nunca me ha interesado leer novelas, pero siempre hay una primera vez.

La primera de sus obras es una historia corta que consta de seis partes y es terriblemente dulce. Es tan cursi y cliché que en algunas ocasiones pongo los ojos en blanco y hago muecas, pero admito que hay muy pocos errores ortográficos y gramaticales en esta historia, y no esperaba nada menos romántico de una chica que desborda dulzura y amor hacia todo el mundo. Puesto que mi cuenta es anónima, le dejo un par de comentarios y un corazón.

Como aún es temprano, decido comenzar a leer su segunda historia. Con un montón de drama que ni siquiera sé de dónde sale, te atrapa más que la anterior. Casi estoy esperando que los protagonistas sean hermanos o que la indeseada diga estar embarazada del protagonista porque es así de dramática y novelera, pero es entretenida y descubro que me meto tanto que me siento frustrado en muchas escenas. Debo admitir que para esta historia pulió un poco más su redacción y los errores ahora son casi mínimos. La historia posee veintinueve capítulos, así que cuando termino son las tres de la madrugada y tengo los ojos muy cansados. Bostezo y escribo un rápido comentario.

Excelente historia, un tanto dramática... Bien, muy dramática. Nadie pasa por tanta mierda en su vida.
Sin embargo, me entretuvo y me atrapó.
Si yo fuese tú, acomodaría un par de detalles, pero es una buena historia.
Por cierto, no tienes que generalizar en tus notas como si creyeras que solo te leen chicas.
Sí, soy un chico. Así que bien puedes comenzar a poner en tus notas: «Hola chicas y chicos. ¿Les ha gustado la historia?».

Conecto mi pobre teléfono sin batería y procedo a dormir, aliviado de saber que Alaska invierte su tiempo en algo tan inocente, productivo y sano como escribir. Ya leeré más adelante su última historia todavía en curso.

12 de abril de 2015

Es un domingo cualquiera, el segundo de abril para ser exacto, y quizá esto no sería tan destacable y le diera tanto énfasis si no se tratara del importante acontecimiento de que estoy obteniendo un vistazo a la mente de Alaska Hans a través de otras de sus historias.

Pero lo que marca este segundo domingo de abril es el contenido de la historia, la manera en la que sus palabras comienzan a colarse hondo, consiguiendo reacciones e impresiones inesperadas.

¿Ella realmente escribió esto?

Bien, esta historia de Alaska comienza muy diferente. Demasiado.

Sus personajes son más adultos que los anteriores y se desenvuelven de una manera distinta. Su personaje masculino tiene mucho dinero porque es un actor que vive una vida que quedaría perfecta para ser documentada por

MTV. La protagonista es una maquilladora latina. No es tan inocente como sus anteriores personajes.

Sin embargo, esta historia atrapa desde el prólogo y aunque es casi medianoche me planteo leerla aprovechando que ya terminé mi trabajo por hoy. No son capítulos largos y parecen concisos, resultan muy divertidos. Descubro que me hacen reír muchas expresiones latinas que no tengo ni idea de dónde aprendió.

Todo va bien.

Hasta el capítulo cinco.

En el capítulo cinco, después de que la protagonista entre en el camerino del superactor caliente —como ella lo llama—, las cosas comienzan a ponerse un tanto subidas de tono con besos que me sorprenden en su explícita descripción y con un magreo de teta que no me creo que haya sido escrito por Alaska.

Trago y bajo el teléfono.

Era un beso arrollador que estaba encendiendo cada parte de mí, su mano apretó con fuerza mi pecho, su pulgar parecía muy dispuesto a dar con un pezón que no dejaba de erguirse. Lo sentía en todas partes. Era su lengua acariciando la mía, su mano en mi pecho, sus piernas entre las mías creando fricción y haciendo que una incesante humedad comenzara a estropear mis bragas.

Más, yo quería pedirle mucho más, mientras la razón y la cordura escapaban de mí.

Quería sentirle en cualquier parte de mi cuerpo, no importa en dónde la pusiera. Yo quería sentirla.

Sus besos mordisquearon mi barbilla mientras su mano liberó mi pecho y pareció concentrarse en otro lugar. Desconcertada di un paso hacia atrás para observarlo. Fue entonces cuando su pantalón bajó un poco y luego lo hizo su bóxer.

Jadeé ante la vista de su miembro erecto. Dios mío. Pero eso no fue nada comparado con mi reacción ante lo que él me dijo a continuación: «Harper, chúpame la polla».

El teléfono cae contra mi rostro haciéndome saltar. Mierda.

Lo agarro de nuevo y necesito leer una y otra vez la última línea para realmente entender que Alaska ha escrito «chúpame la polla». ¡Jesús! Pero ¿qué es esto?

¿Lo ha escrito la dulce Alaska Hans que nunca habla de nada sobre el sexo? Eso ha sido desconcertante e inesperado. Si sigo leyendo no podré volver a ver a Alaska con los mismos ojos.

Tomo fuertes respiraciones, intentando no tomar de nuevo mi teléfono, aunque estoy muy tentado.

—A la mierda, ya lo comencé. Voy a terminarlo.

Agarro mi teléfono nuevamente y leo una vez más la escena antes de seguir. Y como dice Alaska:

Alerta de spoiler: Harper se la chupa, duro y fuerte. Y es tan explícito que casi creo que me lo están haciendo a mí.

¡Joder! ¿Qué mierda has estado haciendo, Alaska?

2

Doble identidad

ALASKA

17 de abril de 2015

Estoy perdida en mis pensamientos sobre mi familia, pensando cosas como lo afortunada que soy por formar parte de ella y que quiero golpear a Alice por haberse comido lo que quedaba de mi helado sin preguntarme, cuando mi mejor amiga se deja caer delante de mí en el aula de clases.

—¿Has visto la manera impresionante en la que aumentan tus seguidores?

Alzo la vista de mi libro para encontrarme con los ojos de Romina, mi mejor amiga, quien además me ha ayudado muchísimo con todas las expresiones latinas que utiliza el personaje principal de mi historia.

—¿Cuántos? Llevo dos días sin revisar porque me pone de los nervios. ¿Cómo crees que han reaccionado los seguidores al trío?

—¡Les encanta! Creo que el mundo entero se masturba con esa escena.

—Oh, Dios, cállate. Alguien podría escucharte.

—Eres una superestrella en ascenso, no tienes de qué avergonzarte. —Se deja caer a mi lado y suelto una risa con mis mejillas todavía sonrojadas—. Míralo tú misma.

Tomo su teléfono móvil y miro impresionada cómo ha aumentado el número de corazones que recibo en mi perfil y los comentarios de mi historia. ¡Hay muchos guiños! Lo que significa que tiene muchas visitas.

Si llego a quinientos mil seguidores, pasaré a ser considerada una persona influyente en la comunidad, y la plataforma estará obligada a contactar conmigo y a pagarme a cambio de poner publicidad en mi historia. Además, obtendría publicidad gratis para que más personas me leyeran.

¡Esto es demasiado emocionante! Nadie me dijo que mi historia sucia, nacida de un reto con Romina, alcanzaría tal éxito. ¿Quién dijo que las chicas vírgenes, dulces y jóvenes no podíamos escribir sobre sexo?

—Esto es una locura, Romi.

—Una locura buena y ¡tienes lectores masculinos!

—¿Es raro que me sienta tan orgullosa de una historia así de caliente?

—¿Y qué si tiene escenas de sexo explícito? Eso no quita que tenga una muy buena trama y que nos tenga a todos atrapados. Te prometo que soy la máxima *shippeadora* de Harper y Cody. Son tan espectaculares que cuando lo están haciendo ni siquiera parpadeo para no perderme ninguna coma o punto.

Me desplazo por los comentarios desde su cuenta y sonrío ante ellos. Son muchos, parece que todos han quedado maravillados con el último capítulo que subí hace unos días: un trío. Pensé que no les gustaría, puesto que no es un trío exactamente. Solo es otro tipo viendo cómo Harper y Cody lo hacen mientras él se acaricia a sí mismo y relata lo que quiere que ellos hagan. No sé de dónde me vino la idea, pero simplemente la escribí y a todos parece haberles gustado mi extraño trío en escena sexual.

Me detengo ante un comentario.

TattosHD: ¡Joder! ¿Cómo es que esta escena ha venido a tu mente?
Esto ha sido demasiado para leer.
¡Basta!
Y te lo dije: deja de generalizar en términos femeninos, que también hay chicos leyéndote.

—Oye, mira. Un chico parece enojado de que siempre en mis notas hable en femenino. Y ahora que mis lectoras lo han visto, su respuesta tiene como quinientas intervenciones.

—Es que te lo he dicho, tienes lectores con pene.

—Eso es raro… No quiero pensar en si provoco reacciones *calenturientas* en las personas que me leen.

—Alerta de spoiler, Alaska: En el mundo habrá personas que más que excitarse se correrán leyéndote o después de masturbarse.

—No es una imagen que quiera en mi cabeza. Razón por la que mi nombre nunca debe ligarse a todo ese sexo explícito y desvergonzado.

—Si fuera mi arte, lo gritaría al mundo.

—Ajá, luego vas y me cuentas qué diría mi padre o mis hermanos si descubren lo que he estado escribiendo. Sería vergonzoso y ellos pensarían que hago todo eso.

—O que tienes una imaginación muy gráfica —argumenta.

—Ambas opciones resultarían vergonzosas. Además, esto quizá sea solo un pasatiempo. Que todas estas personas estén leyéndome no garantiza que sea buena escribiendo.

—Oh, no, te prohíbo arrastrarte en la autocompasión, Alas. ¡Eres muy buena! Palabra de lectora empedernida.

—Gracias, Romina. Eres mi cómplice.

Nuestros compañeros de clase comienzan a entrar en el aula, lo que nos hace saber que el profesor no tardará mucho en llegar. Le devuelvo su teléfono a Romina y trato de leer una última línea del libro que tomé de lo que yo llamo «el paraíso de papá», pero no puedo evitar sonreír notando que en el mundo hay personas disfrutando de lo que escribo y que mi historia no deja de crecer.

¿Seré realmente buena? Después de todo, mi historia tiene mucho sexo, pero también me he esforzado en darle al menos una trama. La idea es que se diviertan leyéndola sin parecer otra estimulación visual pornográfica. Espero que ni mi familia ni ningún conocido me descubra nunca.

Finalmente las clases terminan por hoy. Estoy riendo con Romina y otras compañeras de clase cuando uno de los chicos de una clase más adelantada que la mía me llama. Me doy la vuelta y me encuentro con un chico de piel trigueña, simpático. Es uno de esos idiotas que todo el tiempo intenta ver debajo de nuestras faldas cuando bajamos por las escaleras: Rodrerick.

—¿Tienes un momento? —me pregunta.

Me lo pienso, pero al final me acerco porque la curiosidad es grande. Me dedica una sonrisa coqueta y enarco una ceja.

—¿Y bien? —pregunto.

—He estado un tiempo reuniendo el coraje para decirte esto —dice—. Me gustas, Alaska. Eres la más linda y sexi de esta escuela. Nos traes a todos locos, incluyéndome a mí, y me gustaría que averiguáramos si tenemos química.

¿Química? Él ni siquiera me cae bien. Siempre es un pesado con las chicas y sus bromas son demasiado desagradables. Le muestro una sonrisa forzada.

—Agradezco lo que…, eh…, dices —no encuentro las palabras correctas—, pero no estoy interesada en salir con nadie.

O no con alguien que no me gusta, en todo caso. Su sonrisa vacila y por un momento parece que me mira enojado, pero luego se recompone.

—¿Estás segura? —pregunta.

—Sí, muy segura. —Hay unos segundos de silencio—. Entonces…, eh…, nos vemos.

Le despido con un gesto torpe de la mano y vuelvo con Romina; las demás ya se han ido. La pongo al día y se ríe diciéndome que Rodrerick es un imbécil y que menos mal que lo he rechazado. Luego pasamos una vez más a hablar de mi historia porque Romina de verdad parece mi mayor fan.

Río con sus ocurrencias y luego ella mira por detrás de mí con curiosidad, antes de sonreír.

—Oh, Alas, ahí está tu vecino ardiente —me dice, y de inmediato me giro y alzo la vista.

Lo que encuentro me sorprende en la misma medida en la que me hace sentir cierta emoción.

¿Qué está sucediendo? Drake nunca ha venido a mi escuela. Hay un grupo de chicas comiéndoselo con los ojos mientras intentan llamar su atención. Él alza su mano en mi dirección y tímidamente le devuelvo el saludo. Entonces ¿está aquí por mí? No me quiero ilusionar.

Lo veo sonreírme, lo que ocasiona que su grupo de fanáticas me miren de mala manera. Él dobla sus dedos indicándome que me acerque.

—Y al parecer él viene por ti, eso es muy romántico —dice mi amiga de forma soñadora—. ¿Se ha fijado en ti?

—Deja de soñar —le pido, pero luego soy yo la que se va al mundo de los sueños—. ¿Ves a Alice?

—No.

—¿Se habrá ido sin mí? Esa abandonahermanas —me quejo, girándome hacia Romina—. Bueno, iré a ver qué quiere Drake. Te veo mañana.

—Está bien. Sube capítulo hoy, por favor.

—No te aseguro nada, pero te haré llegar un spoiler. —Le lanzo un beso y corro hasta Drake. Respiro hondo al detenerme frente a él—. Hola.

—Hola, Aska. —Sus manos están metidas dentro de los bolsillos traseros de su pantalón mientras se balancea adelante y hacia atrás.

Finalmente se inclina y besa mis dos pómulos pecosos haciendo que en consecuencia mis ojos se abran por la sorpresa, y admito que los nervios recorren mi cuerpo. Eso nunca había sucedido. Sí, Drake siempre ha sido mi amor platónico, pero soy realista sobre el hecho de que no tenemos ninguna posibilidad de estar juntos. Sin embargo, hoy me siento emocionada y no sé por qué.

—¿Sabías que parece que siempre estás sonrojada?

—¿Has visto a Alice? Se supone que nos iríamos juntas como siempre. —Miro alrededor, ignorando deliberadamente su pregunta.

—Fue a por un helado con sus amigas. Le dije que yo te acompañaría a casa.

—¿Has venido a buscarme?

Odio sonar demasiada emocionada ante la perspectiva. Él me sonríe, al menos no se está burlando de mí.

—Pasaba por aquí.

—Justo por aquí —digo sin creerle.

—Exacto. —Toma la mochila rosa de mis manos y la sostiene contra su hombro—. Andando, te llevaré a casa.

Por un momento me quedo de pie mientras lo observo alejarse. Cuando nota que no lo sigo se da la vuelta y enarca una de sus cejas. Soy consciente de que me está esperando a mí, lo que hace que mis piernas estén a punto de ponerse a temblar. Él puede enloquecer a cualquiera. Corro para alcanzarlo y, cuando lo hago, oigo que alguien grita mi nombre. Me giro y veo a un compañero de Alice arrojándome un beso mientras pasa en el auto de su hermano.

—Me encantas, preciosa. —Me arroja otro beso y me guiña un ojo antes de que el coche se aleje.

¡Vaya! Eso sí que no me lo esperaba, sonrío. Admito que eso de llamar la atención de alguien de un curso superior me gusta y va genial para mi autoestima. Además, contando la declaración de Rodrerick, hoy parece que soy una rompecorazones.

Drake golpea ligeramente mi codo con el suyo para llamar mi atención. Lo miro aún sonriendo con una autoestima elevada.

—¿A qué ha venido eso? —pregunta.

—No lo sé —me encojo de hombros sin borrar la sonrisa—, pero parece que le gusto. No lo sabía, quizá deba preguntarle a Alice sobre él.

Tal vez no sea un idiota como Rodrerick; creo que estoy un poco entusiasmada ante esta posibilidad.

—¿No te parece que eres muy joven?

—No, ya no soy una cría. Además, él es muy atractivo, varonil y no es como tantos idiotas de la escuela.

—Creo que eres muy joven.

—Recuerdo que tú tenías muchas citas cuando tenías dieciséis años. ¿Eras entonces muy joven? —contraataco.

—Atrapado. —Me sonríe—. Pero es que no quiero que te hagan daño.

—Oh, qué bonito —me burlo de él, y luego le muestro la lengua haciéndolo reír.

—¿Eres creativa, Aska? —Cambia de tema tan rápido que me cuesta unos segundos procesar su pregunta.

—¿A qué viene esta pregunta?

—Simple curiosidad.

Sin embargo, cuando lo adelanto para caminar de espaldas y de frente a él para poder observarlo, noto la diversión en su rostro. ¿Qué me estoy perdiendo? Entorno mis ojos y él estira su mano para tomar mi codo haciéndome detener cuando una bicicleta pasa a mi lado.

—Ten cuidado.

—Claro —digo, y suena más como un suspiro.

Me aclaro la garganta y abrocho los botones de mi chaqueta porque comienza a hacer frío. Normalmente con Alice tomaríamos un bus para llegar a casa, y en cambio Drake me está haciendo caminar, pero ¿hasta dónde? Esta podría ser una eterna caminata.

—¿Por qué estamos caminando?

—Dawson tiene el auto y pensé que tal vez te gustaría un chocolate caliente y galletas antes de que te lleve a casa.

No es una cita.

Él me ve como su tierna vecinita.

No sabe de mis pensamientos sexuales hacia su persona.

No sabe que me encanta.

Pero, aun así, estoy sintiendo un revoltijo en mi estómago ante la idea de pasar más tiempo con él. Cuando era pequeña Drake solía sentarse en nuestro porche a hablar conmigo o a escuchar mis tonterías, pero desde el año pasado las cosas parecen distintas porque aunque él no me esté evitando, conversamos muy poco y nuestros intercambios parecen muy diferentes.

—Eso me gustaría —respondo finalmente.

—Bien. —Me devuelve la sonrisa y toma mi mano—. Si piensas continuar caminando de espaldas, déjame guiarte, no queremos que termines cayéndote.

«Toma mi maldita mano todo el absoluto tiempo que quieras».

—Está bien.

Él me observa fijamente mientras caminamos y eso me pone tan nerviosa que evito su mirada, lo que parece que le resulta divertido. ¿Por qué estoy tan nerviosa?

—Así que te gusta leer, Aska.

¿Qué pasa con Drake hoy? Parece que está sacando temas de la nada que me descolocan. Decido responderle, aunque siento un poco de desconfianza hacia este interrogatorio.

—Es una de mis pasiones. Podría perderme en un mundo de libros.

—Recientemente he descubierto que me gusta leer. Antes lo hacía de vez en cuando, pero me he dado cuenta de que solo basta con encontrar la historia adecuada. —Sus palabras me maravillan y embelesan.

Ante mis ojos es como si Drake estuviera enfocado con una luz favorecedora al admitir que ha descubierto que le gusta leer. ¿Podría ser más perfecto?

—¿Cuál es tu tipo de lectura favorita? —cuestiona.

Casi tropiezo, pero él agarra mi mano evitando que me caiga. Mis mejillas, que de por sí ya tienen tendencia al color rosa, ahora se sonrojan mucho más. Leo de todo, desde poesía hasta historia, pero una parte de mí, una muy grande, siente pasión por los romances.

Me gusta leer novelas románticas dulces que te hacen sonreír y te dejan empalagosamente feliz, con ganas de vivir una historia así de bonita y dulce.

Pero me enloquece, me desarma y me encanta un romance lleno de pasión, donde te muestren todos los matices del amor: tierno, duro, fuerte, cálido, apasionado… Todo. Y ese es el tipo de libro que me vuelve loca desde hace un año.

Sin embargo, no todo el mundo lo entendería. Seguro que muchas personas me tildarían de inmediato con el mal uso de la palabra «pervertida», dirían que leo basura y muchas cosas más, porque así juzgan muchos hoy en día.

Si no lees historias con palabras impronunciables, clásicos, acción o poemas, entonces se supone que estás leyendo basura porque un pretencioso lo dice. Trato de que no me afecten las opiniones de los demás porque la verdad es que amo el romance y punto. Y deliro cuando son sucios y llenos de drama.

—Me gusta leer novelas románticas. —Mi voz suena un tanto tímida—. Leo de todo, pero ahora ese es mi tema favorito.

—¡Qué casualidad! He estado leyendo justo ese género.

Oh, Dios mío. Los ángeles cantan mientras lo iluminan. Apuesto que mis ojos son dos corazones.

—Y admito que me ha cautivado. Primero leí ese romance dulce y soñador con el que las chicas parecen soñar. —Sonríe antes de morder su labio inferior—. Ven, aquí está la cafetería.

Lo sigo casi en trance porque estoy procesando que Drake lee novelas románticas y no teme decírmelo. Me indica que tome asiento mientras le digo lo que quiero y él se encarga de pedir. Me siento y abro los botones de mi chaqueta. Siempre me ha parecido tonto que la escuela sea de uniforme con falda cuando se sabe que el clima de Londres es frío la mayor parte del tiempo.

Mi teléfono vibra con constantes notificaciones. Lo reviso rápidamente y sufro porque, como siempre, debido a la cantidad de notificaciones que recibo, mi batería no suele resistir mucho tiempo. En cualquier momento se apagará.

Bajo mi teléfono y lo guardo mientras veo a Drake acercarse. Se sienta frente a mí sin dejar de sonreír. ¿Qué es lo que le sucede? Parece que tiene alguna noticia que se está conteniendo por compartir.

—¿De qué estábamos hablando? —pregunta.

—Me decías que habías leído una novela romántica muy dulce.

—Oh, sí. Era demasiado dulce, pero me gustó. ¿Sabes lo que descubrí después?

—No. —Estoy demasiado intrigada y hambrienta de más información.

—Primero leí un par de historias dulces, pero luego encontré una novela romántica diferente. —Se inclina un poco hacia delante—. Había sexo.

Veo los labios de Drake moverse de nuevo mientras dice la palabra «sexo». Siento mis mejillas calentarse y él vuelve a su asiento.

—Era un romance con sexo sucio. Oh, espera, Aska. —Hace una pausa—. No debería estar diciéndote estas cosas, lo siento.

—Está bien, puedo entender esas cosas. No soy una niña.

—No eres una niña —repite como si probara las palabras—. En fin, la historia era muy interesante y explícita.

Si era siquiera parecida a la que actualmente estoy escribiendo, no quiero ni imaginar las reacciones de Drake. Por suerte no se trata de mi historia. Sería demasiado vergonzoso.

—Pero no sé cómo va a terminar —finaliza.

—¿Por qué? ¿Te queda mucho por leer?

—No, porque ya alcancé a la escritora.

—¿Cómo? —Las alarmas comienzan a sonar en mi cabeza.

—Es que encontré por casualidad una interesante aplicación. Se llama JoinApp.

Estoy segura de que mi rostro pierde color y solo pueden verse mis pecas. Oh, mi Jesús en tubo, por favor, que haya escuchado mal, por favor, que…

—La descubrí hace poco. Es muy buena. ¿Has oído hablar de ella?

—Muy po-poco, la verdad es que no sé mucho de ella. —Mi voz suena rara y él enarca una de sus cejas—. Creo que deberíamos irnos, parece que va a llover.

—No creo que vaya a llover.

—Yo sí lo creo.

—Debemos al menos esperar a que nos traigan lo que hemos pedido.

Me balanceo en mi sitio queriendo correr antes de caer bajo mi propia lengua. Él, por el contrario, luce muy cómodo admitiendo su nuevo hobby: leer en JoinApp. Las alarmas en mi cabeza me piden que huya antes de que este choque de trenes ocurra.

Estoy segura de que esto tendrá un desenlace que no me conviene lo más mínimo. ¿Adónde quiere llegar Drake? Temo lo peor.

—Bueno, te estaba hablando de esta interesante aplicación. ¿De verdad no la conoces? Si parece que es superconocida, me extraña que tú, que tanto te gusta leer, no aproveches la oportunidad de leer contenido gratuito.

—Paso mucho tiempo leyendo los libros del paraíso Hans. —Mentira.

Aunque me quedan un montón de libros por leer de la superbiblioteca de papá, la verdad es que leo muchísimo en JoinApp. Me encanta descubrir autores nuevos, de cualquier edad, que al igual que yo escriben historias y comparten sus pensamientos con el mundo.

—Te recomiendo la página, es entretenida. Y te recomiendo esta historia que estoy leyendo, aunque quizá te parezca demasiado sucia —prosigue.

«Por favor, para, Drake». Siento que tendré un ataque al corazón en cualquier momento.

—No es mi tipo de lectura —le corto intentando huir de cualquier posibilidad de profundidad de esta conversación.

—Igualmente, déjame recomendarte esta historia, sería bueno que discutiéramos luego qué nos parece.

—Está bien. —Mi voz parece un chillido. Su sonrisa crece y finge redoble de tambores con sus dedos.

—Te recomiendo leer *Caída apasionada.*

He muerto.

Siento mi rostro calentarse de una manera en la que nunca lo ha hecho.

Por todos los orgasmos que nunca he tenido, esa es mi historia.

Esa es mi sucia historia.

Él me mira fijamente y hay un brillo en su mirada.

Oh, Jesús en short corto. Drake lo sabe. ¿Lo sabe?

Y entonces sucede la mayor revelación del año cuando por el altavoz anuncian nuestro pedido:

—Alas Book H. Su pedido está listo.

—Te atrapé, pequeña escritora —me sonríe Drake.

3

Sueños peligrosos

DRAKE

Veo con asombro cómo el rostro de Alaska pasa por una palidez mortal antes de volverse de un rojo que me asusta. Luego, empieza a inspirar y espirar tan rápidamente que me alarmo al creer que se está asfixiando. Entonces emite un extraño quejido antes de ponerse de pie, tomar la mochila que había dejado a mis pies y salir a toda prisa de la cafetería.

Mierda.

Me pongo de pie rápidamente y agarro nuestras bebidas, olvidando que como se supone eran para tomar aquí no tienen protector, razón por la que me quemo y maldigo mientras dejo caer los vasos con el contenido. La cajera se queja, tomo las galletas envueltas en unas servilletas y corro para alcanzar a Alaska.

La muy tonta está corriendo como si huyera de un asesino. Grito su nombre y se vuelve, pero sin detenerse. Corro para alcanzarla; sin embargo, ella llega a una parada de autobuses y sube a uno de ellos. Disminuyo mi trote al ver que el bus se aleja.

—Oh, no vas a escapar, pequeña escritora. Somos vecinos.

Para poder atrapar a Alaska debo esperar hasta que llega el siguiente bus. No dudo en tomarlo. Va un poco lleno y me quedo de pie tratando de no magullar las galletas entre el jaleo de las personas. El viaje se me hace eterno porque casualmente en cada una de las paradas quiere bajarse alguien, y cuando finalmente estoy a tres manzanas de nuestra residencia, me bajo yo del bus.

Camino hasta llegar a nuestra cuadra, pero antes de entrar en mi casa, me detengo en la casa de los Hans, de la cual proviene una música a todo volumen, lo que me confirma que los padres de Alaska no se encuentren en ella. Pese a la intensidad del sonido, parece que me oyen porque la música se detiene y, segundos más tarde, la mayor de las hermanas abre la puerta.

—Oh, eres tú —dice Alice para luego verme de manera desafiante—. ¿Qué le has hecho a Aska? Ella me ha pedido que te diga que murió y enterramos su cuerpo en algún país extranjero de otro continente. ¿Qué te parece en Colombia o en Guatemala?

Por un momento su pregunta me desconcierta, pero sacudo la cabeza concentrándome en preguntarle dónde se encuentra Alaska.

—Arriba —responde—, pero en serio. ¿Qué le has hecho? Nunca la he visto tan sonrojada y acelerada en su vida.

—He leído sus historias. ¿Sabías que ella escribe?

—Sí, sé que mi hermana se pasa horas escribiendo en su portátil. ¿Ella lo publica?

—Lo hace.

—¿Dónde? Debo leerla, siempre es muy reservada sobre ello.

Y ahora entiendo por qué. No pretendo incomodar más a Alaska. Si ella no desea que las personas de su entorno lo sepan, los demás tendrán que descubrirlo del mismo modo en el que yo lo hice. Siento que esto es una cuestión de confianza y que, por respeto a ella, debo mantener oculto.

—Lo siento, pero le guardo el secreto. ¿En dónde está?

—En su habitación, aprovecha que papá y mamá no están, pero no intentes pasarte de listo —me advierte.

La respuesta que le doy es un asentimiento mientras me dirijo hacia las escaleras. Alice me llama y cuando me vuelvo, sus ojos, que admito que son impresionantes y preciosos, me miran con diversión.

—¿Sus historias son buenas? —quiere saber.

Depende de cómo lo mires: ¿me calenté leyendo escenas de sexo escritas por mi vecina? Sí. ¿Puede hacerte leer escenas rosas sin que te dé diabetes? Sí. ¿Te puede presentar una discusión tan frustrante que quieres entrar en el libro y golpear a todos? Sí. ¿Mata a su antojo y te hace pensar sobre la vida? Sí.

Alaska Hans tiene talento.

—Es muy buena.

—Genial, no esperaba menos de mi hermanita. Ella tiene ese aire de superestrella.

Asiento en señal de acuerdo y subo las escaleras de dos en dos, queriendo llegar hasta la pequeña escritora. Mi familia y la de los Hans han sido vecinas desde siempre, así que conozco esta casa como la mía propia y en consecuencia sé dónde queda la habitación de Alaska porque está justo frente a la mía. Al llegar toco la puerta.

—Déjame —responde.

—Aska, soy yo, tu genial vecino Drake.

—Déjame al cuadrado —se queja.

No puedo evitar reírme y apoyo mi frente en la puerta. Tiene cada ocurrencia... Alaska es encantadora y sus acciones siempre tienen un efecto en mí.

—¿No puede un lector hablar con su escritora favorita? —intento.

—Cállate. Esto es muy vergonzoso —vuelve a quejarse—. Por favor, olvídalo.

—De acuerdo, lo haré. —Cruzo los dedos porque esa declaración es una mentira.

De ninguna manera olvidaré esto. Aunque lo quisiera borrar, me resultaría imposible. ¿Todo ese talento? ¿Sus historias? ¿El sexo sucio y explícito? Sí, todo eso se ha quedado en mi cabeza para siempre.

—Abre y al menos toma mi ofrenda de paz... Son galletas.

Tarda, pero la tentación parece ser más grande que su vergüenza porque la puerta finalmente se abre. Cuando la veo me muerdo el labio mientras me recuerdo que no puedo ver a Alaska de esa manera. Y es que ella es una chica preciosa, demasiado, y no es algo que ignore, razón por la cual ya no estoy tan abierto a conversar con ella con tanta frecuencia como lo hacía antes.

Salgo de mis pensamientos y le extiendo las galletas. Ella no duda en tomarlas mientras parece que intenta evitar mi mirada.

—No hablaremos nunca de esto y no volverás a leerme —sentencia.

Todo lo que hago es mirarla mientras engulle una de las galletas, a la espera de que confirme que olvidaremos todo esto. Sonrío de manera amplia y sus ojos se entornan.

—Hum... No lo sé —termino por responder.

La reacción de Alaska es cerrar la puerta en mi cara, en una clara muestra de lo molesta que está. Suelto una risa y vuelvo a tocar su puerta, atreviéndome a un segundo intento.

—Vete —me dice.

—De acuerdo, solo quiero decirte algo. —Sé que me está escuchando—. Cuando tu chica le haga mamadas a tu personaje, procura que cubra sus dientes, lo olvidaste en tu escena superdetallada del capítulo cinco y temía que le mordiera la polla.

—¡Oh, Dios mío! ¡Solo vete, estúpido idiota!

Sacudo la cabeza riendo aún más mientras bajo las escaleras de su casa.

21 de mayo de 2015

—Pareces muy pensativo, copia mal hecha.

Sonrío sin darme la vuelta para ver a mi gemelo. Él se sienta a mi lado en las escaleras frente a la puerta de nuestra casa. Bloqueo el teléfono para que no sepa que estoy leyendo la historia de Alaska... Una vez más, y no cualquiera, se trata de *Caída apasionada*, la historia supersucia.

Alaska no ha subido ningún capítulo nuevo desde que la descubrí hace semanas, tal vez ha pasado incluso un mes. Muchos de sus lectores se encuentran preocupados y otros molestos. En mi caso, me siento culpable porque creo que tuve mucho que ver con el hecho de que no volviera a actualizar la historia que gusta tanto.

Mi intención no era cohibirla sobre el hecho de escribir, no pensé que esa sería su reacción. Tampoco pensé que yo sería esta persona que ha releído una vez más todos los capítulos mientras espera a que ella decida de nuevo retomar su famosa historia sucia.

Cada vez me encuentro más intrigado sobre los pensamientos de Alaska. En esa historia no hay nada inocente, el sexo se lee muy real incluso si algunas de las cosas son un poco surrealistas. ¿Estas son las cosas que rondan en su cabeza? ¿Son las cosas que Alaska quiere experimentar? ¿Y por qué rayos me enfrasco en estos pensamientos?

—¿Qué pasaría si...? —comienzo a preguntarle a Dawson después de un rato largo de silencio, pero me callo abruptamente.

—¿Sí? —me insta con paciencia, una cualidad que posee mi gemelo.

No prosigo, pero lo que me preguntaba es qué pasaría si admito que me estoy sintiendo muy extraño acerca de mi vecina unos años menor que yo.

—Nada —termino por responder a mi hermano—. Era una tontería.

—¿Seguro? —pregunta, y yo asiento—. No te creo, pero supongo que me lo dirás cuando sientas que es correcto hacerlo, mi superconexión de gemelo me lo dice.

Eso me hace reír y él despeina mi cabello antes de ponerse de pie. Me avisa de que usará el auto y, en vista de que no tengo ningún plan por el momento, no hago objeciones. De esa manera una vez más me quedo solo con mis pensamientos y desbloqueo el teléfono para continuar el último capítulo que Alaska subió hace un mes. Cuando termino, dejo un mensaje en su perfil, entre tantos, que no es para ella sino para sus locos fanáticos desesperados:

> ¡Locos! Hay que tener paciencia. Alas no va a abandonarnos, ella tendrá sus razones. Solo esperemos. Cuando vuelva estoy seguro de que lo hará con todo. Alas, si lees esto: siempre contigo.

Presiono «publicar» y sonrío. Dudo que Alaska lea mi mensaje entre tantos, pero al menos espero que sus lectores lo hagan. De verdad, parece que están a nada de volverse locos.

Guardo mi teléfono, alzo la vista al cielo y respiro hondo. Cierro los ojos sintiendo el aire frío contra mi rostro. Hago un repaso en mi cabeza de los trabajos pendientes que tengo y me planteo si debo escribirle a alguna de mis amigas para saber si quiere quedar para un rato de diversión, pero todo ello queda atrás cuando oigo unos pasos acercarse. Al alzar la vista me encuentro con la persona en la que justamente pensaba unos minutos atrás. Ella me da una tímida sonrisa y se sienta a mi lado sin decir ni una palabra.

La verdad es que, desde el día en el que le dije que sabía que escribía, Alaska me ha estado evitando. Lo he tomado como que de verdad no quiere hablar del tema y, aunque no estoy de acuerdo, decido que por hoy fingiré que aquel día no ocurrió. Es la primera vez en semanas que hablamos porque ella quiere y no por casualidad.

—¿Qué hacías aquí sentado? —me pregunta tras un breve silencio.

Muerdo mi labio pensando en qué responderle. Si le digo que releía su historia, seguramente enloquecerá. Pruebo con ir con una verdad a medias.

—Estaba pensando sobre cómo mi vecina me evita —digo.

—No te evito.

—No dije que estuviese hablando de ti, Aska.

Me vuelvo a verla y está frunciendo el ceño. Cuando gira la cabeza, su mirada se encuentra con la mía. De nuevo ahí está la sensación que no debería existir cuando la miro.

—¿Estás molesta conmigo? —pregunto.

—No. ¿Por qué debería estar enojada contigo? —Baja sus manos a sus pies y juega con los cordones de sus Converse—. Si estuviera enfadada, no habría bajado para estar contigo al verte desde la ventana.

Me inclino hacia ella y beso su mejilla tomándola por sorpresa, de inmediato su piel se sonroja mientras sus ojos me miran con curiosidad. Sin duda, es de las chicas más hermosas que he visto nunca.

La veo lamer sus labios y mira hacia el suelo antes de alzar de nuevo la vista e inclinarse hacia mí. Ahora es ella quien deja un suave beso contra mi mejilla y, por unos desconcertantes segundos, siento la tentación de mover mi rostro para que sus labios hagan contacto en otro lugar.

¡Estoy mal! Parece que estoy perdiendo la cordura por culpa de mi vecina menor que yo. ¿Qué carajos me está pasando? Necesito ubicarme y darme cuenta de que no estamos en la misma onda ni en las mismas etapas de la vida.

—¿Quieres ir por un helado, Aska? —pregunto tras ordenar mis pensamientos.

—¿Como cuando éramos más pequeños y me invitabas?

Suena genuinamente entusiasmada y me siento un idiota porque, cuando

Alaska dejó de verse como una tierna niña para convertirse en esta chica sexi y despampanante, tomé distancia para proteger nuestra amistad y ser sensato, pero no me di cuenta de que tal vez, al igual que yo, ella extrañaría estos momentos pequeños en donde compartíamos pensamientos y conversaciones.

—Sí, pero ahora tengo más dinero para comprarte un helado más grande.

—Oh… No, de ninguna manera puedo rechazar esa invitación.

Me levanto y estiro mi mano para que la tome, ella lo hace y tiro hasta ponerla de pie. Es más baja que yo y no puedo evitar pensar que esa es la razón por la que siempre he sentido que nuestros abrazos eran perfectos. Me mira con entusiasmo y le devuelvo el gesto.

—Iré adentro por mi billetera. Debemos ir caminando o en bus, Dawson tiene el auto.

—No hay problema. Todo sea por el helado.

Río divertido y le doy una larga mirada antes de espabilar, girarme y entrar en casa a por mi billetera. me acompaña el constante pensamiento de que entre Alaska y yo cada vez las cosas se sienten de manera más diferente. Y no sé si eso es algo bueno.

4 de junio de 2015

Me encuentro sentado trabajando en mi escritorio con el ordenador portátil encendido, analizando el concepto para la publicidad de un cliente nuevo que me pagará muy bien. Por esta razón tardo en notar que han llamado a mi puerta. Digo un «adelante» mientras escribo en el teclado un desglose de los elementos en los que debo centrarme para que esta publicidad funcione.

Estoy demasiado concentrado en la pantalla hasta que unas suaves manos cubren mis ojos. La reconozco antes de que pueda incluso hablar.

—¿Adivinas quién soy? —pregunta con voz ronca.

—Alaska —digo sin duda y con mi respiración un tanto pesada.

La escucho reír mientras sus manos bajan a mi cuello y lo acaricia de una manera que me hace estremecerme. ¿Qué está haciendo?

Abro los ojos. ¡Mierda, mierda! No, no, no. No puede ser. Acabo de tener un jodido sueño con Alaska.

En las últimas semanas parece que he tenido demasiado a Alaska en mis pensamientos, pero nunca lo había llevado a este nivel en donde mi inconsciente me haría soñar algo tan adulto. Me siento avergonzado.

No, no puede pasarme esto. Esto simplemente no puede suceder.

4

Desbloqueo

DRAKE

10 de agosto de 2015

Nadie me dijo que viniera un lunes a una fiesta de chicas de diecisiete años.

¿Quién demonios hace una fiesta un lunes? Y, en serio, este ambiente parece sacado de una película como *Proyecto X* es una completa locura y admito que también me parece... bastante genial, es algo bueno que esté acompañando a Alaska, lo que me lleva a otro punto destacable:

Nadie me dijo que viniera a cuidar a Alaska.

Pero tuve una conversación con Jack sobre los posibles escenarios inciertos que pueden presentarse en una fiesta y luego, cuando fuimos al programa donde trabaja mi hermano y el de Alaska, reafirmé mi opinión y Jocker, con una mirada muy extraña, cedió porque dijo que le estaba causando dolor de cabeza con todas mis teorías.

Así que de ese modo acabé en la fiesta de diecisiete años de una amiga de Alaska. La misma Alaska que lleva unos pantalones de cuero demasiado ajustados y una camisa traslúcida con un top corto por debajo. Cada vez se hace más evidente que dentro de pocos días ella cumplirá diecisiete años. Que está creciendo.

Y todavía me siento demasiado culpable y avergonzado de mi sueño de hace unos meses. ¿Dice eso que soy una mala persona? No era mi intención. Entiendo nuestras diferencias de edad y la distancia entre nuestras etapas de vida. En realidad no nos separan tantos años, pero aun así está el hecho de que nos conocemos de toda la vida, desde niños...

Sacudo la cabeza, yo tengo diecinueve años, ella cumplirá diecisiete. Necesito calmarme. Me mantengo con la espalda recostada en una pared, observándola interactuar con sus amigos y veo a algunos mocosos devorarla con la mirada. Doy un sorbo al zumo de fresa. Alaska no mentía cuando dijo que era una fiesta sin alcohol.

Mi teléfono móvil vibra y, cuando veo el nombre de Natasha, maldigo porque la olvidé por completo cuando decidí ser niñera no deseada en esta fiesta. Respiro hondo y contesto, esperando que la música me deje escuchar.

—Hola, Natie —tanteo, y hay unos pocos segundos de silencio que me advierten que esto no será bonito.

—¿Dónde se supone que estás? Llevo más de una hora esperándote en mi casa… Sola, como habíamos quedado.

—Tuve un imprevisto.

—¿Por dónde andas? —ignora mi declaración. Puedo intuir que está molesta, pero todavía igual tiene ganas de que nos encontremos.

—Esa es la cuestión, que no estoy yendo a ningún lado —confieso.

Hay unos breves segundos de silencio que no presagian nada bueno. Natasha es una de esas amistades con las que quitarse la ropa es divertido, una con la que estableces límites en donde ambas partes son conscientes de que solo es sexo. Y no hago esa declaración porque quiera jugar a ser el mujeriego, simplemente me baso en hechos en los que descubrí que mis relaciones duran muy poco porque soy un pésimo novio, así que hace mucho tiempo decidí que no forzaría nada.

Si quieres un novio buscas a Dawson y si quieres una aventura me buscas a mí… Y también puedes buscar a Dawson. Sí, mi copia romanticona puede cubrir ambos papeles porque es así de versátil, mientras que yo me enfoco en mi área: sin compromisos, porque como novio soy un desastre total; aunque supongo que, el día que quiera una relación, sucederá, no me asustaré y correré en círculos, solo debo advertirle a la afortunada que no se lleva al mejor partido.

—¿Estás con otra?

—Depende. Quiero decir, no es cualquier chica. —Me giro para alejarme, aunque estoy muy seguro de que ella ya percibió muy claro que me encuentro en una fiesta, aun cuando no sabe que se trata de una fiesta de adolescentes—. No quiero sonar imbécil, pero no somos exclusivos. De acuerdo, soné imbécil, pero es la verdad, Natasha. No me comprometí a algo más que sexo. Lamento haber olvidado mencionarte que tenía planes, estuvo mal, pero eso es todo lo que debo lamentar, ¿verdad? ¿No te estás poniendo rara sobre nosotros?

—Busca a alguien que te la chupe. Jódete. No soy plato de segunda mesa.

Cuelga, es evidente que está molesta y quizá esta era la pista que necesitaba para darme cuenta de que las cosas con ella se estaban poniendo un poco intensas. De igual manera le debo una disculpa en persona, espero no olvidarme de ello. Guardo mi teléfono y vuelvo a la fiesta, pero ¡sorpresa, sorpresa! He perdido a Alaska de mi vista.

Camino hasta su amiga, esa que siempre va a su casa, y por un momento la chica solo me observa, pero luego sonríe como quien sabe un gran secreto.

—Romina, ¿cierto?

—Sí, y tú eres Drake, al menos que seas el otro, no logro ver si tienes los tatuajes.

—El otro se llama Dawson —bromeo—, y, sí, soy Drake.

—Oh, sí, el otro no vigilaría a Alas.

—¿La llamas Alas?

—Eh, sí.

—En fin. ¿Puedes decirme adónde se ha ido Alas? —pruebo el apodo en mi lengua, suena bien, de hecho, Alaska tiene un buen seudónimo.

Y eso me lleva de nuevo a pensar que hace mucho que no actualiza su historia, desde que la descubrí, sus lectores están a nada de caer en la locura debido a su desaparición.

—Rodrerick quería hablar con ella en privado. —Romina sonríe de lado, captando de nuevo mi atención con sus palabras—. ¿Qué crees que querría decirle él en privado?

Si planea decirle en privado lo que yo a su edad quería compartir con mis compañeras de clase, entonces, es mi deber de cuidador rescatar a la pequeña escritora. Así que comienzo a buscar a Alaska y la encuentro poco después debido a los susurros debajo de unas escaleras.

—Vamos, Alaska. ¿Acaso no has besado a nadie? Solo un beso, nena.

—No te creas tanto, no querer besarte no significa que nunca haya besado. Pensé que me dirías algo importante, apártate. —Reconozco su voz, la del infeliz no.

—¿Qué te cuesta darme un simple beso?

—Te apesta la boca, aléjate.

Cuando tenía diecisiete años, Holden nos dijo a Dawson y a mí que no siempre debemos imponernos como un salvador, porque algunas veces algunas chicas tienen el control y saben cómo resolver los problemas; aunque él iba con unos cuantos tragos encima y luego sugirió a Derek, su amigo y compañero de programa, que se tatuara el pene. Por lo que no sé si puedo catalogar como un buen consejo el que me dio en el estado en el que se encontraba.

Así que, pese al estado alcoholizado de mi hermano, tomo el consejo en este momento y me mantengo al margen escuchando a Alaska lidiar con esto. Por el momento lo maneja bien y, si ella me necesita, con gusto haré una intervención en su batalla.

—Dame un maldito beso, Alaska.

—Aléjate… ¡Quita tu mano de mi culo, asqueroso bastardo!

Oigo un quejido y me alarmo, pero justo entonces Alaska emerge de la oscuridad con las mejillas muy sonrojadas debido a la molestia. Entorna los ojos cuando me ve, luego acorta la distancia y me abraza. Le devuelvo automáticamente el abrazo.

—Quiero irme a casa.

—Bien, te llevaré a casa. —El bastardo tocador de culos sale y lo señalo—. Mantén tus manos y cualquier parte de tu cuerpo para ti. Dijo *no* y espero que lo entendieras.

El tipo comienza a caminar para pasar por nuestro lado y le veo las intenciones de chocar con mi hombro, pero me giro en última instancia y golpea al aire casi perdiendo el equilibrio. Alaska ríe y yo sonrío. No golpeo ni me meto en líos con niños menores de edad, pero si Alaska no hubiese podido con la situación, claramente eso me habría importado poco.

Bajo mi vista hacia ella, que aún me abraza. Ella aclara su garganta y da un paso hacia atrás, saliendo de mi abrazo. Me giro y flexiono mis rodillas para agacharme, apuesto a que se encuentra muy desconcertada.

—Vamos, te sacaré de esta fiesta a caballito.

Ella ni siquiera finge pensárselo, casi me hace perder el equilibrio porque literalmente salta sobre mi espalda mientras se aferra a mi cuello con sus brazos, y sus piernas rodean mis caderas. Su cabello lacio y oscuro hace cosquillas en mi mejilla.

—Corre, caballito —susurra.

Y tengo un grave problema, porque por un leve lapsus olvido que Alaska va a cumplir diecisiete años, que es mi dulce vecina, la menor de los Hans, y que siempre ha sido la chica a la que molesto y protejo, la hermana de mi amigo, pero nunca nada más. Trago con dificultad y me ordeno volver a mí.

Me perdí durante unos breves segundos, pero por suerte todo ha vuelto a su lugar.

Las personas nos miran al pasar y Alaska se despide como si fuera alguna especie de reina en su trono. Una manera bonita de decir que me usa como esclavo para salir con la pose de una reina en una fiesta que no es la suya. La dejo vivir su momento.

Camino hasta mi auto y me agacho para que pueda bajar de mi espalda. Creo imaginar que hay un roce de labios en mi cuello antes de que baje. *Quiero creer que lo imaginé.*

Ella abre la puerta del auto para mí, gesto que me toma por sorpresa y me hace reír. Esta chica me alegra el día con cada una de sus ocurrencias.

—Pase adelante, caballero que se coló en una fiesta para ser un dolor en el trasero fingiendo ser mi niñera.

—Ese es un largo mote de cariño. Gracias por abrir la puerta para mí. —Subo al auto y me encargo de encenderlo mientras ella lo rodea y sube al puesto de copiloto.

Mi teléfono vibra y pienso que se trata de Natasha de nuevo, pero es Dawson, así que no dudo en contestarle.

—¿Qué sucede? —pregunto.

—Necesito el auto, me llegó una invitación que no quiero rechazar. ¿Hay posibilidades de que vuelvas pronto y pueda usarlo?

—Estás de suerte, voy para allá y me quedaré en casa. Tienes el coche a tu disposición.

—Genial, límpialo si lo dejaste sucio de fluidos corporales.

—Ahora me encargaré de ensuciarlo. Te veo en breve, copia romanticona.

—Nos vemos, copia mal hecha.

Arrojo el teléfono móvil al portavasos y me pongo en marcha. Alaska tararea la canción que suena en la radio.

—Así que… ¿qué pasaba con el imbécil? —pregunto finalmente.

—¿Rodrerick? —Asiento como respuesta—. Nada, pensó que quería compartir una sesión de besuqueo con él. Según sus ojos, yo le envié señales. Le apestaba la boca, no besaré a alguien que tenga mal aliento y mucho menos a alguien que no me gusta—. Me divierte ver su evidente indignación—. Qué idiotas pueden ser los chicos a esta edad.

—Y a veces a cualquier edad, tenemos nuestros momentos.

—Seguro que sí. —Ella ríe repentinamente.

—¿Qué?

—Tomé bombones de chocolate con nueces y me los guardé en el top ¿Quieres?

Aprovecho el semáforo para darme la vuelta y verla justamente cuando mete la mano dentro de su top. Estoy entendiendo bien que Alaska quiere darme bombones de chocolate que guardó en sus pechos, ¿verdad? Esta ha sido una noche extraña.

—Abre la boca, te los daré.

—No creo que sea una buena… ¡Ay! —Me quejo cuando me pellizca y aprovecha para meter un bombón en mi boca. Mastico mientras la escucho reír—. No te quejes si algún día te pellizco yo a ti.

—Hummm, me pregunto en dónde me pellizcarías.

No sé si lo dice adrede, pero trato de ignorar la connotación de sus palabras y no le respondo al respecto. La siguiente vez que me da el bombón, no hay necesidad de pellizcarme; debido a que eran pocos, rápidamente se acaban y luego estamos en silencio. Veo que nos encontramos muy cerca de llegar a nuestros hogares, así que opto por realizar mi pregunta ahora, antes de que pueda perder la oportunidad.

—Aska, ¿por qué no seguiste tu historia?

—¿Qué? —Mi pregunta la ha tomado con la guardia baja.

—No te hagas la tonta, sabes de lo que hablo.

Permanece en silencio y la veo brevemente, está jugando con un mechón de su oscuro y largo cabello. Suspira.

—Me bloqueé. Me dio mucha vergüenza que lo leyeras y cuando intenté escribir de nuevo te imaginaba leyéndolo y me daba de todo. —Alcanzo a ver cómo cubre su rostro con sus manos—. Es demasiado vergonzoso.

—No era malo. Sí, me sorprendió bastante descubrir que esas ideas salieron de tu atolondrada cabeza, pero escribes muy bien. Seguro que hay cosas que debes mejorar, pero en el camino se aprende, ¿no? Y con respecto a todo ese sexo loco, solo algunas cosas parecían muy irreales, puedo darte mi opinión si quieres —le ofrezco con diversión, pero con sinceridad.

—No pretendo hablar de sexo contigo.

Entro en nuestra calle y me detengo frente a mi casa sabiendo que en cualquier momento Dawson saldrá y tomará las llaves del auto. Me giro a ver a Alaska, por suerte aún no baja y no parece querer huir de esta conversación.

—Bien, no hables de sexo conmigo, pero ya pasó lo peor, que ha sido que yo descubriera tu secreto. No se lo he dicho a nadie, ni siquiera a Dawson. —Me encojo de hombros—. Por la manera en la que lo hacías no parece un simple hobby. No te detengas por lo que yo piense, haz lo que quieras, no renuncies a ello. No tienes de qué avergonzarte. Vi todas las personas que te leen y es impresionante.

—Igualmente ya no importa, llevo tanto tiempo sin escribir que mis lectores deben de odiarme.

Parece muy afligida y baja la mirada. Estiro mi mano y tomo su barbilla alzando su rostro para que me mire. Se muerde el labio inferior y me mira como si yo pudiera ofrecerle todas las respuestas del mundo. Ojalá pudiera.

—Mentiras, casi hacen misas en tu honor para garantizar que estés bien —digo, y eso la hace sonreír—. Muchos estarán enojados, pero también habrá muchos felices de saber cómo continúa la historia de Harper y Cody. Y siempre vendrán lectores nuevos.

»Además, ¿no estabas entusiasmada con eso de conseguir quinientos mil seguidores para obtener la publicidad gratis y remuneración? ¡Vamos! Eres la reina de JoinApp.

—No es cierto —dice, sin embargo, me está sonriendo.

—No te miento. No suele gustarme leer y en pocos días lograste que devorara todas tus historias.

—¿No solo leíste *Caída apasionada*? —Parece muy sorprendida.

Le suelto la barbilla y le sonrío, parece tan curiosa por escuchar mis próximas palabras que me apiado y confieso:

—Antes de llegar a esa historia en concreto, leí las primeras, fui en orden. Eres bastante diversa sobre lo que escribes. Devoré esas historias sin darme cuenta. Confía en lo que te digo.

Por unos instantes no me dice nada, pero luego su sonrisa se torna amplia y sus mejillas se sonrojan mientras sus ojos brillan. Su alegría es evidente y eso me contenta.

—Gracias, Drake. Ahora puedo entender que no lo haces con intenciones de burlarte de mí.

—Mi intención nunca fue burlarme de ti, tal vez debí de abordarlo de una mejor manera, pero mi intención nunca fue esa.

—Ahora lo entiendo. —Muerde su labio y mira hacia sus manos antes de devolver su mirada a la mía—. Gracias por tus palabras, significan mucho para mí.

—No tienes nada que agradecerme y, si algún día necesitas algo de marketing o algún diseño con gusto, te lo haré gratis. Tal vez cuando tu libro salga a la venta, porque seguro que llegarás lejos.

Desabrocha su cinturón de seguridad y se inclina hacia mí presionando sus sonrosados labios, que admito que son perfectos y provocativos, contra mi mejilla.

—Muchas gracias por haber ido a cuidarme, incluso cuando no te lo pedí.

—Soy el protector de Alaska Hans —murmuro, y ella se aleja un poco para sonreírme.

Bien, creo que estamos demasiado cerca y que estamos jugando con un fuego con el que no estoy listo para quemarme.

—Drake, mueve el culo. Voy tarde —se queja Dawson tocando mi ventana y sobresaltándonos.

Con rapidez nos alejamos, desabrochamos los cinturones de seguridad y bajamos del auto. Dawson nos mira de manera sospechosa mientras le entrego las llaves. Sé que él puede notar que el ambiente es raro, pero espero que no lo comente, al menos no ahora.

—Aska, ¿cómo es que terminaste con mi copia mal hecha? —pregunta, al menos no es una pregunta tan grave.

—Cosas de la vida.

—Alice está en casa con Hayley, por si quieres unirte. —Dawson la besa en la mejilla antes de subir al auto—. Hablamos luego, copia mal hecha.

—Seguro —respondo de forma distraída.

Dawson no tarda en irse y me vuelvo hacia Alaska, quien me observa y luego finge no haberlo estado haciendo. Se balancea sobre sus pies.

—¿Quieres entrar en mi casa y reunirte con tu hermana? —pregunto tras unos instantes de silencio.

—No, tengo cosas que hacer en la mía —dice, y luego me mira—. Gracias por lo de hoy, te veo luego, Drake.

—Por la ventana, por ejemplo —bromeo, y ella se sonroja porque sé que a veces me espía.

Me quedo viendo cómo camina hacia su casa. Antes de entrar en ella se gira y parece sorprendida de encontrarme aún de pie afuera, observándola. Alza la mano en señal de despedida y le devuelvo el gesto.

—Buenas noches, Alas.

11 de agosto de 2015

Estoy comiendo avena todavía adormilado cuando Dawson aparece. Me mira brevemente mientras busca una caja de cereales y saca del refrigerador el envase de la leche. Una vez que su espléndido desayuno está listo, toma asiento frente a mí en la mesa.

Estamos en silencio, pero sé que eso no permanecerá durante mucho tiempo, así que decido que para cuidarme las espaldas, prefiero preguntar en primer lugar.

—¿Adónde fuiste anoche? No me di cuenta de cuándo volviste.

—Fui a estudiar con una compañera de clases —responde sin problema alguno.

Y es que, desde siempre, Dawson y yo nos lo decimos todo, entre nosotros no suele haber secretos y él es mi mejor amigo.

—Estudias para ser veterinario, no el cuerpo humano —le recuerdo.

Él comienza a toser cuando se ahoga por reír mientras come, y le sonrío. Pone los ojos en blanco y se encoge de hombros.

—Es verdad que la primera hora repasamos un tema que ella no entendió, pero también es verdad que luego follamos. Somos buenos amigos y ella parece que está conforme con que fuera cosa de una vez.

—Es que tienes una cara tan parecida a la mía que vives conquistando a todas a tu paso.

—Claro, lo que digas, idiota —se ríe—. Ahora, hablemos sobre ayer... Te encontré en un ambiente extraño con Alaska.

—No sucede nada —digo demasiado rápido y ese es mi error.

—Hum, me parece que protestaste demasiado rápido. Además, te conozco demasiado bien, mi querido Drake. ¡Vamos! Dime, sabes que no te juzgaré.

Dejo de comer para pasar las manos por mi rostro. De verdad siento que me estoy ahogando en un vaso de agua porque tal vez estoy haciendo el problema más grande de lo que es.

—Algo extraño me está pasando con Alaska —confieso—. Empezó hace tiempo, por eso tomé distancia, pero ahora parece mil veces peor. No sé qué es lo que pasa.

—¿Te gusta?

—Ella va a cumplir diecisiete años, no parece correcto.

—No te estoy preguntando sobre lo que es correcto, copia mal hecha. Aunque supongo que con eso ya me has dado tu respuesta.

—¿Qué respuesta?

—Solo espera, te darás cuenta con el tiempo de lo que yo ya veo —responde mientras se encoge de hombros.

No pregunto más y eso lo hace enarcar una ceja a medida que me observa continuar comiendo.

—¿No vas a preguntarme? ¿No vas a presionarme para que te cuente qué es lo que veo? —cuestiona. Esta vez soy quien se encoge de hombros.

—No estoy preparado para una respuesta.

—Pobre, copia mal hecha.

—Pobre de Alaska, que tiene que soportar a un vecino como yo. Debería patearme el culo.

—No creo que a ella vaya a ofenderle tener tu atención, es todo lo que diré por ahora.

Lo miro intrigado, pero de nuevo no pregunto. Luego él cambia de tema y me habla sobre cómo Martin, su amigo que no me cae muy bien, parece cabreado porque él se enrolló con su compañera ayer. Su amigo me da mala espina, siempre parece enojarle todo lo que Dawson logra, pero mi hermano, tan bueno como es, se lo deja pasar todo. Le recomiendo que abra los ojos y él le resta importancia.

Termino de comer y subo a mi habitación. Me siento frente a mi escritorio y enciendo el portátil mientras miro mi teléfono y respondo un par de mensajes, confirmo verme con una amiga más tarde y luego aparece una notificación nueva en mi teléfono.

Sonrío ante la notificación inesperada:

Alas Book H. ha subido un nuevo capítulo de *Caída apasionada*.

5

Vistas que duelen

ALASKA

15 de noviembre de 2015

Estoy frente a mi portátil escribiendo una escena de alta tensión entre mis personajes principales. ¡Amo escribir! No creo que haya mejor manera de pasar una lluviosa mañana de noviembre… Bueno, se me ocurre una fantasía en donde estaría acurrucada con Drake, pero sí, eso no va a pasar.

Es cierto que durante los últimos meses Drake y yo hemos conseguido el tipo de acercamientos que no teníamos desde que yo tenía trece años, porque recuerdo que meses después, pese a que bromeábamos y hablamos, algo simplemente había cambiado.

La idea de recuperar el contacto de esta manera con él me hace sentir aleteos en el estómago o más bien como pinchazos de abeja, pero detesto esa vena codiciosa que no puede evitar soñar, pensando en cómo se sentirían sus labios en los míos, cómo se sentiría ser un nosotros. No dejo de escribir algunas fantasías inspiradas en él para mis personajes, porque si no lo estamos haciendo nosotros no hay nada de malo en que lo haga una versión ficticia. ¿Correcto?

Suspiro y luego me muerdo el labio. ¡Basta de pensar en Drake! Mejor enfocarme en mi escena que pronto va a volverse caliente.

—Qué bonito cuadro el que estoy viendo —dice una voz masculina que me hace cerrar de inmediato mi portátil—, hola, Alaska.

Me giro y me encuentro con Caleb, aquel chico que me gritó «preciosa» cuando pasaba en el auto de su hermano. Caleb, solo un par de años mayor que yo, es atractivo y se puede decir que está que arde.

Con su cabello rubio y sus ojos marrones, sin duda alguna es atractivo. Y el hecho de que practique natación hace que tenga un buen cuerpo. Desde hace un tiempo parece fijarse más en saludarme y hemos conversado un par de veces al salir de clase. Creo que me gusta, me genera una sensación agradable en el estómago y despierta mucha curiosidad en mí. Al principio pensé que solo estaba bromeando para molestarme, pero el último par de meses me ha dejado muy claro que le gusto y me ha visitado en un par de ocasiones.

Él está en mi casa con un par de amigos de mi hermana. Pensé que Alice no necesitaba tenerme rondando por ahí, así que opté por mantenerme en el jardín leyendo un libro del paraíso de papá. No me esperaba que Caleb viniera a buscarme.

Más de una vez he sido sorprendida con la mirada en sus tentadores labios y, teniendo en cuenta que le gusto, siento que algo está muy próximo a suceder entre nosotros.

—¿Es esto una casualidad? —le pregunto sonriendo.

Él sacude su cabeza negando y se sienta a mi lado sobre el césped, su muslo presionando contra el mío, y mi pulso se acelera un poco. Lamo mis labios y me vuelvo a verlo, me sonríe.

—Contigo no se trata de casualidades. No quería molestarte, pero tampoco podía dejar de acercarme y perder la oportunidad de hablar.

—Eso es halagador. —Cierro el libro para darle mi atención—. ¿No van a molestarse tus amigos?

—En este momento me importa poco lo que ellos piensen. Me interesa más tu opinión.

—¿Sobre qué?

No responde de inmediato, en su lugar toma mi mano y acaricia mis nudillos ocasionando que mi pulso se acelere todavía más. Me gusta.

—¿Qué opinas sobre que intercambiemos números? Es bastante obvio que quiero conocerte como algo más que la hermana de Alice. Me encantas, Alaska, y me gustaría tener una oportunidad contigo.

Bajo la mirada a su mano, que sostiene la mía, me concentro en mi pulso acelerado y en la emoción burbujeando en mi interior. Cuando alzo la vista de nuevo, le sonrío sin reservas.

—Sí, me gustaría que nos conociéramos mejor —respondo.

No libera mi mano mientras conversamos de temas sin importancia, me hace reír y mantiene la emoción junto a la expectativa presentes. Intercambiamos nuestros números y, cuando veo su rostro acercarse al mío, no me alejo. Quiero saber cómo se sienten sus labios. Ha pasado mucho tiempo desde la última vez que alguien me besó, y no fueron grandes besos.

Cuando su boca está lo suficientemente cerca de la mía, parece que espera mi reacción, dándome tiempo de alejarme si no es lo que quiero, pero mi reacción es acortar la distancia y presionar mis labios sobre los suyos. Son suaves y cálidos.

Sus labios atrapan los míos y me besa con lentitud, haciéndome descubrir que Caleb me gusta, que quiero intentar esto con él. Así que nuestro beso inicialmente tímido da paso a otros pocos besos más traviesos que me dejan sonriendo.

—¡Caleb! —Lo llama una voz que suena cercana—. Oh, aquí estás.

Me alejo de su boca y trato de limpiarme discretamente la humedad que dejó sobre mis labios. En la puerta se encuentra uno de los amigos de Alice, uno de los que llamo «los sin nombre» porque no logro recordarlo. Él nos da una sonrisita de complicidad que me hace sentir incómoda porque por un momento parece que me ve cómo un premio que su amigo consiguió.

—Puedes demorarte si quieres, pero no creo que a Alice le guste encontrarte aquí, así que te daré un par de minutos. —Le guiña un ojo antes de desaparecer.

—Es un tonto —se ríe por lo bajo Caleb inclinándose hacia mí—. ¿En dónde estábamos?

Retrocedo y enarca una ceja, le doy una sonrisa no muy convencida. El ambiente ha sido cortado y la verdad es que no me gustó la escenita de su amigo.

—Creo que deberías volver con los demás.

—¿Hice algo que te hiciera sentir incómoda? —indaga.

—Dime la verdad. ¿Realmente te gusto o solo te estás probando con tus amigos?

Por un momento parece que no sabe qué decirme, y esos segundos me desaniman, pero me toma de la mano y me sonríe.

—Lamento si te incomodó de alguna manera, pero no eres una prueba o un desafío, me gustas mucho. Eres hermosa.

Quisiera decir que soy mucho más que mi físico, pero condenarlo por ello sería injusto siendo que no conocemos nada del otro más allá de nuestro aspecto, supongo que eso podemos resolverlo.

—¿Te gusto? —me pregunta, y asiento tratando de contener mi sonrisa—. ¿Y te gustó que te besara?

—Mucho.

—¿Quieres que lo vuelva a hacer?

—Hummm, creo que no ahora, pero tal vez otro día.

Mi respuesta lo hace reír y, antes de ponerse de pie, deja un beso en mi mejilla.

—Te voy a conquistar —me advierte, y ruedo los ojos.

—Ya veremos.

Me guiña un ojo y sale de mi habitación. Estando sola, sacudo la cabeza con una risita y luego tomo mi teléfono cuando se ilumina con otra notificación.

Señor caliente:
¿Un amigo?

En un principio no entiendo su mensaje y me inclino hacia atrás para poder ver a través de mi ventana, encontrándolo apoyado y haciéndome un saludo con la mano que le devuelvo de manera tentativa. Debe de referirse a Caleb. ¿Qué tanto vio?

Alaska:
es un amigo de Alice

Señor caliente:
qué es para ti?

Me muerdo el labio, debatiendo mi respuesta. No es que esté haciendo algo malo, pero tampoco quiero hablar con Drake sobre qué chicos quieren conquistarme y no me interesa saber qué mujeres quieren conquistarlo o a quién conquista él.

Alaska:
Le gusto

Señor caliente:
y a ti te gusta?

Siendo un poco cobarde, respondo con un emoticono de carita sonriente que él puede interpretar como quiera.

No me responde de forma inmediata y eso me pone un poco inquieta, ¡Jesús ansioso! ¿No puede Drake comportarse como un crush inalcanzable normal?

Señor caliente:
parece mayor… Y si es amigo de Alice, es mayor.

Lo es, cumplirá diecinueve en algún momento de este año, pero no mencionaré el detalle.

Alaska:
parece que Caleb te interesa, si quieres te paso su numero

Alaska:
tal vez consigas gustarle más que yo

Señor caliente:
eso podría suceder, es difícil no caer por mí

Si supiera cuán certeras son sus palabras, llevo años en este barco, navegando por las olas de mi atracción y fantasías hacia él.

Señor caliente:
buenooooo

Señor caliente:
la verdad es que

No lo completa y tengo esta ligera sensación de que planea decirme algo que me puede importar o no daría tantas vueltas.

Alaska:
¿La verdad es que qué?

Siento que estoy conteniendo la respiración y que solo la dejo ir cuando su siguiente mensaje llega.

Señor caliente:
quiero que actualices el próximo capítulo

—Estúpido —le digo al teléfono.

Por unos segundos me desinflo, pero luego sonrío sin creerme que realmente esté tan comprometido con leerme, es tan inesperado…

Alaska:
pronto

Me envía un corazón y me quedo con la sensación de que quiso decir más.

Aprovechando que el teléfono se encuentra en mi mano, entro a JoinApp para revisar mis mensajes y, tras responder dos, me detengo en uno cuyo nombre proclama el amor por mi usuario.

IloveAlasBook: «Me encanta lo que escribes, eres tan apasionada que mi cuerpo reacciona. A veces me dejas tan duro y es aún peor cuando veo tu foto de perfil e imagino que somos tú y yo. Eres toda una fantasía y escribes cosas sexis que sé que podríamos hacer, sé que te gustaría, Alas. Podría hacerte sentir como a tus personajes, te pondría tan mojada que no lo creerías y te follaría tan duro como Cody a Harper ¿Me dejas? Quiero hacerte feliz».

—Espeluznante. —Me estremezco.

Ni siquiera le doy una segunda lectura, simplemente lo silencio y poco después lo bloqueo. No necesito a tipos de internet diciéndome guarradas y no es el tipo de lector que quiero tener.

—Asqueroso calenturiento —murmuro, arrojando el teléfono a la cama y abriendo de nuevo mi portátil para continuar el capítulo que no se escribirá solo.

6 de diciembre de 2015

Estoy exprimiendo mi cerebro, tal vez estoy abusando de ello, pero no puedo parar, y es que ha sido todo un maratón de escritura, estoy a dos partes de terminar *Caída apasionada*. No me lo puedo creer. ¡Falta tan poco!

Mis lectores fueron fieles después de la larga ausencia que tuve tras saber que Drake había leído lo que escribía. Lo retomé en agosto y, pese a que muchos lectores me habían abandonado por mi ausencia, llegaron muchos otros nuevos. Todavía estoy sorprendida de todo el apoyo que he estado recibiendo.

Ahora tengo cien mil seguidores, y mi historia ha llegado a dos millones de visitas y posee medio millón de comentarios. Está en la sección de «caliente», «destacado», «no te lo puedes perder» de JoinApp, lo que hace que inevitablemente te topes con la historia.

La verdad es que las palabras de Drake aquella noche significaron más para mí de lo que cualquiera pueda imaginar. Siento que me impulsó a dejar la vergüenza atrás y enorgullecerme de lo que con tanto esfuerzo escribo.

Ahora, con respecto a él y mis historias, a veces tengo la leve sensación de que me sigue leyendo, puesto que en ocasiones hace algunas bromas, pero cuando le pregunto él cambia de tema. He aprendido, con una terapia que me he hecho a mí misma, que puedo lidiar con que él me lea. Sí, es terriblemente vergonzoso imaginar que sabe que escribo cosas algo obscenas, pero me gusta escribir y no puedo dejar de hacerlo solo porque mi vecino lo sepa.

Caída apasionada es una historia que escribí por diversión, como un reto. Y aunque es una historia muy sucia, estoy orgullosa de ella y lo que ha alcanzado en todo este tiempo. Ahora bien, ¿todo aquello que escribo en la historia sobre el sexo? No me enorgullece admitir que todas mis escenas provienen de mi mente y de cero prácticas, pero ¿qué más da? No es algo de lo que mis lectores parezcan darse cuenta.

No necesitas conocer a un vampiro o a un hombre lobo para escribir sobre ellos, ¿verdad? Entonces, como escritora, también me tomo la libertad de no conocer del sexo, pero escribir sobre él. La gente lo disfruta y yo también. Todos nos beneficiamos de ello, ¿no?

Pero, volviendo a Drake…, desde que retomé mi historia ha estado a mi alrededor haciéndome una pregunta que no me atrevo a responder: «¿En qué te inspiras?». Mi falta de respuesta se debe a que el ochenta por ciento de mis escenas provienen de cosas que me gustaría hacerle a él, hacer con él y que él me hiciera.

Antes solía avergonzarme el hecho de pensar tanto sobre el sexo o de fantasear a menudo sobre ello, incluso me preocupó escribir tan bien sobre un sexo que no conozco, pero luego entendí que es normal. Que sería extraño si no pasara por esa fase y, aunque parece que me he estancado en ella, puedo vivir con ello.

A mis dieciséis años, y aunque Drake es toda mi fantasía, debo admitir que muchos compañeros de la escuela son material de ensueño también. Que no he limitado mi vida a sentir únicamente atracción por Drake, alias el platónico imposible.

Suspiro y flexiono mis dedos ya acalambrados de tanto escribir. Mi teléfono suena anunciándome la llegada de una imagen por WhatsApp. Lo desbloqueo y me encuentro con la imagen de Caleb en bóxer frente a un espejo. Admito que amplío la imagen para observar mejor su abdomen, que no está nada mal, y miro hacia su bóxer traviesa. Luego vuelvo a dejar la imagen de la misma manera y le escribo una rápida respuesta.

Pese a que me gusta la imagen tanto como me gusta él, decido jugar.

Alaska:
Me enviaste esto… ¿Por qué…?

Caleb:
Motivarte.

Alaska:
¿A qué?

Caleb:
A divertirte conmigo. ¿He logrado convencerte?

Las últimas semanas hemos estado saliendo por ahí o él ha venido a visitarme. Siento que cada día hay más conexión entre nosotros. Inesperadamente me siento emocionada cuando hablamos o nos vemos. Él se muestra relajado y divertido, nunca insinúa cosas sexuales o me presiona para que corramos en esto que estamos intentando. Varias de las veces en las que hemos salido, nos hemos besado. Él es bastante bueno en eso y a veces me deja con una sonrisa boba en mi rostro. Creo que esta historia entre nosotros definitivamente está marchando muy bien.

Nunca me he parado a pensar sobre el hecho de tener un novio porque estaba más ocupada fantaseando con Drake y porque no estaba buscando uno, pero esta cosa loca que sucede con Caleb no me disgusta. Me emociona.

Así que me divierto respondiendo a su mensaje.

Alaska:
No te enviaré una foto de mí.

Caleb:
¿Ni siquiera una donde
solo me muestres tu bonita sonrisa?

Abro la aplicación de cámara frontal y hago la mueca de un beso, la reviso y luego se la envío.

Caleb:
Ah, lo que haría con esa boca.
Tu boca es PERFECTA.

Alaska:
¿Eres fetichista?

Caleb:
No, solo soy yo que enloquezco por ti.

Alaska:
Muéstrame esa libreta de notitas
de qué decirle a Alaska.

Continuamos hablando y acabo riendo porque él estudia biología y está dándome datos muy extraños sobre la reproducción de algunos animales. Con el rabillo del ojo veo las luces de la habitación de Drake encenderse y, como tengo por costumbre, me incorporo para ver mejor. Error. Mil veces error.

Está besuqueándose con una chica y le está agarrando los pechos por debajo de la camisa. Ella está metiendo la mano debajo de su pantalón. Y no puedo dejar de observar.

Que alguien venga y recoja esos pedazos del suelo. ¿Qué son? Oh, sí. Trozos de mi pequeño corazón.

Porque pese a mi emoción y entusiasmo con Caleb, con Drake hay sentimientos profundos que estoy ignorando adrede y ver esto es como ser obligada a tener un despertar que no deseaba. Me duele.

La camisa de la chica cae al suelo y no lleva sujetador. Sus pechos son dignos de aparecer en una revista y son naturales. Por inercia toco mis pechos de tamaño normal, más pequeños que grandes. Drake está besando su cuello, y ella gime con la cabeza hacia atrás. Luego la boca de Drake llega a uno de sus pechos y salgo de mi trance viendo cómo la devora. Casi me caigo de la cama con las prisas por ir hacia la ventana. Cierro las cortinas y me quedo de pie con la vista bloqueada por la escena.

Abro y cierro la boca sin saber qué decirme a mí misma. Siempre supe que él tiene sexo, es obvio. Tiene aventuras, sale con chicas y cualquier chica querría trepar sobre él. Pero una cosa es saberlo y otra es verlo. Siento que me ha traumatizado, que ha empañado mi fantasía perfecta de él.

Quiero matar al personaje de Cody en venganza porque soy irracional y estoy afectada. Mi teléfono vibra en mi mano.

Caleb:
¿Sigues conmigo?

Alaska:
Yep. Sigo contigo.

6

El día de la humillación de Alaska

ALASKA

13 de diciembre de 2015

Escucho ruido desde la sala principal, pero no me molesto en salir mientras continúo leyendo mi ardiente romance feudal en donde un terrateniente está cayendo por la hija de un conde ¡Qué escandaloso! Creo que me he vuelto a enamorar de un personaje ficticio, pero nadie puede culparme.

Mi teléfono vibra y sonrío viendo que se trata de un mensaje de Caleb.

Caleb:
¿Sigue en pie vernos esta noche?

Alaska:
sí y debo volver temprano a casa

Caleb:
ya quiero verte, no dejo de pensar en ti ¿Qué me has hecho?

Alaska:
no lo sé, simplemente respiro

Caleb:
¡Pero qué buena manera de respirar!

No puedo evitar reír y tomarme una foto sonriendo que le envío.

Alaska:
mírame respirar

Caleb:
respiras hermoso

Alaska:
eres tan tonto… Pero me gusta.

—Tengo curiosidad de qué es lo que te hace sonreír a tu teléfono.

Alzo la vista para encontrar a Drake recargado del marco de la entrada, viéndome con una sonrisita que durante unos segundos casi me hace devolverle, pero entonces tengo este horrible recuerdo de su boca deslizándose por el cuello de aquella desconocida, aterrizando en su pecho en donde parecía disfrutar de besarla. Es un recuerdo que duele incluso si sé que es tan libre como yo, que no me debe nada, pero ¡joder! Me destroza porque sé que no tendremos nada romántico, pero verlo así no es bonito y también sé que su plan no era estrujarme el corazón, pero no puedo evitar sentirme así.

Todo sería más fácil si mi crush fuera simple y únicamente Harry Styles.

Lo he estado evitando precisamente porque, cuando lo veo, tengo flashbacks del Drake lujurioso y la chica extasiada, sé que no podía hacerlo por siempre, pero esperaba tener un margen de más días antes de tener el corazón reforzado y seguir actuando como siempre a su alrededor.

Él borra su sonrisa cuando se da cuenta de que no se la devuelvo y que de hecho bajo la vista a mi teléfono, respondiéndole el mensaje a Caleb, que consiste en una foto suya enviando un beso.

Alaska:
un beso para mí ¡Me encanta!

—Alaska… ¿Qué sucede? —pregunta Drake adentrándose y poco después sentándose sobre la mesita frente al sofá en el que me encuentro.

—A mamá no va a gustarle que te sientes ahí.

—Jollie no lo sabrá —descarta—. Ahora dime: ¿qué sucede? ¿Por qué me has estado evitando y por qué me ves como si te hubiese pateado?

—¿Qué? —Me río o eso trato—. No pasa nada, solo he estado ocupada con tareas, escribiendo, leyendo —alzo mi libro— y…

—¿Y?

—Viendo a alguien.

—Oh.

Oh, ¿qué? ¿Qué significado le doy a ese sonido?

Frunce el ceño mientras me ve y luego parece que intenta relajar su expresión.

—No entiendo.

—¿Qué no entiendes, Drake?

—Este cambio, la forma en la que me evitas, me hablas y me miras. Dime si hice algo mal y lo arreglamos, no me gusta esto, Alaska. No entiendo.

»¿Es por este chico nuevo? ¿Te prohíbe tener amigos?

—Él ni siquiera sabe de ti.

Odio el momento en el que las palabras salen porque suenan bruscas, odiosas y venenosas, yo no soy así y no quiero ser de esta forma, además Drake no ha hecho nada malo, no merece este trato. Tengo que controlarme y dejar de actuar como una estúpida despechada.

—Lo siento —digo después de respirar hondo—. No has hecho nada malo y no quise ser grosera, solo han sido días complicados.

—¿Segura de que no hay algo más?

Sí, te vi manosear y besar a una chica de una manera que nunca lo harás conmigo. Sentí que se me rompía el corazón y no quiero sentirme más así.

—Segura, y sobre Caleb, él no me está prohibiendo amistades, no lo dejaría hacerlo.

—Es un poco mayor.

—Solo es poco más de un año. —Me encojo de hombros—. Tal vez sea que me ves como a una niña.

—Sé que no eres una niña, Alaska, créeme, me doy cuenta de ello.

—¿Qué se supone que significa eso?

—Nada. —Sonríe y se rasca la parte baja de la nuca—. Entonces… ¿Eres seria con este Caleb?

—No lo sé, todo es nuevo, no es mi novio, pero hemos tenido una cita, tendremos otra hoy.

Se hace un largo silencio en el que nos vemos y soy la primera en desviar la mirada porque tal intensidad comienza a revolverme el estómago.

—¿Puedo decirte algo sincero como amigo?

Asiento y suspira.

—Ten cuidado, no digo que ese sujeto sea malo o tenga malas intenciones, pero ya sabes, a veces hay idiotas y no quiero que te lastimen.

—De acuerdo.

Resopla y creo que lo escucho decir un «¡Dios! Esto es difícil» entre dientes.

—¿Qué leías?

Antes de que pueda reaccionar, toma el libro y ríe cuando ve la portada apasionada de un hombre con la camisa abierta abrazando a una mujer cuyo vestido cae flojo por su cuerpo.

—Tan traviesa, no creo que este sea un libro inocente —dice, poniéndose de pie y leyendo la sinopsis.

—Dámelo.

Me levanto del suelo, dando pequeños saltos para alcanzar el libro cuando lo aleja de mí riendo.

—No seas idiota.

Su respuesta es volver a reír mientras lleva el libro detrás de su espalda y en mi intento de tomarlo de regreso, básicamente me rozo contra él y lo abrazo, cosa de la que ambos nos damos cuenta cuando dejo de moverme.

Trago.

Estamos demasiado cerca, tanto que su aliento me golpea en la sien y mi pecho roza contra su torso.

—Alaska —susurra.

No está pasando nada.

Él vive su vida y yo estoy viendo a Caleb, tendré una cita con Caleb más tarde.

Es uno de los momentos más duros que he tenido con Drake, porque soy quien retrocede incluso si mi corazón y mi cuerpo protestan por ello.

Lo veo dejar ir una lenta respiración y siento mi rostro caliente en tanto los latidos de mi corazón son erráticos. Nos vemos a los ojos durante largos segundos y, una vez más, soy la primera en apartar la mirada.

—Aquí tienes el libro. —Me lo extiende y lo tomo sin verlo—. Tal vez luego podrías prestármelo, ¿eh?

Sonrío y alzo la vista hacia él.

—Pero dudo que otro libro me guste tanto como los que escribes tú, Alas.

Me sonríe de costado, gira y sale del lugar dejándome con una sonrisa, pero también evitando pensar en ese momento hace unos instantes. Es un recuerdo que habrá que dejar atrás.

20 de diciembre de 2015

Me mantengo sentada en mi ventana mientras Romina lee los últimos capítulos de mi novela. Finalmente la he terminado y ella tiene el privilegio de ser la primera en disfrutarlo —sufrirlo— porque es mi mejor amiga.

Mientras ella está leyendo veo a Hayley y a Alice reír en la entrada de la casa de los Harris. Alguien sisea y al alzar la vista me encuentro con Drake. Durante unos largos segundos puedo sentir de nuevo el dolor de hace unos días, cuando lo vi tan cerca de tener sexo.

En este momento me encuentro en una rara etapa irracional que se resume en «vi al chico de mis sueños chupar los pezones de alguien que no era yo y lo odio por eso». Mentira, no odio a Drake, mucho menos puedo hacerlo por disfrutar de su vida y su soltería. No es su culpa que yo fantasee y sueñe con él. Así que en última instancia le sonrío intentando lidiar con mis sentimientos por él como una mujer adulta, además se supone que ya olvidamos esto, de la misma manera en la que ya he olvidado el momento de cercanía que tuvimos cuando tomó mi libro.

—¿Qué pasa? —pregunto viendo cómo reposa su trasero en el marco de la ventana.

—¿En qué te inspiras?

—No comiences a molestar.

Sé que no se dará por vencido, pero una vez más deja pasar mi falta de respuesta. Ladea su cabeza hacia un lado mientras me observa.

—¿Es cierto lo que dicen tus fans? ¿Que vas a hacer un maratón de capítulos hasta llegar al final de la historia? —Parece muy interesado en la respuesta.

—¿Sigues leyéndome?

Es algo que deseo que me confirme, pero de la misma manera que no le doy respuestas sobre mi inspiración, él no me da respuesta a esa pregunta cuando se la planteo.

—Puede ser —es su respuesta esta vez—. ¿Te incomodaría si lo hago?

—No lo sé.

Nos mantenemos en silencio observándonos, escucho algunos murmullos de Romina, que está demasiado enfrascada en la lectura para prestar atención a mi conversación con Drake.

—¿Sabes que suena raro esa expresión que usas de «se sumergió en mi entrada»? ¿Te da miedo usar palabras más concretas?

No le respondo y siento mis mejillas calentarse, me niego a darle el gusto de avergonzarme, así que no bajo la vista. Su sonrisa crece.

—En fin, pasaré la tarde viendo películas. Dawson no sabe aún si va a unirse. ¿Quieres venir? —me invita.

—No puedo, vendrá Caleb.

Enarca una de sus cejas y creo que va a preguntarme al respecto, pero justo entonces Romina se ubica detrás de mí y lo saluda.

—Hola, Romina. —Vuelve su atención a mí—. Mi oferta seguirá en pie, Aska.

Deja sus cortinas abiertas y lo veo salir de su habitación, así que vuelvo mi atención a Romina. Sus ojos están húmedos por las lágrimas contenidas. Ella es extraña, hace un momento estaba sonriendo a Drake y ahora parece que el mundo se le viene encima.

—Lo has matado —me acusa.

—¿A quién?

—A Cody. Maldita bastarda, has matado a mi Cody.

—Oh, eso.

Sí, cedí ante mis sentimientos y lo maté. Créanme, no lo hice morir a mitad de una frase, simplemente sufrió un extraño paro cardíaco en medio de una de sus rutinas de ejercicio. Fue inesperado, rápido y letal. Y más allá de haber surgido de un momento de ira, me encanta el sentido y originalidad que le dio a la historia.

Me entristece dejar a Harper llorando por su amado orgásmico Cody, pero ¡ánimo, chica! Estoy segura de que en un futuro tendrás otra oportunidad para encontrar otro amor.

Bah, me van a odiar muchos lectores, pero estoy conforme con el desenlace y que haya muerte no significa que sea un final triste, porque al fin y al cabo Harper logra crecer profesionalmente y consigue estabilidad, camina hacia sus sueños. Sí, no se queda con el hombre muerto, pero ella está esperanzada de que después del dolor vendrán cosas mejores. Ella tiene fe.

—¡Lo has matado! Lo has matado como acabas de matar mi amor por ti.

—¡Vamos! Tienes que admitir que ha sido un final perfecto.

—Sí, lo es, pe-pero me duele. ¡Me duele!

—Ya, ya, chiquita. —Reposo su cabeza de mi pecho, lo cual es gracioso teniendo en cuenta que soy más baja que ella—. Escribiré otra historia para ti, promesa.

—¿Con final feliz? —Suena esperanzada.

—Bueno…

—¡Alaska Brooke!

—Bueno, bueno, está bien. Escribiré alguna historia con final feliz para ti.

—Gracias, mi amor por ti ha vuelto y tú vas a enloquecer JoinApp porque este es un final de infarto.

—¡Lo sé!

Me arrojo en mi cama y ella lo hace a mi lado, ubicándonos ambas boca abajo para leer los nuevos mensajes que han llegado a mi perfil, Romina ama leerlos.

LoveAlas: «Hola, cariño, de nuevo me la pusiste dura. Cuando leí que ella se la chupaba, imaginé que eras tú quien lo hacía, luego cerré los ojos y me vi embistiendo dentro de ti. Dime, ¿te gusta duro como a tu personaje? Te tendré debajo de mí, te ataré y mientras pides por más, te penetraré con fuerza y profundo para que me sientas siempre…».

No termino de leer, simplemente voy al perfil y lo bloqueo, eliminando cualquier rastro y sintiéndome de alguna manera asqueada y sucia.

—¿Qué carajos fue eso? —susurra Romina en un estado de mortificación muy parecido al mío.

—No lo sé, es asqueroso ¡No quiero recibir mensajes así! El otro día también me escribieron algo así de horrible.

—No queremos lectores así.

—No, no los queremos.

—Esperemos que no vuelva a molestar, ahora leamos los otros mensajes que sí son lindos y geniales. Vamos a borrarnos de la cabeza que alguna vez leímos eso.

Asiento en acuerdo y nos ponemos en ello, bloqueando de nuestra mente el recuerdo del perturbador mensaje recibido.

21 de diciembre de 2015

Señor Caliente:
¡¿Qué demonios?!

El mensaje de Drake me toma por sorpresa, puesto que es seguido por un montón de caritas enojadas. ¿Qué es lo que lo ha molestado tanto? Por un momento hasta llego a pensar que me vio ayer por la noche besar a Caleb debajo de mi ventana, pero no es que a Drake pudiera importarle eso.

Alaska:
¿Qué te hice?

Señor Caliente:
Ven a tu ventana ahora mismo.

Alaska:
Tú no me das órdenes.

Señor Caliente:
No juegues conmigo. Estoy cabreadoooooo.

Alaska:
¿Y?

Señor Caliente:
Por favor, Alaska. Ven a la ventana.

Demasiado intrigada por la causa de su molestia y porque me lo pidió «por favor» bajo de mi cama y abro mis cortinas junto a la ventana. Me estremezco ante el frío, él ya está ahí, apoyando su trasero en el marco como siempre.

—¿Qué sucede? ¿Por qué me miras así? —cuestiono sentándome en el marco de mi ventana.

—Porque así miro a los asesinos.

—¿Qué?

Estoy sorprendida por su declaración. ¿Qué le sucede?

—¡Eso te digo yo a ti! ¡Lo mataste! Hiciste creer que todo iba hacia un final feliz y acabaste matándolo en medio de su rutina de ejercicio. ¿Dónde demonios está tu corazón?

—Ah, eso —suelto una risa. Su ceño se frunce.

—Algo está mal contigo si te ríes de su muerte y el sufrimiento ajeno.

—¿Estás sufriendo la muerte de Cody? Entonces sí seguías leyéndome.

—Ni siquiera le diste sexo de despedida.

—La gente no se despide con sexo antes de morir. —Pongo los ojos en blanco—. Murió, esas cosas a veces pasan.

—Quiero estrangularte.

—Ponte en la larga fila, muchos lectores quieren matarme.

Permanecemos unos pocos minutos en silencio, comienzo a tener mucho frío, por lo que me inquieto. ¿Cuánto tiempo estaremos hablando a través de la ventana? ¿Por qué simplemente no viene a casa?

—Fue un final brillante, sin embargo. Te felicito.

—Gracias. No puedo creer que me leyeras, es vergonzoso.

—Ha sido divertido —se ríe—. Jamás hubiese sabido que tales pensamientos estaban en esa cabecita tuya. —Y luego añade—: Ahora entra, no quiero que te enfermes, hace mucho frío.

—Vale, buenas noches, Drake.

—Igualmente y…, Alas…

—¿Cómo me has llamado?

—Alas. —Sonríe—. Espero mi final feliz en la próxima historia, ¿eh?

No puedo evitar devolverle la sonrisa antes de cerrar mi venta junto a mis cortinas. Algún día superaré mi enamoramiento por él.

27 de diciembre de 2015

Estoy en el lateral de mi casa, debajo de la ventana de mi habitación, con la espalda recargada a la pared y Caleb presionándose contra mi cuerpo. Me gusta esta situación y a él también, no pensé que de esta manera terminaría nuestra cita, pero no estoy en contra de ello.

—Me gustas muchísimo, Alaska —susurra Caleb muy cerca de mis labios.

En estos momentos mi boca se encuentra muy familiarizada con la suya. Sus manos se deslizan por mis costados y, aunque estoy nerviosa, también siento demasiada curiosidad cuando ellas pasan por mis caderas y terminan sobre mi trasero, acercándome mucho más a su cuerpo.

Siento su dureza contra mi cadera. Caleb parece estar muy emocionado sobre este acercamiento. También él quiere hacer algo más que besos, pero… ¿estoy dispuesta a ello?

Estoy confundida sobre si hemos estado saliendo o no, porque nunca lo hemos hablado, pero me visita varias veces a la semana, tenemos citas en donde nos besamos y hablamos mucho por WhatsApp. Con un movimiento consigue que mi espalda se apoye en la pared que hay debajo de mi ventana. Es de noche y en casa todos están en su mundo.

Mi familia no sabe que después de recibir un mensaje suyo, bajé de casa para encontrarme con él y aquí estamos. Sus manos sobre mi trasero, mi cadera sintiendo su erección y su boca muy cerca de la mía.

Su mano sube lentamente, se desliza por la parte delantera de mi cuerpo y hay un nudo de expectación en mi estómago. Es como «mierda, estoy asustada», pero también es un «mierda, esto está pasando». Así que espero expectante mientras su mano se desliza hasta estar debajo de uno de mis pechos y luego sube y presiona su mano. Inspiro hondo.

Bien, no me hace sentir mal. No me asusta y no lo siento como una invasión. Él sonríe antes de besarme mientras sus dedos aprietan mi pecho y lo masajean de una manera que me hace gemir contra sus labios. Me hace sentir muy bien.

Su tocamiento no se queda en un simple apretón de mi pecho. Siento que mientras nos besamos sus manos están por todas partes, una tocando mi pecho y otra en una de mis nalgas, presionándome contra él. He escrito mucho sobre este tipo de escenas, pero es muy diferente vivirla. Y también es muy diferente vivirla con alguien con quien *no* la recreaste en tu mente.

«Fuera, Drake, fuera. Es mi momento».

Las cosas se ponen un poco intensas y en un primer momento tengo curiosidad por la erección que siento contra mi cintura. No puedo creer que de verdad estoy haciendo esto y que él está excitado mientras nos toqueteamos. Siento esto en parte como un experimento, es decir, sí lo estoy disfrutando un montón y está calentándome, pero también lo veo como la oportunidad de descubrir sensaciones nuevas y cosas de las que escribo.

Los besos de Caleb bajan por mi cuello y mi mano presiona contra el bulto en su pantalón, él gime y esa reacción me gusta. También me gusta tocarlo. Una de sus manos se cuela debajo de mi camisa e incluso debajo de mi sujetador y me estremezco cuando su pulgar acaricia la cima de mi pecho haciendo que se endurezca y clame por más. Es una noche fría de diciembre, pero sin duda alguna siento calor.

Lo acaricio con más fuerza, no esperaba que esto me gustara tanto y gimo otro poco más cuando pellizca la cima de mi pecho, haciéndome que quiera fricción de su pierna que ahora se encuentra entre las mías, cuando él la presiona tengo una sensación increíble. Es la primera vez que hacemos más que besarnos y me está gustando, tal vez no sea aún año nuevo, pero si me sigue tocando así, podría explotar como fuegos artificiales.

Continuamos tocándonos, presionando y provocándonos hasta que él me hace retroceder unos pasos y se desabrocha el pantalón. Observo cómo lo baja un poco y luego estoy anonadada cuando baja su bóxer revelando su erección en vivo y en directo.

De acuerdo, he visto porno, sé cómo lucen los penes, pero no controlo mi sorpresa inicial de ver uno a poca distancia. Caleb se encuentra muy excitado por mis toques inexpertos. Para mí él está bien dotado, no es que tenga experiencia sobre esto, pero me gusta lo que veo.

Caleb me sonríe.

—¿Quieres probarlo? —me pregunta con voz enronquecida.

Nunca esperé que alguien me invitara a practicar sexo oral como si me ofreciera una paleta de helado y tampoco esperé que de hecho mi respuesta inmediata quisiera ser un sí más que un no.

Quiero intentarlo y si no me gusta, puedo parar. Así que con una gran curiosidad me acerco a él y me agacho hasta dejarme caer sobre mis rodillas. Estoy un poco intimidada y muy nerviosa cuando, guiándolo con su mano, presiona la punta sobre mis labios, en un primer momento mi boca parece negada a abrirse, pero cuando lo hace con lentitud, él gime en respuesta y lo desliza sin tacto.

Tal vez él se deja llevar por la emoción porque mientras que los primeros tres deslizamientos son bruscos, pero estocadas poco profundas, a la cuarta va directo a mi garganta haciendo que me tense de inmediato y que pellizque su cadera porque siento que me ahogo, además de sentirme muy incómoda. Mis ojos lloriquean y toso alejando mi rostro cuando finalmente se aleja.

¿Es que acaso pretende matarme? Pensé que él sabía cómo hacer esto. Toso alejando mi rostro cuando finalmente se aleja

Estoy enojada porque eso me hace saber que, quizá, es un amante egoísta y no solidario, no podía ser perfecto. Abro mi boca para decirle algunas palabras, pero antes de que pueda hacerlo algo inesperado sucede.

—Será mejor que te guardes la maldita polla y que tú, Alaska Brooke Hans, te pongas de pie.

¿Por qué? ¿Por qué me tiene que pasar esto a mí?

Caleb rápidamente se guarda al presunto asesino en sus pantalones mientras yo estoy demasiado impactada y avergonzada para hacer algo tan sencillo como levantarme. Siento sus manos debajo de mis axilas para levantarme y no me atrevo a darme la vuelta para verlo. Mis ojos aún lloriquean después de haber sido prácticamente sometida a una muerte por asfixia.

No puedo moverme, estoy paralizada en un mar de vergüenza.

—Nosotros… —comienza Caleb.

—Vete. Hazlo antes de que pierda mi paciencia —advierte el espectador de lo que fue un momento muy vergonzoso.

Siento que me embarga un sentimiento de decepción hacia Caleb porque esperaba que se resistiera y dijera algo como «esto no es de tu incumbencia» o «no voy a dejar a Alaska contigo» porque él ni siquiera sabe si nos ha interrumpido un simple loco que ahora podría violarme. Caleb solo asiente, me da una mirada de disculpa y se larga.

Él se marcha y siento un aguijonazo latente de dolor porque me gustaba, todo había ido bien durante semanas y hoy él me había mostrado una faceta desconsiderada de su personalidad. Siento que no le importo, que no se preocupó por mí lo suficiente.

Siento que mi nuevo problema me rodea para quedar frente a mí y cierro los ojos con fuerza. Si no lo veo, no es real.

—No voy a desaparecer porque cierres los ojos, Alaska.

—No eres real.

Pasan unos dos minutos de silencio en los que me mantengo firme. ¿Ya desapareció? Respiro aliviada y abro lentamente los ojos, pero ¡maldita sea! Drake es muy real. Ese Drake con expresión muy seria que está frente a mí es superreal.

—Decido cerrar la ventana de mi habitación y ¡sorpresa! Mi vecina está dando un espectáculo gratis.

Me suena familiar la historia, solo que el protagonista del acto era otro. Frunzo el ceño hacia él, será mejor aferrarme al enojo que a la vergüenza y humillación.

—Bueno, podías haberte quedado en tu habitación y no mirar. Yo hice eso.

—¿Qué?

—Sí, parece que no soy la única que da espectáculos gratis. —Intento pasar a su lado para alejarme, pero me toma del brazo.

—Tú no eres así.

—Eso ha sido lo más ridículo que has podido decir. —Me libero de su agarre—. Todas las personas tienen sexo y sus derivados, es absolutamente normal. ¿Qué significa «tú no eres así»? ¿Que soy asexual? Porque soy como cualquier chica y puedo calentarme o toquetearme con un chico si quiero.

»¿Con cuántas chicas estuviste a mi edad? —Presiono mi dedo en su pecho y lo hago retroceder mientras avanzo—. Perdóname por dejarme llevar con un chico que me gusta y al que le gusto. No sabía que tenía un contrato contigo para llegar casta hasta el matrimonio y que tenía prohibido explorar sobre mi sexualidad para descubrir qué es lo que me gusta.

—No cambies de…

—¡Cállate! Igualmente antes de que espantaras a ese cobarde, ya iba a insultarlo. Mi único error fue intentar experimentar algo con alguien que iba a matarme de asfixia por ser un incompetente y un egoísta. —Me cubro el rostro con mis manos—. ¡Dios! Solo olvídalo, estoy muy molesta y avergonzada.

»Solo quería hacer algo por curiosidad, experimentar con un chico que me gustaba y a cambio él se transformó en un egoísta que me abandonó con alguien que él ni siquiera sabe que conozco. —Para volver esto más vergonzoso siento mis palmas humedecerse porque comienzo a llorar y Drake lo nota.

Me envuelve en sus brazos y por alguna razón eso me hace llorar más. Dejé que Caleb me tocara los pechos, lo acaricié sobre el pantalón, me froté contra su pierna y le di mi boca por pocos segundos y luego me abandonó. Estoy demasiado decepcionada, estaba ilusionada sobre nosotros.

—Lo siento, tienes razón. Es estúpido decir «tú no eres así», solo es raro… No es cómodo toparte con una imagen así y… Él era un idiota, tú no eres el problema.

—¡Claro que no soy el problema! Él es el estúpido que iba a atragantarme. ¿Quién demonios hace eso? Ni siquiera yo cuando escribo. —Lo siento reírse y golpeo su espalda antes de abrazarlo—. No te burles.

—Lo siento, pero es que sí me da risa.

—Pero antes estabas enojado.

—Y aún lo estoy, pero trato de ignorarlo porque no tengo derecho a estarlo.

Analizo sus palabras y hay un aleteo en mi estómago. Como si una mariposa estuviese lista para dejar de ser un capullo y volar. Comparación extraña, pero sirve. Alzo mi rostro para verlo. Me devuelve la mirada, seguramente mis mejillas están más sonrojadas de lo normal y mi nariz parece la del reno de Santa Claus, pero es en lo último que pienso mientras nos observamos aún abrazados. Veo la magia pasar en cámara lenta cuando el rostro de Drake cada vez parece más cerca, pero para lograr que esta sea la peor noche de mi vida, hablo:

—No. Tuve el miembro de un chico en la boca, fueron segundos, pero estuvo ahí.

Y Drake se paraliza, sacude la cabeza y luego ríe mientras me abraza. Al menos no se extraña de mis ocurrencias ni me agobia sobre ello, esa es una de las cosas que hace difícil que saque a Drake de mis expectativas.

Nos mantenemos abrazados y él hace comentarios al azar para distraerme de lo sucedido hace unos minutos. Espero no recordar nunca en mi vida esta noche tan horrible, que puedo bautizar como «el día de la humillación de Alaska».

7

Dejarte mi corazón, digo, corazones

DRAKE

22 de enero de 2016

El idiota que abandonó a Alaska en diciembre está conversando con ella, ambos se encuentran sentados en el porche de su casa. Lo sé porque estoy viéndolo desde la ventana de la habitación de Dawson mientras él y Holden juegan a algún nuevo videojuego.

Mi vista se alterna entre el ordenador portátil en el que estoy trabajando y Alaska, que conversa con el cobarde. Sí, me impactó mucho aquella noche asomarme por la ventana y ver a Alaska en medio de un manoseo, para cuando salí de mi casa ella ya estaba de rodillas y cuando llegué, acababa de alejar su rostro del que luego llamó «presunto asesino».

Se enfadó mucho cuando en lugar de enfrentarse conmigo y estar a su lado decidió huir cuando se lo ordené, sin saber si yo era alguna especie de psicópata dispuesto a hacerle daño a Alaska. Por lo que a mí respecta, él es un pobre diablo que no merece que ella le dé ni una mirada.

Pero pese a que todo ello fue impactante, no encuentro que eso fuera lo más memorable de aquella noche. Lo que más resalto en mis pensamientos es el hecho de que cuando abracé a Alaska y la miré a los ojos, tuve el más fuerte de los impulsos: querer besarla. Si Alaska no hubiese soltado una de sus ocurrencias, estoy muy seguro de que podría haberla besado. Es algo en lo que pienso a veces, bastante, y luego están esos extraños sentimientos que reconozco como celos que quiero lejos de mí. No los quiero.

Y una de las razones para rechazar tales emociones es que voy a cumplir veinte años y ella tiene diecisiete. Porque hemos sido amigos siempre y es mi dulce vecina… Que escribe sobre sexo de una manera que me enciende. Estamos en diferentes etapas de la vida y me parece justo que ella experimente sus vivencias de la misma manera en la que yo lo he hecho.

«Cierro los ojos. Estoy mal, muy mal. Y solo empeora».

Lo que solo era un inocente coqueteo para molestarla y porque me pareció siempre la niña más hermosa se convirtió en una atracción física que ha ido mutando hasta alcanzar niveles sexuales. Y eso no está bien. Sobre todo teniendo en cuenta que siempre me ha atrapado la personalidad de Alaska y ahora que la he conocido a través de sus escritos todo se ha incrementado de una manera alarmante.

Actualmente no está escribiendo ninguna historia caliente, parece que se trata de una comedia romántica. No es lo mejor que escribirá, pero es entretenido y hay tanto de su personalidad atolondrada en su personaje que cuando lo leo me es difícil no sonreír.

Sacudo la cabeza para volver a la realidad y agarro con fuerza mi portátil cuando veo al tipo acercarse a ella con intenciones de besarla, pero Alaska se aleja y sacude su cabeza negando. El tipo asiente y luego camina hasta su estúpido auto y se larga. Respiro hondo y admito que sonrío.

Es estúpido, pero siento como si debiera celebrar el hecho de que Alaska lo rechace.

Cuando Alaska se pone de pie sacude su trasero con sus manos, limpiándolo, y mira hacia mi casa. Hacia la ventana de mi habitación. Interesante. Después desplaza su mirada hasta llegar a la habitación de Dawson, alzo la mano para saludarla y apuesto a que se sonroja porque sabe que la pillé intentando mirar a mi habitación o buscándome.

—¿Qué haces?

La voz de Holden me sobresalta y por poco dejo caer mi portátil, él ríe porque al parecer lo encuentra divertido, pero así es mi hermano mayor, parece que todo le provoca alegría. ¿Qué puedo decir? Él es una fiesta andante.

—Nada, saludaba a Alaska —termino por responder.

—¡Alaska! —grita haciéndola dar un salto—. Ven a jugar a los videojuegos ahora mismo.

—¡Tengo tareas!

—¡Bu! Ve y haz tus tareas, niña.

—Es lo que haré. —La veo reír antes de que entre a su casa.

—Es tu turno de jugar, Drake —me informa Dawson.

Mordisqueo mi labio y me pongo de pie, miro hacia la puerta y de nuevo al videojuego. Creo que hay otra cosa que quiero hacer…

—¿Sabes? Creo que me concentro mejor si hago este trabajo en mi habitación, le cedo el puesto a Holden.

Y antes de que puedan replicar o luchar contra mi lógica salgo de la habitación para ir a la mía. Dejo el ordenador portátil sobre la cama, saco mi teléfono del bolsillo de mi pantalón y apoyo el culo sobre el marco de mi ventana, después de abrirla junto a las cortinas.

Veo la luz de su habitación encenderse aun cuando las cortinas están cerradas al igual que su ventana.

Drake:
¿Vienes?

Escritora Favorita:
¿Adónde?

Drake:
A la ventana.
Tengo preguntas que hacerte.

Escritora Favorita:
No quiero.

Escritora Favorita:
De acuerdo, sí quiero, pero tengo tareas.

Drake:
Te ayudo.

Escritora Favorita:
¿En la distancia? :O

Drake:
No estamos tan lejos.

Drake:
Podría saltar.

Escritora Favorita:
Y podrías matarte :(

Drake:
Entonces en la distancia.

Escritora Favorita:
Valeeeee :D

Suelto una risa y miro su ventana, esperando. Las cortinas ruedan antes de que ella aparezca dándome una tímida sonrisa con cuaderno en mano junto a una calculadora, lápiz y borrador. Como puede se las ingenia para abrir la ventana y luego imita mi posición. Es una suerte que su ventana posea alguna especie de madera hacia dentro donde se apoya al sentarse o temería que cayera.

—Hola, Alas.

—¿Seguirás llamándome así?

—Sí, Alas es tu otra personalidad, que también me agrada. Durante dieciséis años fuiste Aska, ahora estarás unos buenos dieciséis años siendo Alas.

—Van a preguntar por qué me llamas así.

—Y les diré que es el seudónimo de tu nombre, con el que escribes historias calientes de sexo. —Sus ojos se abren mucho—. Estoy bromeando, Aska.

—No es gracioso.

A mí todavía me divierte, pero no es algo que vayamos a discutir en este momento, así que decido cambiar de tema.

—¿De qué es tu tarea?

—Química. Dawson y tú son buenos en ella. Vas a ayudarme.

—Porque me ofrecí —aclaro, y ella me mira con diversión.

—Por supuesto.

Es un tanto divertido escucharla decirme los problemas y solucionarlos ambos en medio de básicamente gritos. Uso mi teléfono como calculadora y a veces ella hace trampa para usar internet y buscar nomenclaturas. En medio de los ejercicios comienzo preguntas de las cuales deseo respuestas sinceras.

—¿Tu nueva protagonista está inspirada en ti? —No puedo evitar preguntar.

—No. Solo surgió.

—Pero tiene cosas muy tuyas.

—¿De verdad? —Sonríe—. ¿Como cuáles?

—El decir las cosas menos esperadas bajo presión, vergüenza o nervios. El que le guste leer y...—No sé si decir lo último.

—¿Y?

—La describiste como alguien preciosa que llama la atención en cualquier lugar... Como tú.

Deja de escribir y alza lentamente la cabeza. Su boca, que es la más sensual y perfecta que he visto en mi vida, permanece abierta. Sus mejillas se sonrojan y parpadea continuamente antes de volver la vista a su cuaderno y sonreír.

—¿No soy un patito feo?

—Sabes que eres preciosa.

—No, no lo sé.

—Por supuesto que lo sabes. Y si no lo sabes es que eres bien tonta.

Ella ríe y me recita el próximo ejercicio, esta vez casi logra darle solución sola, pero debo corregirle un par de errores. Comienza a escribir y retomo mis preguntas.

—¿Vas a matar a Lucas? —Su protagonista, no supero la inesperada muerte de Cody.

—Por el momento no. No te haré spoiler.

Parece que se siente cómoda conmigo a pesar de saber que estoy leyendo su comedia romántica, lo que me da a entender que más que tener problemas con que lea lo que ella escribe, era el hecho de que leyera su historia sucia lo que la ponía tan nerviosa.

—¿Me dedicarás un capítulo? —Alza la vista del cuaderno.

—Ni siquiera sé cuál es tu usuario.

—El día que lo sepas debes dedicarme un capítulo.

—La historia completa si quieres. —Parece que lo dice en broma, pero me gusta tal declaración.

—Trato hecho. Y sea cual sea la historia. Sea sucia o no.

—No vas a leer ninguna otra historia sucia que haya escrito yo.

—Ya veremos.

—Siguiente ejercicio, escucha, Drake.

Presto atención y de nuevo lo resolvemos. La observo copiar. Tengo un problema: no puedo dejar de mirarla.

—Entonces, ¿qué quería *el casi asesino* con su visita?

—¿Quién? —pregunta desconcertada.

—El que casi te atraganta.

Tal como esperaba, se paraliza y sus mejillas se sonrojan más. Es una reacción en ella que me encanta.

—Caleb quería pedirme una cita. Después de desaparecer durante dos meses, se acordó de mí y de cómo me abandonó después de tan fatídica escena. —Me mira con los ojos entornados—. Pensé que lo habías olvidado.

—Imposible hacerlo. ¿Qué le dijiste?

—No puedo salir con alguien que se olvidó de mí dos meses después de casi asfixiarme y abandonarme a medianoche con un supuesto desconocido.

—Se encoge de hombros—. Desde que me hizo vivir la peor experiencia de mi vida, lo veo con diferentes ojos.

»Es un tanto triste, porque él me gustaba y me hacía sentir cómoda. Me gustaba cómo me trataba, cómo nos relacionábamos... Estaba ilusionada.

Más allá de los celos, siento su desilusión. Está claro que de verdad ella se había imaginado teniendo una relación con él.

—¿Así que tu novio ahora es solo la escritura? —intento bromear para subir sus ánimos.

—Ella no me decepciona. —Alza una vez más su vista hacia mí—. ¿Qué hay de ti? ¿Tienes alguna de esas chicas que solo son una cita caliente?

—Estoy solo.

—¿Solo solito? ¿O solo hasta que hagas una llamada?

—Solo solito —admito riendo.

—¿Por qué? Dawson y tú siempre tienen chicas alrededor.

—No he encontrado una chica con la que quiera liarme ahora. —Me encojo de hombros—. No es que esté en rehabilitación o haya hecho voto de castidad, cuando sienta ganas y suceda, pues ya está.

—Tan fácil. A las chicas nos enseñan y nos meten el chip de cuidar la virginidad hasta con la vida misma y a ustedes es como «tú, machote, ve y rasca tu piquiña en un hoyo de chica». Prehistórico y neandertal.

—No tengo esa mentalidad.

—Pero un montón de personas sí. —Parece pensativa—. ¿Quiere eso decir que si perdiera mi virginidad o quisiera perderla, no me juzgarías?

Jamás pensé que llegaría el día en el que estaría hablando de esto con Alaska Hans y por la sorpresa en su rostro ella tampoco lo esperaba. Es una de esas ocasiones en las que no tiene control de lo que dice y su timidez la abandona.

—No te juzgaría. En todo caso te ayudaría —respondo.

«Espera. ¿Qué? ¿Qué acabo de decir?».

—¿Qué? —Su cuaderno cae ante la sorpresa, golpeando el césped muy por debajo de nuestras ventanas.

—Nada.

—Nada —afirma como si lo necesitara. Creo que ambos necesitamos borrar los últimos segundos.

—Yo... Debo seguir trabajando —digo bajando de la ventana.

—Sí, y yo debo ir por mi cuaderno. Gracias por la ayuda...

—Fue... Bueno. —Mis palabras son torpes—. Te veo luego, Aska.

—Sí, nos vemos, Drake..., voy por mi... cuaderno. Eso. No olvides dejarme tu corazón.

—¿Qué?

Sus ojos lucen alarmados y mira a los lados desesperada.

—Quise decir, dejarme tus corazones si lees mis capítulos.

—Ya… Cierto. Sí. Dejarte mi corazón, digo, corazones y eso…

—Sí, exacto.

Nos quedamos mirándonos y luego ella ríe de manera nerviosa cerrando rápidamente su cortina. Yo hago lo mismo. ¿Qué carajos? ¿En quién me convertí con todo ese balbuceo? ¿Y qué se supone que dije sobre ayudarla con su virginidad?

—Pensé que tenías trabajo que hacer, copia mal hecha, no un balbuceo vergonzoso con Aska.

Me giro para encontrarme con Dawson sentado en mi cama. ¿Cuándo se supone que entró? ¿Y cuánto escuchó? La respuesta viene a mí cuando lentamente comienza a sonreír.

—Te doy mi corazón… Oh, yo te ayudo. Yo-yo, ho-hola me llam-llamo Drake y estoy loco por-por ti, Aska —balbucea fingiendo estar nervioso.

—Cállate.

—Oh, no lo haré. —Se ríe—. ¿Desde cuándo?

—Nada. No hay un desde cuándo.

—Parece que finalmente estás entendiendo la charla que tuvimos hace un tiempo sobre lo que te pasaba con ella.

—Deja de joder, Dawson, y sal de mi cama.

—Oh, qué sensible. Vas a-a bal-balbucear —se sigue burlando y, muy a mi pesar, termino riendo al igual que él. Me arroja una almohada—. Lo pregunto muy en serio, ¿desde cuándo?

—No pasa nada.

—Pero eso no quiere decir que no vaya a pasar, ¿verdad?

—No… Es decir, sí. Quise decir ¡arggg!

Se ríe y toma mi teléfono, lo desbloquea y el idiota se toma una foto que seguro que pondrá de fondo de pantalla porque le gusta fastidiarme tanto como a mí me encanta fastidiarlo a él.

—No puedo creer que le dijeras que la ayudarías con su virginidad. Ha sido la cosa más vergonzosa que he escuchado hoy, eso junto al corazón y todo tu balbuceo. —Suelta una carcajada—. Fue tu peor momento.

—Olvídalo.

—Imposible. Debiste escucharte.

Se pone de pie y se acerca a sacudir mi cabello, que es un poco más largo que el suyo; luego con sus dedos golpea mi frente.

—Vete con cuidado, Drake. No es una chica con la que contactaste y te

liaste. Es Aska, la chica que ha crecido con nosotros y lo más dulce en la Tierra. Con ella será en serio.

«Y lo más pervertido también si te guías por lo que escribe…».

—Ahora, dame las llaves del auto, que es por lo que vine. Saldré con Holden. ¿Te unes?

—No puedo. De verdad debo terminar un trabajo.

—Eso creí. Te veo luego, copia mal hecha.

—Cuida el auto, copia romanticona.

Dawson finge arrojarme un beso y yo pongo los ojos en blanco antes de dejarme caer en mi cama. Miro el techo. Mi hermano tiene razón, protagonicé la escena más vergonzosa del mes. Mi balbuceo tonto, las estupideces que dije, quiero olvidarlo.

La puerta de mi habitación se vuelve a abrir y un minuto después el colchón se hunde a mi lado. Hayley se acurruca contra mí.

—Odio ser mujer.

—No me des detalles, Hayley.

—Oh, sí. Por supuesto que sí. A ti no te sangra el pene, así que escucha y siente mi dolor.

Y, como otras tantas veces, mi hermana me tortura con una descripción gráfica de su dolor, con quejidos y con el hecho de que me usa como almohada hasta que se queda dormida acurrucada junto a mí. La amo, es una de las mujeres de mi vida y, al decir esas palabras, alguien viene a mi mente. Mierda, no.

26 de enero de 2016

—¿Todo bien?

Alzo la vista de mi teléfono, en donde me mensajeaba con una «amiga», y me encuentro siendo el centro de atención de mi hermano mayor, que hoy ha venido de visita.

—Hum… Sí. ¿Se supone que algo marcha mal?

—No, solo que escuché que has estado pasando tiempo con Alaska.

—¿Qué te dijo Dawson? —Entorno mis ojos hacia Holden.

Riendo, mi hermano se deja caer a mi lado en el sofá. No desmiente el hecho de que definitivamente el chismoso tuvo que ser mi copia romanticona.

—Me dijo que, al parecer, algo está pasando entre Aska y tú. —Antes de que pueda abrir la boca y negarlo, él continúa—: No tienes que fingir conmigo, Drake. No vengo a regañarte o reprocharte nada, solo quiero saber qué está sucediendo.

Respiro hondo y paso las manos por mi rostro. Ni siquiera yo logro entender lo que me sucede con ella o al menos aún no me siento lo suficientemente valiente para admitirlo.

—Las cosas entre nosotros parecen estar cambiando y no sé cómo detenerlo. No puedo verla igual que antes y eso está mal. Soy mayor que ella.

—Lo gracioso es que si Alaska tuviese veintiséis y tú veintiocho años la edad ni se notaría, tampoco lo verías como un problema, pero entiendo el punto de que a veces se está en diferentes etapas, aunque creo que este caso es diferente. —Me sonríe—. Sí, no podemos decir que esta sea una situación fantástica, pero sabes que las familias los apoyarían con la relación porque los conocemos desde pequeños y sabemos que no hay malas intenciones.

»Piensa bien lo que quieres, Drake, no vayas a darte cuenta demasiado tarde. Tampoco te tortures por lo que sientes o intentes entenderlo. Supongo que cuando te sientas listo, vas a sincerarte contigo mismo y con Alaska. Solo esperemos que suceda a tiempo. Las personas no esperan toda la vida, a veces se cansan.

—Asumes que ella se siente igual.

—¿Fingiremos no saber que le gustas a Alaska? —pregunta con diversión, y miro hacia el suelo.

—No me lo pones fácil, Hol.

—Es que mi intención no es mentirte y que veas todo de color rosa. Mi trabajo de hermano es sacarte la cabeza del culo y que abras los ojos ante una posibilidad que no se les da a todos. —Golpea mi muslo—. ¿Sabes cuánto nos cuesta a los demás dar con una mujer que despierte algo más en nosotros? Mírame, todavía estoy esperando el gran golpe y aquí estás tú huyendo. Piénsalo bien, hermanito. No vayas a perder la oportunidad de tu vida.

Las palabras de Holden me dejan pensando, me hacen sentir que soy un asustadizo corriendo. ¿Me enfrentaré a lo que siento en algún futuro cercano? No lo sé.

Suspiro y Holden ríe mientras despeina mi cabello. Agradezco sus palabras, pero ahora me siento más ansioso sobre esta situación. La puerta de la casa se abre y Hayley y Dawson hacen acto de presencia. La primera corre hacia nuestro hermano mayor dejándose caer sobre su regazo.

—¿Cómo está lo más bonito de esta familia? —pregunta Holden abrazándola.

—Estoy bastante bien, gracias por preguntar —responde Dawson dejándose caer sobre mis piernas, pese a que me quejo.

—Obvio que se refería a mí —señala Hayley—. Y estoy bien, felizmente soltera.

—Lo que se traduce en que en la actualidad no tiene ningún esclavo —indico ganándome un golpe en el brazo.

—Pobres chicos —se lamenta Dawson con una clara compasión.

—No sean unos idiotas —se queja Hayley.

Dawson y yo nos reímos y sé que Holden lucha por contener la sonrisa. De esa manera empezamos a molestarnos entre nosotros como lo hemos hecho toda la vida. Tener hermanos es lo mejor.

8

Besos de chocolate

ALASKA

14 de febrero de 2016

Bien, así que es San Valentín y no tengo ninguna cita.

Sin embargo, no es algo que me haga sufrir demasiado porque prefiero estar sola a aceptar ser la cita de Caleb; no me malentiendan, aún me parece atractivo y encantador, pero no puedo olvidar la manera en la que fue desconsiderado y brusco con el primer acercamiento sexual que tuvimos. Y lo que es peor: cómo me abandonó mientras se salvaba a sí mismo.

Así que recibo un montón de mensajes de amistad y supuestos chicos que de manera indirecta dejan caer algo como: «Je, je, je me gustaría follarte». Pero de una manera más disimulada, solo que soy paranoica y leo entre líneas.

Mi consuelo es que Alice está tan sola como yo. Ella está escuchando música a gran volumen sobre mandar al diablo el amor, lo cual me hace reír. Ha declarado este día el *antiamor.* Estiro mis pies por los escalones mientras me mantengo sentada frente a la puerta de mi casa, escuchando la música ruidosa de mi hermana. Cierro los ojos moviendo mi cabeza al ritmo de la melodía.

Lo bueno del día de hoy, al menos para mis lectores, es que he terminado mi historia de comedia romántica corta y les he dejado un maratón con el final. Sí, es esa historia que Drake asegura que estuvo leyendo… Y, hablando de él, me pregunto si tiene alguna cita caliente para hoy, nunca lo he visto pasar un San Valentín solo. Me mata admitirlo, pero no voy a mentirme.

Y tiene sentido, los gemelos Harris siempre han sido como una leyenda entre las mujeres: atractivos, sexis, amables y galanes. Siempre hay una suertuda bajo su foco de atención. Alguna afortunada podría estar con Drake mientras a mí me quedan las fantasías.

Y, hablando sobre nosotros, la verdad es que hemos tenido unos encuentros muy torpes después de que me ayudara desde su ventana con mis tareas.

Ese fue un día extraño, a veces cuando lo recuerdo me debato entre las mariposas de creer que pasó algo especial y entre la vergüenza de toda la torpeza del momento. Otra cosa que me dejó ese día fueron unas inmensas ganas de descubrir cuál de todos mis seguidores podía ser Drake. Es malditamente difícil dar con él.

Vuelvo a la realidad cuando alguien se acerca y se deja caer a mi lado. Lo reconozco de inmediato por su olor; mi corazón se dispara en el instante en el que siento los labios de Drake contra mi pómulo naturalmente sonrojado y con pecas, en un suave beso.

—Feliz San Valentín para mi pequeña escritora —susurra antes de alejarse.

Abro los ojos muy lentamente, como si despertara de un sueño para entrar en uno mejor en donde Drake está cerca. Se encuentra sonriendo, me inclino y beso su mejilla, huele a crema de afeitar.

—Feliz día de San Valentín, Drake.

Golpea mi pierna con la suya, lleva un short a pesar de que el clima, nada raro, es frío. No me quita la mirada de encima.

—Tengo un regalo para ti.

De inmediato me enderezo y mi sonrisa se amplía. Amo los regalos, pero que vengan de él significa más para mí.

—¿Qué es? —No oculto mi entusiasmo. Se acerca como si fuera a contarme un secreto por lo que yo también lo hago.

—Un beso —susurra.

¿He muerto y no me he dado cuenta o sí escuché muy bien lo que Drake Harris acaba de decirme? Un beso.

A mí.

Un beso para Alaska Brooke Hans. Quien resulta que soy yo.

—¿Un beso? —susurro con miedo a preguntarlo en voz más alta.

—Sí, Aska, un beso.

No sé qué hacer. Literalmente estoy teniendo una crisis en mi cabeza porque se queda observándome y quiero decirle: «¡Hazlo y dame más de uno!», pero no hay ningún movimiento y siento que en cualquier momento incluso podría comenzar a sudar.

Voy a decir cualquier cosa cuando en este momento extiende su mano cerrada hacia mí, aún con su sonrisa.

—¿Qué pasa? —pregunto desconcertada.

—Aquí tienes. —Abre su mano—- Un beso de chocolate por el día de San Valentín.

Me siento como una de esas caricaturas que se vuelven de cristal y se quiebran de manera cómica. Solo que no es divertido y no sé cómo controlar mi expresión de decepción. Incluso por un momento quiero llorar mientras lo golpeo.

Si tuviera una historia en curso en este momento, de nuevo mataría al protagonista por su culpa.

Todo lo que hago es parpadear y observarlo, sé que seguramente tengo una mueca en mi boca. Pone sus ojos en blanco, ajeno al hecho de que acaba de hacerme una broma de mal gusto, y abre el dichoso beso de chocolate Hershey.

—¿Por qué me estás haciendo un puchero? —Enarca una de sus cejas.

Incluso enojada, lo tengo tan cerca que no puedo evitar fijarme en el rostro de Drake. Esos rasgos aristocráticos, sus cejas arqueadas, esos labios provocativos y esos ojos de color distinto. Mientras que uno de sus ojos es de color verde intenso, el otro no deja de ser un bello avellana. Él cree que son raros, yo pienso que son hermosos.

—No estoy haciendo pucheros —digo, y soy consciente de que sueno molesta.

—Oh, claro que sí. Vamos, abre la boca y toma tu beso de chocolate.

No hay necesidad de avergonzarme, por lo que hago lo que me pide y él se queda con la vista clavada en mis labios. ¿Ahora qué? Que termine de una vez por todas con esto.

—Tus labios son…

—¿Qué? ¿Tengo algo? —Cierro de inmediato mi boca.

—No —se ríe—, solo tienes una boca muy…

—¿Qué? ¡Dime! O me harás acomplejarme.

—Toma el beso de chocolate —insiste.

Abro de nuevo mi boca y prometo que es totalmente un accidente cuando atrapo el chocolate y la punta de su dedo tiene conexión con mi lengua. No es intencionado, no es preparado, pero sucede: le lamo el dedo. Y estoy entre avergonzada, consternada y alborotada.

Su dedo sale de mi boca y hay un raro silencio mientras saboreo el chocolate que se derrite en mi lengua… La lengua incriminadora que lamió la punta del dedo de Drake. Creo que estoy imaginando que él se acerca a mí, pero siento la calidez de su respiración. Se mantiene muy cerca, mirándome fijamente a los ojos. Me da miedo hasta parpadear y que todo termine, no esperaba toda esta cercanía.

—Voy a darte otro beso.

—¿De chocolate? —susurro.

—Sí, de chocolate —sonríe.

Y espero otra broma que me desilusione, pero esta vez parece que va a ser un poco más… literal.

Primero siento un roce en la comisura izquierda de mi boca y luego el roce es completo contra mis labios. La suavidad de su boca rozando la mía hace que el aire escape lentamente de mí. No sé durante cuántos segundos hay un contacto superficial, simples roces que me llegan hasta el alma. Estoy a la expectativa, sin creerme que esto esté sucediendo.

Hay una parte de mí que es imposible de dominar, indomable y aventurera, porque durante un segundo él está rozando sus labios contra los míos y en el siguiente su labio inferior está encajado entre mis dientes. ¡Le estoy mordiendo el labio inferior!

Él se paraliza y quiero decirle que yo tampoco me esperaba ese movimiento atrevido de mi parte cuando claramente estábamos en un momento de «roce de labios». Tira de su labio, pero lo mantengo entre mis dientes y se siente increíble el sentirlo alejarse. Cuando él tira de su labio una vez más, siento una humedad en el mío, lo cual tiene que ser su lengua.

«Esto es muy loco».

No tengo claro si es un beso o alguna extraña cosa parecida, pero es sexi, torpe y pone mi corazón a mil por hora.

La puerta de mi casa se abre y ambos nos alejamos tan repentinamente que siento mis dientes raspar con demasiada fuerza su labio. Alice está enfrascada en una conversación telefónica y pasa por nuestro lado sin siquiera echarnos una mirada mientras se aleja. Luego se gira para prestarme un poco de atención.

—Ahora vengo, no notarás que me fui.

—Seguro —respondo viéndola alejarse a paso rápido.

Intento ver a Drake con el rabillo del ojo, pero el esfuerzo me resulta incómodo, por lo que encuentro la suficiente valentía para girarme y mirarlo del todo. Pasa su dedo pulgar por su labio inferior limpiando una gota de sangre y luego lo lame. Eh… Yo le hice eso.

Eso no ha sido un beso. Ha sido una locura: primero un roce, luego un mordisco y después una extraña lamida. No sé ni siquiera cómo se define lo que ha sucedido, pero sea lo que sea, me ha vuelto loca y no sé qué hacer ahora.

«Quiero más».

No me esperaba llegar hasta este punto.

—Gracias por el beso —suelto. «Mátame»—… de chocolate —agrego en última instancia, y por la manera en la que presiona sus labios creo que contiene las ganas de reír.

—Iré a casa… —Hace una pausa—. ¿Vendrás a la cena con nuestros hermanos?

—Sí. Alice y yo iremos, Jack dice que se quedará en casa con la bebé y Miranda.

Mi hermano mayor, Jackson, todavía está en esa etapa donde quiere vivir en una burbuja con mi hermosa y tierna sobrina Jackie, Jaqueline formalmente; a él y Miranda les encanta quedarse en casa y aprovechar el tiempo que tienen libre para pasarlo juntos los tres, algo que todos respetamos.

—Pueden venir con Dawson, Hayley y conmigo.

—Eso estaría bien —respondo intentando no gritar emocionada por lo que acaba de pasar.

—Bien, entonces te veo dentro de un rato… A ustedes dos, quiero decir. —Mientras habla no puedo evitar notar ese rasguño rojizo en su labio inferior, menos cuando pasa continuamente su lengua por ahí. Yo hice eso.

Porque yo tuve mi boca y mis dientes ahí. No lo besé, pero algo hice.

—Por supuesto, a nosotras dos.

Lo veo ponerse de pie y estirarse, la camisa se alza revelando la cinturilla de su bóxer blanco. Quisiera tener magia y ordenar a la camisa que se subiera un poco más.

—Me alegra que te gustara el beso —me sonríe—… de chocolate.

Lo sigo con la mirada hasta que entra en su casa. Me pongo de pie y sacudo mi pantalón holgado. Entro en casa, agradeciendo que Alice no la cerrara con llave y, solo cuando cierro la puerta detrás de mí, cubro mi rostro con mis manos y dejo salir un extraño sonido de mi garganta.

—¿Qué carajos ha sido eso? —Suelto una pequeña risa sin poder evitar sonreír—. ¡Jesús sin camisa! ¿Eso ha pasado de verdad? ¡¿Y por qué no lo hablamos?!

Seguro que parezco una maníaca riendo, por lo cual agradezco que mis padres no estén para poder tener mi momento loco en paz. Subo corriendo las escaleras y tomo mi portátil, el cual siempre está encendido. Abro un documento de Word y escribo rápidamente la que será mi próxima historia.

Quemaba no hacer nada.

Quemaba cuando algo sucedía.

La distancia ardía.

Su toque encendía.

Esa mirada era su perdición.

Esa boca una tentación.

¿Cuánto tiempo tomaría dar los pasos necesarios para consumarlo todo?

Pasión, entrega, drama y… ¿amor? Eran los ingredientes necesarios para su historia de amor.

Y ahí viene mi nueva historia… Y será sucia.

Inspirada en Drake. Nada raro. Solo que me gustaría que no fueran solo fantasías. Desearía que fuese realidad.

16 de febrero de 2016

—¿Qué hace mi niña?

Alzo la vista del libro y lo subo para que mamá lo vea. Ella ríe y deja algún libro que habrá estado leyendo en una de las muchas estanterías que hay.

Lo que llamamos «el paraíso Hans» consiste en toda una habitación llena de estanterías de libros, están por todas partes. Papá lo construyó poco a poco, desde su primer sueldo hasta ahora, que es un hombre exitoso y muy intelectual. Lo que me gusta de papá es que él siempre nos enseñó a querer todo tipo de libros, nunca discriminó y estuvo abierto a nuevas aventuras con nuevos géneros, cosa que nos inculcó.

Cuando no escribo, no tengo deberes y no actualizan las historias que leo en JoinApp, es fácil saber que me encontrarán aquí, perdida en este mar de libros. La novia de mi hermano Jocker, Adelaide, entiende el porqué, porque ella está tan enamorada de este paraíso como lo estoy yo.

Hoy he venido porque me apetecía leer, pero también traje mi portátil porque estoy trabajando en el prólogo de la que será mi nueva historia. Mamá me dedica una sonrisa dispuesta a irse y dejarme perdida entre los libros.

—Mamá.

—¿Sí?

—¿Se te ocurre algún nombre masculino?

—¿Por qué? —Parece desconcertada por mi rara pregunta.

—Bueno, ya sé que Jocker te ha contado que me gusta escribir un poco.

—¿Un poco? Vives pegada a ese ordenador.

—Bueno, la cosa es que estoy escribiendo algo nuevo, y no, no van a leerlo, pero estoy bloqueada sobre el nombre de mi protagonista masculino.

—Usa el nombre de alguien que conozcas —es su simple respuesta.

—No, eso podría ser raro. —Y más teniendo en cuenta que quiero escribir todas las cosas sucias que querría hacerle a Drake o escribir la historia apasionada de mis continuas fantasías con él.

—Hum. —Recuesta su espalda en una de las estanterías mientras piensa—. ¿Christopher? ¿Robert?

—Muy largo y muy serio.

—¿Frederick? ¿George? ¿William?

—No. No. No.

—¿Lennon?

—Oh, me gusta. Me gusta. —Asiento—. Gracias, mami.

—Un placer, cielo, solo espero que algún día me dejes leer tu magia.

«Créeme, no querrás leer el tipo de magia que quiero hacer aquí».

Quizá un día la deje leer una de mis historias dulces, rosas y cortas. Pero esta nueva historia, jamás.

Ahora que tengo nombre para mi protagonista me dedico a escribir el prólogo, dejando a un lado el libro que estaba leyendo.

Años de deseo acumulado.
Miradas entregadas y robadas.
Anhelos, sueños y fantasías sobre besar unos labios que parecían alejarse.
Conversaciones secretas.
Noches robadas.
Era todo lo que Lennon y Mía podían contar sobre su historia.
Mía es la soñadora que lo vuelve protagonista de su…

—No. Eso es demasiado parecido a la realidad. —Borro todo y decido hacerlo más simple.

Fuiste mi primer deseo.
Despertaste mi pasión.
Me llenaste de calor.
Déjame atraparte.
Dame más que tus palabras.
De una Mía atrapada, para un ignorante Lennon.
Yo siento, Lennon…
Y quiero sentirte a ti.

Me gusta, suena un poco como mis antiguos poemas guardados para Drake, bueno, a veces en mis momentos de aburrimiento los sigo escribiendo. Sirven para drenar mis hormonas afectadas por fantasías irreales.

Tomo una foto de la sinopsis y prólogo, se la envío a Romina junto a una breve explicación, no explícita y llena de mucha intriga, para que entienda el concepto de la historia, y pregunto si puede ayudarme con la portada. Ella está, tal como lo esperaba, entusiasmada con la idea y rápidamente me pide que me conecte por Skype.

Cuando nos vemos por videollamada le cuento un poco más sobre este proyecto, siempre procurando crear algo de intriga y sin hacer mención sobre el hecho de que es una manera de descargar todas estas sensaciones que Drake me provoca. Reímos un montón durante un par de horas en busca del concepto de la portada.

En última instancia tengo un arrebato de locura y descontrol. Lo suelto, doy la idea que ronda mi cabeza.

—Besos. Besos de chocolate.

—¿Eh?

—¡Eso! Puedo hacerlo simbólico. Busca una imagen de ello.

La portada acaba con besos de chocolate en una sábana de seda roja y me sorprende la cantidad de sensualidad que hay en ello. Antes de que pueda acobardarme subo la portada junto a la sinopsis en JoinApp con una nota de autor que hace saber que próximamente la estaré publicando.

Una hora más tarde, después de haber finalizado mi videollamada con Romina, ya me estoy arrepintiendo de mi arrebato de locura. Mi teléfono vibra.

Señor Caliente:
¿Nueva historia?

Señor Caliente:
Veo un poco de suciedad en ella… La huelo.

Alaska:
¡Oh, por favor! Ya basta de leerme.
NO VAS A LEERME.

Señor Caliente:
Seré tu fan número UNO :D

No respondo. ¿Cómo me lo saco de encima para que no me lea? Ni siquiera doy con su usuario para bloquearlo, y si doy con él, tengo que cumplir el trato de dedicarle un capítulo.

Me llega un nuevo mensaje suyo y me muerdo el labio cuando veo de qué se trata. Claramente él captó bien el mensaje que tal vez le enviaba.

Señor Caliente:
¿Besos de chocolate?
Buena portada.

Alaska:
Me gustan.

Señor Caliente:
Qué bueno ;)

Alaska: :
D Sí.

Señor Caliente:
¿Puedes asomarte un momento?
Tengo algo importante que preguntarte.

No le respondo, me pongo de pie y abro mi ventana, pasa al menos un minuto antes de que él note que estoy en la ventana y abra la suya.

—¿Qué vas a preguntarme?

Tras unos segundos de silencio, sonríe. Oh, no, ahí viene…

—¿En qué te inspiras?

—Oh, por favor, de nuevo con eso. —Cierro mi ventana y lo veo sonreír, luego cierro mis cortinas.

Mi teléfono móvil vibra y esta vez se trata de una nota de voz. La reproduzco.

> Grosera, me cerraste la ventana en el rostro. —Silencio—. Así que ¿en qué te inspiras? Sí, seguiré insistiendo hasta el día en el que lo reveles… Por cierto, realmente me gusta tu portada.

Otro audio.

> Y si un día necesitas ayuda con el marketing, puedo ayudarte… Gratis. No tengo problema.

Otro audio más. ¿No puede enviarlo todo junto?

Y me gusta ver que tienes otra idea en la mente. Que estás escribiendo.

Audio.

Y no, no te acoso. Me llegó la notificación.

Por supuesto que viene un nuevo audio.

Leeré de nuevo tus pensamientos sucios. —*Se ríe, me llegan mensajes de Romina a la vez*—. Porque sé que será una novela de contenido adulto.

Le ignoro y leo los mensajes de Romina, papá me llama mientras doy clic en contestar la nota de voz, así que le respondo rápidamente antes de volver mi atención a mi respuesta para Romina.

Romina, de acuerdo, tengo algo que confesarte. Drake, mi vecino, el de los tatuajes como le llamas, está leyendo mis historias. ¡No sé cuál es su usuario! Pero leyó mi historia caliente y ahora va a leer la nueva —me aclaro la garganta—. ¿Qué debo hacer? Aunque creo que ya no será una historia caliente porque quiero escribir algo dulce, pero le haré un par de escenas de sexo suave.

La estúpida cosa se interrumpe y envía, vuelvo a grabar otra.

¿Qué crees que piensa cuando lo lee? ¡Imagina que piensa en lo que yo pienso cuando escribo! ¿Qué hago?

—¡Alaska! No está. Ven a buscarlo —grita papá de nuevo, y me quejo por tener que bajar.

Busco el libro que dejé donde le dije y donde él asegura que no lo ve. Efectivamente no está ahí, y después de sermones y negaciones, con una llamada a Jocker se descubre que él se llevó el libro de choques religiosos a su apartamento.

Subo de nuevo a mi habitación y tomo mi teléfono para ver las respuestas.

Está claro que estas cosas me tienen que pasar a mí:

Señor Caliente:
Fácil explicación, no soy Romina,
pero soy amable y te doy respuestas.

Señor Caliente:
Tu vecino es genial por leerte y dejarte corazones.
Y darte un seguidor más.

Señor Caliente:
Cuando él te lee seguro que imagina lo que tú quieres
que imaginen tus lectores cuando escribes tus escenas.

Señor Caliente:
Él, quizá, piensa que cuando escribes
estás MUY inspirada. Y seguro que se pregunta QUÉ TE INSPIRA.

Señor Caliente:
Lo que tienes que hacer es seguir escribiendo,
que seguro que él seguirá leyéndote. Es tu mayor fan.

Señor Caliente:
¿No hay sexo duro? No importa, seguro
que él disfrutará igualmente leyéndolo, incluso si solo
son dos escenas de «sexo suave» como tú lo llamas.

Señor Caliente:
Tu torpeza y capacidad
de ponerte en evidencia con estas equivocaciones
me encantan :p Dulces sueños, Alas.

9

Lo nuestro

DRAKE

23 de febrero de 2016

Abro la puerta de mi habitación, salgo descalzo y en bóxer caminando hasta el cuarto de Dawson. Este año soy quien se despierta primero. Abro la puerta de su habitación y la cierro. Aún adormilado salto a la cama, encima de él, y se queja.

—Déjame dormir.

—No. Te amo y siempre seré el primero en felicitar a mi copia romanticona —digo con los ojos cerrados porque también quiero seguir durmiendo. Dawson gruñe.

—¿Ya?

—Sí, ya amaneció —respondo riendo. Tira de mí y caigo a su lado. Sin abrir los ojos me arroja una almohada.

—Feliz cumpleaños, copia mal hecha —susurra, y estira su mano, supongo que quiere despeinar mi cabello, pero termina golpeando mi mejilla—. Lo siento. —Se ríe abriendo un ojo.

—Feliz cumpleaños, copia romanticona. Te vuelves quince minutos mayor que yo.

—¿No eran diez? —pregunta rodando antes de bostezar.

—Habrá que preguntarle a mamá, igualmente ella siempre cambia el número.

—Pero al menos no el orden del supuesto gemelo que nació primero —me recuerda. Asiento y cierro los ojos para dormir otro poco más.

No sé cuánto tiempo pasa mientras dormimos, pero finalmente mamá entra cantando el «Cumpleaños feliz». Dawson y yo nos quejamos al mismo tiempo por haber sido despertados. Él es el primero en levantarse, yo abrazo la almohada, pero luego mamá me obliga a levantarme y me da un fuerte abrazo que correspondo.

—Estos hijos míos se ponen muy fuertes y dan superabrazos. —Besa de manera sonora mi mejilla antes de pellizcarla—. Mis tesoros. Los niñitos que me hicieron sentir el doble de dolor durante el parto.

—¿Por cuánto tiempo Dawson es mayor, mamá?

—Cinco minutos.

Me vuelvo a ver a Dawson y contenemos las ganas de reír porque siempre es lo mismo, papá le sigue el juego. Ella nos pide que bajemos pronto para nuestro desayuno de cumpleaños y sale de la habitación. Bostezo y me estiro. El brazo de Dawson pasa por mi cuello y me da un raro abrazo-llave.

—Veinte años, hermanito.

—Y los años que nos quedan. —Golpeo su mejilla y bajo de la cama—. Te veo abajo y espero que hayas comprado un genial regalo para mí.

—Espero lo mismo.

Salgo de la habitación de Dawson y en el pasillo me encuentro a Hayley. Ella corre hacia mí y me abraza deseándome feliz cumpleaños. Como todos los hermanos, discutimos muchas veces, pero son cosas que fácilmente se superan porque por esta niña haría cualquier cosa. Ella corretea hacia la habitación de Dawson para felicitarlo. Me rasco el pecho y entro en la mía. Tomo una toalla y camino hacia el baño que comparto con mi hermano para ducharme antes que él.

Mi ducha no es muy larga y termina de despertarme. Después de cepillarme los dientes rasuro mi barbilla. Paso los dedos por mi cabello para peinarlo un poco y vuelvo a mi habitación a vestirme. Me pongo un pantalón y una camisa de manga larga, y voy hacia mi ventana. Cuando descorro las cortinas me paralizo ante lo que encuentro en la de enfrente.

Posiblemente Alaska no lo sabe, pero las cortinas de su habitación están abiertas, por lo que puedo verla muy bien.

Estoy inmóvil y muy despierto ahora. Sé que debería cerrar mis cortinas, pero una parte de mí me recuerda que muchas veces ella me ha espiado antes. Esta vez, ella es la de la toalla.

Por la manera en la que mueve su cabeza creo que está cantando mientras peina su cabello húmedo, luego quita el nudo de su toalla quedando en bragas y un sujetador rosa a juego. No es encaje, seguro que es algodón, pero eso no le quita ni un ápice al hecho de que el cuerpo de Alaska cautiva toda mi atención.

No puedo evitar acercarme a la ventana para observarla mejor. No sé si estoy parpadeando siquiera. Ella toma crema corporal y ¡Jesús! La veo aplicarse la crema y luego repite el proceso con la otra pierna, después lo hace con el resto de su cuerpo. Camina por la habitación y supongo que está buscando su ropa. Voy a cerrar mi cortina cuando vuelve a mi campo de visión.

No sé qué habrá escogido, pero al parecer no requiere sujetador, porque ella se lleva las manos detrás de su espalda y abre el broche. Con toda la fuerza de voluntad del mundo cierro mi cortina de golpe antes de que deje caer el sujetador y llegue a ver más.

Cierro los ojos y apoyo la frente en la ventana cerrada ahora cubierta por las cortinas. Suspiro. Eso ha sido demasiado.

—Esto se está volviendo muy difícil, Alaska —susurro.

Tomo mi teléfono móvil, sonrío descubriendo que tengo una foto de ella enviando un beso y deseando feliz cumpleaños justo a la medianoche, fue el primer mensaje. Le respondo con todos los corazones de colores que hay.

Drake:
Espero el abrazo en persona.

Escritora Favorita:
Seguro. Puedo darte hasta dos.

Drake:
¿Uno fuerte que valga por dos?

Escritora Favorita:
Hecho.

Abro un poco mis cortinas y ya no hay rastro de ella en su habitación; de hecho sus cortinas ahora están cerradas.

Drake:
Por cierto, disculpa.

Escritora Favorita:
¿Por qué?

Escribo y borro el mensaje una y otra vez. Si se lo digo, ella estará muy avergonzada y se esconderá de mí. Aun cuando no tiene nada por lo que esconderse porque su cuerpo me ha dejado fantaseando.

Drake:
Por ser un vecino molesto.

Escritora Favorita:
Eres un vecino molesto, pero me gustas.

Escritora Favorita:
Quiero decir, me gustas como vecino. Eso quise decir.

Drake:
Tú también me gustas…

Drake:
Quise decir, como vecina. Claro. ;)

Sacudo la cabeza y respondo los mensajes que me han ido llegando mientras salgo de mi habitación y bajo a degustar mi desayuno de cumpleaños.

Jocker, hermano mayor de Alaska, me palmea el hombro felicitándome. Es como otro hermano mayor para mí, lo respeto y admiro mucho. Su bonita novia, Adelaide, me da un breve abrazo después de que él se aleje.

—Felicidades, menos pasos para el cementerio. ¿A que sí? —Sonríe.

—A menos que quiera ser quemado —respondo.

—Ah, encontrar a alguien que entienda mi felicitación es tan… lindo.

Jocker pone los ojos en blanco y toma su mano para acercarse a Holden. Después de pasar al lado de Dawson, Alice me da un fuerte abrazo y aprieta mis mejillas a modo de burla.

—Viejito, felicidades.

—Gracias, soy un viejito sexi.

—Seguro. —Aprieta mi abdomen con el dedo y suelto una risa.

Entonces, después de abrazar fuertemente a Dawson, Alaska llega hasta mí. Me dedica una sonrisa antes de tomar impulso en un pequeño salto para envolver sus brazos alrededor de mi cuello. Sus pies están encima de los míos y me abraza con fuerza. Envuelvo mis brazos alrededor de ella con la misma intensidad, lo que me hace sentir muy bien.

—Feliz cumpleaños, Drake.

—Gracias, Alas. Mi escritora favorita —susurro en su oído para que solo me escuche ella.

Se separa levemente para observarme. Siempre digo lo mismo, pero es demasiado. Trago con dificultad. Esta lucha dentro de mí es muy difícil.

La dejo ir lentamente, su abrazo se afloja hasta que da pasos hacia atrás, me ve a través de sus pestañas y luego mira hacia un lado rascando de manera distraída su brazo. Dawson se aclara la garganta y pasa un brazo sobre sus hombros. En los ojos de mi gemelo veo el brillo de la burla y diversión ante mi desconcierto.

—Te presentaré a nuestros amigos, Aska. Alice, ven también —se ofrece.

No es que tuviéramos una fiesta planeada, pero algunos amigos se han acercado a pasar un rato con nosotros y han traído un par de pasteles, por lo que es algo improvisado. Camino detrás de Dawson y luego observo cómo presenta a nuestros amigos a las hermanas Hans, aunque a la mayoría ya los conocen, pues son amistades viejas. Sin embargo, ellos parecen sorprenderse al notar lo que han crecido Alice y Alaska Hans, cosa que Dawson y yo no pasamos por alto, por lo que estamos atentos y damos esa mirada de «ni lo intentes».

De nuevo alguien llama a la puerta y Hayley se pone de pie para abrir. Escucho mi nombre en un grito agudo. Dawson y yo nos giramos de inmediato hacia la persona que se acaba de unir a nosotros.

Es Allen… La última chica con la que me enrollé. Voy a abrir los brazos para recibir su entusiasta abrazo, pero ella abraza a… Dawson, que está a mi lado.

Bueno, hablando de situaciones incómodas.

Por un momento pienso que se conocen y que Dawson no sabe que me lie con ella, lo cual me hace pensar que será incómodo decirle que estuve con Allen antes que él. Pero veo el desconcierto en mi hermano mientras le devuelve el abrazo y luego ella le da un beso en la boca.

Entonces caigo en que pasó algo parecido incluso con alguno de nuestros amigos. Mis tatuajes están cubiertos con mi camisa de manga larga y esta chica ha confundido a Dawson conmigo. Ha sido incapaz de reconocer al chico con el que ha estado quitándose la ropa un par de veces.

Deja de besar a Dawson, que frunce el ceño y la observa.

—Lo siento, pero le metiste la lengua al hermano equivocado —informa mi hermano conteniendo la risa—, y eso fue demasiada lengua.

Allen se gira para verme y me señalo asintiendo lentamente. No es que esperara un saludo así, ya que ella fue la primera en decir que lo nuestro solo era para divertirse y cosa de un par de veces. Todo lo que hace es encogerse de hombros.

—Bueno, ahora he besado a unos gemelos, no importa.

Viene hacia mí y me abraza, su boca parece buscar la mía, pero corro mi rostro. Entre nosotros no hay ninguna historia y de ninguna manera compartiré saliva con mi hermano gemelo. Estamos muy unidos, pero no hay que exagerar.

—Feliz cumpleaños, ardiente.

—Gracias. ¿Cómo lo supiste?

—Por Facebook. Cuando lo vi pensé en darte un regalo especial. —Pestañea coquetamente hacia mí.

Saco mi mano de la suya sintiéndome incómodo con todo este intercambio de muestras afectuosas en público cuando pensé que todo había terminado. Rasco la parte baja de mi nuca, no voy a echarla, no soy así de idiota.

—Estos son mis amigos —los presento.

La verdad es que mi cumpleaños transcurre tranquilo, todos conversan y bromean. Vigilo especialmente a uno de los amigos de Dawson, que no deja de acercarse a Alaska y parece que a ella no le desagrada. Están enfrascados en una conversación, pero en un momento dado ella termina la conversación y se gira de forma abrupta hacia mí.

Nuestros ojos se encuentran y mi sonrisa es automática, gesto que ella me devuelve mientras se pone de pie y camina hacia mí. No le quito la mirada de encima mientras se acerca.

—Tengo un regalo para ti —asegura, y me gusta cómo suena eso.

Señalo con mi cabeza hacia la puerta que da a nuestro jardín lateral compartido y tomo su mano. Noto su sonrisa ante mi movimiento. Me muerdo el labio para no sonreír. Salimos y me giro hacia ella cuando estamos finalmente solos en mi jardín. A regañadientes dejo ir su mano para ver cómo la mete en el bolsillo de su pantalón y extrae una hoja, que ahora me entrega.

—¿Qué es? —pregunto con curiosidad.

—Un poema o algo así —es su respuesta inmediata.

Sus mejillas se sonrojan y desdoblo la hoja para comenzar a leer las palabras de quien se ha convertido en mi escritora favorita.

> Creo que los ojos que tú encuentras raros son hermosos. En cada uno de ellos veo una luz diferente.
>
> Drake, Drake. Mi querido lector, gracias por dar un corazón a mis historias aunque puedan darte calor.
>
> Eres el mejor vecino y también el mejor… ¿gemelo?
>
> Poema improvisado, poema regalado. Poema que se entrega y que seguro que ahora se encuentra en tus manos.
>
> Eres humano, eres pesado, pero eres perfecto siendo… ¿mi lector en el anonimato?
>
> Este poema es un asco, lleno de tachones, pero quiero que sepas que te quiero sin importar que seas… ¿…? Lo siento, no consigo encontrar algo que rime y vaya bien en esta línea.
>
> Feliz cumpleaños, Drake.

Creo que tal vez mi sonrisa es un poco boba, o demasiado, pero es imposible no sonreír ante tan extraño y dulce poema.

—Y esto… Es un regalo tonto, pero toma. —Sus mejillas se sonrojan mientras me ofrece el segundo regalo.

Deja en mi mano una pulsera de cuero con un dije de madera grabado en el que se lee: LECTOR PROFESIONAL. Letras superpequeñas que solo se leen si te acercas mucho junto con un corazón. Toma de nuevo la pulsera, estiro la muñeca y me la pone. Muerde su labio inferior observándome muy a la expectativa.

—Me encanta —digo finalmente.

—¿Sí?

—Sí, incluso si no me gustara, diría que me encanta porque me la has dado tú y eso ya lo hace especial.

—Me gusta cómo suena eso. —Sonríe.

—A mí también. Ahora, dame mi segundo abrazo de cumpleaños.

Riendo acorta la distancia y envuelve sus brazos alrededor de mi cintura, su mejilla presiona contra mi pecho y mis brazos la rodean. Apoyo mi mejilla en su cabello. Alaska es de baja estatura y me parece que es perfecta para compartir un abrazo conmigo.

—¿Crees que Dawson se pondrá celoso cuando sepa que a él solo le he comprado chocolates?

—No lo sé —suelto una risa, ella alza su rostro para verme y yo bajo mi mirada—, pero quiero también alguno de esos chocolates.

—Son besos de chocolates.

—Oh, pues tendrás que comprarle otros chocolates a mi copia romanticona, porque los besos de chocolate son lo nuestro. Así que debes dármelos a mí.

Ella ríe y sacude la cabeza, creo que me abraza más fuerte.

—No sabía que eran lo nuestro.

—Lo es. —Bajo mi rostro y beso la punta de su nariz. La miro muy fijamente—. Te quiero, Aska.

—Yo también te quiero, Drake.

10

¡Jesús en bóxer!

ALASKA

10 de marzo de 2016

—Alaska, ¿estás escuchándome? —me pregunta mi hermana antes de pasar la lengua por su cono de helado.

Sacudiendo la cabeza vuelvo la atención a Alice, maldiciendo en voz baja cuando mi helado se derrite ensuciándome los dedos, lo que me lleva a lamerlos para evitar el desastre pegajoso.

—Lo siento, me distraje un momento pensando qué… Olvídalo.

—¡Ven! Entremos a esa tienda de lencería. —Tira de mi mano y opongo resistencia—. ¿Qué pasa?

—Primero debemos terminarnos el helado —Le recuerdo.

—Cierto. Comamos rápido.

Me encanta pasar tiempo con ella, nuestras personalidades son muy distintas, pero de alguna manera funciona, pese a las discusiones normales entre hermanos. Estuvimos juntas en tonterías infantiles, en las conversaciones sobre primeros novios y primeros besos, supe cuándo tuvo por primera vez sexo incluso si no fue tan detallada, sufrimos cuando Jocker se fue al Medio Oriente y lloré con ella cuando abortó porque un imbécil la presionó. Agradezco a mis padres por darme una hermana, no puedo imaginar no tenerla y es por eso por lo que, cuando al salir de la escuela me sorprendió diciéndome que viniéramos por helado, no pude resistirme y estaba muy entusiasmada.

Ahora henos aquí, en el centro comercial, uniformadas, comiendo helado y pasando un buen momento aunque ciertamente hace unos momentos me sentí inquieta porque tuve la extraña sensación de que alguien nos veía y seguía, pero tal vez solo fue una confusión o producto de mi imaginación.

—Listo, terminé ¡Date prisa, Aska!

—No me presiones —me quejo, acabando el helado tan rápido como puedo.

Cuando finalmente termino, entramos riendo a la tienda con algo que ella dice y ¡vaya! Me encanta toda la lencería que veo. Todo esto de braguitas bonitas, sujetadores a juego y tanguitas sexis me encanta, no entiendo cómo es que pasé tanto tiempo sin venir a renovar mi ropa interior, y Alice debe de pensar lo mismo porque parece emocionada.

Hago un conteo rápido en mi mente de mis ahorros y pienso en que Jocker no sabrá que compré ropa interior sexi con la tarjeta de crédito que me dio para casos de emergencia. ¡Esta es una!

Alice y yo compartimos una mirada antes de deslizarnos por toda la tienda sonriendo, opinando y tomando prendas que arrojamos en una cesta.

—Vayamos a los probadores —pido, tomándola de la mano y guiándola.

Arrojo mi mochila al suelo una vez que estoy dentro del probador y rápidamente me saco el uniforme, tomando un conjunto de bralette de seda negro junto a unas braguitas que casi parecen una tanga. Amo el momento en el que veo el reflejo en el espejo, porque puede que no esté teniendo sexo o tenga un interés amoroso viéndolo, pero me encanta por mí, porque amo lo que refleja el espejo y me hace sentir poderosa el simple hecho de traerlo puesto.

Así que sé que me lo llevaré por el simple placer de que quiero usarlo.

Deslizo la cortina y entro corriendo al probador de enfrente en donde se encuentra Alice luciendo un sujetador de encaje morado que hace cosas geniales por sus pechos y que va a juego con las braguitas corte de bikini.

—Me encanta —decimos ambas al mismo tiempo.

Y eso es solo el principio, nos probamos todo, pasando de un probador a otro, riendo y halagándonos, amando la mayoría de las prendas y descartando muy pocas. Luego me pongo una camisola extra sexi de seda que refleja la sombra de mis areolas y me marca los pezones, llegando a medio muslo en donde da vistazos de las braguitas a juego. Sé que no me lo voy a llevar porque no dormiré en casa así, pero me veo en el espejo, deslizando una mano por mi cuello y luego por el costado de mi pecho, y tengo este momento imaginando a Drake detrás de mí.

Sus hermosos ojos observando la manera en la que la tela blanca me acaricia la piel y sonriendo. Imagino que lo ve, que lo adora y que luego intenta quitármelo.

—¡A verte, Alas! Ya estoy lista.

La voz de Alice me saca de mis fantasías y qué bueno porque no puedo arruinar unas bragas que no voy a comprar, aunque creo que sí tendré que llevármelo porque el daño está hecho.

Deslizo la cortina, encontrando a Alice usando de nuevo su uniforme. Finjo hacer una pose seductora que la tiene riendo y alentándome, sonrío y río hasta que veo hacia la izquierda y noto a un hombre... Con su teléfono apuntándome.

De inmediato mis manos van a mis pechos y grito retrocediendo, entrando al probador.

—Ese hombre me tomó fotos.

—¿Quién?

—El hombre de gorra, adulto, estaba en la izquierda ¡Me tomó fotos!

—Iré a ver, ya vuelvo.

Me visto asustada, dejando atrás la emoción, y cuando estoy lista salgo, caminando, viendo alrededor por si veo al pervertido y encontrando a Alice hablando con una de las vendedoras. Cuando mi hermana me ve, se acerca a mí.

—Dicen que no vieron a nadie con la breve descripción que me diste, Aska.

—Pero estaba ahí, me tomó fotos y me veía, te prometo que no estoy mintiendo.

—Y te creo —me asegura.

Pero no podemos hacer nada porque el hombre no está. Me siento impotente y molesta, incluso ultrajada. Era un momento privado que un pervertido invadió.

Realizamos el pago de nuestras compras, me llevo la camisola pensando que no la usaré realmente. Alice habla logrando apaciguarme y subir mi ánimo, pero no sé si es paranoia porque, mientras recorremos otras tiendas, tengo la persistente sensación de que nos siguen y en una de las veces que volteo, creo ver a un hombre de gorra, el mismo de la tienda, pero luego se ha ido.

Notando mi nerviosismo, Alice decide que iremos a casa, y acepto porque quiero sentirme segura y olvidar a ese sucio pervertido.

14 de marzo de 2016

Me quedo con los dedos suspendidos sobre el teclado. Bueno, se supone que esta historia debería haber sido mi segunda novela erótica, pero ha terminado siendo mi corta, apasionada y dulce historia que solo consta de diez capítulos y al final terminé descartando escribir acerca de Drake, no fui capaz.

Eso no quiere decir que no ame la historia que me he esforzado en escribir; de hecho, estoy encantada con ella. Sonrío mientras escribo la palabra «Fin». Hay algo bueno en escribir historias cortas: no te enrollas, la inspiración viene fácil, no hay presión y disfrutas cada segundo de ello. Claro, lleva esfuerzo y ganas, pero es algo de lo que se nutre el lector y tú. Sin embargo, debido a la escuela, mis actualizaciones han sido muy lentas, cada dos semanas. Corregir la historia es una de las partes más fastidiosas de escribir y a veces, entre la pereza y tener que estudiar, me cuesta hacerlo, pero ahora que he terminado de escribir la historia, creo que haré un maratón hasta llegar al final.

Llaman a mi puerta y cuando me vuelvo, veo que Alice entra. Se deja caer a mi lado y aparto mi portátil. En esta historia no hay mucho contenido sexual, es un equilibrio entre romance, drama y sexo en tan solo diez capítulos, pero estoy tan acostumbrada a esconder lo que escribo a mi familia que ya resulta automático.

Me da miedo que lo lean y piensen que no soy buena, que me den palmaditas en la espalda, me miren desconcertados y piensen que soy una soñadora con las hormonas disparadas escribiendo sobre algo que desconozco.

—¿Sabes ese nuevo presentador que entró en *Infonews* al mismo tiempo que lo hizo Adelaide? —cuestiona después de un silencio.

Me giro para observarla. Estoy asumiendo que habla de Austin, uno de los nuevos presentadores de *Infonews* que se incorporaron cuando después de cancelar el programa este fue comprado por otro canal y reformado. Todo lo que sé sobre Austin es que podría inspirar cualquier historia, juega mucho con el piercing de su ceja y es muy amigo de Adelaide, la novia de mi hermano Jocker. No lo conozco mucho porque nunca hemos mantenido ninguna conversación duradera que no fuera derivada de la casualidad de estar con Adelaide o con mi hermano.

Sin embargo, por alguna extraña razón, Alice decidió que no le agradaba, cosa que no me sorprende, toda la vida mi hermana mayor ha sido así. Decide con una mirada que por alguna rara razón alguien no le agrada y puede cambiar de opinión con el tiempo... O no. El pobre Austin lleva un año en la lista negra y eso que realmente nunca han intercambiado más que aquellas palabras durante todo lo ocurrido con Jocker viajando a países con conflictos armados, células terroristas, con el propósito de un trabajo de investigación, fue algo que consiguió darnos el peor susto y experiencia de nuestra vida.

—¿Austin? —pregunto para estar del todo segura.

—Sí.

—¿Qué sucede con él?

—Georgia quiere que se lo presente. No me cree cuando le digo que no tengo ningún contacto con él. Parece que está enamorada de él desde que lo vio en el programa.

—Ella y muchas más. —Río—. Podrías pedírselo a Jocker, aunque sería raro, supongo. Pero cualquiera cosa por cumplir el sueño a tu mejor amiga, ¿no?

—No quiero molestar a Jocker.

—Hum, seguro que para Jocker sería extraño, pero siempre puedes decírselo a Adelaide. No creo que ella tenga problemas, de hecho ella lo haría solo por divertirse y ver la reacción de Austin.

—No lo sé.

La miro, ella observa sus uñas con la manicura perfecta porque recientemente se las ha arreglado. Lentamente sonrío como si uniera piezas en mi cabeza.

—¿No quieres que Austin y Georgia se conozcan y que, posiblemente, se enamoren por siempre y para siempre?

—¡¿Qué?! ¡No es nada de eso! —Frunce el ceño—. Solo pienso que mi mejor amiga podría aspirar a alguien mejor.

—¿Qué hay de malo en Austin? Es hijo de un importante investigador, uno que papá respeta mucho. Es atractivo, sexi, inteligente y ahora trabaja en la televisión. Y, lo más importante, si es tan amigo de Adelaide, significa que es una gran persona, de buen corazón.

—No me gusta.

—Pero ¿por qué?

—Porque no me gusta.

—¿Qué clase de respuesta carente de sentido es esa? —pregunto divertida.

—Es mi respuesta. —Se encoge de hombros—. Así que, si Georgia te pregunta algo… ¿podrías confirmarle que se lo pedí a Jock y a Adelaide, pero cuando le preguntaron a Austin, él se negó?

No puedo evitar reírme de su extraña lógica y de su plan de acción. Para mí está bastante claro: parece que le gusta al menos un poco Austin y que la idea de verlo con su mejor amiga no le resulta nada agradable. Es algo que Alice jamás admitirá con facilidad, por lo que ni siquiera la molesto con ello.

—Está bien, pero siempre podrías realmente preguntarle a Adelaide y…

—No.

—Vale. —Río otro poco más.

Me sonríe. Alice y yo físicamente somos muy diferentes. Yo me parezco a Jocker y a papá, mientras que ella es más como Jackson y mamá. Siempre he creído que mi hermana es preciosa y despampanante de una manera que no puedes evitar notar.

—Ahora hablemos de Drake. —Cambia el tema de manera drástica.

—¿Qué?

—Sí, llevo un par de años queriendo tener esta conversación. —Aplaude de manera teatral—. Evidentemente te gusta y es obvio que tú eres su Hans favorita. ¿Qué está sucediendo? ¿Ha pasado algo? ¿Estás saliendo a escondidas con él?

Abro y cierro la boca, me planteo negarlo, pero me gusta cuando Alice y yo tenemos estos momentos. Además ella parece muy entusiasmada por saber. Así que termino cubriendo mi rostro con mis manos y ella ríe.

—Me gusta mucho —admito finalmente—. Siempre me ha gustado.

—Oh, tontita, no puedes evitarlo. —Se ríe y la veo por entre mis dedos—. Es Drake ¡Por Dios! Los hermanos Harris son casi perfectos y todos los tatuajes de Drake son maravillosos. Estaba escrito que alguna de las hermanas Hans se enamoraría de alguno de ellos, ya fuera los gemelos o Holden —bromea.

—Pudiste ser tú.

—Pero tú tienes mejor gusto que yo —se burla de sí misma, quito mis manos de mi rostro para arrojarle una almohada—. Entonces ¿qué dice él?

—No lo sabe.

—Ya, porque Drake es así de tonto e inocente. —Sacude la cabeza—. Él al menos tiene que sospechar.

—Una vez…

—¿Sí? —Luce ansiosa y sus ojos verdes claros, rayados con algún otro color que nunca identifico, se abren mucho.

—Nos dimos algo que no fue un beso. —Me muerdo mi labio inferior recordando—. No sé, fue todo muy raro. Él acariciaba mis labios con los suyos, luego lo mordí y creo haber sentido su lengua, no era un beso. —Entorno mis ojos hacia ella—. Pero luego apareciste tú y cortaste el rollo.

—Oh, soy una perra desgraciada arruinadora de los no besos que casi son besos. —Finge teatralidad y golpea mi muslo con su mano haciéndome reír—. Lo siento.

—En su cumpleaños me dijo que me quería y yo le dije que también lo quiero. Quizá hablamos de un tipo de amor muy distinto, pero sentí tanto cuando lo dijo —suspiro—; sin embargo, sale con esas chicas de su edad, incluso mayores. Yo apenas cumpliré diecisiete años, seguro, que me ve como una niña. Una niña que escribe de sexo públicamente bajo un seudónimo.

—Aska, eres preciosa, de baja estatura, pero mira esas bonitas curvas que tienes. ¡Eres hermosa! Tu boca es la perdición de los chicos, escuché a muchos en la escuela que lo decían. —Se ríe—. De hecho, una vez golpeé a unos chicos que hicieron una lista y te pusieron la primera como la mejor boca para hacer una mamada. ¡Malditos idiotas!

—Qué idiotas —hago una mueca—, no me siento para nada halagada.

—Lo sé. La cuestión es que no eres invisible para ningún chico, por eso le encantabas a Caleb, lo traías loco. —Por Dios, lo último que quiero hacer es hablar de ese ser—. Bueno, aún está loco por ti, siempre me pregunta por ti.

—Hum… —No me apetece hablar de él.

—Drake no es ciego, tienes que ser su gran tentación.

—No me hagas ilusionarme. Siempre he sido sincera conmigo misma para saber que solo es un enamoramiento adolescente no correspondido.

Se acuesta hasta dejar su cabeza reposar contra mis piernas. Espero que sepa que cuando se me acalambre la quitaré sin ningún gesto de ternura como tantas veces lo he hecho antes.

—¿Qué pasa con eso de que es el único que te lee?

—No es el único que me conoce y me lee, Romina también lo hace y la mejor amiga de Adelaide también.

»Y fue un accidente —digo, y el sonrojo natural en mí incrementa—. No lo planeé.

—¿Qué escribes? —Escucho la diversión en su voz—. Estoy asumiendo que es algo muy pícaro para que seas tan reservada y enloquecieras tanto ante el hecho de que Drake te leía.

Decido ser sincera porque Alice y yo somos hermanas y estamos muy unidas. Yo estuve a su lado en su peor momento como espero estar en todos los buenos y sé que ella haría lo mismo por mí.

—He estado escribiendo novelas románticas, pero en última instancia, debido a un reto con Romina, escribí una historia diferente. —Acaricio su cabello con mis dedos—… Escribí una historia con… muchas escenas sexuales.

—¿Tú?

—Sí, eran muy sucias. Bastante.

—¿Y cómo…? ¿Acaso?

—No, no. Soy totalmente virgen, como un continente sin descubrir. Como un planeta desconocido.

—De acuerdo…

—Pero al parecer tengo mucha imaginación y en realidad no es difícil. Es como si quisiera escribir sobre lobos, lo imagino y surge.

—¿Drake leyó todas esas escenas?

—Sí, y estaba muy avergonzada. Siempre me pregunta en qué me inspiro.

—¿Te inspiras en él?

—No, o sea, no del todo. A veces me gustaría que algunas cosas sucedieran, pero realmente Cody no está inspirado cien por cien en él. Es algo así como un cincuenta y dos coma noventa y nueve por ciento.

—Es un grave caso de atracción. ¿Por qué no me lo dijiste?

—Porque siempre he temido que alguien descubra lo mucho que él me gusta; y sobre escribir, porque me da miedo decepcionarlos si no soy suficientemente buena.

—No seas tonta. Seguro que eres supertalentosa. Es más, para demostrártelo, yo que soy floja para leer libros largos, me comprometo a leerte... Si me lo permites.

Mordisqueo mi labio inferior pensándomelo. Mi hermana leyéndome. No tiene que ser obligatoriamente *Caída apasionada* y tampoco debería temer mostrársela. Después de todo, es Alice, y lo máximo que puede hacer es burlarse de mí como lo hemos hecho por tantas cosas.

Y estoy segura de que Alice leerá más rápido un libro pícaro que uno lleno de momentos rosas que ella asegura no le pasan nunca porque los hombres son bastardos que lo máximo a lo que aspiran es a ser vibradores. Sí, mi hermana no tuvo una buena experiencia y eso la amargó un poco. Trato de no juzgar su rencor debido a que no puedo sentir lo que experimenta ella cuando vuelve la vista atrás y ve adónde la llevaron sus decisiones.

—Te dejaré leer la historia que me dio vergüenza que Drake leyera, mi historia sucia.

—Oh, eso suena interesante. —Se incorpora y pellizca mis mejillas—. Relájate, Aska. No me burlaré de ti.

—Pero no se lo muestres a nadie más. Prométemelo.

—Lo prometo.

—¿Qué prometen mis tías, papi? —dice una voz masculina fingiendo ser infantil. Alice y yo nos giramos y nos encontramos a nuestro hermano Jack con la pequeña Jaqueline en sus brazos.

Me pongo de pie con rapidez para tomar en brazos a mi regordeta, preciosa y tierna sobrina de ocho meses. Ella se aferra a mi hermano y lloriquea un poco cuando la tomo, pero acaba por reír cuando la hago girar. Siento que esta niña es la copia exacta de mi hermano, no hay duda de que es su hija, aunque en ningún momento se nos ha pasado por la cabeza que Miranda le haya puesto los cuernos.

Jack besa mi frente y acaricia mi mejilla. Es un hermano cariñoso y, como papá, si muchas chicas lo vieran, lo raptarían. Estoy segura de que Miranda vive con corazones en sus ojos cuando lo ve junto a Jackie.

Me siento en mi cama y Alice se acerca para besar la mejilla de nuestra sobrina; mi hermana luce feliz de verla, sin embargo, sé que hay algo agrio en el momento. No es que Alice no sea dulce y amorosa con Jackie, pero soy capaz de reconocer que algunos pensamientos se adueñan de su cabeza muchas veces cuando la sostiene.

—¿Cómo está la cosita hermosa de las tías? —pregunto en voz aguda y Jackie gorgotea mientras se mueve sin parar—. Te amo, cosita bonita.

—¿Bajamos? Miranda está abajo y Jocker viene en camino con Adelaide —dice mi hermano, luego le hace una mueca a Jackie y ella da un gritito.

—Imposible negarme, pero yo la llevo —indico.

—Después debes dármela, no la acapares —se queja Alice. Jack ríe adelantándose al alejarse, Alice me sonríe—. ¿Cuándo me darás tu historia?

—Más tarde, prometido.

25 de marzo de 2016

Estoy de pie frente a la puerta de los Harris. Me muerdo el labio dudando entre tocar o no. Una ráfaga de viento casi me sube la falda de la escuela y eso acaba de decidirme. En mi casa no hay nadie, Alice me dijo que nos veríamos en nuestro hogar y resulta que llevo media hora esperándola.

Toco el timbre y me balanceo sobre mis pies. Reconozco de inmediato al gemelo que abre la puerta, aunque lleva un suéter cubriendo sus brazos.

—Hola, Dawson. ¿Puedo esperar aquí a que alguien llegue a mi casa? —Le hago ojitos pestañeando continuamente, él sonríe.

—Claro. ¿Cómo podría dejarte desamparada? —Se agacha y besa mi mejilla—. Pasa, adelante.

Le doy una amplia sonrisa antes de abrazarlo, lo suelto y lo rodeo, entrando. Veo que el sofá está lleno de libros junto a un ordenador portátil y hojas llenas de apuntes. Me giro hacia Dawson notando las bolsas en sus ojos.

—¿Tienes examen?

—En plural. Exámenes. Así que en este momento soy un zombi. —Estira sus brazos frente a él y camina tambaleándose—. Aska, cerebro. Comer.

—Pues busca a quien comer porque no seré yo tu bocadillo. —Río—. Prometo que no voy a molestarte, ni notarás que estoy aquí.

—No te preocupes, arriba está Drake. No estás atrapada conmigo y los libros. —Toma una profunda respiración antes de proceder a gritar—. ¡Drake! Alaska está aquí y necesita entretenimiento. ¡Mueve tu culo copión del mío! —Toma un respiro y me sonríe antes de gritar de nuevo—. ¡Apúrate!

Me vuelvo hacia las escaleras escuchando las lentas pisadas y lucho contra la urgencia de no quedarme con la boca abierta cuando aparece Drake, sin camisa y estirándose. Me sonríe y pasa una mano por su cabello húmedo.

Alguien tomó una ducha y ese alguien no me esperó para enjabonarle el cuerpo.

—Hola, Drake. —Mi voz suena un poco chillona, así que toso para aclararla.

Él flexiona el índice de una de sus manos pidiendo que me acerque. Dejo mi mochila a un lado y camino hasta él. Bien podría estar hipnotizada, porque en este momento lo seguiría sin duda alguna. Cuando me detengo frente a él, se agacha, debido a que está dos escalones por encima de mí, su rostro está a pocos centímetros del mío y sacude la cabeza dejando que las gotas de su cabello caigan sobre mi camisa blanca de la escuela.

Alerta de spoiler: la camisa se transparenta donde se mojó y no es el único lugar que termina húmedo por su culpa.

—Hola —susurra sin perder la sonrisa—. Justo estaba pensando en ti.

Ya sabes, me gusta la idea de Drake pensando en mí mientras se baña. Me lo tomaré como un halago sin duda alguna.

—¿En qué pensabas? —pregunto también en un susurro.

—Ven, te lo diré en mi habitación. —Baja los escalones que nos separan—. ¿Traes short bajo tu falda?

—Siempre. —Hay niños pervertidos en la escuela que siempre quieren pasarse de listos.

Me dedica una enigmática sonrisa antes de agacharse un poco, alzarme y hacerme gritar cuando pasa una de mis piernas por su hombro. ¡Jesús en bóxer! Estoy montada en el hombro de Drake. Mis manos se aferran a su cabello, que ahora humedece totalmente parte de mi camisa.

—¿Qué haces? —pregunto con temor a moverme.

—Soy un medio de transporte para mi habitación.

—No sé qué carajos ven mis ojos —escucho decir a Dawson, y me vuelvo a verlo—. No sé si alucino por la falta de sueño o si realmente Drake te está cargando en una postura comprometedora. Sea como sea, estaré estudiando. Si mi copia mal hecha se pone insoportable, da un grito de auxilio y te rescato, Aska —concluye volviendo al sofá, pero lo veo sonreír. ¿Qué sucede?

Drake comienza a subir las escaleras y temo mucho caerme, mis dedos están aferrados con fuerza a su cabello, espero no estar siendo demasiado brusca con mi agarre. Me sonrojo sintiendo su hombro entre mis piernas.

Drake me está llevando a su habitación. ¿Qué pretende? Supongo que lo averiguaré enseguida.

11

A ti… A mí. Nosotros

DRAKE

¿Que por qué cargué a Alaska de esta manera? No tengo ni idea.

¿Que si me gusta? No me toquen debajo de la cintura, que hay mucha evidencia.

¿Estoy metido en serios problemas? Es lo más probable.

El dobladillo de la falda de Alaska roza contra mi mejilla mientras llego al final de las escaleras y camino hasta mi habitación. Mamá está tomando una de sus largas siestas y confirmo que sigue dormida cuando paso por la puerta abierta de su habitación y unos suaves ronquidos salen de ella.

Los dedos de Alaska tiran con un poco más de fuerza de mi cabello, creo que teme caer, pero nunca dejaría que eso sucediera. Su muslo golpea con cada uno de mis pasos contra mi pecho y otro contra mi espalda.

Yo mismo me he sometido a esta situación y ahora debo afrontar las consecuencias.

Cierro la puerta de mi habitación una vez que estamos dentro. Y me agacho para ayudarla a bajar, su cuerpo roza el mío y me muerdo el interior de la mejilla para no hacer ningún extraño sonido. Alcanzo a ver su diminuto short negro antes de que acomode su falda. Su camisa está húmeda en varios lugares, lo que hace que una de las copas de su sujetador negro se vislumbre ante la tela blanquecina mojada.

La veo retirar el cabello de su rostro. Me observa con esos ojos grises con rayas marrones o del color que sean, la cosa es que son preciosos. Parece que espera algo de mí a medida que se balancea de un pie a otro.

Resopla como si hubiese perdido la paciencia y río.

—¿Me dirás ahora por qué estaba en tus pensamientos? —pregunta con evidente curiosidad.

—Me gustó mucho tu historia corta, pero estoy deseando que escribas alguna otra historia larga.

—Tengo que pensarlo, tengo mucho trabajo.

—Puedes encontrar un poco de tiempo libre.

—Tal vez…

—Y no reprimirte —agrego.

—¿Qué se supone que significa eso? —Lleva las manos a sus caderas.

—Que sé que no hiciste ninguna escena sexual en tu historia corta porque sabías que yo la leería. Hay un montón de comentarios «¿Y el sexo? Tú no eres así». Ya te lo dije, no debes reprimirte si lo que te avergüenza es que te lea.

Camina hasta mi cama y se deja caer.

—Es que… —comienza.

—¿Sí?

—No puedo evitarlo, porque luego te imagino leyéndolas y no sé. Es raro.

—¿Raro en plan malo?

—No sé, dime, ¿qué piensas cuando lees esas escenas escritas por mí?

La respuesta a esa pregunta muchos la encontrarían interesante, tan interesante como el hecho de que noto que ahora Alaska está un poco más suelta a la hora de hablar de ello conmigo. Como si lo hubiese aceptado y estuviera bien con el hecho que antes la perturbaba. Me gusta eso.

—Depende de qué historia esté leyendo. —Sonrío y me siento a su lado, me giro, apoyando un muslo en el colchón para estar más cómodo—. Si es una de tus historias cursis y dulces no puedo evitar poner los ojos en blanco más de una vez, pero sonrío. Cuando son cortas mayormente estoy sonriendo.

»Has escrito cinco historias. Tres cortas y dos largas. Una de tus historias largas me tenía un poco frustrado porque había mucho drama y quería arrojar mi teléfono, pero me encantó.

Guardamos silencio porque ambos sabemos lo que queda en el aire: su historia no tan dulce y muy apasionada. Poco a poco sus mejillas se van sonrojando aún más mientras espera mis palabras. Siempre he sido un tipo sincero, personalmente a Alaska nunca le he dicho una mentira, así que me es difícil no ser sincero en este momento.

—¿Quieres saber lo que pensé cuando leí *Caída apasionada*?

—No estoy segura.

—Seré muy sincero, tanto que temo que salgas corriendo o me veas distinto.

Eso parece alarmarla y duda sobre qué decirme. Sinceramente, no sé si quiero que ella sepa lo que pensaba o prefiero que se quede siempre con la incógnita.

—Quiero saberlo.

—Bien. —Lamo mi labio inferior antes de tomar la más profunda de las respiraciones.

«Aquí vamos. ¿Qué es lo peor que puede pasar?».

—Estaba muy sorprendido, me preguntaba cómo podía todo eso venir de tu cabeza, cuando…

—¿Sí? —Mi pausa parece desesperarla, sonrío y me rasco la parte baja de mi nuca.

—Cuando estaba consiguiendo que mi cuerpo reaccionara al leer todas esas escenas obscenas —le confieso, y la miro directamente a los ojos—. Pensaba por qué demonios escribirías sobre cosas tan sucias, si eran cosas que hacías o querías hacer. Y…

—¿Y?

—Lo llegué a imaginar.

—¿Qué cosa? —cuestiona queriendo saber más.

—Lo sabes.

—No, no lo sé.

—A ti… A mí. Nosotros.

Lo he dicho en voz alta, ya está. Lo he dicho y me he quitado un peso de encima mientras Alaska Hans me observa fijamente. Luego esos magníficos labios se abren un poco y exhala con lentitud. ¿Por qué pensé que era buena idea que estuviéramos a solas en mi habitación? Ahora que lo recuerdo debo buscar una camisa. Alaska y yo estamos en una zona que está gritando «¡peligro!» con letras rojas y grandes.

—¿Nos imaginabas… hablando? —susurra.

—Ahora solo quieres jugar a ser tonta. ¿Por qué nos imaginaría hablando mientras leo tus escenas sucias?

—Porque tengo miedo de entender lo que me quieres decir.

—¿Tienes miedo de mí? —La idea me decepciona, lo último que deseaba era asustarla.

—No, no. Tengo miedo de… Olvídalo.

—No podré olvidarlo ahora.

Guardamos silencio una vez más, hay algo sobre Alaska que me hace pasar de ser un tipo experimentado a ser un pobre hombre torpe. La veo cerrar sus ojos con fuerza y cuando los abre mira alrededor antes de volver a centrar su atención en mí.

—Tengo miedo de que te molestes conmigo —confiesa.

—¿Por qué?

No me responde, juega con sus manos antes de suspirar. Sin duda hay cosas que te sorprenden y quedarán por siempre en tu memoria, recuerdos que en la vejez te harán sonreír mientras sacudes tu cabeza. Y este es uno de esos momentos.

En un momento ella está insegura y luego, con una rapidez que me sorprende, las manos de Alaska están en mis mejillas, sosteniendo mi rostro antes de que presione de manera suave y rápida su boca contra la mía. Se aleja y me observa con los ojos muy abiertos. En San Valentín recuerdo que hicimos algo raro que no llegó a ser un beso, pero se asemejó mucho. Nunca lo hablamos. Esta vez todo ha sido muy diferente.

Le doy una media sonrisa porque noto lo alarmada y consternada que se encuentra por lo que acaba de hacer.

—Tranquila. No estoy molesto contigo por esto —aseguro.

—¿No? Lo siento, lo siento, lo siento.

Pongo los ojos en blanco y río antes de tomar su rostro en mis manos y esta vez ser yo quien cubre sus labios con los míos. Creo que suspira. En un primer momento estoy dejando cortos besos sobre su boca, pero luego me canso de tanto juego y tomo su labio inferior entre los míos, succionándolo y luego saboreándolo con mi lengua, enviando una clara indirecta para que me deje entrar. Esa boca, que me ha tentado durante mucho tiempo, se abre y mi lengua de inmediato acaricia la suya. Profundizo el beso y ladeo mi cabeza porque deseo mucho más. Siento su mano recorriendo mi brazo y luego la siento en mi muslo, en la parte alta. Separo mi boca de la suya.

—No me toques ahí, eso puede ser peligroso —le advierto.

—¿Sí? —Su sonrisa pretende ser inocente, pero no la creo.

Llevo mi boca a su mejilla, trazando un camino de besos hasta su boca nuevamente. Cuando alcanzo mi objetivo no la beso, mantengo mis labios a centímetros de los suyos preguntándome si debo seguir con esto, si esto va a cambiarnos, si quiero que todo siga igual. Pero cuando lame sus labios con su lengua, no hay nada más que pensar. Vuelvo a besarla.

Y en esta ocasión mis manos bajan de sus mejillas a su cuello y siguen hasta llegar a sus costados, luego llegan a su espalda y la acerco a mí. Todo es dulce… Hasta que ella se vuelve apasionada.

Me muerde el labio inferior, pero calma el leve ardor con su lengua. ¿Quién siquiera sugirió que Alaska Hans no sabe besar? Su boca está desarmándome mientras se inclina hacia mí. Una de sus rodillas se cuela entre mis piernas a poca distancia de mi entrepierna y sus manos se aferran a mi cabello. Admito que las mías bajan hasta el final de su espalda y luego… a su culo envuelto en la falda de cuadros.

Y mientras nos besamos, lucho contra el impulso de mover aún más mi mano mientras el beso se vuelve algo muy intenso e impresionante. Succiones, jadeos, lenguas y mordiscos. No esperaba esto, pero disfruto cada segundo de ello.

Llaman a mi puerta. Al principio no lo escucho, pero luego me parece percibirlo y con un jadeo separo mi boca de la de Alaska. Me alejo de inmediato mientras ella salta y corre hasta mi ventana dando la espalda justo cuando la puerta se abre.

Lentamente le doy una pequeña sonrisa a Holden, quien enarca una ceja mientras nos observa. No esperaba que apareciera mi hermano mayor. Sin decir nada, él se gira hacia la puerta antes de gritar:

—Jock, tu hermana sí está aquí. Ahora bajamos.

—¡Vale! Pero no la estaba buscando —se burla Jocker respondiendo con un grito que suena más como un eco.

Alaska no se da la vuelta, se mantiene mirando por mi ventana. Holden apoya su costado en el marco de mi puerta.

—Así que... ¿hablamos de esto?, ¿o tenemos una incómoda charla sobre el sexo seguro, Drake? —me pregunta.

—No es lo que necesito. Nosotros estábamos hablando.

—Muy de cerca. Una conversación que incluía succión de bocas... A menos que te aplicaras algo estético. —Finge pensárselo acariciando su barbilla—. Aska, nena. ¿No vienes y me das un abrazo?

—Hola, Holden. ¿Qué tal estás? —No se da la vuelta—. Es que justamente ahora veo algo muy bonito aquí afuera.

—Sí, el jardín que divide nuestras casas es una vista preciosa —asegura mi hermano.

Holden vuelve su vista a mí y me hace una señal de cortarme el cuello con la mano. Rasco la parte baja de mi nuca sin saber muy bien qué decir. Se hace un largo silencio hasta que mi hermano decide volver a hablar.

—Bien, como la conversación entre ustedes fue tan interesante, les daré tiempo para que alivien los resultados y bajen. Pero antes, ¿puedes venir un momento, Drake?

Me pongo de pie y camino hasta él. En cuanto estoy cerca golpea la parte baja de mi nuca y contengo un quejido. Se acerca para susurrarme:

—Espero que no estés siendo un idiota ni que estés experimentando, ¿de acuerdo? Y péinate, es evidente que te estaba tirando del cabello. Te espero abajo.

—No estábamos... —Recibo otro golpe en la parte baja de mi nuca.

—Deja de negarlo, deberías estar orgulloso. Pensé que nadie te soportaría nunca. —Sonríe—. Y yo que pensé que mis hermanos gemelos estaban defectuosos.

—Qué divertido eres.

—Lo sé. —Me guiña un ojo ignorando mi sarcasmo—. Aska, te veo abajo.

Holden sale y me giro hacia Alaska, que tarda unos minutos en darse la vuelta para verme. Si antes esos labios eran de ensueño, ahora que están inflamados y más rojos de lo normal son toda una fantasía.

—Tienes la falda... torcida —digo antes de ir a mi armario a por una camisa, detalle que no recordaba cuando hablaba con Holden.

Vuelvo a girarme y la veo a punto de salir de la habitación. Cuando la llamo se detiene y se gira para observarme muy alarmada. Acorto la distancia y la abrazo. Es algo que simplemente siento que debo hacer.

—¿Va a ser incómoda la situación entre nosotros a partir de ahora? —pregunto.

—No quiero que sea incómoda. —Me abraza ella también.

Sonrío antes de liberarla, me muestra una amplia sonrisa y la sigo mientras salimos de mi habitación. Vuelve a girar su rostro.

—Te quiero, Drake.

—Yo también te quiero, Aska.

28 de marzo de 2016

«Besé a Alaska».

«Nosotros nos besamos».

Este pensamiento ha estado en mi cabeza desde que sucedió hace unos días. Lamo mis labios como si todavía pudiese saborearla en ellos. Paso las manos por mi rostro y suspiro una vez más. Dawson me mira frunciendo el ceño antes de ignorarme una vez más, volver a sus apuntes y ponerse a estudiar para su importante examen parcial.

Estoy en su habitación, tirado en su cama después de prometerle que no interrumpiré sus estudios, que solo me quedaría pensando en silencio. Mis pensamientos sobre Alaska me están volviendo loco.

Suspiro una vez más y ruedo en la cama hundiendo mi cabeza en la almohada. ¿Por qué tiene que ser Alaska Hans?

—¡Drake! —Me arroja algo que golpea mi espalda—. Dijiste que no notaría que estabas aquí.

Me giro y descubro que me ha lanzado una goma de borrar. Me incorporo hasta estar sentado con la espalda apoyada en el cabecero de la cama. Finjo hacer un puchero y él pone sus ojos en blanco, ahora es él quien suspira al darse cuenta de que tiene que prestarme atención.

—Te doy cinco minutos de mi atención y después debes irte. Tus suspiros no me dejan estudiar.

—Me conformo con esos cinco minutos.

El muy idiota pone el cronómetro en su teléfono y asiente haciéndome saber que mi tiempo ha comenzado y que debo aprovecharlo. No es la primera vez que me hace algo como esto.

—Te dije que Alaska y yo nos besamos.

—Sí, que fue un beso candente que Holden interrumpió y que te estaba enloqueciendo. ¿Todavía te enloquece?

—¿Cómo evitarlo? Esos besos… Ella… Se sintió tan… No sé cómo decirlo. —Miro al techo—. Alaska invade todos mis pensamientos ahora con muchas más fuerzas.

—Es normal. Ya te gustaba antes, pero ahora que exploraste algo de la química entre ustedes, difícilmente te la puedes sacar de la cabeza. Entonces ¿qué piensas hacer al respecto?

No sé qué responderle y ese es el problema. Quisiera decirle que lo intentaré y que buscaré que me dé una oportunidad, pero todavía hay ciertos obstáculos: la edad, que soy un pésimo novio y que no sé qué sucede exactamente entre nosotros.

¡Cielos! Ella me encanta. ¿Qué se supone que debo hacer al respecto? Me dejo caer de espaldas en la cama y Dawson ríe.

—Estás tan mal, copia mal hecha, creo que tú mismo estás haciendo nudos en algo que se ve tan claro.

—Me estoy volviendo loco, Dawson.

—¿Lo has hablado con ella? —Sacudo la cabeza—. Siento que harán un drama de esto antes de llegar a lo que parece tan claro. —Ríe—. Trata de tranquilizarte, solo fueron unos besos. Estoy seguro de que Aska y tú podrán lidiar con ello.

—Tal vez debo dejar pasar un tiempo para verlo con mejor perspectiva.

—Si piensas que eso te ayudará…

—¡No sé qué me ayudará!

—Hablarlo. Conversar con ella sobre esto es lo que definitivamente va a ayudarte, pero pareces no darte cuenta.

—Bien, hablaré con ella. ¿Feliz?

—Sí, porque eso significa que por fin te irás de mi habitación y me dejarás estudiar.

Río, me pongo de pie y me acerco a él dándole un abrazo demasiado efusivo para molestarlo, luego me voy a mi habitación y le envío un mensaje a Alaska para que salga a la ventana. No nos hemos visto desde ese día.

No tarda en aparecer y me mira de una manera tímida que me creería si no nos hubiésemos besado con abandono y mucha pasión días atrás. Le sonrío y trato de actuar con naturalidad. En parte verla me hace sentir más seguro sobre que las cosas no tienen que ser extrañas entre nosotros.

—Hola, extraña. Llevaba días sin verte.

—Estaba ocupada con la tarea de Historia y Español. —Se sienta sobre el borde de su ventana—. ¿Qué sucede?

La miro durante largos segundos pensando qué decirle, pero me distraigo porque recuerdo cómo sentía esa tentadora boca contra la mía. Ella me mira a la expectativa y al final solo le sonrío.

—Nada, solo quería verte.

—Oh… —Se sonroja—… Bueno.

—¿No te gusta verme? —bromeo haciéndola reír.

—Me encanta, gracias por darme este privilegio.

De esa manera comenzamos a conversar una vez más. No hablamos de aquellos besos y toques ligeros, de cómo se sintió ni lo que cambió entre nosotros, pero aunque no lo mencionemos flota entre nosotros.

Tal vez Dawson tiene razón y hasta que no hablemos de lo que está pasando entre nosotros sentiré que estoy enloqueciendo.

12

Tú serás…

ALASKA

2 de abril de 2016

Estamos jugando al Monopolio: los hermanos Hans y los hermanos Harris. Mientras que todos están peleándose por culpa de propiedades y traiciones, yo estoy ocupada mirando cada vez que puedo a Drake, sentado frente a mí. Él está riendo del berrinche que tiene Dawson, que le acusa de hacer trampas mientras Holden intenta ver las cartas de Jocker y Adelaide proclama que el banco está cerrado para Alice. Por mi parte, Hayley continúa haciendo lo que espero que termine siendo una hermosa trenza en mi cabello. Es bonito que nuestras familias pasen tiempo así. Y no es que yo esté soñando con que podríamos ser nosotros en el futuro, para nada.

Es necesario dejar claro que estoy actuando de manera un poco boba, echándole a Drake miradas cada vez que puedo. Pero es que no dejo de recordar la manera en la que nos besamos en su habitación hace siete días. Y no es que cuente los días que han pasado ni nada parecido…

—Listo —anuncia Hayley. Tanteo mi cabeza para sentir el resultado final en mi cabello.

—Necesito verla.

—Yo te ayudo —dice Drake, y lo observo.

Saca su teléfono y me toma una foto, luego se pone de pie y viene detrás de mí para tomar otra. Pasa la trenza por mi hombro y luego recuesta su pecho en mi espalda para mostrarme las fotos.

—¿Ves? Hermosa.

—Ya… —Es lo que alcanzo a decir tratando de controlar mi voz afectada por su cercanía.

Nos mantenemos viendo la pantalla de su teléfono móvil y luego este vibra con una notificación de WhatsApp de Dawson. Alzo la vista hacia el gemelo de Drake y él hace señas de que vea el mensaje, así que bajo mi cabeza justo cuando Drake abre el chat. Es una foto de nosotros mirando su teléfono.

Tengo que luchar contra la urgencia de pedirle que me la envíe, porque es una foto muy espontánea, muy bonita, y viéndola da la impresión de que él siente tanto como yo. Alguien se aclara la garganta, me vuelvo y es Jocker. Tiene una de sus cejas enarcada y entonces me doy cuenta de que somos el centro de atención.

—Y así es como quedaron tus fotos. —Drake finge tranquilidad antes de incorporarse y volver a su puesto.

Tomo mi larga trenza para jugar con ella antes de ponerme de pie e ir hacia el sofá, en donde Miranda y Jackson juegan con la pequeña Jackie. Mi teléfono vibra en mi bolsillo. Sonrío al leer lo que me ha llegado.

Señor Caliente:
creo que debemos conservarla.

Y ahí está la foto que nunca en mi vida borraré. No puedo evitar sonreír antes de dejarme caer al lado de Jack.

El resto de la tarde transcurre de manera normal y divertida. Mi sobrina pasa por los brazos de todos, incluso de Adelaide, que asegura que es demasiado raro cargar a alguien tan pequeño. No hubo ninguna posibilidad de finalizar el juego del Monopolio porque todos terminaron discutiendo y acusándose de tramposos.

Me despido de mis hermanos, cuñadas y sobrina, esperando poder verlos pronto. Los gemelos y Hayley permanecen en casa conversando con Alice. Me refugio en la cocina para robar una rebanada de pastel helado cuando todos se distraen.

Me siento frente a la mesa y disfruto de mi pedazo robado. Los señores Harris se han ido a su casa y creo que mis padres salieron a comprar algo, no sé, la verdad es que no presté atención. Suspiro sintiendo el lado frío del pastel derretirse en mi lengua.

—Robando pastel y no invitas.

Lucho contra las ganas de sonreír. Incluso sin darme la vuelta es evidente que sé de quién se trata. Drake camina hasta estar de pie a mi lado, me sonríe y ladeo mi cabeza mientras lo observo. Tomo un trozo de pastel en la pequeña cucharilla y se lo extiendo.

—¿Quieres?

No me responde, sus acciones hablan por él. Baja su cabeza y guía su boca hasta la cucharilla, toma lo que le ofrezco y lo saborea mirándome fijamente.

Necesito ayuda, me estoy perdiendo en esta maravillosa escena no apta para cardíacos.

—Gracias.

—Cuando quieras —susurro antes de tomar el último trozo del pastel y hacer a un lado el plato sucio.

—¿Qué te ha parecido la foto que nos ha sacado mi copia romanticona?

Golpeo mis dedos contra la mesa. Es evidente que con Drake mentir no sirve de nada. Su mano se posa en la mesa mientras espera mi respuesta.

—Me gusta mucho.

—A mí también —roza mi nariz con su índice—, sobre todo porque tú estás preciosa, como siempre.

«Agárrenme que me caigo». Él es demasiado para esta vida. Intento parecer despreocupada, cosa que seguramente no logro, y deslizo mi mano hasta dejarla al lado de la suya. No miro el movimiento, mantengo la mirada fija en él.

En uno de sus gestos característicos, cuando se trata de mí, él enarca una de sus cejas, muerde su labio inferior antes de mover su mano y atrapar la mía. La gira haciendo que mi palma quede en contacto con la suya.

—¿Y ahora, Alaska?

Su sonrisa de alguna manera logra alentarme, así que mis dedos se cuelan entre los suyos y él sella el movimiento entrelazando nuestros dedos. No sé cómo explicar lo que siento.

—Así —digo cuando encuentro mi voz—. Ahora estamos así.

Agradezco que, después de nuestro momento en su habitación, la situación no sea incómoda entre nosotros, pero no somos tontos, o al menos quiero creer que no lo somos, y las cosas indudablemente han cambiado. No son grandes cambios, pero están ahí y nuestras manos en este momento son una prueba de ello.

—¿Crees que soy una niña?

—No.

—Entonces ¿qué crees? —pregunto.

—Te lo diré en clave y algún día sabrás el lugar indicado donde buscar para saber qué es lo que creo —es su respuesta, la cual me deja muy inconforme.

—Eso no es justo.

—¿Qué podemos hacer para que sea justo?

Tengo serios problemas si estoy malinterpretando esto, pero estamos coqueteando de una manera demasiado evidente. Me pierdo viendo sus ojos, de verdad que siempre amaré lo especiales que son. La manera como dos colores pueden capturarlo todo.

—Yo… —Repentinamente siento la necesidad de decirlo todo.

—¿Tú?

Pero vuelvo en mí, sacudo mi cabeza y acabo por sonreírle antes de bajar de la silla. No suelta mi mano, le pido que se agache para poder susurrar en el oído:

—Creo que eres mi Harris favorito.

Suelta una risa y besa mi mejilla.

—Sin duda alguna, tú eres mi Hans favorita.

16 de abril de 2016

Los mensajes sucios que me llegan a JoinApp no se han detenido, en un principio pensé que eran aleatorios, pero ahora tengo la impresión de que los envía la misma persona. Nunca respondo, siempre bloqueo los distintos usuarios, pensé que pararía, que se cansaría, pero ahora creo que se está volviendo demasiado extraño o tal vez estoy siendo paranoica.

Leo una vez más el último mensaje que me ha enviado *Cometa05* sobre desear estar dentro de mí y ser su pequeña novia. Escucho risas y de inmediato alzo la vista a la ventana de Drake.

Está entrando con una chica y solo puedo pensar una cosa:

«Por favor, otra vez no».

No ahora, que siento que somos diferentes.

La chica ríe de manera tontorrona antes de comenzar a hacer un baile medio sexi, no sé qué le dice Drake, pero está señalando hacia el teléfono móvil que sostiene en sus manos. La chica sacude su cabeza y se saca la camisa. Camina hasta él. Lo acorrala, no sé qué le dice, pero él de nuevo le muestra el teléfono móvil. Ella se lo quita y lo guarda en la cinturilla de su falda. Toma las manos de Drake y las posiciona sobre su trasero, luego se pega a él y comienza a besarlo.

Contengo el aliento. En un primer momento Drake no se mueve, luego su cuerpo parece que se relaja un poco. A veces las hormonas ganan, supongo. Algunas veces tu cuerpo pide sexo cuando ya lo conoces. Y a veces eres soltero y no está mal que duermas con chicas, porque no tienes novia.

Solo tienes a una vecina enamorada de ti.

La chica lo guía hacia la cama y comienza a quitarse su falda. Se acuesta y trepa por la cama. Drake se mantiene de pie y la expresión de lujuria en su rostro se va difuminando. Sacude su cabeza y frunce el ceño momentáneamente. Le dice algo, ella ríe y se incorpora para presionar su mano contra su entrepierna por encima del tejano. Es imposible que un hombre no tenga una reacción ante tal estímulo.

Él cierra los ojos y se inclina hacia donde le está tocando, pero de nuevo sacude su cabeza en un movimiento de negación y le dice algo. Entonces mira hacia la ventana y me observa. No sé cómo luzco, pero bajo del marco de mi ventana y cierro las cortinas de golpe.

No sé por qué no dejé de mirar desde un principio, pero era como ver una novela pasar frente a mis ojos. Corro hasta mi cama y me siento sobre ella abrazando una almohada.

A diferencia de aquella otra vez, siento que esto ha sido muy diferente. He visto todo el proceso de seducción de la chica, que, por sus movimientos, quizá vaya ebria. Lo he visto caer y detenerse, como si su cuerpo peleara con su razón, ya que no era inmune al tacto de esa chica, pero algo le detenía. Estoy muy confundida.

En mi tocador mi teléfono comienza a vibrar, pero no lo miro por miedo a que sea Drake, porque no sé qué podríamos decirnos. Estoy en un estado de ánimo raro. Me acuesto y reproduzco YouTube en mi portátil para despejar mi mente de cualquier pensamiento.

No soy consciente de cuánto tiempo pasa, pero cuando tomo mi teléfono, veo que me envió varios mensajes hace tres horas, después de las llamadas perdidas. No es insistente, solo hay tres mensajes.

Señor Caliente:
Has visto algo terrible, lo sé.

Señor Caliente:
Ophelia es amiga de Dawson. La rescaté de un bar, porque está ebria hasta el culo. Sí, me tocó y me calenté, pero no iba a ceder. Promesa.

Señor Caliente:
Por favor… He leído las escenas de este tipo que escribes y la protagonista siempre se va corriendo indignada. No corras, habla conmigo.

Miro hacia el techo odiando que cite las acciones de uno de mis personajes, golpeando mi ego y haciéndome buscar mi razón. Después de todo, él ni siquiera tendría que darme explicaciones, pero me hubiese dolido que no lo hiciera.

Alaska:
¿Por qué tendría yo que correr? Es tu vida.

Señor Caliente:
Sabes por qué.

Alaska:
No. No lo sé.

No me responde de inmediato, pero veo que ha leído mi mensaje. Luego me llega una captura de pantalla que, al descargarse, descubro que es un nombre de usuario.

Señor Caliente:
Soy yo. Es mi cuenta. No me descubriste, así que supongo que nunca me dedicarás una escena.

Alaska:
¿Por qué me lo envías?

Señor Caliente:
Busca el único mensaje que te he enviado. Debe de estar atascado entre tantos…

De inmediato busco a TattosHD, creo haber visto varios de sus comentarios en mis historias, pero no podría mentir al afirmar que estoy segura. Doy con su perfil y lo odio por hacerme sonreír con su descripción simple.

Sí, genio, me gustan los tatuajes.
Sí, descubrí que me gusta leer.
Sip, ando leyendo historias románticas y de sexo.
Y sí, soy un Alasfan (creo que deberían encontrar nombre para su fandom).
Soy chico.
No hay nada más que saber de mí, ve a leer a @AlasBookH

Hago clic en enviar un mensaje y me paralizo cuando leo su mensaje enviado el 2 de abril.

TattosHD: Creo (estoy muy seguro) que me gustas y quiero un montón de besos de chocolate contigo.
Pero creo que no es el momento.
Sin embargo, creo que en algún momento tú serás…

¿Qué? ¿Qué seré? Siento que quiero tirar de mi cabello. En una noche me ha hecho pasar por mil emociones. Le escribo con rapidez, tanta que hay un par de palabras mal escritas, pero no me importa. Tenemos una situación más importante aquí.

Alaska:
¿Seré qué? Qué mierda significa que seré…?

Señor Caliente:
Serás…

Alaska:
ESTO NO ES NI UN POCO GRACIOSO. DIME.

Señor Caliente:
¿Qué te inspira?

Alaska:
¡No es momento de hablar de eso!

Señor Caliente:
Tampoco lo es para hablar de lo otro ;)

Me ha agarrado con mis propias palabras, maldito astuto. Golpeo mi frente con el teléfono móvil. Vibra.

Señor Caliente:
No vas a correr, ¿verdad?
¿Crees en lo que digo?

Alaska:
Puedo ser sabia creyendo en tu honestidad
o idiota cayendo en tus mentiras.

Sea como sea, no estoy corriendo. No iba a hacerlo, que conste.

Alaska:
Pero… puedes ponerla a dormir en el sofá.

Señor Caliente:
Yo estoy en el sofá ahora.

Y me envía una foto suya en ese sofá que reconozco. Amplío la foto para evaluar su belleza de cerca y deslumbrarme con ella a gusto. Cuando he visto la foto desde todos los ángulos, le respondo.

Alaska:
¿Dormirías conmigo?

Señor Caliente:
¿Pregunta trampa?

Alaska:
No.

Señor Caliente:
¿Te refieres a realmente dormir?

Alaska:
Si no quisieras dormir en el sofá…

Señor Caliente:
Tus padres me matarían.

Alaska:
Ellos no lo sabrían.

Una vez más no me responde a pesar de haber leído mi mensaje, después de unos minutos aparece que está escribiendo.

Señor Caliente:
Alaska…

Alaska:
¿Sí?

Señor Caliente:
Ven a abrirme la puerta.

Señor Caliente:
He venido a dormir contigo.

13

¿Es el momento?

ALASKA

Paso unos duros minutos decidiendo si usar sujetador y dormir con incomodidad o sencillamente no usarlo y arriesgarme a que las cosas se vuelvan incómodas. Los constantes mensajes de Drake diciendo que se está congelando me hacen simplemente cambiar mi camisa ajustada del pijama por una holgada. Eso tendrá que funcionar.

Alaska:
Dame unos minutos. Estoy bajando.

Señor Caliente:
Bieeeeeen, pero deberás abrazarme para quitarme este frío.

Sacudo mi cabeza y abro la puerta de mi habitación, todos parecen estar durmiendo, las luces incluso se encuentran apagadas. Camino con normalidad por el pasillo porque no es raro que lo haga a estas horas, mi familia sabe que suelo dormirme tarde los fines de semana.

Bajo las escaleras y tomo las llaves, camino hasta la puerta y al abrirla encuentro a Drake con la misma ropa que llevaba antes: unos pantalones tejanos y una camisa blanca de manga larga. Me muestra una sonrisa y quiero devolvérsela, pero aún me siento rara al haberlo pillado una vez más con una chica. Sin embargo, creo en las explicaciones que no estaba obligado a darme.

Llevo uno de mis dedos a mis labios pidiendo silencio y él me imita antes de poner sus ojos en blanco y adentrarse cerrando la puerta muy silenciosamente detrás de él. Le hago señas de que suba y me señala, sacudo mi cabeza negando y creo que me entiende. Lo veo subir las escaleras de dos en dos.

Libero la sonrisa que estaba conteniendo, camino hasta la cocina y tomo un par de bolsas de golosinas junto con unas botellas de agua y gaseosas. En realidad tomo más que eso. Subo con los brazos llenos y, cuando llego a mi habitación, él rápidamente me ayuda con todo, dejándolo sobre la cama mientras cierro la puerta con el seguro. Al girarme apoyo la espalda en la puerta.

—De verdad has venido.

—Me invitaste a dormir contigo, así que aquí estoy. —Estira los brazos para darles énfasis a sus palabras—. Es raro estar en tu habitación y no verla desde mi ventana. Hace mucho que no entraba.

—Desde que yo tenía catorce años. Cuando empezaste a evitarme un poquito.

Se rasca la parte baja de su nuca, luciendo un poco avergonzado. Comienza a caminar. Mi habitación no es enorme, pero es espaciosa, me encanta y verlo a él aquí hace que me encante aún más.

—Porque las cosas eran algo diferentes —comienza a explicarme—. No dejé de venir a visitarte ni dejé de ver normal pasar tiempo contigo en tu habitación porque dejara de quererte, fue todo lo contrario, Aska.

Toma un portarretrato en el que salgo con mis tres hermanos, sonríe y lo devuelve a su lugar antes de caminar hasta mi cama y dejarse caer sentado. Se saca los zapatos y luego los calcetines. Camino para sentarme a su lado y se da la vuelta para verme.

—¿Qué sucede?

—¿Cómo terminaste cuidando de la amiga de Dawson? —pregunto.

—Dawson se ha quedado en casa de Holden hoy. Fui de fiesta con unos amigos y me encontré a Ophelia allí. —Su mano toma la mía y juega con ella. Me prohíbo derretirme en este momento—. Esta noche yo llevaba el coche y cuando acabó la fiesta tenía que llevar a unos cuantos a su casa. Ella estaba tan ebria que sacarle información sobre dónde dejarla era misión imposible.

»Le escribí a Dawson, me dijo que la trajera a nuestra casa y le dejara mi habitación, porque ya sabes lo despistado que es y la suya estaba cerrada con seguro, ve a saber tú dónde se dejó las llaves. La llevé a mi habitación, pero, bueno, ya ves lo que pasó. —Suspira—. Por las cosas que me dijo, creo que Ophelia tiene sentimientos por Dawson que van más allá de la amistad y no son correspondidos. Quizá solo quiso proyectarlo conmigo; sinceramente no lo sé. Ella estaba ebria y durante unos pocos segundos yo fui tonto por dejarla hacerlo, pero me detuve. Lo detuve.

—¿Por qué?

—Porque no estaba bien; ella estaba ebria y no lo quería, hubiese sido un completo error.

—No, me refiero a que por qué crees que no es el momento. —Le recuerdo su mensaje en JoinApp.

—Porque soy algunos años mayor que tú, porque debes vivir tus propias experiencias...

—¿Y si yo quisiera vivirlas contigo? —susurro—. No te voy a denunciar ni nada parecido. Y no es que seas un vejestorio.

Eso lo hace reír, se inclina y besa mi mejilla.

—¿Y si tal vez estamos dejando pasar el momento? —No puedo evitar cuestionar.

—¿Qué es lo que te asusta? Lo que yo siento no va a desaparecer. Y yo tampoco lo haré, Aska. Un día, tal vez será el momento.

Permanecemos en silencio, aunque no me convence su argumento. Entiendo que para él puede ser un poco comprometido involucrarse con alguien menor, con alguien que carece de experiencia, con la hermana menor del mejor amigo de su hermano. Sacando a colación todas esas cuestiones, está claro que no parezco exactamente un buen partido para Drake.

Es lamentable, frustrante y un tanto chocante.

Pero no se trata de crear un ambiente tenso, no voy a forzar las cosas. ¿Qué hay de malo en esperar un poco más? Después de todo ni siquiera esperaba que Drake me viera como algo más que su pequeña amiga y ahora estoy muy segura de que le gusto. Golpeo mi rodilla con la suya, haciéndole saber que el ambiente aún es ligero.

—¿Vemos una película? —propongo.

—Eso estaría bien.

Me pongo de pie y voy a mi cajón lleno de DVD, él termina de subir por completo a mi cama y se acuesta boca arriba después de acunar su cabeza sobre dos almohadas. Escojo una de las tantas películas que aún no he visto, algo sobre drama y romance. Él se ríe.

—No me sorprende.

—¿Me llamas predecible? —Me giro y hago una pausa porque se ha sacado la camisa y el botón de su pantalón está abierto. Trago—. ¿Por qué no has venido en pijama?

—Porque no uso, por lo general duermo en bóxer.

—De acuerdo...

«De acuerdo, quítate el tejano y ponte totalmente cómodo», quisiera decir en voz alta.

Apago las luces, camino hasta la cama y me dejo caer a su lado. Hay bastante espacio porque es amplia, pero arrastro mi almohada hasta estar al lado de la suya, de tal manera que nuestros costados se rozan. Él abre la bolsa de patatas y yo la de gominolas, compartimos golosinas mientras observamos el drama lleno de romance que me atrapa de inmediato.

Me vuelvo a verlo y parece muy concentrado, su entrecejo está fruncido y sus labios hacen una mueca. Sonrío y vuelvo la atención al televisor mientras tomo gominolas y las llevo a su boca. Contengo la respiración esperando, él acerca su boca y las toma. Mis pobres hormonas jamás tendrán un descanso cuando Drake está cerca.

De esta manera Drake comienza a alimentarme con papas y yo a él con gominolas, es cursi, muy platónico y para nada desalentador de «ahora no es el momento», pero yo lo siento como un momento perfecto lleno de espontaneidad.

Me paralizo cuando el romántico beso de los protagonistas, con su amor imposible, comienza a llevar consigo unas caricias y luego se empiezan a quitar la ropa. No debería sorprenderme, es una película francesa y en la sinopsis se leía que era clasificación B, solo que no proyecté en mi mente el momento exacto en el que vería esto justo al lado de Drake.

Puedo decir el instante en el que se da cuenta de que será una escena un tanto explícita porque inhala profundamente y después deja escapar el aire de manera ruidosa entre sus labios. Mis mejillas se calientan y me remuevo un poco porque ya se ven los pechos de la protagonista y el chico los está tocando. ¡Qué buenos actores! Eso se ve muy real. Tan real como el hecho de que esto me afecta.

Mordisqueo mi labio viendo la ropa volar hasta que hay un plano espectacular del trasero del caliente protagonista y luego están los dos sobre la cama. Él sobre ella, entre sus piernas, y se ve muy real. Siento un cosquilleo en las puntas de mis pechos y ruego por que no sea evidente la reacción de mi cuerpo ante el hecho de que miro una escena tan subida de tono al lado del chico que siempre me ha gustado.

Al ritmo de este movimiento que simula el momento de la penetración, la chica jadea y gime sin parar, y yo aprieto con fuerza mi bolsa de gominolas. Lentamente dejo ir el aire por mi boca. No puedo dejar de mirar, pero también quiero mirar a Drake. El trasero del hombre se mueve mientras embiste una y otra vez; la chica tiene cara de éxtasis. La cámara captura diferentes ángulos y siento que esa escena durará para siempre.

Me he tocado antes, pero ha sido algo superficial que me ha hecho creer que soy precoz. Mis tocamientos consisten en suaves frotaciones sobre mis bragas, alguna que otra caricia en mi pecho y luego tengo una satisfacción corta. Creo que no sé hacer todo eso de tocarte una misma, porque me aterra la idea de meter cualquier cosa dentro de mí, sí, incluso mis propios dedos. Me tomó dos años atreverme a usar tampón porque eso también me aterraba. Lo cual quiere decir que me asusta tener a alguien dentro de mí, pero no quiere decir que no lo desee, que no quiera vivir esa experiencia.

Normalmente, basada en charlas con otras chicas, la masturbación parece ser un tema que las chicas evitan hablar abiertamente, creo que les avergüenzan admitir que se dan placer. Nunca he considerado que esté mal conocer mi propio cuerpo. Si no llego a conocer lo que me gusta, ¿cómo dejo que otro tenga control sobre ello? Mi vergüenza se encuentra ante el hecho de que no sé cómo ir más lejos de unos roces y que, sinceramente todo termina en cuestión de segundos.

En este momento mi cuerpo está caliente y me incomoda. Quiero tocarme, quiero ser tocada. Estoy tensa ante lo extraño que resulta este momento compartido. La escena se me hace eterna hasta que finalmente alcanzan el orgasmo. Siento que puedo respirar de nuevo con tranquilidad aunque no tenga o experimente ese tipo de alivio. Drake aclara su garganta.

—Gominolas, Aska —pide recordándome que intercambiamos golosinas.

Creo que mis dedos tiemblan un poco mientras los guío hasta su boca. Su lengua entra en contacto con las yemas de mis dedos y me paralizo. El pellizco de sus dientes contra mi piel no es cosa de mi imaginación. Libero mis dedos, al igual que los actuales incontrolables latidos de mi corazón.

Hay dos escenas sexuales más, pero no son tan calientes y largas como la primera. Siento un nudo en mi garganta en el momento cumbre del drama y sonrío cuando todo acaba con un final feliz. No tengo quejas, creo que ha sido una gran película y me alegra haber esperado para verla, porque aunque resultó bastante fuerte presenciar las escenas de sexo con Drake, me encantó haberla visto con él.

Ni siquiera tengo sueño. Nos quedamos acostados uno al lado del otro viendo los créditos pasar hasta que la pantalla del televisor se vuelve negra. Me estiro para relajar mis músculos tensos y me pilla totalmente por sorpresa cuando Drake se gira y acaba encima de mí. Entre mis piernas, las cuales felizmente le hacen espacio.

Me mira y yo contengo la respiración a la espera de cualquier movimiento. Lentamente me sonríe de tal modo que me derrite completamente y me hace cuestionarme: ¿cómo alguien tiene tanto poder tan solo por el hecho de sonreír? ¿Cómo una sonrisa puede decirle tanto a mi cursi y enamoradizo corazón?

—Dejé de venir cuando tenías catorce años porque comprendí que no te estaba viendo igual que antes. Que no eras mi pequeña amiga, que eras demasiado importante —susurra—. ¿Conoces esta sensación de mentirte y decirte a ti mismo que nada está sucediendo? ¿Que todo sigue igual? ¿Que no te gusta alguien?

»Pues bien, me sentía muy familiarizado con ello hasta hace poco, porque cuando leí tus historias mentirme dejó de ser fácil. —Sacude su cabeza—. Puedo decir que no es el momento, pero te prometo que en mi interior ruego por que lo sea, por que en algún momento lo sea.

Es uno de esos momentos que me gustaría conservar para siempre. No me dice que me ama, que está enamorado o que soy su mundo, pero a su manera, a la nuestra, Drake me deja echar un vistazo a su cabeza, a su manera de sentir y a sus ojos. A la manera en la que me ve, en la que me percibe, en la que me siente.

—Me gustas y te quiero tanto que me asusta hacer algo que pueda hacerte daño, pero también me asusta ocasionarlo si no hago nada. Es frustrante porque me gusta que me gustes del mismo modo en el que me enloquece. ¿Tiene eso algún sentido?

No lo sé, del mismo modo en el que tampoco sé en dónde se encuentran mis palabras.

«Hola ¿Hablo con la fábrica de las cuerdas vocales? Soy Alaska Hans y me temo que ha habido un error. ¡Mi maldita voz se fue! Los demandaré».

Así que permanezco en silencio durante un largo rato, pero hay una cosa extraña que pensé que solo ocurría con mis personajes. Se trata de cuando tu garganta no emite las palabras que deseas, pero de manera natural tu cuerpo lo hace.

Son cambios sutiles. Una de mis piernas pasa sobre las suyas y me relajo. Mi mano asciende por su espalda hasta su cuello, ladeo la cabeza y presiono mi mano haciéndolo bajar. Suspiro en su cuello y poco a poco deja caer su peso sobre mí. No decimos nada, solo permanecemos de ese modo, y es un momento tan especial que si todavía tuviera mi diario, el cual dejé de escribir porque me cansaba tener que contarlo todo, escribiría mil páginas sobre esto.

Pasa mucho tiempo y cuando la posición parece agotarnos, nos giramos y ahora soy yo la que se apoya en él. Mi rostro permanece escondido contra su cuello y en algún momento un lento suspiro se me escapa. Bajo una de mis manos hasta la suya y sus dedos se entrelazan con los míos.

—Solo quisiera que este fuera el momento —rompo el silencio.

—Justamente ahora siento que lo es.

Pasan otros largos minutos hasta que él me pregunta si estoy trabajando en alguna historia nueva y la respuesta es negativa. Le explico que tengo un montón de ideas que debo ordenar. Ya no resulta angustiante saber que él lee lo que escribo, sin duda alguna me pone nerviosa, pero una parte de mí se llena de orgullo al saber que él se da cuenta de que a veces es más que un *hobby* para mí, que disfruta leyendo lo que a mí me lleva tiempo y hago con amor. Me gusta que hablemos de todo y de nada.

Y sería idiota no determinar que pasé de un enamoramiento adolescente a algo muy real. Porque este es Drake Harris, el chico que me molesta, coquetea conmigo, me desarma y me apoya. Me ha hecho sentir celos, rabia y deseo. Pero esa es la cuestión, que Drake me hace sentir.

Con él siento de una manera que solo conozco porque he leído o he escrito sobre ella, pero que nunca he vivido. Y sí, tengo diecisiete años, soy joven y me queda vida por delante, pero en este momento es la manera en la que me siento.

Acaricia mi cabello y eso comienza a adormilarme; en algún momento, aunque lucho contra ello, el sueño me gana. Y al día siguiente creo sentir un beso en mi mejilla; cuando abro levemente los ojos, lo veo borroso y sonriendo.

—Que tengas un bonito día, Aska. —Vuelve a besar mi mejilla y luego sus labios van a mi oreja—. Gracias por una noche especial, te quiero.

Creo que murmuro algo inentendible antes de dar la vuelta y abrazar la almohada que él tenía, muy dispuesta a seguir durmiendo. Lo escucho reír y luego me siento más cálida cuando una sábana me cubre.

No sé cuánto tiempo más duermo, pero repentinamente abro los ojos cayendo en la cuenta de que no ayudé a Drake a salir de mi casa sin que mis padres lo vieran. Me incorporo de inmediato y bostezo. Bajo de la cama y abro mis cortinas para asegurarme.

En un principio no veo nada en su habitación, pero luego él aparece llevando una toalla. Restriego con una mano uno de mis ojos mientras me ordeno despertarme. Él nota mi presencia y esta vez sonríe, mientras se gira dándome la espalda y deja caer su toalla.

No lleva bóxer. Estoy viendo su trasero desnudo que consigue despertarme completamente. Oh, Jesús bailando. ¡Qué manera de dar los buenos días!

Lo veo caminar por su habitación y en ningún momento me da la vista delantera, pero con la de su trasero me basta. Por suerte no hay rastros de la tal Ophelia, por lo que supongo que se ha ido a su casa.

Cuando Drake finalmente se gira de frente, sostiene una camisa sobre su entrepierna, cubriendo su pene. Camina hasta la ventana y me guiña un ojo antes de cerrar las cortinas. Respiro hondo.

Mi teléfono vibra contra mi mesita de noche.

Señor Caliente:
Esta vez fue mi turno, pero la próxima vez será el tuyo.

Señor Caliente:
Por cierto, te robé besos de chocolates.

Alaska:
¡¿Qué?!

Señor Caliente:
De los de Hersheys. Los otros los dejé para cuando estuvieras despierta ;)

Alaska:
¿Es acaso ya el momento?

22 de abril de 2016

Resultó que no fue el momento.

Los días transcurrieron y aquella reunión nocturna quedó como un bonito recuerdo que atesorar. Escuché a Hayley decir que Drake se había ido de fiesta y yo me he dicho a mí misma: «Vive tu vida». Sí, siento muchas cosas por él, pero ¿no tengo derecho a avanzar y a vivir? No quiero atascarme en una larga espera que ni siquiera sé cuándo terminará.

¿Decidirá Drake que algún día es el momento? ¿Por qué tengo que vivir según sus decisiones?

Trato de entender cómo se siente, por qué quiere esperar, pero en la misma medida me molesta porque tomó la decisión por los dos y piensa que tenemos toda una vida para esperar. Me frustra.

Sacudo mi cabeza para centrarme en Norman. El lindo pelirrojo con un despecho más grande que mi desánimo amoroso y con el que me he sentado a hablar los últimos días. Soy una buena oyente, pero comienzo a cansarme de escucharlo hablar de Lissa, la chica con la que tenía sexo y de la cual se enamoró.

—¿Crees que nunca podrás olvidarla? —le pregunto deteniendo su hablar, y me mira desconcertado.

—Quiero olvidarla.

—¿Te ayudo? También me gustaría intentar descubrir un poco más de mí.

Me mira con desconcierto y luego una sonrisa dulce se dibuja en su rostro. Lo que me llamó la atención de Norman fue su amabilidad y su dulzura, ambos entendimos los dilemas de nuestros corazones cuando me escuchó hablar sobre Drake y yo a él sobre Lissa.

Supongo que podemos consolarnos, divertirnos y entendernos sin mucho trabajo. Siempre he sido curiosa y no hay nada malo en querer averiguar un poco más sobre relaciones íntimas y emociones.

—Seamos claros sobre esto —dice cuando se acerca a mí—. No esperas nada de mí y yo no espero nada de ti. Entiendo que te gusta tu vecino y tú que mi corazón está dolido por Lissa.

—No tendremos sexo —agrego.

—De acuerdo, y no forzaremos nada. Solo queremos pasar el rato.

—Y ser amigos.

—Trato hecho —dice riendo.

Le sonrío y luego me inclino hacia él. Eliminamos la distancia y nuestras bocas se encuentran. No es un beso apasionado, sino lento y dulce, me gusta. No es algo que me enloquezca, pero definitivamente son sensaciones que ponen en marcha mi pulso, lo que hace que le bese durante unos largos minutos.

14

¿Es acaso ya el momento?

DRAKE

28 de abril de 2016

¿Qué estoy haciendo?

Y no hablo del hecho de que estoy sentado frente a mi escritorio, viendo fijamente a una pantalla sin hacer nada sabiendo que tengo una infinidad de trabajo, pero simplemente no consigo concentrarme.

Pienso en demasiadas cosas. Por un lado mi mente viaja a la noche de ayer en la que tuve sexo y no porque fuese bueno o memorable, sino porque sucedió y más allá de un orgasmo bastante bueno, después de ello no hubo nada. Normalmente no hago mimos después del sexo, ese no soy yo, pero sí me quedo a tener bromas, conversaciones o incluso para repetir, esta vez sentí desgana, sentí que removí una molestia y eso me hizo sentir mal, porque incluso si no hay un compromiso más allá de un encuentro sexual, nadie merece tal desinterés o al menos eso me enseñó mi hermano Holden.

Así que cuando la mano de Jessica, la chica con la que tuve sexo, viajó a mi miembro la detuve con una sonrisa suave y le hice saber que debía irme. Volví a casa para sentarme en mi jardín y ver hacia un cielo nublado que no tenía ni una sola estrella y entonces intenté entender por qué me sentía así; no había que dar muchas vueltas para una respuesta: son mis sentimientos por Alaska.

Porque no es culpa de Alaska, es culpa de mis emociones y sentimientos.

De alguna manera durante mucho tiempo conseguí ignorar la manera en la que mis sentimientos por ella iban evolucionando, pero ahora es tan difícil, más dándome cuenta de que no es unilateral, que ambos parecemos estar esperando un momento que no sucede.

Me asusta cómo me siento, pero también me aterra que las cosas entre nosotros cambien aunque innegablemente ya lo están haciendo, prueba de ello es cómo me sentí anoche cuando precisamente sentado en mi jardín, pensando en ella, la vi bajar de un taxi seguida de un pelirrojo. La vi sonreírle y luego abrazarlo, antes de que se pusiera de puntillas y le diera el tipo de beso con el que me he prohibido soñar.

No hablaré del sentimiento amargo que me embargó y cómo tuve que convencerme de no eliminar el espacio y hacer… No sé qué habría hecho.

Me recordé que hacía horas había tenido sexo porque estoy soltero y que ella podía hacer exactamente lo mismo, excepto que no quería pensar en Alaska haciéndolo con otros.

¡Dios! Me siento un jodido imbécil, no sé qué hacer.

Comienzo a entender que nuestra diferencia de edad no es enorme, pero aun así tengo este deseo de que ella viva sus experiencias de la manera en la que lo he hecho yo, sin embargo no se siente bonito.

Qué fácil es vivir cuando no reconoces tus sentimientos románticos hacia otra persona, qué fácil era todo cuando mi mente bloqueaba cualquier emoción que no fuese amistad hacia Alaska Hans.

Qué fácil es tener aventuras, follar sin sentimientos, tener ligues y poseer el control, pero qué difícil es ver desde lejos a alguien que te gusta avanzar tal como lo sugeriste.

Ella me preguntó si era nuestro momento y yo no respondí.

Ahora ella vive el momento con alguien más.

—Deja de compadecerte —Me reprendo—. Lo echo, echo está.

Cerrando la portátil, me levanto y camino hacia la ventana, descorriendo las cortinas y viendo hacia la ventana de mi vecina que se encuentra cerrada, pero sin las cortinas puestas. Eso me permite ver a Alaska escribiendo en su laptop con una sonrisita, llevando el cabello recogido y un suéter que le queda enorme.

Sonrío y me saco el teléfono del bolsillo para enviarle un mensaje.

Drake:
te ves bastante inspirada

Drake:
¿Estás escribiendo cosas sucias o desgarradoras?

Alzo la vista para encontrar que se estira por su teléfono y veo el momento exacto en el que se muerde el labio inferior antes de que vuelva la vista a la ventana. Le hago un saludo y después la veo escribir en su teléfono.

Escritora favorita:
intentas sacarme spoilers y no te lo daré

Le respondo con un emoticono llorando y luego pienso en preguntarle por el pelirrojo abiertamente, pero no lo hago y simplemente guardo mi teléfono y le hago un gesto de despedida con la mano, decidido a dejar todo dentro de una caja, dejar todo exactamente como está.

Creo que tiene una expresión de desconcierto por mi corte abrupto de una conversación que apenas iniciaba, pero antes de que pueda decirme cualquier cosa o venir a la ventana, desvío la mirada hacia abajo, cortando cualquier tipo de conexión y enfocándome en un pequeño vecino manejando su bicicleta en tanto su hermanita está en un triciclo.

Sigo paseando la mirada para ignorar lo importante y mis ojos se detienen en un hombre recargado de un árbol justo al cruzar la calle. No me llama la atención que sea un hombre o que esté solitario, lo que lo hace es el hecho de que trae gorra, lentes de sol y una bufanda, que no parece conversar con nadie y que básicamente no se mueve ¿Qué hace?

Me resulta demasiado sospechoso, sobre todo cuando creo que ve a mi ventana, así que cierro las cortinas y salgo de mi habitación, ignorando a Hayley que viene detrás de mí hablándome sobre una receta de algún pastel de zanahoria que vio en internet y yendo directamente a la puerta principal de la casa.

La abro, muy dispuesto a ir y preguntarle al tipo qué exactamente se supone que hace. No es de esta zona, no está teniendo un comportamiento normal y casi da la impresión de que estuviese vigilando a alguien, pero ¿a quién?

Pero no está, el hombre ha desaparecido, pero sé que no fue una falsa ilusión, estaba ahí y el que se fuera de hecho me genera más incomodidad.

—¿Qué haces? —me pregunta Hayley intentando ver por encima de mi hombro.

—Vi a un sujeto actuar sospechoso.

Doy otro vistazo y no hay rastro de él, cierro la puerta y me giro hacia mi hermana.

—Si llegas a toparte con algún sujeto extraño o con un comportamiento que te genere alarma, no dudes en decirlo. ¿De acuerdo?

—De acuerdo. —Alarga la última vocal.

Camino hacia la cocina para tomar una botella de agua del refrigerador y ella me sigue parloteando de demasiadas cosas que no me importan o al menos no lo hacen hasta que menciona a nuestra vecina.

—Alaska parece que está bastante entusiasmada con ese chico de su escuela. ¡Es muy lindo! Y su sonrisa… —Veo a mi sonriente hermana en tanto habla—. Lo conocí la otra noche, los encontré en una sesión de besos intensa.

Mi hermana está demasiado ocupada hablando de ello como para notar que aprieto con fuerza la botella de agua en mi mano.

—Lo apruebo.

—Alaska no necesita tu aprobación y dudo que te la pidiera.

—¡Ay! Pero qué odioso. —Frunce el ceño hacia mí— ¿Qué te pasa?

—A mí nada.

Miento descaradamente.

—En fin, como decía, Alaska hace linda pareja con él, ojalá lleguen a algo serio y, si no es así, espero se divierta mucho, yo lo haría.

Abro la botella de agua y bebo mientras la veo, cuando termino, simplemente me doy la vuelta y me voy escuchándola murmurar un «pero ¿qué le pasa?».

Me pasa que no quiero saber nada, pero nada, de Alaska y el pelirrojo sin nombre.

A mitad de las escaleras saco el teléfono una vez más y leo aquel mensaje que no respondí: «¿Es acaso ya el momento?».

Tal vez debí haber respondido, pero quizá hice lo correcto.

15

Nuestro momento

DRAKE

2 de mayo de 2016

De acuerdo, sí que estoy un poco celoso.

Puede que sea algo más que un poco.

Así que le hago saber a mamá que visitaré al señor Hans para pedirle un libro prestado.

Así que el señor Hans no está en casa.

Así que solo es una vil y sucia excusa.

Porque volvamos al principio de mi divagación: estoy celoso.

Esa es la razón por la que alzo mi puño y golpeo con más fuerza de la necesaria la puerta de la casa de la familia Hans. El que pasen un par de minutos antes de que abra la puerta una despeinada Alaska, que tiene tres botones de su camisa desabrochados, provoca reacciones bastante negativas en mi sistema.

Su respiración es un desastre, sus mejillas están sonrojadas y tiene ese brillo de culpa en sus ojos. Miro más allá de su hombro para ver al tipo de su escuela, lo deduzco por el uniforme, abrochándose los botones de su camisa.

No es infidelidad.

No estamos viviendo nuestro momento.

Somos libres.

Y aun así experimento las horribles sensaciones que ella ha tenido antes por mi culpa. Soy capaz de entender ahora cómo se sintió, y no me gusta. Desprecio la sensación de amargura, acidez y descontento ante esta situación.

Es irracional y desenfrenado. Cavernícola y primitivo. Me siento absolutamente como un hipócrita, porque a mí me gusta ella, la quiero, la deseo, la anhelo y aun así he hecho de las mías en el pasado no tan lejano.

Lo que la deja con el mismo derecho de hacer lo mismo.

Solo que el órgano en mi pecho, en realidad mi cerebro que propulsa todas estas emociones, se niega a aceptar el mensaje de que estamos siendo muy irracionales y Alaska Hans nos pateará el culo.

—¿Qué haces aquí?

—Veré más tarde a nuestros hermanos, y Jocker quiere que le lleve un libro del paraíso Hans —improviso. Se mueve de un pie a otro, muy nerviosa.

—Dime cuál.

—No recuerdo el nombre, pero lo reconoceré al verlo.

—¿Tienes la foto? Yo lo busco.

—Mi memoria —me limito a decir, y sé que está pensando qué hacer, razón por la que me adelanto.

La hago a un lado con un leve empujón inofensivo y paso por su lado. Cierro la puerta detrás de mí y observo al escuálido adolescente que claramente estaba pasando un buen momento con Alaska. Quiero estrangularlo y quiero que desaparezca este lado irracional de mí.

De acuerdo, el adolescente no es escuálido, es bastante decente y es tan pelirrojo que deberíamos pedir un deseo porque parece algo místico. Incluso me muestra una sonrisa que parece un tanto avergonzada, porque al parecer no tiene intenciones de ser un idiota conmigo, lo cual me frustra.

«¡Vamos! Dame motivos para odiarte». Fue fácil con Caleb, no me lo pongas difícil, pequeño amigo pelirrojo.

Lo observo en absoluto silencio esperando intimidarlo, él se rasca la parte baja de su nuca. Su rostro lleno de pecas me hace saber que se encuentra incómodo. Alaska aclara su garganta.

—Este es Norman. Norman, te presento a Drake.

—¿Tu madre leyó aquel libro y pensó que sería divertido ponerte ese nombre? —cuestiono.

—Drake —me sisea Alaska en advertencia. Tomo lentas respiraciones porque necesito calmarme y relajarme.

No tengo derecho a juzgar esta situación.

Me arrinconé yo solo.

Tengo la culpa.

Debo lidiar con las consecuencias de mis palabras.

Quiero a Alaska.

Y no sé controlarme.

Dejo mi letanía dándome cuenta de que se ha desviado del cometido original. Libero el más pesado de los suspiros, como si la vida me pesara, pero lo que de verdad me pesan son mis decisiones. Alaska y yo en abril compartimos una noche increíble, no hubo besos ni tocamientos, solo se trató de palabras. Nunca me sinceré tanto con una chica y quizá se deba a que nunca sentí tantos deseos de cuidar a alguien que me importa tanto, al menos de una manera no fraternal.

Alaska es joven y no se trata de ir por mujeres mayores o experimentadas, se trata de que tal vez ella necesita vivir sus propias experiencias del mismo modo en el que yo lo hice, pero entonces siento la voz de Dawson en mi cabeza repitiendo la misma pregunta de siempre: «¿Por qué no puede experimentar esas cosas contigo?». Y me enredo cuando quiero responder.

Supongo que eso es lo que ella hacía en este momento: experimentar. Pero he visto cómo entraba a casa con el pelirrojo hace una hora y, tras torturarme, decidí que no podía soportarlo y aquí estoy: siendo un imbécil e interrumpiendo lo que en primer lugar apoyé que viviera. Quiero golpear mi frente contra una pared.

—¿Están solos en casa? —pregunto.

—Sí —responde contundente. Y aunque su barbilla está alzada con dignidad, cuando me vuelvo a verla sus mejillas se sonrojan—. Vamos por el libro. Ahora vuelvo, Norman.

—De acuerdo, Alaska.

Comienzo a caminar detrás de Alaska y, cuando me vuelvo, noto que el pelirrojo está subiéndose la bragueta de su pantalón. Hago una pausa, respiro y me ordeno retomar mi camino sin ser un completo idiota.

Libertad. No puedo intervenir en su libertad.

Me mantengo silencioso y eso hace que se dispare un parloteo nervioso y raro de Alaska mientras nos acercamos a la biblioteca de Albert Hans, más conocido como el paraíso Hans. No mentiré diciendo que soy devoto de los libros cuando hace muy poco que me he vuelto un lector obsesivo gracias a mi vecina, pero el paraíso Hans siempre ha sido algo que le quita el aliento a cualquiera. Da la impresión de que los estantes de libros son infinitos.

Camino por el lugar fingiendo buscar un libro sin saber muy bien qué hacer. Hay un silencio raro y pesado; creo que debo disculparme, pero las palabras no me salen.

—Quédate a buscarlo mientras yo regreso con Norman. ¿Te parece bien?

Me vuelvo para mirarla y hay algo en sus ojos, algún mensaje que pasa de largo, que no atrapo. Lentamente asiento y la veo irse.

—¿Qué sucede contigo? —me reprendo. Suspiro apoyando la frente de uno de los estantes de libros. Quisiera que me pasaran toda su sabiduría para saber qué hacer con todo lo que siento.

No sé cuánto tiempo pasa, pero en algún momento Alaska regresa. Me vuelvo para mirarla y tomo el primer libro que mis manos palpan.

—Norman se ha ido. —Suena más como un reproche que como un hecho.

—Qué mal.

—¿Por qué has venido, Drake?

—Por el libro para Jocker.

Sus manos van a su cintura y mira hacia el techo como si implorara paciencia. Por primera vez en mucho tiempo el enfado de Alaska va dirigido a mí.

—No es el momento. Experimenta. Vive... Eso es lo que hago —anuncia—. Tengo *algo* con Norman, es bonito, me gusta y no experimentaba. Y, sí, hubo manoseos muy buenos y...

—No necesito detalles —la corto.

—Y, sí, interrumpiste que pudiera pasar cualquier otra cosa. Y, sí, estoy molesta porque frenas y aceleras. ¿Qué sucede contigo?

—Solo he venido a por un libro. No tiene que molestarte que haya sido inoportuno.

Su rostro se sonroja mucho y su respiración se hace pesada, alzo el libro para que lo vea y comienzo a alejarme. Me llama, por lo que me giro para prestarle mi atención.

—Jocker no desprecia la biología, pero dudo que mandara a cualquier persona a buscar un libro sobre la reproducción humana.

Bajo la vista al libro que sostengo y maldigo mentalmente. Sin embargo, finjo que no ha pasado nada y con mi libro en la mano salgo de la casa de los Hans.

Le gusta. Le parece bonito. No experimentaba. Manoseos.

Hice mi propia cama y ahora me acostaré a dormir en ella.

19 de mayo de 2016

¡Guau! Estos canapés de verdad están muy buenos. ¿Esto es lo que Adelaide y Jocker consideran una fiesta de compromiso sencilla?

Después de un tiempo desde que Adelaide le dio el gran «sí» al hermano de Alaska, finalmente se está celebrando una fiesta de compromiso, con invitados selectos. Esa es la razón por la que todas las estrellas y amigos del programa de televisión donde trabajan se encuentran aquí. Sinceramente me he acostumbrado a ellos, veo a cada presentador del programa más como alguien familiar que como estrellas. Han sido años en los que han formado parte de mi vida, incluso Parker Morris, que fue el último en llegar al programa hace un par de años.

Dirijo mi mirada hacia Jocker y Adelaide, quienes se encuentran conversando con Jackson, Holden y una amiga de Adelaide que es muy descarada y siempre quiere que leamos novelas, creo que se llama Alexa. En general el ambiente es bastante bueno, hay personas bailando en la pequeña pista de baile y todos parecen estar pasando un buen rato.

Desde el otro lado del jardín de la gran casa alquilada, Dawson me alza el pulgar mientras parece que no se puede despegar de la mesa de dulces, ni siquiera se muestra avergonzado al respecto. Alice llega hasta él justo en ese momento. ¿Y me lo parece a mí o actúa más cariñosa de lo normal con mi hermano gemelo? Luego preguntaré sobre eso aunque tal vez, basándome en el intercambio de miradas asesinas entre ella y un amigo de los novios llamado Austin, quizá mucho de ello tenga que ver con su comportamiento empalagoso con mi copia.

—¿Por qué estás apartado de la fiesta?

Me vuelvo ante la voz femenina y me encuentro con Elise, amiga de mi hermano mayor y presentadora del programa *Infonews*. Le muestro una amplia sonrisa y me encojo de hombros.

—No me oculto, solo disfrutaba de estos aperitivos.

—Oye, ¿cómo es que tienes tanta fuerza de voluntad? —me pregunta, y la miro sin entender—. Me refiero a Alaska Hans. ¿Cuánto tiempo esperarán para hacer explotar toda la química que hay entre ustedes?

Parece que es obvio, ¿verdad? Sí, tan obvio que Alaska y yo no hemos hablado en dos semanas, cosa que es evidente para todo los que nos conocen y ven cómo hemos hecho todo lo humanamente posible para evitarnos. No sé cómo hemos sido capaces de lograrlo aquí, en esta fiesta de compromiso de su hermano.

Me preocupa toda esta situación entre nosotros, lo último que deseaba era que nuestra amistad se dañara o echar a perder lo que teníamos. No sé cómo debemos arreglar esto, bueno, Dawson no deja de insistir en que debemos hablar, pero eso es imposible que suceda cuando ambos nos evitamos a toda costa.

La extraño.

Nunca habíamos estado tanto tiempo sin hablarnos, desde que nos conocimos siendo unos niños, nuestras diferencias o discusiones se trataban de tonterías, nunca nada tan grave como para llevar tantos días sin hablar.

—¿Cómo es que para todos resulta tan obvio y para nosotros tan complicado? —pregunto.

Elise ríe y me dedica una sonrisa divertida, supongo que desde afuera Alaska y yo nos vemos como un par de tontos corriendo en círculos.

—Así funciona, pequeño. A veces somos lo suficientemente ciegos para no ver lo que siempre estuvo frente a nosotros. Conozco un par incluso más ciegos que ustedes. Pero repito mi pregunta, ¿cuánta fuerza de voluntad te queda para resistirte?

—¿No crees que tal solo tenemos que ser amigos?

—Creo que esa es una tontería, además, no importa lo que yo crea, importa lo que ustedes sientan.

Lamo mis labios y busco con mi mirada a Alaska. Se encuentra riendo con Derek y Krista, otros presentadores del programa y amigos de los novios, pero en última instancia se aleja y se dirige hacia el interior de la casa. Hoy, por supuesto, se ve mucho más hermosa de lo habitual con un vestido rosado ajustado y sencillo. Su cabello está recogido en una coleta alta con mechones cayendo. Me distraigo con su cuello porque es elegante y parece llamar a gritos a mi boca para que le dé una buena sesión de besos y mordiscos.

Lo tengo demasiado mal con esa chica, ¿no? Muerdo mi labio para contener un molesto suspiro porque recuerdo que Elise se encuentra a mi lado esperando a que diga algo y no solo babee con la visión a distancia de la chica con la que no me hablo, pero que me trae loco.

—Debiste haber traído a tu novio, a Alaska le hubiese encantado conocerlo —comento de forma distraída.

—Tenía un compromiso laboral —finge hacer un puchero—, pero esperemos que algún día Alaska pueda tratar con él.

Y es que su novio es un famosísimo escritor que Alaska admira muchísimo.

Me disculpo decidiendo tantear las cosas con Alaska. Cuando llego a la puerta de la casa me vuelvo mirando lo bonita y romántica que se ve la decoración, pero sacudo mi cabeza dándome cuenta de que solo intento distraerme para evitar hablar con Alaska.

No la encuentro fácilmente, me toca caminar y cuando doy con ella la encuentro con los ojos muy abiertos y llenos de curiosidad y ni siquiera nota que me acerco. Cuando llego, miro lo que capta su atención y enarco mis cejas con sorpresa.

Acerco mi boca su oreja haciendo que ella sienta mi respiración. Se tensa.

—¿Hasta cuándo piensas mirar? —pregunto.

—¡No estaba mirando!

Su grito capta la atención de las dos personas que están en la habitación. La mirada de ambos cae en nosotros y, bueno, admito que me encuentro un poco avergonzado de que puedan pensar que los espiábamos en su pequeño momento íntimo. Por otro lado, Alaska está tan sonrojada que me preocupa.

—Drake...

—Hola, Breana... Hola, Rayan. Yo... buscaba a Alaska y se me ha ocurrido mirar aquí. ¡Sorpresa! —digo con torpeza

Infonews cuenta con ocho presentadores, la mayoría de ellos están en el programa desde el comienzo y otros se unieron en el camino. Más que compañeros de trabajo, ellos son como una familia y eso explica por qué todos se encuentran aquí, pero no explica lo que Alaska y yo acabamos de presenciar entre los dos presentadores.

Porque Breana tiene novio, quien por cierto no ha venido y creo que él está saliendo con alguien... Y no sabía que Rayan y ella estuvieran tan unidos... Bueno, en realidad no sé lo que sucede, solo he visto un beso más que amistoso, el cabello despeinado de Rayan es la prueba latente.

Breana se recupera y nos muestra una amplia sonrisa, sus mejillas están casi igual de sonrojadas que las de Alaska. Se acerca y nos da un abrazo, pese a que ya nos saludamos hace mucho rato. Creo que en esta habitación todos estamos muy nerviosos.

—Es genial ver lo mayores que están —dice ella nerviosa mientras nosotros asentimos—, y ¿qué tal si volvemos a la fiesta?

No espera respuesta, nos da una avergonzada sonrisa y se aleja. La seguimos con la mirada antes de volvernos al mismo tiempo hacia Rayan. Parece más sereno.

—¿Saben? Cuando Jocker y Adelaide comenzaron a ser algo más que presentador famoso y asistente, siempre parecía que los encontraba en sus deslices —comienza acercándose hacia nosotros—. ¿Saben qué me decía Jocker?

—Hum... No —responde Alaska cautivada con esta charla.

—Que no había visto nada, que fingiera ser ciego. —Hace una pausa para que procesemos sus palabras—. Así que... ¿qué tal si aplicamos eso en este momento?

—Pero... —comienza Alaska, y la interrumpo.

—Aquí no ha pasado nada —sentencio.

Rayan me sonríe y sale del lugar. Alaska sigue sonrojada y yo sorprendido con lo que acabo de presenciar. Mierda, mierda. Entonces ¿qué pasa con los dos amigos de mi hermano? ¿Romance secreto? ¿Amantes condenados? De acuerdo, tal vez estoy leyendo demasiados libros.

—Eso no lo veía venir —dice Alaska. Asiento mostrando que estoy de acuerdo.

Ella se gira hacia mí y se hace un silencio muy torpe e incómodo entre nosotros. Rayan y Breana quedan olvidados porque de nuevo no sé qué demonios pasa con nosotros.

La extraño.

—¿Y tu acompañante? ¿No ha venido el pelirrojo?

—¿Y a ti qué te importa? —espeta—. No es asunto tuyo.

Aquella no fue la última vez que vi a Norman ir a su casa. No sé qué pasa entre ellos, pero tengo una ola de emociones haciendo estragos en mi sistema.

—Me importa…

Alza la vista esperando que continúe mi frase, pero me acobardo y no termina como quiero:

—Me importa todo lo que haga mi vecina porque no sé si se puede meter en problemas por recrear lo que lee.

—Eres una mierda —dice, y veo la tristeza en sus ojos.

—Yo… lo siento.

Estiro mi mano para tomar la suya y casi estoy ahí, pero entonces su madre aparece diciendo que alguien está preguntando por ella y Alaska no mira a mis ojos, que le imploran que hablemos. Ella se va con su madre junto con la oportunidad de solucionar esto.

¡Joder! La extraño mucho.

28 de mayo de 2016

Querida escritora favorita.

Te extraño.

Te extraño demasiado.

Se supone que una de las razones por la que nada pasaba era para no dañar nuestra peculiar amistad y, sin embargo, siento que por mi culpa eso se fue a la mierda.

Lamento ser un idiota si te he herido o molestado con mis acciones.

Lamento si no he actuado como querías o esperabas, pero es que tengo miedo, Alaska. ¿De acuerdo?

Tengo miedo de la manera en la que no eres una simple chica que me gusta, me pasa mucho más contigo. Todo comenzó de forma inofensiva y ahora todo es tan grande que me vuelvo torpe cuando intento manejarlo.

¿Esos besos en mi habitación? Se me hace demasiado difícil

superarlos. Me persiguen hasta en mis sueños y deseo firmemente que haya muchos más.
Me asusta haber cerrado la puerta a la posibilidad de que haya una historia entre nosotros, pero quería que tuvieras experiencias y tontamente pensé que tal vez este no era el momento para que algo romántico surgiera, aunque ¿qué pasa si me equivoco y sí lo es?
Me estoy volviendo loco. ¿Ya te dije que te extraño?
Me gustas, Alaska, y quiero aprender sobre lo que siento contigo.
Pero ahora estás con el pelirrojo, ¿verdad?
Yo, de verdad, quisiera…

Borro todo el mensaje que estaba escribiendo para ella y gruño frustrado. Miro hacia la ventana y alcanzo a ver a Romina en donde suele sentarse Alaska cuando hablamos.

No puedo creer que aún no nos hablemos, que hayamos dejado que este problema creciera a tal nivel que ni siquiera nos hemos visto. Me estoy volviendo loco.

La extraño.

5 de junio de 2016

—Muy bien. ¿Qué sucede?

—¿Con qué? —pregunto a Dawson, concentrado en el trabajo que me han encargado a través de mi página web.

—Con Aska. No se han saludado en un tiempo, no se miran, no se hablan. ¿Por qué no escuchas mi consejo y hablas con ella?

—Lo intenté.

—En la fiesta de compromiso de Jocker y Adelaide, luego no hiciste ningún otro acercamiento.

Me encojo de hombros intentando fingir que todo esto no me afecta y que no me tiene trepando por las paredes de mi mente.

—Recuérdame de nuevo cómo comenzó este absurdo problema que terminó con ustedes sin hablarse —exige saber.

—Está molesta y yo estoy…

—¿Qué?

Me giro para observarlo. Se encuentra acostado en mi cama, mirándome a la expectativa. Dawson ha tenido demasiada paciencia conmigo, él es quien ha aguantado mis quejas y molestias sobre esta situación, y siempre me ha dado el mismo consejo que, por algún motivo, no termino de seguir…

—Celoso. Rabioso. Triste. Raro… ¡No lo sé! Me siento desarmado.

—¿Porque Aska tiene novio? —Prueba mi paciencia.

—¿Es su novio?

—Creo que podrían estar saliendo —me dice—, y odio decir esto… Espera, no lo odio, aquí va: *Te lo dije.*

—Tiene experiencias que…

—Que al vivir te están matando. Reacciona. Tienes miedo. Siempre estás diciendo que no te asusta pensar que algún día puedes conseguir algo bueno con una chica. Pues está sucediendo y estás asustado porque te da pánico la idea de hacerle daño, aunque eso no suceda. —Dawson suspira—. Es bonito y romántico que te preocupes de esa manera por los sentimientos de Alaska, pero tampoco descuides los tuyos.

—Es un pelirrojo agradable, lo conocí y no era un idiota. También escuché a Hayley decir que él era muy agradable. ¿Por qué le arruinaría algo así a Alaska?

—Porque fuiste tú quien le metió en la cabeza la idea de esperar el momento y eres tú quien ahora debe meterle en la cabeza que su maldito momento es contigo y no con nuestro querido pelirrojo.

—No puedo… —comienzo, pero por supuesto me interrumpe.

—¡Hazlo! No me obligues a hacerme pasar por ti y declararme.

—No seas idiota, Alaska nunca se tragaría eso. Ella nos reconoce. Ella me conoce.

Hago una pausa en mis tres últimas palabras: *Ella me conoce.*

He salido con chicas que en alguna ocasión pueden confundirme con Dawson si cubro mis tatuajes, he dormido con algunas que suelen repetir mucho lo iguales que somos. ¡Oh! Noticia de última hora: somos gemelos.

Alaska nunca me ha llamado Dawson, ni siquiera antes de tener los tatuajes. Siempre ha sabido quién soy, no se equivoca ni nos nombra a cualquiera de los dos de manera errónea. Siempre me mira de manera diferente a mí. Nunca nos hace sentir como copias, sabe qué parte de su corazón darnos a cada uno de los dos.

Trago con dificultad al sentir las emociones que me embargan. Dawson asiente como si estuviera en mi cabeza viviendo la epifanía conmigo, pero dudo que compartamos eso. Solo es él haciendo el idiota y queriendo ser parte de mi momento de iluminación.

Como si un resorte estuviera en mi trasero, me pongo de pie. Dawson me guiña un ojo, antes de comenzar a tomarse fotos con mi teléfono mientras

IDEAS PARA ALASKA
1-
2-
?

salgo de mi habitación. Bajo las escaleras corriendo, pero cuando abro la puerta de la casa, no necesito ir muy lejos porque me encuentro a Alaska Hans con la mano suspendida en el aire.

De inmediato sus ojos se empañan y un puchero adorna esa bonita boca.

—Realmente te extraño —admite antes de sorber por su nariz.

Tomo una respiración profunda. Por fin estamos en este punto. Vamos a hablar y dejar todo muy claro.

No voy a correr o a buscar excusas. Basta de eso. Así que comienzo a hablar con rapidez queriendo decirlo todo.

—Lo siento, fui un idiota. No debí ir a tu casa aquella tarde adrede ni decir las cosas que dije en ese momento y luego en la fiesta, pero no pude evitarlo. Tienes razón, no puedo decirte que vayas y vivas experiencias que luego no te dejo tener. Es egoísta y mezquino. —Paso una mano por mi cabello—. Dawson tiene razón, no me asusta quererte ni sentir, lo que me aterra es lastimarte porque me importas mucho.

»Sé que estás saliendo con el pelirrojo o algo así —sigo porque parece que ahora tengo rienda suelta.

—Norman —me corrige, pero la ignoro. El nombre es lo de menos.

—Pero... yo quiero ser quien viva esas experiencias contigo. Y ¡joder! Es tarde para decir algo como eso después de que prácticamente te empujé, pero sabes quién soy. Qué gemelo soy.

—Eh... Claro, creo que es muy estúpida la gente que solo los identifica por los tatuajes.

—Tus cuñadas solo me identifican por los tatuajes.

—Bueno, pero ellas me caen bien —argumenta.

No puedo evitar reír ante su declaración, y esa es una de las razones por las que siento lo que siento por Alaska Hans. Porque es especial, espontánea y única.

—Sé que tienes este novio o lo que sea.

—No. No era mi novio, salíamos y me gustaba, pero eso fue hasta hace una semana y media.

—¿Qué sucedió?

—Lissa finalmente dejó de ser una perra y se dio cuenta de que lo ama, de que no era solo sexo lo que compartieron. —Se encoge de hombros—. El amor triunfó.

No sé quién es Lissa ni cuál es su historia, pero aun así digo en voz alta que Norman es un estúpido por dejar ir a Alaska.

—¡Oye! No le insultes. Es un chico genial que ligó su lujuria con la mía. Estoy feliz de que Lissa recapacitara, porque él también la ama.

—¿Qué?

—Aquella vez que nos encontraste era apenas la segunda vez que nos enrollábamos, luego creo que actué de psicóloga, porque escuché sus penas de amor por Lissa. —Sonríe—. Me alegra que consiguiera su camino para llegar al final feliz.

—Entonces ¿no estaban saliendo?

—No. Bueno, tuvimos tres citas antes del día que nos encontraste y ese día nos pusimos un poco calientes, pero sabíamos que con dos corazones en distintas páginas no funcionaría. Ahora Norman es feliz.

—¿Tú quieres ser feliz? —pregunto.

—¿Quién no quiere serlo? Es una pregunta estúpida. —Pone los ojos en blanco—. Por cierto, disculpas aceptadas.

Por un momento todo lo que hago es mirarla. Luego tomo su mano y acerco su cuerpo al mío. Un pequeño grito escapa de sus labios por la sorpresa. La envuelvo en un abrazo que hace que su mejilla esté contra mi pecho y mi barbilla apoyada en su cabeza.

La sostengo durante un par de minutos sintiéndome emocionado, asustado y con la adrenalina disparada. Así que debimos de ser un par de idiotas para llegar a esta situación. Bueno, garantizo que valió la pena.

Me alejo un poco y la mantengo contra mí con uno de mis brazos, mientras el otro se mueve para que mis dedos puedan tomar su barbilla y alzarla lo suficiente para que mi boca tenga acceso a la suya. Y la beso.

No hay titubeos, segundos pensamientos o vacilación. La beso de la manera en la que he querido hacerlo desde aquella primera vez, desde hace mucho tiempo si soy sincero...Y ella no me aleja, me responde con las mismas ganas, así que mi boca se mueve con mayor libertad sobre la suya.

Lo que me gusta y sorprende de Alaska es que no es tímida o lenta para ponerse al día, ella es tan entusiasta como yo. Da tanto o más y a veces parece que ella va un paso por delante de mí. Primero nuestros labios se mueven en sincronía en un juego de succiones y humedad cuando mi lengua toca la comisura de su boca y sus labios se abren para que la caricia se traslade mucho más allá de ellos. Nuestras lenguas colisionan, convirtiéndolo en un beso profundo, pero lleno de suavidad. Parece un coqueteo, una rendición, una verdad y una nueva etapa.

No tengo prisa, así que me tomo mi tiempo para besarla con lentitud, para saborearla, para deleitarme con cada sensación y regusto de su sabor. En algún punto mordisqueo ese labio inferior hinchado y abro mis ojos.

Sus pestañas, bastante largas, cubren sus ojos cerrados. Sus mejillas están sonrojadas y sus labios inflamados. Es preciosa, nadie lo puede negar. Veo sus pestañas moverse antes de que esos ojos grises me miren cuando se abren; una lenta respiración escapa de sus labios. Paso mi pulgar por su pómulo.

—Alas…

—¿Sí? —Su respuesta no es más que un susurro.

Y digo las palabras que me saben a gloria:

—Es el momento. Nuestro momento.

16

Los planes de Drake

ALASKA

10 de junio de 2016

—¿Adónde vas? —cuestiona papá dejando de leer un libro.

Esbozo una amplia sonrisa. Avisé a mamá, pero de alguna manera olvidé mencionárselo a papá, así que comienzo a pestañear hacia él queriendo jugar con la imagen de niña tierna.

—Lo siento, se lo dije a mamá y pensé que ella te lo había dicho. Voy a salir con Drake.

Asiente, para él seguro que parece una salida normal con el vecino con el que he crecido y todo ha sido amistad, pero en realidad es una cita. Eso dijo Drake.

¡Es una cita! ¡Una maldita cita! O sea, ¡oh, Jesús en chaqueta de cuero! Una cita con el chico que me ha traído loca durante tanto tiempo, porque finalmente ha aceptado lo que sucede, ha establecido que es nuestro momento. No puedo con la emoción, pensé que este día nunca llegaría.

—Bien, mantennos informados por mensajes y no llegues muy tarde.

—¿Eso es todo?

—¿Debería dar alguna otra indicación? Es Drake, lo he visto desde que perdió sus dientes de leche. —Se encoge de hombros—. Confío en él y, lo más importante, confío en mi inteligente hija.

Le doy una amplia sonrisa y me acerco a besar su mejilla. Él me sonríe antes de que Alice aparezca gritando «papi». Me guiña un ojo y luego se gira hacia ella.

—¿Sí?

—¿Irías al cine conmigo? Quiero ver una película, pero nadie puede.

—¿Pagarías tú? —pregunta papá enarcando una ceja que hace que el parecido de Jocker con él sea evidente.

—Tú tienes más dinero, papá.

—Pero se trata de responsabilidades y lógica. No te estoy invitando, tú lo haces. Por lo tanto, tú pagas.

—Está bien, pero vamos ya. Empieza dentro de una hora y media.

—Bien, dame unos minutos. —Besa de nuevo mi mejilla, se pone de pie y besa la mejilla de Alice—. Tengo dos hijas maravillosas.

Dicho eso se dirige hacia las escaleras. Alice enfoca su atención en mí y me observa atentamente. Llevo un vestido de mangas cortas bastante sencillo de color azul, debajo llevo medias por el frío y una chaqueta le da el toque al look. Uso botas planas y solo apliqué brillo labial en lo referente al maquillaje.

—Finalmente tienes una cita con Drake. ¿Emocionada?

—Mucho.

—Pásalo genial. —Me sonríe y suena el timbre—. Diviértete. Por cierto, voy por la mitad de tu historia y está que quema. Estoy ansiosa por leer el final.

Espero que mi hermana no me odie por la muerte de Cody. Le sonrío brevemente, tomo mi bolso pequeño, que cuelgo de manera diagonal desde mi hombro, y me dirijo hasta la puerta. Abro la puerta y me encuentro a Drake. Lleva una chaqueta negra, camisa gris y sus pantalones ajustados negros. Me sonríe y de inmediato le devuelvo el gesto. Cierro la puerta detrás de mí y me balanceo sobre mis pies.

Desde que nos reconciliamos siento que ando en una nube, que ahora todo será diferente de una mejor manera. Él extiende su mano y la tomo, tira de mi cuerpo contra el suyo, retira el cabello de mi rostro y deja un beso en la comisura de mi boca.

—Hermosa como siempre. —Me sonríe antes de presionar brevemente su boca contra la mía. Me toma por sorpresa—. ¿Lista?

—Sí.

Me lleva hasta el auto que comparte con Dawson y, antes de que pueda seguir caminando para abrir la puerta para mí, me adelanto y la abro para él. Por un momento parece paralizado, pero luego ríe.

—Gracias, ¡qué amable dama! —Sube al auto sin ninguna queja.

—Puedes hacerlo por mí, pero también puedo hacerlo yo por ti cuando guste. —Cierro la puerta y me doy prisa para rodear el auto y subir.

Una vez estoy dentro, me abrocho el cinturón de seguridad y me giro para verlo. No puedo dejar de sonreír, incluso aunque lo intente, al menos él parece sentirse igual que yo.

—¿Adónde vamos? —pregunto.

—Esta debería ser la parte en la que te digo que es sorpresa, pero en realidad creo que podríamos empezar haciendo algo tan normal y genial como comer helado, ser espontáneos y divertirnos. ¿Te apuntas?

—Mientras se trate de nosotros, me apunto a todo.

—Lo recordaré siempre.

Río dejando un poco de helado alrededor de su barbilla; él frunce el ceño y me encojo de hombros. Fiel a su palabra, Drake y yo lo primero que hemos hecho es venir a por helados. Estamos en una de las terrazas del centro comercial mientras hablamos. Hasta el momento todo es genial, hablamos como solemos hacerlo siempre, pero sabiendo que ya no somos solo vecinos y amigos, sino que hay algo más.

—Debes limpiarlo. —Señala el lugar de su rostro donde he dejado caer helado adrede.

—Con gusto —me atrevo a decir.

Dejo mi mano en su cuello y me acerco hacia él, poniéndome de puntillas. Presiono mi boca en su barbilla saboreándolo con mi lengua y siento la manera profunda en la que él inhala.

—Vas a ser mi perdición.

No respondo tratando de retirar tanto helado como puedo con mi boca, luego tomo la servilleta y limpio el resto. Le sonrío antes de continuar comiendo mi helado, el cual sabe delicioso en su piel. Me indica que nos sentemos en las sillas de una de las mesas. Tomamos asiento uno frente al otro.

—¿Cómo es que comenzaste a escribir, Aska?

Oh, el momento de las preguntas de lo que no sabemos el uno del otro. Me gusta. He vivido esto en varias citas antes, pero en ninguna me he emocionado tanto como en esta.

—Siempre supe que me gustaba leer, así que primero fui lectora. —Paso la lengua por el helado sobre el cono y él sigue el movimiento antes de llevar la cucharilla de su propio helado a su boca—. Pero un día en clase tuve una increíble idea en mi cabeza sobre una historia que me gustaría leer, así que llegué a casa y, tras pensarlo mucho, la escribí en una libreta. Nunca ha visto la luz esa historia. —Río—. De hecho, era horrible y con muchas faltas de ortografía, pero me ayudó a ver que podía hacer algo que me gustara mucho.

»Así que seguí practicando en libretas. Mi amiga Romina pronto descubrió que yo escribía y me apoyó mucho aunque fuera un asco. —Lamo de nuevo el helado—. Hace casi dos años descubrí JoinApp y quise intentarlo con algo totalmente nuevo. Y de esa manera he llegado hasta donde estoy justo ahora.

—¿Cuántos seguidores tienes ahora?

—Ciento setenta mil.

—Crecen con rapidez. —Parece genuinamente sorprendido—. La última vez que lo revisé tenías ciento cincuenta mil.

—¿Me revisas?

—Soy tu mayor fan. —Sonríe.

—¿Te gusta tu trabajo, Drake?

—Me encanta, soy mi propio jefe en cierta forma y requiere tener ideas y creatividad, algo en lo que parece que soy bueno. El marketing y la publicidad tienen que ver con la intuición y la agilidad. Creo que puedo mejorar mucho más, pero siento que voy por el buen camino.

—Considero que haces un trabajo asombroso. Quizá, algún día, necesite tus servicios.

—Te dije que no te cobraría, pero he cambiado de opinión. Sin duda alguna te cobraría con besos. —Mira mis labios—. Porque he pensado un montón en tus labios, me fascinan. —No puedo evitar poner mis ojos en blanco—. ¿Qué?

—En la escuela hicieron una lista sobre la que consideraban la boca perfecta para, ya sabes..., sexo oral y parece que la mayoría tienen fijación con mi boca, es incómodo saber que los chicos están pensando en eso cuando me ven.

—Qué idiotas. No fingiré que a veces, cuando las cosas se vuelven turbias en mi cabeza, no pienso en tu boca de otra forma, pero mayormente solo estoy pensando en lo mucho que quiero besarla.

—¿Sí? —Me gusta eso.

—Tu boca es algo increíble.

—A mí me parece que tus ojos lo son. Sé que piensas que es raro que Dawson y tú tengáis los ojos de ese modo, pero a mí me encantan. Es como ver una puerta diferente a tu alma en cada uno de ellos. No puedo decir cuál de ellos me gusta más, pero me encantan. De verdad, Drake.

—Gracias.

Continuamos una tranquila conversación mientras comemos helado y de vez en cuando compartimos bocados. Sin duda, es mi definición de una cita con un comienzo increíble. Cuando nuestros helados se terminan estira su mano para tomar la mía sobre la mesa y jugar con nuestros dedos.

—Quiero que estemos en la misma página, Alaska.

—De acuerdo.

—Estamos saliendo y tengo la firme intuición de que somos algo más. ¿Novios?

—¿Somos novios? —Mi tono es sumamente alto y medio chillo ante la sorpresa, él ríe.

—Eso creo. ¿Tú estás bien con la idea de estar conmigo?

Estoy más que bien. En este momento, Alaska Brooke Hans está en su cielo personal.

—Sí, estoy muy bien, pero… ¿puedes pedirlo? —Le sonrío—. ¿Por favor? Pensé que nunca sucedería y de verdad necesito este momento para luego retenerlo en mi cabeza.

Se pone de pie y se sienta a mi lado. Sus dedos juegan con un mechón de mi cabello, su rostro está muy cerca del mío y no borra su sonrisa mientras me mira con fijeza.

—Alas, mi escritora favorita, y Alaska, la chica que me encanta, ¿quieres tener un novio desastroso como yo?

Hay momentos en los que piensas que toda tu vida soñarás con un momento que crees que nunca ocurrirá. Así era este momento en mi cabeza, como una fantasía que se borraba continuamente para recrearse una vez más en nuevos escenarios, porque se veía como algo que nunca sucedería.

Siento un cosquilleo en mi estómago ante el hecho de que esto sea real. Aunque en mis fantasías él decía muchas cosas más, este modo de pedírmelo es perfecto, porque lo hace a su manera, no tengo que crear diálogos en mi cabeza e imaginar cómo sucedería, porque es real.

—Eso me gustaría, Drake.

—Te advierto que la razón por la que solo he tenido dos novias es porque soy un novio desastroso, pero quizá fuera porque no había encontrado a la novia que me motivara a intentar ser mejor.

—Te advierto que me gusta escribir y que todo lo que digas o hagas puede ser recreado, incluso aunque no me dé cuenta.

Mi advertencia le hace reír antes de pasar su mano detrás de mi cuello y acercar su boca a la mía. Sonríe antes de lamer mi labio inferior y succionarlo, dando inicio a un suave y dulce beso que me hace querer suspirar por siempre. Me besa con delicadeza y de manera tierna, sus labios son una caricia sobre los míos, se deleita con lentitud y, cuando introduce su lengua, me hace seguirla con la mía. No es un beso largo y, cuando se aleja, besa mi mejilla.

—Lo único que pido es que si escribes sobre nosotros no olvides poner lo genial que fue —pide.

Me ruborizo porque siento que habla sobre otros ámbitos que con gusto quiero explorar con él. A veces no se trata de cosechar miles de experiencias, se trata de vivir el momento que te deje sonriendo, sin arrepentimientos y con ganas de hacerlo al menos mil veces más. Sé que siento eso con Drake y sé que lo sentiré así cuando las cosas vayan más allá.

Vamos a ver una microobra que se ofrece en uno de los pequeños anfiteatros y resulta ser una obra malísima, sin embargo, reímos y lo pasamos bien. Constantemente toma mi mano y parece incapaz de dejar de tocarme de las maneras más sutiles. Cenamos en un local de hamburguesas y estoy avergonzada de admitir que no sabía cómo morderla y ensucié mi ropa, cosa de la cual él se burló. Así que ahora tengo una mancha en mi vestido, pero sigo feliz. En este momento vamos en su auto. Creía que estábamos volviendo a casa, puesto que son las nueve de la noche, pero en última instancia reconozco el camino que estamos tomando.

—¿Estamos yendo al estudio? —pregunto para confirmar que no estoy equivocada y nos dirigimos a las instalaciones donde se graba *Infonews*.

—Así es.

—¿Por qué?

—Ya lo verás, Aska.

Parece que está en una lista de los invitados porque, tras decir su nombre y apellido al de seguridad, rápidamente nos dejan pasar. Cuando bajamos del auto, llega hasta mi lado y comenzamos a caminar. Luego siento el roce de sus dedos en los míos y, cuando bajo la vista, los está entrelazando. Es uno de los mejores momentos del día. Cuando alzo la vista a la suya, me sonríe.

—¿Qué? Esto es lo que hacen los novios y, si no es así, es lo que hacen Alaska y Drake —asegura. La sonrisa que le doy podría dividir mi rostro.

—Alaska y Drake, ¿eh? —Río afianzando el agarre en su mano.

—Así es.

¿De verdad Drake Harris, quien me ha traído loca durante años, es mi novio? Siento que en cualquier momento despertaré babeando sobre mi almohada, pero me armo de valor porque ¡joder! ¿Por qué no? ¿Por qué siempre debemos asumir que quien nos gusta es imposible? Basta de esa negatividad, de ahora en adelante voy a ser positiva. ¿Te gusta? Pues conquístale ¿Te enloquece? Haz que enloquezca por ti también ¿Lo consideras tu amor platónico? Tú también puedes ser el suyo. No hay nada que le siente mejor a una mujer que la seguridad y el amor propio.

—¿Vas a caminar o solo nos quedamos aquí agarrados de la mano? —Parece muy divertido y retomo mi paso.

Jocker está en este mundo de la fama desde hace nueve años y en *Infonews* desde hace casi seis años y medio o siete años completos, no estoy segura, pero siempre me maravillo y deslumbro con los estudios de televisión y sus estrellas. Este es un canal televisivo más grande que el antiguo que se encargaba de la producción del programa, y el cambio de productor le ha venido de maravillas al programa.

Hago una sonrisa tonta cuando reconozco a un actor de una serie que me gusta. Él sube al ascensor con nosotros y asiente mientras me devuelve el gesto, llegamos a su piso y suspiro viéndolo salir. Drake suelta mi mano y se gira para verme.

—¿Qué? —cuestiono.

—Le hacías ojitos.

—Bueno, es un actor increíblemente atractivo por el que babeo en una serie. ¿Qué esperabas? —me burlo, y él sacude la cabeza.

—Bah, así que mi Alaska no es tan dulce y tímida... Aunque eso lo descubrí cuando leí tu historia y lo comprobé cuando me devorabas en mi habitación con un beso.

—¿Que te devoraba? ¡Tú fuiste quien me besó! —digo llena de indignación.

—Tú me besaste primero y cuando yo te devolví el beso no parabas de tocarme.

—¡Oye! —me quejo mientras bajamos del ascensor en el piso correspondiente—. Eso no es...

—¿No? ¿No me tocaste el muslo? ¿Toda esa pasión desenfrenada?

—Pero...

Lo escucho reír y cuando se gira para verme está sonriendo, finjo que estoy molesta con un resoplido, acercándome para golpear su brazo, lo que sin duda lo hace reír de nuevo.

—No mientas, sí me devoraste y me toqueteabas de manera apasionada, pero no me quejo porque me gustó. Y porque yo también estaba devorándote.

Me sonrojo y se inclina dejando un beso en mi mejilla; ubica su mano en la parte baja de mi espalda guiándome hacia el estudio, el cual debido a que todavía es temprano se encuentra tranquilo y sin todo el ajetreo. Algunas personas nos reconocen y saludan.

—¡Hermanito! Así que realmente tienes un par de pelotas y has decido venir. ¡Ups! Perdona mis palabras, bella Alaska. —Le devuelvo la sonrisa a Holden.

Holden, el hermano mayor de Drake, palmea la mejilla de este con fuerza antes de envolverme en un cálido abrazo y besar de manera sonora mi mejilla.

—Muéstramelo —me pide, lo observo con confusión.

—¿El qué?

—¡El anillo! —informa, y Drake comienza a toser—. ¿Dónde está el anillo, Alaska?

—¡¿Qué anillo?! —prácticamente grito.

Me encanta Drake, tengo sentimientos por él, lo quiero. Pero no voy a casarme con él, no en este momento. Soy demasiado joven y ni siquiera he descubierto aún si es buen amante o somos compatibles en el sexo, que seguro que sí, pero… ¡soy muy joven! ¿Cómo voy a rechazarlo sin que le duela? Pero antes de que pueda verbalizar todas estas preocupaciones, Holden comienza a reírse y me da otro abrazo, luego palmea la espalda de Drake, cuyas mejillas se encuentran muy sonrojadas.

—Estoy bromeando, Alaska. Debiste ver tu rostro y el de Drake. Ha sido divertido.

—No lo ha sido —decimos Drake y yo al mismo tiempo.

—Oh, si hasta hablan al mismo tiempo. Jocker está en su camerino, de buen humor, por suerte para ustedes.

—¿Hemos venido a ver a mi hermano? —cuestiono. Drake asiente perdiendo su sonrojo y comenzando a caminar. Yo le sigo.

En el camino me detengo cuando frente a nosotros, hablando con Rayan, viene Austin. Me hace recordar la conversación que tuve con Alice sobre mentirle a Georgia. Ver a Rayan me hace recordar que Drake y yo lo pillamos besuqueándose con Breana en la fiesta de compromiso de mi hermano, y ella tiene novio. Sin embargo, recuerdo que debo fingir no haber visto nada.

—Hola, Alaska. Hola, Drake —nos saluda Rayan con una sonrisa—. Toda una sorpresa tenerlos por aquí.

Me sorprende la manera en la que de verdad finge que no lo vimos, pero tiene sentido si recuerdo que dijo que se hizo el ciego cuando pilló muchas veces a mi hermano y Adelaide siendo más que amigos.

—Hola, Rayan. —Le sonrío sintiéndome afortunada cuando besa mi mejilla—. ¿Cómo está Summer?

Summer es su pequeña hija, es un amor al que es imposible no agarrarle cariño. Y, sí, Rayan es un guapo y sexi papá soltero.

—Creciendo y haciendo un montón de travesuras junto a preguntas curiosas —ríe y sacude su cabeza—, pero como siempre, siendo una niñita preciosa.

—Apuesto a que lo es. —Dirijo mi atención a Austin—. Hola.

—Hola, tú eres la hermana que no me odia. ¿Cierto?

No sé cómo responder a eso y él me sonríe antes de comenzar a jugar con el piercing en su ceja izquierda, luego se encoge de hombros. Alice no puede odiar a este espécimen de hombre, a ella tiene que gustarle. Sus ojos grises verdosos me miran con diversión ante mi silencio.

—No te preocupes, no a todos les caigo bien. Parece que respiro muy mal y eso a tu hermana le molesta.

—No, no. No creo que te deteste ni nada parecido.

—Eres linda —señala sonriendo.

—Y es mi novia.

—¿Lo es? —pregunta Holden, enarcando una de sus cejas hacia Drake.

—Si es lo que escuchaste, es lo que es, Holden.

—¿Qué escuchó Holden? —Todos nos giramos hacia la nueva voz femenina.

Se trata de Elise, otra de las presentadoras y amigas de Jocker. Sí, son varios presentadores de diferentes secciones, todos atractivos e inteligentes. Kennedy, el antiguo productor, solo quería a personas guapas.

—Que Aska es novia de Drake —repite Rayan—. O eso dijo uno de los gemelos.

—Uno de los gemelos se llama Drake —me quejo.

—Lo sé —sonríe Rayan antes de asentir y comenzar a alejarse.

—La conversación es muy interesante, pero estaba discutiendo algo importante con Rayan —se despide Austin, pero hace una breve pausa—. Dile a tu hermana que sigo respirando, por lo que puede seguir enviándome malas vibras.

—Se lo haré saber —alcanzo a decir antes de que se aleje.

—Entonces… sabía que pasaría. Se ven lindos… Solo les recomiendo usar protección, son demasiado jóvenes para tener bebés.

—Eres solo unos pocos años mayor que yo —le recuerda Drake.

—Sí y no estoy pensando en reproducirme ahora, toma mi consejo y llegarás a viejo.

—¿Alaska?

Me vuelvo para encontrar a Jocker en la puerta de su camerino mirándome con confusión, luego me sonríe y desplaza su mirada a Drake.

—No sabía que vendrían —prosigue.

—Es que esto es una sorpresa, Jocker —asegura Drake caminando hasta él—. Y tenemos pendiente una conversación muy larga.

—¿Tú y yo?

—Más bien Alaska, tú y yo —le corrige.

—¿Que yo qué? —me exalto.

Jocker nos observa a uno y a otro, suspira y se hace a un lado.

—Pasen adelante, será mejor que me siente y que alguien, por favor, me consiga un té… rojo. Porque estoy seguro de que esta conversación será interesante —declara Jocker antes de cerrar la puerta.

Bueno, no conozco este plan de Drake, así que al igual que mi hermano, lo miro. Él aclara su garganta, y comienza a hablar.

17

¡Sí se puede, Drake!

DRAKE

No tengo tiempo que perder cuando la situación parce ser clara y sencilla, así que haciendo a un lado el hecho de que Jocker me intimida, comienzo a hablar.

—Me gusta Alaska —digo, y sacudo mi cabeza—. Espera, eso no es verdad.

—¿Qué? ¿No te gusto? —Casi río ante la indignación evidente de ella, pero mantengo mi mirada en Jocker, quien, ahora, parece pensativo mientras me observa.

—No solo me gusta tu hermana, sino que además siento cosas por ella —aclaro.

—¿Calentura? ¿Lujuria? —pregunta, y una de sus cejas se enarca mientras cruza sus brazos a la altura de su pecho y apoya su espalda en la puerta.

Su manera de actuar es muy clara: no hay escapatoria.

—Bueno, sería incómodo si afirmara eso —respondo a su pregunta anterior.

Estoy transpirando cuando rasco la parte baja de mi nuca. No debería estar tan nervioso, conozco a Jocker desde siempre, pero nunca estuve en una situación donde debía decirle que su hermanita me gusta.

—¿Entonces?

Respiro hondo. Bien, aquí vamos:

—Tengo sentimientos hacia Alaska, de manera romántica —aclaro mi garganta. En mi mente esto se veía mucho más sencillo—. Es mi… novia y no pienso hacerle daño ni nada de eso.

—¿A qué te refieres con «nada de eso»? —pregunta de inmediato.

Miro a Alaska, que parece fascinada por todo lo que sucede. No está ni cerca de darme una pequeña ayuda, sin embargo, me regala una sonrisa muy dulce, como si me alentara, y es difícil no devolvérsela. Así que pese a que Jocker me está haciendo pasar un duro momento, me arriesgo a seguir.

—A romperle el corazón, no de manera intencionada. Quiero a Alaska y sé que soy un poco mayor que ella, pero voy a respetarla. Deseo que tengamos una relación sin ocultarnos. No es que te esté pidiendo permiso, pero sé que eres el hermano protector y por respeto he querido ser yo quien te lo dijera.

—¿Cuándo sucedió esto?

—Hoy me ha pedido ser su novia y yo le he dicho que sí —responde Alaska.

Pero si se refiere a desde cuándo la quiero, la respuesta es desde siempre. Quizá fue un querer que evolucionó poco a poco hasta ser lo que es ahora.

—Para ser sincero, Alaska, he de decir que siempre creí que te gustaba este gemelo, pero pensé que era algo normal y que no llegaría a nada. —Se encoge de hombros como si se disculpara por su falta de fe—. En la última reunión intuí que algo estaba pasando, de hecho, pensaba hablar contigo respecto a esto, Drake.

»Te he visto crecer, ser amigo de mis hermanas y molestar a Aska. Y aunque sé que estás un poco loco y eres muy libre, sé que eres un buen tipo y sabes que no quieres tenerme en tu contra, por lo que sé que en teoría tratarías de ser un buen novio. —Asiento mostrando mi total acuerdo.—Tengo ciertas normas que me gustaría dejar claras —comienza a establecerlas con sus dedos—. La respetarás; no dejarás que te manipule con sus famosas muecas tiernas…

—¡Jocker! Soy tu hermana.

—Sí, y te conozco muy bien —continúa—. Nada de ser tóxicos, mucha prudencia y… Esto me da escalofríos decirlo, pero debo hacerlo.

—¿Qué? —preguntamos al unísono Alaska y yo.

—Si hay sexo de por medio, protección, por favor. Son jóvenes y…

—Cállate —le corta Alaska muy sonrojada, e incluso yo siento el calor en mis mejillas. Jocker finge estremecerse.

—Bueno, lo demás es evidente: si le rompes el corazón, te rompo la vida. Y si tú le rompes el corazón, Alaska Hans, te las verás con Holden.

—Entendido —digo con rapidez.

—Los tendré en la mira, pero creo que todo irá bien. Será raro, pero todos los cambios lo son.

Ha sido una situación tensa, pero cuando Jocker me da una de sus sonrisas respiro con alivio y decido que hice bien al venir a hablar con él. La verdad es que lo admiro y para mí es como otro hermano mayor que siempre estuvo a mi lado. Él se acerca y palmea mi mejilla con un poco más de fuerza de la necesaria antes de besar la mejilla de su hermana.

—¿Sabes, Aska? Solo quiero recordarte que este es Drake, quien te molestó un montón de veces y puso una iguana en tus manos.

Oh, esperaba que no trajera ese viejo recuerdo a la conversación. Esa tarde Alaska incluso lloró, no pensaba que le fuese a afectar tanto, solo pretendía gastarle una pequeña broma.

—Sí, pero él también es dulce —ella se encoge de hombros—, también ha sido mi amigo y míralo. —Jocker lo hace y le sonrío—. ¡Es atractivo como un supermodelo! ¿Qué importa la iguana? ¡Míralo!

Su hermano pone los ojos en blanco mientras yo río al tiempo que ella parpadea con coquetería hacia mí, antes de acercarse a abrazar a Jocker, quien le devuelve el abrazo. Hay una conexión especial entre ellos, sobre todo después de que Alaska fuera la única en mantener la fe en él cuando todos, incluyéndome, habíamos pensado que Jocker no volvería, al menos no con vida.

—Te quiero, Jock.

—Y yo a ti, hermanita. Ten mucho cuidado y pórtense bien. Ahora salgan de mi camerino, debo preparar mis notas para hoy —nos echa de allí de manera amable—. Vayan a casa, se hace tarde.

Tras una despedida breve, cerramos la puerta detrás de nosotros. El brazo de Alaska está alrededor de mi cintura y yo paso el mío sobre sus hombros. Me vuelvo a verla y me devuelve la mirada.

—Solo me queda un hermano y tu papá, ¿eh?

—No tienes que pedirle permiso a toda mi familia, Drake.

—No, pero quiero y prefiero que lo sepan por mí.

—Esta es la mejor cita que he tenido nunca —asegura ella con una amplia sonrisa.

Estaciono junto a la acera de la casa, sé que Dawson usará el auto dentro de un rato. Esta vez logro salir primero del coche y abrirle la puerta a Alaska, lo que la hace sonreír. En silencio tomo su mano y ella entrelaza nuestros dedos. De esa manera caminamos hasta su casa. Cuando estamos frente a su puerta nos miramos.

Cuando era pequeño siempre supe que Alaska Hans era especial. La molestaba para tener su atención y meterme bajo su piel, la consolaba porque no me gustaba verla llorar, la hacía reír porque me gustaba el sonido de su risa y la escuchaba delirar porque los demás se cansaban. Cuando Alaska comenzó a sufrir ataques de ansiedad, al entrar en la adolescencia, siempre traté de ayudarla, de hacerle saber que no había nada malo en ella. Y cuando aprendió a controlarlo lo celebramos comiendo helado.

Alaska siempre ha sido importante para mí, de alguna u otra manera. Siempre he sentido algo por ella, solo que ahora se trata de emociones y sentimientos más fuertes. No me imaginé este escenario, no formulé en mi cabeza, hasta hace poco, que podríamos terminar de este modo algún día, menos en nuestro presente inmediato.

Pero es una grata e increíble sorpresa de la que no tengo ninguna objeción.

—Lo he pasado muy bien —dice.

Su vista se clava en el suelo. Alaska es la escritora sucia, la chica que habla y comete muchas torpezas, pero también siempre será la Aska dulce que a veces se deja ganar por la timidez cuando siente demasiadas cosas.

—Yo también. —Estiro mis manos para posarlas en sus caderas y atraerla contra mi cuerpo, su sonrisa es inmediata y sus manos toman mis antebrazos—. No lo estoy haciendo tan mal, ¿verdad?

—No, pero apenas hemos empezado. Eres mi novio desde hace solo cinco horas.

—Siempre es bueno empezar de manera espectacular. —Me inclino y rozo esa boca con la mía—. ¿Quieres tener más citas?

—Sí, aunque me conformo con tenerte a ti —susurra.

—No tienes que conformarte nunca, siempre aspira a tener más. Que te lo mereces todo, Aska.

—Bueno…

—Bueno —imito su voz y ríe, pero su risa se pierde en mi boca cuando termino por cubrir sus labios con los míos.

Le doy un beso dulce, húmedo y largo que cierra una cita que salió mejor de lo que esperaba. Mis antecedentes como novio demuestran que soy olvidadizo, poco detallista y relajado, por lo que ellas acaban por hartarse de mí, y no las culpo. Pero espero que eso no suceda en esta recién estrenada relación.

Admito que en poco tiempo he desarrollado una adicción por la boca de Alaska, siento que es perfecta y que quiero vivir besándola y mordisqueándola por horas. También admito que mis besos con Alaska a veces no son tan inocentes porque se nos va de las manos, es como si nos tuviéramos unas ganas abismales. Justo ahora, casi sin darme cuenta, mis manos han pasado de sus caderas a su culo. Su cuerpo está pegado el mío y sus manos en mi cabello. Ya el beso no es tan dulce cuando nuestras lenguas se rozan de una manera insinuante y su cuerpo se inclina tanto hacia el mío.

Somos un peligro estando juntos y temo que un día estas ganas acabarán por ganarnos. Es una atracción increíble que estoy experimentando con ella, unas ganas que me enloquecen y que me hacen pensar en todo tipo de posibilidades. Como si volviera a ser un adolescente con las hormonas indomables.

Me hace perder el control, la razón y la cordura. Hace que quiera complacerla y hacerla delirar. Me hace desear muchas cosas…

Cuando siento cómo mi pantalón comienza a hacerse más ajustado, muy a mi pesar mordisqueo su labio superior antes de alejarme. Sus ojos permanecen cerrados y sonrío antes de dejar un beso en uno de sus sonrojados y pecosos pómulos.

—Haces que quiera explotar —digo. Finalmente abre sus ojos.

—¿Es eso un código?

No puedo evitar reír antes de atraerla a mi cuerpo y abrazarla. Permanecemos unos pocos minutos de ese modo, hasta que se separa y se alza de puntillas para darme un beso en la barbilla. Me desea buenas noches y se aleja hacia su casa. Me despido con la mano cuando abre la puerta y me devuelve el gesto. Cierra la puerta, sonrío antes de girarme y observar el cielo.

—¡Drake!

Me vuelvo para encontrarla corriendo hacia mí y casi perder el equilibrio cuando salta y enreda sus piernas alrededor de mi cintura. De inmediato mis manos la sostienen por su trasero, excepto que están debajo de la tela de su vestido azul y siento las costuras de sus bragas. Sus manos van a mi cuello y su sonrisa me atrapa.

—Olvidé algo.

—¿Qué puedes haber olvidado? Aparte de atacarme con un salto mortal —bromeo. Me da un beso suave en los labios.

—Decirte que te quiero.

—Sé que me quieres.

—Pero me gusta poder decirlo y que se entienda que no te quiero solo como amigo.

—También te quiero más que a una amiga y mis manos en tu culo lo reafirman.

Como era de esperar, se sonroja y sus largas pestañas bajan mientras mira hacia mi pecho. Dejo un beso en cada una de las comisuras de sus labios y alza de nuevo la vista hacia mí.

—Eres lo más bonito que he sostenido alguna vez… Persona, quiero decir —río—. Casi arruino el momento, lo siento.

—He entendido lo que querías decir. Ahora entraré a casa.

—Sí, probablemente eso sea bueno porque tengo intenciones cuestionables en esta posición.

La dejo sobre sus pies y admito que toco durante unos pocos segundos más su trasero antes de dejar ir mi agarre. Ella acomoda la falda de su vestido y me sonríe antes de alejarse. Esta vez, cuando está en la puerta de su casa, lleva la mano a sus labios y me arroja un beso, se lo devuelvo y ríe antes de cerrar la puerta.

Denme por perdido, pero de esta chica me enamoro. Si es que no lo estoy ya.

16 de junio de 2016

—¿Qué haces? —pregunto, y por un momento me asusto cuando Alaska pierde el equilibrio en su ventana, pero por suerte no cae, sin embargo, mantiene una mano sobre su pecho.

—Me has asustado. —Frunce el ceño—. Hago tareas de química.

—Tú no sabes química, eres malísima en esa clase.

—Pues lo estoy intentando. Quiero aprobar el curso y pasar a mi último año.

—¿Qué es ese tono? —pregunto mientras apoyo el culo en el marco de la ventana como tantas veces lo he hecho antes para hablar con ella.

—¿A qué te refieres? —Mantiene la mirada en su cuaderno, el cual parece que va a apuñalar con el lápiz y luego rematar con la goma de borrar.

—Estás molesta.

—Ni un poco, para nada. Estoy feliz. Muy feliz de saber de ti después de tres días. —Finalmente alza sus ojos y veo venir una tormenta—. Te vi en línea, me dejaste en visto.

—Me enviaste un corazón, Alaska. ¿Qué iba a responder? Estaba en línea hablando con un cliente, estuve muy ocupado haciendo un trabajo. —Mierda—. Olvidé decírtelo.

Así empiezo siempre a arruinar mis relaciones: siendo olvidadizo y haciendo parecer que no me intereso por la persona.

—No importa. —Suspira—. Solo estoy siendo tonta.

—No eres tonta y sí importa. Me molestaría o incomodaría no saber nada de ti durante tres días cuando vives a mi lado. Te pido disculpas, debí decirte que estaba ocupado trabajando.

—Bueno, en realidad no había nada que responder al corazón —pone sus ojos en blanco—, pero sí fue raro que de repente dijeras que eras mi novio y después no saber nada de ti. Aunque te vi varias veces desde aquí.

—Ten paciencia conmigo, ¿de acuerdo?

—Bien.

Golpea el lápiz contra sus labios y mi vista va al lugar, después deja de hacerlo y sonríe. Alzo mis ojos para encontrarme con los suyos.

—Ayúdame con la tarea.

—¿Que te ayude o que te la haga? —cuestiono.

—Por favor, por favor. Por favor.

—Está bien. Díctame los problemas...

—¿Y si te paso una foto de los ejercicios y paso más tarde a buscarlos? —propone.

No sé si es una buena idea. Alaska y yo solos en una habitación es una tentación muy grande. Pestañea continuamente hacia mí y una vez más caigo por culpa de su coquetería.

—De acuerdo —cedo. Su sonrisa es amplia.

—Te veo más tarde.

—Estaré aquí esperándote, Alas.

Y solo pido tener fuerzas para que las cosas no se me vayan de las manos y para que mis manos no se vayan sobre Alaska. Fuerza. ¡Sí se puede, Drake!

¿A quién engaño? Ya puedo imaginarlo.

18

El argumento

DRAKE

El destino quiere hacer que mi tentación sea muy grande, esa es la única conclusión a la que puedo llegar después de que mis padres se fueran a cenar con Holden y se llevaran a Hayley con ellos. Además de eso, Dawson actuó de una manera rara y luego se fue llevándose el auto consigo. ¿Resultado? Cuando Alaska toca el timbre de la casa estoy preparándome para estar completamente a solas con ella.

Me levanto del sofá y cuando abro la puerta me la encuentro con un short alto tejano y una camisa corta negra y ajustada. ¿Por qué mi novia tiene este cuerpo que me vuelve loco y me incita a pecar? ¿Por qué todo en Alaska me seduce cuando no lo intenta?

Me sonríe y pasa por mi lado, ajena a toda la batalla interna que yo tengo. Cierro la puerta detrás de mí y apoyo la frente contra la superficie fría. Inmediatamente la escucho reír.

—¿Qué te pasa, Drake?

—Nada. —Me doy la vuelta para observarla.

—¿Por qué todo está tan silencioso?

—Porque estoy solo en casa.

Parece procesar mi respuesta mientras mira alrededor como si verificara que no estoy mintiendo, luego se balancea sobre sus pies con las manos en los bolsillos delanteros de su short.

—¿Y mis ejercicios? —pregunta finalmente. Enarco una ceja en respuesta.

—¿Y mi saludo? —devuelvo.

—Hola, Drake. ¿Qué tal estás?

—Oh, eso no funciona. Estamos en una situación algo diferente. Esos saludos ya no nos sirven.

—Primero dame mi tarea —negocia.

No puedo evitar reír de su astucia, camino hacia las escaleras y ella me sigue en completo silencio, las subimos y recorremos el pasillo hasta mi habitación. Un coro de voces está cantándome en la cabeza: «Estamos solos, estamos solos».

Tomo las dos hojas de ejercicios sobre el escritorio de trabajo y se las entrego. Lo inspecciona como si tuviese el conocimiento para notar algún error en ello. Alaska sabe que no debe escoger una carrera que incluya química, porque ella la odia. Cuando parece complacida con mi trabajo, deja las hojas sobre el escritorio una vez más antes de girarse hacia mí.

—Bien, has cumplido.

—Ahora, dame mi saludo, Aska.

Se acerca a mí con un rastro de timidez, pero no deja de sonreír ni de lucir esa confianza que siente hacia mí. Me impaciento de lo lento que está resultando su acercamiento y acorto la distancia entre nosotros pegando su torso al mío. La rodeo con uno de mis brazos y la alzo sobre mis pies para tenerla a ras de mi cuerpo. Mantengo la mirada fija en su boca y lamo mis propios labios antes de hacer lo mismo con los suyos, siento el aire que deja escapar entre ellos. Atrapo con mis dientes su labio inferior, no le hago daño, es una suave presión mientras tiro de ellos y luego me dejo de tonterías para comenzar a besarla. No será el primer beso, pero tiene la capacidad de desarmarme que tuvo aquel. Besarla es totalmente adictivo.

Sus brazos se colocan alrededor de mi cuello y siento sus dedos en el cabello que pretenden acercar mucho más nuestros rostros. Me abro paso a su boca con mi lengua y me encargo de acariciar muy lentamente la suya; una de mis manos va a su espalda y me deleito con la franja de piel desnuda que hay entre su camisa corta y el short de corte alto. Me alejo y casi río cuando su rostro, con los ojos cerrados, persigue al mío en busca de más.

—Ese es un saludo digno —susurro. Sus ojos se abren.

—Es el mejor.

—¿Ya debes irte? —No despego mi mano de su espalda ni dejo de rodearla con mi brazo alrededor de la cintura.

—No. No tengo nada que hacer y no voy a dejarte solo.

Retrocedo sin despegar mis manos de ella dejándome caer de espaldas sobre la cama, de tal manera que mis pies se encuentran apoyados en el suelo, pero Alaska, que es bastante baja de estatura, está toda sobre mí. Sus piernas están enredadas con las mías y su cabello me hace cosquillas en el cuello.

—¿Me alcanzas una almohada, por favor?

Ella asiente y hace un delicioso movimiento que no me esperaba y que me tortura. Se incorpora, se alza por encima de mí, se inclina de tal manera que tengo sus pechos a centímetros de mi rostro y no puedo evitar enterrar mi nariz entre ellos. Casi podría escudarme diciendo que es un instinto. Ella se paraliza y se queda muy quieta, luego se relaja mientras inhalo con fuerza y arrastro mis manos debajo de su camisa corta, acariciando el broche de su sujetador.

No sería tan malo si lo desabrocho, ¿verdad? No significa que vaya a hacer algo o que vaya a desnudarla. Con ese falso argumento, desabrocho el sujetador y mis palmas suben y bajan ahora por su espalda desnuda, acariciando su piel suave y tibia. Se estremece y se mueve trayendo consigo la almohada. Se inclina aún más mientras la deja debajo de mi cabeza, que levanto ligeramente para facilitarle el movimiento. Para mi absoluta sorpresa, con un sonrojo que aumenta el color ya natural de sus pómulos, ella se sienta sobre mis caderas y se baja los tirantes del sujetador para luego sacarlo por debajo de su camisa. Trago. La camisa es un poco holgada.

Vuelve a su posición inicial de acostarse sobre mí y enredar sus piernas en las mías, pero antes de eso se saca las sandalias. Estoy muy seguro de que a un lado de su cintura ella percibe la dureza que se está formando ante mi evidente excitación. Descansa sus manos sobre mi pecho y apoya su barbilla contra ellas mirándome. Acaricio con los dedos su espalda cada vez llegando más arriba y sé que las caricias le gustan porque suspira.

—Ya terminarás tu penúltimo año —comento.

—Sí, me queda muy poco. Solo dos semanas, y me irá muy bien.

—Porque tienes quien te hace la tarea de química siempre.

—¡No siempre me ayudas!

—Cuando no lo hago yo, sé que se lo pides a Dawson.

—Bueno, una pequeña ayuda no hace daño. —Sonríe y yo río.

Mis caricias descienden hasta la parte baja de su espalda y hay un leve estremecimiento de su cuerpo contra el mío.

—¿Pequeña ayuda?

—Bueno, no tan pequeña —concede.

Tomándola por sorpresa nos hago girar y con mis dedos le hago cosquillas a los costados ocasionando que se retuerza y que mis hormonas encuentren eso placentero, teniendo en cuenta que prácticamente nos rozamos. Cuando me detengo, sus mejillas están muy sonrojadas y se mantiene sonriendo. Apoyo mi peso en uno de mis codos al lado de su cabeza, mi otra mano se dedica a acariciar su abdomen, ahora desnudo. Me es difícil ignorar el hecho de que nuestras caderas se presionan y sus piernas me han hecho un espacio entre ellas.

—Creo que esto es peligroso —susurro.

Una de sus manos se posa en mi cuello, deslizándose hasta llegar a mi nuca y acariciarme el cabello.

—¿Por qué?

—Porque no vamos a hacer esto.

—¿Esto?

—Sexo —digo sin preámbulos o vueltas.

Es gracioso y dramático al mismo tiempo ver cómo su sonrisa se borra antes de que su entrecejo se frunza. Una mueca de disgusto se dibuja en su rostro.

—¡¿Qué?! ¿Qué clase de estafa es esa? No puedes venderme un noviazgo así. ¡Es como venderme un helado de dos sabores con un solo sabor! No tiene sentido.

Intenta hacerme a un lado, pero presiono mucho más contra su cuerpo para no dejarla ir. La manera en la que nuestras caderas conectan y su entrepierna acoge a la mía, muy endurecida, contradice totalmente mi declaración anterior.

—Y menos sentido tiene que digas cosas como esas y luego estés pegándote a mí de esta forma. No es justo, es una mierda. Eres una persona horrible por esto.

—¿Muy horrible?

—Horrible. Mis personajes nunca les dicen eso a las chicas, normalmente quieren desvestirlas.

—Ya... ¿Y tú quieres que te desvista? —Enarco mi ceja para acompañar la pregunta.

—Bueno...

—Vamos a esperar —no sueno muy convincente— o, por lo menos, lo intentaremos. Porque somos más que hormonas.

—Claro, por supuesto. —Guardamos silencio y luego ríe—. ¿Qué vamos a esperar? Necesito saberlo.

—Que tengas... dieciocho años, por ejemplo. Sí, eso funciona.

—Tengo diecisiete, Drake —lo dice de manera muy seria—. Cumpliré dieciocho dentro de unos meses.

—Dentro de dos meses.

—Eso es mucho tiempo de espera. ¿Es que no tienes hormonas en tu cuerpo? ¡Vivías durmiendo con chicas! Y ahora a mí me sales con estas. Menuda estafa.

—Pensaré que solo me quieres para acostarte conmigo y eso me pondrá muy triste. —Finjo hacer un puchero—. Sé que parece mucho tiempo...

—Sí, mira. No llevamos ni un mes y estás con ropa, pero entre mis piernas. Eso dice mucho.

—Y te quité el sujetador.

—Totalmente cierto —afirma. Le doy un beso rápido.

—Bien, no pautemos cosas que no vamos a lograr, pero... no lo haremos ahora, Alaska. Es apresurado, eres joven...

—Te patearé las pelotas.

—¿Qué? ¿Por qué?

—Cuando digas lo de la experiencia. Eres mi novio y eres quien debe darme orgasmos, no enviarme a experimentarlos a la calle.

No puedo evitar reír. Apoyo de nuevo la mano en su abdomen y comienzo a ascender lentamente ocasionando que ella trague con fuerza. No despego mi mirada de la suya y siento mi pulso acelerarse cuando llego entre sus pechos, bajo un poco antes de ir al lado derecho y estiro mis dedos, haciendo que las yemas de mis dedos acaricien el contorno de uno de esos suaves globos. Al notar el contacto, ella deja escapar un lento suspiro.

—Eres mi novia, así que ¿por qué te enviaría a experimentar y vivir esto con alguien más? Solo quiero estar seguro, porque sería jodido darlo todo y que no funcione. —Respiro hondo—. He fantaseado un montón de veces con esto, Alaska, y aunque ahora quisiera hacértelo de mil formas, estoy aprendiendo a ser un novio y a que esto funcione.

»Así que, si queremos que esto sea algo más que una simple calentura, de la cual hay mucha, debemos esforzarnos, aunque duela como el demonio y me tenga que dar placer a mí mismo después para calmarme.

Parece que lo piensa durante largos segundos, pero poco después envuelve sus brazos alrededor de mi cuello y atrae mi boca hacia la suya para darme un beso lento que no hace nada por mi pobre argumento. Es difícil ser razonable y no pensar en la necesidad de mi cuerpo, pero logro contenerme.

—Bien. Me has convencido, pero apuesto que ese argumento no te durará mucho.

—También yo apuesto por ello, de hecho podría durarme tan solo unos minutos como sigamos así —confieso. Porque no soy un santo y me gusta el pecado.

Parece que una idea viene a su cabeza, porque sonríe —muy sonrojada— mientras me obliga a incorporarme.

—Cierra los ojos —me pide, y algo precavido lo hago—. Listo.

Al abrirlos los vuelvo a cerrar al menos tres veces más. Te diré lo que *no* estoy mirando: el rostro de Alaska.

Y te diré lo que *sí* estoy mirando: sus pechos... Desnudos.

Alaska Hans se ha sacado la camisa y, a pesar del fuerte sonrojo que va desde sus mejillas hasta su pecho, se mantiene acostada sin cubrirse con una tímida sonrisa dibujada en su rostro. No puedo dejar de mirar.

—Una vez me mostraste tu trasero y me dijiste que un día llegaría mi turno, pues bien. Aquí estoy.

—¡Jesús…!

—¿En tanga? —completa por mí.

Eso me saca de mi estupor y alzo la vista para mirarla, no puedo evitar sonreír al mismo tiempo que me posiciono una vez más sobre ella. Mis manos toman la suya entrelazando nuestros dedos y dejándolas sobre su cabeza. El que se estire hace cosas estupendas por sus pechos.

—¿Se está tambaleando tu argumento?

—Soy fuerte. Soy muy fuerte —trato de convencerme—. Eres una provocadora. ¿De verdad estás lista para tener sexo conmigo ahora? Sé sincera.

Mordisquea su labio inferior antes de lamerlo y sacudir de forma leve su cabeza.

—No, pero me gustaría poco a poco dar pasos contigo hasta llegar ahí.

—Eso está bien, me gusta la idea y también que seas sincera. No tienes que hacer lo que creas que yo quiero.

—Lo sé, nunca haría algo que no quiera, tonto. —Me sonríe—. Eres un buen novio, aunque me olvides.

—No te olvido, Aska. Nunca lo haría.

—Vale, pero te olvidas de escribirme si te estresas; sin embargo, eres un buen novio.

—Y dejaré de serlo si no cubrimos tus bonitos pechos.

—Bien. Por cierto, se supone debía invitarte a cenar con nosotros. Mamá dice que quiere hablar con ese supuesto novio que tengo.

Me incorporo, tomo su camisa y se la doy, pero me pide que primero alcance su sujetador, lo cual hago.

—Tu madre me conoce de toda la vida —le recuerdo lo obvio.

—Sí, pero supongo que le gusta intervenir en ello —me distraigo viendo sus pechos—, así que nos esperan para la cena, que es dentro de unos quince minutos.

—¿Y esperabas que en quince minutos tuviéramos sexo?

—Pensé que, si te lo proponías, podías ser rápido.

—No soy precoz. Me ofendes.

—No es eso lo que insinuaba. —Se ríe terminando de colocarse el sujetador. Luego se pone la camisa.

—¿Por qué debería ser rápido la primera vez?

—Porque no estoy esperando que sea perfecto. Estoy abierta a la posibilidad de un pequeño margen de error —dice bajando de la cama.

—Hoy estás empeñada en ofenderme a mí y mis dotes sexuales.

Camina hasta donde dejó las hojas de ejercicios, las toma, se acerca a mí y se agacha para darme un corto beso, pero enredo mis manos en su cabello dándole profundidad.

—Trataremos de evitar cualquier margen de error. ¿De acuerdo?

—De acuerdo. —Prácticamente suspira—. Tengo que irme. Se estarán preguntando por qué tardo tanto rato en decírtelo, no saben que me haces mis tareas de química. ¿Te veo en breve?

—Ahí estaré.

—Bien. Te espero en casa.

Comienza a caminar hacia la puerta y la llamo. Cuando se da la vuelta sonrío.

—¿En qué te inspiras?

—A veces, para algunas escenas, en alguien que siempre me gustó. Adivina qué escenas son.

Eso me hace reír de manera ronca y me hace preguntarme cuánto me durará el argumento de que debemos esperar.

19

De asesinatos y planes nocturnos

ALASKA

22 de junio de 2016

—¿Lo ves? Fácil —dice Dawson. Frunzo el ceño hacia él.

—¿Por qué simplemente no me haces el favor y lo haces tú?

—Porque no haré tu tarea, Aska.

—Pero Drake lo hace —me quejo.

—Drake es tu novio y hará cualquier cosa por ti.

—Antes de serlo también me ayudaba.

—Ya estaba loco por ti. —Golpea sus dedos contra mi cuaderno—. Vamos, te lo acabo de explicar, no es tan difícil.

Frunzo el ceño y miro el cuaderno. La verdad es que la química nunca será lo mío, hace mucho que me rendí, y me ayuda tener a Drake conmigo. Solo que él ahora no se encuentra aquí, tenía una reunión de trabajo y yo estoy atascada con este otro gemelo que parece tan correcto. Suspiro teatralmente apoyando la barbilla sobre una mano.

—Quiero pasar de grado, Dawson. Es la lista de ejercicio que debo entregar para obtener mi nota final, ayúdame.

—Te estoy ayudando.

—Te lo diré de manera muy sincera, necesito que juegues sucio.

—No seré sucio contigo, Aska.

—¡Juega sucio! —exijo golpeando la mesa y en consecuencia sobresaltándolo.

—Eso no suena muy bien —anuncia una voz que me alegra mucho escuchar.

Me vuelvo y veo cómo Drake arroja las llaves sobre una pequeña mesa que hay al entrar. Hayley viene detrás. Él me sonríe y se saca el abrigo dejándolo en un perchero. Le devuelvo la sonrisa mientras lo veo acercarse. Me gusta toda esta expectativa de saber que viene hacia mí. Se detiene justo a mi lado y deja una mano en el espaldar de la silla, su mirada va al cuaderno.

—¿Qué es eso tan sucio que le propones a mi copia romanticona, Aska? —pregunta. Me cruzo de brazos recordando el rechazo de Dawson.

—No quiere ayudarme con mi tarea final.

—No quiero ayudarla a hacer trampas, eso es lo que quiere decir. Le estoy explicando…

—Pero no lo entiendo y él no me ayuda —replico.

—Lo que se traduce en que no hago su tarea por ella, como haces tú —concluye Dawson con una sonrisa—. La has vuelto una tramposa.

—No me llames tramposa.

—Odio la química —comenta Hayley detrás de mí—. Hola, Aska, lamento que Dawson no te quiera ayudar.

—¿Que no quiero? Llevo una hora y media explicándosela. No quiero hacerle la tarea, pero, en fin, ya ha llegado Drake, seguro que será mejor maestro. —Lo veo ponerse de pie aliviado de terminar la discusión conmigo—. Iré a dar una vuelta, ¿vienes conmigo, Hayley?

—Paso. Iré a dormir, estoy cansada. Luego les mostraré los postres que aprendí a preparar.

—Me muero por comerlos —aseguro.

Hayley no va a la universidad, pero decidió prepararse para ser una estupenda repostera y la verdad es que hornea las mejores cosas que he comido nunca.

Ella sube por las escaleras hasta su habitación y Dawson tira de mi cola de cabello antes de tomar las llaves del auto y salir de la casa. Suspiro mirando el cuaderno y escucho a Drake reír. Alzo la vista para observarlo.

—¿Qué es lo divertido?

—Pareces muy frustrada.

—Lo estoy. Esto es para la semana que viene y no sé hacerlo, aunque Dawson intentó explicármelo. —Pestañeo continuamente hacia él—. ¿No quieres jugar sucio?

—¿Contigo o para hacerte la lista de ejercicios?

—¿Ambos? —Pruebo mi suerte.

Mira el cuaderno, luego estira su mano y lo cierra. Sonrío comenzando a sentir el sabor de la victoria.

—Pero no le digas a Dawson que lo he hecho yo por ti.

—Él sabe que siempre lo haces, sin ti nunca hubiese aprobado Química, Matemáticas o Física. —Me levanto y me giro hacia él.

—Todo para que no te quede la materia, ¿eh?

—Eres el mejor novio.

Da pasos hacia mí hasta que está lo suficiente cerca y mi trasero roza el borde de la mesa. Uno de sus índices golpea uno de los botones de mi camisa de la escuela. Me mira y sonríe.

—Entonces ¿por qué no hay un saludo especial? Hago tu tarea de Química, un beso no estaría de más.

—Eres tú quien acaba de llegar y quien debe saludar.

—Podría tener una absurda discusión sobre eso contigo o podría simplemente besarte.

Estiro una mano para tomar una de las suyas, me muerdo el labio inferior intentando controlar mis ansias de besarlo.

—Me gusta lo segundo —confieso, lo tiento.

—A mí también.

Baja su rostro y sin decir ninguna otra palabra, sus labios cubren los míos. Suelto su mano para deslizar ambas por su pecho hasta su cuello, me alzo de puntillas para intentar llegar un poco más arriba y él sonríe antes de flexionar sus rodillas para que me resulte más fácil besarlo. Sus manos van a mis muslos, por debajo de la falda, y me alza al mismo tiempo que su lengua se abre paso en mi boca. Paso una mano por su cabello antes de aferrarme a esas hebras castañas. Cuando Drake me besa, siento que mi mundo da vueltas.

De repente mis pies no están tocando el suelo y luego siento mi trasero descansar contra una superficie dura. Alejo mi boca de la suya.

—¿Qué haces? —pregunto con la respiración acelerada.

—Ponernos más cómodos.

—Pero es la mesa de comer.

—Y ahora la mesa para besar a Alaska.

—No creo que ese sea su…

No termino de hablar cuando una vez más está besándome, me aferro a su cabello y sus manos a mi cintura. Esto no parece un beso inocente de bienvenida. Una de sus manos va a mi muslo y se desliza debajo del dobladillo de mi falda. En ocasiones como estas, amo mi uniforme. Cuando siento que sus manos podrían ir un poco más lejos, escuchamos el seguro de un auto siendo activado. Con rapidez Drake me baja de la mesa y toma el cuaderno abriéndolo a una velocidad impresionante. Acomodo mi falda y me siento, justo un minuto antes de que entre su madre.

Irina Harris nos observa, luego sonríe y cierra la puerta detrás de ella. Deja su bolso sobre la mesa junto a sus llaves y camina hasta nosotros.

—Hola, mamá.

—Hola, cariño. Salí temprano del trabajo, hoy me encargo yo de la cena. ¿Vienes a cenar con nosotros, nena? —me pregunta con una sonrisa.

El corazón todavía me late de manera desbocada, así que me cuesta encontrar las palabras para responderle de manera inmediata.

—Claro. ¿Qué tal el trabajo?

—Bastante lento —me responde antes de mirar a Drake—. ¿Y tus hermanos, Dawson? —Hay diversión en su mirada cuando hace la pregunta, lo que me hace saber que bromea sobre no conocer al gemelo con el que habla. Drake entorna sus ojos.

—*Dawson* salió y Hayley duerme.

—Bien, me daré una ducha y tomaré una siesta antes de organizar la cena. Si tu padre llama a casa me despiertas, Dawson.

—Vale, mamá. Yo, *Drake*, haré eso.

Irina va por su cartera y retoma el camino a las escaleras, en última instancia se vuelve y nos sonríe.

—Ustedes dos se ven adorables juntos, son unos novios muy tiernos. —Asiente complacida de sus propias palabras y comienza a subir las escaleras.

Drake arrastra una de las sillas hasta estar a mi lado, se sienta en ella, reposa el cuaderno sobre la mesa y me observa.

—¿Qué tal tu reunión de trabajo? —pregunto.

—Bien, me han encargado un trabajo publicitario importante. —Toma mi mano y juega con mis dedos—. ¿Qué hay de ti? ¿Alguna nueva historia?

—Estoy esperando a que me inspires. —Mis palabras lo hacen reír—. He tenido una nueva idea, pero quiero escribir unos pocos capítulos antes de comenzar a publicarla.

—¿Caliente?

—Quieres leer una historia caliente.

—Puedo ayudarte.

—¿A escribir escenas calientes?

—A hacerlas lo más reales posible.

Ahora eso me tiene totalmente interesada, sobre todo teniendo en cuenta que proviene del hombre que me dijo que el sexo no sería inmediato. No es que esté desesperada, es solo que siempre he deseado a Drake y que todo esto me parece aún muy irreal.

—Entonces, sí que podría ser una historia caliente.

Me sonríe y deja su otra mano sobre mi rodilla desnuda. Me tomo mi tiempo para apreciar lo atractivo que encuentro a Drake Harris. Alto, cabello castaño con un buen corte, unos ojos muy expresivos, uno de color avellana y otro verde, nariz perfilada y una suave boca que me gusta besar. No es de complexión fuerte y exagerada, es más bien delgado, pero es tan agradable a la vista y deseo tanto tocarlo... Drake es un bombón.

—¿Qué hay de los mensajes que te estaban enviando?

Se refiere a los mensajes raros que algún lector o lectora no deja de mandar, son obsesivos y muy sucios. Trato de no asustarme porque soy anónima, nunca he dicho dónde vivo ni he dado ningún dato concreto que pueda comprometerme. Ni siquiera he dado información de mis redes sociales importantes como mi Instagram o Facebook. Por ello cambié mi foto de perfil de JoinApp dejando solo un logotipo del nombre de mi usuario que Drake hizo para mí.

—Han disminuido. Creo que quienquiera que los mandaba se dio cuenta de que estaba asustándome y por eso dejé de responderle. Sin embargo, ahora parece que está tranquilo.

—Eso es bueno. ¿Y tus seguidores?

—Ciento ochenta y cuatro mil —digo con orgullo—. Y quiero creer que ese número aumentará cuando suba alguna historia nueva. Estoy emocionada con todo ello.

—Puedo verlo.

Hablamos otro poco más. Lo que más me está gustando de ser la novia de Drake, además de los besos, es el hecho de que seguimos siendo amigos. Algunas cosas han cambiado, pero otras se mantienen. Aún hablamos por la ventana todas las veces que coincidimos, sigue haciendo mis tareas de Química, Física y Matemáticas, seguimos bromeando y hablando sobre cosas que a veces no tienen sentido. Supongo que somos una versión más intensa de nosotros mismos.

No sé cuánto tiempo pasa, pero tras dejarle mi cuaderno de Química con la lista de ejercicios, él me acompaña hasta la puerta. Me recuerda que me esperan para la cena. Nuestras familias no se sorprendieron al conocer nuestra nueva relación, a veces son un poco raros, pero por lo general eso tampoco ha cambiado demasiado.

—Te veo dentro de un rato. —Beso su mejilla y él toma mi barbilla. Me da un beso húmedo y largo en la boca, que me deja sin aliento y con una respiración desastrosa.

—Ahora sí, te veo dentro de un rato.

Me sonríe y da un paso hacia atrás mientras comienzo a alejarme con la certeza de que esta vez mi personaje estará inspirado en Drake en un ochenta y cinco por ciento. Y que sí, será una historia cien por cien caliente.

26 de junio de 2016

Lo admito: estoy embelesada mirando por mi ventana a Drake, que está sentado enfrente de su escritorio haciendo quién sabe qué. Romina, mi mejor amiga, está hablando sin parar y de vez en cuando asiento para fingir que le presto atención. En este momento no soy la mejor amiga, pero nadie puede culparme, estoy demasiado ocupada haciendo uno de mis pasatiempos favoritos: mirar por la ventana a Drake.

Además, desde que cenó aquí hace dos días, no hemos estado juntos, solo un breve saludo porque está ocupado con ese trabajo de marketing tan importante que parece estar haciendo. Me sobresalto cuando Romina deja caer su mano en mi hombro.

—Tu novio es una de las maravillas del mundo —susurra, y me hace reír—. No puedo creer que me ocultaras que se traían algo entre manos.

—No pensé que nos trajéramos algo, se supone que solo lo admiraría y lo querría en secreto.

—Dramático, imposible y apasionado. Me gusta, es material para una historia.

Me vuelvo para mirarla. El carácter de Romina es muy compatible con el mío, tiene un tipo de locura y perversión que me divierte. Harper, mi personaje principal de *Caída apasionada*, era latina y parte de su personalidad la tomé prestada de mi amiga, quien se divertía soltándome palabras soeces para que Harper las dijera. Nuestra amistad no es precisamente antigua, no es algo tan dramático como desde los primeros años de vida, pero en tres años y medio se ha convertido en la mejor amiga que he podido tener.

—Drake es capaz de inspirar cualquier historia —admito.

—Debes contarme cuando se quiten la ropa y lo hagan. Te conté mi primera vez, así que espero la tuya con ansias.

—Deja de pensar en nosotros haciéndolo.

—Pero sucederá.

Claro que sucederá, solo que supongo que no es algo que forzaremos ni por lo que deba desesperarme. Pasará cuando tenga que suceder y punto.

Drake se gira en la silla y mira al techo. Cuando baja la vista mira directamente hacia mi ventana. No parece muy sorprendido de encontrarme allí, no estoy segura a esta distancia de si me sonríe, pero alza su mano en un saludo que le devuelvo con una sonrisa tonta. Luego su saludo se dirige hacia Romina. Toma algo del escritorio y alza unas hojas que supongo que son mis ejercicios de química. Me hace una seña que no entiendo y luego me asusto cuando Alice entra gritando en mi habitación acusándome de asesinato.

—¿A quién maté? ¡Me declaro inocente! —me defiendo de la acusación que todavía no llega en su totalidad.

—¡Mataste a Cody! Estúpida hermana. —Me pellizca el brazo y me quejo abandonando mi ventana para alejarme de mi agresiva hermana—. ¡Terminé el libro!

—¡Finalmente! Pensé que nunca lo harías —le recrimina Romina—. Tardaste años.

—¡No es cierto! Admito que leo despacio y me distraigo mucho, pero ¡lo terminé! Y me encuentro con que mataste a mi hermoso Cody.

Bueno, eso tuvo mucho que ver con los celos que provocó en mí cierta escena que protagonizó Drake en su habitación, pero más allá de eso, ha sido uno de los mejores finales que he escrito y me encanta, razón por la que sonrío. Alice gatea en la cama para alcanzarme y uso a Romina de escudo humano.

—¡No me uses de escudo, Alas!

—Calla y no te muevas —señalo—. Alice, si lo analizas, es un final increíble para cerrar la historia. Te prometo que en el futuro Harper consiguió finalmente ser feliz.

—Pero yo quería que fuera feliz con Cody. ¿Qué rayos te sucede? ¡Lo mataste! Casi lloro. Yo *casi* lloré.

—Felicidades, tienes corazón —dice Romina, y yo río. Alice busca la manera de llegar hasta mí.

—Vamos, prometo que no siempre mataré al protagonista.

—¿Qué clase de promesa es esa?

—Niñas, ¿qué sucede? —Me vuelvo y encuentro a mamá asomada en la puerta de mi habitación.

—Alaska mató a alguien —responde Alice indignada.

Mamá deja caer el cesto de ropa sucia que llevaba en sus manos.

—¿Que Alaska Brooke hizo qué? —Sus ojos están muy abiertos.

Alice está demasiado indignada para notar que envía información sin filtro a nuestra madre.

—Mató a Cody y de una manera cruel, mamá. ¡Ni siquiera se arrepiente!

—Necesito una explicación sobre estas acusaciones, Alice, porque estoy a punto de llamar a Albert con un colapso nervioso. ¿Qué hiciste, Alaska? —pregunta mamá muy consternada.

—Mamá, maté a Cody, es verdad, lo hice. Pero en mi defensa tengo que decir que fue un giro genial que consiguió un final perfecto y Cody lo merecía. Así que sí, no me arrepiento de haberlo matado.

Mamá parpadea al menos cinco veces mientras me observa y balbucea. En ese momento entiendo su expresión y grito asustándola:

—¡No maté a nadie realmente!

—¡Sí lo hiciste! ¡Asesina! —me grita Alice.

—Ella lo hizo, señora Jolliane —agrega Romina.

—Ya te he dicho que puedes llamarme Jollie, Romi —dice de manera distraída mamá—. Lo repito, ¿qué hiciste, Alaska Brooke?

—Maté a Cody, pero no de verdad.

—No lo mataste de mentira. Tal y como lo leí, él ya no respiraba —me interrumpe Alice.

—¡Estás confundiendo a mamá!

El timbre de casa suena y mamá nos echa un rápido vistazo antes de dirigirse al pasillo y luego a las escaleras. La sigo porque mamá parece consternada sin acabar de entender aún la discusión. Alice viene detrás de mí, encontrando curiosos sinónimos para llamarme cruel y asesina. Romina murmura que la entiende y que ella pasó por ese dolor sola. Bajo las escaleras justo cuando mamá abre la puerta. Ahí está Drake con una sonrisa.

—Necesito que me digas si estoy escuchando bien cuando dicen que mi Alaska mató a alguien —le dice mamá, y Drake borra su sonrisa.

¡Jesús bailando!

—¿Que Alaska hizo qué?

—Mató a alguien, pero tú lo sabes bien, Drake —lo acusa Alice.

—¿Yo?

—¡Sí! Lo sabías y no me dijiste nada, mal amigo.

—Estoy sumamente confundido, no sé de qué me hablan, Jollie. —Me da una mirada—. ¿Qué hiciste, Alaska?

—¡Nada! No me dejan hablar.

—Mató a un ser perfecto —informa Romina—. ¡Y cómo dolió!

—¡Maté a Cody!

—¡Ah! Cody. —Lo entiende y sonríe. Alice llega hasta él y golpea su hombro—. Eh, sin violencia.

—¿Quién carajos era Cody? —Mamá termina por perder la paciencia y todos nos callamos, estamos sorprendidos.

—El de *Caí*...—Alice se detiene y me mira. Suspiro.

—Recuerda que he estado escribiendo, mamá. Alice leyó algo que escribí donde un personaje muere.

—¡Alerta de spoiler! —anuncia Drake—: Es el protagonista y su muerte duele como una patada en el pulmón.

—Pudiste darme ese spoiler antes —se queja Alice.

—¿Dónde estaría entonces la diversión? Todos debemos sufrir al leerlo, que nadie se salve. Así que perdóname por querer que sufrieras tanto como yo.

—Yo lo leí antes que todo el mundo y fue horrible —se lamenta Romina—. Cómo lloré.

No puedo evitar reír y los tres me miran con tal indignación que mi risa crece. Es algo bonito saber que desestabilicé sus emociones; y después de pasar la vergüenza inicial, es emocionante saber que Alice ha leído una de mis historias más exitosas y que de hecho, a pesar de la muerte de Cody, parece que le ha gustado.

—Entonces ¿Cody no es real? —quiere confirmar mamá.

—¡Cody es real! —se indigna Romina ante la pregunta de mamá—. Es real en nuestros corazones.

—A ver si lo he entendido. Cody es un personaje de Alaska, al que ella acabó matando, razón por la cual Alice está molesta. No es real… Solo está en sus corazones y no tengo una hija asesina realmente, ¿correcto?

—Correcto —decimos los cuatro. Mamá suspira.

—Siento alivio, iré a recoger la cesta de ropa que dejé caer. No me den más ese tipo de sustos.

Mamá se dirige a las escaleras y comienza a subirlas. Drake se acerca y desliza su brazo por mi cintura mientras se queda de pie a mi lado.

—Y al margen de la épica muerte de Cody, ¿te gustó la historia de Aska, Alice? —Drake besa mi mejilla después de hacer la pregunta y Romina suspira.

—Sean mis papás, adóptenme —nos pide, y Drake ríe.

—Es un libro increíble y las escenas… —Alice sube y baja las cejas—, debemos hablar sobre ellas después, Aska. Porque fueron increíbles, todo ese libro lo es. Creo que encontré mi tipo de libros. ¡Siento que quiero leer más! No sabía que podía ser tan divertido.

—Lo sé, Aska también ha logrado que me interese un poco más por la lectura.

—Alas es una heroína —concluye Romina—. Ahora, algo importante que preguntar: ¿me adoptan?

—¡Basta! —Me río y luego sonrío a Alice—. Gracias por haber leído mi historia.

—Gracias por habérmela dejado leer a mí. Y gracias también por esperar y ser paciente con lo mucho que tardé en leerla. —Alice toma la mano de Romina tirando de ella hacia las escaleras—. Vamos, esperemos arriba. Te mostraré algo que compré.

Ellas se van y me dejan a solas con Drake. Él me hace girar y lleva la mano al bolsillo trasero de su pantalón, saca las hojas que dobló como un pergamino.

—Aquí están tus ejercicios de química.

—¡Gracias! —Los tomo de su mano y lo abrazo. Me pongo de puntillas para darle un rápido beso. Él lame sus labios cuando me alejo—. Salvas mi vida.

—Quería que fuéramos a algún lado, sé que hace días que no nos vemos y quería compensártelo, pero veo que tienes visita de tu amiga. Puede ser otro día.

Me muerdo el labio, quiero a Romina y soy una buena amiga, pero mentiría si dijera que no tengo ganas de irme con Drake. Él parece muy divertido al ver mi indecisión.

—Podemos ir mañana. Ahora podría conformarme con un beso. —Pero apenas está terminando de hablar cuando su boca ya está buscando la mía.

Me besa de una manera en la que su lengua no duda en adentrarse en mi boca. Sus dedos sostienen mi barbilla y sus labios chupan el mío antes de morderlo. Es un beso coqueto, me atrevería a decir que un tanto provocativo. Y, por supuesto, provoca reacciones locas en mí.

—Puedes venir a verme esta noche —susurro—. Como aquella vez.

—Puedo hacerlo —susurra en respuesta.

—Hazlo.

—Lo haré.

De manera que cuando Drake sale de casa, sé que lo veré más tarde, por la noche, cuando todos duerman. ¿Qué película podemos ver en esta ocasión? Esto será incluso más interesante que la última vez.

20

Muéstrame un poco

ALASKA

De acuerdo, tengo las mejillas sonrojadas en el momento en el que le abro la puerta a Drake. La casa se encuentra en un silencio absoluto debido a que todos duermen, así que me llevo un dedo a los labios en la típica señal de pedir silencio, excepto que no se lo pido, se lo exijo.

¿Por qué estoy sonrojada? No es porque esté invitando a Drake a estar de noche en mi habitación, porque eso ya sucedió, pero estoy casi segura de que se trata de que me animé a ponerme el pijama con el short más corto que tengo junto a la camiseta más ajustada. Llevo calcetines hasta el final de mis pantorrillas y el cabello suelto me llega más abajo de mis pechos, lo cual es bueno porque cubre las cimas de estos, que se marcan contra la camiseta.

Drake no dice nada mientras cierra la puerta, con mucho cuidado para hacer el mínimo ruido posible. Comienzo a caminar hacia las escaleras sin decir ni una palabra y él me sigue. Arriba dejé golosinas. Cuando llegamos a mi habitación, cierro la puerta con seguro. El ambiente entre nosotros es algo diferente a la vez pasada. En aquella ocasión, Drake se dedicó a observar mi habitación mientras yo mantenía mi vista fija en él, esta vez eso no es lo que sucede.

Esta vez me pega a su cuerpo agarrando de una manera nada inocente mi trasero, lamiéndome el labio inferior justo antes de darle un pequeño beso. Se trata tan solo del comienzo de lo que se convierte en un beso lleno de intensidad que me toma por sorpresa y que me vuelve gelatina las piernas. Poso las manos sobre sus hombros en el momento en el que me alza lo suficiente para que mis pies estén sobre los suyos. Me besa sin ningún tipo de clemencia o duda. Sus labios son firmes, saben lo que quieren, y su lengua ávida coquetea una y otra vez con la mía. Siento cómo se me eriza el vello, así como un cosquilleo en la punta de los pechos y una increíble necesitad de apretar los muslos. No es lo único que siento, también siento el roce de una protuberancia en los pantalones de chándal de Drake contra mi cadera que me hace estremecer.

Me hace enlazar las piernas en torno a su cintura y de nuevo me estremezco porque una parte muy dura de su cuerpo choca contra una parte blanda del mío de una manera perfecta y enloquecedora. Mantengo los ojos cerrados mientras nos besamos una y otra vez. Noto que comienza a caminar y cuando abro mis ojos descubro que me llevaba hacia la cama y apoya mi espalda en el colchón.

Separándose lo suficiente, me regala una mirada llena de deseo que, sin planearlo, me hace retroceder en la cama en busca de comodidad. Lo veo subir en el momento en el que apoyo la cabeza en la suavidad de la almohada, con un gateo que encuentro gracioso y sexi me alcanza. Con sutileza abro mis piernas para hacerle espacio entre ellas y no tarda en ubicarse sobre mí, no deja caer el peso de su cuerpo...Todavía no, pero puedo percibir todo el calor que emana de él.

No nos hemos dicho una sola palabra desde que ha llegado, pero nuestros besos y nuestros cuerpos parecen hablar por nosotros, al menos en mi caso. Nos miramos fijamente y alzo una de mis manos para retirarle el cabello de la frente, luego me encuentro arrastrando los dedos hasta sus labios, sobresaltándome cuando me mordisquea las yemas. Este hombre tiene experiencia y no fingiré que eso me molesta, porque sé que nada será un fiasco, que con Drake se tiene que disfrutar cada momento.

—Hola, Alaska —susurra hablando por primera vez.

Me da una pequeña sonrisa que se me hace imposible no devolver.

—Hola —le susurro yo antes de tragar—. Esta es una manera interesante de volver a saludarnos, sobre todo teniendo en cuenta lo que tú decías de la paciencia y nada de sexo, bla, bla, bla.

Riendo, deja caer su cuerpo contra el mío ocasionando que su dureza esté justo contra el vértice entre mis muslos. Cubriéndome la boca con una mano logro bloquear el sonido que está a punto de escapar de mí.

No puedo borrar de mi mente la fatídica experiencia de «sexo oral» con el asesino de Caleb, ni tampoco mi breve tonteo con Norman, aunque admito que dejé que me tocara los pechos y llegué a meter mi mano debajo de su pantalón, incluso puede que hubiese deseado que me tocara mucho más. Pero ¡Jesús desvistiéndose! He soñado con el hombre que tengo ahora delante durante años, con este momento, con esta cercanía y eso solo lo hace aún más excitante. Con sus besos él ya me había encendido y ahora, con la increíble presión de su pelvis contra la mía, el mundo es un lugar mejor.

—No vamos a tener sexo, pero hay muchas cosas sobre las que apuesto que sientes curiosidad y...

—¿Y qué? —Sin poder evitar muevo las caderas porque mi cuerpo exige fricción, pide acción por debajo o por encima de la cintura. Lo que sea.

—Y tu libro sucio dijo muchas cosas que voy a confirmarte, desmentirte o adaptar a la realidad. —Su boca va a mi cuello, ladeo la cabeza a un lado para darle mejor acceso—. ¿Te gusta la idea? Aunque veo que planeabas que viéramos películas.

—¿Qué películas? ¡Jamás planeé tal cosa!

Él dirige su mirada hacia la caja llena de cintas que había preparado y tomándole el rostro lo obligo a mirarme a mí, porque ¿a quién rayos le importa una película teniendo una propuesta como la que me acaba de hacer?

No estoy desesperada por perder la virginidad, la verdad es que no me pesa llevarla conmigo, somos como dos buenas amigas y nos cuidamos. No tuve acercamientos sexuales con Caleb o Norman por desesperación, no; fue por curiosidad y deseo de hacerlo, porque siempre me ha gustado la idea de indagar qué podría gustarle a mi cuerpo. Aunque aún mantengo esta discusión conmigo misma sobre el miedo de tener algo dentro de mí, me gustaría explorar muchas cosas.

Creo en el amor y creo en el sexo con amor, pero tampoco me cerré a la idea de la posibilidad de que un día sucediera por el simple hecho de sentir pasión y deseo hacia alguien. No estoy dispuesta a explorar físicamente mi cuerpo con Drake por estar desesperada, querer agradarle o cumplir sus deseos. Lo hago porque él despierta deseo en mí, además de sentimientos dulces y fuertes, porque me siento cómoda y no me da miedo, porque quiero hacerlo.

—Muéstrame —pido.

Su respuesta es una sonrisa y es casi cómica la manera en la que se sienta a horcajadas sobre mis muslos. Estirando las manos se topa con la camiseta que llevo puesta.

—No tenemos por qué correr, podemos hacer algo muy básico. —Toma el dobladillo—. ¿Puedo?

Yo misma le he mostrado mis pechos desnudos, así que asiento en respuesta. Él arrastra la tela muy lentamente hacia arriba encargándose en el proceso de acariciarme la piel con los dedos. No me quita la camiseta, la deja reposar por encima de mis pechos desnudos y, aunque la calefacción está encendida y mi cabello se esparce por encima de ellos, irremediablemente las puntas de mis pezones se yerguen. Las manos de Drake me llevan el cabello hacia atrás para tener una mejor vista.

—Tu sonrojo se está esparciendo por todo tu pecho —murmura con la vista clavada ahí. Su índice y su pulgar frotándome entre los pechos—. ¿No tienes problema con esto?

—Mi único problema es que soy la única que no lleva camisa. —Aunque es una respuesta bastante genial, la suelto con un rastro de timidez.

Agarra su camisa por la espalda y se la saca. Me gusta esto de la igualdad de condiciones. Deja de estar a horcajadas sobre mí para colocarse de costado a mi lado y una de sus manos me deja un patrón incomprensible de caricias en el estómago.

—Modificación para tu historia sucia: sí se puede conseguir que una chica se corra únicamente dándole placer a sus pechos si ella es particularmente sensible en esa zona, pero...tocar en otro lugar es una buena ayuda.

Proceso con lentitud lo que me dice porque, después de ello, él se encuentra inclinándose hasta hacerme sentir la humedad de su lengua alrededor de la areola de uno de mis pechos. Creo que estoy soñando, pero cuando siento el pellizco de sus dientes contra la suave carne y luego el lametón, me doy cuenta de que esto es muy real. Y todo es todavía más alucinante cuando experimento la sensación de su lengua contra uno de mis pezones para después incluso ver cómo hace la cosa más increíble: lo captura entre sus labios y chupa con fuerza. Eso va directo a mi entrepierna haciéndome apretar los muslos. Su otra mano me sostiene otro pecho y juega con su cima erguida. Cerrando los ojos, Drake succiona con más fuerza mi pecho con su boca y de nuevo me cubro los labios con una mano para acallar el ruido que quería escapar, mientras la otra mano se aferra a la sábana.

No queriendo cerrar los ojos, mantengo la vista en él, no deseo perderme nada de lo que me hace. Me retuerzo y mis caderas se alzan en busca de algo. Su boca abandona mi pecho ahora húmedo, sonrosado y con una cima muy erguida para dirigirse al otro. Siento una mano en mi cadera intentando inmovilizar mis desesperados movimientos y la otra desciende... Tiemblo cuando la posa sobre mi abdomen haciéndome gemir cuando baja todavía más hasta llegar a mi vientre, casi al inicio de mi pubis. Me rindo cerrando los ojos cuando, sobre el algodón del short, la mano de Drake se encuentra acunándome... Ahí.

Escribí que Cody le hacía esto a Harper muchas veces, aunque todo fue de alguna manera muy exagerado y no llevaban ropa, pero esto que Drake me hace no sé cómo describirlo o tal vez lo sé, pero los sentidos no me dan para pensarlo con claridad. Por lo que mi explicación viene rápida a continuación:

Drake no deja de devorarme un pecho, haciéndome sentir sus mordiscos, los lametones y las succiones de su boca, de una manera increíble. Su mano, o más bien sus dedos, me frotan la entrepierna a través del algodón del short, al principio con lentitud. Mi cuerpo reacciona a su toque, me muevo mucho, pero él trata de contenerme con una mano sobre la cadera.

Quisiera decir que este momento de delirio y pasión dura mucho, pero estaría mintiendo porque el final llega bastante pronto.

No dura poco porque Drake sea poco habilidoso. Su duración es efímera porque parece que soy sensible o que ya estaba muy excitada, razón por la cual cuando me toca durante quizá dos minutos mi cuerpo ya parece listo para explotar, así que cuando sus dedos viajan justo hacia el lugar donde espero que un día nuestros cuerpos se conecten, siento cómo termino de estropear mis bragas con exceso de humedad cuando alcanzo el orgasmo. El mordisco que siento en un pezón justo en ese momento lo hace más intenso y mucho mejor que todos los que me he dado yo misma alguna vez.

Es un momento real. Si bien ha sido corto por mi inexperiencia y lo hambriento que estaba mi cuerpo de su tacto, fue espectacular y todavía cuando fue enloquecedor que me tocara por encima de la ropa, sé que mi cuerpo finalmente pedirá y necesitará el contacto con su piel desnuda.

Ha sido una de las cosas más reales que he experimentado nunca.

Su respiración baila contra mi cuello, su cuerpo se encuentra sobre el mío y su dureza de nuevo contra mi entrepierna, calentándome lentamente una vez más. Soy un desastre de sudor y respiración más cercana a jadeos, pero soy un desastre muy feliz.

—Entonces, sí se puede tener un orgasmo así —rompo el silencio. Su cuerpo tiembla contra el mío cuando ríe.

—Sí, no es tan intenso, pero estoy seguro de que es bueno. Puede ser mejor, sin barreras.

—Seguro. —No pienso discutirle eso.

Intento colar una mano para acariciarlo por encima de la tela, pero, debido a nuestra posición, para lograrlo tendríamos que retorcernos y colocarnos en una posición muy incómoda, lo cual le hace reír.

—Lo siento, pero en la realidad nos toca adaptarnos para poder conseguirlo. —Rueda para caer a mi lado y se lleva una mano a su entrepierna—. No te dejaré tocar esto hoy. No me apetece ensuciarme la ropa o ensuciar la tuya. No podemos quemar todos los pasos así de rápido.

¿Quién dice que no? Sin embargo, creo comprenderlo.

Me embargan muchas emociones y, debido a la falta de costumbre en todo esto, podría decirse que soy una batería que ha perdido parte de su carga porque lucho contra un bostezo. Supongo que debo trabajar en eso de la resistencia si pretendo tener una vida sexual muy activa. Tomo la camisa de nuevo y me la pongo.

En lugar de ponernos a ver alguna película, giramos de costado para observarnos. Creo que en su mente él también está procesado lo que ha sucedido, que definitivamente no somos solo amigos y lo fuertes que están las cosas.

—Tengo curiosidad.

—Tú siempre tienes curiosidad. —Pone los ojos en blanco.

—¿A qué edad dejaste de ser virgen?

—A los dieciséis. —Ni siquiera parece sorprendido de mi pregunta—. Y fue terrible.

—¿Lastimaste a la chica?

—No —ríe—, ella ya lo había hecho antes con alguien. Fue terrible porque mi única experiencia con el sexo era la masturbación y pensé que duraría tanto como con el trabajo manual. Básicamente el porno me había enseñado dónde tocar y lamer, pero ¿y todo eso de meter y sacar? Terrible. —Hace una mueca que me hace sonreír—. No duré ni siete minutos, me di cuenta de que no era como masturbarse, porque luché desde la primera estocada para no correrme.

»Fue terrible y te aseguro que los siguientes encuentros tampoco fueron los mejores. Además, estaba bastante intimidado por la chica, que parecía un sargento dándome órdenes.

»El ser humano es de instintos, pero eso no quiere decir que nace sabiendo cómo hacérselo a una persona, coger, follar o como quieras llamarlo, sería absurdo establecer eso. Aprendí cómo complacer a quien esté conmigo y a mí mismo, sin que acabe en fiasco, con cada experiencia que fui cosechando.

Me gusta su sinceridad, no está diciendo algo como que nació siendo un superdotado para el sexo, porque siempre están haciéndonos creer que la primera vez solo es la chica la que tiene dudas, pero muchas veces me pregunto si no supone mucha presión también la primera vez para un chico: el pensar en complacer a la chica, en durar, en tocar los lugares correctos, en pensar cómo moverse, ser bueno en ello… Es mucha presión para alguien que también está teniendo sexo por primera vez.

—¿Ahora eres un Dios del sexo?

—Cuando lo hagamos, ya me darás tu opinión —bromea—, pero te diré algo que te hará feliz.

—¿Qué?

—Eso fue a los dieciséis años y quizá mis primeras cinco veces o algo así, pero luego trabajé mi resistencia. Así que tranquila, no te dejaré a medias.

—Eso me alegra. —Me río.

—Entonces, ya que estamos teniendo esta conversación. ¿Hasta dónde has llegado, Alaska?

Supongo que esta es una conversación extraña o tal vez no, aunque estoy bastante sonrojada y siento algo de timidez, me gusta este momento sincero sobre un tema del que dudo que muchos se atrevan a hablar.

—Ya sabes lo que sucedió con Caleb. Con Norman lo toqué debajo del pantalón y él me tocó los pechos... Nos frotamos un poco, pero hasta hoy eso fue lo más lejos que llegué.

—Espero llenar las expectativas de tus primeras veces.

—Lo estás haciendo. —Le sonrío—. ¿Tienes alguna confesión que hacer? Algo que quisieras decirme.

—Sí, que si alguna vez vas abajo, por favor vigila con tus dientes. Esa mierda duele, te lo digo por experiencia.

Estallo en una carcajada, pero rápidamente me cubro la boca con la mano para no despertar a mi familia, porque mis padres saben que me duermo tarde, más no que me río de esta forma porque tengo compañía.

—Tendrías que enseñarme... Y no ser un idiota como Caleb.

—Promesa. Ahora, ¿algo que confesarme tú?

—Me da miedo... —Tomo una respiración profunda—. Siempre esquivo la idea de tener algo dentro de mí. —Estoy avergonzada de mi confesión—. Es decir, yo quiero, pero a la vez la idea en mi cabeza me pone nerviosa. Supertonto.

—Creo que eso es normal en las chicas. O bueno, también en los chicos a los que les van los chicos. Debe de causar reparo saber que te meterán algo, supongo. —Se ríe y golpeo su brazo—. No te preocupes por eso, deja de darle vueltas, cuando finalmente suceda ni siquiera tendrás tiempo de pensarlo porque es algo que tu cuerpo te indicará que quiere.

—Supongo, porque yo quiero que me toques sin ropa. —Me concentro en ver su cuello.

—Y yo quiero hacerlo.

—¿Alguna vez has soñado de manera sexual conmigo, Drake?

—Sí. ¿Y tú?

—No hasta ese extremo, pero sí me he imaginado muchas cosas. —Me sonrojo y esa es su advertencia—. Muchas.

—¿Te he gustado siempre, Alaska? —Su mano me toma de la barbilla para obligarme a mirarlo a los ojos.

—Desde que llegué a la adolescencia y supe lo que era sentir verdadera atracción. Pensé que nunca estaríamos así.

—No me di cuenta, pensé que solo me mirabas por la ventana porque no te parecía horroroso, pero creí que solo se trataba de eso. ¿No pensabas decírmelo nunca?

—Para mí no tenía sentido hacerlo. Pensé que sería tonto y no quería que luego ya no fueras mi amigo.

—¿Sabes? Siempre me gustaste, tanto tu cuerpo como tu personalidad, pero hasta que leí todas tus historias no me di cuenta de que siempre me escudaba pensando en ti como una niña, para de esa manera sentirme culpable y ocultar esos deseos.

»Pero cuando vi lo que habita en esa cabecita tuya, entendí que no eras ya una niña y que, con sinceridad, fácilmente jamás iba a superarte.

Con los dedos tomo sus labios, la diversión en sus ojos es evidente cuando los muevo fingiendo hablar por él:

—Eres la mujer de mi vida, Aska. Estás que ardes y me traes loco. —Hace a un lado mi mano mientras ríe.

—No tienes que decirlo por mí cuando es la verdad. —Me golpea la nariz con el índice—. Te quiero.

—Y yo te quiero a ti…Y admito que dudo de mi resistencia cuando hagamos algo más, porque me diste un orgasmo de categoría uno y ya tengo sueño; estoy sin energía.

—Tienes cada ocurrencia. —Me da un beso rápido—. Descansa, debemos trabajar esa resistencia tuya antes de llegar a algún lado.

Río bajito y hablamos otro poco más hasta que no puedo luchar más contra el sueño y me quedo dormida. Me gustaría decir que me dormí con una sonrisa, pero a lo máximo que aspiro es a no haberme quedado dormida con la boca abierta ni babeando la almohada. Ya sabes, como la gente normal, porque si hay algo que he aprendido hoy es que la gente real no crea momentos perfectos, pero sí momentos memorables, reales y especiales.

18 de julio de 2016

Observo cómo Alice se pinta sus labios con la mirada fija en el reflejo que le da el espejo, le sienta bien ese color morado. Apoyo la espalda en una de las paredes de metal del ascensor y ella me sonríe a través del reflejo, y de inmediato me encuentro devolviéndole el gesto.

—¿Por qué te pintas la boca justo ahora? —cuestiono.

—Porque me provocó y porque me gusta.

—Claro. —Ladeo la cabeza a un lado—. ¿Le dijiste a Georgia que veríamos a Austin?

Georgia es su mejor amiga, quien aún después de esa mentira sobre que Austin no quiso conocerla —cosa que él nunca supo— sigue delirando por él y ansiando conocerlo en algún momento.

—No, porque no vinimos a ver a Austin, vinimos a ver a nuestro hermano y a Ade.

Eso es cierto, cenaremos con Adelaide y Jocker; Jack nos ha traído porque

Alice no sabe conducir y porque es un hermano así de adorable cuando no está molestándonos con bromas o siendo sobreprotector. Sin embargo, estoy casi segura de que Austin estará hoy aquí, puesto que Adelaide también está y suelen coincidir en los días en los que salen en directo desde el estudio. Cosa que también sabe Alice.

Las puertas del ascensor se abren, salgo y Alice camina a mi lado enlazando un brazo con el mío. Habla sobre haber encontrado su carrera soñada: diseño de interiores. Me encanta su entusiasmo, es genial ver que este tiempo libre le sirvió para dar con su especialidad. Al primero que vemos es a Derek, quien parece estar revisando algo en unas hojas. Alza la vista cuando estamos cerca de la puerta y nos sonríe de esa manera suya que derretiría a cualquiera.

—Las hermanitas Hans, que cada día crecen más. Vengan y saluden a su casi hermano. —Abre sus brazos en una clara invitación a abrazos que creo que nadie puede negarse.

Las personas que hacen el programa con mi hermano no son solo compañeros de trabajo, ellos también son prácticamente su otra familia. Derek, Krista, Holden, Rayan, Breana, Elise e incluso Valerie, la exesposa de Jocker que actualmente se encuentra fuera del programa por motivos personales, y Parker uno de los últimos en llegar. Todos ellos se han convertido en una presencia constante en nuestras vidas a raíz de sus relaciones con mi hermano.

Derek nos da unos buenos minutos de halagos antes de que entremos en el estudio. Aún es temprano, por lo que solo vislumbro a Breana conversando con Adelaide y no me lo pienso dos veces cuando camino hasta ellas seguida por mi hermana.

—¡Chicas! —Esa es Breana, que es la primera en vernos. Ambas nos saludan—. Qué bueno verlas. Por cierto, ¡felicidades, Alaska! Supe que estás saliendo con uno de los encantadores niños Harris.

¿Drake un niño? No me lo parece cuando me toca, cuando me besa o cuando simplemente me enloquece.

—Sí, finalmente. —Sonrío—. Es un novio raro, pero muy bueno.

Mis palabras la hacen reír, Adelaide da un sorbo de lo que parece té y asiente.

—Vamos, su hermano estaba preguntando por ustedes. No sabía si al final iban a renunciar a cenar con nosotros.

Le sonrío a Breana antes de caminar detrás de Adelaide, quien va escuchando lo que Alice le dice. Hubo un tiempo en el que mi hermana tuvo un fuerte rechazo hacia Adelaide. Se oponía a la idea de que Jocker saliera con nuestra actual cuñada y no le da miedo admitir el hecho de que fue bastante pesada. Pero después de que Adelaide nos ayudara cuando Alice pasó una terrible experiencia y tras la posterior tragedia de Jocker, la relación entre ellas mejoró. Nuestra cuñada fue un gran apoyo, estuvo cuando la necesitábamos y demostró que estaba hecha para ser parte de nuestra familia. Además, es tan nerd como Jocker y siempre podemos discutir sobre libros. Y por si eso no es suficiente, conocerla a ella me permitió conocer a Alexa Blake, la mejor amiga de Adelaide y la persona con la que mejor puedo discutir sobre libros eróticos o novelas románticas.

—Felicidades por pasar al último año, Alaska. Ahora solo te queda la decisión épica de qué harás con tu vida y seguir estudiando. —Y eso suena totalmente como Adelaide.

—Si me lo dices de esa forma, te prometo que me llenas de total entusiasmo —comunico.

—Oh, solo quiero decirte las maravillas que te esperan de la vida. ¿Qué hay de ti, Alice?

—Ya sé lo que quiero estudiar. Me ha servido este tiempo libre para pensarlo muy bien.

—Eso está genial… ¡Peluchito! —se interrumpe Adelaide al ver a Austin salir de lo que supongo que es un baño.

Él se detiene frunciendo el ceño, pone sus ojos en blanco y le sonríe antes de notar nuestra presencia. Camina a paso muy lento hasta nosotras y se detiene cuando está justo enfrente.

—Algún día me llamarás Austin.

—Siempre serás peluchito. Mi peluchito superamigo —se burla, y él bufa antes de sonreírme.

—Me alegra verte de nuevo, Alaska… —Luego su mirada va a Alice y su sonrisa vacila un poco como si se preparara para la hostilidad—. Y hola a ti.

—Hola a ti —le devuelve el saludo Alice.

—Iremos a cenar después del programa. ¿Te unes? —pregunta Adelaide.

—No, gracias por la invitación, Adelaide, pero tengo una cita.

—¿Otra mujer a la que devorar? —lo pica Adelaide.

Alice y yo somos dos hambrientas de información porque ¿a quién no le gusta recibir información gratis?

—No, cenaré con mi padre, tonta. —Le sonríe—. ¿Te veo dentro de diez minutos para comentarte el artículo del que hablaré hoy? Creo que estaría genial que lo discutiéramos, mi primera opción fue Jocker…

—¡Oye! —se queja Adelaide.

—Pero está ocupado en una importante investigación, ¿no? En fin, te veo dentro de diez minutos. —Nos hace un asentimiento de nuevo a mi hermana y a mí—. Que se diviertan.

Lo vemos alejarse y luego Alice decide hablar.

—No entiendo por qué enloquecen por él.

—Es atractivo, ahora parece que es famoso, es inteligente, tiene buena voz, es un excelente amigo, divertido y leal. Tienes razón, ¿por qué alguien querría salir con alguien tan horrible como Austin, Alice? —Me río de las palabras de Adelaide mientras seguimos caminando hasta llegar al camerino que comparte con Jocker.

De inmediato me arrojo a los brazos de mi hermano, quien nos sonríe y nos saluda con cariño. Como siempre comienza por preguntar cómo estamos, molestar a Alice sobre si leyó sobre algo interesante, preguntarme si aprendí química e intentar hacernos cosquillas. Me dejo caer a su lado en el sofá.

—¿Qué tal Drake? No hay ningún trasero que patear por el momento, ¿verdad?

—No. Drake está bien. —Me sonrojo—. No tienes de qué preocuparte.

—Eso espero, de igual manera advertí a Holden que mantenga un ojo en él.

Todo lo que hago es rodar los ojos, pero sonrío cuando me abraza. En líneas generales Jocker no es un hombre muy expresivo o abiertamente cariñoso, pero con mi hermana y conmigo siempre ha sido especial, ahora también lo es mucho más con Adelaide.

Mis hermanos conversan sobre un artículo nuevo que Jocker ha publicado sobre el tiempo precario y peligroso que vivió en el Medio Oriente hace un tiempo, es un tema delicado debido a que en él aún hay secuelas emocionales, pero puedo ver que a veces también disfruta de hablarlo, de hacerle saber al mundo todo lo que está pasando en esos lugares, y eso es admirable, porque incluso Alice, a quien no le gusta hablar de tragedias o cosas tristes, se interesa.

Estoy prestando atención a lo que mi hermano dice hasta que mi teléfono móvil anuncia la llegada de un mensaje. Sonrío cuando veo que se trata de Drake y los mensajes comienzan a llegar sin parar.

Señor Caliente:
¡MÁTAME! ¡SUBISTE LA SINOPSIS DE UNA NUEVA HISTORIA!

Señor Caliente:
DICE CONTENIDO ADULTO. MIERDA. SEXO, PREVEO SEXO.

Señor Caliente:
ERES PERVERSA.

Alaska:
¿Por qué me gritas? :O

Señor Caliente:
¡PORQUE ESTOY EMOCIONADOOOOO!
Llevabas tiempo sin escribir, me asustaba haberte robado tu inspiración.

Señor Caliente:
¿Quieres hacerme un spoiler? 7u7

Alaska:
Nop. Tendrás que esperar. Por cierto, no te olvides de dejar un corazón.

Señor Caliente:
No hace falta, llevas cinco mil corazones ya en la sinopsis.

Señor Caliente:
Por cierto, FELICIDADEEESSS.
200 mil seguidores. Estoy orgulloso de ti.

Espera. ¿Qué? Entro rápidamente en mi perfil y quiero dar saltos de emoción cuando veo que no miente. ¡Oh, Jesús, lector de sucias historias!

Alaska:
¡NO ME LO PUEDO CREER!

Señor Caliente:
Yo sí, porque eres increíble.
Te quiero, pásalo genial con Jock.
Salúdale de mi parte.

21

En búsqueda de un libro

DRAKE

27 de julio de 2016

Hay movimiento en la habitación, me doy cuenta de que él trata de ser sigiloso y no nota mi presencia. ¿Qué escondes, copia romanticona? Dawson deja escapar un suspiro tan hondo que me preocupa que se quede sin aire en los pulmones.

—¿En dónde estabas? —digo finalmente para hacerle saber mi presencia.

—¡Maldita galleta! —Dawson se lleva una mano al pecho mientras me mira con una mezcla de horror y sorpresa.

Me encuentro en su habitación, acostado en la cama esperándolo con la absoluta certeza de que anoche no vino a casa, además él ha estado actuando de una manera muy extraña durante los últimos días y me conozco muy bien esos síntomas, mayormente el diagnóstico siempre es el mismo: enganchado a alguna chica. Pero esta vez tengo la impresión de que es mucho más fuerte.

—¿Y bien? —pregunto.

Tras cerrar la puerta detrás de él y quitarse los zapatos, se deja caer boca abajo a mi lado en la cama. Tarda unos pocos segundos en ladear el rostro para mirarme. Algo genial entre Dawson y yo es que, por más que suene a cliché, somos los mejores amigos que puede haber, nos conocemos a la perfección y nuestra confianza no tiene límites, los secretos entre nosotros son tan pocos que básicamente no existen.

—Quiero que una chica sea tu cuñada —declara.

Mi diagnóstico era acertado, así que no muestro sorpresa ante sus palabras.

—Bien, ese es un comienzo directo. ¿Qué sucede?

—Está loca. Es encantadora, inteligente, ocurrente y extraña. Y me vuelve loco su acento australiano.

—No escucho todavía qué es lo malo en esta situación.

—La conocí porque tuvo citas con Martin —me informa.

—¿Martin? ¿Tu amigo-compañero superaplicado que siempre está comparando sus notas contigo? Es decir, ¿ese chico que no me da buena vibra?

—Sí, y resulta que Martin usó una foto mía para colgarla en alguna página…

—Espera. —Lo detengo—. ¿Cómo sabes que es una foto tuya y no mía?

—Porque reconozco mi ser y soy más atractivo que tú.

—Discrepo de ello, pero prosigue.

—Así que esta chica un día me encontró en la universidad y me llamó Martin, parecía muy sorprendida de que yo no fuera solo una persona con una foto en internet, de que fuese real.

—*Nah*, solo eres el tipo de una foto sacada por tu amigo traicionero.

—Exacto. Eso fue hace unos meses. Hui de ella, te prometo que hui porque me estaba asustando que me persiguiera de esa manera, cuestionando qué hizo mal. Una vez incluso parecía que iba a ponerse a llorar.

—Qué desastre. —Siento empatía por la pobre chica engañada.

—¡Lo sé! Hasta que nos volvimos a ver en persona un día que estaba con Martin a mi lado.

—Y la mentira se cayó —asumo.

—En realidad no. Él fingió desconcierto ante el hecho de que esta chica me siguiera.

—Esto se pone cada vez más interesante, copia romanticona.

—Pues prosigo. Ese día que estaba Martin a mi lado le pedí a la chica que me dejara en paz, y Martin solo me dijo la verdad dos semanas después. Dos semanas en las que hice sentir mal a esta chica diciéndole que dejara de acosarme y que no sabía quién era.

—Y tú no eres así con las chicas.

Asiente. Dawson puede que sea un seductor como lo fui yo antes de estar con Alaska, pero a diferencia de mí, siempre ha tenido más tacto, suele ser agradable y dulce, nunca he escuchado a una chica quejarse de él. Incluso para terminar sus relaciones o aventuras, siempre hace que todos se sientan bien.

—Se supone que me iba a disculpar con ella, pero Martin no quiso que le dijera la verdad. Así que unas semanas después me encontré con la chica y parecía que quería salir corriendo, puesto que la última vez le dije que dejara de acosarme.

»Me sentí mal, así que la seguí y le pedí disculpas. No quería lanzar a Martin con su mentira, así que opté por decir que alguien había usado seguramente mi foto sin conocerme siquiera.

—Sí, hay gente en internet que hace eso.

Su fruncimiento de ceño me hace saber que no le gusta lo que acabo de decir, pero todo lo que hago es encogerme de hombros. No sé si no se da cuenta de que todo esto también me afecta, ya que por si no lo recuerda compartimos rostro.

—El encuentro fue raro y torpe, pero agradable. Sin embargo, una vez más Martin fue un idiota.

—¿Qué hizo? —Estoy muy metido en la historia.

—Pretendió seguir escribiéndole a mi espalda, así que esta chica después de agregarme como amigo en Facebook me escribió diciéndome que el tipo seguía haciéndose pasar por mí. Le hice prometer a Martin que no lo haría de nuevo y luego él me hizo prometer que no saldría nunca con esta chica.

—Dime que no hiciste eso, se supone eres el gemelo sensato y romántico.

—Y parece que también el de la lealtad con los amigos. ¡Lo hice! —Gira para cubrirse con un brazo el rostro—. Y no sabía que esta chica iba a encantarme. Así que después de esos encuentros en persona, comenzamos a conocernos realmente por mensajes en Facebook ahora que sabía que era Dawson y no Martin mintiéndole, también coincidimos sin querer varias veces en la universidad. Y su personalidad es la cosa más genial. Además es tan preciosa que te caerías de culo, pero su personalidad es increíble.

—Y te gusta —agrego lo evidente.

—Me encanta, creo que algo genial podría nacer entre nosotros.

—Y solo hablan por Facebook.

—No.

—De acuerdo, creo que tengo que seguir escuchando más de esta historia de «mi amigo es un imbécil que me usó». —comento haciéndolo soltar una especie de resoplido.

—No me aguanté un día en el que la vi de nuevo en la universidad y caminé hacia ella. —Quita el brazo de su rostro—. Te prometo que me gusta, me vuelve loco, me desespera, es una loca encantadora.

»Pero no sabe que sé que es Martin quien se hace pasar por mí y le prometí a él que no saldría con ella; y Martin está tan deprimido cuando me ve hablando con ella que le garantizo una y otra vez que no pasará nada. Así que creo que lo arruiné todo ayer cuando me invitó a una cita y dije "no, gracias", me di cuenta de mi idiotez y fui a ver a Holden para compadecerme de mí mismo.

—¿Te dio algún consejo? —pregunto.

Siempre me divierten los sabios consejos de mi hermano mayor.

—Holden dijo que, si Martin era mi amigo, entendería lo que siento y no tendría que ser mezquino sobre mi relación cuando en primer lugar él fue quien mintió. —Hace una pausa y me sonríe.

—¿Qué más dijo?

—Quería bajarme los pantalones porque decía que había perdido mis bolas y luego apostó a que no haría ningún movimiento y me quedaría como un idiota sin hacer nada.

—¿Quien pierda qué hace?

—Se pinta el cabello de azul —responde —… Y se perfora como Derek.

—Nunca nos hemos teñido el cabello —le recuerdo—. Y no sé si preguntar qué perforación tiene Derek.

—No quiero comenzar ahora a pintarme el cabello y no estoy interesado en perforarme.

—Entonces sabes lo que debes hacer, copia romanticona.

—Pero es que la cagué.

—Arréglalo.

—No puedo creer que en este momento seas tú el gemelo estable emocionalmente y yo quien no sabe qué hacer con una chica.

—Disfruto de este momento —me sincero, ganándome que me arroje una almohada—. Ya, en serio. Martin actuó mal desde el comienzo. Básicamente, por él conociste a la chica, no puede exigirte que no hagas un movimiento. Haz algo.

—Sí, supongo que lo haré.

—O tendrás el cabello azul —le recuerdo—. Y una interesante perforación.

Me muestra el dedo medio y me pongo de pie para dejarlo descansar; sin embargo, cuando alcanzo la puerta me giro para decirle otra cosa.

—Hayley tiene un nuevo esclavo.

—¿Cuándo consiguió nuevo novio? —cuestiona.

—No lo sé, pero este no parece tan malo.

—Ya lo averiguaremos.

Termino de salir y cierro la puerta detrás de mí. Camino hasta mi habitación y al llegar tomo el teléfono y descubro un mensaje de Alaska en el que me pide que salga a la ventana. Me envió el mensaje hace varios minutos, por lo que le respondo haciéndole saber que ya estoy ahí.

Ella no tarda en aparecer llevando ropa muy ajustada que resalta cada maravillosa curva de un cuerpo que estoy aprendiendo a conocer y que me encanta.

—¿Qué haces? —indago con curiosidad.

—Comencé a hacer ejercicios. ¡Cansa mucho! Pero mi meta es mi resistencia.

Inmediatamente me echo a reír. Le he provocado un orgasmo a Alaska un par de veces, pero creo que ella vive preocupada sobre quedarse agotada demasiado rápido, a lo cual admito que contribuyo gastándole bromas.

—Te volverás la chica con la mayor resistencia del mundo.

—Ríete, pero luego cuando esté llena de energía no te reirás.

—Estoy seguro de que no lo haré. Es bueno que hagas ejercicio, hace cosas buenas por tu salud.

—La verdad es que no sé cuánto resistiré —admite.

Ambos nos sonreímos porque últimamente somos un par de bobos que no dejan de hacerlo, así que me veo en la obligación de sacudir la cabeza para espabilarme y volver a la realidad fuera del mundo de tonto idiotizado.

—¿Quieres ir a almorzar afuera? —pregunto, y su respuesta es inmediata, ya que asiente con energía—. Genial, paso a buscarte dentro de dos horas.

—Está bien. —Me arroja un beso.

—¿Si compro postre me harás un spoiler?

La verdad es que la nueva historia de Alaska es una cosa grandiosa e increíble. Es una historia con contenido erótico, aunque todavía no llega ahí, pero tiene una trama bastante ingeniosa, parece que a veces te hará reír y otras ya quieres saber qué pasará. Apenas lleva cuatro capítulos, pero intuyo que esa historia será increíble. Soy su mayor fan.

—Tal vez, pero te haré un spoiler si me enseñas algo nuevo.

No es que me esté pidiendo que le enseñé a andar en bicicleta, sé de qué cosas estamos hablando en este momento.

—¿Qué quieres aprender?

Toma su teléfono y segundos después el mío vibra con un mensaje de ella que no tardo en abrir.

Diosa del sexo:
Sexo oral. :D

La carita feliz le da el toque, solo le falta dibujarme un pene con emoticonos y será aún más increíble con su creatividad. Siento el tirón en mi ingle ante el texto y alzando la vista por supuesto que la encuentro ruborizada.

—Trato hecho —digo sin ningún tipo de duda.

—¿Por qué me miras así? —pregunto deteniendo el bocado de lasaña que llevaba a mi boca. Alaska no responde, su mirada se mantiene en mi boca—. ¿Alaska?

Lentamente sus ojos suben a los míos y con esa misma lentitud se sonroja dándome una pequeña sonrisa antes de llevar su mirada a su plato de comida. Contengo las ganas de reír.

—No te rías.

—Es que me dio la impresión de que estabas en algún trance —explico, y parece avergonzada—. Oye, no te avergüences, a veces yo me quedo así cuando te miro.

—¿Cómo? —Toma su hamburguesa y le da un mordisco.

—Como un idiota, supongo.

—Indirectamente me estás llamando idiota. ¡Qué novio más agradable eres!

Ambos reímos y continuamos comiendo, pero de verdad es divertido y dulce la manera en la que en ocasiones solo me mira y luego se sonroja. Me hace preguntarme qué cosas estarán pasando por su mente. Cuando terminamos de comer, compartimos un brownie y después de pagar, caminamos por el centro comercial. Alaska se distrae con cualquier cosa, todo parece gustarle y todo lo quiere ver.

—¡Vamos! Pueden tener libros que quiera leer —argumenta mientras tira de mi mano dentro de la librería.

Cuando me libera la mano cierra los ojos teatralmente y toma una profunda respiración, inhalando el inconfundible olor de los libros; luego gira en círculos con una sonrisa. Abre sus ojos y me mira.

—De los mejores olores.

Parece que está en su lugar soñado, tocando las estanterías con libros y ansiosa por verlos todos. Miro alrededor y debo admitir que esta es una librería bastante grande e impresionante, no tanto como la biblioteca del señor Hans, pero tampoco luciría miserable a su lado. Me detengo en la sección de libros de negocio y sintiendo la mirada de mi novia, alzo mi vista encontrándola del otro lado sonriéndome y alzando un libro de química.

—Si no me ayudaras con mis tareas, seguro que me llevaría este.

—No sé cómo sentirme al respecto —informo.

Ella ríe y se mueve más allá. La sigo con la mirada y una vez más debo sacudir la cabeza para salir de Alaskaland. Cuando logro enfocarme en algo más que no sea ella, encuentro que un tipo que luce algo mayor la está mirando de una manera bastante lasciva. Dejo el libro en el estante y camino para seguir a Alaska. Más que celos, los cuales están latentes, es inquietud ante el deseo mal disimulado y la manera en la que el tipo parece que saliva sobre ella sin que se dé cuenta. Al pasar al lado del desconocido lo miro y me da lo que parece una mueca burlona antes de asentir hacia mí.

—¡Oye, Drake! —me llama Alaska. Me giro y está haciéndome señas para que la siga.

Pasa por un par de pasillos, gira a la derecha y alza sus manos como si me presentara el paraíso: novelas románticas. De todos los tipos.

Juveniles.

Contemporáneas.

De ciencia ficción.

Con fantasía.

Y cuando me adentro en el solitario pasillo, debido a que no hay muchas personas en este momento en la librería, descubro que también hay un montón de novelas con portadas insinuantes que me lleva a concluir que son eróticas. Tomo una en donde se visualiza solo chocolate en los labios de alguna mujer, no tan increíbles como los de Alaska, pero admito que la portada insinuante atrae.

—Tu tipo de libros, ¿no? —cuestiono alzando el libro en la mano.

Y aunque se sonroja, ella se acerca y lo toma para leer la sinopsis. Me gusta que aun conservando su timidez con respecto a este tipo de gustos, Alaska ya no lo esconda de mí, que me permita observarla y presenciar cómo se derrite por este tipo de lecturas. Saco el teléfono y le tomo un par de fotos, ella se da cuenta y me muestra su lengua; decido comenzar a grabarla.

—Háblanos un poco sobre tus gustos por los libros de esta sección, Aska.

—Deja de molestar. —Sacude la mano como si yo fuese alguna mascota desobediente.

—Vamos, no seas tímida. —Acerco la cámara a su rostro—. Aska, háblanos sobre el libro que tienes en tu mano.

—Pues no lo he leído.

—Pero quieres —digo. Ella pone sus ojos en blanco hacia la cámara antes de alzarlo a la vista.

—Se ve interesante, ya sabes, algunos libros con escenas subidas de tono igual tienen una trama increíble. Este lo parece, es policíaca.

—¿Usan las esposas para otras cosas?

—¡Drake! —Se ríe golpeándome el brazo con el libro.

—¿Qué hay de ese? —Señalo otro.

Su respuesta es un sonrojo que con rapidez adorna su rostro haciéndome ver que la atrapé.

—Lo leíste.

—Sí…

—Y te encantó —concluyo.

—No es malo —es su respuesta diplomática.

Le doy el teléfono un momento para tomar el libro que muestra a una mujer de pie con un hombre a sus pies. Alzo mi vista y Alaska ahora me graba a mí.

—Leeré la sinopsis de este libro que te encantó.

—No he dicho que me encantara.

—Oh, tu cara lo dice todo. —Aclaro mi garganta—. «Amanda está cansada de ser quien acepte las propuestas, de ser quien da el segundo paso, de ser la persona a la que dominan. Amanda quiere jugar y parece que su vecino, caliente e irresistible, también. Las reglas son básicas». —Sonrío hacia Alaska antes de volver la vista a las letras—: «Ella manda, él obedece. Ella es la reina y él su súbdito. Y la más importante de todas… Quien se enamore pierde el corazón».

Un suspiro sale de Alaska y enarco una de mis cejas e, imitando su suspiro, abrazo el libro junto a mi pecho haciéndola reír. Lo devuelvo a su lugar, estiro la mano tomando la suya, la que no sostiene el teléfono, y tiro de su cuerpo contra el mío. Beso esos suaves labios y ella sonríe dejando de grabar, siento el deslizamiento del teléfono en el bolsillo de mi chaqueta antes de que envuelva los brazos alrededor de mi cintura y descanse la mejilla por debajo de mi pecho. No puedo evitar bajar el rostro para hundir la nariz en su cabello.

—Quiero luego ese vídeo —murmura contra mi camisa.

El pulgar y el índice de una de sus manos toman mi barbilla obligándome a bajar mucho más el rostro para darme un beso rápido. Deja de abrazarme y continúa viendo libros.

—Si eligiera un libro y te lo regalara, ¿lo leerías? —pregunto.

—Sí, seguro —responde distraída, agachándose para ver los libros de las partes más bajas. Ladeo mi cabeza observando el perfecto culo que marcan sus tejanos—. Lo haría.

—Pero ¿lo leerías conmigo? ¿En voz alta?

Alzando la vista de inmediato me da toda su atención y entornando los ojos parece buscar la trampa o el indicio de que le oculto mis intenciones con la pregunta. Todo lo que hago es sonreír pretendiendo lucir inocente.

—¿Y tú también leerías para mí? —pregunta.

—Si eso es lo que quieres… Podrías leer tú un capítulo y yo otro.

—Entonces, sí, lo haría.

—Bien. Sigue mirando. Buscaré el regalo perfecto.

Y me esfuerzo revisando y comparando cada libro dentro de las estanterías. Es una elección importante porque el libro que le regale será el que leeremos juntos.

No busco cualquier libro. Busco el libro más malditamente sucio que pueda aparecer, porque me apetece torturarme y necesito ver a Alaska sonrojarse cuando deba leer en voz alta escenas muy parecidas o más gráficas que las que ella llegó a escribir y planea describir en su nueva historia.

Sonrío encontrando una portada de una cama con sábanas negras arrugadas y bragas de encaje púrpuras en medio de estas. ¿Te digo todo lo que me vende esa portada? Sexo caliente en todas las formas: sucio, limpio, rápido. Cuando leo la sinopsis en su contraportada no promete mucha trama, pero sí muchas picardías, que es mi objetivo y mi plan. Así que parece que tenemos un ganador.

Camino hacia Alaska, que está concentrada leyendo los lomos de uno de los estantes. Me ubico detrás de ella y presiono mi cuerpo contra el suyo, haciéndola jadear de manera leve. Pasando los brazos alrededor de su cintura dejo el libro a la altura de sus ojos antes de leer en voz baja.

—«La pasión no solo sucede en la oscuridad, lo rudo no siempre duele, ser dulce no lo convierte en amor. Omitir la verdad es una mentira y desearme tu pecado. Esas fueron las palabras que Bruce le dijo a Mía minutos antes de que solo sus pieles lo vistieran». —Alaska se estremece en medio de mi pausa—. «Todo debía ser pasión, sin complicaciones. Pero, entonces, el corazón se interpuso, algunas verdades surgieron y…».

—¿Y?

—Y debemos averiguarlo, porque es hasta donde llega la sinopsis.

Alaska gira y dejo el libro junto a otros. Pienso de verdad que es ese el elegido, pero en este momento tengo una prioridad más importante. Dejando las manos a cada lado de su cabeza, las apoyo en los bordes del estante encerrándola con los brazos. Sus labios se entreabren un poco y respira muy hondo, lo sé por la caída de su pecho.

—Ese será el libro que leeremos. ¿Y sabes? Creo que es triple equis.

—¿No quieres algo más inocente?

—No. Ese me gusta, no tanto como tú, pero al menos un tercio.

—¿Y cuánto te gusto yo? —cuestiona. Esos ojos están dilatándose y una vez más me gustaría saber qué es lo que pasa por su cabeza.

No le respondo, me agacho y deslizo mi nariz por su barbilla, haciéndola estremecerse una vez más. Sus dedos viajan a mi cabello, en donde se aferra antes de arrastrar mi boca a la suya. No es un beso desesperado o descuidado, por el contrario, es uno lento casi perezoso en el que segundos después nuestras lenguas se deslizan una contra la otra. Libero el agarre que mantengo en el borde de los estantes, rodeo su cintura para poder descansar las manos sobre su culo, estrechándola contra mi cuerpo.

El estante se mueve ligeramente cuando, sin darme cuenta y sin planearlo, la presiono contra él. Mis manos presionan sobre la carne de su trasero y casi de una manera descarada, que seguro que es más instinto que seducción, Alaska se restriega contra la dureza entre mis piernas. Puedo ver cómo poco a poco mi supuesto argumento de esperar se va yendo al carajo; sin embargo, me esfuerzo en no dejarlo ir muy lejos o eso pienso hasta que, de una forma muy baja y ronca, Alaska gime contra mis labios. Sus manos dejan mi cabello para pasar por mis hombros, se deslizan por mis costados y luego se colocan en mi culo presionándome aún más contra ella.

Dejo ir su boca para tomar un poco de respiración mientras dejo suaves besos en la comisura de sus labios. Ella gira luego el rostro para besarnos de nuevo. Si esto pasó por leer la sinopsis, no sé qué nos espera al leer el libro.

Alguien se aclara la garganta y separamos nuestros labios. Yo apoyo la frente en su mejilla, ordenándome volver a la realidad. Alguien camina detrás de mí, escucho las risitas que me hacen liberar a Alaska y al darme la vuelta me encuentro con un grupo de chicas, seguramente de mi edad o al menos eso calculo, dándonos miradas de reojo mientras hablan entusiasmadas sobre libros.

Tomo al presunto culpable de toda esta escena caliente, el libro, y se lo muestro a Alaska.

—Este es el que leeremos.

—Genial —murmura aún con la respiración entrecortada.

Ella escoge un par de libros más y, para cuando salimos de la tienda después de pagar, estoy seguro de que nuestra relación se volverá mucho más interesante. ¿Quién dijo que leer junto a alguien no podía ser divertido?

22

Un buen novio para la chica correcta

DRAKE

31 de julio de 2016

La suave voz de Alaska hace una pausa después de leer que la mano de nuestro querido protagonista Bruce se deslizaba por el abdomen de la querida Mía. Porque ha llegado el momento de la primera escena subida de tono.

El mismo día que compré el libro, Alaska y yo comenzamos a leerlo sentados en el jardín que separa nuestras casas. Sorprendentemente su comienzo no fue abrupto, de hecho, la manera en la que empezó fue muy interesante y hasta divertida: Mía era un ama de casa, sí, muy casada, que era perfectamente consciente de que su esposo le ponía los cuernos. Una pareja joven casada a los veinticuatro años.

Ella es dulce, bonita y sufre por un esposo infiel que, con sinceridad, le habla de una manera que dan ganas de entrar en el libro y golpearlo en nombre de la pobre Mía. Ahora, Bruce no es mujeriego ni ligón, solo es un tipo muy serio que a veces hasta tildaría de malhumorado; él conoce a Mía debido a que el esposo infiel —llamémoslo el idiota— está durmiendo con su hermana y Bruce sospechaba que algo no estaba bien en la extraña relación que llevaba su hermana con el idiota. Sí, resulta que es una historia bastante interesante del hermano del amante del idiota infiel con la esposa engañada. Medio confuso, ¿verdad? Pero funciona, porque los primeros capítulos te dan sustancia. Te dan a un tipo serio que no acaba de creerse que esta mujer acepte la infidelidad de su esposo como un castigo que mereciera —necesitaría un spoiler para saber por qué y de qué se siente tan culpable— y él toma como misión personal convencer a esta mujer, Mía, de que hable con su hermana (la amante de su marido) y le diga que el idiota es su esposo, además, le dice que se valore —admitiremos en este punto que Bruce es un bastardo brusco cuando lo pide—, pero ya sabes, el tipo es un héroe porque le dice lo que ella no quiere oír. Después de ahí las cosas sí se aceleran un poco y da la impresión de que Bruce está enseñando a Mía a decir no a los engaños del esposo y a que sea más que un ama de casa.

Los primeros ocho capítulos te atrapan, son divertidos y bastante buenos. Luego vino el beso, el cual estaba en el capítulo que yo leí. Alaska no hizo ni un solo sonido mientras yo lo leía y, cuando terminé, estuvo unos largos segundos solo parpadeando antes de trepar sobre mí y besarme. Ese día no pudimos leer ningún otro capítulo porque estábamos muy ocupados protagonizando nuestra propia escena de besos. Y ahora, en el capítulo doce, las cosas parecen estar deslizándose un poco más allá después de que Mía se rindiera a la atracción, dejara de ser fiel al idiota y se dejara hacer por Bruce. Lo que nos lleva a la larga pausa que está haciendo Alaska en su lectura. Estamos en su habitación, de noche, y todos duermen.

—¿Y bien, Aska? ¿Qué sigue?

—Su mano viaja como un sendero caliente por su vientre…

La observo mover sus labios mientras lee, sorprendentemente escucho todo con claridad, no me pierdo nada. Es una escena muy gráfica que hace que sus mejillas se sonrojen, que tropiece con un par de palabras y que en ocasiones haga pausas. Pensarías que la escena se acabaría en una sólida agarrada de miembro y dedos para la mujer, pero no. Los pantalones de la mujer volaron y la voz de Alaska se vuelve algo ronca cuando tiene que leer una escena de sexo oral tan explícita que si fuera una canción solo se escucharía un pitido cuando la pasaran por la radio en horario apto para público menor de dieciséis años. Ella se remueve algo incómoda con su cuerpo o quizá con lo que experimenta en sus bragas, estoy igual de afectado.

Esto de leernos es algo muy íntimo, además el tipo de libro que hemos elegido hace que la tensión sea más palpable. El capítulo termina con Mía estremeciéndose con un orgasmo arrollador, porque el idiota de su esposo hacía meses que no le daba uno y cuando intimaban solo él conseguía placer. ¿Por qué esa pobre mujer seguía con él? Tengo que recordarme que solo es un personaje y que no puedo sacudirla hasta hacerla entrar en razón.

Le quito el libro a Alaska marcando el capítulo en el que nos hemos quedado, lo dejo sobre la mesita de noche y vuelvo a la cama frente a ella. Está sonrojada, pero no de vergüenza, la manera en la que su frente brilla con un poco de transpiración mientras su respiración es agitada deja claro que es un sonrojo de excitación.

—Fue una descripción muy gráfica y buena, pero te diré algo para que no lo hagas en el futuro con tu nuevo libro, que por cierto está muy bien.

—Gracias.

No miento, todos sus lectores sabemos que este libro de Alaska tendrá

+18
DARLIS STEFANNY

sexo caliente, solo esperamos cuándo sucederá, por ahora todo marcha con una tensión muy notable, pero es una historia con un buen argumento que poco a poco está volviéndose tan grande como *Caída apasionada*, y eso que todavía no ha llegado el sexo.

—Eso fue muy exagerado en ciertos momentos e incoherente en otros. Claro, es una buena estimulación visual para imaginar, pero ¿quieres saber la experiencia real de lo que se siente y sucede con el sexo oral?

—¡Jesús cachondo! Quiero saber.

Sonrío ya acostumbrado a que vista, desvista, baile, salte y haga lo que quiera con el pobre Jesús en sus exclamaciones. Inclinándome, le doy un suave empujón que hace que pierda el equilibrio y acabe acostada sobre la cama. La veo desde arriba, sus están ojos muy abiertos.

—Sabes lo que voy a hacer, ¿verdad? —pregunto.

—Sí…

—¿Y quieres que lo haga, Aska?

—Afirmativo. —Río viéndola darme una sonrisa tímida—. Te dije que quería conocer muchas cosas antes de llegar a lo otro.

Bajo el rostro besándola con la intención de dejarla relajada y muy receptiva, pero por supuesto que también consigo empeorar la situación dentro de mi pantalón holgado y el pobre bóxer, sacrificios que valen la pena. Mis besos van a su cuello y mis manos viajan también a esa área de su cuerpo descendiendo hasta llegar a sus pechos y confirmar que lleva un sujetador de tela muy fina a través del cual puedo sentir sus pezones. Mis besos junto a mis manos van bajando por su cuerpo y una de estas últimas se desliza por su abdomen desnudo. Alaska comienza a removerse en el momento en el que con los labios acaricio la piel de sus costillas y siento cómo me hace espacio entre sus piernas, abriéndolas para mí. Mordisqueo por debajo de su ombligo y, cuando rozo su entrepierna con los dedos a través del short, se estremece y suspira. Incorporándome lo suficiente, tomo la cinturilla del short junto con la de sus bragas.

—¿Puedo? —Es una pregunta importante y trascendental.

—Sí…

Me incorporo lo suficiente para besarla a medida que voy deslizando las prendas, dejándola desnuda de cintura para abajo; esta será una primera vez para nosotros, para ella. Mordisqueándole el labio primero, me tomo unos segundos valiosos para alejarme y descubrir ante mis ojos las nuevas porciones de piel, automáticamente ella cierra las piernas. Me siento sobre los talones de los pies sin dejar de mirarla y siendo paciente, esperando a que ella misma decida por su cuerpo y voluntariamente quiera hacer esto.

No sé si pasan segundos o minutos, pero con lentitud, en confianza con su cuerpo y conmigo, por su propia decisión, Alaska abre sus piernas. Le sonrío y me devuelve el gesto con timidez. De nuevo hago un camino de besos desde su abdomen, quejándome cuando llego a mi destino final y ella por instinto una vez más cierra las piernas, esta vez golpeándome en la cabeza.

—Lo siento, lo siento. Solo estoy nerviosa.

—No me causes una conmoción cerebral, por favor —intento bromear.

Escucharla reír me hace sentirme bien porque finalmente se relaja. Presionando una mano contra su abdomen, acerco el rostro y le doy el primer beso en el lugar más íntimo de su cuerpo. No perderé tiempo pensando o alabando si su sexo es hermoso o no, no es lo que me importa en este momento, y sinceramente no me dedicaré a hacerle poemas en este instante en el que solo quiero devorarla y demostrarle cuánto placer puede obtener. Así que, como no soy la superescritora del libro caliente que leemos, no seré muy gráfico, pero diré que beso, lamo, chupo y en ocasiones incluso muerdo con suavidad. Hay mucha humedad y receptividad por parte de Alaska, ella se cubre la boca con una mano y la otra está en mi cabello.

Atrás quedó lo de cerrar las piernas, ahora sin ningún tipo de vergüenza o inhibiciones, se retuerce y las abre lo suficiente mientras me pide más.

Su humedad me empapa la boca y pronto comienza a mojarme la barbilla, me gusta su sabor y la manera en la que se estremece cuando mi lengua juega con su entrada o cuando chupo el pequeño nudo de placer. Mi lengua se sumerge en su entrada, follándola con ella antes de retirarla para chupar de nuevo más arriba en tanto uno de mis dedos hace inmersión en su cuerpo y, aunque al principio se queja y comenta que resulta un poco incómodo, mis atenciones en el nudo de nervios la tienen olvidándolo todo y abriéndome más las piernas para que la devore a mi antojo. Un dedo se convierte en dos y aunque no los llevo tan profundo como quisiera, entran lo suficiente para hacerla retorcerse, ocasionar el sonido húmedo de golpeteo y para que sienta cuán apretada se encuentra.

Ella es receptiva, apasionada, frenética, y esta primera vez acaba bastante rápido. No me quejo, tiene un orgasmo con rapidez y eso me alucina porque aprovecho todo el asunto para ir por un segundo, porque soy así de ambicioso y quiero hacerla sentir bien con mi boca.

Así que de manera implacable la lamo, mi lengua presiona una y otra vez el pequeño botón entre sus piernas antes de follarla de nuevo con ella en la entrada mientras hago círculos sobre su clítoris, que la tiene diciendo que se va a morir.

Cuesta que consiga el segundo orgasmo, no me haré el supermacho diciendo que en esta primera vez la hice correrse mil veces con la velocidad de un cohete. No. El segundo orgasmo lleva más trabajo, más esmero, pero cuando los minutos pasan y lo consigo, estoy satisfecho. Sí, mi frente suda, mi mandíbula está cansada y posiblemente luzco como si me hubiese babeado, pero ¡maldita sea! Alaska tiene una sonrisa tonta y sus ojos están a medio cerrar. Parece como si hubiera sacudido su mundo y eso hace que mi esfuerzo y dedicación hayan valido la pena.

Pasándome una mano por el cabello húmedo, me limpio la barbilla porque no quiero parecer alguien que durmió con la boca abierta y babeó toda la noche. Cuando finalmente Alaska abre los ojos, le sonrío.

—Eso me ha gustado mucho —confiesa. Mi sonrisa crece.

—Mi boca y yo lo notamos.

Ríe tapándose el rostro con las manos, las cuales retiro para dejar besos por su rostro. Cuando me abraza, mi entusiasta erección cree que nos está sacando de fiesta, después de todo, estoy muy excitado, pero le hago saber que no hay grandes planes porque creo que esta primera vez he noqueado a Alaska, porque lo próximo que sé es que se queda dormida y que probablemente está muy cansada, ya que unos ronquidos leves salen de sus labios.

Sonriendo por la peculiaridad de mi novia, busco sus bragas y se las pongo nuevamente, olvido el short mientras la acomodo sobre un lado de la cama.

Tiento a mi suerte jugando al espía cuando salgo de la habitación al baño que comparte con Alice. Cierro la puerta con seguro y lavo mi rostro. Vuelvo a tentar mi suerte cuando decido que me será imposible dormir con esa tremenda erección y trato de no sentir que profano el baño de los Hans cuando tomo mi erección imposiblemente dura en mi mano tras escupir en ella para evitar incomodidad.

Y pensando en la escena de hace unos minutos, me aprieto con fuerza deslizando la mano arriba y abajo y haciendo pequeños círculos con el pulgar en la punta húmeda. Me muerdo el labio con fuerza mientras mi mano cada vez se mueve con mayor rapidez recordando sus piernas abiertas, lo mojada que estaba, sus gemidos y cómo apretaba mis dedos. Imagino que es mi miembro en el que se encuentra dentro de ella y pronto me encuentro corriéndome con fuerza, pero sabiendo que hacerlo con ella será infinitamente mejor.

Me limpio y me lavo las manos tratando de no sentirme culpable por no estar arrepentido de acabar de masturbarme aquí. Gracias al cielo llevo mi pantalón de pijama y mi camisa, porque me encuentro con una adormilada y despeinada Alice en cuanto abro la puerta.

Por un momento parece que no me reconoce, luego abre los ojos con sorpresa. Tras la sorpresa inicial, me encargo de señalarle la barbilla.

—Tienes baba seca. —Me río. Ella pasa su brazo por la zona y parpadea.

—Eres muy arriesgado.

—Y tú solo estás soñando.

—Buen intento, pero sé que estoy despierta. Ahora, sal del baño, me hago pis y no quieres que te encuentren en el pasillo. Vuelve de donde vengas y dile a Aska que me debe una.

No espera a que me mueva, toma mi brazo y tira con fuerza haciéndome salir, luego entra y cierra la puerta, me quedo unos segundos, pero huyo en cuanto se oye cómo comienza a orinar. Cierro la puerta de la habitación de Alaska con seguro, me acuesto a su lado después de apagar las luces y la abrazo bastante rato antes de que se me entumezca el brazo y me disculpe en silencio porque prefiero dormir más cómodo boca abajo y en mi espacio. El amor lo puede todo, pero para quererla y ser un novio con buenos huesos, necesito dormir cómodo.

No me cuesta quedarme dormido y al despertar estoy rodeando a Alaska con mi cuerpo en un cálido abrazo. Sonrío, puede que no sea cómodo dormirme abrazado a ella, pero eso no implica que no disfrute al despertar de esa forma. Me doy cuenta de que me desperté porque mi alarma del teléfono lo hace vibrar sobre la mesita de noche. Por supuesto, como siempre, Alaska murmura incoherencias sin darse cuenta de que me voy.

Beso su mejilla y susurro que nos vemos dentro de unas horas, contesta con un «sí» y manotea como si intentara alejarme. Hago mi escapada perfecta. Entro en mi casa en silencio, me desvisto hasta quedar en bóxer y me dispongo a dormir un poco más en mi cama.

¿Y saben qué? Que descubro que estaba equivocado. Yo sí puedo ser un buen novio con la chica correcta. Con Alaska Hans.

23

La traición de Alaska

ALASKA

1 de agosto de 2016

Alaska:
¿Vienes a la ventana?

Apoyada en la ventana miro hacia la de mi novio dándome cuenta de cuándo lee el mensaje. Él se encuentra sentado frente a su escritorio, se pasa una mano por el cabello antes de escribir y, poco después, recibo una respuesta.

Novio calienta bragas:
No.

Alaska:
¿Por qué?:O

Novio calienta bragas:
Tú sabes por qué…

Me rasco la cabeza y luego estoy presionando el teléfono contra mis labios preguntándome si sigue molesto por lo que creo que no supera, tal vez debería hacerme la tonta. Rápidamente le respondo.

Alaska:
¿Y si no lo sé? :(

Novio calienta bragas:
Sí que lo sabes.

Bueno, tiene razón: sé por qué está molesto. De hecho tuvimos una tonta discusión la mañana de ayer, pero pensé que hoy ya se le habría pasado. Drake me acusó de haber leído un capítulo de nuestro libro sin él, que hice trampa y falté a nuestro compromiso; de verdad, cualquiera creería que me acusaba de serle infiel debido a su indignación.

Lo cierto es que me declaro culpable. Había quedado muy ansiosa con el último capítulo que leímos hace cinco días y el libro estaba en la mesita de noche gritando mi nombre, me dije que solo sería una ojeada rápida, pero mis ojos se fueron por las líneas y con culpa terminé de leer el capítulo. ¿Que cómo lo supo Drake? En primer lugar, me complace decir que mi novio no es estúpido o poco observador. Drake notó que tontamente, como me quedé dormida, el libro estaba en otra posición. Me acusó, lo negué durante unos diez minutos mientras me hacía la indignada, él no desistió y cuando la culpa pudo más admití mi engaño.

Me acusó de traidora antes de irse. Fue una discusión medio tonta, pero todos los mensajes que le envié después fueron ignorados. Pequé y ahora me está haciendo pagar por ello.

Alaska:
Lo siento. De verdad, de verdad.
Te prometo que el capítulo
ni siquiera es tan bueno.

Novio calienta bragas:
No ayuda a tu causa, cariño.

Sonrío porque envía un emoticono rodando los ojos y eso ya es un gran progreso de los vistos.

Alaska:
Ni siquiera pasa algo caliente.

Alaska:
Son ocho páginas de conversación
que creo que era más de relleno.

Novio calienta bragas:
Alta traición la tuya.

Alaska:
Por favorcito, no leeré más sin ti. Promesa.

Novio calienta bragas:
Hummm, no sé si creerte.

Abro la aplicación de la cámara y me tomo una foto haciendo un puchero, se la envío junto la palabra «disculpa» escrita diez veces.

Novio calienta bragas:
No juegas limpio.

Alaska:
¿Vienes a la ventana entonces? :D

Mi respuesta es verlo ponerse de pie y caminar muy lentamente hacia la ventana. La abre y apoya el trasero en el marco, se cruza de brazos mientras me mira con los ojos entornados.

—Lo siento, prometo no volver a pecar de ese modo.

—Te creeré, pero si vuelves a hacerlo, dejaré de leer contigo.

Y no quiero eso porque, con honestidad, aunque todavía me pone nerviosa que leamos ese libro juntos, es que me gusta mucho. Es muy íntimo, erótico y especial compartir un momento así con él.

—Está bien. ¿Ya no estarás enfadado?

—No, porque te estoy disculpando. —Finalmente me sonríe—. Igualmente no es que te fuera a dejar por eso. —Pone sus ojos en blanco—. Solo pretendía conservar mi dignidad.

—Y lo hiciste bien —aseguro sin esconder mi alivio.

Nos miramos en silencio durante al menos un minuto y luego él sonríe. Ningún drama a la vista.

—Bueno, necesito leer el capítulo no trascendental con el que me engañaste. Puedes venir. —Su sonrisa crece—. Dawson duerme y no hay nadie más en casa. No tengo trabajo, así que podemos pasar el rato leyendo.

—Un rato leyendo —repito—. Bien, dame unos minutos y voy.

—Aquí te espero.

Paso unos raros segundos decidiendo si cambiar mi short y camisa de algodón por una ropa mejor o si quiero tentar a Drake. Al final me recuerdo que nuestros mejores momentos no han sido planeados, que todos han sido espontáneos con resultados increíbles. Así que no me cambio de ropa y el cabello me lo peino con los dedos. Decido salir, incluso, con mis pantuflas. Tomo el libro, cierro la puerta de la habitación y bajo las escaleras.

Escucho las voces de mamá y Alice, así que voy a la cocina para verlas y de paso tomo un par de uvas.

—Iré un rato a la casa de los Harris.

—¿Qué harán? —cuestiona Alice con una sonrisa divertida, y quisiera eliminarla con mi mirada.

Mi hermana lo está haciendo adrede ocasionando que mamá decida que esta es una conversación interesante y me preste toda su atención dejando de trabajar la masa de las galletas en la que estaba enfocada minutos atrás.

—Leeremos un rato y no sé, hablar y ver una película tal vez —respondo.

—¿Es ese el libro que leerán? A ver —pide Alice.

Me alejo de ella a medida que se acerca y llevo el libro detrás de mi espalda en un intento de que no pueda alcanzarlo.

—No, es algo especial para nosotros.

—¿De qué va el libro? —me pregunta mamá.

¿Por qué no puedo solo huir? Me encargo de emitir el suspiro más hondo de todos los tiempos para que note cuánto me fastidia este momento. Sin embargo, todo lo que hace mamá es sonreírme, dejando claro que puedo suspirar mil veces y seguirá esperando una respuesta. Mantengo el libro detrás de la espalda mientras le sonrío.

—Es de fantasía, un montón de cosas místicas y… ¡Oye! ¡Dámelo! —Alcanzo a Alice, pero ella es más alta que yo y alza el libro mientras lo observa. Sus cejas se enarcan antes de reír y devolvérmelo.

—Hum, se ve buena fantasía.—Está sonriendo—. Disfruten de su lectura. —Luego mira a mamá—. No te gustaría esa fantasía, mami.

—Bueno, ve. Llévales estas galletas a los niños Harris.

—¿Niños? Hace mucho que los gemelos Harris no son unos niños. —Se ríe Alice—. Llévate las llaves, Aska. Nosotras iremos a visitar a Jack. ¿O quieres venir?

—Dile que pasaré mañana a visitarlos —pido tomando las galletas envueltas de manera perfecta que mamá me entrega.

Salgo de casa antes de que puedan detenerme por alguna u otra razón. Prácticamente troto hasta la puerta de la casa de al lado. Ubico el libro debajo del brazo para poder tocar el timbre y luego espero. Cuando Drake abre la puerta, alzo las galletas.

—Ofrenda de paz patrocinada por Jolliane Hans.

—Aceptado.

Las toma de mis manos e inhala su olor como si fuese alguna droga, luego se hace a un lado dejándome pasar. No hay beso de saludo porque aún está sobando su dignidad ante mi cruel traición.

—También son para Dawson.

—Pero él está durmiendo, no tendría por qué enterarse.

—O podrías compartir —sugiero—. El pobre sufre mucho con su tesis.

—Cierto, pero en realidad ya le falta muy poco para presentarla. —Saca una galleta y comienza a comerla—. Solo eso y será todo un gemelo graduado.

Me acerco y estiro la mano limpiando la comisura de su boca, en donde quedaban migajas. Todo lo que hace es mirarme.

—¿Cuándo vas a sonreírme? Se supone que ya perdonaste mi alta traición.

Con los ojos en blanco me mordisquea el dedo antes de tomar otra galleta y caminar hacia las escaleras. Lo sigo y hago el segundo suspiro más largo del día, una artimaña teatral para llamar su atención.

Me ve por encima de su hombro y arruga la nariz de manera graciosa haciéndome reír antes de que comience a subir las escaleras. Devora otra galleta en el camino y, cuando vamos por el pasillo, se detiene en la habitación de Dawson. Alcanzo a ver a mi cuñado dormido sobre un montón de hojas y con el ordenador portátil sobre el estómago.

Veo cómo Drake recoge las hojas a su alrededor, las ordena y luego las deja sobre el escritorio. Lo próximo es quitarle el ordenador portátil y ubicarlo junto a las hojas. Suspiro viendo cómo le quita los zapatos a Dawson y luego me río cuando parece que despierta diciendo incoherencias.

—Sí, quiero ir a Disneyland —delira Dawson antes de girar de costado y seguir durmiendo.

—Seguro que irás —se ríe Drake de su gemelo.

Sonrío y decido esperarlo en su habitación mientras se encarga de ordenar un poco el desastre de Dawson. Una vez en la habitación de Drake, me saco las pantuflas, me recuesto sobre su cama apoyando la espalda en el cabecero y dejando el libro a un lado. Saco el teléfono aprovechando el tiempo para responder algunos comentarios a mi nueva historia.

Escribí ayer la primera escena sexual de los protagonistas y admito que fue una mezcla entre aquella vez que Drake me besó los pechos y me tocó por encima del short y la vez que bajó y me dio la magia de su boca. Lo adorné un poco, no porque no hubiese sido perfecto la manera real en la que sucedió, sino porque es mi privacidad y no quiero irla gritando al mundo a través de mis palabras. He decidido que voy a recrear algunos momentos que viva con Drake, pero los alteraré, porque son nuestros momentos y sería raro plasmarlos exactamente igual para que el mundo lo lea. Pero el tema está en que mis lectores están delirando con la historia y el capítulo, muchos me están felicitando porque dicen que me he superado mucho en narración y escenas, y eso me hace feliz.

Escucho la puerta cerrarse, lo que me hace saber que Drake ya ha llegado. Se saca los zapatos y trepando a la cama se deja caer apoyando la cabeza sobre mi regazo. Me observa desde abajo mientras mi mano va casi en automático a su cabello.

—Puedes comenzar a leer, cuando quieras —señala.

No tengo problema ni sufro de acaloramiento ante la idea de leer este capítulo porque en mi traición solo confirmé que el capítulo no es nada especial o memorable, sin embargo, doy por seguro que debe de ser una escena transitoria. Dejo de acariciar su cabello, tomo el libro y quito el marcapáginas, y aclaro mi garganta antes de comenzar a leer. Como en ocasiones anteriores, Drake cierra sus ojos mientras me escucha. Yo trato de no mirarlo porque cuando lo hago se me enreda la lengua y termino confundiendo las palabras. Es fastidioso leer un capítulo que no me gustó, pero se lo debo. Cuando concluyo, estiro mi mano para beber del vaso de agua que descansa junto a la jarra, siempre tenemos ambas cosas a mano porque leer en voz alta cansa mucho.

—Tenías razón, Aska. Sí era aburrido el capítulo, pero ha acabado de manera intrigante.

—Porque ha acabado con que ellos entraban en el baño del cine. —Hago una breve pausa—. No me parece emocionante hacerlo en un baño público.

—¿Por qué?

—Porque me da algo de asco. Los baños públicos suelen oler mal, la gente cree que por ser públicos se acepta que sean descuidados. Te apuesto algo a que las personas que los usan no tratan así los baños de su casa. —Arrugo la nariz recordando que he visto más baños públicos sucios que pulcros—. Así que me lo imagino sucio, maloliente y con charcos de agua. —Me estremezco.

—Al menos que fuera el bonito baño de uno de esos restaurantes elegantes.

—Esa sería una buena excepción, un buen baño.

—Lo tendré en cuenta. —Se ríe y abre los ojos—. Ahora, siguiente capítulo.

—Pero te toca a ti.

—Pero me lo debes por haber hecho trampa y traicionarme.

—Espero que lo superes en algún momento.

Me aclaro una vez más la garganta y comienzo a leer. Este capítulo es muy diferente al anterior desde el comienzo. Se inicia con un beso apasionado contra la puerta del baño y las manos del querido protagonista debajo de la falda de nuestra heroína literaria. Mi voz se torna diferente de manera automática, tal y como siempre parece suceder cuando estas escenas quedan a mi cargo. Es un besuqueo intenso. Él introduce los dedos debajo de su ropa interior, luego frota y presiona. Hay gemidos y jadeos. Yo tengo un poco de calor.

Me lamo los labios antes de continuar la lectura y, cuando creo que esta mujer ya está a instantes de tener otro asombroso orgasmo que el infiel de su marido nunca le dio, los papeles cambian y hago una pausa porque es la primera escena de este tipo con la que nos topamos.

—¿Aska? —La voz de Drake es ronca.

Él se incorpora y se sienta frente a mí, lo miro con un sonrojo muy evidente porque esta escena me está afectando.

—Es que se avecina algo grande, literal —murmuro.

Eso lo hace sonreír y asiente en señal de que prosiga la lectura. Tomo un poco de agua y con mi voz alterada comienzo a narrar cómo las manos de nuestra heroína indagan bajo el pantalón del dueño de sus orgasmos. Ella lo acaricia, dice que lo siente duro, grueso y largo. Luego ella baja sus pantalones y su bóxer y una vez más, puesto que ya han tenido sexo, ella describe su miembro. Nunca creí necesario, y hasta ahora sigo sin creerlo, describir el aspecto de un pene, después de todo se supone que luce como un órgano masculino. Pero esta escritora describe sus venas, el color de su punta y lo llama «lloroso».

Mira, resulta que, según esta autora, los penes lloran.

Cualquier pene se sentiría halagado al ser descrito en un párrafo tan largo. Luego nuestra heroína baja hasta estar de rodillas, tomándolo en su mano. Saca su lengua, lame y luego lo lleva a su boca. Hago una necesaria pausa, respiro hondo y prosigo.

Todo en este libro es gráfico, mis escenas de sexo oral quedan virginales delante de esto. ¿Cómo, Jesús cachondo, le cabe hasta el fondo de la garganta? Una vez intenté tocarme al final de la garganta con mi dedo y ya tenía náuseas. Mi voz es temblorosa y mi imaginación muy gráfica mientras leo. Siento la mirada de Drake.

—«Lo hice resbalarse sobre mi lengua, dándole la caricia que esperaba, lo sentía palpitar…» —prosigo.

Siento que en cualquier momento transpiraré. Por alguna razón, aunque a Drake le han tocado escenas calientes con escenas sexuales, a mí me tocan siempre las más explícitas, el destino me acorrala a la suciedad. Y ¡Jesús educador sexual! Este, con sinceridad, es el libro más sucio que he leído en mi vida, ni siquiera las páginas porno contienen material tan detallado.

Me remuevo incómoda porque mi ropa interior sufre. Cuando termino de leer el sexo oral más duradero de la humanidad, marco la página y dejo el libro a un lado para luego darle una larga mirada a Drake, cuyos pómulos están sonrojados y respira a través de sus labios entreabiertos. Bajando la vista por todo su delicioso ser, trago con dificultad notando el bulto en su pantalón holgado.

Caleb me dio una experiencia patética, terrible y vergonzosa. Drake puede darme una mejor. Me apoyo sobre las rodillas y estirando una mano, le toco el muslo.

—Quiero que lo intentemos. Quiero que me digas si lo que leí o lo que he escrito está bien, quiero realidad, Drake.

—¿Eso quieres?

—Sí. —Suena como un jadeo—. Deseo intentarlo, pero te advierto que si lo llevas muy lejos me ahogaré.

Eso lo hace sonreír. Me indica que me acerque, lo cual hago hasta estar frente a él en la cama. También se arrodilla y me toma el rostro entre las manos.

—Crea el momento, dame el ambiente —susurra antes de mordisquearme el labio inferior.

Lo beso con lentitud y mis manos se toman el tiempo de deambular por sus hombros, pasando por su pecho hasta llegar a su abdomen y bajar lo suficiente para adentrarlas debajo de la camisa. Me gustaría besarlo eternamente, pero necesito respirar, por lo que alterno mis besos con suaves succiones en su barbilla hasta su cuello. Con Drake me siento en confianza y siempre tengo ganas de conocer y vivir esta pasión. No me da vergüenza ser audaz y tener la iniciativa, incluso aunque sea inexperta y pueda equivocarme. Bien dicen que de los errores se aprende y no tengo ningún inconveniente en superar esos errores con mi novio.

Prácticamente lo obligo a sacarse la camisa, pero no presenta ninguna queja al respecto. El cabello me estorba cuando comienzo a descender con besos por su pecho y me ayuda sosteniéndolo con una mano. No mentiré diciendo que no me encanta un hombre que tenga un cuerpo marcado con musculatura, pero no es algo que extrañe en el cuerpo de Drake. Me gusta su complexión delgada y firme, que toque y haya firmeza, no me decepciona no encontrar un montón de tabletas de chocolate, porque en Drake nada resulta decepcionante. Cuando llevo mis manos al borde de su pantalón de chándal, tiemblo un poco. Alzo la vista y él me sonríe. Le devuelvo el gesto.

—Seré torpe —advierto—. Muy bien, aquí vamos.

Deslizando los dedos dentro de su pantalón, toco el material del bóxer y siento su dureza. Drake es quien termina de bajarlo todo y no seré como aquella escritora perdiendo tiempo describiendo un pene que claramente luce como uno. Tampoco lo llamaré hermoso porque sería tan extraño como si alguien me dijera que mis partes femeninas son adorables. No es decepcionante, me genera curiosidad y no me parece desagradable a la vista. Observo mi agarre sobre él, resulta erótico y estimulante. Subo y bajo la mano de manera tentativa, pero me doy cuenta de que resulta incómodo y hace una mueca.

—¿Qué está mal?

—Me encanta que me toques, pero estás apretando muy fuerte —confiesa.

—Oh, lo siento… Mejor guíame.

No se burla, asiente y deja su mano sobre la mía. No solo me guía, me deja saber lo que le gusta, sonríe ante mi torpeza e incluso me atrevería a decir que mi inexperiencia lo enciende un poco más. Drake se toma el tiempo de mostrarme una faceta más y cuando me inclino dejando pequeños besos tentativos, sus manos me sostienen del cabello, pese a que está conteniéndose y muy excitado, con voz ronca me susurra suaves palabras e indicaciones. Cuando vamos un poco más lejos y lentamente se desliza entre mis labios, no es un Caleb asesino.

Creo que logra percibir que me pongo un tanto ansiosa y todo lo hace paso a paso, poco a poco. No pretende que sea adivina ni una diosa succionadora en mi primera experiencia, es paciente e, incluso cuando no sé cómo controlar perfectamente la cosa de los dientes, se lo toma con calma. Sé que se está conteniendo por la manera en la que su cuerpo está tenso y el fuerte sonrojo cubriéndole las mejillas, además su voz cada vez es más ronca. Admito que se me cansa la mandíbula y que hay algo de sudor cubriéndome la frente. También me resulta poco glamuroso el hecho de toda la cosa de la saliva, pero entiendo que de hecho eso hace el deslizamiento más fácil. Sin embargo, no me desagrada, me gusta la experiencia y me gusta descubrir que yo también lo disfruto, aun cuando es él quien lo recibe.

Lamo y chupo su punta porque descubro que eso le encanta. Luego paso mi lengua por una de las venas sobresalientes y vuelvo a chupar la punta capturando la gota que se encontraba ahí y bajando la cabeza para acunarlo dentro de mi boca.

—Es algo increíble. Nunca creí que esta fantasía de tu deliciosa boca envolviéndome se haría realidad —murmura con la voz enronquecida, y mi gemido en torno a su miembro le produce un placer increíble.

Me encuentro apretando las piernas porque estoy mojada y hay un pálpito insistente entre ellas. No pensé que darle sexo oral me encendería así, pero cada segundo que pasa lo disfruto mucho más y me vuelvo audaz. Si bien no consigo algo como la famosa garganta profunda, los movimientos de mi boca junto al deslizamiento de mi mano lo tienen jadeando y susurrando palabras, lo que me hace sentir poderosa. Tanto que incluso reúno valentía para indagar un poco más abajo y tocarle las pelotas, eso parece encantarle porque lo tiene alzando las caderas.

—Yo… ¡Mierda! Yo… —balbucea.

Lo aprieto con fuerza y comienzo a mover la mano con mayor rapidez mientras mi boca se vuelve más hambrienta por él, comenzando poco a poco a tragar un poco más e ir más lejos, hasta el punto de que mis ojos se humedecen y retrocedo lamiendo la punta antes de repetirlo de nuevo.

Dejando una caricia gentil en mis pómulos me indica que me aleje y lo hago. Me incorporo sin soltarlo, él ubica su mano sobre la mía y me hace moverla a un ritmo más rápido, uno que lo lleva a estremecerse y ensuciar nuestras manos junto a su abdomen cuando el placer lo envuelve.

Eso fue increíble, un poco desastroso y bastante descoordinado, pero ya saben lo que pienso: no necesita ser perfecto para ser memorable.

Drake no dice nada, él retira nuestras manos pegajosas, se inclina hacia la mesita de noche, saca unas toallas de papel y limpia sus manos y torso antes de limpiar la mía. No hace falta preguntar por qué mantiene toallas de papel al alcance, supongo que está familiarizado con toda la cosa del desastre. Lo observo subirse el bóxer y pantalón, finalmente me mira y sonríe. Yo le doy una sonrisa tímida. Gatea hasta arrodillarse frente a mí, sus manos se deslizan a mis mejillas y me atrae para darme un beso suave. Me abraza y desliza sus labios hasta mi oreja.

—Te quiero —susurra.

Sonrío contra su hombro y le devuelvo las palabras. ¡Me siento tan enamorada!

Drake está hablando por teléfono con un cliente en su habitación, así que me encuentro en la sala de estar sentada en uno de los sofás con un tazón de palomitas de maíz sobre las piernas cuando Dawson, con el rostro hinchado por haberse dormido, aparece.

—Hola, tontita —me saluda dejándose caer a mi lado.

Trae consigo un vaso con algo que parece yogur, me siento tentada a pedirle un poco, pero como no quiero que él me pida palomitas, me aguanto.

—¿Descansaste? Estabas murmurando en sueños.

—Necesitaba ese par de horas de siesta —dice bostezando—. La tesis está acabando con mi cordura. Mi único consuelo es que cada vez estoy más cerca de la meta.

—¿Solo la tesis? Drake ha mencionado algo sobre una chica…

Hace una mueca y bebe de su yogur, luego se encuentra suspirando mientras se pone todavía más cómodo y estira las piernas frente a él.

—Lo que debería ser sencillo se ha vuelto un enredo. —Se pasa una mano por el cabello dejándolo en punta—. No sé si Martin es mi amigo o un verdugo, pero sé que las cosas están enredándose.

»Ella se llama Leah y estoy seguro de que Drake te ha puesto al tanto sobre cómo se inició todo este caos.

—Sí, y opino que Martin es un imbécil al que no le debes lealtad.

—Leah piensa que no me gusta o que estoy loco. Porque a ratos parece que estamos teniendo un momento romántico y luego retrocedo recordando la promesa que le hice a Martin.

—¿Es una promesa que vale la pena cumplir? Algunas promesas a veces deben romperse, Dawson.

—A Martin de verdad le gusta ella y, cuando me implora que no actúe o habla sobre quererla, me hace sentir mal sobre mis propias emociones.

Lo que opino es que Martin es demasiado astuto y está jugando a la manipulación con alguien como Dawson, que siempre ha sido un amigo leal.

—Si a Martin le gusta tanto, ¿por qué no va y le hace saber que fue quien buscó tu imagen y la usó? Por mucho miedo que tenga de que ella se moleste, debería arriesgarse a que ella le dé una oportunidad.

»Creo que a Martin le gusta Leah, pero no lo suficiente para arriesgarse, sin embargo, cree que si él no puede, tú tampoco. Lo detesto, Dawson. Estás siendo un buen amigo, pero él no lo es para ti.

Parece hundirse más en el sofá mientras asimila mis palabras. Poco después Drake se une a nosotros y el tema de Leah queda atrás cuando hablamos de cosas menos complicadas y luego vemos una película sobre un perrito que nos hace lloriquear a los tres. De tanto en tanto le doy miradas de complicidad a Drake, recordando lo que hicimos, o le hice, hace un rato en su habitación. Espero hacerlo pronto de nuevo.

Cuando la película termina, me despido de Dawson, revolviéndole el cabello, y de Drake en la puerta de su casa con un largo y húmedo beso que me tienta a quedarme otro poco más, pero quiero ir a casa porque acabo de ver llegar el auto de mi hermano Jack.

Y, en efecto, apenas entro en la casa corro a los brazos de mi hermano mayor, que me recibe riendo ante mi exagerado entusiasmo por abrazarlo. Siempre he pensado que mientras Alice y yo somos las atolondradas, Jocker y Jackson han sido los más centrados de los cuatro hermanos.

Me decepciona un poco que la pequeña Jackie no haya venido con él, pero me entretengo de igual forma conversando con mi hermano mayor mientras comemos helado en la cocina.

—¿Cómo van las cosas con Drake? —me pregunta.

De inmediato me sonrojo porque me es casi imposible no pensar en cómo le di sexo oral hace apenas unas horas, pero sacudiendo la cabeza me saco esos pensamientos perversos.

—Van muy bien. Él es genial conmigo. —Sonrío con timidez—. Me gusta mucho.

—Es un buen chico, pero eso no quiere decir que no esté dispuesto a patearlo si se porta mal contigo.

—Qué amable eres —digo riendo—, pero dudo que debas hacerlo. De verdad, las cosas entre nosotros van superbién.

Tanto que en varias ocasiones me he tenido que contener de no espantarlo gritándole frente a la cara: «Oye, te amo».

—Mis hermanitas están creciendo y aún no sé cómo asimilarlo. ¿Cómo me sentiré cuando sea Jackie?

—Eso será divertido verlo —aseguro—. Y hablando de relaciones… ¿Cuándo vas a casarte? En serio, llevas comprometido con Miranda desde siempre. Ten cuidado o Jocker se te va a adelantar.

Aunque dudo de igual manera que Jocker y Adelaide tengan mucha prisa en casarse. Pero es cierto que Jack y Miranda llevan mucho tiempo comprometidos, incluso desde antes de que Jackie hiciera su aparición por sorpresa en la panza de Miranda.

—De hecho, fijamos fecha. —Se ríe ante mi expresión de sorpresa—. Pero hasta que no tengamos confirmado el lugar y las invitaciones, no lo diremos.

—¡Vamos! Dime, dime, dime.

—No caeré en tus ojitos, deberás esperar para saberlo.

Me quejo sobre cuán injusto es y todo lo que hace es reír mientras se acerca a hacerme cosquillas. Así que pronto estamos riendo ambos y organizando una escena que hace sonreír a papá cuando aparece en la entrada de la cocina y nos ve siendo tan infantiles.

2 de agosto de 2016

Hoy hay más personas de las que acostumbra a haber en casa porque todos han venido de visita: mis hermanos y sus prometidas, la pequeña Jackie, Alexa, que es la mejor amiga de Adelaide, e incluso los hermanos Harris —todos menos Holden— se encuentran aquí. Eso tiene a mamá loca de felicidad, tanto que no deja de sonreír y repartir amor.

Admito que es bonito cuando se dan estas reuniones, soy fan de ellas porque siempre pasamos un rato genial. Justo ahora me encuentro riendo mientras veo a Adelaide cargar de una manera muy extraña a la pequeña Jackie mientras Miranda y Hayley conversan a su lado, ajenas a los problemas que mi cuñada tiene al cargar con ese bebé tan tierno. Dejo a Alice y Alexa conversando para acercarme a Adelaide y ayudarla con el bebé, que la mira divertida mientras intenta trepar por su pecho.

—No sé adónde intenta llegar, pero sigue escalando. ¿La quieres? —Me la ofrece con una amplia sonrisa.

Asiento y tomo a la bebé, que grita de júbilo y se aferra a mi cabello queriendo ahora trepar por mí. Adelaide sonríe.

—Los bebés son cosas lindas, pero no congeniamos mucho. Me gusta más mirarlos.

—¿Y cuando tengas los tuyos? —la molesto.

—No me preocupo por pensar eso ahora. No es algo del futuro inmediato, además, supongo que los instintos salen, ¿no? —Parece pensativa, luego sonríe—. Brenda no quería ser madre, pero con su instinto de alguna manera logró criarme.

Siempre que habla de su mamá hay amor y tristeza en su mirada, es agridulce para ella. Hago que Jackie deje de trepar sobre mí y camino hasta las escaleras para sentarme y ubicarla a ella frente a mí, sobre mis piernas. Jaqueline ya tiene un año, aunque sus padres seguirán contando los meses hasta que tenga treinta años, por lo que te dirán: trece meses. Es una bebé consentida que dice apenas tres palabras y prefiere hacer saber sus exigencias señalando. Tampoco es una caminadora experta, cada vez que lo intenta y no llega muy lejos, llora asustada.

La observo mientras aplaude y se balancea, lo cual me hace saber que quiere que cante esta canción que Jackson siempre está entonando para ella cuando juegan. Apenas comienzo a entonarla, grita y se emociona aplaudiendo con más fuerzas. Cuando termino, beso su cabellera rubia de color miel como la de mi hermano y luego su sonrojada mejilla. Sin duda alguna se llevó las pocas pecas que parecemos tener todos los hermanos Hans alrededor de nuestros pómulos, son muy sutiles. Escondo mi sonrisa besando su cabeza cuando Drake llega y se sienta un escalón por debajo de mí. Él nos mira y, cuando mi sobrina lo nota, lo señala y balbucea.

—¿Qué? ¿Que es muy atractivo? Lo sé, por eso es el novio de la tía Alaska —bromeo.

Jaqueline, nada tonta, se estira hacia él y Drake la toma haciéndola bailar con los pequeños pies de la bebé afianzándose en sus rodillas. Ella balbucea algo y él finge entenderla mientras le responde cosas al azar que la hacen reír. Cuando se cansa, ella recuesta la cabeza en su pecho y bosteza pareciendo adormilada. Y, ya sabes, eso no me hace pensar en tener muchos bebés con Drake en un futuro, para nada. Así que cuando él me hace una pregunta, estoy demasiado distraída fantaseando con el futuro lleno de bebés para contestarle.

—¿Aska? ¿Puedes volver a conectarte con la Tierra?

—¿Sí? —Sacudo la cabeza.

—Te preguntaba que qué opinas de Dawson y su loca historia.

—Oh, creo que es muy bonita… Y alocada, pero debe deshacerse de Martin. ¿Crees que terminará estando con Leah? No creo que su amigo merezca tal lealtad cuando fue él quien mintió.

—Estoy de acuerdo. No creo que Dawson pueda mantenerse lejos por mucho tiempo.

—Y si a ella le gusta, encontrará excusas para acercarse. —Hago una breve pausa—. Yo lo hacía contigo.

—Y funcionó.

—No, primero tuve que escribir una historia sucia, que me descubrieras y que me dieras unos besos de chocolate.

—Es un buen resumen —me felicita. Acaricia la espalda de la bebé, que ahora está dormida—. Me encanta la pequeña Jackie.

—Y tú a ella, mira cómo se fue a dormir a tus brazos. Tienes un encanto para las chicas Hans.

Apoyando la mejilla en mi rodilla, me dedico a mirarlo fijamente y él me devuelve la mirada. Una de las comisuras de sus labios se alza en una sonrisa y luego dibuja con sus labios lo que estoy segura que son dos palabras importantes que aceleran mi corazón.

—¿Lo entendiste? —pregunta.

—Eso creo.

Ríe y se pone de pie, comenzando a avanzar hacia el cochecito de Jackie. La acuesta y se dispone a llevarla hacia sus padres. Lo llamo y se gira para verme.

—Yo también. —Es una respuesta significativa si gesticuló hace unos instantes lo que creo.

Él me sonríe antes de girarse y avanzar. ¿Entendí correctamente lo que quiso decirme? ¡Jesús borracho! Necesito calmar los latidos de mi corazón.

24

Soy el novio

ALASKA

4 de agosto de 2016

—Hola, Alaska.

Me sobresalto, girando para encontrar a Caleb afuera de la puerta de mi habitación. Caleb, el amigo de Alice que me atragantó con su pene y con el que Drake me encontró el día de mi humillación.

Sabía que mi hermana tendría una reunión con sus amigos aquí en la casa, algo pequeño, pero no pensé que Caleb vendría porque ellos no son tan cercanos y menos después de que termináramos lo que apenas tuvo un comienzo.

Mi plan siempre fue encerrarme en mi habitación, por eso simplemente traigo una camisola de corazones que me llega al final de los muslos y en la que se marcan mis pezones erguidos porque recién tomé una ducha. Claro, el plan también fue cerrar la puerta de la habitación, pero antes había ido a quitarle a Alice un par de calcetines afelpados que me gustan mucho.

Y ahora Caleb está aquí, con su mirada luchando para no verme demasiado tiempo las tetas y su clásica sonrisa bonita.

—Hola, Caleb —termino por saludar, cruzándome de brazos a la altura del pecho en un triste intento de cubrirme un poco el escote de los pechos.

Pero eso solo consigue empujarlos más, así que desisto.

Veo cómo entra a mi habitación, caminando hasta detenerse frente a mí.

La última vez que lo vi, estábamos sentados en las escaleras de la entrada de mi casa, hablando sobre esa horrible noche, en donde se disculpó y me pedía una oportunidad, pero tiré la toalla bastante rápida y guardaba un poquito de rencor que pudo más que la atracción o que la manera genial en la que me habían hecho sentir sus besos y sus toques, así que me negué y en una despedida amistosa simplemente pensamos que nos veríamos por ahí.

No pensé que ese «por ahí» fuese en mi habitación y yo vistiendo simplemente una camisola.

—¿Cómo has estado? —me pregunta—. Aunque veo que muy bien.

—También te ves bien.

»No pensé que vendrías, mi hermana no me dijo que lo harías…

—Alice no lo sabía, soy un colado. —Sonríe con diversión—. ¿No bajarás?

—No me apetece —frunzo el ceño—, simplemente dormiré.

—¿Necesitas compañía para eso? —Avanza hacia mí.

—No, sé dormir solita —retrocedo.

Él avanza y yo doy pasos hacia atrás hasta que mi espalda se recarga de la ventana y su mano se presiona al lado de mi cabeza contra el cristal. Esto sería intenso y bienvenido si estuviese interesada, ahora es incómodo y se siente mal.

—Al venir lo que más deseé fue verte, aún me encantas, Alaska, y no sabes cuánto lamento lo de aquella noche… Bueno, no lo lamento, porque me encantó besarte, tocarte y estar en tu boca, pero sí lamento que no hice las cosas bien. ¿No podemos darnos una oportunidad?

—Me atragantaste sin piedad ni remordimiento.

—Lo sé, y lo siento mucho.

—Te disculpo, pero no quiero repetir eso y yo…

—¿Tú? —Inclina su rostro hacia mí y presiono la palma de la mano en su boca para alejarlo.

—Tengo novio.

—Pero ¿desde cuándo?

—Ciertamente ese no es tu asunto, Caleb.

¿Cuándo me puso una mano en la cadera? Este igualado está sintiendo la cinturilla de mis bragas. Traslado la mano de su boca a su pecho, dándole un empujón para que retroceda, pero en lugar de hacerlo se inclina muy dispuesto a buscar mi boca, pero volteo el rostro a tiempo para que sus labios aterricen en mi mejilla.

—Me alegro de que estés bien, pero debes irte. Tengo novio y no quiero hacer esto contigo.

—Pero ¿y nuestra química, Alaska?

—Ya no existe. —Lo empujo de nuevo.

Se mantiene viéndome a los ojos cómo si buscara mentira en mis palabras y veo el reconocimiento en su mirada de saber que esto no va a suceder y que genuinamente me ha puesto en una situación incómoda e incluso me está asustando.

Retrocede pasándose una mano por el cabello y suspira.

—Fuera de la habitación de mi novia —dice la voz de Drake en un tono molesto que muy pocas veces he escuchado en mi vida.

Empujo con fuerza a Caleb para terminar de alejarlo de mí y me abrazo a mí misma, viendo a Drake entrar en grandes pasos a la habitación, trayendo una camiseta y el pantalón negro de chándal de su pijama.

—No estamos haciendo nada malo… —dice Caleb cuando Drake se detiene frente a él.

—Ella no está haciendo nada malo, no puedo decir lo mismo de ti.

—No he hecho nada malo ¿Y quién se supone que eres? ¿Aquel tipo de aquella noche que interrumpió nuestro momento?

—Eh, no era nuestro momento —digo.

—Soy su amigo, imbécil, quien la protegió cuando un idiota como tú la abandonó sin preocuparse y soy su novio, a quien no le gusta ni un poco que estés aquí, en su habitación.

»¿Que no hiciste nada malo? La incomodaste, la pegaste contra esa jodida ventana mientras intentaba alejarte, la viste de una manera en la que no quería. Eso me suena a algo malo.

»Fuera de la habitación de mi novia —repite Drake sin quitarle la mirada de encima.

—¿Alaska? —me pregunta Caleb sin verme.

—La verdad es que sí debes irte.

Ambos, bueno, los tres somos consciente de que estuve incómoda durante el tiempo a solas con Caleb, no me gusta que me haya visto así ni todo el asunto de intentar besarme cuando dije que tenía novio.

Gracias al cielo, Caleb no hace un show o protesta sobre ello, simplemente asiente y sale de mi habitación, Drake cierra la puerta detrás de él y respira hondo. Cuando se gira me ve con fijeza y yo me mordisqueo el labio inferior.

No me pienso disculpar porque no he hecho nada malo y espero que no esté enfadado conmigo, sé que esto se ve mal incluso si hay confianza y espero que esto no haga estragos en nuestra relación.

—Estaba en mi habitación y sonreí como un tonto cuando te vi desde la ventana llevando esa linda y pequeña camisola, me acerqué y entonces descubrí a ese idiota acercándose a ti, presionándote contra la ventana. Salí de casa en calcetines, subí las escaleras porque la puerta de entrada está abierta y me lo encontré aún cerca de ti. Me molesté, Alaska, me vi rojo de los celos porque aquí estabas, con tu sexi pijama, acorralada por un imbécil con el que sabía que no querías engañarme.

Dejo ir una lenta respiración.

—No fue tu culpa y claramente vistes lo que te venga en gana, pero no puedo evitar odiar que te haya visto así y que sea un maldito imbécil ignorando que no estabas cómoda.

—Ya se iba —murmuro, o al menos me gusta creer que lo habría hecho.

—¿Te hizo algo en el trayecto que me perdí al venir aquí?

Supongo que no vio que intentó besarme y que tanteó la banda elástica de mis bragas.

Sacudo la cabeza en negación y deja ir algo de la tensión en su cuerpo.

De manera tentativa doy pasos hacia él y, cuando estoy tan cerca como puedo, envuelvo los brazos a su alrededor, inhalando su olor.

—Me gusta que ya no esté y que tú sí. Prometo que no pensé en hacer nada con él, no voy a engañarte.

—Eso lo sé y eso no fue lo que me preocupó. —Me devuelve el abrazo—. Pensé en que podría hacerte daño o no lo sé, pero no en un engaño. Estoy enojado con la situación, pero no contigo.

»No sé si esto me hace un imbécil, pero no lo quiero cerca de ti, Aska. No me gusta.

No me hacen especialmente feliz sus palabras, pero entiendo de dónde vienen.

—No quiero ser su amiga y eso no es porque no te guste, es porque me sentí incómoda. No volveré a verlo, Alice ni siquiera lo invitó.

Me libera del abrazo y va hacia el interruptor de la luz, apagándolo, dejándonos en la oscuridad hasta que enciende la lámpara en mi mesita de noche junto a la cama. En dicha cama retira las sábanas y asiente en una indirecta que me tiene luchando con una sonrisa cuando básicamente corro y subo, acostándome boca arriba en tanto mi camisola se sube revelando el triángulo de tela de algodón cubriéndome la entrepierna.

—Se supone que íbamos a dormir —se queja, subiendo a la cama y ubicando una de sus piernas entre las mías.

—¿Y ahora?

No me responde, en lugar de ello me besa y me toma un pecho, masajeándolo hasta que tira hacia debajo de la tela de la comisura y su boca baja para atrapar mi pezón. Y así, con sus dedos y su boca, Drake borra los últimos minutos de incomodidad con Caleb y, con mi boca sobre él, elimino los rastros de su molestia.

Me corro en sus dedos dentro de mí con sus dientes tirando de mi sensible pezón y él se corre en mi boca, haciéndome tragar por primera vez y luego simplemente nos sonreímos saciados y me gusta creer que enamorados, conversando en voz baja, ignorando el sonido externo y consiguiendo dormirnos tiempo después.

Y cuando la alarma de su teléfono suena, lo siento besarme el hombro antes de salir y dejarme soñando con él.

25

De campamentos, enfermedades y favores

DRAKE

7 de agosto de 2016

—Oye, cariño. ¿Te sientes bien? —Escucho la voz de mamá, sin embargo me duele hasta parpadear, razón por la que mantengo mis ojos cerrados.

—No. —Es todo lo que logro murmurar con mi boca seca.

Siento el tacto de su mano en mi frente y luego su boca dejando un beso en esa zona de mi piel, intento sonreírle con mis ojos todavía cerrados.

—Tienes fiebre, cielo. Buscaré el termómetro para tomarte la temperatura. ¿Hay algo que te duela?

—Todo, pero… —gimo de dolor sosteniendo mi estómago—, pero me duele mucho el estómago y siento que mi cabeza explotará.

—¿Se está muriendo Drake? —escucho a Hayley preguntar, y mamá ríe.

—Ah, ¿este es Drake? Pensé que estaba atendiendo a Dawson —bromea, y gruño—. Ven, Hayley, te daré un té para que se lo traigas a Drake mientras llamo a nuestro médico.

—¿No es raro que hagas que nos atiendan todavía nuestros pediatras? —cuestiona Hayley. Estoy de acuerdo incluso si no puedo decirlo en voz alta.

—Tonterías, ese hombre los vio cuando eran unos adorables bebés, él sabrá qué recetarles, ahora ven para que le subas el té a tu hermano.

Escucho sus voces alejarse y respiro hondo, lo cual hace que mi cuerpo me duela. Me aferro más a las sábanas porque siento mucho frío y me niego a abrir mis ojos. No sé la cantidad de tiempo que transcurre y no sé si muchas de las cosas las alucino o suceden en realidad. Mamá me hace tomar algo, luego creo que me ayuda a comer sopa, aunque no me sabe a nada y minutos después termino vomitando. Hayley parece que me habla de cosas e incluso podría creer que se acuesta a mi lado, no estoy seguro de ello. Voy muchas veces al baño y siento que mi estómago quiere escapar de mí, me alterno entre vomitar y ser el mejor amigo del inodoro, no es mi mejor momento y estoy seguro de que apesto, incluso aunque mi sentido del olfato se encuentre fuera de servicio.

—¿Drake?

—¿Uh? —murmuro sintiendo mi cuerpo transpirar. La cabeza me da vueltas, todo debajo de mí se tambalea y todo duele.

—Copia mal hecha, ¿quieres que te ayude a tomar un baño? Estoy seguro de que prefieres que lo haga yo. —Respondo algo ininteligible y creo que ríe—. Ven, te ayudaré a tomar un baño.

Siento sus manos ayudando a incorporarme y duele mucho. Creo que balbuceo que, por favor, me deje solo estar acostado porque me duele.

—Drake, ¿estás llorando? Oye, tranquilo. ¡Jesús! Ardes en fiebre. —Creo escucharlo—. ¡Mamá! Ven aquí, creo que no está bien.

»De acuerdo, copia mal hecha, vamos a darte un sexi no baño de esponja, ¿te parece? Déjame que te lleve al baño y solo te sentarás, lo prometo.

—No —gruño, sintiendo cómo me obliga a ponerme de pie y me sostiene—. Gira.

No tengo el control de mi cuerpo, siento que todo tiembla mientras es oscuro y duele.

9 de agosto de 2016

Veo cómo Dawson entra corriendo en mi habitación y se sienta a mi lado en la cama, enarco una ceja cuando toma mi mano de manera teatral.

—Alaska está subiendo las escaleras; por favor, déjame fingir que te estás muriendo. Por favor.

—Eres una pequeña mierda. —Río, pero hago una mueca porque todavía me duele el cuerpo.

—Vamos —susurra—, será divertido.

Sin oponer resistencia, me acuesto, me cubro con las sábanas y cierro mis ojos. Alaska ha estado en un campamento, por lo que solo supo a través de un mensaje que no me encontraba bien de salud, aunque sabiendo que se lo dijo Dawson, pudo haber sido capaz de decir que estaba en mi lecho de muerte.

—Drake, por favor, no te mueras. ¿Qué sería mi vida sin ti? —comienza Dawson, y casi estoy tentado de darle un premio—. No puedo vivir sin saber que hay alguien más con mi rostro. Mi media mitad no es otra chica, eres tú, hermano. Por favor lucha contra esta enfermedad, no dejes que te gane y…

Me planteo recomendarle a mamá que lleve a mi copia a un especialista que atienda su mente o a una audición para que sea actor de algún fuerte drama que te haga llorar con ganas, porque mientras sigue hablando me entran ganas de abrazarlo para asegurarle que de alguna manera no lo abandonaré. Entiendo lo que dice, mi mitad es Dawson, no concebiría mi vida sin él.

—¿Qué está sucediendo? ¿Por qué le dices todas esas cosas a Drake?

—Oh, Aska, acércate. Por favor, háblale, quizá escucharte haga que él quiera quedarse. Esto es muy duro.

—Pero Irina dijo que él estaba recuperándose. —Su voz baja, luego siento la cama hundirse.

—Mamá solo es optimista, pero yo lo sé. Mi conexión gemelar con él se debilita, yo lo siento, Aska. —Sorbe su nariz—. No quiero perder a mi hermano…

—No digas eso. —Su voz ahora es temblorosa—. Drake no morirá, no digas eso.

—No llores, no, no. Mierda, no llores, Aska.

Y el llanto comienza. A veces, aunque considere a Dawson como un hombre inteligente, sus ideas no son las mejores y yo, como buen hermano, mayormente lo sigo porque, sean malos o buenos los resultados, siempre me hace reír. Excepto esta vez. No soporto escuchar a Alaska llorar por lo que debió ser una broma, abro mis ojos y Dawson me mira alarmado. Ella tiene su rostro cubierto con sus manos mientras su cuerpo se estremece con sollozos.

—Aska, estoy bien —susurro.

Creo que mi novia ha sido poseída cuando comienza a reír y quita las manos de su rostro. Tiene solo un par de lágrimas y luego frunce el ceño, toma una de mis almohadas y golpea a Dawson.

—Tú, estúpido, ¿crees que no sospeché de tu bromita? Ahora me debes un helado. ¡Claro que sé que Drake no se está muriendo!

—De acuerdo, creo que ustedes dos necesitan ir a una audición y luego a por el Oscar —comento incorporándome de nuevo y recostando mi espalda en el cabecero de la cama.

Alas trae su mirada a mí, empuja a Dawson para que se levante y ella ocupa su lugar, su mirada es determinada y me planteo si va a lastimar a un pobre moribundo. De acuerdo, no estoy a ese nivel.

Después de mi aparente desmayo, me llevaron a la clínica, donde pase la noche tras largos exámenes. Se determinó que tenía un malestar estomacal seguramente por una mala digestión o algún alimento que me pudiese haber caído mal, incluso se habló de que podía ser un parásito —asqueroso, lo sé—, me prescribieron medicamentos y me enviaron ayer por la mañana de regreso a casa. Me siento mucho mejor, aún estoy débil, pero nada de lo que no me vaya a recuperar del todo dentro de unos días.

—Voy a disculparte por seguirle la corriente porque sé que es esa cosa de gemelos y porque te ves terrible y enfermo.

—¿Pero sexi? —intento hacerla sonreír. Sus labios se curvan a un lado y se inclina hacia mí.

—Sexi siempre —susurra esa boca que tanto me gusta a centímetros de la mía.

—Un beso tuyo me curaría del todo —susurro de vuelta.

—O me enfermaría a mí. —Se aleja y finjo un gruñido. Me sonríe, toma mi mano y besa mis dedos.

—No tengo una enfermedad viral, tonta. —Tiro de su mano para que vuelva a estar cerca de mí, hago una mueca cuando su cuerpo colisiona con el mío, aún sensible—. Solo quiero un beso.

Me da una dulce sonrisa antes de cubrir mi boca con la suya. No es un beso apasionado, profundo o húmedo. Solo me deja percibir su dulzura en un tierno gesto. Dawson dice algo sobre estar estorbando y se va. Le pido a Alaska que se acueste a mi lado. Nos observamos y ella juega con mis dedos en los suyos.

—¿Obtuviste todas las insignias de exploradora? —bromeo.

—Era un campamento de ejercicio y pensé que moriría.

—A ver, ¿conseguiste un superabdomen? —Tanteo esa área de su cuerpo y ríe.

—No, pero fue la semana más larga de mi vida. No volveré a hacer nunca más esta locura.

—Pero si siento puros músculos. —Meto mi mano dentro de su camisa y palpo su torso, asciendo hasta el borde de su sujetador.

—No tienes que tocarme los pechos, no hice ejercicio para que me crecieran, por si eso es lo que quieres comprobar.

Río y siento un leve dolor de cabeza, asciendo hasta cubrir la copa de su sujetador con mi mano. Me observa y pasa una mano por mi cabello, cierro los ojos disfrutando de la caricia y sin alejar mi mano de donde está.

—Entonces ¿fue tan malo como Dawson me dijo al teléfono? Solo vi el mensaje cuando nos devolvieron el teléfono al final, parecía una academia militar y estuve muy preocupada de no haber venido antes. No vuelvo a inventar e inscribirme en un intensivo de ejercicio. Fue horrible y luego saber que estuviste enfermo…

—No fue nada grave. Ya ves, un virus. Ya me siento mucho mejor y agradezco que no estuvieras, yo apestaba. El baño fue uno de mis mejores amigos.

—Sí, en uno de sus tantos mensajes, Dawson dijo que olías muy mal.

—No era mentira. —Me acerco más a ella, terminando por acurrucarme y descansando mi barbilla en su hombro, sintiendo las caricias de sus dedos en mi cabello—. Pero ahora huelo bien.

—Hueles a mi novio.

—De verdad me encantaría seguir hablando mucho rato contigo, pero el medicamento me da sueño. —Bostezo y adrede no me cubro la boca—. Sin embargo, cuéntame sobre tu campamento, prometo escuchar hasta dormirme.

—Bueno, fue horrible. Mucho ejercicio y comida saludable. Los entrenadores parecían sargentos y…

—¿Con qué ropa entrenabas?

—¡Drake! Eso no es lo que importa de la experiencia.

—Depende de a quién se lo preguntes, si me lo cuestionas a mí, eso era importante.

Cierro mis ojos arrullado por su voz y estoy a instantes de dormirme cuando mi estómago se retuerce y me levanto rápidamente para correr al baño, sobresaltándola. Segundos después ella toca la puerta y pregunta si estoy bien, Dawson ríe.

—Ah, bienvenida a un nuevo nivel de confianza. Escuchar a tu novio cagar. Romántico —se burla mi gemelo, y yo cierro mis ojos. Disfruta de esto ahora que sabe que viviré.

16 de agosto de 2016

—¿No te gustaría probar este color en tu cabello? —pregunta mi hermano Holden antes de que Sara, una de las asistentes del programa, encienda el secador y le dé volumen a su cabello morado.

—Tengo intenciones de mantener mi cabello virgen.

—Oh, qué ternurita —se burla cuando apagan el secador. Le sonríe de manera encantadora a Sara—. Gracias, cariño.

—A la orden, ahora iré con Derek, si es que ha llegado.

La vemos salir, vuelvo mi atención a Holden, que ahora se encarga de los botones de su camisa. Observo cada uno de sus movimientos. Admiro mucho a mi hermano, es un hombre que se fijó metas y que poco a poco las ha ido alcanzando. Me ha demostrado que con esfuerzo y dedicación los sueños se alcanzan. Tiene el trabajo soñado, al que le dedica gran parte de su vida y del que disfruta. Estoy suponiendo que si se propusiera conquistar y encontrar a la chica de sus sueños, también lo lograría, solo que todavía parece seguir en la ola de aventuras sin compromisos.

—¿Te sientes mejor, hermanito?

—Sí, solo me duele la cabeza a veces, pero estoy recuperado. Esta semana ya termino el tratamiento —respondo—. Soy de nuevo el Drake sano.

—Eso es bueno. ¿Qué ha pasado con Dawson y sus bolas?

—No sabía que mi copia romanticona tenía un problema de bolas.

—¡Por supuesto que sí! Las perdió cuando decidió rendir lealtad a un amigo que lo usó y ahora pretende que deje ir a la mujer que lo trae loco. Dawson tiene un problema de bolas extraviadas, es un caso muy serio.

—Bueno, tendrás que hablar de eso con él. No me apetece hablar de sus bolas. En realidad además de venir aquí para verte…

—Y para pasar más tiempo con Alaska al traerla para que cene con su hermano. —Se encoge de hombros.

En eso tiene razón, pero no lo afirmo.

—También vine a hablar con Elise, así que si me disculpas, iré a su camerino.

—Bien, bien.

Salgo del camerino en dirección a mi destino y al llegar no tengo que tocar la puerta del camerino de Elise y Breana, porque está abierta y ambas parecen estar en una fiesta de vídeos en YouTube. Cantan bastante inspiradas mientras en la tableta se reproduce un vídeo de un cantante joven muy famoso.

—No son las mejores cantantes, pero les doy punto por cantar con el corazón. —Hago notar mi presencia con la declaración.

Ya las había saludado antes, por lo que avanzo y me dejo caer al lado de Elise en el sofá. Miro de reojo a Breana porque ¡vamos! Tuve un enamoramiento por esa mujer. ¿Y quién me culparía? Es como el amor de Dawson por Valerie. Mi hermano Holden trabaja con mujeres preciosas e inteligentes, sociables y agradables, mujeres que conocimos entrando en nuestra adolescencia y era evidente que como locos hormonados y soñadores no dejaríamos pasar eso por alto. Hasta el día de hoy me sorprende que Holden haya sobrevivido soltero entre ellas, pero quizá son ellas las que han huido lejos del tornado Holden Harris.

—Eres atractivo —me dice Breana sonriéndome. Contengo el suspiro, las viejas costumbres—. Y haces una pareja estupenda con Alaska.

—Gracias, nos gusta ser novios.

—Sabía tanto, pero tanto que este momento llegaría —asegura Elise.

Sonriendo, le doy mi atención a la pelinegra, esperando que de verdad pueda hacerme este no tan pequeño favor que quiero pedirle.

—Todavía eres novia del famoso escritor, ¿verdad? —Tanteo, como si no supiera que sí siguen juntos.

—Según lo que confirmé esta mañana, la respuesta para eso sería afirmativa.

Perfecto. Alaska tiene los libros de Matthew Williams, el novio de Elise y un muy aclamado escritor. Creo que todo aquel al que le gusta leer tiene algún libro de este hombre. Hasta no hace mucho a mí no me interesaba leer, así que ni siquiera he leído el último libro de ese autor, del cual Alaska afirma que es una maravilla, ya que está encantada de que él por fin escribiera una novela romántica. Literal suspiró al menos cinco veces en medio de una explicación con muchos spoilers porque no se podía contener.

—El cumpleaños de Aska es dentro de poco y ella está en una etapa de adoración por tu novio.

—Toda mujer pasa por esa etapa, supongo. Solo que yo me quedé estancada. —Se ríe de sí misma y yo río por compromiso porque no me hace gracia, pero como estoy en medio de la solicitud de un favor me reiré de cada chiste que diga.

—Como regalo de cumpleaños me gustaría brindarle la oportunidad de conversar al menos cinco minutos con él. Alaska escribe, no te diré qué, pero creo que piensa que no es algo serio a lo que pueda dedicarse en el futuro. Yo sé cuánto disfruta haciéndolo y solo necesita que alguien que haya cumplido ese sueño la aliente.

—Oh, eso es tan dulce… —suspira Breana.

—No creo que Matthew tenga problema, pero eso depende de su agenda y compromisos. Lo comentaré con él y te llamo en cuanto tenga alguna respuesta, ¿de acuerdo?

—Bien. Muchas gracias, quiero que sea un regalo especial.

—Y seguro que lo lograrás.

Converso un poco más con ellas hasta que deben comenzar a movilizarse porque están a punto de iniciar el programa. Encuentro a Alaska sola en el camerino que comparten su hermano y su cuñada, ellos ya deben de encontrarse en sus posiciones o al menos Jocker, porque a Adelaide no la vi, tal vez hoy no trabajaba. Alaska me sonríe de un modo travieso antes de meter la mano en su mochila y sacar nuestro libro, el cual debido a su campamento y luego a mi recuperación teníamos abandonado. Nos quedan muy pocos capítulos por leer.

—¿Seguimos, Drake?

Sonrío y asiento. Alerta de spoiler: mientras ella lee una escena de sexo fuerte, yo me imagino que somos nosotros dos.

26

Hablemos del clima

ALASKA

18 de agosto de 2016

—¿Aún no lo haces con Drake? —me interrumpe Romina cuando le cuento que Drake y yo estamos compartiendo lectura, aunque no le digo qué libro es.

Alice, que se encuentra con nosotras, lo sabe perfectamente, puesto que la recuerdo quitándomelo frente a mamá. Mi hermana se ríe y mira su teléfono móvil. Frunzo el ceño hacia Romina.

—Estaba contándote algo bastante romántico —le hago saber a mi amiga.

—Seguro que en realidad era una historia sucia que has hecho apta para todos los públicos. Ya sabemos que tu novio es un príncipe sexi, pero quiero saber si es un príncipe ardiente en las sábanas o contra la pared, donde sea que lo hagan. Vamos, dime.

—No hemos tenido sexo —digo, y ella hace un puchero—. No se ha dado el momento…

Porque ha estado enseñándome otras cosas que me encantan. Sin embargo, sé que de la resistencia de Drake queda muy poco. No puedo evitar sonreír, me encanta todo de Drake. Incluso las cosas que en ocasiones me molestan, como, por ejemplo, que sea olvidadizo a la hora de responder mis mensajes. Eso me hace enojar, pero luego me hace sonreír cuando de algún modo se las arregla para enviarme algo que ocasiona esa reacción en mí. Es tan sencillo como admitir que creo que lo amo. Mucho.

—Bueno, eso no está mal, cuando pase, seguro que te diviertes mucho —me asegura Romina.

—¿Te divertiste en tu primera vez?

—No, fue más bien incómodo, pero antes de eso me divertí. —Me sonríe, luego mira a Alice—. ¿Qué hay de ti, Alice?

Mi hermana, con lentitud, retira la vista de su teléfono móvil y nos observa, ladea la cabeza a un lado y a otro, antes de suspirar.

—Fue más allá de lo incómodo, no me dio placer antes ni después. —Se encoge de hombros—. Pero eso fue porque en aquel entonces no supe que salía con un idiota y yo habría hecho cualquier cosa por él. Luego fue bueno. —Ella me mira—. Drake no es ese tipo de idiota, de alguna manera él conseguirá que sea una buena experiencia para ti, solo que no te apresures y deja que pase a su debido tiempo. No te digo que esperes mil años, solo que no presiones para que suceda.

»Mi problema fue que mi primera vez la viví como un estorbo que había que quitar, como algo con lo que demostrar a un chico cuánto lo quería. No esperé a sentirme lista o a estar loca de lujuria.

No puedo evitar hacer una mueca triste al oír las palabras de Alice. Siempre supe que Collin era un idiota, desde la primera vez que la vi hablando con él. Ella pensó que yo estaba celosa o que la extrañaba porque Alice comenzó a alejarse. Tuvo que estrellarse de la peor forma para entender que estaba metida en una relación tóxica basada en querer ser lo que él quería y en tratar de demostrarle siempre de mil formas estúpidas cuánto lo quería. Todavía celebro que Jack, nuestro hermano mayor, lo golpeara. Ese día lancé porras a mi hermano cuando estrelló más de dos veces sus puños contra Collin.

Me duele que, después de esa experiencia, Alice sea un tanto cínica respecto al amor, todo lo ve cuadrado y oscuro. No es que antes fuera un ángel y todo a su alrededor fuera algodón de azúcar, todos sabemos que a veces, muchas, podía resultar insoportable para muchas personas porque no era una adolescente fácil, pero al igual que yo, soñaba con el amor. Ella creía que entre lo malo habitaba lo bueno, pero eso era antes, cuando veía el mundo en diversas tonalidades, ahora solo es negro o blanco, no hay más colores.

—Eso es muy triste —rompe Romina el silencio—, pero ya verás cómo encuentras a un hombre rompedor de colchones que te dé pasión y amor.

—No necesito de eso. —Se ríe—. Tal vez algo de pasión no estaría mal para algo rápido, pero ¿amor? No, gracias, la simple palabra ya me genera arcadas. —Se pone de pie—. Ahora las dejo, he quedado con Georgia.

Estoy a punto de bromear con ella y preguntarle si le dirá a Georgia que Austin no sabe de su existencia porque le mintió. Supongo que algún día Alice entenderá la verdadera razón por la que la idea de esos dos juntos no le gusta. La veo entrar a la casa por su bolso y luego salir y alejarse. Romina y yo permanecemos sentadas en mi jardín.

—¿Me harás algún spoiler?

—No.

—¿Alguna muerte de un personaje para la que debo prepararme?

—Hum, creo que no. Creo.

—¿Tiene tu novio el pene genial?

—La verdad es que… —Sacudo mi cabeza dándome cuenta de su pregunta—. ¡Romi!

—¡Debía intentarlo! —Ríe golpeando su hombro con el mío—. Ahora, dime la verdad. ¿Cómo te sientes respecto a todas esas cosas con Drake?

—Lo suficiente bien como para inspirarme y ahora escribir mucho mejor mis escenas lujuriosas.

Ambas reímos y yo siento que me sonrojo. Ella me mira de manera soñadora mientras recoge su cabello en una cola alta.

—Creo que estoy muy enamorada de Drake. Es algo que venía sucediendo desde que descubrí que me gustaba como más que un amigo, pero ahora es diferente. Porque cuando nos miramos, me toca, me besa y hablamos, tengo a mi novio y también tengo a mi mejor amigo. —Entorna sus ojos hacia mí—. Me refiero a amigo masculino. Porque tú eres de mis mejores amigas femeninas. Tú y Alice.

—Vale, aceptaré esa excusa mediocre porque te quiero.

—Sabes que es así, pero basta de mí. Cuéntame algo de este chico que conociste que juega al fútbol con tu primo.

Ella da un pequeño grito, suelta una risa tonta y pestañea continuamente. Procede a contarme cada detalle, su plan sobre cómo conseguirá que la invite a salir y sobre cómo quiere lamerlo.

—Te prometo que creo que su piel sabe a chocolate. Está bueno y tiene una sonrisa preciosa. Y cuando hablamos, es inteligente. Está un poco loco por el fútbol, pero puedo lidiar con eso. Mira, le he robado una foto de su perfil de Facebook.

Me extiende el teléfono y observo a un chico moreno de piel oscura como el chocolate sonriendo. No lleva camisa y cuento las tabletas en su abdomen, ella tiene razón sobre lo bonita que es su sonrisa de dientes blancos, y es alto. De acuerdo, entiendo por qué Romina planea una loca estrategia para que este chico no la envíe a la zona de amigos.

—Está buenísimo, Romi. —Acerco el teléfono móvil a mi rostro—. ¡Jesús jugando al fútbol! Este tipo está que arde.

—¡¿Quién?! —Romina y yo gritamos ante el susto del intruso.

El teléfono móvil cae frente a mí y llevo la mano a mi pecho para comprobar que mi corazón aún late, alzo la vista y me encuentro a Drake con una ceja enarcada. Se agacha y toma el teléfono móvil, extendiéndomelo. Ni siquiera lo mira, ya que mantiene la vista clavada en mí. Me sonrojo. Con lentitud me da una pequeña sonrisa antes de dejarse caer sentado frente a mí, toma mis piernas y tira hacia él, haciendo que esté un poco más cerca y que mis piernas estén sobre las suyas. Yo lucho por respirar porque me afecta de todas las maneras posibles.

—Gracias —murmuro sosteniendo el teléfono móvil de Romina que acaba de entregarme.

—De nada. —Dirige su mirada a mi amiga—. Hola, Romina. ¿Qué tal todo?

—Genial ahora que mi padre adoptivo ha llegado. Porque ustedes van a adoptarme, ¿verdad? —Drake ríe de su petición como siempre—. Ni siquiera tienes que enseñarme a ir al baño, ya aprendí solita.

—No seas payasa. —Me río. La mano de Drake rodea mi rodilla por encima de la licra de mi pantalón deportivo con el que intenté hacer ejercicio, pero preferí sentarme y hablar.

—¿Me dirán quién está que arde? —pregunta.

—¡Claro! —Romina arranca el teléfono móvil de mi mano y se lo entrega—. ¿Verdad que es todo un muñeco? Me hace suspirar… Entre otras cosas.

—No sé qué decirte, mis gustos son más del tipo de una chica llamada Alaska y que ha sido mi vecina desde siempre.

—¡Bah! Tonterías, soy una chica y no temo decir que Alaska es un bombón, que si me gustaran las chicas haría de todo por comérmela y quitártela. —Romina se encoge de hombros—. ¿Si te gustasen los chicos no te gustaría comerte a este?

Drake se presta a su juego y se acerca para ver mejor la imagen, contengo las ganas de reír. Él ladea su cabeza de un lado a otro como si evaluara la respuesta en su mente antes de compartirla con nosotras.

—Unos cuantos rapiditos, seguro —responde finalmente. Romina y yo reímos, él nos guiña uno de sus peculiares y hermosos ojos—. Entonces ¿conseguiste algún spoiler, Romina?

—Ni uno solo, hoy está difícil de corromper. ¿Tú has conseguido alguno?

—No, pero he venido a trabajar para conseguirlo. —Sus palabras van acompañadas de una mirada que muy bien podría hacer desaparecer mi ropa.

—Bueno, me gusta ser la hija adoptiva, pero no me gusta ver a mis papis comerse. Así que iré a casa a conectarme en Facebook y hablar casualmente con mi futbolista. —Se pone de pie y sacude su pantalón—. Nos vemos, chicos, pórtense mal.

Nos despedimos y cuando ella desaparece al final de la calle, Drake tira más de mis piernas hasta casi hacerme subir a horcajadas en su regazo, casi. Sus manos ascienden por mis brazos hasta posarse en mi cuello, se inclina hacia delante y juega conmigo, torturándome con leves roces de sus labios hasta que finalmente me da un beso corto, pero nada inocente. Luego se aleja y con sus dedos acaricia mi pierna por encima de la licra.

—Romina me cae muy bien, está algo loca, pero ¿quién no lo está?

—Sí, es una amiga genial, es agradable saber que te cae bien. Tú también le gustas. —Me apoyo sobre las palmas de mi mano para sostener mi peso—. ¿Leeremos hoy?

—Lo siento, pero todavía no he terminado este trabajo. Las vi desde la ventana y pensé en venir a distraerme un rato, sin embargo, aún tengo que acabarlo.

No puedo evitar dibujar un puchero, llevamos cuatro días sin leer porque Drake tiene entre manos un importante trabajo. Nos quedan unos nueve capítulos y el libro está en una de sus mejores partes. Me muero por hacer trampa y leer, pero eso enloquecería a Drake y haría un drama.

—Está bien, es tu trabajo, puedo esperar.

—¿Y no hacer trampa? —Enarca una de sus cejas.

—¡Supéralo! No haré trampa.

Todo lo que hace es reír antes de inclinarse sobre mí y hacerme caer de espaldas, luego me hace cosquillas y mientras le imploro que pare, sé que no quiero que lo haga. No quiero que pare de ser feliz conmigo mientras reímos juntos.

Después de implorarle que se detenga, me encuentro de espalda sobre el césped con su cuerpo inclinado hacia mí, separados por una distancia pequeña. La manera en la que sus ojos vagan por mi rostro, como si absorbiera cada detalle, me provoca la sensación de tener insectos revoloteando en mi estómago.

Drake no me ha dicho que me ama y yo tampoco lo he hecho, pero a veces siento que sus ojos, gestos y besos me lo gritan. Es tan maravilloso que me paraliza el miedo de que algún día todo sea diferente, no quiero perder esta sensación, estas emociones, estos momentos increíbles que me mantienen sonriendo y viviendo las mejores experiencias de mi vida.

—Eres hermosa, Alaska, pero a veces lo que me sorprende es la manera en la que reflejas otro tipo de belleza en tu mirada. —Con su pulgar acaricia una de mis mejillas—. Cuando te miro siento tantas cosas que me parece absurdo no haber sospechado lo loco que estaba por ti.

—Tal vez no te dabas cuenta, pero sí que actuaste como un idiota celoso. —Lo pincho y él pone los ojos en blanco pellizcándome la mejilla.

Por supuesto que me quejo.

—¡Es la verdad! Primero cuando me encontraste de rodillas frente a Caleb.

—Por favor, no hablemos de eso. Aún lo odio.

—¿Porque tuve su pene en mi boca?

—No, porque fue un imbécil que casi te ahoga. Te dio la peor experiencia.

No tengo nada que objetar, Caleb siempre vivirá en mi memoria a través de ese vergonzoso recuerdo.

—Tu pene está mejor —eso lo hace reír— y fuiste un buen maestro.

—Y tú una increíble alumna.

—También te pusiste celoso con Norman —continúo.

—¿Puedes culparme? Estaba asustado, a diferencia de Caleb, él si parecía un tipo genial y no puedes quejarte, al final eso nos llevó a nuestro momento.

Sonrío porque tiene razón, aún no puedo creer que estemos viviendo nuestro momento.

Pasando los brazos alrededor de su cuello, lo atraigo hacia mí y abro mis piernas para que todo su peso descanse sobre mí antes de alzar el rostro en una clara indirecta de que me bese. Por fortuna, él lo capta dándome uno de esos besos que me tiene encogiendo los dedos de los pies. Cuando mis labios se sienten hinchados y palpitantes, han recibido mordiscos y han sido lamidos, él se aleja solo un poco y mantenemos una conexión visual que me desarma.

No entiendo cómo no me intimida sostenerle la mirada, esa mirada que me enamora un poco más en este momento. Es cierto que no es el novio perfecto, pero es increíble y cada día estoy un poco más loca por él.

—Te a… —comienza, y casi se me va la respiración esperando lo que podrían ser palabras que me sabrán a gloria.

Pero alguien se aclara la garganta y ese alguien es mi papá, con una taza de café en la mano, que nos mira con el ceño fruncido.

De inmediato Drake se aparta de mí con las mejillas terriblemente sonrojadas mientras yo balbuceo sin parar sobre el tiempo y sobre lo feliz que soy de ver a mi papá. Él nos mira con el ceño fruncido sin hablar.

Mi papá puede ser genial, el mejor, supermoderno y comprensivo, pero estoy segura de que nadie quiere encontrarse a su hija con el novio entre las piernas, ni siquiera si se encuentran con ropa.

—¿Todo bien, Drake? —pregunta papá dándole un corto sorbo a su café y sin despegarle sus ojos de encima.

—Eh… Todo bien, Albert.

—Me alegra. —Pasa su mirada de Drake a mí y la devuelve de nuevo a mi novio—. Deberían entrar y tomar una taza de café conmigo.

—Claro —digo—. Es una grandiosa idea.

Papá asiente y nos da una última mirada antes de entrar. Drake y yo suspiramos al mismo tiempo antes de reír de manera nerviosa.

—Casi había olvidado que tu padre puede resultar intimidante si te relacionas con sus hijas —masculla Drake sacudiéndome la tierra del trasero.

—No creo que nos haga sentir incómodos, entremos.

Entrelazamos nuestros dedos y llegamos a la cocina, en donde se encuentra leyendo el periódico. Mi padre reconoce nuestra presencia, pero no alza la vista.

—Así que sobre la charla del sexo seguro… —Rompe el silencio y doy un respingo.

Por favor no, no iremos ahí.

—Eh…, Drake me ha dicho que necesitábamos ayudar a Dawson con algo; dejaremos el café para otro día —digo empujando hacia la salida a mi novio, que está encantado de huir conmigo.

—Qué tontos —masculla papá antes de que logremos salir.

—¡Uf! Eso ha estado cerca —exhalo al estar fuera de casa.

—Supercerca —dice.

Casi tan cerca como el hecho de que creo que iba a decir que me amaba. ¡Jesús amoroso! ¿Ahora cuándo tendré mi declaración de amor?

20 de agosto de 2016

—¡Felicidades! —grito cuando Dawson abre la puerta, luego me arrojo sobre él con un fuerte abrazo que hace que retroceda, pero consigue mantener el equilibrio.

—¿Sabes que no soy Drake?

—¡Sí! —Río dejando de abrazarlo. Me alzo sobre las puntas de mis pies, tiro de la manga de su camisa para obligarlo a agacharse y beso su mejilla, luego las aprieto con mis dedos y se queja—. ¡Felicidades! Supe que aprobaste la tesis que casi acaba con tu cordura. ¡Básicamente terminaste! Tengo a un veterinario de vecino. —Aplaudo—. Debería conseguir alguna mascota para solicitar tus servicios.

—Gracias, Aska, y me temo que debo decirte que si consigues una mascota y yo la atiendo, entonces, le cobraré a mi hermano las consultas que llegue a hacer.

Eso me hace reír, de nuevo lo abrazo antes de entrar en la casa y escucharlo cerrar la puerta detrás de mí. Camino hasta la sala y encuentro a Irina Harris sentada en el sofá, leyendo una revista mientras Drake descansa la cabeza en su regazo. Momento de ser hijo de mami.

—Hola, Irina —anuncio mi llegada, ella alza la vista de la revista y me sonríe.

—Hola, cariño. ¿Cómo se prepara la futura cumpleañera?

—Genial, sorprendentemente aún no tengo canas —le sigo la broma, y me arrojo en el sofá, sobre las piernas de Drake, él se queja—. ¿Cómo va tu dolor de cabeza, cielito?

Sus labios se alzan en una sonrisa ante mi diminutivo en tono de burla. Con su mano me hace señas de que me acerque y por supuesto que lo hago.

—Si me besas, irá mejor —susurra contra mis labios, y casi caigo ahí mismo sobre él, pero escucho a Irina reír, por lo que me sonrojo y sacudo mi cabeza. La sonrisa de Drake crece, se alza un poco y me da un beso rápido. Me alejo apoyando mi espalda en el sofá—. Me siento mejor, mamá me ha dado un calmante.

—Y no es un paciente fastidioso, no se queja mucho —agrega Irina cerrando la revista y dándonos su atención—. ¿Está Jollie en casa?

—Sí, está con Miranda. Dijo que harían galletas —respondo.

—Cariño, te dejo con Alaska y tus hermanos, aprovecharé para hablar un rato con Jollie. —Besa la frente de Drake y levanta su cabeza para poderse poner de pie.

Veo a Irina alejándose y luego bajo la vista hacia las dos manos que hay en mi cintura antes de que estas tiren de mi cuerpo y me hagan permanecer encima de él con mis piernas entre las suyas. Me apoyo en mis codos y siento luego sus manos en mi trasero sobre el short. Él muerde mi barbilla.

—Esto me hace sentir mejor.

—¿Como una cura? —pregunto sonriendo.

—Sí. —Sus manos aprietan mi trasero y lame mis labios.

—Entonces deberíamos decirle a alguien que patente la cura; tendría que dejar que quien se sienta mal me sostenga de esta manera.

—Así ya no suena divertido —se queja. Baja mi rostro y rozo sus labios con los míos—. Esto sí es muy divertido.

—¿Te duele mucho?

—En este momento no tanto. —Hace una breve pausa antes de volver a hablar—. ¿Vas a acostarlos?

—¿A quiénes? —Me río, aunque creo conocer la respuesta.

—A tus protagonistas. Se tienen muchas ganas, se percibe la tensión sexual. —Me da una pequeña sonrisa—. Como otros dos que conozco.

—¿Cómo se llaman esos otros dos?

—Alaska y Drake, quienes con sus hormonas ensucian el aire que el resto debemos respirar —dice Dawson dejándose caer en el sofá individual. Me sonrojo e intento levantarme de encima de Drake, pero él no me lo permite.

—Dawson está celoso de que estos dos seamos tú y yo, y no él y su chica loca.

—¿Ya la has conocido? —pregunto a Drake. Sube una de sus manos, la otra permanece en mi trasero, para acariciar mi cabello. Asiente.

—Sí, es divertida, encajan perfectamente, y si Dawson es inteligente, no la dejará ir.

—Dawson considera que es muy descarado por parte de Drake emitir tal declaración cuando a él le llevó años salir con su vecina.

—Creo que eres tonto hablando en tercera persona —sentencia Drake.

—Creo que no me siento a gusto viéndote manosear a quien veo como una hermana —termina por decir Dawson.

—Pero no es tu hermana, es mi novia.

—En realidad soy Alaska Hans. —Me incorporo un poco y con una de mis manos acaricio su mejilla y sonrío—. Tienes rastro de barba en tu rostro de bebé.

—¿Rostro de bebé? —Se ríe—. ¿Ahora me llamarás bebé?

—Me gusta el romance, pero creo que me siento ligeramente incómodo con toda esta demostración de afecto, así que me parece que iré retirándome muy lentamente, tortolitos. —Me vuelvo, aún Drake me retiene sobre él, para verlo ponerse en pie y comenzar a alejarse. En última instancia se da la vuelta y me sonríe—. ¿Sabes que es cuestión de semanas que vuelvas a clases a sufrir por la química?

—¿Sabes que es solo cuestión de semanas que te obligue a ayudarme cuando Drake no pueda? —contraataco.

—Eres su opción B —se burla Drake. Dawson pone sus ojos en blanco.

—Uy, te sientes muy orgulloso de ser usado como primera opción para hacer su tarea, qué lamentable, hermano. Los veo luego, tórtolos.

Reímos y luego él desaparece. Nos quedamos solos y no tardo en sentir un beso en mi barbilla, bajo la vista y mi cabello simula ser una cortina que nos sumerge en nuestra propia burbuja.

—Cuando me sienta mejor, ¿querrás ir a cenar conmigo?

—Claro, lo hemos hecho antes…

—Pero diferente. Reservaré en un sitio especial y tendremos una cita genial. Sé que es algo que siempre has deseado.

Lo observo desconcertada. Eso es algo que solo lo he hablado con mi hermana y con Romina. Desde que entré en la adolescencia siempre he soñado con tener una cita de película. Llevar un bonito vestido, una deliciosa y romántica cena, y caminar de la mano, una escena muy típica de comedia romántica, pero nunca lo he expresado. ¿Cómo es que lo sabe?

Me sonríe y sus manos suben para enredarse en mi cabello y sostener mi nuca. Descubro que esta forma de agarrarme provoca cosas locas en mi cuerpo y mi corazón.

—¿Creías que no lo descubriría? Describes esa escena, de distintas formas, en todas tus historias. Lo he notado y deseo que lo vivas. —Habla como si le restara importancia a la magnitud de su gesto, a lo mucho que me conoce—. Así que en cuanto esté recuperado del todo, tú y yo tendremos una cita especial.

Lo observo durante largos segundos, creo que eso lo hace consciente de sí mismo porque de manera repentina sus mejillas se sonrojan y me da un beso en los labios, como si buscara desviar mi intención.

Recuerdo su intento en el jardín de decir que me amaba, ya no pienso esperar más. Puedo ser una mujer joven con iniciativa. ¡Sí, señor!

—Quiero decirte algo —susurro contra sus labios.

—¿Qué cosa?

Me remuevo posicionándome mejor entre sus piernas, exhala lentamente por su boca, por lo cual, debido a que nuestros labios se rozan, siento su aliento en mis labios... No es lo único que siento, en el vértice entre mis muslos hay una prominente dureza debido a nuestra posición. No me quejo de ello.

—Quiero decirte que yo... —Juego al suspense.

—¿Tú...? —susurra con la voz ronca.

—Te amo. Yo te amo —susurro dándole un suave beso—. Y como soy muy valiente y quizá estoy loca, te lo digo como si habláramos del clima. Te amo.

Sus dedos, enredados aún en mi cabello, ladean mi cabeza hacia la derecha y, entonces, sus labios capturan los míos y me besa con una intensidad que hace que los dedos de mis pies se enrosquen. Su lengua acaricia la mía, sus labios codician los míos, me enloquece, me envuelve, me da tal nivel de pasión que en medio del beso suspiro más de una vez. Me deshace y me vuelve a unir con un beso que me corta la respiración. Cuando su boca se apiada de mí, su nariz acaricia con suavidad la mía. Mis párpados se abren con lentitud y estoy segura de que lo observo como si acabase de viajar en una nube de drogas. Su beso me drogó.

—Soy valiente y, aunque no estoy tan loco como tú, te lo digo como si habláramos del clima —susurra—. Oye, Aska, mira qué tiempo hace hoy, y ¡ah, por cierto! Te amo también.

La risa que escapa de mí es inevitable y él se une dándome besos cortos y repetitivos en la boca. Luego escuchamos un suspiro teatral, nos giramos sorprendidos y vemos a Dawson, que nos guiña un ojo mientras come una manzana.

—Soy el hermano romántico, pero veo que Drake ha aprendido algo. Creía que estaba viendo una película, sigan así, entreteniéndome. —Se ríe y vuelve a caminar hasta las escaleras. Drake y yo reímos.

—Dawson a veces me hace cuestionarme si es normal, si alguno de nosotros lo somos —comenta Drake.

—Eso te hace especial —aseguro. Por dentro estoy dando saltos de felicidad ante la declaración anterior de Drake sobre sentirse del mismo modo que yo.

—Ahora, ¿qué tal si leemos? Creo que escucharte leer escenas calientes me hará sentir mejor y nos queda poco para terminar el libro.

—Solo un capítulo —digo, aunque sé que será más de uno.

—Solo uno —repite. Me incorporo cuando retira su agarre de mí y me pongo de pie, toma mi mano antes de que pueda alejarme para ir a casa por el libro—. Te amo, escritora favorita.

—Y yo a ti, mi mayor fan.

27

De regalos de cumpleaños…

DRAKE

22 de agosto de 2016

—¡Mierda! No, no lo arrojes, leí mal la receta —advierte Dawson segundos antes de que vierta a la mezcla un ingrediente equivocado—. Eso es para relleno, no va en la mezcla. ¡Jesús repostero! ¿Por qué no podemos hacer de manera fácil un pastel de cumpleaños?

—Primero, espero que no se te peguen los multifacéticos Jesús de Alaska, y segundo, le haremos un pastel genial de cumpleaños. No quiero nada soso, ella es especial.

—Sí, yo también soy especial y nunca me haces un pastel de cumpleaños.

—Porque cumplimos el mismo día y mamá lo hace. —Me encojo de hombros—. Ahora dime bien cómo va la receta, no podemos arruinarlo.

—No me siento mejor con tu excusa, pero avanzaremos con la receta.

Dawson se queja una vez más antes de continuar diciéndome qué añadir a la mezcla. Hoy es el cumpleaños de Alaska y debido a que me siento mucho mejor, he decidido regalarle un pastel de cumpleaños, no cualquiera, sino uno que parezca salido de una pastelería o programa de televisión, solo que quizá me falte talento para lograrlo. Sin embargo, contra todo pronóstico, logramos hacer un pastel de fresas y chocolate con un decorado de nata perfecto, cortesía de la copia romanticona con un pulso genial. Veo el resultado de nuestro esfuerzo y choco la palma de mi mano con la suya.

—Debo admitir que el resultado visualmente es bueno, esperemos que sepa igual o mejor. —Toma una foto desde su teléfono móvil—. Ahora, ¿ya la felicitaste?

—Un vídeo que le envié y publiqué en mi perfil.

—¡Vaya! Pero si eres uno de esos novios del año —se burla de mí—. ¿Y en persona?

—No. Está pasando la mañana con sus hermanos, sabes que siempre hacen eso en sus cumpleaños. —Me encojo de hombros—. Iré a llevarle parte de su regalo a su casa, quiero que lo vea cuando llegue.

—¿Me dejas tomarte una foto y publicarla junto a una descripción tierna?

—¿Como cuál? —pregunto sonriendo.

—«No es esponjoso, pero es amoroso. No te da flores, pero te da libros. Se baña y huele bien, es mi querido hermano Drake, que...»—Se calla y me invita a que complete la frase que no sabe cómo terminar.

—«Lo sabe mover bien».

—¿Qué carajos? —Estalla en risas—. Eso no me lo esperaba. ¿Alaska sabe que eres un tipo de pensamientos sucios?

Entre Alaska y yo me pregunto quién tiene la mente más sucia. Si su pobre lector o la mente que crea semejantes escenas. Por otra parte, he sido yo quien le ha ido enseñando en la realidad cosas relacionadas con el sexo, aunque aún no hayamos llegado a ese punto y pase más tiempo teniendo conversaciones con mi mano.

—No soy de pensamientos sucios.

—Porque eres todo un ángel, hermano. ¿Cómo se me ocurre ponerlo en duda?

—Lo soy. —Río—. Cuida del pastel, iré a mi habitación por parte del regalo de Aska e iré a casa de los Hans. Hayley hará el almuerzo, así que despiértala.

—Está con el corazón roto.

—Ya, siempre lo está supuestamente, pero sabemos que peor está el pobre esclavo al que dejó y le toca hacer el almuerzo. Despiértala.

—Se cabreará y yo sufriré las consecuencias.

—En ese caso, suerte, hermano —le deseo antes de correr hacia las escaleras.

Al llegar a mi habitación tomo la caja con el lazo de regalo y vuelvo a bajar las escaleras, río escuchando a Hayley gritar cuando supongo que Dawson la está despertando. Salgo de casa y camino lo suficiente para llegar a la casa de los Hans. Jollie no tarda en abrirme la puerta con su característica sonrisa y sosteniendo a la hija de Jack en brazos, la pequeña ya cuenta con un año de edad.

—Hola, cariño. Como debes de saber, Alaska está con sus hermanos.

—Lo sé, pero vine a traerle este regalo, quiero que se lo encuentre al volver.

—Ah, eso es muy dulce de tu parte, pasa, adelante.

—¡Booo! —balbucea Jackie, le sonrío y me acerco a ella besando su mejilla. Ella me sonríe mostrándome sus dos dientes y aplaude.

—También yo estoy contento de verte, Jaqueline. —Beso la mejilla de Jollie también—. Y también estoy contento de verte a ti, Jollie.

—Adulando a la suegra no consigues más puntos, te lo digo por experiencia. —Río ante la declaración de Miranda, la casi ya esposa de Jackson. Ella se acerca y me saluda antes de cargar a su hija—. Pero consigues buenas galletas de ese modo, ¿verdad, Jollie?

—Seguro —se ríe mamá Hans haciéndome entrar—. ¿Dónde quieres dejar eso, cariño?

Me muevo incómodo en mis pies porque una cosa es subir a la habitación de Alaska a escondidas por las noches y otra es decirle a su mamá que quiero subir; ante mi silencio ella enarca una ceja y Miranda esconde su sonrisa besando la frente de la pequeña Jackie.

—Me gustaría, si no te molesta, dejar esto en su habitación. Quiero que lo vea al entrar.

—Hum, su habitación. No sé si a Albert le gustaría eso —dice, y yo también dudo de que al padre de Alaska le guste la idea de imaginarme a mí en la habitación de su hija menor—, pero él no está y sé que eres un buen niño.

Un buen niño que a veces, muchas, tiene sueños calientes con su hija, por no mencionar que la toquetea y es toqueteado por ella de manera no apta para todos los públicos. Le sonrío, pero siento un poco de sonrojo.

—Gracias, será rápido —prometo antes de dirigirme a las escaleras y comenzar a subirlas.

Camino directo a la habitación de Alaska y sonrío cuando al entrar veo algo de ropa arrojada en su cama, supongo que no decidía qué ponerse. Nuestro libro, que debemos retomar ahora que me siento muchísimo mejor, se encuentra en su mesita de noche en la página en la que nos quedamos, nos queda muy poco para terminarlo. Ha sido una experiencia genial leerlo juntos, creo que luego podríamos comenzar otra historia y no tiene que ser necesariamente caliente… Aunque si lo es, tampoco voy a quejarme.

Dejo la caja en el centro de su cama, saco la libreta del bolsillo de mi pantalón y tomo uno de sus lapiceros de colores para dejarle una nota.

> Hey, novia. Feliz cumpleaños, te dejo algo para que hagas una de las cosas que más amas y si miras a la ventana encontrarás un dato curioso bien importante…

Lo pego a la caja, voy a devolver su lapicero y su pequeña libreta cae, dentro de ella hay un montón de papeles que recojo, pero veo mi nombre en uno de ellos y no puedo evitar leer:

Querido Drake,

Te dedicaría el cielo, la luna las estrellas y mis bragas.

Te haría sonetos de amor, compondría dulce melodías y también escribiría una escena obscena sobre tu cuerpo.

Me inspiras las más dulces palabras y las más bellas escenas… También me inspiras escenas calientes.

Drake, Drake. Caliente, caliente.

Quiero decirte que tienes bonitos ojos, pero también quiero decirte que tu culo es fogoso.

Tienes un lado muy dulce, pero también quiero conocer tu lado salvaje.

Te daría flores y también te daría mis bragas.

¡Joder! A ti yo te haría una historia +18 con saga incluida.

Es una lástima que no vayas a leer esto, ningún poema mal escrito nunca sonó mejor.

Alaska Hans, febrero de 2014

—Mierda… Qué intenso. —Retrocedo y me dejo caer sentado en su cama.

Releo una vez más lo que definitivamente está escrito de su puño y letra. Alrededor de la hoja hay corazones y pequeñas notas sobre pros y contras de su sucio poema. 2014. Hace dos años estaba escribiendo estas cosas… ¿Culo fogoso? Si apenas tengo carne en mí, que no soy un palo suelto, pero soy más de ser delgado fibroso a un supermúsculos llenito. Leo de nuevo la nota y cuanto más la leo más sonrío, hasta que acabo riendo y sacudiendo mi cabeza. Doblo mi preciado poema y lo guardo en el bolsillo de mi pantalón. Dejo su libreta en donde estaba y salgo de la habitación. Cuando bajo, Jaqueline está gateando hacia las escaleras, Miranda viene detrás de ella, pero me agacho y la cargo. Jackie grita cuando la alzo fingiendo que es un avión y luego babea sobre mi barbilla cuando pretende darme un beso, supongo que ve a sus padres besarse muy a menudo.

—Oye, tu tía se pondrá celosa si nos pilla en medio de un beso como este —le digo, y me sonríe antes de balbucear—. ¿Es cierto que ya caminas?

Para mi sorpresa asiente, pero luego veo detrás de mí y me doy cuenta de que Miranda asiente y ella la imita.

—¿Puedo llevármela a casa? Estoy seguro de que a mis hermanos les encantará verla.

—Seguro, pero lleva pañales, podría hacer sus gracias en el pañal en cualquier momento —advierte—. En realidad serías un amor si te la llevas contigo un ratito, así descanso un poco. La adoro, pero tiene demasiada energía.

—De acuerdo, la raptaré por un rato.

Así que con una bolsa de dibujos de patitos y rellena con cosas de bebé, salgo de casa de los Hans. Cuando llego a casa dejo a Jackie en el suelo, ella mira alrededor antes de ponerse de pie y dar pasos tentativos. Avanza hasta caerse y hace un puchero, la animo a continuar, pero prefiere gatear y adentrarse en la casa.

—¡Ah! —escucho el grito de Dawson antes de oír el llanto de la bebé, así que corro de inmediato.

Entro y lo encuentro con una mano en el pecho mientras Jaqueline llora sentada en el medio de la sala, camino hasta ella y la alzo, esconde su rostro en mi pecho y la mezo.

—La has asustado.

—Ella también me ha asustado —acusa.

—Es una bebé.

—¡Una bebé que no sabía que estaba acá! Casi la piso. ¡Joder! Me he asustado. Ni siquiera avisaste de que habías llegado.

Le ignoro y susurro palabras para calmar a Jaqueline. Sus pestañas están húmedas cuando saca la cabeza de mi pecho y hace un puchero, es preciosa y creo que sabe que es un arma de ternura.

—Discúlpate con Jackie, Dawson.

—¿Y ella se va a disculpar conmigo?

—¡Es una bebé! —recalco una vez más.

—Jackie... Oye, Jackie... No me ignores, bebé. Voy a disculparme. —Ella voltea a verlo—. Lo siento, no sabía que venías y tú también me asustaste. ¿Seguiremos siendo amigos?

Estira sus brazos pidiéndole que vaya con él y tras pensarlo Jackie sonríe y se arroja de mis brazos a los suyos. Mi copia romanticona ríe y gira haciéndola gritar, lo cual me divierte.

—Me alegro de que se hayan reconciliado.

—Ahora somos los mejores amigos, ¿verdad, Jackie? —le pregunta Dawson.

—Boooo.

Río y camino hacia la cocina. Hayley se encuentra cocinando, y cuando beso su mejilla se queja. Lleva su pijama de duelo para los novios que abandona, pero por los que supuestamente sufre.

—¿Cuántos días estarás de duelo?

—No seas insensible, Drake. Me duele.

—Ya, pero tú lo dejaste como a los demás después de comerte su corazón.

—Soy tu hermana.

—Y eres una víbora. —Me gano otro golpe—. ¡Oye! Lo digo con amor.

—Vete, infeliz.

—Ya, la infeliz eres tú, gruñona. Bien sabes que no te duele, haces duelo por compromiso.

—¡Fuera, infeliz!

Salgo riendo de la cocina, paso junto a Dawson y Jaqueline, que ahora son los mejores amigos, subo a mi habitación y verifico que en mi ventana esté la nota de la que le hablé a Alaska:

Feliz cumpleaños, estoy enamorado de ti. Te amo.

Aunque se lo dije hace un par de días, nunca está de más recordárselo. Ahora camino hasta mi escritorio y saco su poema de mi bolsillo, lo leo de nuevo y tomo un bolígrafo junto a una hoja en blanco. Yo también puedo hacerle un poema especial.

—¡Jesús goloso! No tenías por qué hacer esto, Drake.

Río y dejo el pastel sobre la mesa de la cocina, me incorporo y la observo tomar una foto con su teléfono móvil, luego apunta hacia mí la cámara y captura una foto, por la sonrisa que pone y la manera en la que muerde su labio intuyo que se encuentra compartiéndola en sus redes; cuando termina, guarda el teléfono en el bolsillo de su vestido y me sonríe, le devuelvo la sonrisa antes de tomar su mano y tirar de su cuerpo contra el mío. Nuestros torsos colisionan, arrastro mi boca desde la comisura de la suya pasando por su mejilla en suaves roces hasta llegar a su oreja; paso mis brazos alrededor de su cuello y la abrazo.

Oficialmente mi novia tiene dieciocho años y siento como que una línea se ha borrado entre nosotros. No es que ahora vaya a arrancarle la ropa y a empotrarla contra la pared mientras la penetro, pero creo que ambos somos conscientes de que mis palabras sobre «esperar» están flotando entre nosotros.

—Feliz cumpleaños, para la mejor escritora y mi hermosa novia loca —susurro. Con mi nariz acaricio la suya y sonríe mientras cierra sus ojos—. Felices dieciocho años, Alas.

—Gracias, mayor fan. Vi tu nota en la ventana. Me encantó.

—¿Sí? Porque solo fue una nota tonta.

—Una nota tonta que hasta hace pocos meses pensé que nunca leería. No lo entiendes.

—De hecho lo hago, ahora entiendo que fueron años —comento, y me ve con dudas.

—¿Ah, sí? —Enarca una de sus cejas.

—Sí. Tengo otro regalo para ti —declaro antes de morder su labio inferior. Amo esos labios.

—¿Sí? Oh, quiero ver.

Primero le doy un beso profundo muy húmedo. He estado con muchas chicas antes, he practicado sexo y del bueno, pero siento un deseo por Alaska que no puedo controlar, un deseo que cada día crece del mismo modo en el que lo hacen mis sentimientos.

Cuando caigo en la cuenta de que de verdad quiero sorprenderla y que si no pongo fin a ese beso su familia nos pillará en un beso nada tierno, me obligo a alejarme. Lamo mis labios y siento su pintura labial, la misma que está alrededor de su propia boca. Me parece muy sexi, pero me ordeno una vez más concentrarme. Doy dos pasos atrás y saco del bolsillo trasero de mi pantalón una hoja; ella me mira expectante; me aclaro mi garganta.

—Poema de cumpleaños para Alaska Brooke Hans —comienzo, ella sonríe—. «Querida Alaska. Muéstrame tus sonetos de amor».

—¿Eh? —parece desconcertada, evito reír.

—«Dame un poco más de esa información. Si yo te inspiro todo eso, entonces deja que me inspires mis más locas fantasías».

—De acuerdo…

—«Alaska, Alaska, Alaska, nunca supe que querías darme tus bragas».

—¡Drake! ¿Qué es esto? —Ríe de manera nerviosa, yo continúo.

—«Si mi culo te parece fogoso, entonces a mí el tuyo me parece maravilloso». —No puedo evitar sonreír, sus mejillas se sonrojan. Creo que lo va entendiendo—. «¿Quieres conocer mi lado salvaje? Hecho. Solo déjame ver el tuyo».

—¡Jesús en bañador! No puede ser, dime que tú no…

—«¡Joder! Yo sí que te leería esa saga +18. Incluso podemos recrearla si gustas». —Detengo la lectura para alzar la vista y guiñarle un ojo, luego prosigo—. «Es una lástima que solo esté leyendo este poema y un tiempo después… ¿Tienes más?». —Doy un paso hacia ella y bajo la hoja porque me sé de memoria la última línea—. «Psss psss, sorpresa: encontré tu poema, pequeña escritora».

Parpadea varias veces, sus mejillas están muy sonrojadas y su boca un poco abierta. Extiendo mi hoja hacia ella y con lentitud la toma. La veo leerla y se sonroja aún más, cuando acaba me observa.

—Yo... Tú...

—Bonito poema, me inspiró a escribir el mío —informo.

—¡Jesús de caídas en YouTube! Se supone que tú no debías ver eso... ¿Cómo...?

—Cayó de tu libreta esta mañana, vi mi nombre y no me resistí, puesto que yo era el muso, me tomé la molestia de llevarlo conmigo y escribirte una hermosa respuesta. Me sorprende saber que esa cabecita tuya estaba llena de pensamientos perversos por mí desde hace dos años.

»Ahí estaba yo antes, pensando que tus fantasías eran dulces sobre tomarnos de la mano, pero resulta que desde mucho antes estabas babeando por mi supuesto culo fogoso.

—Estoy avergonzada...Y halagada por tu poema. —Suelta una risa nerviosa—. No sé qué decir.

—Pues yo quiero decirte algo... —Avanzo hacia ella y de nuevo acorto la distancia entre nosotros, paso un brazo alrededor de su cuello y beso sus labios—. Te amo por ser quien eres, amo este tipo de locuras tuyas. Por favor, nunca dejes de ser tú, eres increíble, Alaska Hans.

Sus ojos se empañan y luego coloca sus brazos alrededor de mi cuello y tira de mí hacia abajo, abrazándome con fuerza. Sonrío y la abrazo por la cintura, alzándola de manera que rodea con sus piernas mi cintura. Toma mi rostro entre sus manos y me besa. Siempre supe que Alaska era especial para mí, pero hasta ahora no me había dado cuenta de la magnitud de tales sentimientos.

—Tengo más poemas para ti —susurra contra mis labios.

—Y quiero leerlos —le susurro yo—. Tengo otro regalo para ti, pero debes esperar unos pocos días para tenerlo.

—¡Dime!

—No.

Ríe y me vuelve a abrazar. La pequeña escritora no sabe que al cabo de pocos días hablará con la persona de quien me dio miles de spoilers. Espero que Matthew Williams esté preparado para la locura de una fan apasionada de sus libros como Alaska, aunque ni siquiera le advertí. Le deseo suerte.

—¿Drake? —susurra contra mi cuello haciéndome estremecer.

—¿Hum?

—Te haría mil historias +18.

—Y yo las leerías todas, pequeña escritora.

28

Palabra de escritor

ALASKA

24 de agosto de 2016

—¿Adónde vamos? —vuelvo a preguntar mientras Drake conduce.

—Estoy comenzando a agotarme de decirte que no te lo diré.

Frunzo el ceño y de manera distraída tiro de las medias que llevo debajo de mi vestido. Me encantan las sorpresas, pero debo admitir que también me llena de impaciencia no descubrirlas. Drake ríe y me vuelvo a mirarlo.

—¿Qué?

—Pareces molesta de no saber adónde vamos y eso me divierte un poco.

—Me alegra saber que encuentras divertido mi descontento.

—¡Oh! Alguien ha estado pasando tiempo con Jocker y aprendiendo algunas palabras elegantes —bromea, y en consecuencia no puedo evitar sonreír, su sonrisa crece mientras mantiene la vista en la carretera.

—¿Cómo crees que va a terminar el libro? Estoy asustada de que ella crea al bastardo de su casi exesposo y abandone a nuestro chico.

—Yo, debo admitir que en secreto quiero que él se enfade con ella por no confiar plenamente en él.

—Suenas resentido, Drake. —Me río.

—Estoy ofendido en nombre de Bruce, Mía está siendo una estúpida. La admiro, pero ¡que crea al pobre hombre y no al bastardo que no la folló bien en años de matrimonio! —se queja.

No hay manera de que pueda evitar la carcajada inmediata que sale de mí. Drake y yo estamos a solo dos capítulos de terminar el libro y las cosas están tensas, estamos en un punto en donde nos asusta el final y en donde nuestras teorías no son muy parecidas. Drake está sensible ante el hecho de que el esposo de Mía le está envenenando la cabeza con mentiras sobre Bruce y yo estoy rezando para que todo se solucione. La verdad es que estoy muy ansiosa por conocer el final y al mismo tiempo nostálgica de que la novela llegue a su fin. Ha sido un libro sorprendentemente mejor de lo que me esperaba.

Creía que iba a ser un libro sucio basado en el simple argumento del sexo, pero en cambio me ha cerrado la boca con una trama cautivante que me ha atrapado, es un libro que incluso volvería a leer.

—Todo saldrá bien —aseguro no muy convencida.

—Ya, pero si van a acabar juntos, espero una disculpa épica por parte de ella y que se sienta estúpida al darse cuenta del hombre al que cuestionó.

—¿Y si ella se acuesta con el ex ahora que están tomando copas? Eso me tiene preocupada —confieso—. No quiero leer cómo tiene sexo con ese bastardo.

—¡Cállate! Si pasa eso, ojalá muera el personaje. —Guarda silencio durante largos segundos—. ¿Crees que se acostará con el bastardo? Ahora eso va a preocuparme hasta que volvamos a leer.

—Esto es raro. —Río—. Nosotros debatiendo sobre el posible final de un libro, nunca me imaginé estar contigo así.

—Porque te limitabas a imaginarnos desnudos.

—¡Drake! —Me sonrojo—. Eso no es cierto.

—Claro, porque no era real que a veces me espiabas por la ventana.

—Cállate. —Llevo mis manos a mis mejillas intentando cubrir el rubor, estoy muy avergonzada—. Era simple casualidad. Además, tú eras un exhibicionista. Andando de esa manera en tu habitación estabas prácticamente obligándome a mirarte, lo hacías adrede porque sabías que yo estaba mirando.

—Ya, ahora es culpa mía. —Se ríe—. Yo pensé que solo eras curiosa y que era normal que quisieras verme como a veces, admito, yo quería verte. Pero no pensé que fuese porque te gustara tanto. No sabía que estabas loca de amor por mí.

—Ni siquiera voy a responder a eso.

Ríe otro poco más y continúa conduciendo; no sé cuántos minutos transcurren, pero en algún momento se detiene frente a una residencia que se ve bastante elegante y privada. Le da su nombre a un vigilante y luego estaciona en una zona donde se lee en un cartel: VISITANTES. Enarco ambas cejas mientras él detiene el auto y baja. Cuando salgo y cierro la puerta miro a mi alrededor, pero no logro identificar dónde estamos o qué hacemos aquí.

—Vamos a visitar a alguien —me dice llegando hasta mí. Se acerca tanto que me hace retroceder hasta que mi trasero choca contra el auto; sus manos sostienen mi cintura—. Te ves preciosa hoy, como siempre.

—Gracias. —Siento mis mejillas calientes y mis ojos se mantienen fijos en su boca. Contengo un suspiro cuando veo sus labios curvarse en una sonrisa—. ¿Un beso?

—Claro, los que quieras —susurra antes de cubrir mi boca con la suya.

Como siempre los besos de Drake no decepcionan, me vuelve papilla y me deja con ganas de más. Este es un beso juguetón que incluye una lengua tentando la mía y suaves succiones acompañadas de un par de mordiscos. Delicioso.

Cuando se aleja, dejo ir lentamente el aire por mis labios, me da otro beso rápido antes de tomar mi mano en la suya y entrelazar nuestros dedos.

—Vamos, nos esperan.

—¿Quiénes? —pregunto caminando.

—Ya lo verás.

La incertidumbre hace que me mantenga inquieta dentro del ascensor, Drake me echa una mirada que con mucha evidencia me pide que deje de moverme, pero me encojo de hombros e ignoro su silenciosa petición. Pienso que hemos llegado a nuestro destino cuando el ascensor se abre en la segunda planta, pero Drake me detiene cuando iba a salir y un chico, guapo y moreno, sube. Nos sonríe, luego dirige su mirada a mí.

—Hola, soy Michael.

—Hola, Michael, soy Alaska. —Sonrío porque me parece muy amigable, Drake aclara su garganta.

—Y yo soy Drake.

Contengo las ganas de reír llevando una mano a mi boca, me acerco a Drake y recuesto mi espalda en su pecho, alzo la vista y me sonríe por el gesto.

—Encantado. ¿Pueden marcarme el primer piso? Voy a la salida.

—Claro, pero tienes que esperar a que nosotros subamos —dice Drake marcando el piso solicitado por Michael.

—No hay problema. ¿Vas a ese piso? ¿Eres amigo de Matt…?

—Eh, sí, sí —lo corta Drake antes de llevar uno de sus dedos a sus labios pidiéndole silencio. Pongo mis ojos en blanco.

Michael finge cerrar su boca y arrojar las llaves, no puedo evitar sonreír. Parece que finalmente Drake y yo llegamos a nuestro piso.

—Un placer conocerte, Michael —digo saliendo del ascensor con mi mano unida a la de Drake.

—Igualmente, chicos. Saludos al mejor.

Las puertas del ascensor se cierran y miro a Drake mientras caminamos.

—¿El mejor?

—No sabía que le llamaran así. —Se detiene frente a una puerta, se gira y me atrae en un abrazo. Rodeo con mis manos su cintura y apoyo mi barbilla en su pecho—. La verdad es que ya no sé si este regalo de cumpleaños te hará feliz, creo que sí, pero de no ser así lo siento por ser un mal novio.

—No eres un mal novio, ya con tener este gesto conmigo es más que suficiente. —Me alzo de puntillas y enredo mis brazos alrededor de su cuello obligándolo a agacharse y acercar su boca a la mía—. Te amo, tonto, y si finalmente no me gusta tu regalo, recordaré eso para no odiarte.

—Es un buen consuelo. —Ríe antes de besarme—. ¿Te he dicho ya que me enloqueces? —susurra contra mi boca.

—Me gusta escuchar eso —susurro yo atrayendo de nuevo su boca a la mía.

Estoy en esa fase en donde los besos no parecen ser suficiente, donde pareciera que mis sentimientos y lujuria se expanden tanto que amenazan con consumirme. A veces, por las noches, me encuentro reflexionando y un poco asustada acerca de sentir tanto por Drake Harris, pero cuando estoy con él y veo que se siente de la misma forma, sonrío pensando en que somos afortunados de tener la oportunidad de vivir estos sentimientos correspondidos.

—Creo que debemos tocar esa puerta antes de que pierda la razón, te saque de aquí y haga cosas interesantes contigo.

—Suena tentador —digo, y finge un gruñido.

—No me tientes, provocadora.

—No te puedo decir que provoco por calentar. Cumpliría con mucho gusto mis provocaciones, pero alguien por ahí sigue sosteniendo un argumento…

—Mi argumento pende de un hilo —confiesa.

—¿Quieres que corte ese hilo? —susurro mordisqueando su barbilla. Drake hace que salga a la luz mi lado travieso. Con Drake, a estas alturas, difícilmente siento vergüenza sobre ciertas cosas.

—Muy bien. —Me da un beso rápido y me libera, se remueve y veo hipnotizada cómo acomoda a su amigo en el pantalón—. Tocaré esa puerta porque la tentación ya es bastante grande.

Río y me hago a un lado mientras él lleva a cabo dicha acción. Estiro mi vestido con mis manos y meto mechones de cabello detrás de mi oreja, veo mis pies esperando a que todo el misterio acabe.

—Hola, adelante, les estábamos esperando —dice una voz ronca, gruesa e increíble. El tipo de voz que seguramente nunca se olvida.

Alzo mi vista, espero que no de una forma teatral y lenta, y una pequeña exhalación sale de mi boca cuando me encuentro con una sonrisa en un rostro masculino atractivo y conocido. Mi vista se pasea desde los rasgos de su rostro hasta las ondas en su cabello. ¿Por qué este escritor parece un modelo?

¿Por qué la vida lo bendijo con una mente increíble para escribir y además belleza para volver papillas a todos? ¡¿Por qué?!

No es un secreto que Matthew Williams, afamado escritor, mantiene una relación amorosa con Elise Smith, conductora y presentadora del programa *Infonews*, amiga de mi hermano y prácticamente como de la familia. Sin embargo, no conocía a Matthew y me daba vergüenza preguntarle si podía presentármelo, me parecía que eso iba a ser un poco incómodo para ella, por lo que me dediqué a esperar encontrarlo casualmente en algún evento como un cumpleaños, un día festivo, una boda... Nunca perdía la esperanza.

Y parece que ese día es hoy.

—Gracias por recibirnos —dice Drake extendiendo su mano y estrechándola con la de Matthew. Alias: el superescritor.

—Es un placer. —Dirige sus ojos a mí. Me desmayo—. Tú debes de ser la famosa Alaska de la que Drake y Elise me han estado hablando.

—Yo... Sí, soy...yo —tartamudeo moviéndome de un pie a otro, siento mis mejillas calientes y apuesto a que mis ojos están muy abiertos—. ¡Jesús *fangirl*! Eres... Matthew... Williams ¡Matthew!

—¿Jesús *fangirl*? —repite Matthew desconcertado, pero sonriendo. Drake ríe.

—Ella tiene la extraña peculiaridad de usar al pobre Jesús. —Me da un suave empujón y me vuelvo a mirarlo—. Feliz cumpleaños, Aska. Te presento a uno de tus escritores favoritos.

Y como si esa fuese mi clave para actuar, me arrojo sobre Matthew en un abrazo que parece volverlo prisionero de mi amor. Por suerte para él, soy menuda y peso poco; de lo contrario nos encontraríamos en el suelo debido a la fuerza de mi impulso. Mis brazos son dos garras en su cintura y mi cabeza descansa casi a la altura de su pecho. Tengo la ligera impresión de que estoy murmurando algo acerca de admirarlo, lo genial que es, sus letras, todo, pero no registro lo que digo. Parece un momento irreal. Río y siento mis ojos empañarse, sin embargo, me contengo y no lloro, pero no quiero soltarlo. ¿Cómo es Elise capaz de soltarlo? Yo viviría pegada a él.

—Eres increíble —digo con voz temblorosa—. Tus palabras son magia y yo... ¡Jesús sensible! Te prometo que creo que eres una estrella excepcional caminando entre los mortales, eres un genio. ¡Amo todo lo que escribes! ¡Todo!

—Apuesto a que no amarías los correos que me envió al principio. —Escucho la voz de Elise y me alejo solo un poco de Matthew para poder verla, lo mantengo prisionero de mi superabrazo—. Es bastante delicioso abrazarlo, ¿verdad? —me pregunta sonriendo mientras señala a Matthew.

—Lo amo —declaro. Drake aclara su garganta y siento el pecho de Matthew sacudirse en una risa mientras reacciona y me devuelve el abrazo—. Pero tengo novio y él tiene novia, me conformo con amarlo como su más grande fan.

—Yo soy su más gran… —comienza Elise, pero me tomo el atrevimiento de interrumpirla.

—No, no. Yo soy su más grande fan. Podría hacer un test de sus libros con los ojos cerrados.

—Bueno, no lo vuelvas raro, Aska —se burla Drake tirando de mí para dejar en libertad a Matthew. Hago un puchero hacia el espacio donde antes estaba acurrucada. Matthew me sonríe.

—Pasen adelante o me temo que nos quedaremos en la puerta del apartamento toda la tarde y no probaremos el delicioso almuerzo que Elise no cocinó.

—¡Oye! —Golpea juguetonamente su brazo y se adentran, Drake y yo los seguimos.

—Escuché un rumor de que no sabes cocinar —dice Drake.

—Su comida es veneno —nos dice Matthew.

Ellos continúan hablando, pero yo estoy más enfocada en conocer la guarida de uno de mis escritores favoritos. Hay notas adhesivas en algunos lugares, pero fuera de eso, parece que ha ordenado todo sabiendo que tendría visita, lo sé porque a veces cuando sube fotos en su Instagram se percibe un poco de desastre, además no veo el portátil a la vista. Sin embargo, es un apartamento bastante impresionante… Como él.

—¿Alaska? —Me llama Elise. Me doy la vuelta para mirarla, volviendo al planeta Tierra.

—¿Sí?

—Matthew te pregunta si te parece bien que ustedes dos conversen un rato mientras Drake y yo les dejamos.

—Oh, ¿de verdad? Eso sería maravilloso.

—Drake supuso que eso te gustaría —me dice Elise. Dirijo mi mirada a Drake y le sonrío. Me acerco y lo abrazo.

—Es de los mejores regalos, gracias.

—Me alegra que te guste, Alas.

Le doy otra sonrisa antes de alejarme y sentarme en la sala de estar junto a Matthew. Por largos segundos me mantengo solo mirándolo y al cabo de un tiempo, quizá un par de minutos, él se remueve un poco incómodo, lo cual es la señal para saber que me estoy comportando de una forma un poco rara y no quiero que piense que soy una loca —aunque lo sea—. Así que le sonrío tímidamente. No estaba preparada para esto y, en consecuencia, no sé qué preguntarle o cómo empezar.

—Así que te gustan mis libros —rompe el silencio.

—Los amo, no sé si te haces una idea de lo que significan tus historias paras las personas. Leí por primera vez algo escrito por ti cuando tenía doce años, era ciencia ficción y, por suerte para mí, apto para todos los públicos porque la violencia no era gráfica. —Me doy cuenta de que estoy hablando rápido, así que hago una pausa e intento ir más lento—. Jocker, mi hermano, fue quien me regaló el libro, sabía que me gustaba leer y durante meses ese libro fue mi tesoro.

»¿Conoces esa sensación de cuando un libro te gusta mucho y lo lees hasta conocer los diálogos? Me pasó con ese libro, no me aburría. Leía otro y de alguna manera volvía a él. ¡Jesús adicto! Lo leí muchísimas veces.

—Es increíble escuchar tanta pasión en ti hacia mis escritos.

—Luego leí los otros libros que tenías publicados y así poco a poco te alcancé y leía cada libro que publicabas. —Río—. He visto cómo evolucionabas, pensaba que no te superarías, pero luego me sorprendías y… ¡No sé! Eres tan versátil.

—¡¿Escuchaste eso, Elise?! Alaska dice que soy versátil.

Supongo que es una broma privada porque Elise ríe y se asoma brevemente para arrojarle un beso. Él vuelve, una vez más, su atención a mí.

—Como te estaba diciendo, la manera en la que abordas un género u otro, tema tras tema, es admirable. Tú me hacías ver mundos alternos, otras posibilidades y de alguna manera, con otras historias, te encargabas de hacerme entender la realidad. No sé siquiera cómo describirlo y espero no estar asustándote con mis palabras, pero siento que dentro de mí hay tanto para decirte que no sé cómo expresarlo.

Parpadea un par de veces y dibuja una sonrisa ladeada, estira su mano y toma la mía, casi me desmayo de nuevo. Su mirada transmite calma, alegría y agradecimiento. Es un momento tan bonito que creo que todos deberíamos conocer a nuestro escritor favorito.

—No tienes ni idea de lo bonito que es escuchar a alguien tan joven como tú expresarse de esa forma acerca de lo que escribo, me hace feliz saber que logro transmitir tanto en ti. —Su sonrisa crece—. Cuando comencé a escribir era mi manera de expresar cómo me sentía, contar mi historia, crear otras, inventar mundos, reinventar los ya existentes. No esperaba llegar a tantas personas, conquistar corazones como los tuyos.

»No pensé que sería tan importante para mí, Alaska, y ahora cuando veo atrás, me doy cuenta de que cada acción me trajo hasta aquí, incluso las malas, porque eso fue lo que me dio la oportunidad de estar sentado hoy a tu lado llenándome de dicha al escucharte hablar sobre algo que me esforcé tanto en crear. Muchas gracias por darme una oportunidad con mis libros.

—Me vas a hacer llorar. —Y no miento, mi nariz ya me pica y mis ojos luchan por no dejar ir las lágrimas.

—No es lo que pretendo, pero si lo haces, espero que sea de alegría.

—Es que este momento para mí es muy épico. Solo lamento no haber traído mi torre de libros para que me los firmaras, pero no sabía que te iba a conocer.

—Tranquila, cuando quieras te los firmo.

Le sonrío y agradezco que las preguntas comienzan a venir a mi cabeza. Matthew es atento, divertido y muy paciente con todo mi entusiasmo. Tengo la oportunidad de escuchar algunos relatos sobre cuando escribía alguna que otra historia y, aunque no responde todas mis preguntas que podrían acabar en spoiler, consigo más de lo que esperaba.

—¿Y sobre tu historia de amor? ¿Algo más que palabras? ¡Nunca me esperé que escribieras una novela romántica!

—Créeme, yo tampoco. —Se ríe—. Fue algo inesperado, pero al final ha sido una de las historias que más ha marcado mi vida de escritor; me enseñó muchas cosas en el proceso, descubrí un lado de mí que no conocía y demostré que no me es imposible escribir sobre ello.

—Transmite mucho, la manera en la que se desarrolla, es… ¡Vaya! Me gustó mucho.

—Es el favorito de Elise —se ríe—, y digamos que también es uno de mis favoritos.

—¿Te ves escribiendo algún otro romance en el futuro cercano?

—Sí, no me cierro a la posibilidad y ahora parece que tengo un montón de inspiración.

—Sería genial, sería de las primeras en leerlo.

—¿Sí? En ese caso, te prometo que serás la primera en tener algunos de los primeros ejemplares, los que consigo yo de prueba. ¿Eso te gustaría?

—¡Eso me encantaría!

—Bien, tenemos un trato, pero…

—¡Oh, Jesús chantajeado! Siempre hay un pero.

Ríe y sacude su cabeza, libera mi mano y la pasa por su cabello, recuesta su espalda en el respaldo del sofá y me mira con fijeza. Uf, qué intimidante es tener toda su atención.

—Este no es difícil. Tu amigo…

—Si es Drake, te refieres a mi novio —corrijo sin poder evitarlo. Ríe de nuevo.

—De acuerdo, perdona mi error. Tu novio me dijo que te gusta escribir. —De inmediato me sonrojo y juego con mis dedos—. También dijo que eres muy buena y tienes muchos lectores apoyándote.

—No es nada serio…

—¿Dedicas parte de tu día a ello? ¿Sonríes y sientes cada emoción que dejas al escribir? ¿Te frustras cuando las palabras no te salen? ¿Celebras cuando terminas de escribir una escena? ¿Cuando terminas un libro te sientes como la puta ama del universo? Y podría seguir cuestionándote, pero si la respuesta a todo eso es sí, dudo que solo sea un pasatiempo.

»Acabas de cumplir los dieciocho años, ¿cierto? —Asiento en respuesta, abrumada—. Pronto terminarás la escuela. ¿Sabes qué quieres estudiar?

—Todavía no me he decidido —susurro.

—Cierra tus ojos y piensa en un trabajo que te gustaría hacer toda la vida, uno que, aunque te canse y conlleve responsabilidades, de igual manera sabrás que es tu vocación y tu camino.

—No es fácil.

—Vamos, cierra los ojos. —Lo hago—. ¿Qué te ves haciendo toda tu vida?

Quiero influir en las personas como él, quiero crear y moldear el mundo. Quiero dejar mi aporte en la humanidad a través de las letras, enseñanzas, risas, tristezas, alegrías… Sin embargo, no lo digo. Me da miedo admitirlo en voz alta porque no sé si soy tan buena para dedicarme a ello como profesión, si será suficiente para subsistir.

—¿Qué visualizas?

—No lo sé —miento.

—¿Sabes? Seguramente lo leíste en las noticias, pero cuando tenía tu edad estaba perdido, había intentado hacerme daño, pero cuando tenía dieciocho años y cerré mis ojos, ¿sabes lo que vi? —Niego con mi cabeza—. Me vi a mí, aportando con letras un poco al mundo, compartiendo el talento que por alguna razón me fue otorgado. Estaba aterrado de que no funcionase, de morir de hambre o de no ser bueno.

»Pero luego recordé que debía ser valiente y que era mejor fracasar en algo que me apasionaba que dedicarme a algo que no me hacía feliz. Ahora, sobre ser bueno…, eso es relativo. ¿Qué o quién dictamina si eres bueno? Eso está en ti, mientras tú seas feliz y sientas que lo das todo y el resultado es increíble, entonces, eso es absolutamente bueno. ¡Lo mejor! Nadie más que tú puede decidir si diste o no lo mejor de ti. Seguro que habrá quienes digan que eres buena, otros que eres mala, pero lo que tú creas es lo que importa. Es tu talento y tú decides cómo aprovecharlo. Palabra de escritor.

Lo miro fijamente, no estoy segura de si parpadeo, pero en última instancia de nuevo salto hacia él y lo abrazo. Ríe devolviéndome el abrazo.

—Amo escribir, antes pensaba que era un pasatiempo, pero me gusta, lo disfruto y cuando cierro mis ojos me veo de esa manera…

Una vez que empiezo a hablar no puedo parar, dejo de abrazar a Matthew y le cuento todo sobre por qué me gusta, sobre qué me asusta. Escucho sus consejos, disfruto de sus anécdotas y consigo fotos. Es inspirador y me anima a lograr mi sueño, ya no me asusta admitir que es un sueño. Algo después, almorzamos los cuatros y me encuentro riendo y suspirando mucho.

Pasamos la tarde con Elise y Matthew, incluso vemos una película y jugamos a unos cuantos juegos de mesa. Es una tarde diferente e increíble que espero repetir alguna vez. Cuando nos despedimos, de nuevo no quiero soltar a Matthew. Bajo en el ascensor con una gran sonrisa y, cuando nos acercamos al auto, tiro de la mano de Drake.

Cuando él se gira, tiro de su cuello hacia abajo y mis labios atrapan uno de los suyos, lo succiono, muerdo y lamo dando inicio a un beso profundo con el que me gustaría decir muchas cosas. Lo beso con todo lo que puedo, mis dedos afianzados a su cuello y sus manos en mi cintura, mi torso pegado al suyo y con mi corazón latiendo desesperado. Le doy todo mi aire y obtengo el suyo. Cuando nos separamos, estoy sin aliento, me cansa estar de puntillas y seguramente a él le cansa estar agachado, pero quiero mirarlo directamente a los ojos.

—Te amo, este ha sido un regalo increíble, no te haces una idea de lo acertado que ha sido hablar con Matthew sobre todo. Mil gracias, Drake, ha significado mucho para mí.

—Eres especial, escritora favorita, solo necesitabas que un experto en el área te motivara. —Pasa su brazo por mi cuello atrayéndome hacia su cuerpo en un abrazo—. Me alegra que te gustara tu regalo tardío.

—De nuevo, gracias.

—Y por cierto.

—¿Sí? —Alzo mi vista para prestarle mi atención.

—Yo también te amo —dice.

Sonrío, algo que nunca parece faltar cuando estoy con Drake.

29

Cena no soñada

DRAKE

29 de agosto de 2016

—Qué elegancia —escucho decir a Hayley antes de verla detrás de mí por el espejo.

Sonrío, terminando de abrocharme el penúltimo botón de la camisa blanca, ya que he decidido dejar el último sin abotonar. Mi hermana me rodea para quedar frente a mí y arregla el cuello de mi camisa, luego alisa la tela desde mis hombros hasta mis muñecas.

—Creo que se verá mejor si enrollas las mangas hasta tus antebrazos. —Y, tras decirlo, ella sola se encarga de eso bajo mi atenta mirada, luego me sonríe—. Listo. ¿Cuál es la ocasión para que no te veas tan feo?

Río y me observo en el espejo. Pantalón negro, unos zapatos tipo botas del mismo color, camisa blanca y una chaqueta tejana que espero ponerme al salir. Creo que es lo suficientemente no casual para el restaurante al que planeo llevar a Alaska.

—Tengo una cita con Alaska.

—Oh. —Suspira de manera soñadora y se alza sobre las puntas de los pies. Aunque es alta, no lo es tanto como yo, y reposa su barbilla en mi hombro mirándome a través del espejo—. Debo admitir que ustedes hacen muy buena pareja. Siempre sospeché que Alaska estaba enamorada de ti, pero fuiste realmente bueno ocultando lo que sentías.

»Aunque había veces en las que parecía que tenías celos y eso me hacía sospechar.

—Yo tampoco me esperaba sentir tanto. —Me encojo de hombros—. Supongo que fui ingenuo pensando que nunca caería rendido ante los encantos de la menor de las Hans.

—Y, con sinceridad, pensé que mis hermanos nunca tendrían una novia seria que me gustara mucho. —Su sonrisa crece—. Para empezar, Dawson es dulce, es cierto, pero también un poco idiota; tú no mostrabas interés en tener ninguna relación y Holden… Él tiene más posibilidades de terminar adoptando un hijo con Derek que de conseguir a la mujer de su vida o darse cuenta.

—Eres un poco cínica, no es que tu historial de novios sea un buen precedente. —Me giro para observarla; ella frunce el ceño—. Masticas los corazones de esos pobres infelices.

—¡Oye! Lo único que pasa es que no he encontrado todavía al hombre correcto —se justifica—. Y ellos tampoco terminan siendo buenos novios.

—Y eso justifica que rompas sus corazones, por supuesto.

Golpea mi hombro y luego resopla. Amo a mi hermana, pero reconozco que, en lugar de espantar a los idiotas de su vida, siento que más bien debo advertirlos porque ella es un poco bruja y masticaalmas. Me alegra saber que no soy el receptor de su rara manera de buscar el amor. Supongo que no es que pretenda hacer daño, solo que no es tan precavida para pensar en dos cuando se trata de una relación, suele pensar solo en ella.

Ahora que lo pienso, si lo analizas, soy el primero de los hermanos Harris en tener una relación seria, eso me enorgullece si soy sincero. En este momento, seguramente mis padres tienen todas sus esperanzas puestas en mí.

—¿Qué le ha pasado a tu ojo? —cuestiona, y yo frunzo el ceño en respuesta—. Tienes uno de los vasos roto, juraría que no estaba ahí hace un momento.

Me vuelvo hacia el espejo y compruebo que tiene razón. Eso explicaría por qué siento algo de incomodidad en mi ojo.

—Supongo que debería intentar dormir mejor.

—Sí, supongo —concuerda—. Entonces, ¿adónde vas a llevar a Aska?

—A ese restaurante del que Holden tanto habla. Él consiguió hacerme una reserva. Espero que sea tan bueno como dice.

—Bueno, espero que se diviertan. —Hace una pausa—. Y siempre recuerda el condón.

No puedo evitar reír y besar su frente antes de tomar mi chaqueta, ponérmela y salir de la habitación. Paso por la habitación de Dawson justo en el momento en el que suspira con la vista puesta en su teléfono móvil.

—¿Qué te sucede? —pregunto mientras camino hacia su escritorio y tomo las llaves del auto. Dentro de poco espero poder comprar uno y así Dawson podrá conservar este.

—Estoy siendo un idiota y no es agradable serlo. Está enojada.

Aquí está hablando de la chica del malentendido que ya tuve la oportunidad de conocer. Y tengo que decir que mi gemelo tiene buen gusto. La chica es bonita, pero el físico no es lo principal, porque su personalidad es arrolladora; es toda una bomba, quizá hasta esté más loca que mi propia novia, y mientras Dawson la observaba interactuar conmigo y con Hayley, él no podía dejar de sonreír, lo cual era una buena señal y pensé que todo marcharía bien porque, como diría Holden, Dawson habría encontrado sus pelotas.

Ya veo que no es así.

—¿Qué hiciste? —pregunto, y de nuevo suspira.

No responde, en lugar de ello, se guarda el teléfono móvil en el bolsillo de su tejano y se pone de pie. Me observa y luego comienza a empujarme hacia la puerta.

—Vamos, vamos. Debes dejarme en su casa. Voy a arreglar esto, estoy cansado de que corramos en círculos.

—Eh… —Lo obligo a frenar mientras parece que está dispuesto a hacerme rodar escaleras abajo—. Tengo una cita planeada con Alaska.

—Aska entenderá que esto es en nombre del amor.

—Copia romanticona, realmente planeé una cita especial.

No miento, me esforcé en ello. Quiero darle una cita perfecta a Alaska, como la que siempre soñó. Una cita que la mantenga sonriendo y suspirando, pensando en algo como: «Oh, Drake es más perfecto de lo que imaginé en mis locas fantasías».

Dawson suspira y me hace girar, mantiene sus manos en mis hombros y me mira fijamente intentando esa superconexión mental que cree que tenemos por el simple hecho de ser gemelos.

—Dawson, aún no hemos desarrollado el poder de leernos la mente. Todavía no sucede.

—¡Rayos! Seguimos siendo gemelos defectuosos, ¿eh? —Eso me hace sonreír, él apoya su frente en la mía—. Por favor, Drake. Me gusta Leah y creo que podríamos tener algo especial, y no quiero arruinarlo más de lo que ya lo he hecho.

»Sé que planeaste esta cita perfecta, pero solo debes llevarme a su apartamento y luego puedes irte con el auto. Ayúdame, por favor.

Veo con fijeza los ojos que son exactamente iguales a los míos y aunque, de verdad, no tenemos habilidades de conexión mental, una mirada me basta para entenderlo. Esa chica significa para él lo que Alaska significa para mí. Le sonrío y palmeo con un poco de fuerza su mejilla.

—Podemos llegar con un poco de retraso a la cita, Alaska estará feliz de hacerlo en nombre del amor.

—Gracias, Drake.

—¿Van a besarse? —pregunta Hayley, y ambos nos giramos para verla.

Dawson toma mi rostro y sonríe antes de darme un beso rápido en la boca, un pico, que me recuerda a cuando éramos niños y nos separaban durante apenas unas horas y al reencontrarnos nos volvíamos inseparables y no parábamos de abrazarnos antes de pelear. Tener a Dawson ha sido lo mejor que me ha pasado en la vida.

A veces siento culpa, porque si me hicieran una entrevista y me preguntaran cuál es la persona sin la cual no puedes vivir, yo respondería que es mi gemelo. Es difícil de explicar, pero no somos solo hermanos que se llevan bien, Dawson es la persona que siempre ha estado para mí y no podría imaginarme no tenerlo a mi lado. Es algo que no todos entienden, pero nosotros sí.

Hayley ríe y murmura un «oh, oh, oh», cosa que hacía cuando éramos pequeños y veía que nos queríamos matar a punta de amor.

—¿Contenta? —pregunta Dawson, y nuestra hermana ríe.

—Muy contenta.

—Vamos, Aska está esperando —lo apremio.

No tardamos mucho en llegar a la casa vecina y, cuando la puerta se abre, dejo escapar una exhalación profunda entre mis labios. Lleva una falda ajustada, entallada y de talle alto de color negra que le llega un poco más abajo de sus muslos, una camiseta ajustada blanca de cuello alto y mangas largas, a juego. Ver esas piernas, que con los zapatos de tacón que está usando se ven infinitamente largas, casi me hace perder la cordura, y su cabello ondulado me recuerda el aspecto que tiene después de un buen besuqueo en el que meto mis manos en esa melena. El toque final es que delineó sus ojos y que esa boca, que es mi perdición, lleva un color rojo oscuro que la hace lucir aún más llena. Veo cómo aprieta el abrigo purpura que sostiene y me da una tímida sonrisa.

—Estás más hermosa de lo normal —susurro acortando la distancia entre nosotros y atrayéndola para darle un abrazo.

—Tú estás para comerte. —Escucho su susurro y río. Sostengo su rostro en mis manos para que me observe.

—Si te beso, ¿echaré a perder tu pintalabios?

—Es mate y de larga duración, compré varios así para no renunciar a tus besos —susurra con la mirada fija en mi boca. Bajo mi rostro y apenas alcanzo a presionar mi boca contra la suya cuando escucho la bocina del auto. Ella retrocede—. ¿Quién está en el auto? Pensé que solo seríamos tú y yo, que era una cita.

Parece un poquito decepcionada y no la culpo. Fanfarroneé bastante sobre que iba a darle la mejor cita de su vida y ahora tengo a mi copia romanticona siendo un impertinente.

—Y lo es. Es solo que Dawson la cagó. —Tomo sus manos entre las mías—. Y le dije que lo llevaría a la casa de esa chica para que pueda solucionarlo. Luego te prometo que la cita será solo nuestra.

—Oh, ¿vamos a ayudarlo a luchar por su amor? —Sabía que su vena romántica saldría. Río mientras camino hacia el auto y abro la puerta de copiloto. Dawson está en la parte de atrás—. ¡Me encanta! Es el mejor comienzo para nuestra cita, salvar una relación.

—No estoy seguro de si ellos tienen una relación.

Antes de que pueda subir al auto, la hago girar y dejo caer mi boca sobre la suya. Su jadeo de sorpresa me ayuda a que de inmediato mi lengua se encuentre con la suya. No es que la sorpresa dure mucho, ella no tarda en ponerse al día y dejar sus manos contra mi pecho. Dawson se estira y toca la bocina una vez más y yo gruño, Alaska ríe.

—Vamos, vamos, el amor me espera, copia mal hecha.

Pongo mis ojos en blanco y doy la vuelta para subir al coche. Lo pongo en marcha y él no tarda en darme la dirección de la casa de su amada. Creo saber en dónde vive.

—Entonces ¿qué harás para que te perdone? Espera, ¿qué hiciste para enojarla? —pregunta Alaska encantada con todo esto de ayudar a Dawson.

—Soy un idiota, Aska.

—Lo eres —afirmo aun sin saber cuál es el problema; él gruñe, yo sonrío.

Alaska golpea mi brazo en defensa de mi hermano y luego nos convertimos en los oyentes sobre cómo Dawson Harris arruinó las cosas con Leah Ferguson.

Finalmente, después de unos veinticinco minutos, llegamos a nuestro destino. Alaska y yo observamos a Dawson tocar el timbre de la bonita casa. La puerta no tarda en abrirse y aparece un hombre alto y que tiene toda la pinta de saber cómo hacerte daño de miles de maneras.

—¿Crees que Dawson se lo hará en los pantalones? Ese hombre no parece muy contento —murmuro.

—Creo que ese podría ser el papá de Leah, Dawson me dijo que él es un guardaespaldas. —Hace una pausa—. Pero qué guapo es, si buscara un *sugar daddy*, él sería un candidato perfecto.

—Aska... —Sacudo la cabeza riendo—. Sí él es guardaespaldas, entonces, ese tipo sabe cómo hacer trizas a mi hermano.

—Seguramente —no me consuela mi novia—, y en el proceso apuesto a que se seguiría viendo atractivo. ¿Cuántos años crees que tiene?

—No lo sé, pero creo que se sentiría incómodo si supiera que una señorita de tu edad, llamada Alaska, se lo está comiendo con la mirada.

—Bah, creo que es todo un halago que cautive a corazones jóvenes como el mío.

No puedo evitar reír y ni siquiera me sorprende esta conversación. El señor asiente hacia nosotros en el auto, Dawson gesticula mucho con las manos, lo que me hace saber que está nervioso, y minutos después viene caminando hacia nosotros. No me gusta nada la mirada de disculpa que me da antes de dirigir su atención a Alaska.

—Dice que Leah salió con unos amigos, no está en casa y su papá está algo enojado conmigo.

—¿Muy enojado? —pregunta Alaska.

—Lo suficiente para darme cuenta de que debo arreglar mi mierda.

—¿Tiene esposa? —pregunta Alaska, y yo le doy una mirada con los ojos entornados—. ¿Qué? Solo tengo curiosidad.

Dawson ignora su pregunta porque está muy concentrado revisando su teléfono móvil.

—Le he escrito un mensaje a su amiga y me dice que ella está en una discoteca que queda a unos veinte minutos de aquí. Sé que de verdad tienen esta reserva, pero…

Golpeo mi cabeza contra el volante y siento la mano de Alaska en mi pierna, me vuelvo para mirarla y veo que asiente con una adorable sonrisa en los labios. Es su forma de decir que está bien. De hecho casi diría que disfruta de esta cacería estilo cupido.

—Sube al auto, Dawson. Y dame la dirección donde tenemos que ir.

—Gracias, de verdad, mil gracias, copia mal hecha. Te prometo que haré mi mejor intento para no cagarla más.

—Sí, solo esfuérzate en cumplir dicha promesa.

Me toma vente minutos llegar hasta la dichosa discoteca, en el camino Alaska le saca a Dawson todos los detalles de qué es lo que más le gusta de Leah, no puedo evitar sonreír ante lo locos y cursis que suenan juntos. Es genial saber que mi hermano, una de las personas más importantes en mi vida, se lleva tan bien con Alaska. Incluso si no conociéramos a Alaska desde pequeños, sé que a él de igual manera le hubiese encantado.

Al menos no somos unos gemelos desastrosos que se enamoran de la misma persona. Eso hubiese sido incómodo y terrible.

—Muy bien, te esperaremos aquí. Si decides quedarte o hay algún problema, llámame —digo.

—De acuerdo, prometo ser rápido en avisarles si tienen que irse.

—Entonces, mueve tu trasero y date prisa —ordena Alaska—. Ya tengo hambre.

Él murmura algo sobre que Alaska es un estómago sin fondo y baja del auto. Suspiro y desabrocho mi cinturón de seguridad. Alaska me imita para estar más cómoda, me vuelvo para mirarla y tomo su mano llevándola a mi pecho.

—Lo siento, Alas. Sé que llegamos tarde a nuestra reserva, pero es mi hermano y realmente quería ayudarlo.

—No pasa nada. Lo único malo es que empiezo a tener un poco de hambre, mucha en realidad. Estaba nerviosa y no comí mi almuerzo.

—Oh, mi amor —digo. Veo un McDonald al final de la calle—. Vayamos por una hamburguesa, ¿Sí?

—¡Sí! —De inmediato está abriendo la puerta y bajando. Yo río saliendo también.

Tomo su mano y activo la alarma del auto. Comenzamos a avanzar y ella aprieta mi brazo cuando un comentario lascivo de algún idiota llega hasta nosotros. Me freno dispuesto a darle un par de palabras al imbécil, pero ella me insta a continuar caminando.

No tardamos en llegar al restaurante de comida rápida y por suerte solo tenemos a un par de personas por delante de nosotros. Pedimos unas hamburguesas nada sencillas en combo con papas, una ración de nuggets y una ensalada. Comienzo a dudar si llegaremos al restaurante donde tenemos nuestra reserva. Ella se encarga de llevar nuestras bebidas y yo la enorme bolsa con comida. Con mi mano libre sostengo la suya.

Subimos al auto y comenzamos a devorar nuestras hamburguesas... Bueno, todo lo que pedimos. Reviso mi teléfono móvil y veo que no tengo noticias de Dawson.

—Ya sabes, esta no es la cena que esperaba darte.

—No está mal y estamos juntos, eso es lo principal y lo que importa, ¿no?

Estiro mi mano y con mi dedo limpio salsa de sus labios, su labial sí que es duradero, debería hacerle publicidad: «¿Quieres besar a tu novia sin preocupaciones y quejas? Ve y adquiere tu labial, lo agradecerás». ¿A que suena bien?

Alaska me mira con esos grandes ojos ilusionados, son esas miraditas las que me hacen seguir cayendo rendido por ella.

—Te amo —murmuro, las palabras salen de la nada.

—Yo también te amo —me dice con una sonrisa antes de tomar uno de los nuggets y llevárselo a la boca.

Mantenemos una de nuestras conversaciones raras sobre cosas inciertas que terminan por hacernos reír. Comemos bastante rápido. Yo no tengo tanto apetito, por lo que ella termina comiendo mucho más y luego se gira, apoyando su espalda en la puerta y arreglándoselas para estirar sus piernas y dejarlas sobre mi regazo. Trago porque vislumbro un poco el color blanco de sus bragas. Mis dedos no pierden tiempo y acarician la piel de sus muslos.

Alaska tiene un tipo de cuerpo que es mi perdición. Sus pechos no son grandes, pero son ondulaciones notables que pocas veces cubre con sujetadores; su cintura es como un reloj de arena con unas curvas que no parecen reales; sus caderas un poco anchas con una buena forma y, a pesar de que es de baja estatura, se las arregla para tener unas piernas largas y unos muslos turgentes... Al igual que su trasero. Y sé todo esto porque he analizado su cuerpo desde todas las perspectivas posibles, menos desnuda. Por alguna razón cuando hacemos cosas traviesas o se desnuda hacia abajo o hacia arriba, nunca es un desnudo completo y sueño un poco, de acuerdo, sueño mucho, con el día en el que estemos completamente desnudos y haciendo un poco más que travesuras.

—¿Cómo crees que terminará el libro? —pregunta, estamos sufriendo demasiado con nuestra lectura—. Creo que sí acabarán juntos, que él la perdonará y que tendrán sexo candente de reconciliación.

—Creo que en el epílogo les pondrán bebés —aseguro—. Al menos un embarazo.

—¡Yo también lo creo! —Aclara su garganta y baja la vista a mi mano, que masajea su muslo—. Me gusta cómo me hace sentir eso y sé qué podrías hacerme sentir mejor.

Estoy muy seguro de que mis ojos se oscurecen y mis pantalones no son tan cómodos para la emoción que contiene dentro de ellos. Un golpe en su ventana la sobresalta y se da la vuelta de inmediato. Es Dawson y no está solo.

Desbloqueo el seguro del auto y cuando bajo veo que está con Leah, que ha tomado bastantes copas. Ella está balbuceando algo sobre que él la ha engañado.

—La encontré en una situación vulnerable por su estado de embriaguez. —Dawson parece bastante molesto mientras Leah es prácticamente un peso muerto. Observo los nudillos algo rojos de mi gemelo y enarco las cejas—. Algún idiota creyó que es genial aprovecharse de una chica ebria.

—Qué desgraciado —dice Alaska, y ni siquiera me di cuenta de cuándo bajó del auto.

—Es... estoy tan cabreadaaa contigo —balbucea Leah dando un golpe bastante flojo sobre el pecho de Dawson. Él frunce el ceño hacia ella.

—Sí, yo también estoy muy cabreado contigo por ponerte en esta situación con tus supuestas amigas. —Suspira y se da la vuelta para mirarme—. No podía dejarla adentro y no puedo llevarla a su casa de este modo.

—Y a mamá no creo que le guste mucho la idea de que una chica ebria duerma en tu habitación. Solo aceptó aquella vez que tu amiga se enamoró de ti —recuerdo. Alaska presenció cómo la chica ebria se me declaró a mí en lugar de a Dawson.

—¿Quién ta enamoraa de ti? —exige saber Leah. Dawson gruñe—. Y, ohhhhhh, veo dos sexis Dawson.

Tambaleándose viene hacia mí y me toma el rostro entre sus manos, mirándome con grandes ojos azules y la boca abierta de una manera graciosa que me hace reír. Luego se gira para ver a Dawson, que pone los ojos en blanco e intenta alejarla de mí.

—Otro Dawson… Qué maravilla.

—No, Leah, ese es mi novio Drake —dice Alaska, y Leah se gira para verla de manera breve antes de volver su atención a mí.

—¡¡Ahhhhh!! ¡¡Eres el gemelooooo!! ¡¡Ohh, pero si eres igualitoooo!! —grita.

—Sí, porque somos gemelos. —Me río.

—De hecho sí se pueden diferenciar, yo lo hago —dice Alaska, y me vuelvo a mirarla.

—Suenas como una presumida.

—Libera a Drake, Leah —pide Dawson tirando de su cintura, y ella suelta mi rostro.

—Drake no es un imbécil como túúú.

—Tienes razón, Drake es aún más imbécil.

—¡Oye! No es cierto —me quejo, y luego me vuelvo a mirar a Alaska—. Dile que no es cierto.

—Hum… Pero es que sí lo eras, eras más sinvergüenza que Dawson y eso es decir mucho. ¡Te vi irte con muchas chicas! —Esto último lo dice enojada.

Y no entiendo cómo pasamos de una prometedora cita soñada con Alaska a ir a buscar a la conquista de Dawson y luego a tener enojada a mi novia por culpa del pasado. Esta es una noche de locos.

—Muy bien, creo que es el momento de irnos —anuncio antes de que todo se salga todavía más de control.

—¿Tienes las llaves del apartamento, Leah? —pregunta mi hermano, y con su mano le retira el cabello del rostro.

—Sipi dipi.

—Nunca se me ocurrió decir «sí» de esa manera —murmura Alaska pareciendo fascinada con la jerga borracha de Leah.

—Perfecto, es el apartamento que aún conserva su papá. Conozco la dirección —dice Dawson.

—Muy bien. —Aplaudo—. Andando.

Dawson me mira pidiéndome disculpas antes de subir atrás con la ebria cantarina. Para ser sincero, durante el camino tengo que hacer esfuerzos por contener la risa porque Alaska, sobria, decide hacerle compañía a Leah, ebria, y cantar con ella. Además, en diferentes ocasiones, Leah se dedica a recordar cuán molesta está con Dawson. Para cuando llegamos a la urbanización en donde está el dichoso apartamento, doy por perdida mi reserva para cenar con Alaska.

Así que le di la cita de su vida a mi novia en un McDonald's. Dawson me debe una grande.

—Puedes irte, copia mal hecha. Yo me quedaré con ella, verificando que la ebriedad no la mate porque después debemos hablar. —Mira a Alaska—. Lamento haber arruinado tu cita, Aska.

—No te preocupes, ha sido divertido y la hamburguesa era buena.

Sí, no puedo decir lo mismo cuando siento un poco de acidez en mi estómago. Dawson besa la mejilla de Alaska antes de bajar del auto.

—Espero que volvamos a cantar alguna vez cuando estés sobria, Leah —se despide Alaska hablando desde la ventana.

—Clarooo —asegura Leah quitando las manos de mi hermano, que la sostiene, luego lo señala—. Solo que a él lo odio tantooo.

Comienza a alejarse tambaleándose y Dawson mira hacia el cielo pareciendo pedir paciencia, sonrío cuando me mira.

—Paciencia, copia romanticona. Estoy seguro de que vale la pena.

—Gracias por salvarme esta noche. Conduce con cuidado.

Y nos arroja besos antes de correr para recoger a Leah, que ha caído al suelo un poco más adelante con su caminar ebrio.

—¿Estás bien? Te ves un poco pálido —pregunta Alaska. Vuelvo mi atención a ella.

—Estoy bien, solo un poco enojado por nuestra cita arruinada. Y creo que la hamburguesa me está causando un poco de acidez. Hemos pasado casi cuatro horas en este desastre, creo que no hay mucho por hacer.

Parece pensativa mientras conduzco de regreso a casa. Estamos un poco lejos. Cuando entramos en nuestro barrio y estamos pasando el parque, ella me pide que pare, lo cual hago. Se quita el cinturón y baja del auto, apago el motor y la sigo. Comienza a caminar más allá del parque y cuando la llamo no se detiene. Pasa unos arbustos y luego llegamos a la pequeña colina que es un poco boscosa. Se gira hacia mí y poniéndose de puntillas, con sus manos en mis hombros, me hace retroceder hasta que mi espalda da contra un árbol. Luego presiona lo suficiente para hacerme entender que quiere que me siente, lo hago sin salir de mi confusión y luego ella sube a mi regazo a horcajadas.

Mirándome con fijeza y sin emitir ningún tipo de palabra, deja caer su peso y eso hace que su zona más suave y delicada colisione con la más dura de mí. No puedo controlar el gemido que escapa de mis labios. Sus ojos están oscurecidos y sus labios entreabiertos, los cuales van a los míos en un beso que me sorprende por su nivel de sensualidad. Es un beso lento, húmedo y con un par de mordiscos. Sus manos van a mi cabello y una cosa mágica sucede: Alaska comienza a mover sus caderas de forma circular sobre mí, como si estuviésemos teniendo sexo lento.

Cuando gime sobre mis labios mis manos van a sus caderas para sentir sus movimientos también en ellas. Mientras nuestros besos se vuelven más profundos, sus movimientos se vuelven un tanto más persistentes y pronto mis manos comienzan a guiar sus caderas. Es uno de los momentos más sensuales que he experimentado alguna vez y ella tomó la iniciativa. Para ser sincero, es ella la que está llevando el control en este momento. El alumno superó al maestro.

Mi boca deja la suya y va a su cuello, donde aplico un poco de presión con mis dientes antes de lamer. Viendo lo capaz que es Alaska de guiar sus caderas por sí misma, mis manos ascienden hasta acunar sus pechos por encima de la tela de su camisa y los masajeo. Ella gime y es la gloria. Sus movimientos se vuelven más rápidos.

—Drake —gime, y mis músculos se contraen. Estoy muy cerca de perderlo.

Alzo mi rostro observándola. Sus ojos oscurecidos, sus mejillas sonrojadas, perlas de sudor en su frente, esos labios inflamados y abiertos mientras gime. Mis manos aprietan con mayor fuerza sus pechos y sus movimientos se aceleran, luego gime de manera prolongada mientras se estremece culminando, alcanzando la cima de su placer, y es absolutamente hermosa.

Amo su confianza en sí misma y su confianza en mí para no esconder su pasión e ir por lo que quiere, y aunque no he alcanzado la cima de mi propio placer y hay dolor persistente en mi zona baja, me siento complacido por lo relajada y atontada que parece.

Deja caer su frente contra la mía y emite una pequeña risita antes de dejar un suave beso en mi boca.

—No tengo palabras para describir cuán sexi ha sido eso, Alas —susurro contra sus labios.

No me responde. En lugar de eso, baja de mí y su mano va a mi pantalón, específicamente al botón que desabrocha y luego a la cremallera. Sostengo su mano.

—¿Alaska? —pregunto, porque ¡joder! Está claro que quiero esto, pero solo si ella lo desea también, no porque sienta que me debe algo.

Su respuesta es darme una sonrisa antes de volver a hablar:

—Quiero hacerte sentir bien… Hasta el final.

Llevo su mano a mis labios y la beso antes de liberarla. No es la primera vez que ella hace esto, lo hemos practicado, pero sí es la primera vez que lo hace sin ninguna instrucción por mi parte. Y cuando baja un poco mi pantalón junto al bóxer y sus labios besan esa parte de mí, me doy cuenta de cuán excelente alumna es. Su boca es todo un sueño, cálida y húmeda, la manera en la que sus ojos conectan con los míos mientras me veo deslizarme dentro y fuera me excita mucho más y cuando su mano acompaña sus caricias y el hecho de que sea ella quien lo haga, porque lo desea, hace que sea todavía más increíble. Es juguetona y curiosa, no tarda mucho en acabar conmigo y, cuando lo hace, la aviso para que se aparte. Su nombre es todo lo que escapa de mis labios mientras me estremezco. Con su mano todavía en mí, se alza y me da un suave beso en la boca.

Cuando me recupero, la beso durante largos minutos, una pequeña sesión de besuqueos en donde intento trasmitir todo lo que siento por ella. Luego, me quito uno de mis zapatos para tomar el calcetín y limpiar los residuos de mi orgasmo. Cuando todo está listo, tomados de la mano, volvemos al auto. La dejo en la entrada de su casa con un beso largo y el susurro de un «te amo».

Todo va bien cuando entro en casa, ya es la medianoche. Mi estómago se retuerce y las náuseas me invaden segundos antes de que me doble y tenga arcadas. No tardo en vomitar y no es eso lo que me alarma. Es lo que veo cuando termino.

Mi abdomen me duele y me llevo la mano al área, luego tomo una respiración profunda.

—¡Mamá! —grito aterrado y sintiendo retortijones en el estómago.

Además de ello, siento el sabor de la sangre en mi boca porque eso es lo que acabo de vomitar. ¿Qué está pasándome?

30

Un nuevo capítulo

ALASKA

3 de septiembre de 2016

Me gustaría decir que no estoy asustada, pero eso sería mentira, porque esta situación es abrumadora y da miedo.

Acaricio la cabeza de Drake sobre mi regazo, las hebras suaves de su cabello castaño, lo que lo hace suspirar al tiempo que se mantiene dormitando. Hay círculos oscuros debajo de sus ojos debido a lo mal que ha estado durmiendo y es que los dolores no lo han dejado dormir más que unas pocas horas. Además de ello, noto que está un poco más delgado debido a la falta de apetito que se ha vuelto ya una constante.

Aún puedo ver perfectamente en mi mente cómo al asomarme en mi ventana al regresar de nuestra extraña cita, estaba sonriendo esperando ver a Drake en su ventana, pero todo lo que vi fue al señor Harris corriendo para sacar el auto y luego volviendo para ayudar a Drake a caminar mientras Irina a toda prisa salía de la casa llevando cosas consigo. Durante mucho rato estuve solo paralizada en la ventana, asustada sobre qué podría estar pasando. Luego marqué con rapidez el número de Drake y respiré con alivio cuando me respondió, pero el alivio desapareció en el momento en el que de una manera calmada intentó explicarme que no entrara en pánico, pero que la acidez estomacal había derivado en un dolor abdominal y que acababa de vomitar sangre. ¡Sangre! Algo que no era normal.

Pasó esa noche en el hospital, sin ningún diagnóstico específico y sometido a un montón de pruebas médicas. Desde entonces mi preocupación solo fue en aumento.

—No te preocupes, Alas. Cuando vaya a hacerme las pruebas, ya verás como el médico dirá que todo está bien —me dice sacándome de mis pensamientos.

Se gira de tal modo que, aún con su cabeza sobre mi regazo, termina por mirarme. Bajo mi rostro y le doy un suave beso en esos labios a los que me he vuelto adicta.

—Si fuera yo, estarías preocupado. No me quites el derecho de estar angustiada por mi amado novio.

—Tienes razón —suspira—, pero no quiero que te angusties. Todo irá bien. —Hace una breve pausa y luego sonríe—. ¿Tu amado novio?

—Eres un novio muy amado, que no te quede duda de ello.

—Siendo así, qué afortunado soy.

Él retira su cabeza de mi regazo y yo aprovecho para acostarme a su lado, en este momento estamos en su habitación. Paso una de mis piernas sobre su cadera y mi brazo por su costado, adhiriéndome a él, terminando por acurrucarme. Le doy un besito en la barbilla, donde hay apenas una sombra de barba.

—No puedes morirte y dejarme sin haber vivido contigo mi primera vez.

Su cuerpo se sacude con la risa, luego se queja porque creo que le duele el abdomen. Me hace rodar hasta quedar sobre mí, sus caderas perfectamente ubicadas contra las mías, nuestras partes interesantes alineadas.

—No podría hacerte tal crueldad, ¿verdad? Debería ser mi prioridad.

—Serías un novio muy malo si murieras dejándome así, porque entonces estaría condenada a vivir sin saber lo que se siente al tener sexo —susurro—. No hay nadie más con quien quisiera estar de esa forma, no hay nadie más a quien confiar mi cuerpo. Eres la persona con la que quiero hacerlo y, si mueres antes, quedaré condenada.

—¿Me crees si te digo que te amo de una manera que no me esperaba? No sé qué me haces, pero es como si cada día mi amor por ti aumentara. ¡De locos!

Ante tal declaración, el corazón inmediatamente se me acelera, porque son palabras que durante mucho tiempo solo fueron sueños y ahora son una realidad. Mi realidad.

—Estás loquito por mí.

—No lo negaré.

—Y yo estoy loquita por ti.

—Lo sé. No entiendo cómo no me di cuenta antes de que estabas babeando por mis huesos. Mi amor te trae bien tonta y loca.

Pongo los ojos en blanco. Nos mantenemos en esa posición, pero poco después él esconde su rostro en mi cuello y toma lentas respiraciones contra mi piel que me hacen estremecer.

—No voy a dejarte, Aska. No te quedarás sin tener sexo, promesa.

—Me encanta esa promesa —susurro—. No te dejaré ir.

Permanecemos en esa posición por mucho rato, hasta que Irina grita que bajemos a almorzar, se está tomando unos días libres para acompañar a Drake a todas sus pruebas médicas. Si yo estoy preocupada, no puedo imaginar cómo se siente ella, su cansancio y ojeras son la muestra de ello.

—Drake… Te pondrás bien, ¿verdad?

—Que sí, tontita. No moriré abandonando a mi amor. —Se ríe con suavidad—. Confía en mí.

Confío en él, pero desgraciadamente Drake no tiene poder sobre el destino.

—Lo compro —anuncia Dawson, y yo frunzo el ceño.

—Ya has comprado mucho, el banco te niega la compra —señalo.

—No puedes hacer eso —se ríe—, eso es trampa.

—Soy el banco y establezco las reglas —sentencio, lo que lo tiene frunciéndome el ceño.

—Eso es trampa, Aska.

—¿Quién lo dice? El banco dice que no puedes comprar y punto.

Sonrío hacia el tablero del Monopolio, Dawson frunce todavía más el ceño, nada feliz con mi autoridad, y se cruza de brazos a la altura del pecho como un niño.

—Ya no quiero jugar.

—Debes seguir jugando, Dawson.

—No, porque eres una tramposa. Y Drake no está aquí para ponerse de tu lado, pequeña tramposa.

—No necesito a Drake para establecer que eres un berrinchudo.

—Dame mi hotel, Alaska.

—No, el banco no te venderá ninguna propiedad, menos con esa actitud.

—¡Descarada!

—No insultes al banco, podría quitarte las propiedades que ya posees.

Me mira con fijeza durante largos segundos y luego grito cuando de manera súbita me ataca, estirando sus manos para ir por los pequeños edificios que simulan ser hoteles. Me aferro a la caja mientras él está sobre mí intentando quitármela.

—¡Dawson! —me quejo golpeando con mi mano libre su hombro y a la vez riendo por la forma en la que me ataca.

—Dame el hotel. —Ríe y me hace cosquillas.

—Basta. —Pataleo sintiendo que las cosquillas van a hacer que me orine encima.

—Eso se ve divertido.

Dawson deja de torturarme y dejo caer la caja haciendo que los pequeños hoteles y casas se desparramen por el suelo. Alzo mi vista y Drake nos observa con una sonrisa. De inmediato me pongo de pie, básicamente corro hacia él y me pongo de puntillas para pasar los brazos alrededor de su cuello mientras él flexiona un poco sus rodillas, dándome un beso en la punta de la nariz.

Y, con ese gesto tan dulce, él ya logra acelerar los latidos de mi corazón.

—Dawson tiene un berrinche —informo trasladando los brazos alrededor de su cintura en un abrazo. Los suyos se envuelven en mi cuello.

—Ella es una tramposa. No jugaré al Monopolio nunca más contigo, Aska.

—Eso lo llevas diciendo desde que Aska tenía ocho años y jugó contigo por primera vez —se burla Drake—. Aun así, siempre terminas jugando con ella de nuevo.

—Siempre quiero darle la oportunidad de dejar de ser una tramposa, pero esas malas costumbres en tu novia no desaparecen.

—Me siento ofendida —anuncio. Drake ríe y me da un beso breve en los labios—. ¿Qué tal los exámenes médicos?

—Dolieron un poco, pero todo bien. Dentro de unos días tendré los resultados.

—¿En dónde está mamá? —pregunta Dawson recogiendo el juego.

—Fue al supermercado por algunas compras, me dejó aquí para que pudiera descansar un rato. —Baja su vista a mí—. ¿Te acuestas conmigo?

—Con ropa o sin ropa, lo haré —respondo. Puedo con ese sacrificio.

—De acuerdo, demasiada información. —Se ríe Dawson—. Si me necesitan, estaré en mi habitación.

Drake y yo dejamos de abrazarnos, él toma mi mano y, justo detrás de Dawson, subimos las escaleras. Cuando llegamos a su habitación no cierra la puerta detrás de nosotros, nos quitamos los zapatos y nos acostamos, me acurruco contra él y pasa sus dedos por mi cabello; la caricia es deliciosa.

—Oye, quita esa expresión de preocupación. Estoy bien, Alas —susurra contra mis labios antes de darme un beso suave—. Lamento ser un novio defectuoso.

—Es que no sé cómo no preocuparme. Nunca te vi así de enfermo o con tanto malestar, y quiero que estés bien.

—Lo estoy —asegura acariciando con su nariz la mía—, y si no fuese así, saldríamos de esta. Recuerda, no moriría dejándote sin tu primera vez. Eso me motiva a vivir —bromea.

Río y alzo mi rostro para que me dé un beso más profundo, uno que me hace suspirar cuando su lengua se abre paso en mi boca y acaricia la mía. Mi mano va a su cuello mientras la suya se mantiene en mi cabello. Es un beso lento, dulce y húmedo. Cuando se aleja y abro los ojos, lo encuentro sonriéndome.

—Te amo —susurra.

—Te amo —repito—, mucho. Incluso te amo si ahora eres un novio defectuoso.

—Gracias por ser tan bondadosa con tu amor para un defectuoso, ¿eh? —dice con ironía.

—De nada.

—Tonta, te salvas porque te amo.

Nos mantenemos observándonos como lo que somos: dos tontos enamorados. Y siento ganas de llorar porque estoy muy sensible sobre toda esta situación. Aclaro mi garganta para alejar el nudo en ella y le muestro una sonrisa.

—Lo pensé mucho y creo que quiero estudiar Letras o Literatura.

—Eso es genial y suena como tú.

—Estoy averiguando los programas de las universidades, quiero estudiar bien mis posibilidades.

—En Estados Unidos hay buenas universidades para ello.

—¿Me estás echando de Londres? ¿Es tu plan malvado para deshacerte de mí?

—Solo quiero ser el novio que te alienta a tomar las mejores oportunidades para tus sueños. —Acaricia mi mejilla—. ¿Qué sentido tiene ser el novio que te limita y no te hace saber que puedes ir por mucho más?

—¡Basta! Deja de ser así de encantador conmigo o moriré de tanto amor.

—Hablo en serio, Alas. Estudia todas tus opciones, piensa en ti cuando lo haga, a donde sea que vayas o lo que decidas, lo haremos funcionar, pero escoge lo que tú desees, ¿de acuerdo?

—Vale, prometo que seré sensata a la hora de tomar mi elección. ¿Qué te parece si ahora nos besamos durante un buen rato?

—Me parece una idea estupenda.

Sonríe antes de presionar su boca sobre la mía y dar inicio a mi propuesta de un buen rato lleno de besos.

6 de septiembre de 2016

Drake y yo estamos a un capítulo y epílogo de terminar el libro. La experiencia de leerlo juntos ha sido maravillosa. Hemos tardado mucho, pero eso se debe a las complicaciones que hubo en medio con su salud y a que a veces nos distraíamos con demasiada facilidad, pero ha sido una experiencia que me ha dejado grandiosos recuerdos. Esa es la razón por la que ahora estoy en una librería con Romina en busca de cuál puede ser nuestra próxima aventura literaria. Parece justo que lo escoja yo, teniendo en cuenta que aquel libro lo escogió él.

—¿Me prestas el libro una vez que lo terminen? —pregunta Romina revisando una de las estanterías.

—Sí, sabes que eres de las pocas personas con las que comparto libros.

—Y te amo por eso. —Selecciona un libro juvenil y se acerca a mí—. Entonces ¿qué tal está mi papá Drake?

Río y me giro para quedar frente a ella, tomo el libro de su mano y leo muy por encima la sinopsis, no me llama mucho la atención o al menos no despierta emoción ante la perspectiva de leerlo con Drake. Continúo con mi búsqueda.

—Está mejor, ha estado controlado en cuanto a vomitar e ir al baño, el sangrado ha disminuido un poco —suspiro—, la verdad es que me asusta y me pone ansiosa esperar los resultados. Él siempre me dice que está y estará bien, pero hay cosas que no puede controlar, así que aunque él lo prometa, no tiene poder sobre ello.

—Pero es alentador saber que está mejorando, esa es una buena señal, Alas.

—Imagino perderlo y siento que mi corazón se rompe.

—No vas a perderlo, siempre has sido optimista, no es momento de dejar de serlo. —Me sonríe—. Así que encuentra ese libro que puedan leer y enfócate en lo bueno.

—Tienes razón. —Le sonrío.

—Iré a la sección de fantasía, tengo muchas ganas de leer algo de ese género.

—De acuerdo, me mantendré aquí.

Reviso la estantería, pero ningún libro capta mi atención, así que voy a una que está un poco más atrás y veo títulos más interesantes. Tomo varios y leo sus sinopsis, pero no terminan por convencerme. Me agacho y veo otros, sonrío cuando tomo uno que se llama *Deseos antagónicos*. La sinopsis resulta llena de intriga y despierta una emoción en mí al imaginarme a Drake leyéndome sus líneas. No es difícil darme cuenta de que finalmente he encontrado el libro que quiero llevar conmigo a casa. Me pongo de pie aún sonriendo y giro para ir por Romina. Dejo caer el libro mientras doy un grito agudo del susto. Me llevo una mano al pecho.

—Lo siento, no quise asustarte. Solo iba a tomar este libro —me dice el hombre que acaba de darme un susto de muerte.

Estira la mano y me tenso porque siento que va a tocarme, pero solo toma un libro detrás de mí, luego se agacha y toma el libro que dejé caer, extendiéndomelo y con algo de desconfianza termino tomándolo. Me sonríe y le devuelvo el gesto de forma leve porque esto es muy incómodo.

—Gracias —digo, su sonrisa crece.

—No hay de qué, era lo menos que podía hacer por haberte asustado, no era mi intención.

—No se preocupe, estaba distraída.

Él se me queda mirando. Es un hombre quizá de la edad de mi hermano mayor Jackson o un poco mayor, lleva gafas de pasta y peina su cabello con gel hacia el lado izquierdo. Lleva un chaleco de cuadros sobre una camisa de manga larga y unos pantalones caquis le dan una apariencia de hombre estudioso o científico. Me deslizo hacia la izquierda para poder ir hacia donde se encuentra Romina.

—Eres muy bonita.

Detengo mi caminata y me giro para mirarlo. Sigue sonriendo mientras me observa. Parece como si fuese tímido, puesto que sus mejillas están sonrojadas ante el cumplido que acaba de hacerme. Le muestro una sonrisa cordial y camino con rapidez para alcanzar a Romina.

Eso ha sido muy extraño.

—¿Qué sucede? Se te ve rara —me dice Romina cuando la alcanzo. Tiene dos libros en su poder.

—Alguien acaba de decirme que soy bonita.

—No es mentira.

—Era un adulto y fue un poco raro. Me hizo sentir incómoda. ¿Podemos pagar e irnos?

Romina mira alrededor, luego su vista permanece detrás de mí, vuelve su atención a mí y asiente con lentitud.

—De acuerdo, ese tipo parece un poco raro. Vámonos, Alas. Paguemos estos libros y salgamos de aquí.

—Gracias, Romi.

—Viejos babosos —se queja Romina.

Asiento, puede que estemos equivocadas sobre el hombre, pero teniendo en cuenta que últimamente estoy sensible sobre el tema por los constantes mensajes que me llegan a mi cuenta de JoinApp sobre quererme y necesitarme, prefiero alejarme de los extraños que me hacen sentir incómoda.

8 de septiembre de 2016

—Tengo un poema —anuncio.

Desde la cama de su habitación, en donde ya sostiene el libro que esta noche terminaremos, Drake me observa con una ceja enarcada.

—¿Para mí?

—Sí. —Me acerco para darle la hoja, pero él sacude su cabeza en señal de negación—. ¿No?

—Me gustaría que lo leyeras tú.

—Oh, bueno.

Siento que me sonrojo y aclaro mi garganta antes de comenzar a leer uno de mis alocados poemas para él:

Querido Drake, mi amado novio.

Ahora que puedo tocar tu culo fogoso, quiero que sepas que es delicioso.

Al igual que tus ojos, que son mi pozo sin fondo.

Haces que mi corazón lata con fuerza, haces que mis bragas se humedezcan.

Quiero que estés bien, para subirme en ti como a un tren.

No vayas a morirte, o seré una viuda virgen.

Te amo hasta el infinito, de camino a la luna en pasos chiquititos.

Gracias por amarme, gracias por ser mi amante.

Ya no hay más rimas, pero no importa, porque quiero que sepas que Alas por ti está muy loca.

Termino de leer y lo observo, está sonriendo y luego comienza a aplaudirme. Finjo hacer una reverencia con las mejillas aún sonrojadas. Se pone de pie y camina hasta mí, me atrapa entre sus brazos y, sin mediar ninguna otra palabra, me besa.

Me besa con intensidad, con pasión, con desenfreno. Con un beso me hace saber cuánto le gustó mi poema. Sus manos ahuecan mi trasero por encima de mi short del pijama y me pega a su cuerpo, dándome la oportunidad de notar que a otra parte de su cuerpo le gustaron mis elocuentes palabras. Mordisquea mi labio inferior antes de lamerlo y alejarse lo suficiente para que nos observemos en cuanto abro mis ojos.

—Soy afortunado de tener una novia escritora que escribe tan peculiares poemas para mí.

—Soy afortunada de que mi novio me inspiré tan geniales palabras —bromeo, él ríe y me da un beso suave al igual que un apretón en mi trasero.

—Soy tu mayor fan. Soy el Alasfan más apasionado que tienes. —Mordisquea mi labio inferior—. ¿Te he dicho ya cuánto me encanta tu boca?

—Una de tus debilidades.

—Lo es. —Me da otro suave beso antes de liberar su agarre de mi trasero y tomar mi mano para guiarnos a la cama.

Nos sentamos lado a lado con nuestra espalda apoyada en el cabezal de su cama. Él lleva un pantalón holgado y una camiseta como pijama. Mis padres se encuentran fuera de casa y Alice está profundamente dormida, así que nadie sabe que he venido a casa de los vecinos. Hoy vamos a terminar de leer el libro que nos acompañó y dio pie a momentos bastantes subidos de tono, que contribuyó a que juntos explorásemos varios aspectos de mi sexualidad y nuestra química sexual. Es un libro especial, algo muy nuestro.

Hoy también nos han dado los resultados de sus pruebas médicas, pero está en una jerga médica que no entendemos, por lo que es mañana cuando su doctor determinará qué tiene y qué tratamiento debe seguir. Su apetito aún es leve, está durmiendo un poco más y los vómitos ya no son tan frecuentes, o eso es lo que él me asegura. No sé cómo controlar mis nervios, el miedo de que algo pueda estar mal, pero él es bueno tranquilizándome y asegurando que todo estará bien, y yo le creo.

Lo observo fijamente, él me sonríe antes de comenzar a leer el capítulo final y el epílogo de nuestro libro. Observo sus labios moverse mientras lee con suavidad el desenlace final de la historia. Me estremezco con las palabras, la cruda emoción de tantos sentimientos en unos personajes ficticios. Si bien al principio parecía una historia apasionada sin argumento, la autora supo cómo hacer que me retractara de mis palabras, porque resultó ser una historia tan emocionante y que te atrapaba tanto que no me molestaría leerla una vez más.

El final de la historia es agridulce, incierto y abierto. Ella logra divorciarse, él está en algún lugar esperándola a ella, con los nervios de no saber si llegará o no, la misma sensación con la que nos quedamos Drake y yo cuando acabamos el libro.

Ambos permanecemos en silencio procesando ese categórico final, planteando en nuestras cabezas el sinfín de escenarios que puede significar ese final inconcluso. Muriendo de nervios sobre cuál de todas nuestras hipótesis podría ser el final válido que la autora pensó, pero que no escribió. Me gustaría creer que ella va hasta donde está él y son felices, porque amo los finales felices, ya hay bastante tristeza en el mundo real.

Suspiro con pesadumbre y Drake ríe.

—Esto fue un gesto de maldad de la autora —declara. Yo asiento mostrándole que estoy de acuerdo—. Nunca me hagas algo así en tus historias, Alas.

—Ya veremos. —Hago una pausa—. ¿Crees que ellos consiguieron un final feliz? Me gusta pensar en eso.

—Entonces, para nosotros, ellos fueron felices.

—Sí, y si lo creemos los dos, entonces, se siente más real.

Permanecemos de nuevo en silencio, él se estira para dejar el libro sobre la mesita de noche y luego con sus dedos toma mi barbilla. Sus ojos brillan mientras se mantienen fijos en los míos y me estremezco porque su mirada me hace sentir muchas cosas.

—No estamos escribiendo el final de nuestra historia, pero ¿escribirías un nuevo capítulo conmigo?

Sin palabras y con una respiración acelerada, asiento. Él me sonríe y atrae mi cuerpo sobre el suyo, dejándome a horcajadas sobre su regazo, en donde percibo la dureza debajo de mí, me estremezco sintiendo la excitación extenderse por mi cuerpo.

Sus labios van a mi cuello y un sonido ronco escapa de mí mientras sus manos se deslizan por mi espalda y toma el dobladillo de mi camisa.

—Me gusta este nuevo capítulo —susurro—. Me siento lista.

—Yo también me siento listo, Aska. Es nuestro momento.

Y, dicho eso, toma el dobladillo de mi camisa y me la saca, exponiendo mi pecho desnudo.

Muerdo mi labio y él deja escapar una lenta respiración por la boca. No es la primera vez que ve mis pechos desnudos, pero siempre tiene la misma reacción.

—Quiero hacer esto contigo, solo contigo —susurro. Sus ojos suben de mis pechos para encontrarse con los míos.

—Solo tú me haces sentir especial.

Y con esas palabras él da inicio a la que será una de las mejores noches de mi vida, uno de los recuerdos más bonitos que siempre atesoraré y mantendré conmigo.

31

Una escena +18

DRAKE

Me deleito rozando con mi nariz el cuello de Alaska, ella suspira. Deslizo mis manos por su espalda, disfrutando de la suavidad de su piel. Podría decirme en este preciso momento que el mundo se está acabando y de igual manera no me movería de donde estoy.

Siento sus manos en mi cabello y sonrío contra su piel cuando me insta a llevar mis caricias más abajo. Voy dejando un reguero de besos y luego traslado mis manos a su culo para sostenerla un poco más alto y poder acariciar con mi nariz la punta de uno de sus pechos, después de lamerlo lo atrapo entre mis labios y ella gime.

Me encantan sus pechos… Me encanta toda ella, desde los dulces sonidos que hace hasta la manera en la que tira de mi cabello, mi nombre susurrado en sus labios y la confianza con la que me permite darle placer. Me enloquece.

Nadie me advirtió que la dulce niña con la que bromeaba de pequeño sería la persona a la que sin duda alguna un día llamaría el amor de mi vida.

Se estremece y me insta a alejarme un poco para sacarme la camisa, cuando lo hace apoyo mi barbilla entre sus pechos. Le sonrío y me devuelve el gesto con tanta ternura que me desarma.

—Hola —susurra pasando una mano por mi cabello—. Gracias por ser la garantía de que no moriré sin tener sexo.

No puedo evitar la risa que escapa de mí, giro mi cabeza a un lado y dejo un beso en la parte baja de uno de sus pechos y luego un suave mordisco.

—Gracias por seguir estando loca, amor. Te prometo que es algo que amo de ti, Alaska Hans.

—¿Ves? ¿Cómo no querer hacerlo contigo? —Agacha su rostro y me da un beso—. Porque vamos a hacerlo, ¿verdad?

Sonrío antes de hacernos girar y dejar caer su espalda contra el colchón. Ella se acomoda reposando su cabeza contra la almohada y me abre las piernas para que me ubique entre ellas. La beso una vez más en tanto deslizo una mano por su vientre haciéndome espacio para meterla debajo de sus bragas, en donde siento suavidad y en donde no tardo en descubrir la evidencia de su deseo en toda su humedad.

Continúo besándola mientras la toco, mi boca se traga sus gemidos y suspiros. Sus piernas se abren más para darle mayor libertad a mis dedos, que no tardan en volverse más insistentes. La beso una y otra vez sin dejar de tocarla, sin dejar de ir en busca del orgasmo que quiero que tenga, porque sé que las probabilidades de que tenga un orgasmo la primera vez no son altas. Y no es que no tenga fe en mí, es que soy práctico y realista; no es imposible, pero es un hecho excepcional.

Cuando sus manos se deslizan por mi espalda, clavándome las uñas en la parte baja de mi espalda, lo tomo como una señal de que está cerca. Apenas si introduzco uno de mis dedos, sin ir muy lejos, como siempre que la toco de esta manera y ella se estremece, apartando su boca de la mía y al abrir los ojos la encuentro mordiéndose el labio inferior antes de arquear su espalda; aprovecho la oportunidad para bajar el rostro y besar uno de sus pechos mientras se estremece en un orgasmo, la acaricio a través de las olas de placer y, cuando parece culminar, sonrío.

Le doy besos seguidos a esa deliciosa boca y veo cómo me mira a través de sus ojos entornados. Sus mejillas están sonrojadas. Mordisqueo su barbilla y voy descendiendo por su cuello. De nuevo me centro en sus pechos haciendo que las puntas crezcan entre mis labios cuando las lamo, chupo e incluso mordisqueo. Ella sigue diciendo incoherencias y moviéndose debajo de mí. Le dedico unos minutos a sus sensibles pezones antes de liberarlos y observar cuán sonrojada está esa área de su cuerpo y cuán excitante me resulta verla así.

—Quieres matarme —me acusa en una voz rasposa. Mi sonrisa crece.

—Tal vez ese sea mi plan. Una muerte así de tentadora suena bien.

Bajando el rostro comienzo a besar por uno de sus costados, dirigiendo mis besos al centro hasta llegar a su abdomen, el cual me encargo de lamer sintiéndola estremecer. Muerdo por encima de la cinturilla de su short del pijama y luego me incorporo.

—Alza la cintura, amor —le pido.

Ella lo hace y tomo la pretina del short junto al elástico de sus bragas. No doy muchas vueltas, lo bajo sin ninguna pretensión seductora o lenta por sus piernas, arrojándolo detrás de mí y, pese a que veo algo de timidez en ella, Alaska no cierra las piernas. En todo caso las abre un poco más. Al ver ese gesto me lamo los labios antes de inclinarme y darle un beso rápido a su sonrojada boca.

—Eres la mujer de mi vida, por si no te lo había dicho —susurro contra sus labios, y luego mordisqueo el inferior.

Vuelvo a bajar para besar su vientre y con mis manos acaricio la cara interna de sus muslos. Tiembla y lo hace con más fuerza cuando siente mi aliento en su área más privada.

—Te daré tu escena +18 —prometo antes de bajar mi boca y devorarla.

—Oh, Jesús lujurioso.

Me detengo riendo y ella se estremece, sus dedos se agarran de mi cabello y hacen ligera presión, entiendo la indirecta. Así que considero una misión especial el hacerla derretirse y enloquecer con mis labios, mi lengua y mi plena dedicación a darle el mejor momento. Lo disfruto, está tan mojada que puedo sentirla cubrir mi barbilla y me vuelvo un adicto desesperado en darle tanto placer como sea posible. Ella gime de manera profunda y con las manos en mi cabello me presiona más contra sus piernas de tal manera que eso es todo lo que puedo percibir. Chupo su pequeño nudo de placer y luego doy un pequeño mordisco haciéndola dar un grito que resuena por la habitación mientras tomo una de sus piernas apoyando el talón sobre mi hombro para tenerla aún más abierta para mí.

Alzo la vista para encontrar que una de sus manos tira de la cima fruncida de uno de sus pechos, su boca se encuentra abierta y el cuello arqueado mientras se retuerce. Arrastro mi lengua por el lugar en el que dentro de poco me adentraré, antes de tensarla y adentrarla mientras con el pulgar de una de mis manos hago círculos sobre el pequeño manojo de nervios por encima. Luego la beso con la boca abierta y dos de mis dedos se adentran, haciendo que por todo el lugar resuene el sonido de su humedad junto a sus gemidos y mis pequeños gruñidos.

Amo este momento incluso cuando el sudor comienza a adentrarse en mis ojos, cuando mi mandíbula protesta un poco y soy un desastre hambriento y enamorado de esta mujer. Sus incoherencias y la manera en la que gime mi nombre solo alimentan mis ansias de seguir y darle más, darle más de lo que espera. Es tan apasionada, consiguiendo abrir sus piernas tanto como puede, empujando sus caderas hacia mi boca, y aunque ya hemos hecho esto algunas veces, hoy nos sentimos con mayor libertad, con mayor desenfreno y sin ninguna inhibición sabiendo que no tenemos por qué parar.

Sé el momento exacto en el que comienza a venirse porque me aprieta los dedos, se moja todavía más, tiembla y gime de una manera que me tiene hechizado. Alaska se estremece con un orgasmo, pero no me detengo, continúo el asalto con mi boca hasta que unos minutos después tira muy fuerte de mi cabello mientras dice mi nombre y se estremece bajo mi atención. Estiro una mano por encima de mi cabeza y retiro sus dedos de mi cabello. Mi cuero cabelludo está ahora algo dolorido, pero no sentí dolor en medio de mi gran hazaña.

Me incorporo, sosteniéndome sobre mis rodillas, paso el dorso de mi mano por mi boca sintiendo mi barbilla húmeda cuando también me la limpio y le sonrío a Alaska, que parece desorientada y que luce toda apetecible tras sus contundentes orgasmos.

Permanece desnuda, con las piernas abiertas y la vista de sus pechos desnudos con los pezones tensos; sus piernas mojadas hasta el punto de humedecer sus muslos y toda la piel sonrojada no hablan de vulnerabilidad, hablan de poder y confianza, de deseo y entrega.

Me mira con ojos de pasión a medio cerrar, tomando bocanadas de aire profundas antes de lamerse los labios y aclararse la garganta antes de hablar:

—Házmelo ahora, Drake. Hazlo antes de que muera por este placer. No siento mis huesos, me tiemblan las rodillas. ¡Eres bueno en esto! ¡Jesús campeón! Eres increíble en esto.

Me paso la lengua por los labios una vez más y por último le sonrío. Ella me devuelve el gesto con la vista atenta a mis movimientos cuando bajo de la cama y camino hasta el cajón con mis bóxers, tomo una caja de condones y saco uno antes de dejar la caja sobre la mesita de noche. Arrojo al colchón el paquete de aluminio mientras me saco el pantalón del pijama que llevaba. Ella se incorpora sobre sus codos para observarme mejor y le guiño un ojo fingiendo que voy a bailar con lentitud, ríe.

—Esto me gusta.

Tomo el elástico del bóxer y la observo mientras lo bajo y lo pateo lejos, dejando al descubierto una furiosa erección que ya brilla en la punta humedecida. Finalmente estamos desnudos frente a frente.

Casi en modo automático comienzo a acariciarme, siseando ante la estimulación de su mirada sobre mí mientras mi mano baja y sube para luego apretar y extender la humedad de la punta. Gime mi nombre y yo exhalo cuando se lame los labios como si deseara saborearme, pero no ahora, tal vez después, ahora simplemente tomo el preservativo y me cubro.

—Quería ser superromántico, pero no tengo tanta fuerza de voluntad para esperar a hacer algo digno de película.

—Estoy lista. De verdad, quiero hacer esto, no necesito algo romántico, todo lo que quiero es a ti, que seas tú.

Tiene la capacidad de desarmarme con palabras que tal vez a otros no les parezcan demasiado, pero que para mí significan todo.

Trepo a la cama, acostándome boca arriba y atrayéndola hacia mí hasta que consigo sentarla sobre mis caderas, lo que provoca en ella una expresión de sorpresa y a mí me ofrece una vista maravillosa de su desnudez. También siento su humedad contra mi piel.

—Tú lo controlas, amor —le hago saber, tomando una de sus manos y besándole los nudillos—. Esto será incómodo para ti, hay probabilidades de que duela y no te aseguro un orgasmo, pero que sepas que nunca te haría daño adrede.

Baja su rostro inclinándose sobre mí, besándome el labio inferior, su cabello funcionando como una cortina entre nosotros.

—No soy tonta y aunque escribo que hay mil orgasmos la primera vez, sé de esto. Además, Alice me habló sobre su experiencia. —Me sonríe, roza su nariz con la mía—. Ya me has dado tres orgasmos, y hacer esto contigo me da suficiente placer, además, habrá muchas más veces, ¿verdad?

—Definitivamente —susurro fascinado por esta chica.

Mayormente cuando tengo sexo, dependiendo de la chica, hay charla sucia, pero es muy breve. Nunca conversaciones como estas, no hay risas, no hay declaraciones, no hay sonrisas. Esto es totalmente nuevo para mí y me gusta.

Suelta una pequeña risa mientras se incorpora, libera mi mano para colocarse el cabello detrás de su espalda, su frente brilla de sudor al igual que por encima de sus pechos y el rubor viaja por todo su cuerpo. Alaska en toda su desnudez es hermosa.

—Estoy nerviosa…

—Si quieres…

—Calla —me dice—. Es normal que lo esté. También estoy emocionada.

—¿Quieres hacer una fiesta sobre ello? —bromeo, y ríe.

—Bien —dice dejando sus manos sobre mi pecho—. Te amo mucho, mucho. Muchísimo.

—Yo también te amo mucho.

Y tengo que apretar los labios mientras transpiro con fuerza cuando comienza a moverse de atrás adelante con mi miembro entre sus piernas sin llegar a penetrarla, su humedad recubriendo el látex mientras jadea y se mueve con más insistencia sobre mí. No puedo evitar apretar los dedos en sus muslos y eso la tiene mirando hacia abajo, percibiendo la manera en la que mi miembro se desliza debajo de ella, ahora convertido en un desastre húmedo y tan ansioso de adentrarse en ella.

Cuando detiene sus movimientos, no sé si estoy gimiendo de agradecimiento o lamento.

—¿Me ayudas? —Asiente hacia mi miembro.

—Te ayudo.

Levanta las caderas y me tomo mi miembro con una mano, guiándome hacia su entrada, estimulándola cuando rozo la punta en un pequeño juego que le acelera la respiración y la pone impaciente. Adentro la punta y después dejo todo a su libertad, dándole el control sobre este momento en el que decide darme paso a su cuerpo. Respira hondo y aprieto mis labios cuando comienza a descender con lentitud sobre mi dureza.

Es una lucha entre mirarla a los ojos y deleitarme con la manera en la que poco a poco me absorbe entre sus piernas, pero al final el deseo de sostenerle la mirada gana y lo agradezco, porque de esa manera no me pierdo cómo su cuerpo se ruboriza con mayor fuerza en tanto su boca se abre formando un círculo de asombro. Sus manos se apoyan en mi abdomen mientras poco a poco va bajando y las mías se mantienen en sus muslos.

Cuando una parte significativa de mí se encuentra en su interior, se detiene y respira hondo. Estoy a punto de preguntarle si quiere detenerse —incluso si eso me mata— y si está bien, cuando me toma por absoluta sorpresa al dejar caer todo su peso y en consecuencia estoy completamente dentro de ella. Su extraño jadeo resuena por la habitación al mismo tiempo que mi gemido. Siento sus uñas clavarse en mi abdomen, que se encuentra tenso.

¡Joder, joder, joder! Incluso a través del látex fino del condón, puedo sentir cuán cálido es su interior, y se encuentra tan apretada que tengo miedo de perderlo y correrme demasiado rápido.

Quiero enfocarme en cómo se siente, pero es tan difícil. Miro entre sus piernas aún sin creerme la manera en la que se encuentra abierta sobre mí, asentada hasta el fondo mientras luego hago un recorrido visual pasando por sus pechos agitados por sus respiraciones profundas hasta llegar a su cabeza, que cae hacia delante con los ojos cerrados en tanto se muerde el labio inferior.

Doy un suave apretón en sus muslos para captar su atención y, cuando abre los ojos, sus pupilas se encuentran dilatadas.

—¿Todo bien? —pregunto. Me da una sonrisa temblorosa.

—Escuece y es raro, arde, pero estoy bien, solo…

—¿Sí?

—Necesito un minuto. —Ríe—. Estoy nerviosa, espera…

—De acuerdo.

Me mantengo acariciando sus muslos arriba y abajo, apretando los labios mientras todo mi cuerpo me exige que me mueva, pero me mantengo inmóvil dándole tiempo a que se adapte. Pasado al menos un minuto, todo mi mundo se tambalea cuando se remueve sobre mí y hace una pequeña mueca. Puedo apostarme a que no es cómodo y le resulta extraño, pero ella está dispuesta a experimentar este momento. Hace un movimiento tentativo y no contengo mi gemido, eso la hace sonreír.

—Eso te gusta.

—En este momento, Aska, cualquier movimiento de esas tentadoras caderas me encantará.

¿Lo que pasa después? Es tortuosamente delicioso. Alaska poco a poco descubre cómo mover sus caderas y parece que su propósito es enloquecerme con movimientos de atrás hacia delante y círculos como si dibujara un ocho sobre mí. En un principio es descoordinada, torpe y tentativa, pero luego poco a poco parece ir conociendo su ritmo, experimentando conmigo, y me dejo, porque es la mejor de las torturas.

Veo las gotas de sudor resbalar por su cuerpo y estiro una mano para tomar uno de sus pechos y jugar con la cima fruncida, eso la hace gemir. Su cabello cae detrás de su espalda y sube y baja por mi miembro haciendo que su trasero golpee mis muslos.

Es la primera vez que el sexo para mí dura tanto, porque ella es lenta y parece sentir curiosidad por cada posible movimiento, no estoy seguro de si le duele o quema menos, pero parece demasiado concentrada investigando qué movimientos me enloquecen más.

—Por favor, por favor, detén esta tortura —pido con voz enronquecida, es demasiado.

—Creo que ya puedo estar abajo.

No necesito que me lo diga dos veces cuando nos hago girar. Paso sus piernas alrededor de mi cintura y comienzo a embestir con profundidad dentro de ella, haciendo que su cuerpo se deslice hacia arriba en la cama. Al principio no lo hago muy rápido para no lastimarla, pero luego poco a poco voy aumentando la velocidad provocando el sonido obsceno de mi carne al deslizarse dentro de la suya, mucho más húmeda. Cuando bajo la vista, percibo los rastros de su humedad. Me dejo hipnotizar por la visión que somos juntos, por la forma en la que su cuerpo me recibe sin protestas, por cómo finalmente estoy dentro de ella. Siento sus uñas en mis hombros y sus suaves gemidos son el mejor incentivo. No necesito mucho tiempo porque ella me estimuló lo suficiente durante su inspección anterior, así que me estremezco y me corro con fuerza susurrando su nombre una y otra vez.

Tal como esperaba, ella no consigue un orgasmo, pero no parece triste por eso —yo tampoco lo estaría si hubiese tenido tres con anterioridad— y me dejo caer sobre su cuerpo. Segundos después noto una lluvia de besos por el costado de mi cara, lo que me hace sonreír de forma perezosa y abro los ojos aunque ni siquiera noté que los había cerrado.

Me encuentro con su sonrisa.

—No fue perfecto —susurro—, pero espero que fuese especial.

—Tenemos distintos conceptos de la perfección —susurra a su vez—. Fue mejor de lo que esperaba.

Salgo de ella y da un respingo junto a una mueca, tiene que estar sensible.

Incorporándome, me quito el preservativo, que se encuentra lleno de mi culminación, pero no hay rastro de sangre, lo que la tiene enarcando una ceja y a mí encogiéndome de hombros cuando se toca entre las piernas y todo lo que consigue es humedad por lo mojada que está.

—No todas las chicas sangran en su…

—Lo sé, Aska —río—, no te cuestiono ni es una gran cosa de la que debamos hacer un escándalo.

Arrojo el preservativo hacia la papelera y tomo unas toallas húmedas de uno de los cajones de mi mesita de noche. Ella de nuevo enarca una ceja.

—¿Qué? Soy un chico, me masturbo y cuando termino debo limpiar mi desastre.

—¡Drake!

—¿Qué? ¿Ahora serás tímida? —Río y la insto a abrir sus piernas para ayudarla a limpiarse.

Tengo especial cuidado porque se encuentra sensible y estoy seguro de que le escuece incluso si no lo dice. Cuando termino, me inclino y le doy un suave beso en el lugar y ella suspira. Poco después estamos acostados de lado, mirándonos con fijeza, desnudos y sonriendo como un par de idiotas que no pueden dejar de mirarse.

—Tengo un poema para ti —digo.

—A ver.

Aclaro mi garganta y comienzo a improvisar.

—«Querida Alaska, hoy me diste tus bragas —sonríe— junto a una movida de caderas que me llenaron de ganas. Gracias por amarme y por aguantarme. Alaska, Alaska, solo de mirarte me entran las ganas. Te lo haría mil veces, pero te diría un millón más que te amo». —Hago una pausa—. De acuerdo, eso último no rima, pero sí te amo.

Ríe y se acerca a mí antes de apoyar su cabeza en mi hombro y pasar su pierna sobre las mías. Siento un dolor sordo en mi abdomen, nada grave y algo esperado según el doctor dada mi situación, así que beso su frente.

—Necesito describir a otra protagonista teniendo sexo por primera vez, esto me ha inspirado mucho —declara—. Sí, ya tengo ideas.

—Me encantará leerlas, pero primero dame spoilers de la que estás escribiendo ahora.

—No, tendrás que darme muchos orgasmos más antes de que eso suceda.

—Asumo el reto. —Acaricio su brazo con mis dedos y la beso con lentitud.

—Debo volver a casa dentro de unas horas.

—Pongamos una alarma y luego te acompaño, no quiero que te vayas.

—Yo tampoco quiero que te vayas.

Y entiendo a lo que se refiere. Yo tampoco quiero irme y espero no hacerlo.

32

Correr el riesgo

ALASKA

9 de septiembre de 2016

Tengo una sensación inquietante mientras leo los múltiples mensajes que una vez más me han llegado a mi cuenta de JoinApp.

Blue_Alasfan: Escribes hermoso, pero tú eres mucho más hermosa.
Blue_Alasfan: No me canso de decírtelo.
Blue_Alasfan: Eres tan sexi que a veces sueño contigo. Sueño que te corres en mi boca y en mi polla.
Blue_Alasfan: Tú y yo seríamos perfectos.
Blue_Alasfan: Pero odio que ya no respondas mis mensajes. ¿Por qué estás enojada conmigo?
Blue_Alasfan: ¡No seas una diva! Tal vez deba ir por ti y recrear nuestros sueños.
Blue_Alasfan: ¡Maldita sea! Respóndeme, no vuelvas a bloquearme.
Blue_Alasfan: Te amo y tú me amarás.

Esta es una cuenta diferente, bloqueé la anterior y la que hubo antes. Sé que es el mismo usuario porque encuentro un patrón en lo que dice. Todo esto me está haciendo sentir incómoda y comienza a asustarme más que un poco. Trato de decirme que de igual manera no sabe de mí más allá de lo que muestro en mis cuentas de autoras porque mis redes sociales personales son privadas.

Navego hacia el perfil de la cuenta que fue creada hace unas pocas horas y, tal como lo he hecho con las cuentas anteriores, bloqueo al usuario pidiéndole al universo que no se cree más cuentas y me deje tranquila.

10 de septiembre de 2016

—¿Cómo fue?

Dejo de abrazar mi almohada y observo a mi hermana con la sonrisa bobalicona que no abandona mi rostro mientras pienso en lo bien que Drake me trató, en que fue mejor de lo que esperaba y en que me quedaré con el mejor recuerdo que podría tener.

Nunca imaginé que el amor se sintiera de una manera tan arrolladora.

—Fue increíble. Él se portó increíble conmigo, fue dulce a su manera y muy intenso. —Abrazo con más fuerzas la almohada—. Fue un amante atento. Ya quiero hacerlo de nuevo.

Alice me arroja una almohada riendo antes de volver a pintarse las uñas de sus pies. Me incorporo y gateo hacia ella, me dejo caer sobre el colchón boca arriba y suspiro.

Todavía no puedo creerme que sucediera y que fuera tan maravilloso. Me encantó cómo perdió el control, sus manos sobre mí, sus besos sobre mi cuerpo y la atención de hacerme llegar primero sabiendo que posiblemente no tendría un orgasmo la primera vez que entrara en mí. Y aunque al despertar sentía incomodidad entre mis piernas y un ligero ardor, todo valió absolutamente la pena. Me alegro de haber esperado.

—Lo amo mucho. Muy pocos se casan con su primer amor, pero yo quiero hacerlo todo con él. ¿Crees que estoy loca por pensar estas cosas?

—Creo que eres afortunada, Aska. Supongo que cada persona vive una historia diferente, no debes guiarte por los demás.

—Alguien en clase me dijo que debía experimentar con otros chicos y conocer el mundo antes de decidir. Pero no lo entiendo, porque Drake no es un impedimento para descubrirme, para explorar mi vida y mi sexualidad.

»Mientras me sienta feliz, complacida y segura, ¿por qué se supone que debo pensar en futuros romances o intimar con otras personas? Me siento feliz ahora con él y no quiero que otros me mortifiquen diciendo que necesito conocer a más chicos, como si debiera llevar un reloj midiendo el tiempo que se me permite estar con mi novio antes de ir con otros.

—No prestes atención. Mayormente aquellos que dicen que debes experimentar con otras personas es porque a ellos no les funcionó el primer amor y piensan que todas las parejas son iguales. Disfruta de tu relación con Drake. —Me sonríe—. Tal como tú dices, mientras te sientas feliz, satisfecha y a gusto, todo está bien.

»No hay una regla que establezca que debes experimentar con miles de personas para saber lo que quieres ni tampoco hay regla que diga que debes permanecer con solo una pareja sexual, todo depende de cómo resulten las cosas. No te mortifiques.

—No estoy mortificada, estoy feliz. —Me río—. ¡Mi novio es bueno en la cama! Eso me hace feliz.

—Niña sucia —me reprende—. Aunque tu felicidad está justificada. Tu novio es dulce, atractivo, loco como tú y bueno en la cama. Estoy celosa.

—Su único defecto es estar enfermo en este momento. —Estiro mi mano tanteando hasta encontrar mi teléfono—. Todavía no ha respondido mi mensaje.

—Debe de estar escuchando lo que dice el doctor, tranquila.

—Sí... —Abro el mensaje de Romina—. ¡Oh!

—¿Qué?

—Romina finalmente ha salido de la zona de amistad del futbolista. ¡La invitó a salir!

—Por fin. —Alice alza su pulgar—. Ella estaba cayendo en crisis por él.

—Lo sé.

Comienzo a intercambiar mensajes divertidos con Romina mientras Alice termina de pintarse las uñas de los pies. No dejo de reír con las ocurrencias de mi amiga. Romina está muy emocionada, me lo transmite con múltiples emojis, signos de puntuación y un par de audios. En medio de mi conversación con mi amiga por teléfono y oyendo a mi hermana quejarse de Austin porque se acaba de topar con un chisme en Instagram de él, me llega un mensaje de Drake y por supuesto que no dudo en abrirlo.

Dios sexual:
Resultados inconclusos :(

Dios sexual:
Quieren hacerme otros estudios.
Debemos cancelar nuestra cita.

Alaska:
La cita es lo de menos.
¿Tú estás bien?

Dios sexual:
Me siento bien, casi ni duele.
Me fastidian estos exámenes.

Dios sexual:
Pero entiendo que son necesarios.

Dios sexual:
¿Paso por tu casa cuando tus padres se duerman?
No sé a qué hora volveré a casa.

Alaska:
Aquí te espero.

Dios sexual:
¡Genial! Debo irme, me llaman.

Dios sexual:
Nos vemos en unas horas. Besos, Alas.

Alaska:
Besos para ti.

—Resultados no concluyentes, van a hacerle más pruebas médicas —anuncio a Alice mientras cubro con un brazo mis ojos—. Odio que suceda eso.

—Es como cuando de pequeña tuve una infección, ¿recuerdas? Miles de exámenes y no descubrían qué tenía, era frustrante.

—¿Por qué no salimos y vemos una película? Creo que te vendría bien para distraerte.

—¿Harías eso por mí? Sé que querías pasar el día en casa, pero necesito hacer algo que me distraiga.

—Prepárate. Tendremos una salida de hermanas Hans.

—¡*Yeah!* —digo con entusiasmo.

Porque, pese a las circunstancias que nos hacen salir, me encanta pasar tiempo con mi hermana y necesito algo de distracción.

12 de septiembre de 2016

Alaska:
¡Sal a tu ventana!

Alaska:
Tengo una sorpresa para ti.

Mordisqueo mi pulgar esperando respuesta y frunzo el ceño cuando no llega.

Alaska:
¡Drake! Vamos, es algo bueno.

Alaska:
¡¡¡Drake!!!

—Aggg, estúpido —me quejo, y marco su número.

Tarda en responder, pero lo hace.

—¿Aska? ¿Qué sucede? —Escucho cómo bosteza.

—Ven a la ventana, tengo una sorpresa para ti.

—Amor, ¿sabes que son las ocho de la mañana? Me acosté tarde poniéndome al día con trabajo.

—Lo siento, lo siento. Es que me emocioné, puedo esperar.

—No hay problema, ya estoy despierto. Dame unos minutos y te alcanzo en la ventana.

—Vale, vale.

Finalizo la llamada y voy a mi ventana, deslizando la cortina y sentándome como otras tantas veces en las que hablamos de esta forma, todavía llevo puesto mi pijama. Drake aparece poco después abriendo su ventana y veo que solo viste un pantalón holgado que cuelga bajo sus caderas, aunque eso no dura mucho puesto que se encarga de ponerse una camiseta porque hace frío.

Bosteza y se estira antes de sonreírme en tanto pasa la mano por su cabello despeinado. Es evidente que acaba de salir de la cama y es aún más evidente que me encanta toda esta vista.

—Buenos días, despertador —bromea.

—Buenos días, lamento haberte despertado, solo estaba un poquito emocionada.

—¿Un poquito? Yo diría que bastante. —Se ríe—. Ahora dime la razón por la que me tientas a esta hora con tu bonito pijama.

—¿Te gusta?

—Me encanta y sé que sin él estarías más preciosa.

—Oh. —Siento cómo me sonrojo y finjo abanicarme con mi mano, él sonríe—. En fin… Hoy he decidido ceder.

—¿Con qué?

—Te daré lo que tanto ansías.

—Hummm… Tengo miedo a decir algo equivocado, porque no sé si hablas de lo que de verdad ansío y, si no es así, sería bastante incómodo.

Eso despierta mi curiosidad porque se sonroja. ¿Qué pensamientos pasan por la cabeza de mi novio?

—¿Qué ansías, Drake? ¿Por qué parece que es algo sucio? ¡Oh, Jesús pervertido! Dime.

—No estás lista para escucharlo.

—¿Qué es? ¿Alguna postura sexual? ¿El sesenta y nueve? ¿Sexo anal?

—Oh, Jesús… —comienza a reír—. Déjalo estar. Ahora dime cuál es tu sorpresa.

—De acuerdo. —Entorno mis ojos hacia él, algún día le sacaré esa respuesta—. Te daré una de las cosas que pareces ansiar.

—Muy bien, eso hace que merezca la pena que me despertaras. Ahora dime qué es.

Hago con mi voz la mala imitación de un redoble de tambores, él enarca una ceja esperando a que todo mi teatro termine, luego aplaudo y finalizo uniendo mis manos.

—¡Te daré spoilers!

—¿Qué? ¿Qué milagro es este? ¿Es la mañana de Navidad? —Parece genuinamente emocionado, eso aumenta mi entusiasmo—. ¿De verdad me darás mis tan esperados spoilers?

—Sí, lo haré.

—Oh… Esto me emociona, esto vale totalmente la pena. —Une sus manos y aplaude—. Soy un Alasfan feliz.

—Oh, tonto. No exageres.

—De verdad soy feliz. ¿Podré presumir con Romina de esto?

—No seas malo.

—De acuerdo, solo presumiré con Alice.

No puedo evitar reír junto a él, pero no pongo en duda que presuma. ¿Quién iba a decir que Drake sería ese tipo de lector?

—Así que ¿viste que apareció un chico nuevo en mi historia? —comienzo.

—Sí, y eso no me da nada de tranquilidad. ¿Harás un triángulo amoroso? ¿Será un idiota? Porque finalmente nuestro protagonista está a punto de decirle que la ama.

Amo la intensidad y pasión con la que discute mi historia, es genuino, no finge que le interesa. Es real.

—¿Un triángulo? Lo llegué a pensar, pero eso conllevaría a que la historia se alargara más de lo planeado —razono—. En realidad, el nuevo se verá como el chico perfecto para ella. Caballero, dulce, buena familia, sexi y con las palabras perfectas para derretir a una chica…

—O sea, será un Dawson —me interrumpe.

—¡No! Dawson es amor y bueno.

—Entonces…

—Timothy será un cabrón de primera. Les hará creer a todos que es el chico perfecto. Peter dudará de él, pero todos creerán que en realidad se trata de celos porque Timothy tiene más pelotas y está siendo directo con Kristen…

—¡Oye! Peter tiene pelotas, solo que está asustado de que ella no sienta lo mismo porque siempre le envía señales confusas. ¡Está aterrado!

—¡Lo sé! ¡Soy la escritora!

—Oh, cierto. —Ríe apenado—. Prosigue.

Le arrojo un beso y me sonríe, asiente para que prosiga y deje de estar deslumbrada por su presencia.

—En fin, que resultará ser un cabrón. Enfocaré mi trama ahí. Él va a sembrar dudas entre Peter y Kristen…

—Lo odio —me informa—. Sucio bastardo traidor.

—Lo sé, lo sé —lo calmo—. Él será un malnacido. Creará muchas dudas entre todos, entonces cuando Peter enferme…

—Espera, espera. ¿Cómo que enferma?

—Sí, enferma un poquito y Kristen se preocupa.

Entorna los ojos hacia mí y cruza los brazos a la altura de su pecho. Le doy el intento de una sonrisa angelical.

—¿Y los resultados de sus pruebas médicas son inconclusos por casualidad? —cuestiona.

—No. Se descubre que tiene una bacteria en el estómago y que está bien —aclaro—. La cosa es que mientras está enfermo…

—Casualmente como yo.

—Tim —ignoro su interrupción— aprovecha para acercarse mucho a Kristen, se obsesiona, pero al ver que ella solo tiene ojos para su Peter…

—Me gusta cómo suena eso.

—Tim se cansará de que su plan no funcione y secuestrará a Kristen. Querrá obligarla a que lo ame, pero ella se negará y pensará que las advertencias de Peter siempre fueron ciertas. Estará días secuestrada…

—¿Qué mierda…? —Parece anonadado, estoy demasiado inspirada contándole mis planes.

—Entonces, un día, cuando él intenta meterle mano, ella lo golpea y comienza a escapar. Para entonces, Peter está hospitalizado y sospecha que algo está sucediendo. Kristen lo llama…

—Eh…, ¿con qué teléfono se supone lo llama? Estaba secuestrada.

—Oh. —Frunzo el ceño ante ese detalle olvidado—. ¡El teléfono que le roba al bastardo!

—Muy bien, prosigue.

—Entonces, le dice que tiene miedo, que Tim está loco y le dice que siempre lo ha amado.

—Esto me suena a despedida y me estoy asustando, Alas.

—Peter le dice que le dirá sus sentimientos en persona, que luche y corra. —Uno mis manos contando mi desenlace final—. Y de repente, sucede.

—¿El qué? ¡Habla!

—Peter golpea la cabeza de Kristen, asesinándola en el acto.

No hay palabras para la expresión en el rostro de Drake, parece genuinamente conmocionado. Su ceño se va frunciendo y niega con su cabeza.

—¡No me jodas! No puede ser el final. ¡No puede! ¿Quién te dio licencia para ser una asesina en serie? Primero Cody ¿y ahora Kristen? ¿Nuestra dulce y estúpida Kristen?

—No es mi culpa, es de Tim.

—¡Y un carajo! ¿Pero qué final es ese?

Llevo una mano a mi boca para tratar de contener la risa, pero las ganas pueden más y termino por hacerlo. Río tanto que se me escapan un par de lágrimas. Drake se mantiene mascullando sobre mi falta de empatía y corazón.

—Es mi historia y hago lo que quiero —le digo encogiéndome de hombros.

—Pero… Pero… ¡Novia! ¿Por qué ese final?

—¿Te duele?

—Hasta el alma.

—Ay, mi pobre bebé.

—Haz feliz a tu amor —me pide haciendo un puchero.

Casi quiero saltar de mi ventana a la suya y comérmelo a besos de chocolate.

—Estoy de broma, tonto. Todo eso pasará, pero no te diré si muere, al menos no ahora.

—¿Cuándo?

—Te lo diré cuando dejes de estar enfermo. Es mi garantía de que te quedarás conmigo.

—Parece justo. Trato hecho. —Me sonríe—. Muchísimas gracias por los spoilers.

—Ha sido todo un placer. ¿Te veo dentro de un rato?

—Ven a desayunar conmigo, prometo que lo pasaremos bien.

—¡No se diga más! Ya mismo voy.

—Aquí te espero.

Me arroja un beso y se aleja de la ventana. El muy perverso deja las cortinas abiertas mientras se desnuda del todo. Abro mi boca y me deleito con toda su desnudez, camina hasta tomar su bata de baño, se gira y veo su erección matutina, me guiña un ojo antes de cubrirse.

Es un provocador, pero me aseguraré de que pague este calentón apenas ponga un pie en su casa.

13 de septiembre de 2016

Flyper_Alasfan: No me doy por vencido.

Flyper_Alasfan: ¿Por qué no quieres hablar conmigo? Te admiro muchísimo, me he enamorado de ti: de tus palabras, de tu forma de ser y de tu belleza. Creo que podríamos funcionar.

Flyper_Alasfan: Follaríamos tan delicioso, tan duro y tan bien. No me rendiré contigo. ¡Puede suceder!

—¿Dices que le bloqueas y se crea un usuario nuevo? —pregunta Drake desplazándose por la gran cantidad de mensajes que me han enviado.

—Sí. —Asiento para dar más fuerza a mi respuesta mientras acaricio su cabello, su cabeza se encuentra sobre mi regazo—. Me he comunicado con soporte técnico, pero dicen que no pueden hacer nada más que eliminarle las cuentas.

»Sin embargo, cuando la eliminan, de inmediato crea una nueva. Cambié mi foto de perfil, pero igual ya me ha visto.

—Debemos poner una denuncia por acoso —me dice bloqueando al usuario después de tomar capturas de sus mensajes—. Nunca está de más tener precaución cuando no sabemos de dónde te lee esta persona que parece tener una obsesión contigo.

—Tal vez debería decírselo a mis padres, pero ellos no saben que escribo en JoinApp —murmuro, él alza la vista para observarme—. No saben que no solo escribo historias románticas y que a veces me pongo algo sucia con mis escenas.

—¿Algo sucia? —Enarca una ceja—. El teléfono se me cayó en el rostro cuando leí «Harper, chúpame la polla».

—Oh, cállate. Estaba muy avergonzada cuando me tendiste esa emboscada en la cafetería.

—Cómo olvidarlo, te fuiste corriendo. —Se ríe—. Me tomó horas idear ese plan de confrontación, fue bueno.

—Fue traumático para mí.

Flexiona sus labios de una manera graciosa y bajo mi rostro para besarlos, mordisquea mi labio inferior antes de dejar de besarnos. Su expresión cambia a una seria.

—Puedes decirle a tus padres cómo te sientes sobre que lean tus historias en este momento y ellos lo respetarán, pero necesitas decirles lo que sucede y que te lleven a la policía a presentar este caso de acoso.

»No estamos seguros de si ellos le darán la atención debida, pero al menos debemos intentarlo. Nunca sobra tomar precauciones, ¿de acuerdo?

—De acuerdo —concuerdo—. Suenas muy adulto cuando hablas así, me gusta.

—Hablo en serio, Aska.

—Se lo diré mañana cuando se despierten, ahora, por si no lo recuerdas, me he escapado de mi casa para dormir contigo.

—¿Solo dormir? —Se incorpora y me da un empujón para que caiga sobre la cama en tanto sube sobre mí—. Primero debemos divertirnos.

Sus dedos comienzan a desabrochar los botones de la camisa de mi pijama. Estiro mis manos sobre la cama dejándome hacer por él, eso lo hace sonreír.

Somos esa pareja que, una vez que lo hace por primera vez, le gusta hacerlo de nuevo, de nuevo y de nuevo. Lo hemos hecho cada vez desde hace cuatro días, los cuento, ya me adapto mejor y la incomodidad no es tan presente como la primera vez, ahora hay mucho más placer y lo más emocionante: ¡ya alcanzo un orgasmo cuando lo hacemos! Y eso me da mucha, pero mucha satisfacción. También he aprendido que Drake es el mejor amigo de mis partes femeninas, porque ellas enloquecen cuando sus manos, dedos, boca y lengua se acercan.

—Compré un libro para nosotros el otro día —informo mientras acaba con los botones y separa la tela dejando al descubierto mis pechos desnudos—. Debemos leerlo.

—Cuando quieras —dice de manera distraída.

Muerde su labio inferior y estira su mano jugando con las puntas de uno de mis pechos, contengo el fuerte gemido que quiero dejar escapar. Su mirada no se despega del movimiento de sus dedos.

—Creo que será muy bueno —digo sin aliento.

—Seguro que sí. —Baja su rostro y lame mi pecho antes de soplar—. Lo amaremos.

—Sí, sí, lo amaremos.

Se ríe antes de succionar y hacerme delirar. Como siempre, se toma su tiempo con esa área de mi cuerpo y luego sube mucho más la temperatura cuando su mano se desliza por mi abdomen hasta perderse debajo de la cinturilla de mis bragas y acariciarme de esa manera que me hace retorcerme. Poco a poco va construyendo esa oleada de placer a la que cualquiera se volvería adicto. Me va volviendo loca y, cuando susurro su nombre y me estremezco, besa mis labios. Cierro los ojos disfrutando de cada segundo de mi orgasmo y cuando los abro lo encuentro observándome con una sonrisa.

—¿Qué tal el viaje? —pregunta en un susurro.

—Llévame de nuevo —respondo, y ríe.

Lo ayudo a quitarse la ropa y reímos porque somos un poco torpes en la desesperación, la risa crece cuando al ubicarse entre mis piernas prácticamente quedamos en la orilla de la cama y mi cabeza cuelga. Riendo nos acomodamos mejor, lo veo cubrirse y luego se adentra en mí, haciendo que las risas cesen. Me besa para acallar mis gemidos mientras se mueve de una manera que me enloquece y que me hace rasguñarle un poco, tiro de su cabello, su codo pisa parte del mío, pero no me importa porque todo lo que puedo sentir es que ardo al sentirlo deslizarse una y otra vez dentro de mí con estocadas profundas que me tienen abriendo tanto como puedo las piernas.

Me mira con intensidad y luego sus ojos se encuentran clavados en la manera en la que mis pechos se sacuden con cada empujón de sus caderas contra las mías y casi me desintegro cuando me da una sonrisa llena de picardía antes de lamerse el pulgar y presionarlo contra el pequeño nudo de nervios entre mis piernas, que incrementa el placer ante su toque. Mis propias manos se deslizan hasta mis pechos, tirando de las puntas mientras jadeo.

Me encanta la manera en la que su abdomen se contrae con cada embestida, me gusta la manera en la que se desliza una y otra vez en mí con la facilidad de mi humedad, adoro la manera en la que me mira como si yo fuese su sueño y me deleito con el deseo con el que me toma.

Lo amo, lo amo, lo amo. Y no me asusta, me encanta esta sensación. Amo el amor.

Cuando creo que estoy a punto de alcanzar el orgasmo, su movimiento se vuelve más lento, torturándome y alargando tanto el momento que le hago saber que lo odio, cosa que lo hace reír en tanto se mantiene con esa tortura hasta que se detiene y me observa, sonriendo antes de arremeter con tanta fuerza que mi cuerpo se desliza en la cama. El sonido de su cuerpo contra el mío resuena, y yo lucho contra las ganas de gritar sintiendo cómo sus dedos se mueven con precisión en el nudo entre mis piernas y su otra mano se agarra con fuerza de una de mis nalgas. Me lleva a otro orgasmo que me hace temblar y cuando él también lo alcanza, se deja caer sobre mí, riendo y besando mi mejilla.

—¿Qué es tan gracioso? —pregunto.

—Me duele la nalga en donde me inyectaron —ríe aún más—, pero valió la pena. ¡Lo valió!

También río, al menos hasta que sale de mí y gimo un poco. Se deshace de nuestro amiguito el preservativo, nos limpiamos con sus fieles toallas y luego nos acostamos de costado, observándonos.

—Quiero volverme pegajosa y hablar de cosas como bebés y boda. ¿Te asustarás?

—Pruébame —me reta.

Me cubro mejor con la sábana y sonrío aceptando el reto.

—Nos casaremos en verano.

—De acuerdo.

—Dejo a tu elección cómo será la propuesta.

—Gracias por ser tan considerada. —No me pierdo la ironía en su tono, pero lo ignoro.

—No será una boda íntima, pero tampoco será un show. Escribiremos nuestros votos y podemos discutir luego la luna de miel.

—De acuerdo.

—Discutiremos, nos reconciliaremos. Seremos felices, a veces querré matarte y tú sacudirme, pero solucionaremos los problemas. Ahora, sobre los bebés.

—¿Qué pasa con los bebés no natos?

—Tendremos cuatro.

—¡¿Cuatro?! ¡Con lo que cuesta mantener a cuatro hijos, mujer!

—No seas tacaño, tendremos un buen sueldo. Ambos venimos de familias de una buena cantidad de hijos, quiero que los míos tengan hermanos geniales como los tengo yo.

—Drake, la máquina de hacer espermatozoides —murmura.

—Ojalá tengamos tu gen y tengamos lindos gemelos. ¡Ah! Serán preciosos. —Suspiro—. Después decidiremos los nombres.

»¿Qué te parece? Aún quedan detalles que concretar, pero lo haremos en el camino. —Sonrío ampliamente—. ¿Te asusté?

Me observa con fijeza y con su índice golpea mi nariz.

—Un poco —admite—, pero no tanto para salir corriendo, loca. ¡Cuatro hijos! Esa sin duda fue la parte que más me asustó.

—Si logramos gemelos, solo serían tres embarazos o dos…

—Ahora de verdad me estás asustando mucho.

Río y pellizco su mejilla, hace una mueca e intenta morder mi dedo.

—Te asusto, pero sigues aquí.

—Porque nunca quiero irme de tu lado.

—Ah, es que eres dulce. —Me acerco y le doy un besito—. ¿Activaste la alarma para irme a casa antes de que se despierten?

—Sí. Todo controlado. —Bosteza—. Igual debo levantarme a esa hora para tomar un medicamento, así que no hay manera de que nos quedemos dormidos.

—Bien. —Le doy otro beso—. Dulces sueños.

—Lo mismo digo, Alas.

33

Drama, esperanza, fe… Drama

ALASKA

17 de septiembre de 2016

—Mamá, olvidé la marca de arroz que me dijiste —admito con timidez apenas responde la llamada.

—Eso lo olvidas, pero las cosas que te convienen no —se queja antes de repetirme la marca una vez más.

Siento satisfacción al ver que esa es exactamente la marca que tomé y avanzo por el pasillo del supermercado haciéndoselo saber.

—Agrega leche a la compra. —Escucha a papá decirle algo—. Dice tu padre que va para allá, que irá a buscar unos libros.

—¡Sí! —Doy un salto emocionada—. Lo esperaré afuera para guardar la compra. ¿Algo más que deba comprar?

—Trae papas, una sandía. Oh, y papillas para la pequeña Jackie, Miranda va a traerla para que la cuidemos.

—Oh, eso me emociona, mamá. —Hago una pausa—. ¿Puedo comprar helado y galletas? ¿Sí? Di que sí, anda, anda.

—Bien, agrégalo a la compra.

—¡Sí! —Celebro con otro salto y ella ríe.

—Drake estuvo por aquí, lo invité a almorzar.

Me encanta que nadie hiciera un escándalo al enterarse de mi relación con Drake. De alguna manera las cosas entre nuestras familias siguieron casi igual en cuanto a trato, exceptuando algún que otro pequeño detalle. Le hago saber a mamá que es la mejor y ella, riendo, me dice que me dé prisa, que no olvide nada y me hace saber que papá ya viene en camino antes de que demos por finalizada la llamada.

Mientras pongo en las bolsas todo lo que me ha encargado mi madre no puedo evitar contener mi emoción por los libros nuevos que papá va a comprarme. Eso me hacer reír y seguramente parezco una lunática, pero no me importa. Con la bolsa de compras en mis brazos salgo del supermercado. Me ubico en la acera y espero el auto de papá, que no debe de tardar mucho en llegar, pero para distraerme saco mi teléfono sonriendo cuando encuentro un mensaje de Drake diciendo que soñó conmigo… Sin ropa. No dudo en responderle.

Rápidamente, con una sonrisa tonta, me encuentro enfrascada en una conversación con Drake entre divertida y caliente. Estoy tan ensimismada que me sobresalto cuando alguien agarra mi brazo, haciendo que el teléfono caiga al suelo: al darme la vuelta me encuentro con un tipo que se ve bastante adulto y que lleva puesta una gorra que le cubre los ojos.

No me da buen presentimiento, pero trato de actuar con calma para alejarme de esta incómoda situación.

—Eh, disculpa, pero suelta mi brazo.

—Vamos, nena. Déjame que te ayude con la bolsa.

—Eh, suelta —me quejo tirando de mi brazo, pero su agarre se hace más fuerte.

—Ya sabes que no me gustan estos juegos, cariño. Deja ya de hacerlos.

—¿Perdona? ¡Que me sueltes! —grito porque comienza a tirar de mí, obligándome a caminar.

Él ríe y me abraza con fuerza. Intento zafarme y dejo caer la bolsa con las compras, las pocas personas que transitan se detienen a observarnos. Él besa mi mejilla y siento asco.

—Mira lo que has hecho, tontita, siempre con tus bromas. No importa, compramos más de camino a casa.

—¡Suéltame! —Prácticamente me arrastra.

¡Está loco! Actúa como si me conociera, como si fuésemos una pareja y las malditas personas parecen creerlo.

—¡Ayuda! —grito, y él azota mi trasero—. ¡Asqueroso, suéltame!

—Lo siento —le dice a un señor al pasar por su lado—. Ella cree que estas bromitas son divertidas, es muy juguetona.

—Ayúdeme, no lo conozco de nada, no sé quién es. ¡No quiero ir con él!

Él continúa caminando, es mucho más alto y fuerte que yo, por lo que por más que intento frenarlo, no lo estoy consiguiendo y comienzo a ser presa de unos nervios y angustia que no me deja pensar. Cerrando una mano en puño golpeo su espalda con fuerza y eso parece afectarlo porque afloja su agarre en mi brazo, pero cuando pienso en echar a correr, me alza y me coloca sobre su hombro. El terror me invade y las náuseas me inundan cuando siento su pellizco en mi trasero.

—¡Ayuda! Oh, Dios. Esto no es un juego. ¡No le conozco! ¡No es mi novio!

El pánico es real cuando golpeo su espalda, se detiene frente a un auto y abre la puerta del copiloto obligándome a entrar.

—¡Ayuda! —grito.

—¡Eh! ¡Suéltala! —Alguien le grita. ¡Por fin!

Él maldice y sube al auto con rapidez, activa los seguros y golpeo la ventana. El hombre que gritó para ayudarme corre hacia el auto mientras le ruego que me ayude con lágrimas corriendo por el rostro, pero el auto se pone en marcha y grito con más fuerza mientras se aleja.

Oh, Dios. Oh, Dios. ¿Esto de verdad está pasando?

Siento mi rostro humedecerse con las lágrimas, el pánico me ataca de tal forma que no puedo moverme, pero siento los espasmos de mi cuerpo. Tiene que ser una pesadilla.

¿Las personas han creído que soy una mocosa juguetona que se ha ido con su novio? ¿Nadie me ha ayudado?

«Por favor, que ese hombre que me vio haga algo. Por favor».

—Al fin solos, te encantará el lugar al que vamos —dice el hombre.

»Pensé que este día nunca llegaría. Te encantaban mis mensajes en JoinApp, ¿verdad? Apuesto a que te calentaban tanto como a mí.

Con lentitud me vuelvo a verlo, se saca la gorra y reconozco al hombre que vi en la librería hace un tiempo. Trago con dificultad y llevo mi mano a la manilla de la puerta, pero esta no cede, tiene seguro. Se me escapa un sollozo.

—No llores, al menos que sean lágrimas de felicidad. —Su sonrisa se hace aún más amplia—. Veía tu hermoso rostro cuando me corría, imaginando cómo te verías debajo de mí mientras te follo duro. No puedo creer que finalmente pasará.

»Te haré sentir como tus protagonistas. Te haré todo lo que has escrito, cariño, y te mojarás tanto que me empaparás la polla. —Ríe—. Mira nada más cómo me la pones de dura. ¡Al fin puedo darte mis mensajes en persona y no en esa horrible aplicación! Aunque no odio la aplicación, ella me llevó a ti.

No digo nada, mi cuerpo tiembla.

—He esperado tanto esto, me desilusionó que no respondieras todos mis mensajes en JoinApp —continúa hablando, sin importarle mis reacciones—. He memorizado todo lo que escribiste porque voy a cumplir la fantasía de recrear cada una de las escenas.

»Casi actué demasiado rápido aquel día en la tienda ¿Te acuerdas? Traías esa sexi camisola, me masturbo cada noche con esa foto. Ese día no estabas preparada para conocernos ¡Y mierda! Odio a ese chico de la casa de al lado, por su culpa no pude volver a verte más que una vez. Lo odio, tal vez después me haga cargo de él.

Un sonido estrangulado escapa de mí cuando su mano se posa sobre mi rodilla. Cuando comienza a ascender por mi muslo, cierro las piernas con fuerzas y él ríe.

—Vamos, cariño, deja que papi te toque en donde más lo desea y te haga vivir todo lo que escribiste.

Miro hacia donde se encuentra el botón para desactivar los seguros de las puertas en tanto su mano está presionando para que abra mis piernas, algo que está consiguiendo. Mis piernas no tienen la suficiente fuerza y están cediendo.

—Te dije que nunca me rendiría. —Me sonríe brevemente y de manera temblorosa le devuelvo el gesto.

Tomo respiraciones profundas, prefiero morir en el intento que enfrentarme a cualquier tipo de destino de este psicópata. Así que tomo valor y con rapidez desactivo el seguro del auto, llevo mi mano a la manilla y tiro. La puerta cede de inmediato y me arrojo del auto en movimiento.

De inmediato siento un dolor lacerante mientras él grita mi nombre, no el mío, el de JoinApp. He saltado del auto y ruedo por la carretera, en plena vía, mientras los coches se desplazan a toda velocidad. Escucho la bocina de un auto venir y cierro los ojos, porque no quiero ver lo que va a suceder a continuación, sin embargo no puedo evitar el dolor que me embarga en cuestión de segundos cuando sucede.

Como escritora siempre creí que el día en el que mi final inminente se acercara, mi vida pasaría ante mis ojos, sería una clase de epifanía y no sentiría dolor antes de partir a lo que sigue después... Incluso aunque tengo mis dudas sobre religiones, creo que existe Dios e imaginé que me encontraría con el gran hombre y diría algo como: «Has sido buena persona, Alaska, bienvenida a mi reino celestial, aquí podrás escribir sobre todo lo que quieras menos de sexo».

O algo incluso más poético.

Pero la realidad es otra. Siento dolor en cada parte de mi cuerpo, percibo la sangre saliendo de mí y estoy tan aterrada sobre el hecho de que moriré que me es imposible en los próximos segundos poder recordar algo sobre la gran vida que he sido afortunada de vivir.

¿He sido arrollada? ¿Moriré justo ahora?

Los sonidos son muy distorsionados y no logro abrir los ojos. Hay un alarido perturbador llenando el aire y, cuando mi garganta quema, me doy cuenta de que soy yo. Intento abrir los ojos y lo logro por pocos segundos antes de que el dolor, cuando siento manos sobre mi cuerpo, me haga cerrarlos una vez más mientras intento gritar que no me toquen, que no me muevan.

Duele mucho y quisiera llorar por siempre ante la sensación dolorosa que no me abandona.

Escucho voces a lo lejos y luego intento gritar una vez más cuando noto que mueven mi cuerpo. Repentinamente parece que hay una conmoción alrededor de alguien que grita órdenes, algo quema mi garganta como si estuviese siendo perforada y hace frío. Mucho frío.

Afortunadamente no tengo que sentir dolor por mucho tiempo, porque mi cuerpo comienza a adormecerse y el dolor desaparece de manera gradual hasta quedar en la nada.

Entonces, ¿es esto lo que se siente al morir?

34

Como un Romeo y una Julieta

DRAKE

—Creo que le gustas mucho a la pequeña Jackie.

Miro a Alice ante su declaración y luego a la pequeña niña que se agarra de mis manos mientras da saltos torpes en el suelo donde me encuentro sentado.

—Es que soy el favorito de las chicas Hans —respondo con un pequeño toque de arrogancia.

—Yo no iría tan lejos. —Se ríe dejándose caer a mi lado y dándole un trozo de chocolate a Jackie—. Será un secreto de los tres que le di chocolate, pero es que debe de tener hambre, y papá y Aska están tardando demasiado en venir.

—Tu hermana no me responde ningún mensaje desde hace un rato.

—Apuesto a que volverán con más compras de las que debían. Aska siempre se antoja de algo.

—Hummm —gorgotea Jaqueline.

Bajo la vista para verla saboreando con deleite el chocolate, la dejo sentada frente a mí en el suelo y la veo gatear hasta un teclado de juguete que comienza de inmediato a atormentarnos con sus sonidos.

—¿Cómo es que Miranda y Jackson no se cansan todavía? Llevan toda una vida comprometidos.

—Ni que lo digas. Siempre bromeo sobre ello, yo digo que se celebrará la boda de Jocker antes que la de Jack, aunque Jock y Ade tampoco parecen tener prisa. Estos hermanos míos parece que se toman su tiempo.

—Al menos quieren casarse. Parece que tú eres la única a bordo que no piensa hacerlo, porque tu hermana básicamente me ha dicho cómo será nuestro pastel de bodas y que tendremos, supuestamente, cuatro hijos.

—¡¿Cuatro?! Uf, trabaja mucho, Drake, porque cuatro hijos no se mantienen fácilmente. Si no, mira a nuestros padres, que han lidiado con muchos dramas por culpa de sus hijos.

—Pobres padres.

—No quiero decir que nunca vaya a casarme, para evitar una maldición o algo, pero preferiría no hacerlo. No creo que llegue a confiar lo suficiente en alguien como para llegar hasta ese punto.

»El amor es una ilusión que acaba por desgastarse, al menos, es lo que pasa con muchos. No quiero sonar dramática ni resentida, pero ¿sabes? Aún siento el ardor de viejas heridas que me impiden volver a ilusionarme de tal forma. Cambié tanto por esa ilusión que ni siquiera puedo reconocer quién fui en ese entonces. No me gusta la versión de mí cuando tengo una relación.

Analizo sus palabras mientras la observo. Supongo que tendría que decir algo típico y odioso como: «Eres joven, no exageres». Pero la verdad es que ¿quién soy yo para cuestionar el ardor de sus heridas? ¿Para juzgar cuánto fue lastimada Alice en el pasado?

—¿Crees que exagero? —me pregunta tras mi silencio.

—No, si es así como te sientes. —Le doy una pequeña sonrisa—. No puedo sentarme aquí y aconsejarte, tu hermana es la primera novia que está conmigo más de dos meses y, para ser sincero, podría ser la primera vez que de verdad me siento atontado de amor. Pero...

—¿Pero?

—Sí puedo decirte que, si no te gusta la versión de ti en las relaciones, entonces, no seas ella. Tal vez la cuestión es que no te pierdas y que te mantengas fiel a quien tú realmente eres. Se acepta mejorar los defectos en pro de que la relación funcione, pero no hay que moldearse para ser la pieza perfecta de otra persona.

»Quién sabe, podrías simplemente conocer a alguien que te haga sentir lo suficientemente cómoda y feliz como para ser simplemente tú. Alguien que, incluso si duele, también te haga sentir feliz. Ya sabes cómo es: lloras y ríes, supongo que la tristeza y la felicidad son una especie de matrimonio viejo que va de la mano.

—Hoy amaneciste poético.

—Paso mucho tiempo con Alaska. —Me río, pero llevo una mano a la zona baja de mi abdomen percibiendo algo de dolor.

—¿Te sientes mal?

—Un poco, pero no quería faltar al almuerzo. Tu mamá me invitó.

—Y tampoco quieres asustar a Aska.

—Entiendes bien.

—¿De verdad las pruebas médicas que te han hecho no son concluyentes o le ocultas la verdad a Alaska? —La expresión en su rostro es seria y parece que mide mi reacción.

—Alice…

—Sé sincero conmigo, Drake.

Apoyando la espalda de la pared estiro las piernas frente a mí, todo bajo su atenta mirada, sopesando sus palabras durante unos instantes antes de suspirar y pasarme las manos por el cabello.

—Tu hermana es escritora. ¿Crees que ella no conoce la posibilidad de que yo hiciera algo tan heroico y egoísta como eso? Nada me haría más feliz que saber qué le está sucediendo a mi cuerpo, porque, créeme, esto es una mierda.

»Es inquietante tener que tranquilizar a todos diciendo que estoy bien cuando no lo sé. Así que soy sincero cuando digo que los exámenes médicos no son concluyentes, Alice. No sé qué tengo, pero sé que no quiero que sea algo trágico de lo que me pueda morir.

Permanecemos en silencio viendo a la pequeña Jackie reír con el teclado de juguete. Es un bebé precioso y aligera bastante el ambiente.

—¿Sabes? Creo que las familias Harris y Hans siempre estarán unidas, somos los mejores vecinos.

—Sin duda alguna. —Golpeo sin fuerza su hombro con el mío—. Ahora, cuéntame sobre tu sueño de diseño de interiores.

De inmediato sus ojos parecen brillar, no queda ninguna duda ante el hecho de que ella se encuentra en el camino correcto para ser feliz. Es gratificante ver la manera en la que ha ido creciendo y mejorando. Particularmente puedo decir que Alice siempre ha sido una gran persona. Como le sucede a cualquier adolescente, hubo un tiempo en el que perdió su horizonte y tuvo una mala actitud. Pero, sin duda, ha cambiado y todos tenemos fe en ella. Así que disfruto escuchándola hablar acerca de los planes sobre esa carrera que ha elegido y planteo preguntas que no hacen más que incrementar su nivel de entusiasmo.

Los minutos comienzan a correr y noto que el ambiente a nuestro alrededor comienza a hacerse un poco ansioso; sin embargo, no me preocupo por ello hasta que escucho en la cocina algo quebrarse. Alice y yo nos observamos antes de ponernos de pie e ir de inmediato a ese lugar. Jackson tropieza con nosotros mientras sale con el teléfono pegado a su oreja, miro hacia la cocina, donde Jollie Hans se lleva las manos temblorosas a su boca en tanto niega con la cabeza. Alice corre hacia ella y toma una toalla de papel, notando que Jollie se ha hecho un corte en la palma de la mano que no deja de sangrar.

—Cuidado en donde pisas, Alice —advierto caminando hasta ellas y evitando los fragmentos de vidrio—. Jollie, ¿estás bien?

—Mi niña, mi niña. —Comienza a derramar lágrimas como si saliese de algún trance—. Albert… Él dijo que… que no la encontra… encontraba…

Me tenso de inmediato y de manera irritante comienzo a sentir los calambres dolorosos que me han estado atormentando desde que comencé a enfermar. Estoy asustado de lo que pueda decir Jollie a continuación y, cuando mi mirada se topa con la de Alice, sé que ella también teme la noticia que aún no nos han dado.

—¿Qué sucede, mamá?

—Dice que alguien se la llevó. —Llora y comienza a hablar de una manera entrecortada que no se logra entender.

Por fortuna o por desgracia, Jackson aparece muy serio y pálido. Él no ha comenzado a hablar, pero de alguna manera sé que lo que va a decir no va a ser bueno y sé… que se trata de Alaska.

—Bien, necesito que guardemos un poco la calma. —No es una buena premisa para dar inicio a lo que sea que vaya a decir, ahora me siento más ansioso—. Papá acaba de llamar, necesitamos dirigirnos al hospital. Alaska ha sido ingresada de emergencia después de haber ocurrido un accidente.

»Papá no ha podido explicarme bien qué ha sucedido, por lo que lo mejor será que nos pongamos en marcha.

Por un momento parece que ninguno de nosotros hablará, luego Jollie llora, Alice maldice y yo solo me llevo una mano a mi abdomen sintiendo el dolor crecer mientras mi cabeza procesa el hecho de que Alaska ha sido ingresada de urgencias, que Jack no ha dicho que no es grave y qué no sabemos qué demonios pasa.

Alguien toma mi brazo indicándome que camine, me doy cuenta de que es Jack y que él le está dando indicaciones a Miranda, que asiente con ojos lagrimosos mientras sostiene a la bebé. Todo pasa tan rápido que de pronto siento que he viajado al interior del auto y que Jackson me abrocha mi cinturón de seguridad.

—¿Entendido?

«No. No entiendo nada».

—¿Drake? ¡Drake! —grita. Llevo una mano a mi abdomen y tomo profundas respiraciones—. Alice, ¿Drake debe tomar algún medicamento?

—No… no lo sé.

—Estoy bien, estoy bien. —Pero más que decírselo a él, me lo digo a mí mismo porque, en este momento en el que comprendo la realidad y seriedad del asunto, solo quiero llegar al hospital y ver que Alaska esté bien—. Solo llévanos al hospital, por favor.

Alice parece susurrarles palabras calmantes a Jollie, Jackson habla por un auricular inalámbrico con Jocker y yo… solo me siento inútil. Me doy cuenta de cuán efímeras son las cosas, no hay nada que pueda hacer para cambiar el hecho de que voy a un hospital sin saber si Alaska está bien. Trato de unir los puntos en mi cabeza, Jollie dijo que ella no estaba allí, que Albert no la encontraba, pero ¿por qué? ¿Cómo pasó de estar haciendo unas compras a sufrir un accidente?

¡Y por amor de lo sagrado! ¿Puede mi puto intestino, estómago o lo que sea dejar de dolerme en este momento?

Estoy asustado.

Tengo miedo del ahora, de lo que viene, de todo. Este es el momento exacto en el que me doy cuenta de que de nada sirve prometer que estaré bien. No tengo control de las cosas. Podría estar bien, pero Alaska podría estar mal.

De acuerdo, de acuerdo. No es el momento para una crisis. La vida pasa, yo mismo lo dije: hay dolor y alegría. No puedo decaer o entrar en una actitud fatalista. No soy así.

Todo va a estar bien, todo estará bien.

Cuando llegamos al hospital de inmediato siento ese sentimiento de rechazo, puesto que últimamente he estado yendo allí a menudo, pero me sacudo la sensación poniendo como prioridad el encontrar a Albert y que nos ponga al tanto de la situación. Jackson abre el camino y no tardamos en encontrarnos con su padre.

El señor Hans está pálido y con sus ojos enrojecidos, sin embargo, nos recibe con una postura serena y abraza a su esposa intentando tranquilizarla. Creo que solo ahora que Alice le ha entregado la responsabilidad de Jollie a Albert, ella se permite perder su fachada y comienza a temblar, la atraigo hacia mí y le rodeo los hombros con uno de mis brazos.

—¿Qué ha sucedido? —pregunta Jackson.

—¿Avisaste a Jocker? —responde Albert.

—Sí, viene en camino.

Albert deja ir una lenta respiración antes de pedirnos que nos acerquemos, veo la preocupación en sus ojos, pero también veo a una persona intentando ser el pilar de una familia que atraviesa un mal momento.

—Alaska me estaba esperando —comienza—. Cuando llegué, no la vi, pero había un señor hablando con un oficial. La llamé, pero no contestaba y entonces me di cuenta de que el oficial tenía su teléfono.

»Alaska fue abordada mientras me esperaba, el testigo asegura que ella luchó, pero el sujeto fingía que solo era una discusión entre parejas. Cuando él se dio cuenta e intentó ayudar, Alaska ya había sido obligada a subir al auto que salía del lugar.

—Mierda, mierda —murmura Alice derramando lágrimas. Jollie solloza.

Cierro mi mano en un puño intentando entender cómo nadie más, aparte de ese señor, la ayudó. Conociendo el carácter guerrero de Alaska tuvo que haber gritado pidiendo ayuda. ¿Cómo nadie intervino?

Veo borroso mientras espero que Albert continúe, porque sé que se pondrá peor.

—Pocos minutos después, otra patrulla fue informada de un accidente a quince minutos del lugar. Solo Alaska sabe qué sucedió en ese lugar, pero al parecer saltó del auto en movimiento en medio de la carretera y…

—Por favor, no —susurra Jollie—. No…, mi niña.

—Un auto a punto estuvo de arrollarla, pero la esquivó, chocando con otro auto. Sin embargo, el golpe al tirarse de un auto en movimiento ha dejado a Alaska en un estado lamentable. —Él toma otra respiración—. Tiene un par de costillas fracturadas, una herida profunda en el muslo y el rostro de mi pequeño ángel tiene muchas heridas. Tiene una conmoción cerebral debido al golpe de la caída y mientras la inflamación del cerebro baja la han inducido a un coma con el fin de evaluar los daños cuando ella despierte… No se sabe los efectos que esa conmoción pueda provocar, es el daño más grave y preocupante para los médicos.

—¿Indu… Inducida a un coma? —La voz de Alice es temblorosa—. ¿Un coma?

—Es lo mejor en este momento, ella lo necesita, Alice —dice Albert. Ella derrama lágrimas y me abraza con fuerza.

Noto que mi visión borrosa se debía a las lágrimas que estaba conteniendo, las dejo ir.

—¿Lo tienen? —pregunto y todos me miran—. A su atacante.

—Él parecía preocupado, eso dicen los que llamaron a la ambulancia. Dijo que era su novio y que no quería que eso sucediera. No huyó, solo subió a la ambulancia diciendo que era su novio.

—¡Es un enfermo! —grita Alice—. Es un maldito enfermo.

—¿Lo tienen? —vuelvo a preguntar.

—Se encuentra detenido en este momento y está siendo sometido a investigación. El testigo que presenció que se la llevaban en contra de su voluntad ya ha declarado, así como los implicados en el accidente automovilístico. Ellos esperan que Alaska despierte y…

—No pueden liberarlo —dice con calma Jackson—. No pueden.

—¿De dónde salió ese enfermo? —pregunta Alice.

Mis pensamientos son caóticos. El testimonio del señor Hans, los mensajes a Alaska…Todo viene a mí. Y finalmente calzo los puntos.

Los mensajes, el tipo fuera de nuestras casas aquella vez…

¡Dios! Se lo dije, le dije que debía hablar con sus padres sobre los mensajes extraños que recibía en su cuenta, que debíamos informar de ello a la policía. Me prometió que hablaría con Jollie y Albert sobre esto. No la culpo de esta situación, el culpable es el maldito enfermo retorcido que la ha lastimado.

—Es su acosador —interrumpo a Alice, que no deja de maldecir.

Siento la atención de todos puesta en mí. Es ese maldito bastardo. Paso una mano temblorosa por mi cabello. ¿Por qué sucede esto? ¿Cómo es que todo llegó a este punto?

—¿Qué has dicho, Drake? —pregunta Albert.

Siento mi rostro húmedo por las lágrimas y el labio inferior me tiembla, en mi pecho se están construyendo sollozos que no dejo escapar, por lo que me cuesta mucho conseguir hablar y sé que todos están desesperados por mis palabras.

—Desde hace un tiempo Alaska recibe mensajes en la página de internet en donde escribe. Mensajes de alguien que decía amarla y cosas obscenas. Estoy seguro de que ella no pensó que esto llegaría tan lejos, pero tiene que ser él. —Me limpio las lágrimas—. Se trata de él, sus mensajes mostraban un amor obsesivo.

—El hombre que la fotografió en la tienda —jadea Alice—. Las vendedoras no nos creían, pero Alaska insistía en que un hombre la había fotografiado y le creí, estuvo asustada después de eso.

Me llevo una mano temblorosa al cabello. ¿Cómo puede ser que hacer algo que le gusta tanto como escribir acabe provocándole un coma inducido en este hospital? ¿Cómo hacer lo que ama concluye de una manera tan trágica?

Albert se acerca a mí y coloca sus manos sobre mis hombros. Quiero pedirle perdón por no haber insistido más para que Alaska hablara con ellos sobre los mensajes, por no haber hecho más. No es mi culpa, pero siento parte de la responsabilidad por no haber hecho más para evitarlo.

—Debes decírselo a la policía, Drake. Todo lo que sabes. La página, los nombres de usuario, el nombre de usuario de Alaska…

Exponerla. Decir algo que con tanto recelo se guardó. Siento como si eso fuera traicionar su confianza, pero entiendo la situación y por qué debo hacerlo. Solo espero que ella también lo comprenda cuando despierte y sepa que lo dije, porque ella va a despertar. Tiene que hacerlo.

—Quiero verla, por favor.

—Debes hablar primero con las autoridades, Drake, por favor. Es lo que Alaska necesita en este momento, que puedas ayudarla a mantener a ese hombre tras las rejas —me pide Albert—. Sé que estás asustado sobre esto, pero estará bien. Ella saldrá de esta.

»Haz lo correcto hablando con los oficiales, iré contigo y prometo que al volver la verás. Por favor, no comprendes el amor de un padre porque aún no lo eres, pero cuando suceda, entenderás que como padre necesito saber que mi hija no correrá más peligro con ese hombre suelto en las calles.

—Lo-lo entiendo —digo sintiendo mis labios temblar. Asiento con lentitud—. Iremos y luego la veré.

—Haremos eso, lo prometo.

18 de septiembre de 2016

Limpio mis manos en mi pantalón y respiro hondo antes de abrir la puerta y adentrarme en la habitación. Agradezco las habilidades de negociación de Jocker que hicieron posible que pueda ver a Alaska en un horario que claramente no es de visita.

Pasé más tiempo del esperado haciendo una declaración, luego tuve un duro momento cuando durante unos segundos pude ver a la escoria que ocasionó toda esta situación. En un primer momento me resultó vagamente familiar, pero no fue hasta que estuve en el auto de Albert Hans cuando supe que era alguien que vi de manera muy fugaz hace mucho en una librería, aquella tarde él la miraba y pensé que era un tío con una mirada sospechosa, pero no pensé que fuese un enfermo que insistiría una y otra vez en que Alaska era suya.

Desmond, de treinta y cinco años de edad, es el «hombre» que forzó a Alaska a subir a su auto, el que la obligó a arrojarse de un vehículo en movimiento. ¡Qué asustada tuvo que estar Alaska para hacer algo así! Me hace sentir impotente y con ganas de dejar ir toda mi ira contra él.

El señor Hans tuvo que detener el auto para que yo pudiera salir y gritar, incluso lloré de impotencia porque me enferma saber que muchas escorias como él andan libres por el mundo, esparciendo tanto daño. Todo ello conllevó a que tuviera una bajada de tensión y acabara en el hospital yo también. Llamaron a mis padres y cuando ellos vinieron al hospital mi madre lloró mucho, por mí y por Alaska. Fui reprendido por olvidar mi medicación, por descuidar mi propia salud, pero ¿entenderían ellos lo que se siente al no ser capaz de ayudar de alguna manera mejor? ¿De no haber sido más precavido sobre la seguridad de Alaska?

¡Por Dios! Incluso los spoilers que ella me daba de su historia, de alguna manera, resultaron como la vida real con un intento de secuestro. ¿Qué habría pasado si ella no llega a saltar? ¿En dónde estaría ahora? Mi cabeza se llena de muchos interrogantes.

Me obligaron a comer, me dieron medicinas, me pusieron una inyección y me ayudaron a serenarme antes de que pasada la medianoche Jocker negociara con las enfermeras el dejarme ver durante unos pocos minutos a Alaska. Después de todo, me había perdido la hora de visitas y me lo habían prometido. No podría irme sin verla, no quería irme. Así que ahora la observo en la cama, pálida, con los ojos cerrados y un tubo introducido a través de su boca hasta su garganta. Le daría un ataque si supiera que eso se encuentra ahí. Me acerco a ella y veo el monitoreo de una máquina que indica su frecuencia cardíaca, por ahora parece bastante estable.

Respiro hondo cuando llego hasta ella y noto las heridas en el lado izquierdo de su rostro. Hay rasguños en su mejilla que no son profundos, uno algo más grande en la curva de su mandíbula, y tiene moretones. En su cuello hay más moretones y cuando mi mirada llega a su brazo izquierdo, me encuentro con el yeso. En su lado derecho también hay daños, pero los más graves son visibles en el izquierdo. Alice me dijo que en su muslo izquierdo parece haberse abierto parte de la piel en una profunda herida que requirió más de veinte puntos.

Sin embargo, me es imposible no sonreír cuando me doy cuenta de que Alaska se salvó. Fue lo suficientemente valiente y veloz para tomar la salida más arriesgada y temerosa. Buscó una salida, hizo su elección.

Arrastro la silla hasta su lado derecho, me siento y tomo su mano. Tiene los nudillos rotos y se la ve tan pálida que de repente una voz en mi cabeza decide recordarme que se encuentra en coma inducido y eso hace que me estremezca.

—Se supone que mi lado de la historia es en esa cama, amor. Se supone que tú ocupas esta silla y yo la cama mientras te obligo a besarme y te digo que todo estará bien. —Sacudo mi cabeza—. Te gustan los dramas incluso en la vida real, ¿no, Alas?

»Estoy tan molesto contigo que cuando despiertes, además de comerte a besos, voy a sacudirte y reñirte por no decirles a tus padres lo que sucedía con los mensajes. —Hago una pausa y suspiro—. También me voy a disculpar por haber dado tu usuario en JoinApp, pero era necesario, Aska, ese tipo debe permanecer en la cárcel, él podría hacerle daño a otras chicas que quizá no tuvieran la oportunidad de salvarse como tú.

Beso sus nudillos magullados.

—Además, estoy seguro de que, si por casualidad tus padres lo leen, verán tu talento. Al principio será vergonzoso para todos ustedes, pero lo superarán. No te delaté por traición, lo hice para ayudar. Puedes comprender eso, ¿verdad? Tú hubieses hecho lo mismo por mí.

»No quiero hacer eso que sé que hacen en las novelas en donde hablas y hablas esperando que te escuchen, es decir, apuesto a que sí escuchas, pero quiero decirte todo cuando abras tus bonitos ojos. Por cierto, quisiera quedarme contigo, pero mamá no me dejaría y tú tampoco querrías que descuidara mi salud.

Hay un toque en la puerta que me indica que ya debo salir, suspiro y me pongo de pie, beso de nuevo su mano antes de dejarla reposar en su cama.

—¿Prometemos que la próxima vez que nos veamos estaremos ambos conscientes? Promesa. —Intento sonreír—. ¡Y Jesús salvador! Despierta ya.

20 de septiembre de 2016

La mañana empieza de alguna manera… bien.

Jackson llamó a primera hora para decirme que la hinchazón en el cerebro de Alaska ha bajado considerablemente y que se espera que hoy la saquen del coma inducido. Son buenas noticias incluso cuando asusta pensar que cuando despierte sabremos si hubo algún daño grave.

Tuve más apetito para comer y cuando comenzó a dolerme toda el área abdominal, me detuve no queriendo exceder mi límite. Pero entonces el dolor no se detuvo, se fue haciendo más latente. Llegó a un punto tan fuerte que ni siquiera pude gritar o sollozar. Solo me acosté en posición fetal en el suelo, abrazándome el estómago y diciendo que todo estaría bien.

Cuando el dolor alcanzó una nueva escala, vomité, pero no me moví.

Esa fue la manera en la que Hayley y papá me encontraron después de un buen rato.

Era plenamente consciente de lo que decían, de la desesperación de papá y sobre cómo avisaba por teléfono a mamá de que me iba a llevar de urgencias al hospital. Una parte de mí, bastante estúpida, por un momento pensó: «Iremos a ver a Aska». Pero el dolor fue lo suficientemente real y fuerte para recordarme que iba a un hospital porque sentía que una mano me arrancaba a sangre fría mis intestinos y revolvía todo en mi interior. Por un momento creí saborear la sangre en mi boca, no sé si lo imaginé.

Solo sé que escuché al médico ladrar dando indicaciones cuando llegué y fui depositado en una camilla, para una operación de emergencia, y tuve muy presente algo: que no quería morir.

35

Perdidos

ALASKA

Sé que mi naturaleza es ser dramática, pero esta vez puedo decir que el dolor en mi cuerpo es muy real, es incontrolable y, cuando intento emitir una queja, tengo la sensación de que mi garganta está siendo quemada a carne viva. Siento un fuego y un ardor impresionante en ella, estoy desorientada, pero de alguna manera siento pánico.

¿Qué le pasa a mi cuerpo?

¿Por qué no responde?

¿Por qué me duele tanto?

Mis párpados no responden cuando quiero abrirlos y mi cuerpo tampoco. «Oh, duele mucho». Escucho pitidos acelerados y luego movimiento a mi alrededor. ¿Qué está sucediendo?

De alguna manera consigo luchar para abrir los ojos pese a dolor y todo lo que veo es una luz, también siento que el ardor en mi garganta es más grande.

—Tranquila, cariño, tranquila.

Mamá. Es mamá y quiero tanto verla, que me ayude, que me salve. Que me quite todo este dolor.

«Mami, duele mucho».

La escucho, pero no logro verla, aunque estoy segura de que tengo los ojos abiertos y todo lo que percibo es luz. No hay más, no hay colores.

—Todo está bien, mi cielo.

—Señora, por favor, salga.

—¿Qué van a hacerle a mi niña?

Quiero llamarla, quiero pedirle que no me deje sola. Tengo tanto miedo, pero entonces me siento pesada y mis ojos parecen irse cerrando, pese a mi desespero por obtener alguna reacción de mi cuerpo, voy perdiendo la consciencia.

21 de septiembre de 2016

Duele. ¿Por qué el dolor no se va? En mi garganta persiste una quemazón y un ardor difícil de ignorar, pero no lo siento como antes. Esta vez, cuando me quejo, un sonido ronco y que duele sale de mí. Cuando intento moverme, apenas lo consigo un poco y un grito estrangulado sale de mí porque duele mucho. Siento humedad en mis mejillas.

—Tranquila, mi cielo. —Siento una caricia en mi cabello mientras escucho la voz de mamá—. Está bien, todo está bien, tranquila.

Sus dedos se posan en mi mejilla en una caricia y siento cómo limpia debajo de mis párpados. Tengo miedo de abrir los ojos y enfrentarme a una realidad desconocida. Sin embargo, me arriesgo y, tras varios intentos, parece que lo consigo.

—Alaska, cariño. Abriste tus ojos, oh, Dios, gracias.

Experimento el tacto del beso de mamá en mi frente y dejo ir una lenta respiración cuando poco a poco los colores van haciéndose más nítidos y, pese a que duele un poco, me da alivio verla del todo. Intento llevar mi mano izquierda a mi rostro, el cual duele, pero siento un peso muerto y la mano de mamá me frena.

—Tranquila, llevas un yeso en este brazo.

Muevo mi otra mano y noto que tengo una vía intravenosa en ella; ladeo el rostro y, cuando visualizo un vaso de agua, casi quiero llorar rogando porque sacien la sed que quema mi garganta.

—A… agua —consigo susurrar con voz rasposa.

Mamá humedece un algodón y lo presiona en mis labios secos antes de sostenerme la cabeza con una mano y ayudarme a beber solo un poco. Quema, pero alivia.

—Papá está conversando con el médico que te ha examinado hace un momento, cuando despertaste de nuevo.

¿Hice eso? Porque no lo recuerdo. Me muevo un poco y me quejo, duele mucho. Siento como si todo mi cuerpo hubiese sido golpeado.

—Tienes algunos daños, pero todos ellos sanarán. Lo más importante es que despertaste y todo parece estar en orden en esa cabecita atolondrada tuya, hija.

Noto que tiene los ojos hinchados y luego veo lágrimas que caen por su rostro; una de ellas se desliza por mi mejilla.

Durante unos pocos segundos me permito cerrar los ojos en un vago intento de ubicar lo que sucede, por qué estoy aquí, qué me sucedió. Siento como grandes lagunas en mi cabeza. Vuelvo a abrir los ojos y dirijo mi atención a mamá.

—¿Qué-qué sucedió? —susurro.

Su expresión pasa de la cautela a la preocupación en cuestión de segundos, lo que resulta un poco alarmante. Inclinándose me besa la frente una vez más.

—¿No recuerdas nada?

—No-no lo sé.

—De acuerdo, no vamos a asustarnos. Todo estará bien.

Pero mientras ella repite esas palabras y llora, no me hace sentir segura de tal declaración.

Jocker acomoda las almohadas detrás de mi espalda y me ayuda a inclinar un poco la cama, intento sonreírle aunque me duela el rostro y él me devuelve el gesto. De nuevo toma asiento y me toma una de las manos con la suya.

—Nos has dado un gran susto, hermanita. —Habla con tranquilidad pese a que parece bastante agotado—. Estoy muy molesto contigo, pero creo que mi reprimenda puede esperar un poco, a que te recuperes.

—No tienes que… quedarte.

Después de las siete horas transcurridas desde que desperté, hablar no me duele tanto como antes. Ahora entiendo que el dolor proviene de haber tenido un tubo atravesando mi garganta durante cuatro días. Sigo sin entender qué hago aquí, cómo llegué. Me siento desorientada ante las lagunas que hay en mi cabeza.

«Estoy olvidando algo importante», tengo esa persistente sensación.

—No seas tonta, papá y mamá no querían despegarse de ti estos últimos días, necesitan descansar. No tengo problemas en hacer la guardia esta noche. —Besa mi mano—. ¿Cómo está la cabeza creativa de mi hermana menor?

—Desorientada —me sincero—. Yo… me siento perdida.

—No tengas miedo, estoy seguro de que poco a poco todo irá regresando.

Me da un largo vistazo repasando mis heridas: mi brazo enyesado, los horribles moretones, los rasguños, la hinchazón, y eso que la herida profunda de mi muslo izquierdo cubierta por el vendaje se encuentra tapada por la sábana. Soy una muñeca defectuosa en este momento.

—Nos asustamos tanto, Alaska… —susurra—. La simple idea de que tú… Solo verte dormida durante días rompió mi corazón.

—Lo siento —susurro, aunque mis recuerdos sean dispersos y no sepa exactamente lo que lamento.

—Alice quería quedarse, pero logré convencerla de que fuera con Adelaide a casa. Jack también se fue a descansar, la pequeña Jackie lo extraña. Mis amigos te envían muchos abrazos.

»Holden tal vez logre colarse dentro de un rato y, si no es así, vendrá mañana temprano.

—¿Holden vino?

Noto que se tensa ante mi pregunta mientras mantiene su mirada en mí como si esperara algo.

«¿Qué sucede?».

—Sí, Holden está aquí.

—No tenía… que venir, no era necesario.

—Lo era, Aska. Créeme, lo es.

Una enfermera entra para hacerme el chequeo nocturno, comprueba mis constantes y aplica un medicamento para el dolor. También trae consigo lo que parece una papilla que sabe horrible y que Jocker me ayuda a comer, al menos la mitad. Bebo agua y comienzo a sentirme soñolienta por el medicamento.

Una vez más, mi hermano me ayuda a acomodar las almohadas para estar cómoda y dormir, baja la cama y coloca la sábana a mi alrededor. Se mantiene hablándome en voz baja hasta que mis ojos comienzan a hacerse pesados hasta cerrarse.

No estoy dormida, poco a poco voy dormitando. Mi mente comienza a relajarse y una conversación por teléfono con mamá comienza a sonar en mi cabeza. «Un supermercado». Me estremezco y siento cómo el corazón se me acelera.

—¿Alaska? —Jocker me llama, al oír cómo la máquina comienza a marcar lo rápido que late mi corazón—. ¿Qué sucede?

«Mi teléfono cayendo, la bolsa de las compras y luego… Ese hombre llevándome con él».

Siento un agarre en mis brazos y grito.

—¡Suéltame! Déjame ir —grito.

—Alaska, soy yo. Tu hermano, soy Jocker. Abre los ojos.

Lo hago y siento humedad en mis mejillas. Me encuentro con sus ojos color café que parecen alarmados y lloro aún más. Me ayuda a incorporarme, me atrae hacia él y comienza a mecernos. Con mi mejilla apoyada en su pecho mi llanto no se detiene hasta que con el transcurso de los minutos mi respiración se va calmando.

—Él me llevó…

—Él se encuentra detenido —susurra—. No te hará daño, estás bien.

—Tengo miedo.

—No vendrá por ti, no volverá a hacerte daño.

—¿Por qué lo hizo?

—Porque hay personas que solo son oscuridad, Alaska, personas que perdieron cualquier consciencia o, sabiendo que obran mal, deciden actuar.

—¿Quién era él?

Con voz calmada y pausada, Jocker comienza a contarme que mi acosador ha sido identificado. Se llama Desmond y es un hombre de treinta y cinco años que me encontró en JoinApp y se obsesionó conmigo hasta el punto de localizarme y venir a por mí. Él me llamaba «su pequeña novia». Jocker también me explica que han registrado la habitación donde se alojaba, puesto que es de Cheshire, y que por lo visto me tenía muy vigilada: sabía lo que hacía, mis salidas, quiénes eran mi familia y mis amigos…

Jocker no me dice cuáles eran sus planes al raptarme y, con sinceridad, tampoco quiero saberlo, estoy lo suficientemente asustada para no querer tener más detalles. Mientras él habla, mi cuerpo se sacude en espasmos. Estuvo muy cerca de lastimarme.

«¿Cómo el hecho de escribir historias, algo que me encanta, me llevó a vivir esta pesadilla?».

Poco a poco más recuerdos van llegando a mí. El auto, la manera en la que salté. ¿Fui valiente o estúpida?

Me salvé de cualesquiera que hayan sido sus planes.

Al ir recuperando mis recuerdos de ese día y de días antes voy entendiendo por qué Jocker quería reprenderme. Debí haber hablado con mi familia de lo que sucedía, me lo dijeron, pero de alguna manera lo retrasé tanto que al final, restándole importancia, olvidé decirlo.

—Por favor, dame tu teléfono —pido entre lágrimas.

Me siento soñolienta y estoy luchando para mantenerme consciente.

Él me entrega su teléfono, me ayuda a descargar la aplicación y luego observa cómo doy de baja mi cuenta, porque me aterra. Ahora no me creo capaz de volver a compartir alguna vez algo en ese lugar. Posiblemente es egoísta irme sin avisar a mis seguidores, pero tengo tanto miedo y me siento tan asqueada que no me importa. Solo quiero borrarme de cualquier lugar en donde alguien pueda volver a acosarme.

Lloro contra el pecho de mi hermano y él me consuela diciendo que todo estará bien.

«¿Cómo pueden existir personas tan enfermas?». No quiero pensar en ello, pero no puedo evitar imaginar escenarios en donde ese hombre me hubiese llevado con él, y consigo sentir náuseas. No sé cómo volver a sentirme segura y a salvo.

¿Por qué fui tan irresponsable y no lo hablé con mis padres? ¿Por qué no les dije incluso cuando Dra...?

Espera, espera. Me enderezo con demasiada rapidez y siento un dolor muy fuerte en mi cuerpo, pero no me importa porque finalmente logro orientarme y entiendo por qué me sentía extraña y con un vacío.

«Drake. Es Drake».

Miro alrededor como si de alguna manera él fuese a aparecer por arte de magia. Drake, ¿en dónde está? ¿Cómo pude no orientarme antes y darme cuenta de que él no estaba?

—¿Alaska?

Vuelvo mi mirada a mi hermano, parpadeo porque siento el adormecimiento del medicamento haciendo mayor efecto en este momento y lucho para no perder la consciencia. No todavía, no sin saber.

—¿En dónde está Drake? —pregunto, y noto el cambio en la postura de Jocker, cómo su rostro pierde un poco de color—. ¡¿En dónde está Drake?!

Porque incluso sin que yo preguntara, ellos me habrían dicho por qué él no estaba. ¿Qué están ocultando?

—¿Qué pasa con Drake? ¿En dónde está? ¿Por qué no viene? —Mi labio inferior tiembla.

—Chist, hablaremos de ello luego, ahora debes descansar.

—No, no, no.

Lucho contra la manera en la que mis ojos se vuelven pesados mientras le ruego que me diga en dónde está Drake. Mientras pierdo mi lucha contra la inconsciencia, me doy cuenta de algo: conozco lo suficientemente bien a mi hermano como para saber que se está guardando algo que me causará dolor. Algo referente a Drake.

22 de septiembre de 2016

Siento que mi familia me ha estado evitando. No es como si ellos me hubiesen abandonado, pero pese a que primero papá, y después mamá y Alice, han venido a verme, todos parecían huir de mí sin darme la oportunidad de preguntar por Drake. Supongo que no se dan cuenta de que el hecho de que se esfuercen tanto solo hace sonar mis alarmas.

Hace un rato Adelaide vino a verme. Ella actuó mucho más normal y me hizo saber que Romina, mi amiga, ha estado muy pendiente de mí y de mi progreso, sin embargo, fue una visita breve.

Cuando le pedí a Jocker que buscara mi teléfono, dijo que lo haría, pero no ha vuelto y algo me dice que es porque lo oculta. Así que me encuentro inquieta y angustiada por el paradero de Drake. ¿Por qué Dawson tampoco ha venido a verme? Algo grave tiene que estar ocurriendo.

Así que, además de que sigo dolorida, también estoy inquieta. El yeso en mi brazo es un estorbo, la herida en mi muslo casi me hace desmayarme de la impresión esta mañana cuando vinieron a limpiarla y cambiar la venda. No soy idiota, sé que lo más seguro es que me quede una cicatriz ahí y, en cuanto a mi rostro, me han dicho que la hinchazón bajó muchísimo, pero con los moretones y raspones me resultó difícil verme en el espejo. El dolor que sentí desde que desperté de alguna manera me hizo saber que no me encontraba en el mejor estado, pero verme ha sido impresionante y me tuvo llorando durante una hora.

No porque considerara que ya no era bonita o alguna preocupación exterior como esa, aunque admito que el pensamiento pasó en varias ocasiones por mi cabeza; no, el llanto vino ante el hecho de que fue real, de que genuinamente una persona quiso lastimarme.

También me desperté pensando en que di de baja mi cuenta en JoinApp, una aplicación en donde inicié un sueño, y en que siento verdadero miedo ante la idea de volver a escribir. ¿Qué pasa si alguien de nuevo intenta lastimarme por ello? Y duele. Pensar en que no volveré a escribir ni interactuar de la manera en la que lo hacía me duele mucho.

Pero todos esos pensamientos quedan anulados y a un lado cuando pienso en Drake, mi preocupación real. Cada minuto que pasa solo alimenta mi angustia. ¿Qué me ocultan?

—Toc, toc.

Alzo la vista y me encuentro con un peluche de oso panda cubriendo el rostro de Holden, quien se encuentra en la puerta de mi habitación.

Mi sonrisa es inmediata, aunque la borro un poco cuando el estiramiento de mi piel hace que duela.

Él retira el peluche de su rostro y camina hasta mí con una media sonrisa. Estira el muñeco, que tomo con mi mano libre, y se inclina a besar mi frente. Reparo en su barba, su cabello despeinado, las bolsas y ojeras que tiene. Luce muy cansado y sus ojos están inyectados en sangre. Sin embargo, me sonríe.

—Eso fue un gran susto, ¿eh? Me alegro de que te encuentres mejor y que nada malo haya pasado en tu cabeza. —Toma asiento en la silla que está al lado de mi cama—. Y también es un alivio que no huelas mal pese a que estás en un hospital donde te han dado solo baños de esponja.

—¡Oye! —Sé que bromea—. Adelaide me ayudó con un baño de esponja un poco más temprano.

—Bendita sea Adelaide. Lamento mucho lo que te ocurrió, Aska. Espero que esa mierda pague caro el daño que ha hecho.

Me estremezco, porque Adelaide fue sincera conmigo cuando pregunté sobre ese hombre. Antes de mí hubo otras, dos de ellas. Una sobrevive con lesiones graves físicas y mentales; la otra fue asesinada. Espero que Desmond se pudra en la cárcel, un lugar donde no pueda hacer más daño. Es un maldito enfermo.

—Soy afortunada, pero tuve mucho miedo. Aún lo tengo.

—Y es válido que lo tengas, no dudes de tu fortaleza, pequeña.

Estiro mi mano buena y me cuesta alcanzar la suya, pero lo consigo. De esa manera él no podrá huir.

—No te vayas, por favor, ni evites mis preguntas como han hecho los demás. —Prácticamente ruego.

Lo veo tragar y asiente con lentitud, toma mi mano entre las suyas y su vista se clava en mis ojos.

—No voy a huir, tomé la decisión de hablar contigo.

»Nadie de tu familia te lo dijo antes porque acababas de despertar y tus recuerdos estaban confusos. En parte fue un alivio que por un breve momento tu mente bloqueara la idea de mi hermano, eso nos dio tiempo de pensar bien las cosas.

—¿Qué cosas?

Su mano aprieta la mía y ya puedo sentir mis ojos humedecerse.

«No quiero malas noticias, no quiero».

—Mientras estuviste inconsciente, Drake ayudó mucho con su declaración diciendo que ese hombre había estado acosándote. Él estuvo a tu lado durante un tiempo. —Suspira—. Todos sabíamos que la salud de Drake estaba comprometida, no se sabía exactamente qué tenía, pero parecía algo complejo.

»Hace dos días su salud empeoró, mientras estaba en casa las cosas se complicaron.

—No. —Siento las primeras lágrimas caer.

Mi Drake, mi pobre Drake.

—Todo este tiempo había sido muy difícil dar con lo que tenía, pero al llegar de emergencia al hospital, tuvieron que hacer un examen muy rápido y someterlo a cirugía de urgencia.

—Oh, mierda, mierda. —Mi labio inferior comienza a temblar.

Él estira una de sus manos y me limpia las lágrimas de las mejillas, veo el dolor en su mirada mientras habla de su hermano menor.

—Drake tenía una obstrucción intestinal. —Todo lo que hago es mirarlo—. Lo sé, quedé igual de desconcertado que tú. Los doctores dijeron que se debía a una pseudoobstrucción intestinal idiopática, después de buscar y buscar como un loco, entendí que se llama «idiopática» porque no se conocen sus causas, simplemente sucede y no puedes explicarlo.

»La manera en la que colapsó se debió a una infección en su cavidad abdominal —continúa.

—Yo… yo no lo entiendo. —O tal vez me niego a hacerlo.

—Él corría el riesgo de sufrir una parálisis cerebral, algún trastorno en su sistema nervioso, problemas cardíacos o pulmonares. Si él seguía sin un diagnóstico, los escenarios no hubiesen sido buenos, Alaska. Era un riesgo enorme.

—Pero ahora está bien —digo.

Él vuelve a suspirar y entonces derrama un par de lágrimas y sacude su cabeza. Un sollozo escapa de mí y retiro mi mano de las suyas para presionármela contra la boca en un intento de controlarme.

—Normalmente después de la operación, el problema tendría que haber sido erradicado y él tendría que ponerse bien. Pero existía la posibilidad de que los síntomas reaparecieran con los años o de que empeoraran.

»La operación fue una emergencia, algo inesperado. Los médicos debieron actuar con rapidez. Drake nunca en su vida había sido sometido a una operación, por lo que no conocíamos el hecho de que dentro de ese pequeño porcentaje de uno entre miles estaría él.

—¿Porcentaje de qué?

—Tuvo una reacción alérgica a la anestesia durante la cirugía. Lo extraño es que sucedió cuando estaban ya finalizando. Comenzó a sufrir hipotensión, intentaron controlarlo…

—No puede ser, esto no puede ser —murmuro una y otra vez, odiando a mi imaginación cuando dibuja en mi mente los escenarios de lo que Holden me dice.

Drake toda su vida ha sido sano, muy pocas veces enfermó al crecer, Dawson era más propenso a pillar algún virus o a sentir algún malestar. No es posible que haya habido un cambio tan drástico en su salud. Me es difícil de entenderlo y procesarlo.

—¿Qué sucedió, Holden?

—Tuvo un paro cardíaco súbito.

—No, no, no. No puede ser, eso no es real.

Estiro una mano, arrancándome la vía intravenosa y lastimándome, intento bajar de la cama aun cuando todo me da vueltas. «Debo llegar hasta Drake, él estará bien». Es un chico sano y él está bien. Holden está diciendo mi nombre e intenta tocarme, pero lo golpeo con mi mano que sangra al haber extraído la intravenosa y grito que me deje ir con Drake.

«Drake no puede estar solo. Necesita que esté con él, no puedo dejarlo solo».

Holden me abraza desde atrás mientras grito que me suelte, lloro y siento que me duele el pecho. Atrás queda mi dolor, solo puedo pensar en el de Drake, solo puedo pensar en que necesito verlo.

—Déjame verlo, déjame verlo —ruego—. ¡Déjame verlo! ¡Déjame ver que él está bien!

No importa cuánto grito y ruego, Holden no me suelta y, en algún momento, Jocker entra. Todo es confuso cuando entran enfermeras y trato de evitar que me suministren calmantes. No importa que diga sin parar que los odiaré si me hacen dormir cuando quiero verlo, nadie me escucha. Y aunque siento angustia, ira y dolor, no puedo evitar que mi cuerpo reaccione al medicamento. Curan la herida en mi mano, me acuestan en la cama y las lágrimas se me escapan. Quiero que Jocker suelte mi mano, no quiero que me toque porque me ha impedido ver a Drake. Me hizo dejarlo solo.

—Lo siento, Alaska, lo siento. Pero es necesario que te calmes —dice, solo lo observo, no le digo nada—. Lo siento.

—Drake —susurro.

—Lo siento, lo siento mucho.

Cierro mis ojos porque no quiero verlos. Quiero ver a Drake, quiero estar con él.

«Por favor, no te vayas, dime que no te has ido, Drake».

36

Consecuencias

ALASKA

23 de septiembre de 2016

—Ay, eso debe de doler.

Alzo la vista del libro para encontrar en la puerta de la habitación a Dawson y, ya sabes, siento mi labio inferior temblar porque, en este momento, él es un recordatorio de Drake y el hecho de que…

Dawson se adentra en la habitación y acerca todo lo que puede la silla en la que se sienta, tomándome la mano derecha y dándome una sonrisa. Es imposible no notar sus ojeras y el hecho de que trae el cabello despeinado.

—Te ves como un vagabundo, Dawson.

—Qué bonito que eso sea lo primero que te escuche decir, Aska. —Aprieta mi mano—. Tú pareces una muñeca a la que dejaron caer.

—Me quedaré con el halago de que parezco una muñeca.

Pese a que estamos intentando bromear, es difícil no notar cuán tenso y serio es el ambiente. Él libera mi mano y parece buscar algo en el bolsillo de su tejano; saca un marcador y toma mi brazo enyesado para acercarlo a él.

—Voy a dejarte un lindo mensaje —asegura.

—No te dije que quisiera eso. ¡Quería mantener mi yeso en blanco!

—Bah, tonterías, así se verá más divertido.

Por primera vez desde que desperté, suelto una risa corta. Dawson alza la vista y hace un amago de sonreírme antes de volver su atención a mi yeso.

—Qué bonito sonido, la risa de Aska.

—Es mi primera risa desde que desperté —susurro.

—Entonces Drake se sentirá celoso cuando se lo diga.

Mi respiración escapa poco a poco. Su declaración alimenta mi fe.

—¿Tú sí me hablarás de él?

—¡Claro! A mí me encanta hablar de mi copia mal hecha.

Noto que se muerde el labio inferior porque tiembla. Termina su «arte» en mi yeso y se guarda el marcador. Acerco el yeso para leer: «Eres fuerte, Aska. Solo espera, estarán bien. Te quiere, tu cuñado».

—Agarraste mucho espacio para escribir —finjo quejarme.

—Tomé privilegios al ser el primero que escribió.

Le pido que se acerque, dejando un beso sonoro en su mejilla, tras lo cual apoya su codo en la cama y la mejilla en su mano antes de dejar ir un profundo suspiro.

—Quieres saber verdaderamente cómo está Drake y no voy a mentirte —comienza—. Estás al tanto de por qué fue sometido a una operación de emergencia y que debido a ello sufrió un paro cardíaco. Todos esperamos que despierte, pero no sabemos qué daños ha sufrido.

»Durante el paro es evidente que hubo poco flujo de sangre en su cerebro, eso pudo tener consecuencias. Él puede tener serios daños en su cerebro —termina en un susurro—. No sé en qué condiciones despertará mi hermano.

—¿Es acaso todo esto un intento de broma? —Suelto una risa bastante cuestionable y él me mira confundido—. Primero yo estoy en un coma inducido porque mi estúpido cerebro estaba inflamado gracias a un desgraciado enfermo; ahora él está dormido con un posible daño cerebral.

»¿Qué es lo que quieren decirme? ¿Que Drake y yo nunca más nos veremos en condiciones normales? ¿Que no seremos nosotros de nuevo? ¿Que no podemos estar ambos despiertos, sanos y felices?

—Oye. —Se pone de pie y se inclina abrazándome, humedezco su camisa—. No tengamos esa mentalidad, seamos realistas ante este escenario, pero no seamos pesimistas. Sé que mi hermano estará bien.

—¿Te lo dice tu superconexión de gemelo?

Lo siento reír y, en medio de mis lágrimas, también lo hago.

—No tengo esa superconexión, pero conozco lo testarudo que es. —Deja de abrazarme para volver a sentarse—. De la misma manera en la que sabía que tú eres demasiado testaruda y fuerte como para rendirte, sabía que despertarías y se lo hice saber a él antes de que fuera ingresado.

»Él siempre me llama su copia romanticona, pero mira quién es el romántico. Te ama tanto que llegó a un nivel de hospitalizarse para estar contigo —intenta bromear, y me sale una sonrisa a medias.

—Debí ser más cautelosa con los mensajes que recibía, simplemente no esperaba que todo esto sucediera.

—Espero que tengas claro que no es tu culpa. El culpable es ese enfermo que se encuentra en prisión.

—Lo sé, pero eso no quita que debí ser más precavida. Me tranquiliza saber que él no lastimará a nadie más.

—Fuiste increíblemente estúpida al arrojarte de un auto en movimiento.

—¡Oye!

—E increíblemente valiente.

—Estaba muy asustada —me estremezco ante el amargo recuerdo—, pero sabía que no podía dejar que se saliera con la suya. Lo vi como la única solución.

»Y llámame estúpida, pero prefiero morir en el intento de escapar a tan siquiera pensar que podía lastimarme de maneras inimaginables. ¡Me creía su novia! ¿Qué crees que ese enfermo hubiese querido hacer con su supuesta novia?

—No quiero ni pensarlo. Eres grande, Aska, y…

—¿Qué?

—Jocker me comentó que Drake tuvo que dar ciertos datos sobre ti y…, eh…, tu cuenta.

Siento cómo las mejillas se me sonrojan cuando asiento y él finge una tos para ocultar su risa, luego se aclara la garganta.

—«Harper, chúpame la polla» —dice alterando su voz, y yo jadeo—. Grandes palabras, Aska.

—Oh, Jesús avergonzado. ¡Cállate!

Él ríe sacudiendo la cabeza y yo desearía tomar la sábana para cubrirme con ella. Cuando Jocker me dijo que habían obtenido mi cuenta para buscar pruebas, me pareció lo más lógico y estuve agradecida de que Drake la diera, pero ahora quiero despertarlo para sacudirlo porque caigo en la cuenta de cuán vergonzoso es esto.

—No he leído tus historias completas, básicamente leí el inicio de todas. Creo que es genial lo que haces y que las personas te apoyen tanto. —Me sonríe—. Parece que tienes una mente llena de pensamientos impuros.

»Ahora entiendo que tal vez mi hermano es el inocente de la relación.

—¡No es cierto! Él tiene pensamientos e ideas muy sucias. ¡Esto es vergonzoso!

—¿Por qué? Tendrías que sentirte orgullosa, tienes mucho éxito y parece que te quieren mucho, serás una gran escritora si te lo propones.

—¿Mis… mis padres lo leyeron?

—No lo creo. Ellos estaban dispuestos a respetar tu privacidad. Creo que tus hermanos sí leyeron algo, además, esa *Caída apasionada* es tu historia más famosa, es lógico que sea la primera que lean.

»Por cierto, tienes buena redacción y ortografía.

—¿Gracias? Ahora que sé que Jack y Jock han leído mis historias no sé cómo mirarlos a la cara.

—No seas tonta. Son hombres adultos que practican sexo. —Pone sus ojos en blanco—. Si se escandalizaron por unas escenas de narración gráfica, entonces es que claramente tienen un sexo aburrido y soso.

»Actúa normal, haz como si no te importa y solo déjalo pasar. Estoy seguro de que ninguno de ellos sacará el tema y, si no funciona, finge que todavía te sientes moribunda.

—Gracias por tus consejos, Dawson. —No puedo evitar sonreírle.

—Te quiero, niña. Y me alegra ver que estás bien. Estaba tan preocupado por ambos… Los creí los nuevos Romeo y Julieta.

»Me hace feliz verte despierta, loca como siempre y que incluso has sonreído. ¡Animo, Aska! Hay que ser positivos.

—¿Sabes? No me importa si hay algún daño en él, seguiría amándolo.

—No lo sé, Aska, decirlo es fácil, pero es en la práctica donde te darías cuenta de cuánta verdad podría tener tal declaración.

Quiero insistir en mi postura, pero por un momento horrible noto la verdad de sus palabras. Todos siempre estamos diciendo «soy capaz de lo que sea por ti», «no me importa en qué condiciones estás», pero luego la situación puede superarte. No lo sabes hasta vivirlo, y aunque firmemente quiero creer que estaré con Drake sin importar qué le haya pasado, la verdad del futuro inmediato es incierta.

Justo en este momento, no puedo evitar sentir miedo.

24 de septiembre de 2016

—Sigues siendo tan bonita…

Sonrío mientras Romina me cepilla el cabello, me hace muy feliz que haya venido a visitarme. Su locura le hace bien a mi cordura.

—Mi pierna tendrá una cicatriz —comento—. Es algo larga, no sé si cicatrizará bien, pero alguna marca quedará. —Suspiro—. Nunca tuve un daño tan grande en mi piel y es raro porque sé que lo más importante es que estoy viva y que mi pierna está intacta, pero ¿está mal que una parte de mí se sienta incómoda ante la idea de tener una marca?

»No quiero verme superficial, pero… No sé, es raro.

—Eso no te hace superficial. Las cicatrices por norma general son el resultado de heridas, lo que quiere decir que las personas no van en busca de ellas.

»Sí, hay que aceptarlas y hacer de ellas algo positivo, pero también tienes derecho a lamentarlo mientras te adaptas. Nos quejamos hasta de cuando nos sale un grano en el rostro, así que ¿por qué no podemos quejarnos de tener cicatrices?

—No la odio, solo es raro. Supongo que me adaptaré a ella.

—Y tal vez ni siquiera quede tan grande. Seguro que se verá sexi en tu muslo —me dice, y río.

—La haré el fetiche de Drake.

—Oh, eso es perverso. Me gusta—dice—. ¿Lo extrañas mucho?

—Demasiado, y todavía no me dejan verlo. —Suspiro—. Dawson vino a verme hace un rato, dice que él abrió sus ojos y volvió a dormirse, es todo lo que me dijo. No ha vuelto a informarme de cómo está todo, y estoy muy asustada. ¿Y si hay algún daño grave en su lindo cerebro?

—¿Como en una novela? —me pregunta dejando de cepillar mi cabello—. Si ese es el caso, podemos ver muchas películas con las cuales guiarnos sobre cómo lidiar con ello.

—Estás loca, Romi.

—Pero te hago sonreír. —Se pone frente a mí y con sus dedos estira las comisuras de mis labios—. Ah, mira, qué bonita sonrisa.

Quito sus dedos de mi rostro y le pido que siga cepillando mi cabello porque me sienta bien, me relaja.

—¿Qué tal todo con tu futbolista? —pregunto, recordando su alocado romance.

—Puse en pausa mi romance mientras lloraba horriblemente porque mis padres adoptivos se estaban muriendo.

Me toma unos segundos entender que se refiere a Drake y a mí. Con mi mano libre, le golpeo el brazo y ella ríe.

—Pero es verdad, le dije que estaba fuera de mí por unos días mientras me preocupaba por ustedes. —Adquiere un semblante serio—. Estaba muy asustada, Alas. Cuando supe lo que te había sucedido, me sentí tan mal y luego, cuando supe lo de Drake, sentí que los perdía y me dolió mucho.

—Lo siento.

—No fue culpa de ustedes, solo sucedió y me alegra saber que dejaremos todo esto atrás como un mal recuerdo.

»¿Cuándo te darán de alta? Siento que te aburrirás aquí.

—Escuché que podría ser dentro de dos días, pero no lo sé. Todavía siento algunos dolores. —Bostezo sintiéndome soñolienta—. La policía vino a tomar mi declaración y fue terrorífico decir en voz alta que fui atacada.

—Ese maldito cabrón arrastrado. Tengo palabras latinas coloridas para insultarlo, ¿quieres escucharlas?

—Estoy segura de que a mí me encantaría —dice una voz que reconozco.

Miro cómo Adelaide, mi cuñada, entra en la habitación. Ella sonríe a Romina antes de acercarse, arrimarme un poco para hacer espacio en la cama y sentarse. Ladea su cabeza evaluando mi rostro.

—Tus morados están de un color asquerosamente verde amarillento, pero eso quiere decir que falta poco para que se vayan —comenta—. Pareces una actriz de alguna serie adolescente a la que le tocó grabar una escena de puñetazos.

—Muchas gracias, Ade, agradezco tus palabras.

Ella ríe y saca un marcador para escribir en mi yeso, cuando termina veo que solo escribió una palabra*:* «Lindo».

—Te veo más animada hoy —me dice—, eso es bueno.

—¿Sabes? De verdad no quería que rayaran mi yeso, pero por culpa de Dawson parece que automáticamente todos ustedes lo hacen.

—Vive con ello. ¿Qué tal te va, Romina?

—Bastante bien, estoy a poco de retomar mi romance.

—¿Retomar? —Adelaide parece desconcertada.

—Estaba en pausa mientras me preocupaba por mis amigos, pero ahora que estás aquí, saldré un momento a llamarlo y hacerle saber que reactivamos nuestra relación.

—De acuerdo —responde mientras la ve salir con el teléfono en la mano—. Creo que ella está un poco más loca que tú, Alaska.

—Lo sé. —Le sonrío.

Permanecemos en silencio y ella toma el cepillo para peinar su propio cabello, es bueno que no tenga piojos que pegarme.

—Hay una razón particular por la que estoy aquí en este momento —me dice—. Jocker me dijo que viniera primero en tanto él se encuentra conversando con los padres de Drake.

—Oh.

De alguna manera comienzo a sentir frío en mi interior y en mi mente imploro que todo esté bien con Drake.

—Vamos a llevarte a verlo.

No puedo evitar abrir la boca de una manera que pensé que solo sucedía en los dibujos animados. Estoy demasiado emocionada y sensible porque tengo muchas ganas de llorar en este preciso momento ante la buena noticia.

—Gracias, gracias, gracias. Muchas gracias. —Finalmente lo veré.

Ella rasca su ceja con su pulgar, deja de cepillar su cabello y baja de la cama. La miro a la expectativa sabiendo que hay algo más que quiere decirme.

—¿Qué sucede?

—Él despertó hace unas horas y volvió a quedar inconsciente, pero hace una hora ha vuelto a despertar y…

—¿Qué?

—No está hablando —termina por decir.

—¿Qué quieres decir? —murmuro.

—No ha dicho ninguna palabra, solo está en silencio. Están realizándole exámenes para saber si hay algún daño.

Todo lo que hago es observarla intentando entender lo que me ha dicho. Sacudiendo la cabeza decido que puedo procesarlo después.

—¿Cuándo voy a verlo?

—Cuando los médicos terminen de hacerle pruebas. Podría ser dentro de unas horas o quizá mañana.

—Esperaré, puedo esperar por Drake.

25 de septiembre de 2016

Un día fue lo que tuve que esperar. Un día angustiante y lleno de ansiedad.

Jocker está hablándome mientras dirige mi silla de ruedas, pero no lo escucho, solo puedo pensar que estoy a nada de ver a Drake. Sé que él solo intenta calmarme, pero en este momento solo me importa ver a mi novio.

Me aferro con fuerza a la bata de hospital que llevo puesta cuando visualizo a Irina Harris junto a su hija Hayley en la distancia. Cuando nos acercamos lo suficiente, ellas acortan la distancia y, de una en una, se agachan para darme un abrazo. Irina besa mi frente y me sonríe.

—Es bueno ver que estás bien, Alaska.

—Gracias. —No sé muy bien qué responder ni en dónde se encuentra mi voz. Creo que estoy asustada en este momento.

—Iré a decirle a Holden y a Dawson que salgan para que puedas entrar a verlo —me dice Irina, y yo asiento.

Alzo una mano y tiro de la de Jocker en un llamamiento silencioso. Él rodea la silla de ruedas para estar frente a mí y se agacha.

—¿Qué sucede, Aska? Estás pálida.

—Estoy asustada. ¿Él está bien? En verdad… ¿Él no habla? —pregunto en voz muy baja.

Jocker suspira y se pasa una mano por el cabello, después me toma una mano entre las suyas.

—Todavía no determinan el alcance del daño que sufrió y las consecuencias, pero su falta de habla parece no estar relacionada con el poco flujo de sangre que durante unos minutos llegó a su cerebro.

»Podría tratarse de algún shock que tenga, un trauma, algo por lo que no quiera hablar o le cueste hacerlo. Puede ser incluso un daño del que su cerebro intenta convencerlo, pero en los exámenes no encontraron algún daño que explique el porqué.

No sé si sus palabras son alentadoras o trágicas, no sé cómo registrarlas, pero termino por asentir como si estuviese bien con ello. Los hermanos Harris salen de la habitación y Holden me da un fuerte abrazo acompañado de palabras muy dulces.

—Ya puedes entrar, cariño —me dice Irina.

Jocker empuja la silla de ruedas en tanto Dawson mantiene la puerta abierta para nosotros. Si no fuese por el hecho de que dejar de respirar me mataría, contendría la respiración. Soy capaz de visualizar su cuerpo a medida que Jocker me hace acercarme a la cama.

Sus ojos no están cerrados, parece que están mirando algún punto en la pared. La habitación tiene un olor estéril, está muy fría y el sonido de la máquina registrando que está vivo suena muy fuerte. Sus ojos se mueven hasta detenerse en mí y jadeo.

—¿Aska? —pregunta Jocker asustado, deteniendo la silla justo al lado de la cama.

—¡Jesús descuidado! ¡Él tiene barba! —casi grito—. ¡Drake tiene barba!

Escucho la risa de Jocker mientras me llevo una mano a la boca. Observo al moribundo sexi con mirada soñolienta que me observa. Una profunda respiración se me escapa cuando la comisura de su boca se estira de forma leve en el intento de sonrisa. Con lentitud sube una de sus manos para tocarse la barbilla y acaricia todo ese rastro de barba crecido en su rostro siempre liso como el de un bebé.

Ladeando la cabeza hacia un lado para apreciarlo mejor, estiro los labios en una sonrisa porque este es Mi Drake.

—Te ves sexi, un moribundo muy sexi.

—Muy bien, esta es mi señal para esperar afuera —anuncia Jocker—. Son pocos minutos, Aska, y trata de que él no se agite. —Acaricia mi cabello y cuando me vuelvo me doy cuenta de que mira a Drake—. ¿Ves? Esta pequeña atolondrada está a salvo, Drake, no tienes de qué preocuparte. Pórtense bien.

—No es como si pudiéramos portarnos mal en nuestro estado —mascullo, pero Jocker finge no escuchar mientras nos deja a solas en la habitación.

Es un momento raro y eufórico en donde nos observamos. Él de verdad está muy pálido, pero de igual manera de verdad estoy locamente enamorada porque me sigue pareciendo sexi. Estiro una mano para tocarlo y no llego, lo que me hace fruncir el ceño; Jocker no me dejó lo suficientemente cerca.

—Bien, dame un segundo, es la primera vez que manejo esta cosa y es muy incómoda —murmuro girando las ruedas y chocando contra su cama.

Maldigo por lo bajo dándome cuenta de que estoy haciendo un desastre y girando en lugar de acercarme. Gruño frustrada y alzo la vista para encontrarme con el hecho de que su sonrisa ahora es más notable mientras me mira, a pesar de que es una sonrisa rara, una nueva… Hay una emoción invadiendo mi pecho que me hace devolverle el gesto y me impulsa a que, con un tropezón más a su cama, logre llegar a donde quiero. Le toco el brazo, ascendiendo hasta su hombro para detenerme en su barbilla, en donde siento el raspón contra mi palma.

—¡Vaya! —murmuro—. Eso debe de sentirse bien en los muslos. —Sacude su cabeza—. Esto es un poco incómodo, es como tener una conversación unilateral.

»Sería normal si estuvieses inconsciente, pero con tus lindos ojos abiertos y tu sonrisa boba se hace raro que me hagas hablar sola, así que ¿podrías decirme algo? Tengo la certeza de que no te quedaste mudo.

Él asiente con lentitud y abre su boca, lo observo a la expectativa. Me consta que lo intenta, pero sale un sonido ronco y apenas si alcanzo a escuchar una muy baja entonación. Es horrible.

—¡Oh, Jesús hospitalizado! De verdad estás mudo. —Estoy alarmada—. Tendremos que aprender a hablar por señas y adaptarnos a que hable por los dos y…

Su risa me toma por sorpresa porque, aunque es débil y parece que le provoca dolor en el abdomen, se escucha a la perfección. Apuesto a que lo estoy mirando con los ojos muy abiertos. ¿Qué está sucediendo?

—Lo-lo siento —dice en voz baja riendo—. No pu-pu-pude contener… La ri-risa. Estás loc-loca, novia.

Todo lo que hago es observarlo con la boca abierta. Acaso… ¿él me ha gastado una broma? Pero… pero todos dijeron ayer que él no hablaba. Finalmente deja de reír mientras me mira.

—Eres un imbécil. —Golpeo su brazo continuamente—. Eres un idiota, tú, grandísimo…

—Me duele, me due-duele —dice intentando alejarse de mí.

Dejo de golpearlo aunque quisiera seguir. Este mentiroso moribundo que me ha jugado una broma pesada. Siento que el labio inferior me tiembla y él también lo nota.

—Estaba preocupada por ti, por tu voz y por los daños que podías tener, esto no es gracioso. —Sorbo mi nariz, pasándome una mano por los ojos porque estoy muy segura de que estoy a nada de llorar—. Me asustaste horriblemente y no puedo creer que todos hayan estado bromeando sobre esto. ¡No es gracioso!

»Si no fueras un moribundo todavía, te golpearía mucho.

—Calma, calma —pide.

Lo miro de mala gana y él suspira, hace una mueca de dolor mientras lleva una mano a su abdomen. Con tartamudeos y en voz baja, tarda mucho en explicarme que de hecho en un principio por alguna razón no pudo hablar al despertar y que llegó a pensar que había perdido su voz, pero todo fue una falsa alarma y después de unas horas poco a poco fue emitiendo sonidos con alguna que otra complicación. Que por ahora parece que algunas palabras no las asocia bien al hablar y puede que sienta que en ocasiones se le enrede un poco la lengua, lo cual noto mientras me lo explica.

Así que ayer Adelaide no estaba gastándome una broma, era verdad. Por otra parte, parece que mi hermano hoy decidió sacar a relucir su escaso sentido del humor al seguirle la bromita.

—La terapia del habla te ayudará —garantizo—. ¿Qué otra consecuencia hay?

—El dolor de cabeza… Es constante, no… Se de-detiene.

Soy una novia terrible porque cuando él hace pausas al hablar, me desespero un poco esperando qué dirá, pero sé que es algo que le tomará tiempo corregir y mejorar. Puedo ser paciente, siempre estaré dispuesta a esperarle.

—Es migraña, bueno, ellos dijeron que es… cefalea tensional… Y tendré que aprender… a ma-manejarlo. —Alza su mano derecha, baja todos sus dedos menos el angular y el meñique—. No tengo sensibilidad… en ellos. Intento bajarlos y no pue-puedo. Tampoco los siento.

Lleva una mano a su rostro y tantea su mandíbula del lado derecho, luego la comisura de su boca. Me da una sonrisa y noto entonces que ese lado de su boca sube menos y que su ojo no se achica tanto como el izquierdo.

—¿Lo ves? Tengo menos sensibilidad en… este lado.

—¿Hasta dónde llega la insensibilidad? —pregunto procesando todos estos nuevos cambios que hay en él.

—Del tronco hacia… —Hace una pausa tomando una profunda respiración y se ve frustrado—. Hacia… arr… ¡Joder!

—Calma, tómalo con calma —digo tomando su mano en la mía—. No desesperes, poco a poco irá mejorando y encontrarás bien las palabras. ¿Querías decir hacia arriba?

—Sí. Hacia… arriba.

—Entonces abajo todo se mueve bien. —Caigo en cuenta de mis palabras—. No lo dije de esa manera, es decir, solo quise decir que puedes caminar bien y…

De nuevo suelta una sonrisa suave. Acaricio sus nudillos con mis dedos mientras lo miro. Estamos despiertos y agradezco que tuviéramos una nueva oportunidad de vivir. Por supuesto que Drake no deja pasar el hecho de que fui atacada, de lo maldito que es quien me hizo daño y de lo aliviado que se encuentra al saber que todos mis daños físicos desaparecerán con el transcurso de la semana.

—Aquí. —Alzo mi bata enseñándole mi muslo con la venda—. Tengo una herida fea aquí, me han puesto puntos y la limpian dos veces al día. Cuando estés bien, ¿le darás un beso?

—Muchos —responde.

Retira la sábana de su cuerpo y alza su propia bata. De acuerdo, admito que me entretengo unos segundos ante el hecho de que, al igual que yo, debajo de su bata está desnudo, pero luego noto lo que quiere mostrarme y es la venda que tiene de manera vertical en su abdomen.

—También tendré… mi propia… cica-cicatriz.

—También la besaré. Ahora baja eso, que cualquiera pueda entrar y pensar que somos traviesos.

Sonríe de esa manera nueva en la que la comisura izquierda se alza más que la derecha y creo que ya me he enamorado de esa sonrisa. Baja su bata y se cubre de nuevo con la sábana. Entrelazo nuestros dedos.

—Estos nuevos cambios que ahora te frustran no te hacen diferente en tu interior, sigues siendo Drake Harris. No te preocupes por ello.

Suspira y su pulgar acaricia el dorso de mi mano, lleva su vista hacia mi yeso y pongo los ojos en blanco.

—Quería mantenerlo intacto, pero todos vinieron y lo firmaron incluso cuando dije que no.

—Es… bonito.

—Es un fastidio. No quería que lo rayaran.

La puerta se abre y una enfermera entra, detrás de ella viene Jocker y sé lo que significa. Hago un puchero, pero nadie se compadece.

—Van a limpiar su herida, llevarlo a hacerle una resonancia y después debe descansar —me hacer saber mi hermano—. Despídete de él.

—Volveré mañana. —Aprieto sus dedos entre los míos—. Gracias por despertar.

Abre sus labios y por un momento parece que las palabras no salen y noto en su mirada cuánto le molesta ese hecho, sacude su cabeza y lo intenta una vez más.

—Te a… amo.

—Te amo —le digo yo a él mientras Jocker comienza a hacer rodar mi silla.

—Descansa, Drake —le dice.

Le digo adiós con una mano y sonrío quedándome con esa última imagen de él dándome su nueva sonrisa. Suspiro cuando Jocker cierra la puerta detrás nosotros.

—Pareces feliz.

Alzo la vista ante las palabras de Dawson y me encuentro con su sonrisa, él también se ve feliz. Toda su familia tiene mejor semblante.

—Estoy feliz —respondo.

—¿Incluso cuando te gastó la broma? —se burla, y entorno los ojos hacia él.

—Estoy muy segura de que fue idea tuya —lo acuso, y él no lo niega—. ¿Qué traes ahí? —Señalo su bolsa.

Holden es quien me responde.

—Vamos a asear a nuestro hermanito. Va a despedirse de la barba y estoy seguro de que quiere un poco de agua en su culo de bebé.

—¡Holden! —Irina lo reprende con una mirada y él ríe.

—Está sexi con barba —mascullo.

—Parece un vagabundo —corrige Hayley y le muestro mi lengua de manera infantil.

—Bueno, Aska debe volver a su habitación —anuncia Jocker—. Pasaré por aquí de nuevo antes de irme —le dice a la familia Harris.

Ellos se despiden de mí y me piden que descanse. No puedo borrar la sonrisa que me acompaña mientras Jocker me lleva hacia mi habitación.

—¿Te sientes mejor?

—Me siento genial. Tengo la sensación de que, a partir de aquí, todo estará bien —respondo con seguridad.

Tarareo una canción y él ríe. Encontramos a nuestros padres en el pasillo y ellos notan mi buen humor. ¿Cómo no estar feliz? Parece que finalmente la oscuridad se ha despejado.

37

Poco a poco

DRAKE

28 de septiembre de 2016

Observo a mamá hablar por teléfono, es algo sobre el trabajo y parece estresada. Siento que habla muy rápido y eso no me permite entender el cien por cien de sus palabras, pero en el fondo sé que se trata de mí, de que no soy el mismo y de que mi entendimiento en este momento es un poco lento; trato de no frustrarme y asustarme por ello, pero no lo estoy consiguiendo.

Es frustrante que mi lado derecho responda tarde a mis movimientos y que incluso en ocasiones parezca que duele hacerlo cooperar; Holden ha encontrado un excelente lugar de fisioterapia en donde me pueden ayudar a ser como era antes y supongo que eso me consuela un poco, trato de ser este tipo superoptimista ante las posibilidades futuras.

Suspiro sin despegar la mirada de mamá y ella hace una pausa en su conversación telefónica para mirarme, le sonrío y ella dice algo más antes de finalizar la llamada. Cuando sus dedos me peinan el cabello me es inevitable no cerrar los ojos.

—Quiero ir a casa, mamá —digo con unas pocas pausas y una lentitud a la que aún no me acostumbro.

—Sabes que todavía tienen que hacerte exámenes y no solo para evaluar si pudo haber otros daños con respecto al paro cardíaco, también debido a la cirugía a la que fuiste sometido.

—El doctor me explicó todo.

Él me dijo algo acerca de que durante seis meses tendré revisiones mensualmente para ver si mis intestinos se encuentran bien. También me habló de la posibilidad de que en el futuro se vuelvan a presentar los síntomas y se pueda repetir la situación. No es que obligatoriamente vaya a suceder, pero me habló de las probabilidades para estar atento a cualquier síntoma que pueda alertarme. Además, mi herida no está cicatrizando como debería.

—Estoy bien, mamá, quiero irme a casa.

—Lo siento, cariño, pero tenemos que esperar a que te den la orden de alta.

—Tengo mucho trabajo acumulado…

—Esa tendría que ser una de las últimas preocupaciones.

—No, porque quiero ser… —hago una pausa más larga buscando la palabra en mi cabeza, mamá espera pacientemente— independiente. Quiero mudarme, tener mi espacio, empezar una vida adulta y ahora tengo que aplazarlo… porque un lado de mi cuerpo es lento, porque olvido palabras y… porque no he estado trabajando.

—No necesitas correr, te apoyaremos en tu independencia, pero para ello debes estar sano y recuperado. Sé paciente, Drake, puedo ver cuán frustrado te encuentras sobre esta situación, pero deberías replantearte el hecho de que estás vivo y de que tus secuelas son mínimas comparadas con lo que pudo ocurrir.

»Como madre me frustra ver lo agobiado que estás sobre los nuevos cambios en tu vida, pero no te haces una idea de lo feliz que somos tu padre y yo de tenerte con nosotros, de no haberte perdido. Tienes los diez dedos completos en tu cuerpo, tus órganos se encuentran dentro de ti, hablas, ves, escuchas y razonas. ¿No es eso suficiente para estar agradecido, hijo?

De acuerdo, fui y volví de la muerte, pero algunas cosas no han cambiado; mamá todavía sabe cómo hacerme ver cuán idiota e inconsciente puedo ser sobre mis palabras. Miro su rostro detallando cuán profundas son sus ojeras y lo cansada que parece, está atrasada en su trabajo y hasta hace poco pensó que me perdería. Tiene que ser duro verme lamentándome de mi situación cuando tendría que estar saltando de alegría de que mi salud ya no sea tan precaria.

—Lo siento, mamá… Es solo que todo es abrumador —digo—. Me frustra no encontrar palabras… Ser lento al hablar y que mi lado derecho… no responda como quiero. Todo es nuevo y no me di cuenta de que mis emociones… los afectan a ustedes.

—Y estás en tu derecho, eres tú quien experimenta estos cambios en su cuerpo, pero no te entristezcas, con ayuda de la terapia y cuidado médico poco a poco recuperarás todo lo que estás extrañando en este momento.

—Tienes razón, soy afortunado de estar vivo y sano. —Le doy una sonrisa y ella besa mi frente—. Además… soy tu hijo favorito todavía.

Suelta una risa que luego termina en sollozo cuando comienza a llorar. Cuán asustada y angustiada tuvo que estar mi madre. La envuelvo con el brazo izquierdo, susurrándole que estoy bien y que lamento haberla asustado, prometo no hacerlo nunca más incluso cuando hay cosas que se escapan de nuestras manos. Mis propios ojos se humedecen porque no me gusta verla llorar de esa manera, menos por mi causa.

—Los hijos dan dolor de cabeza —murmura haciéndome reír—, pero son lo mejor que la vida nos da.

—Eres una madre increíble —aseguro—. Mis hermanos y yo somos afortunados de tenerte.

La abrazo durante un tiempo hasta que la enfermera entra para hacerme un chequeo trayendo con ella la insípida sopa con la que me han estado alimentando desde ayer; entiendo que debido a mi cirugía no puedo comer alimentos sólidos por el momento, pero al menos podrían esforzarse en que esta sopa tenga sabor.

Me quedo a solas con la enfermera, que hace su trabajo en tanto mamá está afuera de la habitación contestando alguna llamada del trabajo.

—Tienes una familia muy bonita —me dice midiendo mi presión arterial—. Nunca te han dejado solo y son muy entusiastas.

—Lamento si han sido ruidosos… Pero no son una familia… tranquila.

Ella me responde y tengo un leve momento de pánico porque no proceso lo que me dice, pero respiro hondo y le pido que lo repita de nuevo.

—Ellos han sido muy agradables, han sido amables y tus hermanos unos caballeros.

—Ah… —respondo tratando de no asustarme por no haber entendido algo tan sencillo.

«Poco a poco, Drake», me repito, será un proceso lento pero no imposible.

Le doy una sonrisa mientras la miro, parece que tiene unos veinte años, no es menuda ni delgada, es curvilínea, rellena y alta; y ha sido muy dulce conmigo desde que desperté. Si no tuviese una novia loca a la que amo, tendría un flechazo por mi dulce enfermera.

—Tengo un hermano mayor soltero —digo, y ella se sobresalta—. Está loco, ama las fiestas sorpresas y he visto encuestas en internet… donde dicen que es uno de los hombres… más sexis.

Pese a la lentitud de mis palabras, ella me escucha luciendo bastante divertida en tanto continúa chequeándome.

—¿Mencioné… que él trabaja en la televisión? Debes haberlo visto.

Ella acomoda mis almohadas y me hace estar totalmente sentado. Continúo vendiendo a Holden mientras ubica la mesa de apoyo para que pueda comer, leyendo su nombre en la identificación.

—Atenas… Ese es un nombre muy… bonito —señalo.

—Gracias.

—¿Eres de Grecia?

—No, fui engendrada en Atenas —me responde con seriedad, luego sonríe—. De acuerdo, sí tengo orígenes griegos y sigo pensando que me concibieron allá.

—Ah, era un chiste —lo proceso tarde.

—Trata de comerte toda la sopa, no es buena, pero te ayudará en tu recuperación y escuché que quieres irte de aquí. —Asiento a sus palabras—. Pasaré dentro de un par de horas a ver cómo estás junto al doctor antes de cambiar de turno.

—Eres mi… enfermera favorita.

—Gracias, eres un buen paciente. —Anota algo en el expediente al pie de mi cama y me sonríe—. Disfruta de tu comida.

—¿Qué pasa con… mi hermano? —pregunto antes de que se vaya.

Se da la vuelta para mirarme sin dejar de sonreír, hay diversión en su mirada.

—Me gusta el programa y tu hermano hace un trabajo genial, pero no es el presentador del programa que me gusta.

La veo irse sabiendo que no logré conseguirle una novia a mi hermano mayor, pero no me entristezco y comienzo a comer la insípida sopa.

Estoy por el cuarto bocado cuando la puerta de la habitación se abre de forma ruidosa y al alzar la vista me encuentro con Alaska, quien ya no lleva la bata de hospital, lo que me hace deducir que ha sido dada de alta durante el día de hoy.

Los moretones en su rostro casi han desaparecido del todo y el yeso en su brazo tiene más colores y escritos, apenas se ve blanco. Me da una amplia sonrisa y parece tan llena de energía como siempre, como si no nos encontráramos en un hospital.

—Hola —me saluda entusiasmada.

Acortando la distancia entre nosotros presiona su boca sobre la mía, es el primer beso desde el caos, es corto y me toma por sorpresa, con su mano libre paseándose por mi cabello y su nariz acariciando la mía, tiene que ser la cosa más tierna que me pasará hoy.

Es inevitable que no le sonría y que me sienta cálido cuando cierra los ojos al ampliar su sonrisa para luego sentarse al lado de mis piernas en la cama. Casi río al ver la mirada crítica que le da a mi comida.

—Oh, sopa. A mí me daban arroz muy blando con pechuga de pollo insípida. —Toma la cucharilla y da un sorbo a la sopa, arruga su nariz—. Esto es todavía peor, pobre Drake.

—Pobre de mí.

—Haré que sepa mejor porque te la daré con amor —informa guiando la cucharilla a mi boca—. Vamos, ah… Abre la boca.

Lo hago, sintiendo que en el lado derecho la sopa no la percibo tan caliente como en el izquierdo, es una mierda lo de la sensibilidad, pero es genial tener a Alaska jugando a la enfermera conmigo. Parece genuinamente feliz con la idea de alimentarme.

—Me hubiese gustado poder haberte cuidado así antes —dice—, pero estábamos inconscientes y luego yo en una silla de ruedas, pero no importa, ahora te cuidaré.

—¿Te han… dado de alta?

—Sí, tengo que estar una semana y media de reposo, pero ya no estoy hospitalizada. La gente aquí es muy discreta, nadie filtró que los hermanos de famosos estaban internados.

—Qué bueno.

—Deberé volver a clase, gracias a Romina me pondré al día…

Ella comienza a parlotear mientras continúa dándome de comer. Muchas de las cosas que dice no logro procesarlas o algunas palabras no las identifico de inmediato, sin embargo, parece no notarlo al estar divagando como si callara algo que realmente quiere decir. Termino de comer y permanezco mirándola mientras no detiene su conversación unilateral.

—¿Por qué me miras así?

—Porque te… amo —respondo, y sus mejillas se sonrojan, pero sonríe encantada.

Mi primer movimiento es querer retirar un mechón de cabello de su rostro y de hecho lo intento con mi mano derecha, pero no responde ante la primera insistencia, por lo que cierro los ojos y respiro hondo, para armarme de paciencia. Tomo la mano derecha con la izquierda, alzándola, y luego la libero siendo consciente de que tiembla, pero sin detenerme ante el objetivo de llevarla hacia su rostro, se siente pesada, pero al menos con lentitud va respondiendo a mis órdenes.

Capturo entre los dedos un mechón del cabello de Alaska y de manera torpe lo ubico detrás de su oreja. Ella me toma la mano en la suya y en un gesto dulce y de comprensión me deja un beso suave en un par de los nudillos.

—Sin prisas, no te esfuerces. —Entrelaza nuestros dedos—. Pero dime la verdad, ¿por qué me mirabas así?

—Porque estás dando… vueltas para decirme… —respiro hondo— algo que te inquieta.

Se mordisquea el labio inferior e identifico el gesto como uno pensativo en donde debate cómo comenzar a hablar.

—Cuando desperté y recordé todo lo que había sucedido, di de baja mi cuenta en JoinApp. —Hace una pausa y me lanza una mirada con los ojos entornados—. Les hablaste a mis padres de mi cuenta.

Antes de que pueda pensar bien en argumentar mi defensa, se inclina y me da otro beso rápido.

—Gracias, porque pese a que siempre protegí con fuerza mi cuenta, entiendo la gravedad del caso y que eso aportó mucha información para atrapar a esa basura. Hiciste bien, Drake.

—Quería ayudarte.

—Y lo hiciste, puedo vivir con la vergüenza de que lean mi historia cuando sé que ese hombre no dañará a nadie más.

—¿Qué vergüenza? Escribes… increíblemente bien.

—Bueno, mi familia no ha comentado si me leyeron, aunque el problema es que *Caída apasionada* es muy sucia…

—De buena… manera.

—Dawson dijo que leyó bastante de esa historia y, aunque bromeó mucho, dijo que era buena.

—Lo es.

—La cuestión es que di de baja mi cuenta, yo… siento miedo de escribir y que alguien intente hacerme daño.

Noto la tristeza en su mirada y sus labios hacen una mueca. Me llena de impotencia que algún enfermo volviera su sueño una pesadilla, que haya plegado de miedos algo que a ella le encantaba hacer, algo que le era tan natural como respirar. Desde que descubrí que Alaska escribía, no puedo imaginarla no haciéndolo.

—No todo… será malo.

—Tengo miedo de escribir de nuevo, pero también me aterra no volver a hacerlo. ¿Puedes entenderlo?

Con lentitud y pausas le hago saber que sería extraño que no sintiera miedo, pero también le recuerdo que JoinApp, además de ser un lugar en donde desgraciadamente ese enfermo la encontró, también es el lugar en donde ha hecho una familia virtual, en donde le han dado reconocimiento a su trabajo y en donde ha sido muy feliz a través de sus historias. No quiero presionarla para que vuelva a escribir si no lo desea, pero quiero recordarle que no debe dejar que un manchón dañe la historia de su vida.

—Si vas a cerrar… esa puerta de tu vida —respiro hondo organizando las palabras en mi mente— hazlo por ti. Ciérrala, pero no… lo hagas por él. Piénsalo.

—Lo pensaré, gracias, novio. —Apoya su frente de la mía—. Te amo mucho.

—Siempre que quieras… novia.

Durante los minutos de su visita me mantengo escuchándola hablar y algunas veces intervengo. Me gusta su voz y su entusiasmo, sin embargo, todavía me siento agotado, por lo que poco a poco me voy durmiendo, lo último que escucho es a ella diciéndome que tenga dulces sueños y que volverá a visitarme.

Espero salir pronto de este hospital, estar con ella y mejorar.

30 de septiembre de 2016

Veo en la pantalla del televisor a mi hermano riendo por el tonto programa de locuras animales que no me causa ni un poco de gracia. O tal vez se trate de que estoy algo amargado.

—Quiero ver otra cosa…

—Pero este programa es divertido —responde Dawson sin siquiera mirarme.

—Baja de mi cama.

—Estoy demasiado cómodo.

Le creo. Está acostado a mi lado en mi cama, tiene el control del televisor y vemos lo que él quiere, al menos es lo suficientemente cuidadoso para no golpear mi herida ni maltratar mi cuerpo.

—¿No deberías ir a ayudar a los animalitos? —pregunto con voz pausada.

Dawson quizá es el más paciente a la hora de escucharme, no me apremia, espera que encuentre las palabras y no se queja de mi entonación lenta, y eso tal vez sea porque es una persona paciente, pero él dirá que eso es debido a nuestra conexión de gemelos.

—Estoy atendiendo a un animalito importante —responde.

—¿Cuál? —pregunto, y ríe girándose para mirarme.

—Tú.

Muy a mi pesar, río y con mi mano izquierda le golpeo la nuca. Para cuando dejamos de reír, mi herida me duele, pero me encanta la sensación de haber reído por la cosa más tonta.

No me sorprende cuando me toma el rostro entre sus manos y me observa con una mirada cargada de mucha emoción contenida y significativa. No necesito ser capaz de leer su mente para saber cuán preocupado estuvo por mí.

—Nunca más me asustes haciéndome creer que vas a morir, copia mal hecha. No te haces una idea de lo mal que lo pasé. Me niego a imaginar lo que es una vida sin alguien que es igual a mí, pero menos atractivo.

—Algún día uno… de nosotros morirá, copia romanticona, y prefiero ser yo… que perderte a ti. —Palmeo su mejilla.

—No, me niego. Envejeceremos juntos y de manera dramática moriremos viejos uno al lado del otro diciendo: «Mi conexión de gemelo me dice que ya nos marchamos de este mundo».

—Qué imaginativo… —río sacudiendo mi cabeza ante su ocurrencia—, pero me gusta… ese plan.

—Es el plan perfecto. Drake y Dawson contra el mundo —dice sin dejar de sonreír—. Me alegra que estés vivo, Drake, de verdad no quería imaginar un mundo sin ti.

»No quiero ser el único que lleva esta cara, no quiero ser yo solo. Somos mi gemelo y yo, no quiero que eso cambie.

—No cambiará… Pero debes saber que algunas cosas… —Me quedo en silencio, siento que en mi mente se encuentran las palabras, pero no las asimilo.

Dawson me mira y vuelvo mi rostro, frustrado por no poder decir algo tan simple al hablar con él.

—Oye, copia mal hecha, mi conexión de gemelo me hace saber lo que querías decirme, lo entiendo. Debemos trabajar en esa impaciencia tuya.

—Me sienta mal… A veces no saber qué decir… Dudar sobre qué decir… Mis pausas… No me gusta.

Me repito «poco a poco», pero no sé cómo esperar a mejorar, no estoy acostumbrado a este nuevo yo y en parte no acaba de gustarme, pero recuerdo mis palabras con mamá, debo ser paciente y trabajar en mejorar, no desesperarme y frustrarme.

—Esta es una etapa de tu vida, vas a superarla. No hay que perder la paciencia, además, tienes a todo un equipo contigo animándote a conseguirlo.

—La enfermera dulce… dijo que mi familia es genial.

—Tienes una buena enfermera. —Se ríe—. Es encantadora, dulce y linda. Es cuidadosa cuando te atiende y tiene paciencia con todos nosotros.

—Le estaba…vendiendo a Hol…

—¿Pero?

Le hago saber que dijo que mi hermano no es su favorito en el programa y cuando me pregunta quién es, le digo que no tengo respuesta.

—¿De qué hablan? —pregunta Holden entrando en la habitación—. ¿Y por qué Dawson está en tu cama?

—Cosas de gemelos —responde Dawson.

—Cada vez que me dan esa respuesta, siento muchos celos de no tener cosas de gemelos. —Se acerca al pie de la cama y toma mi expediente médico—. Veamos qué dice esto.

—No lo entenderás… —garantizo.

—Soy bastante listo y he investigado. —Lee en voz baja—. Por cierto, Drake, ya te he concertado cita con el fisioterapeuta, el mejor de Londres. Te hará la primera revisión y desde allí un plan de recuperación.

»Es la semana que viene, para entonces creo que ya te habrán dado de alta. —Frunce el ceño mientras lee—. Aquí dice que estás teniendo mala cicatrización en la zona de tu herida… ¿Tienes problemas de azúcar, Drake?

—Eh… No lo sé.

—¿Mamá tiene los resultados de tus análisis de sangre? Puedes estar teniendo mala cicatrización si tus niveles de azúcar están muy altos, lo cual es peligroso… —Se calla abruptamente y alza la vista para verme—. Pero solo estoy especulando. No tiene que ser cierto, no te preocupes.

Me da una sonrisa demasiado amplia mientras deja el expediente en su lugar, rasca su barbilla y sé que quiere decirme algo más.

—¿Y…?

—Iré a hablar con mamá, revisaré tus análisis de sangre, pero todo está bien, tranquilo.

Sale de la habitación y Dawson baja de la cama, toma el expediente y lo trae hacia nosotros. Lo lee en voz alta, dice lo que me han estado suministrando, la razón por la que estoy aquí y habla sobre la mala cicatrización de la herida de la operación.

—¿Voy a morir? —le pregunto a Dawson.

—No, no lo creo, pero estás en período de observación y tienes varias pruebas médicas pendientes. No te asustes.

Demasiado tarde, ya tengo miedo.

3 de octubre de 2016

Trato de prestar atención a lo que el médico les dice a sus internos mientras me evalúa. Bajo la vista a la herida de la operación y luce como si fuese reciente, como si no llevara los suficientes días para ir cerrando. Incluso la enfermera Atenas comienza a limpiarla una vez más porque hay sangre seca alrededor de ella.

Por suerte, papá se encuentra aquí y es capaz de entender todo lo que van diciendo, o al menos eso creo porque él hace preguntas, pero su semblante luce preocupado mientras me echa una rápida mirada.

—¿Hay antecedentes diabéticos en su familia, señor Harris?

—No, ninguno de nuestros familiares pasados y presentes han padecido de diabetes —responde papá.

—Drake está teniendo una cicatrización muy mala, puede observar cómo su herida parece de dos días, reciente. —Señala el lugar—. Tememos que pueda presentar alguna infección si la herida no se cierra.

»Volveremos a coserla porque necesitamos cambiar los puntos y limpiar de mejor manera la herida, lo haremos en este momento, pero a largo plazo, necesitamos evaluar cualquier medida que pueda indicar por qué no está sanando de la manera adecuada. Sus niveles de azúcar en la sangre no son bajos y tiene varios valores por encima de lo que podemos establecer como normal.

Papá dice estar de acuerdo en que me hagan unos análisis nuevos de sangre, acepta que me cambien la medicación y luego toma mi mano cuando dicen que me harán los cambios de puntos mientras estoy consciente. No negaré que entro en pánico cuando se me comunica que me pondrán anestesia local, no soy fanático del dolor.

—Respira hondo, piensa en algo feliz, la anestesia debería adormecer lo suficiente el lugar para que no sientas tanto dolor —me dice la enfermera mientras me insta a acostarme.

Papá aprieta mi mano izquierda con fuerza y me pide que lo mire cuando siento cómo comienzan a retirar los puntos, ese dolor es tolerable. El problema y el dolor más fuerte vienen cuando comienzan a limpiar más profundamente la herida. No sé si la anestesia local está haciendo su trabajo, pero siento como si estuvieran a punto de sacar mis intestinos por esa herida. Aprieto con fuerza la mano de papá y noto que se me escapan un par de lágrimas.

—Todo irá bien, hijo, solo aguanta un poco más.

«No puedo. No puedo. No puedo».

El dolor me hace tener arcadas y rápidamente la enfermera ubica una cubeta a mi lado y empiezo a vomitar la sopa y toda el agua que he estado consumiendo. Eso hace que haga fuerza con mi estómago y que, por primera vez, escuche a mi doctor maldecir diciendo que le pasen gasas porque mi herida comienza a sangrar. Al cabo de pocos segundos la situación es caótica.

—Da vueltas… —murmuro viendo borroso.

—Drake, oye, Drake, mantén los ojos abiertos —me alienta la enfermera dando suaves palmadas en mi rostro para que no me duerma.

—Da vueltas, papá.

—No te duermas, hijo… ¡Drake!

Una vez más soy absorbido por la oscuridad.

38

La paciencia

DRAKE

4 de octubre de 2016

—¿Está dormido? —escucho la voz de Alaska.

—No, mi amor, no lo estoy —respondo yo en lugar de Hayley.

Abro los ojos y la miro, ella se acerca y se sienta en la cama ignorando la silla de la que mi hermana se levanta para que ella se siente. Alaska hace un puchero triste.

—Vine a visitarte ayer y dijeron que no podía verte, que debías descansar para recuperarte de una situación delicada. Me contaron lo que sucedió… Lamento que tuvieras tanto dolor que llegaras a perder el conocimiento.

—No fue tan malo —trato de consolarla.

La verdad es que fue terrible. Me descompuse, tuve un desmayo y tardé varias horas en despertar para sentir como si me hubiesen abierto para sacar mis órganos.

Sigue doliendo, siento como si la herida quemara y sigo sintiendo arcadas que trato de retener por miedo a abrir la herida, no quiero que vuelvan a ponerme puntos nuevamente, es algo que prefiero olvidar.

—Estás muy pálido y tu madre me dijo que no quisiste comer, que te han inyectado un suero para que no te deshidrates. No tienes que fingir conmigo, sé que te sientes mal.

—Solo quiero irme a casa y descansar…

—Pronto —me asegura con una sonrisa alentadora.

—¿Cuándo?

No tiene una respuesta para mí. ¡Nadie la tiene!

6 de octubre de 2016

—Escuché a tu familia decir que estás de mal humor —dice la enfermera Atenas—. Que estás siendo sorprendentemente odioso.

Alzo la vista de donde me toma la presión para mirarla.

—No soy odioso… —argumento—. Solo quiero irme.

—¿Eso es culpa de tu familia? ¿El que sigas internado en este hospital? —Ella anota los resultados y luego me mira—. Tu familia solo trata de hacerlo más llevadero para ti; aunque te entiendo, no puedes controlar tus emociones en este momento.

»Han sido largos días aquí y no han sido gratos. —Revisa mi temperatura—. Tienes algo de fiebre.

—Alentador.

—Veamos cómo va esa herida.

Espero con expectativas a que retire el vendaje. Ahora mismo veo esa herida como mi obstáculo para la libertad.

—Hummm…

—¿Qué? ¿Sigue muy mal?

—Veo mejoras —me sonríe—, creo que tendremos buenas noticias pronto… ¿Es eso que veo una sonrisa?

—Finalmente…

Mi estado de ánimo cambia con sus palabras y ella lo nota porque ríe. Me suministra el medicamento y apunta que ya me han administrado mi dosis.

—Bueno, ahora que parece que tu estado de ánimo ha mejorado, saldré para que entre una linda joven con mucha energía que parecía ansiosa por verte y que ha venido cada día. Más de un joven paciente desearía que ella los visitase.

—Suena mucho… a que se trata de mi novia.

Dawson se ha encargado de hacerme saber que los enfermeros, algunos pacientes jóvenes y familiares de pacientes están encantados con Alaska. Pensé que lo hacía para molestarme, pero luego Hayley me confirmó que de hecho Alaska es muy popular en esta planta del hospital, una razón de más por la que deseo ser dado de alta.

—Le diré que entre. Toca cambio de turno, así que le dejaré indicaciones a la enfermera Lidia. El doctor pasará dentro de poco por aquí para evaluarte. Espero que pases una buena tarde y una buena noche.

—Gracias, enfermera Atenas.

Ella sale de la habitación y no pasa ni un minuto cuando Alaska, con una sonrisa traviesa y su mano no enyesada detrás de la espalda, entra.

—¿Veo acaso una sonrisa en el rostro del gruñón Drake?

—No… soy gru… gruñón… ¿Qué… escondes?

—Adivina, si adivinas, te ganas un beso.

—Dos.

—Tres —negocia haciéndome reír, pero me detengo cuando siento que eso hace que mi herida me duela.

—Con lengua.

—Con mucha lengua, trato hecho. —Es bueno hacer negocios con ella—. Ahora, adivina.

—Hummm…

Pienso en las opciones y podrían ser muchas. Hace muchos años que conozco a Alaska, básicamente desde que nació, y como novios llevamos ya un tiempo. Al ver esa sonrisa, ese brillo en la mirada y la postura de su cuerpo puedo apostar a que sé lo que esconde.

—El tiempo corre, Drake…

—No son… chocolates, no es un peluche… Descartado que sea comida…

—No se vale que digas lo que no es, estás haciendo trampa.

—Es nutritivo, abre la puerta a un nuevo mundo… Seductor, apasionado… Y entretenido —digo con lentitud—. Está llenos de letras… Es un libro.

—¡¿Qué?! Espera, ¿cómo lo supiste? —Saca el libro de detrás de su espalda.

—Te conozco, novia.

Estiro una mano y me entrega el libro. No es muy grueso y la portada es simple, sin embargo, cuando lo giro para leer la sinopsis, después de tres veces, logró entenderla y sé por qué ella lo escogió. Es un libro sexi, insinuante y promete tener buena trama entre dos amigos íntimos.

—Lo compré antes de que todo esto pasara —dice captando mi atención—, quería que fuera el segundo libro que leíamos juntos y pensé que, ahora que estás aquí y pareces enojado, podríamos comenzar a leerlo.

—Muchas cosas… Debo escucharlas dos… o tres veces para entenderlas, Aska.

—No importa, puedo leer las escenas cuantas veces necesites.

—Y soy lento leyendo en este momento… Incluso lento… hablando. Muchas palabras se mezclan en mi… cabeza.

—Lo entiendo y no me importa, podría ser una buena forma de practicar. Leí en internet que leer podría ayudarte —dice entusiasmada.

Puedo ver cuánto se está esforzando por conseguir esto, cómo quiere ayudarme de cualquier manera y que lo hace de corazón; así que asiento cediendo a esto y ella da un pequeño grito antes de acortar la distancia y abrazarme.

—Gracias, gracias, Drake.

—Acepto… con una condición.

—¿Cuál?

—Cuando… estés lista y lo desees… escribe, no renuncies… a tu sueño, Alas.

—Acepto —susurra.

Se aleja un poco para mirarme a los ojos, luego inclina su rostro hacia mí y la máquina que registra mi frecuencia cardíaca le hace saber que está haciendo locuras con mi sistema en este momento. Sonríe satisfecha.

—Aún te traigo loco.

—Siempre.

—Pagaré mi apuesta.

—Hecho.

Ella ríe por lo bajo y luego su boca está sobre la mía haciéndome viajar. Ya no estoy en esta habitación de hospital, ya no hay dolor ni frustraciones, solo están los deliciosos labios de Alaska moviéndose sobre los míos.

Tal como prometió, su lengua pasa sobre mis labios antes de adentrarse en mi boca; es un beso húmedo y lento, uno de los que extrañaba, y la máquina que no deja de sonar hace saber cuánto me está afectando.

No sé cuánto tiempo dura el beso, pero cuando se aleja lo suficiente, tomo una profunda respiración y mantengo mis ojos cerrados.

—Apostamos… tres besos, faltan dos…

—Sabes contar —se burla.

Llevo mi mano izquierda a su nuca y la atraigo para que me dé el segundo beso. El mundo, justo en este momento, tiene una mejor perspectiva.

10 de octubre de 2016

—Pareces entusiasmado —dice Holden terminando de rasurar mi barbilla.

No me adapto todavía a hacer mis movimientos únicamente con la mano izquierda, teniendo en cuenta que la derecha es lenta y en ocasiones me tiembla, así que Holden se ha estado encargando de quitar el rastro de barba cada vez que aparece.

Retiro la crema de afeitar de mi rostro y lo seco; Holden, como buen hermano mayor fastidioso, comienza a peinar mi cabello hacia arriba y, por más que trato de esquivarlo, se sale con la suya. Lo siguiente es colocarme la camisa sin ayuda, quiero aprender poco a poco a manejarme con mi mano izquierda, tardo en abrochar cada botón, pero cuando lo consigo, lo siento como un gran logro. Lo último son los zapatos, y listo, finalmente iré a casa.

—Vaya, qué guapo mi hermanito. —Holden silba y da una vuelta a mi alrededor—. Sí, como si nunca hubiese estado hospitalizado.

—Un hombre nuevo —digo.

—Totalmente.

Salimos del baño y nos movemos de nuevo por la habitación, en donde nuestros padres ya nos esperan. El doctor y la enfermera se encuentran ahí y, solo para confirmar, me hacen un último chequeo de rutina, sobre todo de mi herida.

—Procura no mojarla al bañarte, límpiala al despertarte y antes de dormir. Dentro de cinco días tienes programada una cita, debemos ver cómo continúa esa cicatrización.

»Evita el consumo excesivo de azúcar, debemos bajar eso, y sigue la dieta que se te ha dado, ¿entendido? No cargues peso, no hagas movimientos bruscos, y si presentas algún malestar como fiebre, mareos o náuseas, no dudes en venir, a veces creemos que sería exagerado acudir al hospital sin saber que podría ser muy grave no hacerlo —concluye el médico.

—Seguiré… las indicaciones.

—Nosotros estaremos pendientes de él y ayudándole a que así sea —agrega mamá.

—De igual manera, en tu próxima cita nos encargaremos de fijar un cronograma para estudiar que no haya algún daño en el cerebro a largo plazo. No es por asustarte, Drake, pero eres joven y necesito que entiendas la magnitud de lo que te sucedió.

»Eres afortunado y no queremos ignorar algún daño que pueda aparecer a largo plazo. Si sigues las indicaciones, dentro de poco tiempo podrás volver a tu rutina diaria. De igual manera, cuando tengas el plan de trabajo del fisioterapeuta, tráelo, siempre es bueno tener la opinión de tu médico.

—Cuente con eso, doctor —dice Holden pasando su brazo por encima de mi hombro—. Yo mismo vendré con él a mostrarle el cronograma.

—Siendo así, puedes ir a casa, Drake.

Por alguna razón esas palabras hacen que mis ojos se llenen de lágrimas, veía tan lejano este día; había una parte fatalista de mí que creía que nunca sería dado de alta. El doctor toma mi mano derecha y la estrecha, me prometo a mí mismo que habrá un día en el que al estrechar su mano con la mía, podré tener control sobre ella. He estado en buenas manos; el doctor ha hecho un buen trabajo y me ha atendido con las mejores de las intenciones; él firma mi alta, se despide de nosotros y sale de la habitación.

—Me alegra que puedas irte a casa, sigue las indicaciones del médico y disfruta mucho de tu libertad —dice la enfermera Atenas—. Finalmente el día que tanto esperabas llegó.

—Gracias por haber cuidado… de mí, la mejor enfermera.

—Fue un placer hacer mi trabajo con un paciente ejemplar. —Ella estrecha las manos de mis padres y la de Holden.

Hubiese sido genial tenerla de cuñada, pero supongo que no vendí demasiado bien a mi hermano. Cuando Atenas estira su mano hacia mí, acorto la distancia y le doy un breve abrazo, no es profesional, pero siento que ha sido más amiga que enfermera todo este tiempo.

—Muchas gracias.

—Sé buen chico, Drake, y dale saludos a esa linda novia, dile que los pacientes, enfermeros y familiares la van a extrañar.

Pongo los ojos en blanco e ignoro esa declaración mientras todos ríen. Salgo de esa habitación con una buena actitud, con ganas de mejorar y de evitar a toda costa tener que volver al hospital.

Literalmente estoy abrazando mi almohada desde hace veinte minutos, pero es que no puedo creer que de verdad esté en casa. Me resulta todo tan extraño y al mismo tiempo tan familiar… Y aunque mamá me preparó una sopa para almorzar, esta sí tenía sabor y me supo a gloria.

Estoy muy feliz de estar en casa. He recuperado mi teléfono y me he dado cuenta de que tengo muchos mensajes y correos electrónicos que responder, pero ya habrá tiempo para ello; además debo tomarlo con calma.

—¿No te parece raro abrazar así esa almohada?

Abro los ojos y me encuentro con Hayley en la puerta de mi habitación, debe de haber llegado de sus clases de repostería.

—Solo estoy aferrándome… a esta realidad… ¿No traes algo… dulce contigo?

—Vi tu dieta pegada con un imán en el refrigerador, en la entrada, en la puerta de tu habitación y en la sala de estar. Claramente se lee que no puedes ingerir mucho azúcar. A ciertas horas se te permite tomar solo un poco.

»También escuché que prometiste cuidarte y no llevas ni diez horas en casa cuando ya me estás pidiendo algo dulce, ¿debería acusarte?

—Mierda, lo olvidé.

—Muy bonita la realidad, pero adáptate rápido porque debes cuidarte. No estaremos siempre sobre ti y necesitas ser consciente de las indicaciones que debes seguir. Aquí no tienes una enfermera supervisándote y necesitas no olvidarlo.

—Tienes razón.

—Lo sé. —Se adentra en la habitación y se inclina dejando un beso sonoro en mi mejilla—. Te extrañé, hermanito. Bienvenido a casa.

—Gracias, Hayley. ¿Quieres… ponerme al día sobre… a cuántos desgraciados has…?

Me quedo en silencio y ella sonríe entendiendo lo que sucede, completa la pregunta por mí y asiento.

—Solo uno, y no los llames desgraciados, si los dejo es por algo —responde la descarada antes de caminar hacia la puerta de mi habitación. Se gira en última instancia y me arroja un beso—. Me alegra que estés en casa.

—A mí también.

Ella sale de la habitación y cierro los ojos… Supongo que pierdo la noción porque me quedo dormido y solo despierto cuando la alarma en mi teléfono me anuncia que debo tomar uno de mis medicamentos. Después de hacerlo, noto que tengo un nuevo mensaje y que se trata de Alaska, a quien una vez más le cambié el nombre con el que la tenía guardada.

Novia soñada:
¡Qué emoción! Estás en casa, veo tu ventana abierta ¡Ahhhhhh!

Novia soñada:
¿Sales a la ventana?

Novia soñada:
¿Hola?

Drake:
Lo siento, me quedé dormido.

Drake:
Ya en casa.

Drake:
¿Todavía quieres que salga a la ventana?

Me pongo de pie y voy al baño para lavarme el rostro y terminar de despertarme. Paso por la habitación de Dawson, pero todavía no ha vuelto de su trabajo, así que regreso a mi propia habitación y veo que tengo una respuesta de Alaska.

Novia soñada:
Sí, sí. ¡Ven a la ventana!

Arrojando el teléfono sobre la cama voy a la ventana, retiro las cortinas y ella se encuentra ahí con una gran sonrisa, agitando su mano en un enérgico saludo.

—¡Bienvenido a nuestro lugar de encuentro! —celebra.

—Gracias, gracias. —Sonrío.

Estoy por imitarla y sentarme en el marco de la ventana, pero recuerdo que no es buena idea si tengo en cuenta que desde el torso hacia arriba mi lado derecho no responde como debería y podría ocasionar un accidente. Lo último que deseo es volver al hospital en mi primer día de regreso. Así que me conformo con apoyar mi lado izquierdo en el marco mientras la miro, extrañaba esto más de lo que podría admitir.

Una escena familiar tiene lugar cuando ella alza su libreta, que identifico de una de sus clases, para que la mire.

—Tengo nueva tarea de Física con la que necesito ayuda, estás muy atrasado con la tarea.

—¿Yo? Tengo entendido… que es tu tarea.

—Pero siempre me has ayudado y este es mi último año, es nuestra tarea. ¿Ves qué bonito suena decir que es «nuestra tarea»?

—Solo veo… cuán astuta eres.

—Gracias, pero ¿cierto que me ayudarás? Eso ayudará a tu mente, apuesto a que con los números sigues igual de veloz… Espera, ¿esto que acabo de decir ha sido cruel?

—No intencionadamente —la justifico viendo cómo se sonroja—. Está bien, no me molesta. Prefiero que hagas chistes sobre ello… a que me trates como si fuesen mis… últimos días.

»Y está bien, acepto ayudarte. Seguramente me tomará más tiempo… de lo normal, pero… lo haré…

—¿Bien? ¿Excelente? ¿Maravilloso? —completa cuando ve que no continúo.

—Exacto. —Sonrío—. Ven, te ayudaré.

—De acuerdo, y te pagaré con muchos besos. —Me arroja algunos de ellos—. Pero antes de ir…

—¿Sí?

—Tengo un regalo para ti. —Clava la vista en su teléfono mientras lo manipula—. Me inspiraste a escribir de nuevo, y no es para JoinApp.

»Cuando lo escribí mi corazón se aceleró y no fue por el miedo; se trataba de la emoción de crear algo para ti y demostrarte que poco a poco dejaré ir el miedo para hacer lo que más amo.

Debe de ser de las cosas más tiernas que alguien hará por mí alguna vez, esta chica es inigualable y soy consciente de cuán afortunado soy de tenerla como novia.

—Te amo, Alaska —digo, sus mejillas se sonrojan—. Te amo, Aska. Te amo, novia. Te amo, Alas.

—¡Deja de declararme tu amor! —Se ríe—. O no podré leer este poema.

—Vale, lee.

Aclara su garganta y comienza uno de esos poemas que marcan mi vida:

Querido, Drake.

Este poema es porque estás bien y porque aun enfermo, cuando te veía, me hacías enloquecer.

Gracias por respirar, gracias por caminar y, aunque estás un poco lento, nada entre nosotros cambiará.

Drake, Drake, Drake, me alegro de que desde la cintura para abajo aún lo puedas mover todo bien.

Mis tareas numéricas te extrañaron, mi ventana te echó de menos y mis bragas lloraban por ti.

Estoy enamorada de tu nueva sonrisa, de tu alegría y del hecho de que vivas.

¡Gracias, gracias! Por no hacerme enviudar y demostrar que aún sabes besar.

Quizá pocas cosas riman, pero no pretendía hacer poesía.

Solo demostraba que sigo viva y que todavía puedo ser tu fantasía.

Poema creado, poema entregado.

Poema que disfrutas y que quieres tener en tus manos.

No se me ocurre qué más escribir, pero quiero que sepas que estoy feliz.

Porque gracias a ti de nuevo escribí.

Quédate conmigo, sigue siendo mi novio y prometo que siempre tendrás momentos fogosos.

Podría seguir, pero prefiero abrazarte y besarte para que sepas que somos mejores que antes.

Te amo, no lo dudes.

Eres el mejor novio incluso si estás un poquito defectuoso.

Celebremos el reencuentro, no nos aflijamos por el pasado, avancemos al futuro tomados de la mano.

Las palabras se me acabaron, ahora mejor, ¿por qué no nos besamos?

Y como en una novela: este poema ha acabado.

Sacudo la cabeza sin poder contener la risa y flexiono mi índice izquierdo hacia ella indicándole que venga.

—Ven aquí, pequeña escritora. Será mejor que te des prisa… porque quiero besarte mucho.

—¿Si llego antes de dos minutos serán más besos?

—Trato hecho.

—Bien, pon el cronómetro.

Voy por mi teléfono y cuando activo el cronómetro, ella desaparece. No sé si llegará antes de dos minutos, pero sé que sin importar lo que tarde la devoraré a besos. Ese poema ha sido todo lo que necesitaba, mi recordatorio de que puede haber cambios físicos, pero en nuestro interior sigue estando la esencia que nos hace ser quienes somos.

Sí, tengo mucho que trabajar para ser físicamente lo que era antes, pero soy afortunado porque tengo personas maravillosas animándome a mejorar. Además, tengo una hermosa novia escribiéndome los mejores poemas del mundo. Esta solo es una etapa que superaré, siento que el poema de Alaska me ha inyectado energía y positivismo. Siento que, a partir de aquí, lograré mucho mientras mantenga mi esperanza y ganas de superarme.

Escucho fuertes pasos por las escaleras y a Dawson, que debe de haber llegado, maldecir. Luego la puerta de mi habitación se abre con fuerza y aparece Alaska respirando agitadamente, con las mejillas muy sonrojadas. Detengo el cronómetro: un minuto con treinta y siete segundos.

—Lle-llegué —anuncia, y siento que por la manera en la que habla podría morir de asfixia.

Dejo el teléfono sobre mi escritorio y le sonrío extendiendo mi brazo izquierdo.

—Ganaste, ven aquí… por tus besos.

Ríe y camina a paso apresurado hacia mí, enreda sus brazos alrededor de mi cintura y se alza sobre las puntas de sus pies y agachándome llevo mi boca a la suya. Sí, todo estará maravillosamente bien.

—Gracias… por tu poema —susurro contra sus labios.

—Gracias por inspirarme. ¿Más besos?

—Más besos —respondo sonriendo contra su boca antes de besarla de nuevo.

39

Alerta de spoiler: lo siguiente no rimará

DRAKE

18 de noviembre de 2016

Este libro no es tan bueno como el anterior, pero eso no quiere decir que sea malo, es un libro que disfrutaremos, pero que me pensaré dos veces si quiero volverlo a leer. Sin embargo, creo que el hecho de que sea Alaska la voz que narra cada escena y pronuncia cada diálogo es lo que hace que la lectura sea mucho más interesante.

¿Cómo la dulce niña tímida se convirtió en esta sensual descarada? No lo sé, pero me gusta. Me encanta porque conserva algo de su timidez y mucho de su dulzura, pero también se ha vuelto más segura, lo que la hace infinitamente sexi.

—No estás prestando atención. —Detiene la lectura.

—Lo estoy… haciendo.

—¿Qué estaba diciendo?

Contengo las ganas de reír y con lentitud repito, lo más parecido que puedo, la línea que acababa de leer. Agradezco la paciencia que Alaska tiene para escucharme, porque si bien he mejorado un poco mi habla desde que comencé mis terapias, todavía queda un camino para llegar a lo que era antes.

—Vale, sí me escuchabas. —Cierra el libro—. Pido descanso.

—Concedido.

—Pero tú no dejes de hacer tu ejercicio. —Asiente hacia mi mano.

En mi mano derecha se encuentra una pelota antiestrés con la que practico para recuperar mi movilidad. Parece algo sencillo, pero cada apretón conlleva un esfuerzo por mi parte. Sin embargo, soy bastante positivo acerca de los resultados que poco a poco voy obteniendo. Cuando voy a mis terapias, conozco a personas que se encuentran en situaciones peores que la mía, por lo que no me permito quejarme al respecto. Soy afortunado y sé que podré mejorar mientras me lo proponga.

Alaska busca su comodidad recostando la cabeza sobre mis piernas, lo que creo que no es buena idea teniendo en cuenta que soy consciente de cuán cerca está su rostro de una parte de mi cuerpo que sé que todavía funciona muy bien. Su cabello se esparce por mis piernas y la cama en tanto me sonríe y toma mi mano izquierda acariciándome los dedos.

—Tenemos tarea de Química, novio.

—Todavía sigues… hablando en plu… plural.

—Porque es nuestra tarea, lo que lo hace muy romántico.

—No te dejes explotar, copia mal hecha.

Ambos alzamos la vista hacia la puerta, en donde Dawson se encuentra comiendo una manzana. Mi gemelo nos da una sonrisita antes de adentrarse en la habitación, tomar la silla giratoria y sentarse con una mirada de ojos entornados hacia Alaska.

—La malcriaste y la volviste una vaga que no sabe de química ni física.

—¡Oye! —se queja ella intentando patearlo, pero su pierna no es lo suficientemente larga para alcanzarlo—. ¡Sé de física y química!

—Sí, de la física y química corporal, pero no de la que necesitas estudiar —se burla Dawson—. Te aprovechas de que mi hermano está bobo por ti y cede; yo, en cambio, intenté ayudarte.

—Eras un horrible profesor.

—Tú eras una horrible alumna —contraataca Dawson.

—No te hablaré si me sigues fastidiando —lo amenaza Alaska.

—¡Ay no! Voy a llorar. —Él ríe y le arroja un beso—. Sabes que te quiero, Aska. Solo creo que deberías aprender tus asignaturas porque la honestidad es la base de…

—Bla, bla, bla, dejemos la bondad y la honestidad plena para las protagonistas superbuenas y santas de las novelas —lo corta ella—. En la vida real todos tenemos un toque de malicia y astucia, soy mala con los números y no me avergüenza que mi novio me ayude a pasar las asignaturas que los involucren. —Se encoge de hombros.

»Sé que no ejerceré nada que requiera despejar una letra o dividir mil veces un número para luego multiplicarlo y tener un resultado, así que mi falta de empeño en ello no le hará daño al universo. O sea, que déjame ser mala y graduarme sin problemas, gracias.

Río y con la mano izquierda le acaricio el cabello, ganándome una sonrisa de ella. Dawson, por su parte, parece estar analizando las palabras de Alaska hasta terminar por aceptarlas.

—Es verdad, todos poseemos un poco de malicia —dice—, así que aceptaré tu argumento y dejaré que mi copia mal hecha siga haciendo tu tarea.

—No necesitaba tu permiso, pero gracias. —Le muestra el pulgar—. ¿Qué ha sido de Leah?

—Lo mismo, no funcionó. —Él frunce el ceño, le frustra cada vez que Alaska le pregunta—. Está bien por su cuenta y yo por la mía. Deja de preguntar, fastidiosa.

—Ah, es un tema sensible. Preguntártelo y que me respondas así confirma que te vuelve loco que ustedes no fueran más que amigos.

—Cállate, no seas mala, simplemente no funcionó y al menos seguimos siendo amigos. A veces las cosas simplemente no funcionan y forzarlas no hace ningún bien. —Suspira y luego sacude la cabeza—. Bueno, los dejo. Debo ir al consultorio, algún animalito necesitará de mis servicios.

—¡Ve a salvar vidas, Dawson! ¡Dawson es el mejor! —anima Alaska.

Mi hermano le sonríe y le guiña un ojo antes de salir de mi habitación. Eso solo demuestra que estos dos pueden discutir mil veces por tonterías y a los segundos actuar como las personas que más se adoran en el mundo. Me gusta que mi novia y mi hermano se lleven tan bien, y me encanta que Alaska ni una sola vez en su vida nos haya confundido. Eso me causa cierto alivio, al saber que no se producirán vergonzosas confusiones.

Suelto un quejido porque siento un dolor parecido a un calambre en mi mano derecha y mis dedos parecen agarrotados. Supongo que atrasaré mi ejercicio durante unas horas. Alaska se incorpora y nota lo que sucede, me da una sonrisa alentadora y se inclina hacia la mesita de noche —lo cual me da una vista torturadora de ella— y vuelve con una crema mentolada que me recetaron. Aplica un poco en sus manos y luego toma la mía comenzando a masajearla para aliviar el dolor y darles algo de movilidad a los dedos.

No es que Alaska haya nacido con el don de saber qué cosas hacer para aliviar mi dolor, pero ella fue a una de mis terapias y preguntó cómo debía hacer los masajes porque había visto a mamá hacerlo. Aprendió muy bien, porque aunque no es algo que se vaya a solucionar con rapidez, poco a poco va cediendo, además, es bastante dulce que ella me ayude en esto.

—¿Lo sientes mejor? —pregunta.

—Sí, está dejando de doler, gracias.

La miro mientras parece muy concentrada, su entrecejo se encuentra fruncido, tiene los labios apretados y las mejillas sonrojadas de esa manera que siempre la caracteriza. Al verla no puedo evitar retirarle cabello del rostro con la mano derecha para ubicarlo detrás de una de sus orejas, movimiento que la hace sonreír pese a que no emite ninguna palabra en voz alta.

—Te amo —le digo, acariciándole una mejilla con el pulgar.

—Lo sé, por eso me miras como un tonto, pero eso me gusta. —Alza la vista—. ¿Sabes cuánto esperé a oír esas palabras? Sinceramente pensé que me tocaría verte encontrar otra novia y luego verte casarte…

—Todavía… me puedo… casar con o… otra. ¡Ay! —me quejo cuando presiona con fuerza en mis nudillos con sus masajes.

—Lo siento. —Pero está sonriendo, así que no lo lamenta—. Estábamos teniendo una genial conversación y tú la estabas volviendo turbia.

Me río y tiro de su brazo para que caiga parcialmente sobre mí, el impacto duele un poco, pero es ignorado porque puedo sentir la mitad del cuerpo de Alaska sobre el mío; de hecho, una de mis piernas está entre las suyas y me parece una posición encantadora. Su mano ya no está sobre la mía, una se encuentra sobre mi pecho y la otra contra la almohada manteniendo el brazo por encima de mi cabeza. Parece una posición donde ella manda y tiene el control, encuentro que eso es sexi, pero es porque en Alaska yo encuentro que incluso su torpeza en ocasiones me seduce.

—Eres hermosa. —Me alegro de haberlo dicho sin pausas.

—Debo agradecérselo a mis padres y al amor y pasión que tuvieron que emplear en crearme —finge dar un discurso—. A los genes de mis antepasados y al destino que hizo una combinación que dio este resultado…

—Tonta —la interrumpo.

—Soy la tonta que te gusta. —Baja su rostro y su nariz acaricia la mía—. Por cierto, también te amo.

—Lo sé… Por eso me… miras co-como una boba. —Alzo mi rostro para darle un beso suave.

Al bajar la cabeza para que repose contra la almohada ella viene hacia mí, dándole continuidad al beso. Hace un tiempo, cuando las cosas entre Alaska y yo eran platónicas, cuando éramos solo amigos que se conocían desde pequeños, no imaginaba siquiera que ella tendría tanto talento para besar. Nunca sabré con quién o quiénes aprendió y tampoco me interesa, lo que me importa es que ahora soy yo quien disfruta de tal destreza.

Como sucede casi siempre, una de sus manos termina en mi cabello, lo que me hace saber que luego tendré que lavarlo porque sus manos se encuentran todavía llenas de crema mentolada. Siento la caricia húmeda de su lengua contra mis labios y la dejo entrar. No mentiré ni pretenderé ser tímido, así que admito que deliberadamente mi mano izquierda baja hasta afianzarse sobre uno de los lados esponjosos de su culo y, cuando muevo mi pierna intentando buscar comodidad, ella gime porque de manera no intencional —lo prometo— la presiono contra su entrepierna.

Extraño el sexo.

Y extraño mucho más el sexo con Alaska.

Pero el doctor todavía no me ha autorizado a realizar actividades interesantes —lo sé porque se lo pregunté en la última consulta con discreción— aun cuando ha pasado poco más de un mes, lo cual es comprensible si se tiene en cuenta que removieron y recortaron mis intestinos. Sin embargo, no es fácil de cumplir cuando tienes una novia, cuando tenías una vida sexual muy activa y cuando cada cosa parece estimularte. Por ejemplo, en este momento, Alaska se está rozando contra mi pierna y eso, por supuesto, ocasiona reacciones en mí.

Dejando el firme agarre en su trasero introduzco la mano dentro de la tela de su short y debajo de las bragas, encontrando la carnosa nalga piel contra piel. Abandonando nuestro beso, Alaska me mordisquea el labio inferior para poco después besarme aún con más entusiasmo.

—Estoy pensando… Creo que tengo una idea… —murmura contra mis labios dejando continuos besos e intentando retirar su cabello de mi rostro.

—¿Sí?

—El sexo está prohibido por ahora —se separa un poco para que podamos concentrarnos al hablar y poder mirarnos—, pero otras cosas no.

Sonrío al entender a lo que se refiere y, apretando los dedos sobre su piel desnuda, veo cómo de manera fascinante los ojos se le oscurecen y las mejillas que de por sí viven con color se sonrojan hasta tal punto que alcanza su nariz y llega a su cuello… Estoy seguro de que también llega por debajo de su camisa.

—Las personas no se agitan tanto cuando hay algunos toques y besos en ciertos lugares…

—Tú te mue-mueves bastante.

—Bueno, pero a mí no me revolvieron todo por dentro —contraataca haciéndome reír por lo bajo—. Tú tienes voluntad y podrías evitar moverte mucho si yo bajo…, ¿verdad?

—Podría intentarlo.

—Creo que es una buena idea, espero que no terminemos en urgencias contigo muriéndote por ello —susurra contra mis labios.

—Estaremos… bien.

Sonriéndome comienza a deslizar la mano desde mi pecho hasta el borde del pantalón holgado, lo que me tiene apretando el agarre sobre su piel y a ella riendo en tanto adentra la mano por debajo del elástico del bóxer. Me es inevitable no estremecerme ante el contacto del roce de sus dedos contra mi muy entusiasta erección, sobre todo teniendo en cuenta que su primer roce termina en la punta, que comienza a humedecerse a medida que mi excitación crece.

—Drake, cariño, ya lleg…

Prácticamente empujo a Alaska fuera de mí, pero mi mano en su culo desnudo hace el trabajo difícil y terminamos siendo un enredo en donde ella está aplastando mi mano y yo estoy parcialmente encima de ella. Con lentitud saca su mano de mi pantalón, pero sabemos que ya es demasiado tarde. Ambos miramos hacia la puerta y vemos a mi madre con la expresión de quien acaba de presenciar un accidente de tránsito.

Hay unos breves segundos de silencio antes de que reaccionemos.

Saco la mano de su ropa y me alejo de ella, tomo una almohada porque mi erección es demasiado evidente. Todo es malditamente evidente teniendo en cuenta nuestras expresiones culpables. ¡Y teniendo en cuenta en dónde estaban nuestras manos!

—De acuerdo —dice mamá después de aclararse la garganta—. Traje unas galletas bajas en azúcar y yogur griego… Los espero en el piso de abajo.

Asentimos y mamá me echa una mirada que indica varias cosas, entre ellas: tendremos una incómoda charla y compórtate. Asegurándose de dejar la puerta incluso más abierta, sale de la habitación y Alaska hace un sonido de protesta mientras cubre su rostro con sus manos.

—Oh, Jesús travieso, esto es tan vergonzoso… —dice en un hilo de voz—. No podré mirar a Irina a los ojos nunca más.

Sí, bueno, al menos ella no tiene nada que de pronto le crezca y que haya visto su mamá; aunque debo reconocer que el susto y la mirada de mamá ha hecho que baje, pero todavía siento el corazón latirme muy deprisa. Alaska me mira a través de sus dedos.

—¿Y ahora?

—Ahora, bajamos… y actuamos nor-normal —respiro hondo—, y listo. La charla… será para mí.

—Ellos tienen que ser conscientes de que llevamos una vida sexual, es decir, tú antes tenías sexo, llevamos tiempo saliendo y las hormonas… Pero es diferente a que nos pillen. ¡No puedo mirarla a los ojos!

Rodando los ojos ante su balbuceo, me incorporo con lentitud para ponerme de pie. La miro preguntándole en silencio si se quedará aquí toda la vida intentando evitar a mi madre y, por supuesto, de manera dramática ella se pone de pie, peina su cabello con sus dedos y enlaza su brazo con el mío. A medida que salimos de la habitación, esconde su rostro en mi brazo y pese a la vergüenza la situación me parece un poquito divertida.

Cuando llegamos a la sala, mamá nos da galletas y un vaso con yogur a cada uno. Luego hay un silencio incómodo en tanto estamos sentados en los sofás comiendo en silencio, nadie quiere sacar el tema, pero tampoco podemos olvidarlo.

—Es importante la protección… —rompe mamá el silencio.

Alaska se ahoga con la galleta y palmeo su espalda con la mirada fija en mamá, le abro los ojos en una súplica silenciosa para que pare, pero su mirada es determinada, lo hará vergonzoso para nosotros.

—Y no únicamente es responsabilidad de la chica, por lo que no hagan algo como ir solo a comprar píldoras anticonceptivas. Es necesario el uso del preservativo para evitar enfermedades, y siempre es bueno tener doble protección…

—Mamá… —imploro.

—¿Mamá qué? Si son adultos para iniciar una vida sexual juntos, entonces son adultos para tener esta charla.

—Lo sé, sé todo sobre… sobre protección…, eh, hemos sido… somos responsables —balbucea Alaska, y noto que está excesivamente sonrojada.

—Bien, es importante ser responsables sobre las decisiones que toman.

—Lo entendemos —digo antes de que se extienda.

—Bien —concede ella.

Continuamos comiendo en silencio, el sonrojo de Alaska no disminuye y no ayuda que mamá no deje de mirarnos como si fuésemos unas ratas de laboratorio.

—No sientas vergüenza, Alaska. También yo fui joven.

—¡Mamá! Ya… lo entendemos.

—Lo que digo es que no seré una hipócrita condenando que tengan una vida sexual activa, lo único que pido es que sean cuidadosos. Y no quiero que Alaska se sienta avergonzada por lo que ha sucedido, ¿de acuerdo? No lo juzgaré ni me sentiré molesta por ello.

—Gracias —murmura Alaska, y, tras titubear un poco, termina por mirarla y le da una sonrisa avergonzada.

—Y deben tener en cuenta que Drake no puede tener relaciones sexuales hasta que el médico…

—¡Vale, mamá! Ya… Ya… Ya. Corta —imploro, y ella ríe.

—De acuerdo, creo que entendieron el tema.

—Lo hicimos —responde Alaska.

—Bueno, esta ha sido una buena conversación.

—Seguro —susurro mirándola. Ella me guiña un ojo y se pone de pie para dirigirse hacia la cocina.

Alaska deja ir una lenta respiración y relaja su cuerpo. Se gira para mirarme y darme un beso rápido en la boca.

—Iré a casa, hablamos por la ventana.

—De acuerdo…Y sobre… tu idea. —Hago una pausa para ubicar todas las palabras y no acelerarme, eso podría ocasionar que no se entendiera lo que quiero decir—. Creo que es… buena. Lo haremos.

Asiente y me da otro beso rápido, se pone de pie, se despide en voz alta de mamá y sale de la casa o más bien huye antes de que mi madre reaparezca con un delantal puesto y una mirada que expresa desconcierto.

—¿La asusté?

—No lo… sé, pero —pausa— has actuado de una manera rara.

—¿De qué hablas? Fui una madre genial.

—Seguro. —Alzo mi pulgar y ella asiente feliz volviendo a la cocina.

Termino por reírme de toda esta situación bochornosa que ninguno de los tres olvidará, luego suspiro porque pudo haber sido un buen momento, pero mamá regresó demasiado rápido. Me digo que puedo esperar, lo he hecho antes y con Alaska todo siempre vale la pena.

4 de diciembre de 2016

—Muy bien, tú puedes, arriba…, arriba —me alienta con fuerza Jacob.

Tomo una profunda respiración y con el brazo tembloroso logro alzar hasta la altura de mi pecho una pesa de seis libras y consigo sostenerla poco más de un minuto antes de dejarla caer al suelo y flexionar los dedos con lentitud. Sonrío al notar el progreso en ellos al ver que responden bastante lento, pero mucho mejor que los meses anteriores.

Mi fisioterapeuta, Jacob, es un tipo genial, siempre parece tener energía y me anima como si se tratasen de unas Olimpiadas. También es muy bueno, hemos tenido grandes avances y siempre le estaré agradecido a Holden por invertir tanto dinero en uno de los mejores.

Jacob me entrega una botella de agua y la bebo cuando termino de limpiarme con una toalla el sudor de la frente.

—¿Cansado? —me pregunta.

Al principio admitiría sin duda alguna que estaba agotado, ahora entiendo que es como una línea que él dice que debo responder con entusiasmo, demostrando que estoy dispuesto a dar lo mejor de mí sin lastimarme, porque pese a que me alienta a no ceder tan rápido, también me recuerda que debo reconocer mis límites y no excederme, porque la idea es mejorar, no empeorar.

—¿Cansado? Apenas estamos… comenzando —termino por responder.

—Esa es la actitud, vamos de nuevo.

Sudo mucho, gruño y doy lo mejor de mí cada minuto en que se me exige, y me alienta a esforzarme e intentarlo. Cada vez que miro hacia los asientos, Holden me alza el pulgar y me aplaude animándome o lo encuentro grabándome —seguramente para subir el vídeo en alguna red social—, pero no me molesta. Mi hermano ha venido a casi todas mis terapias y, aunque es bastante escandaloso animándome, a todos parece traerles alegría y a veces lo escucho coreando el nombre de alguien más que también está haciendo terapia. Holden fue hecho para ser amigable con todos.

Cierro los ojos mientras tiro de la banda elástica con mi mano derecha y Jacob cuenta cuánto tiempo la mantengo; cuando la suelto, alzo la mano derecha un poco temblorosa, cosa que antes no podía hacer.

—Creo que he tenido suficiente… Este es mi límite… por hoy —cedo.

—Muy bien, Drake. ¡Dame esos cinco!

Llevo mi mano aún temblorosa hacia él y le doy los famosos cinco. Jacob le dice a Holden que ya puede venir y no tardo en sentir la mano de mi hermano despeinándome el cabello.

—Hoy has estado genial, hermanito —me felicita.

Se sienta en el suelo frente a mí y saca la crema de mi mochila, me sonríe con exagerada alegría haciéndome reír mientras se aplica un poco en la mano y toma la mía para masajearla hasta el antebrazo, de esa manera evitamos calambres o agarrotamientos que podrían causarme dolor.

—Gracias, Hol.

—No hay de qué. Terminamos esto, tomas un baño y vamos a tu cita médica. ¿Quieres que pasemos a buscar a Aska? Porque ella me está acribillando a mensajes preguntando si puede venir con nosotros.

—Puedo imaginarlo. —Hago una respiración profunda para decir una oración larga—. Pero si la pasamos a buscar, llegaremos… tarde a la… cita.

—Eso pensé. Podemos pasar a por ella después de salir del médico y tal vez les organizo una cita y juego el papel de un cuidador. —Sonríe divertido—. Le preguntaré a Krista si quiere ser cuidadora, la otra vez dijo que Alaska y tú se veían tan lindos que quería espiarlos, fue extraño, pero supongo que es válido.

Casi suena como si mi hermano estuviera cobrando por exhibirnos, pero por suerte entiendo lo que quiere decir, así que asiento y él le escribe a Alaska diciéndole que vaya a su casa al salir de clase y espere a que pasemos por ella para llevarla a una cita muy romántica. Él lo hace sonar todo exagerado y, aunque le pido que pare, no se detiene hasta que envía el mensaje.

—Creo que deberías comprar flores, vendí una cita clásica y romántica, no puedes fallarme —dice riendo.

La cita con el doctor fue buena. Mayormente estoy viendo al médico con algo de miedo, siempre alerta de que pueda decir que algo va mal, no quiero revivir una experiencia tan dolorosa y angustiosa para todos.

El doctor dice que mi recuperación está siendo buena, mi cicatrización es completa; la ecografía abdominal y la endoscopia que me realizaron hace unos días garantizan que con mis órganos todo está marchando sin ningún problema. En cuanto a mis niveles de azúcar, aún no están como desearíamos, se encuentran un poco por encima del límite, así que todavía debo ajustarme a una dieta que controla mi consumo de ella.

Así que cuando Holden atendió una llamada telefónica, me pareció un buen momento para preguntar, sin riesgo a que mi hermano me molestara, si podía retomar mis «actividades extracurriculares», a lo que el doctor me miró en silencio hasta que use la palabra exacta: «Sexo». La respuesta puede ser considerada alentadora según cómo la analices; me dijo que preguntara dentro de dos semanas y cuando mencioné si podía llevarlo hacia la parte oral, me hizo saber que no debería haber inconveniente siempre que no me pusiera muy creativo e inventor.

Así que creo que, en teoría, todo se trató de buenas noticias.

Ahora me encuentro en mi habitación terminando de ponerme la chaqueta por encima de mi camisa de manga larga y paso la mano por mi cabello intentando peinarlo. Hay un toque en la puerta y digo que pueden entrar, por lo que poco después no tardo en sentir unos brazos envolviéndome la cintura desde atrás y sonrío sabiendo, por el perfume, que se trata de Alaska.

—Estoy emocionada —dice abrazándome con fuerza—. Primero porque Holden me ha dicho que has hecho grandes avances en la terapia. Segundo porque me ha dicho que los resultados de todos tus exámenes médicos están bien y que la evaluación del doctor es positiva.

—¿Tercero? —pregunto.

—Estamos yendo a una cita. —Me libera—. ¿Cómo me veo?

Me giro y comienzo a observarla con detenimiento. La verdad es que se encuentra hermosa como siempre. Sé cuánto le gusta a Alaska divertirse escogiendo atuendo cuando le digo que salgamos, también sé que disfruta con los labiales y más poniendo a prueba si son duraderos después de unos buenos besos, así que no me sorprende que se vea increíble, y no son solo los ojos de novio enamorado los que hablan

—Hermosa —digo, y ella enarca una ceja esperando más—. Impactante.

—¡Vamos! Di más, te hago un favor al alentarte porque sabes que debes practicar frases largas —se excusa.

Camino hacia ella, envolviendo un brazo alrededor de su cintura, el otro tarda más en responder, pero lo logro aunque el agarre sea un tanto más flojo. Acerco mi rostro al suyo y en mi mente busco las palabras que quiero decir, un ejercicio que me funciona, para que me resulte más fácil decir toda la frase.

—Estás hermosa como… siempre. Brillas, hermosa… Encantadora, fantástica.

—Muy bien dicho, novio. ¿Beso?

—Muchos.

Y como Alaska no protesta, le doy el primer beso para poner a prueba su labial. Hay un momento difícil porque quiero adentrar mi mano en su cabello, pero lleva una trenza y sé que se molestaría si arruino su peinado, tampoco tomo su rostro por miedo a marcar mis dedos en su maquillaje, una vez lo hice y lo odió porque me burlé. Así que me ordeno mantener mis brazos tal como están mientras compenso la falta de movimiento en mis manos con mi boca. El beso me está afectando con ciertas reacciones, pero no me importa porque cuando finaliza no me detengo y doy inicio a otro, incluso más húmedo y largo.

—¡Niños, no sean traviesos! Ya nos vamos —escucho la voz de Krista, amiga y compañera de trabajo de mi hermano, desde el piso de abajo—. Los esperamos en el auto.

A regañadientes dejo de besar a Alaska y sonrío viendo que mantiene sus ojos cerrados en tanto libera un suspiro antes de sonreír.

—¿Y bien? ¿Sobrevivió el labial?

—Lo hizo —respondo, y paso el pulgar por mi labio inferior, solo obtengo un poco de mancha en él—. Es bueno.

—¡Genial! Porque compré muchos colores.

Sus ojos se abren y se pone de puntillas dándome otro beso rápido. Liberándola de mis brazos la dejo guiarme tomados de la mano y en las escaleras nos encontramos a papá subiendo. Nos dice que nos portemos bien, prueba de que mamá tuvo que haberle contado aquella incómoda tarde. Cuando llegamos a la sala, Dawson parece que terminó de hacerle preguntas a Krista y todavía sigue en pijama, cosa que Alaska no deja pasar.

—¿Viernes por la noche y en pijama? ¿Tú? ¿El gemelo romántico y rompecorazones? ¿El soltero?

—Me tomo un tiempo para mí —se excusa abriendo un libro de filosofía—. Lo llamo un descanso.

—Lo llamo despecho —lo fastidia ella—. Aunque espera, nunca fueron novios.

—Eres mala y para que lo sepas pienso en otra cosa, una cosa muy loca que me pasó —le hace saber Dawson sin mirarla—. Salgan de aquí, Hol los espera en el auto con Krista.

Me acerco a él y de manera teatral beso su frente, lo que hace que me tome por sorpresa cuando tira de mí y me abraza con fuerza haciéndome reír porque caigo sobre él y, por suerte, Alaska libera mi mano a tiempo o hubiese sido arrastrada.

—No vayas y quédate con tu alma gemela que tanto te ama —pide con voz infantil y abrazándome con más fuerza—. No importa si dices que no, igualmente no te dejaré ir.

—Volveré —digo riendo e intentando salir de su agarre.

—Pero te extrañaré, planta a tu novia mala y quédate conmigo.

—¡Oye! —La mano de Alaska toma la mía y tira de mí—. No seas codicioso, él no va a plantarme.

Soy la persona que es tironeada de un lado a otro por ambos, pero los tres estamos riendo hasta que Dawson me libera y nos dice que nos vayamos antes de que se arrepienta de dejarme ir.

—¡Diviértanse! —grita antes de que cerremos la puerta de la casa.

Caminamos hasta el auto de Holden, pero Krista, que se encuentra sentada en el puesto de copiloto, nos pide que nos detengamos y me quedo un poco incrédulo cuando saca su teléfono y captura una foto de nosotros.

—Bah, son demasiado lindos juntos. Como si hubiesen nacido el uno para el otro. ¡Me encanta! Lo enviaré por el grupo para que todos aprecien a esta bonita pareja y para que Jock vea que cuido a su hermana en la cita —anuncia.

—Diles que les mando saludos a todos —pide Alaska mientras llegamos hasta el auto.

—Hecho, cosita hermosa. Te ves esplendida, me encanta tu labial.

—Es muy bueno, es a prueba de todo. —Se ríe Alaska—. Luego te digo el nombre.

—Cuento con ello —responde Krista—. Oye, Hol, sabes que…

Subimos a los asientos traseros, Holden pone el auto en marcha y durante los primeros minutos Alaska y yo escuchamos la conversación que ellos mantienen y vemos cómo Krista busca alguna canción que le guste en el estéreo. Pero poco después Alaska se une a la conversación escuchando historias divertidas que la hacen susurrar un «tal vez un día lo escriba».

Tengo fe en que falta muy poco para que Aska se anime a retomar de nuevo su escritura, siento que ha sido una especie de terapia el escribir poemas o líneas cortas antes de que se sienta lista para volver y segura de que no todos quieren hacerle daño, de que hay personas que realmente aprecian su trabajo. Tomando su mano entrelazo nuestros dedos y con la mano libre me saco de la chaqueta una nota que traje conmigo, una que escribí al llegar a casa. Ella no duda en tomarla y abrirla de inmediato antes de que pueda decirle que la lea luego.

Veo su rostro sonrojarse y la manera en la que toma una profunda respiración por la boca cuando lee unas palabras que recuerdo bien:

> Querida Alaska:
>
> Esto no es un poema, estas solo son letras para decirte:
>
> La luna es hermosa, todas las estrellas lo son.
>
> Eres hermosa y grandiosa.
>
> Por eso te digo que usemos nuestras bocas para cosas fogosas… Alerta de spoiler: lo siguiente no rimará.
>
> Luz verde para el sexo oral. ¡*Yeah!*

Ella ríe por lo bajo y se da la vuelta para verme, con su dedo me señala, luego a mi entrepierna, y estoy de verdad asombrado cuando me muestra su lengua y finge fuegos artificiales con sus dedos.

—Hol, parece que en los asientos de atrás están hablando de sexo oral.

Alaska se paraliza y yo miro al frente, Krista nos observa con una gran sonrisa, como si estuviese orgullosa.

—Ah, cómo crecen. —Se acomoda en su asiento—. Parece que ellos luego van a divertirse.

—¿Puedes hacer eso, Drake? —pregunta mi hermano.

Cerrando los ojos me tomo el tiempo de respirar hondo, primero mi mamá y ahora Holden. Él me mira por el espejo retrovisor brevemente antes de volver la vista al frente.

—Puedo —mascullo—. Pregunté.

Mi hermano mayor ríe por lo bajo y creo que lo escucho decir un «es una buena terapia» mientras sigue conduciendo. Alaska aprieta mis dedos y me vuelvo para verla. Pese a lucir avergonzada sacude la nota hacia mí y se inclina, lo más que le permite el cinturón de seguridad, para susurrarme:

—Parece que hoy me colaré en tu habitación y no solo para leer un libro.

Sí, estoy esperando felizmente ese momento.

40

+18

ALASKA

5 de diciembre de 2016

Lanzo una mirada a la puerta porque no podría sobrevivir a que otro familiar Harris nos sorprendiera a Drake y a mí en medio de nuestros ataques amorosos-lujuriosos. El seguro sigue pasado en la puerta como hace unos segundos. Vuelvo la vista a Drake, quien enarca una ceja hacia mí.

—Te ves… nerviosa. ¿Estás… bien?

Asiento y le sonrío para reafirmar, porque Drake es el tipo de novio que podría conseguir pelotas azules, pero retroceder si digo no sentirme cómoda. Me quito el suéter y luego me meto mechones de cabello detrás de la oreja. Aún llevo la trenza y eso es práctico teniendo en cuenta cuáles son mis objetivos en la madrugada de hoy.

Imitando mi posición, Drake se arrodilla frente a mí y con su mano izquierda me alza la barbilla, me da una sonrisa que ahora es casi completa debido a que ha ido recuperando la movilidad total de su rostro, y me mira esperando alguna señal de mi parte, la cual consiste en un asentimiento. Él me besa de manera inmediata.

Estamos un poco torpes, como si esta fuera la primera vez, tal vez se trate de que esperamos mucho para tener esta intimidad, de la emoción y adrenalina del momento. Siento los dedos de Drake en mi abdomen, por debajo de la camiseta, y los vellos de la piel se me erizan a medida que voy sintiendo la caricia de sus yemas ascendiendo hasta llegar a mis pechos desnudos. Sus palmas cubren cada montículo y alejo mi boca de la suya.

—Es ese un buen ejercicio para tu mano derecha, ¿eh?

—Lo es —me asegura, y para confirmar da un suave apretón—. El mejor de… los ejercicios. Ayuda a… mis dedos tam-también.

Y para darle credibilidad a sus palabras poco a poco siento su tirón en mi pezón y luego su pulgar presionar. Se aleja lo suficiente de mí y retira una de sus manos —la izquierda— para tomar el dobladillo de la camiseta y sacármela, dejándome desnuda del torso para arriba; luego se inclina y deja un beso entre ellos antes de alejarse con una sonrisa.

—Hola, las extrañé.

—Demuéstralo —murmuro.

Tomando mis palabras como una especie de reto personal, se incorpora sacándose la camisa e inclinándose una vez más hacia mí, besándome hasta hacerme estar acostada y ubicándose boca abajo a mi lado. Estoy en el cielo desde el momento en el que experimento la sensación de su boca dejando un camino de besos que comienza en mis labios, hace un recorrido por mis mejillas, se atasca en mi cuello y aterriza en mi pecho izquierdo en tanto una de sus manos se hace cargo del otro montículo necesitado. Estoy aferrándome de su cabello y no me avergüenzo de ello ni del lamentable esfuerzo que hago para que mis gemidos sean lo más bajos posibles, pero creo que lo estoy consiguiendo.

Cuando parece que no tiene suficiente, los dedos de su mano izquierda se deslizan por mi abdomen, sin que su boca abandone mis pechos, y llegan hasta el pantalón del pijama que llevo puesto y por supuesto que no dudo en ayudarlo a quitármelo junto a las bragas para después, con rapidez, cubrirme la boca cuando siento el contacto de sus dedos en el lugar en el que más me humedezco con el pasar de sus caricias.

Por mi cuenta descubrí cosas que me gustan en cuanto al sexo y con Drake las reforzamos. Creo que el descubrimiento del sexo que más me gusta es el hecho de que no me avergüenzo, la confianza de poder decir lo que me gusta y lo que no, la manera en la que exploro mi sexualidad.

Le doy más espacio a Drake para acariciarme y derretirme de una manera que amenaza con enloquecerme. Él no tiene consideración conmigo, sus dedos acariciando dentro de mí y su pulgar presionando el pequeño nudo de placer lleno de terminaciones nerviosas, su boca en mi pecho: succionando, lamiendo, besando y en ocasiones mordiendo. Toda esa atención y dedicación me lleva al límite y luego me mantiene ahí como la más dulce de las torturas. Me encuentro supersensible, extremadamente sudada y dispuesta a rogar para que me lleve a las cotas máximas de felicidad, pero parece que él no necesita de mis plegarias porque segundos después sucumbo a sus ataques amorosos y cierro los ojos invadida por el estremecimiento del placer que experimento con mi orgasmo. Es tan intenso que siento una lágrima rodar por mi mejilla, también creo que moriré porque mi respiración es errática y el mundo me da vueltas.

Me cuesta volverme a ubicar en el tiempo y el espacio, pero cuando consigo abrir los ojos y me vuelvo, lo encuentro a mi lado sonriendo. Exhalo temblorosamente cuando sus dedos húmedos se alejan de entre mis piernas dejando un rastro en mi muslo y se ubican en una de mis caderas trazando pequeños círculos sobre mi piel.

—Estoy pensando —digo todavía jadeando— que si fuera una novia astuta y no celosa, podría vender tus servicios, porque eres muy valioso en el dormitorio, novio, de verdad. Mágico.

—Gracias. —Ríe.

Pasando un muslo sobre su pierna, me acerco a él dándole pequeños besos y mordiscos en el cuello y deslizando una mano por su abdomen. No quiero perder el tiempo, así que me dirijo directamente al objetivo en donde me espera una muy entusiasta y dura erección. Creo que somos buenos en dar y recibir.

Después de la fatídica noche en la que casi muero atragantada con mi primera felación a un idiota egoísta llamado Caleb, he aprendido mucho con Drake. No diré que soy una experta porque estoy lejos de serlo, pero no soy mala y supongo que poco a poco iré explorando más esa área. Lo importante es que me siento cómoda, me gusta y a él también, lo disfrutamos. Así que después de unos minutos en donde mi mano sube y baja sobre su miembro, me incorporo y retrocedo.

Él me mira divertido y mi respuesta es enarcarle una ceja en tanto le bajo el pantalón junto al bóxer, alza las caderas para ayudarme y luego tengo a Drake totalmente desnudo ante mis ojos. Hay algunas marcas en su cuerpo que antes del hospital no existían, del mismo modo en el que yo tengo unas pocas, eso hace que esté agradecida de que después de los momentos tan duros que hemos vivido, podamos estar aquí: vivos, juntos, teniendo momentos especiales y oportunidades de vivir nuevas experiencias.

—¿Qué? —pregunto, notando el brillo de diversión en sus bonitos ojos.

—Se te ve como una mujer… decidida a —hace una pausa y aclara su garganta— arrasar con todo… a su paso.

—Contigo —respondo, y acerco mi rostro hacia donde mi mano ya lo sostenía—. Esperamos mucho por esto.

Gime por lo bajo porque mis palabras hacen que mi aliento dé contra él. Sonrío y comienzo mi ataque, siendo mi turno para hacerlo cubrirse la boca con su mano. Siempre seré curiosa, por lo que supongo que nunca lo hago de la misma manera, pero mayormente quedo encantada con la experiencia y esta no es la excepción. Teniendo en cuenta que no debemos ser bruscos, me tomo mi tiempo chupando la punta un par de veces, lamiéndolo y luego introduciéndolo en mi boca con lentitud para hacer las cosas que he descubierto que lo estimulan más y lamento decepcionar a las heroínas literarias, pero mi garganta se niega a ser profunda, así que trato de compensarlo estimulándolo con la lengua y la mano. Disfruto tanto haciéndole esto a Drake que puedo sentir a mi cuerpo calentarse una vez más, lo que me lleva a apretar mis piernas en busca de estimulación.

Pero entonces me detengo, porque soy la chica de ideas geniales y alzando la vista hacia Drake, quien por la mirada que me da sé que quiere decirme algo en medio de su frustración, lo que encuentro divertido, le digo:

—Drake, tenemos mucha confianza, ¿verdad?

—Sí… —dice sin aliento.

Paso mis manos por sus muslos arriba y abajo, rozando con mis dedos la cara interna y sonrío antes de decirle que básicamente disfruto mucho de esto y eso trae consecuencias en mis partes bajas, insinuó cuál podría ser la solución y él lo capta rápido, así que terminamos en una posición sexual atrevida que pensé que me avergonzaría o tardaría en vivir, una donde doy tanto placer como recibo. Me siento básicamente sobre su cara en donde sus manos me mantienen en una posición abierta y vulnerable en tanto me lame y besa entre las piernas, lo que me hace gemir contra la punta húmeda de su miembro antes de que lo chupe y lo lleve tan hondo en mi boca como puedo. Creo que el hecho de estar en esta posición me excita aún más y todo el asunto de dar mientras recibo me hace ser increíble ávida con mi boca. Sacudo las caderas y él empuja las suyas, somos un descoordinado baile de desesperación y placer que está muy cercano a correrse.

Drake es muy bueno con sus dotes orales, lo que me motiva a hacerlo disfrutar también de las atenciones que le da mi boca. Admito que es difícil concentrarse en dar cuando Drake me está haciendo delirar, pero somos un buen equipo y aunque mi orgasmo llega primero, no me detengo hasta que él está estremeciéndose debajo de mí y estoy tragándome todo lo que tiene para darme de su orgasmo.

Durante unos instantes me mantengo con su miembro en la boca y luego, cuando lo dejo ir, él suspira. Ruedo para bajar de su cuerpo, quedando acostada a su lado con una sensación de felicidad espectacular y aún con mi cabeza a la altura de sus muslos porque estamos acostados en posiciones inversas, lo que le permite tomar uno de mis pies y jugar con los dedos. Poco después consigo alzarme sobre los codos y miro hacia su rosto. Está sudado, sonrojado, pero con una sonrisita llena de picardía.

—¿Todo bien? —pregunto.

—Genial e increíble.

Sí, estoy de acuerdo, eso ha sido genial e increíble. Me dejo caer contra el colchón sin poder borrar la sonrisa. Nunca me preocupé por nuestra química en la intimidad, pero esto salió mejor de lo que esperaba. Mi corazón aún late deprisa y una voz insaciable me dice que podemos volver a hacerlo dentro de unos minutos una vez más.

16 de diciembre de 2016

—Estoy nerviosa —hago saber.

—Lo notamos —señala Romina caminando hacia mí.

Estoy sentada en la ventana, con el ordenador portátil sobre mis piernas. Tengo abierta mi sesión en la página de JoinApp y estoy a tan solo un clic para activar de nuevo mi cuenta públicamente. Para muchos parecerá una tontería que dé tantas vueltas para hacer algo tan simple, pero para mí es muy significativo.

Significa dejar mi miedo de ser lastimada nuevamente, de retomar el control de lo que quiero, reencontrarme con algo que amo hacer y demostrarme que por una manzana podrida no voy a descartar o ignorar lo agradables y geniales que han sido todas las personas que me han leído.

—Alas… —me llama Drake, y miro hacia él, se encuentra en su ventana—. Tú puedes.

Asiento, agradecida de que él y Romina me respalden en este momento, no es que no pudiese hacerlo sin ellos, pero me encanta que estén aquí para hacerlo conmigo.

Extraño escribir.

Extraño compartir en la plataforma.

Extraño la emoción de compartir lo que con esfuerzo creaba.

Extraño darle spoilers a Romina.

Extraño a Drake comentándome los capítulos.

Si lo analizas, JoinApp fue la aplicación que aceleró las cosas con Drake. Fue esa herramienta el pequeño empujón que puso a nuestra relación en otra página, en donde descubrí que amaba escribir y en donde él se dio cuenta de que disfrutaba leyendo; no quiero darle la espalda a algo que de alguna manera he sentido como un hogar por una mala experiencia, no la generalizaré por ese sucio bastardo.

Así que no doy más vueltas y doy clic. Romina grita un «¡lo hizo!», miro hacia Drake y asiento con una sonrisa, a lo que él responde alzando un puño en señal de victoria. Siento cosquillas en mi estómago y muchas ganas de llorar porque esto es algo muy especial para mí.

Escribo en mi muro para anunciar a todos mi regreso.

¡Alas ha vuelto! Lamento mi ausencia, espero que no me odies, porque yo te amo mucho.

He pasado por momentos difíciles y muy duros personales y familiares, situaciones que me llevaron a tener que dar de baja mi cuenta.

Durante mucho tiempo, he tenido miedo de volver. Viví una experiencia que no deseo que ninguno de ustedes experimente. Entiendo que hagamos amigos por internet, eso es genial, de verdad, pero siempre recuerden ser cuidadosos con la información que dan, si notan algo extraño no duden en decírselo a sus padres o notificarlo a la policía. A veces creemos que es una exageración, pero un aviso podría evitar muchas cosas.

No pretendo asustarlos, los invito a que sigan haciendo nuevas amistades, pero de nuevo, por favor, sean cuidadosos, los amo mucho y no deseo que ninguno de ustedes salga lastimado.

¿Prometen que seremos cuidadosos y prudentes? ¿Prometen que haremos amigos y seremos una familia de manera sana y respetuosa? Aún no hemos conseguido la paz mundial, pero consigamos un poco de paz por estas tierras…

De verdad los extrañé mucho, prometo que no me iré. Lo único que pido es algo de paciencia porque me siento algo primeriza y debo adaptarme nuevamente, pero valdrá la pena. ¡Tengo muchas ideas! *¡Yeaaaah!*

Quisiera decirles mil cosas, pero estoy muy nerviosa. De verdad, gracias, les envío besos de fresas y abrazos esponjosos.

ALERTA DE SPOILER: PREPARADA PARA ARRASAR CON JoinApp.

Besitos sabor a fresa, Alas H. Book.

Doy clic en publicar y cierro el ordenador portátil sin querer ver de inmediato qué reacciones puedan tener las personas que me seguían, podrían estar muy molestos por mi ausencia.

Romina de inmediato me abraza, llenándome la mejilla de besos sonoros que me tienen riendo.

—Eres mi escritora favorita, Alas —asegura.

Bajo de la ventana y dejo el ordenador portátil sobre la cama para poder estrecharla en un fuerte abrazo, porque esta es la amiga que leyó mi primera historia y siempre me ha animado, quien pacientemente ha esperado a que me sintiera lista para retomar mi escritura y porque su apoyo significa mucho. Romina está loca, sufre por lo que escribo y también delira por ello, ella se hace llamar mi fan número uno y yo la llamo mi mejor amiga. Romina es la mejor y ella lo sabe.

—Gracias por acompañarme siempre, Romi.

—Soy tu mayor fan, así que siempre pon mi nombre en los agradecimientos y debe ir antes del de mi papá Drake.

—No es tu papá. —Golpeo su frente con los dedos y dejo de abrazarla.

—Falta poco para que me adopten, lo sé.

La dejo delirando sobre la adopción y vuelvo a la ventana para comprobar que Drake sigue ahí. Alza su teléfono en una señal de que vaya por el mío, lo tomo de la cama y regreso a la ventana.

Señor Oral:
Te ves hermosa siendo feliz.

Señor Oral:
Estoy orgulloso de ti, Alas. Eres una escritora increíble y sé que te irá genial de nuevo.

Señor Oral:
Ya sabes, soy un Alasfans feliz.

Alaska:
¡Celebrémoslo!

Alzo la vista y asiente, me muestra cinco dedos de su mano dándome a entender la hora, o eso creo, me arroja un beso y se aleja de la ventana.

—Mi papá adoptivo es sexi. —Me sobresalto porque Romina está detrás de mí—. Estoy enamorada de ustedes, Alas. De verdad.

Ubica sus manos en mis hombros para que la observe, soy más baja que ella, así que alzo la vista, sorprendiéndome un poco de la seriedad con la que me mira.

—Siempre estoy bromeando, pero de verdad ustedes son muy bonitos juntos. Sé cuánto te gustaba antes de que salieran, incluso si no lo decías, lo sabía. También sé que papi Drake te hizo rabiar mucho, pero míralo, está loquito por ti.

»Es genial que estés con alguien que te apoye en tus sueños y te aliente a ir por ellos, no todos consiguen eso, mi escritora estrella. Así que no sean tontos, nunca terminen, deben estar juntos en esta y en todas las vidas que sigan.

—Suena como un compromiso muy largo —me burlo—. Pero sí, me casaré con Drake y tendremos cuatro bebés, serán lindos como sus papás.

—¿Cuatro? —Sus manos ahora bajan de mis hombros a mis pechos, apretándomelos—. Pobre de tus tetas lindas que amamantarán a cuatro monstruos.

Quito sus manos riendo y ella se arroja sobre mi espalda haciendo que caigamos al suelo, por suerte sin lastimarnos; permanecemos ahí mientras conversamos. Ella me habla un poco más sobre su futbolista, con quien parece que las cosas se están volviendo serias. Hablamos sobre libros que queremos leer y luego ella intenta obtener algunos spoilers sobre cómo continuaré la historia que tenía en curso antes de cerrar mi cuenta, aunque por supuesto que no consigue ninguno. Poco después ella se va, prometiendo estar atenta a cualquier capítulo que pueda subir, me dice que me tome mi tiempo, pero que no tarde tanto, algo muy típico de Romina.

Así que mientras estoy sola, abro el ordenador portátil y actualizo mi muro, nerviosa de qué respuestas pueda encontrar ante mi regreso. Me dije que no leería los comentarios por miedo a encontrarme alguno que pudiera herirme, aún no tengo mi caparazón para sobrevivir a comentarios destructivos, pero las ganas pueden más y termino leyéndolos.

Río porque la mayoría de ellos son divertidos o llenos de efusividad, rasco mi ceja sin saber qué más hacer cuando leo algunos un tanto odiosos, demandantes o llenos de reclamo, y me quedo leyendo uno al menos tres veces sabiendo que no debería.

¿A quién le importa que volvieras? Tu tiempo ya pasó, tu escritura es básica, algo que solo personas sin cerebro leen. Aprende a escribir o desaparece de nuevo, gracias.

—¿Por qué es tan hostil? —digo leyendo de nuevo el mensaje.

—¿Quién?

Alice no espera mi respuesta y se deja caer a mi lado, boca abajo, en la cama. Le explico que finalmente he decidido reactivar mi cuenta y ella aplaude diciendo que ya era hora. Luego señalo el comentario y ella lo lee en voz alta.

—¿Y ese quién es? ¿El policía de JoinApp que decide qué es bueno y qué es malo? ¿O solo es un pretencioso codiciando lo que no ha conseguido tener? Dile que es un imbécil y que si no le gusta que salga de tu muro.

—No puedo —río—, es una aplicación libre y se vería mal si lo hago porque tengo muchos más seguidores que él y quedaría como la mala. Debería solo ignorarlo.

—No sabía que la definición de libertad era arrojarle mierda a otros —comenta sacando su móvil de su short tejano—. Voy a bajarme la aplicación y a crearme una cuenta, no borres el comentario que yo sí que puedo lanzar veneno.

—No tienes que hacerlo, de verdad, voy a ignorarlo.

—Bueno, tú ignora y yo ataco, me parece un plan perfecto.

Dejo de insistir porque mi parte mala en realidad se siente honrada de que mi hermana saque sus garras por mí, río viendo el usuario que se crea: Atacadora_Profesional. Su foto de perfil es alguna imagen sacada de internet que dice: «Tu odio hacia otro solo es tu reflejo. Analízate, bebé», y su descripción es todavía más especial.

> Mira, no voy a atacarte, pero no me quedaré de brazos cruzados viendo cómo lanzas odio innecesario.
> ¿Quieres triunfar? Trabaja por ello sin destruir el trabajo ajeno.
> ¿Quieres que respeten tu opinión? Aprende a respetar.
> Desprecio respirar el mismo aire que aquellos que proclaman querer la paz, pero andan en internet detrás de una pantalla fingiendo ser malos.
> No, no eres malo, solo eres un estúpido. Lo siento, pero no lo siento, había que decirlo.
> Así que cambia tu actitud, aporta algo a esta comunidad y enfócate en alcanzar tus logros.
> Alasfan por siempre.
> Besos para los inteligentes y tolerantes; pellizcos para los necios prepotentes :p''

—Nunca vi una biografía así —susurro asombrada—. Es pasivo-agresiva. Das miedo, hermana. ¡Me encanta!

—Luego agrego más, pero necesito responderle al desubicado. ¿Si escribo malas palabras seré censurada?

—Sí.

—Entendido. Mandarlo a la mierda con elegancia.

Espero un poco nerviosa mientras la veo teclear con rapidez en su teléfono, tomo el mío y le escribo a Drake.

Alaska:
Alice tiene ahora una cuenta en JoinApp.

Alaska:
Su biografía es divertida. @Atacadora_profesional

Señor Oral:
Iré a revisar.

Respondo otros mensajes y río cuando me llega un emoticono de fuego por parte de Drake.

Señor Oral:
¿Quién la molestó?

Alaska:
Leyó un comentario grosero hacia mí y dijo que le respondería.

Señor Oral:
Iré a ver, solo me fijé en los positivos porque con los demás me imagino que tienen algo malo en sus cabezas y por eso el oxígeno no les llega bien.

Señor Oral:
No dejes que nada quite la alegría que tienes de haber vuelto.

Alaska:
Lo sé, sigo muy feliz.

—Enviado —anuncia Alice—. Sé que Elise estaría orgullosa de mí.

Entro en mi cuenta, pero desde mi teléfono, y voy pasando los comentarios hasta dar con el de Alice.

«¿A quién le importa que volvieras?». Respondo tu pregunta: a ti. A ti, que no pudiste esperar ni tres horas a que se publicara la noticia para venir a hacerte notar.
¿Quién eres para determinar lo que es bueno o malo? ¿Tienes el nombre de alguna deidad o te crees una?
Tu comentario da asco.
Tu actitud da asco.
¿Su escritura es básica? Esa es tu opinión. ¿Que la leen los sin cerebro?

Bueno, tenemos un problema, bebé, porque parece que quieres que esos sin cerebro te lean a ti.
Y no, Alas no se irá, porque la reina llegó para quedarse, que te arda la colita. Su tiempo no pasó, apenas comienza.
Así que amablemente te doy dos tips:

1. Desactiva sus notificaciones y dejas de vigilarla.
2. Sacas a tu Alasfan interior que muere por salir.

Sea cual sea el caso, piensa que sea básico o no, es una persona que se esfuerza en dar lo mejor de sí para que personas como tú quieran quebrantar su voluntad, piensa que algún día esa persona
podrías ser tú.
Pellizco para ti por necio prepotente.

Veo que hay más respuesta y abro aún más mis ojos viendo el comentario simple y conciso de Drake:

Bla, bla, bla. A nadie le importa que no te importe que vuelva.
Ya tuviste tus minutos de fama, ahora déjanos enfocarnos en lo que importa: ¡MALDITA SEA, MI ESCRITORA FAVORITA VOLVIÓ!
LARGA VIDA A ALAS H. BOOKS

Río y suelto el teléfono para subir sobre la espalda de Alice y recostar mi mejilla en su cabeza mientras canturreo que la amo.

Tenerlos respaldándome me hace sentir muy apoyada, y hace que no me importe el comentario cuando tengo a otros apoyándome, es bonito saber que mientras hay un punto de acidez en internet, tengo más chispas de colores a mi alrededor.

Alice rueda para hacerme a un lado y golpea mi frente con su dedo, me quejo y me muestra la lengua antes de darme una nalgada.

—Te llevaste el mejor culo de la familia —se queja pellizcándolo.

—¡Ay! Oye, me duele. —Intento alejarme—. ¡Tienes tu propio culo! Estás buena, déjame.

—Sí, pero tu culo es esponjoso. —Me pellizca de nuevo, riendo porque intento huir.

—Alice, déjame. ¡Ay! Deja... ¡Mamá!

—Chismosa, si la llamas te pellizcaré más duro.

—¿Qué te pasa? —Me río consiguiendo alejarme de ella—. ¿Te gustaría que te pellizcara el culo?

La muy descarada lo alza retándome, pero se pone rápidamente de pie cuando me lanzo hacia ella, logro darle una nalgada antes de que llegue a la puerta. Alza su teléfono hacia mí.

—Tienes una lectora fiel, por ti leeré —asegura— y me encargaré de los idiotas que comenten cosas negativas. Te cubro la espalda, Aska.

Me arroja un beso y sale de la habitación. Sonriendo, tomo el teléfono para escribirle a mi otro defensor.

Alaska:
Eres el mejor novio. Te amo.

Señor Oral:
¡AHHHHHH! MI ESCRITORA FAVORITA ME HA DICHO QUE ME AMA.

Señor Oral:
También yo te amo.

20 de diciembre de 2016

Alaska:
Estoy llorando. Ven. Necesito tu abrazo.

No es una mentira, las lágrimas son reales.

Finalmente, después de mucho tiempo he escrito más que unas líneas, más que un poema, más que una publicación. He escrito un capítulo largo en donde he dejado muchas de mis emociones, un capítulo que está lleno de sentimientos.

Cuando di de baja mi cuenta en JoinApp, mi historia estaba a pocos capítulos de terminar, estaba en un momento crítico y angustioso en el que la protagonista enfrentaba el hecho de que tenía un problema, que era hora de creer en ella y tener confianza en la persona que era. Así que escribir este capítulo ha sido muy especial, siento que ha sido una bonita forma de volver y me he emocionado tanto que al final el nudo en mi garganta ha acabado por desbordarse y las lágrimas emergieron.

La sensación de felicidad que me trae escribir creo que es difícil de explicar. Sí, me estreso, enloquezco y sufro, pero también lo disfruto. Saber que de nuevo tengo este poder en mis manos, estos mensajes en mi cabeza, historias que quiero contar… No quiero parar, quiero gritarle al mundo con palabras escritas que existo, que tengo mucho por decir y escribir.

Intentaron lastimarme mientras hacía algo que amo: escribir; pero esa persona no arrebató mi amor por ello, no me quitó algo tan preciado. Ahora me siento más fuerte, renovada y con muchas ganas de mejorar, de crecer con cada capítulo que escriba, de asumir retos y decirle al mundo: «Hola, aquí está Alas y siempre escribirá». No hay manera en la que deje de hacerlo de nuevo, ya no siento miedo… O al menos no del todo, y no dejaré que me domine.

Sé que escribir no me hará daño, en todo caso, escribir me sanará.

—¿Drake? ¿Cariño, qué…? —escucho decir a mamá.

Corro hacia la puerta de la habitación y la abro, viendo cómo Drake termina de subir las escaleras y prácticamente corre hacia mí mientras mi madre viene detrás de él con gesto preocupado. Acorto la distancia y por poco me arrojo sobre él cuando lo abrazo y me dejo envolver por sus brazos.

Tontamente suelto un sollozo mientras lo abrazo, de verdad, muy sensible por todo esto de mi amor por la escritura y el hecho de haber vuelto a hacerlo. Mamá no deja de preguntar qué está sucediendo y Drake solo me estrecha de la manera en la que lo deseo.

—Amor, ¿qué… sucede? —pregunta alzando con sus dedos mi barbilla para que lo mire.

—Cariño, ¿por qué lloras? ¿Y por qué Drake entró corriendo en casa como si estuviese en llamas? —pregunta mamá, deteniéndose al lado de Drake para mirarme.

Con los dedos, mamá me limpia las lágrimas y nos mira a uno y al otro buscando una respuesta, pero Drake sacude la cabeza haciéndole saber que desconoce lo que sucede. Eso hace que yo me ría y que él me mire aún más confundido. Liberándome de su abrazo, me toma del brazo para después sacudirme.

—¿Estás loca, novia?

—Sí. ¿Qué está sucediendo? —pregunta mamá.

—Estoy feliz. Lloro porque soy feliz, mamá.

Mi madre me observa y respira hondo como si reuniera toda su buena actitud y paciencia antes de responderme.

—¿Puedes ser feliz de una manera en que no nos asuste? —me pregunta. Yo sacudo mi cabeza como respuesta—. Envejecí años en tan solo minutos. Sigue siendo feliz.

Ella murmura algo más que no logro escuchar mientras se aleja y vuelvo a abrazar a Drake, rodeando con mis brazos su cintura, mirándolo con una gran sonrisa plasmada en el rostro.

—Toc-toc —dice fingiendo tocar en mi cabeza—. ¿Queda cordura?

—Volví a escribir. Ahora sí, de verdad, he vuelto. ¡Mi regreso es oficial!

Su sonrisa es inmediata antes de que me dé un beso sonoro en los labios y acaricie su nariz con la mía.

—Tenía fe… en ti. Sabía que po-podrías… ¿Me das un spoiler?

—Estoy tan feliz que quiero que lo leas. Ven, ven.

Tomándolo de la mano lo guío adentro de mi habitación, dejando la puerta abierta para no ser tan descarada, aun cuando este cuarto ha visto mucha acción de nosotros a escondidas de mis padres. Lo hago sentarse en la cama y ubico el ordenador portátil sobre sus piernas.

—Ahí, lee. Sé sincero con tu opinión. ¿Recuerdas en dónde quedó la historia?

—La releí… cuando activaste —hace una breve pausa— tu cuenta.

—Bien, bien. Lee. Finge que no estoy aquí. Espera, mejor salgo y vuelvo dentro de unos minutos para que no sintamos presión.

No le doy tiempo a responder porque salgo de mi habitación y me siento en el suelo con la espalda contra la pared. Mamá, que está saliendo de una de las habitaciones de huéspedes, me mira y sacude la cabeza antes de pasar por mi lado. Debe de pensar que su hija está loca.

Canto en voz baja en tanto espero a que Drake termine de leer. Estoy nerviosa por saber su opinión, pero eso no mengua la felicidad que todavía experimento. No sé cuánto tiempo pasa, pero me sobresalto cuando unos pies aparecen en mi campo de visión. Drake se agacha y me sonríe.

—Ya lo he leído.

Se pone de pie, pero no va muy lejos porque se sienta a mi lado. Saca su teléfono y parece concentrado en escribir. ¿Eso es todo? ¿No dirá algo más? Lo miro durante largos segundos, tal vez llego al minuto, pero no obtengo ninguna reacción.

—¿Y bien? —Me rindo.

—¿Ah?

—¿Te gustó?

—Sí —responde sin dejar de escribir.

—¿Lo leíste todo?

—Lo hice.

—¿Y bien? —insisto.

—¿Sí?

—¡Deja de escribir y dime algo más!

No responde, sacudo su brazo mientras lloriqueo su nombre y él ríe. Se da la vuelta para verme.

—¿Qué sucede? —pregunta.

—Dime más, dame tu opinión, por favor, no seas malo con tu novia.

—Pero… Ya lo hice.

—¿Eh?

Me muestra el buzón de mensajes de su cuenta en JoinApp. Me pongo de pie rápidamente y voy por mi teléfono en la habitación. No tardo en volver y sentarme a su lado. Me dirijo directamente a mi bandeja de entrada y por suerte sus mensajes están ahí, los primeros.

TattosHD: Creo que eres una escritora increíble. Siempre me reprocharé por no haber conocido tu talento desde el inicio, pero aunque no estuve en el comienzo me aseguraré de seguir acompañándote en este camino. TODAS tus historias son geniales, unas más que otras. Cualquiera nota lo mucho que has crecido en tu narración, siéntete orgullosa. ¡Haces arte!
Por ti me interesé en las novelas.
Por ti me hice esta cuenta.
Por ti aprendí lo que es querer tener un spoiler.
Y en ti encontré a mi escritora favorita.
Sigue haciendo magia, Alas. No son palabras vacías, ellas siempre se quedan con nosotros. Estoy ansioso por leer todas las historias que sé que te estás muriendo por escribir.
Gracias por hacerme un Alasfan.

Estoy siendo muy sincera cuando digo que mi labio inferior tiembla y que veo borroso porque quiero llorar de nuevo. Leo el siguiente mensaje.

TattosHD: ¿Te he contado que tengo una novia muy talentosa? La verdad, soy afortunado, lo sé. Ella escribe las mejores historias, ella es apasionada, dulce, sexi y loca.

Ella también es mi escritora favorita y me gusta pensar que soy su lector favorito.
Siempre estoy ansioso por leer más sobre sus historias, siempre me emociona la adrenalina de buscar un spoiler.
Ella de verdad es genial.

TattoHD: Vale, vale, Alas, aquí va mi opinión del capítulo: ES HERMOSO.

Sentí mucho al leerlo. ¡Amor! Te has superado, has crecido mucho como escritora. De verdad es genial el capítulo, me mantuvo con muchas

emociones, sí, hay algunos detalles que pulir, pero es muy cercano a la perfección.
No esperaba menos de mi escritora favorita.
Alerta de spoiler: es mi capítulo favorito de la historia hasta ahora.

Luego me sobresalto porque es la copia de un mensaje que me envió hace mucho tiempo, uno que me dejó llena de intriga.

TattosHD: Creo (estoy muy seguro) que me gustas y quiero un montón de besos de chocolate contigo.

Pero creo que no es el momento.
Sin embargo creo que en algún momento, tú serás…

De nuevo no dice nada, me vuelvo a mirarlo y está sonriendo.
—¿Qué? ¡¿Qué carajos seré?! ¡Dime!
Presiona su teléfono y un nuevo mensaje me llega.

TattosHD: Corrección del mensaje de hace un tiempo. Mensaje oficial:
Me gustas (estoy muy seguro), me gustas mucho y quiero un montón de besos contigo (de chocolate y reales).
Creo que este es el momento perfecto.
Y creo, estoy seguro, de que tú serás… más que mi amiga, más que mi novia. No le daré un título, pero escribamos nuestra historia sin ponerle un final.
Te amo, mi pequeña escritora.

Y aquí están las lágrimas mientras sonrío como la tonta enamorada que soy. Dejo el teléfono en el suelo y me arrojo sobre él haciéndolo caer, seguramente golpeándose, mientras estoy sobre su cuerpo y aferrada a su cuello. Él se queja, pero con un brazo me envuelve la cintura. Le lleno el rostro de besos y luego le doy muchos en la boca en tanto ríe por mi efusividad. Lo amo, lo amo, lo amo mucho, y se lo digo sin cesar mientras una lluvia de besos cae sobre él.
—También te amo —dice sonriendo—. Oye, novia…
—¿Sí?
—Hagamos una… historia +18.
—¿Juntos?
—Sí, pequeña… escritora. —Me guiña su ojo izquierdo—. Tú escribes… Yo te inspiro.

—Es una idea estupenda, novio. ¡Escribamos esa historia!

—El mejor… equipo —dice.

Asiento como muestra de conformidad y le doy más besos haciéndolo reír. Así que escribir cambió mi vida en muchos sentidos. Uno de esos cambios tuvo que ver con el chico que miré de forma platónica por muchos años, el que me vio pasar muchas vergüenzas, descubrió mi historia más sucia y se volvió mi lector. El chico que ahora llamo novio.

Soy joven, estoy segura de que me quedan muchísimas lágrimas por derramar y no todas serán felices, que me caeré muchas veces, que maldeciré y en ocasiones discutiré con Drake; pero también sé que secaré esas lágrimas y sonreiré, que me levantaré en cada caída y que me reconciliaré con Drake cuando las discusiones sucedan. Soy joven, pero eso no me detiene de decir que sé con certeza que estoy en el lugar y el momento de mi vida donde deseo estar.

Alaska, Aska o Alas, que me llamen como quieran, responderé siempre con orgullo porque ¡Jesús talentoso! Estoy orgullosa de mí, de quién soy y de mis historias (incluso las sucias). Sé que la historia de mi vida apenas comienza, estoy ansiosa por escribir las próximas páginas.

Epílogo

DRAKE

14 de febrero de 2017

Así que este ha sido un San Valentín diferente y tengo que decir que muchísimo mejor que el anterior.

Alaska, que se encuentra sentada entre mis piernas y con la espalda apoyada en mi pecho, se acurruca más contra mí mientras continúa comiendo besos de chocolates que le regalé junto a un gran oso de peluche que me dijo que quería en miles de indirectas muy directas. El peluche se encuentra en la misma posición que ella, pero entre sus piernas.

—¿Cómo se llamará… el oso? —pregunto.

—Es una osa, he decidido que es niña y se llama Daska en honor a sus papis. Ahora, no creas que me engañas y que tomaré esto como nuestro primer bebé.

No puedo evitar reír antes de dejar un beso en su cabeza y apoyar la barbilla en su hombro. Con la mano derecha, que tiene mucha mejor movilidad que hace unos meses, tiro de la oreja del peluche o tal vez deba llamarla Daska por respeto, teniendo en cuenta que Alaska dice que es mi hija.

—Podemos conformarnos con Daska… por un buen tiempo —señalo.

Aunque todavía hago pausas en algunas oraciones y en ocasiones me cuesta ordenar mis ideas antes de emitirlas en voz alta, mi habla ha mejorado mucho. Di lo mejor de mí en las sesiones de terapia, seguí las indicaciones de Jacob y hoy puedo decir que mi manera de hablar se asemeja mucho a lo que era antes. He recorrido un largo camino en el que aún trabajo. El lado derecho de mi rostro recuperó su movilidad en su totalidad y, en cuanto a mi brazo, si bien no es el brazo de un beisbolista ni ha vuelto a ser lo que era antes, responde a mis órdenes. Se mueve con algo de lentitud, pero no me pesa y puedo hacer fuerza con él. Jacob garantiza que queda poco tiempo para que esté en buenas condiciones.

Ha sido un trabajo duro, uno en donde he tenido que armarme de paciencia. He tenido días muy animados y otros en los que lloraba de frustración; días en los que estaba feliz con mi progreso y otros en donde simplemente no quería hablar con nadie y me sentía molesto por no progresar como esperaba. No es fácil lidiar con los cambios en tu cuerpo cuando estos dificultan la movilidad que tenías antes, pero poco a poco vas comprendiendo que no es el final y que puedes trabajar para mejorar.

Volví a trabajar desde casa haciendo trabajos publicitarios para clientes que ya tenía y otros nuevos que llegaron y hace una semana me autorizaron volver a conducir. Antes de ingresar en el hospital y sufrir todos estos cambios en mi cuerpo, mi plan era comprarme un auto y que Dawson conservara el que compartíamos. Además estaba ahorrando para alquilar un apartamento tipo estudio. Pero todo ello quedó en pausa porque tuve que usar ese dinero para cubrir parte de mis gastos médicos. Mi plan actual es reunir nuevamente ese dinero y retomar mis objetivos, pero mientras eso sucede, Dawson no tiene problemas en dejarme el auto cuando lo necesito y me siento bien al hacer algo que era tan cotidiano y normal para mí.

—Hace un año fuiste un idiota —dice Alaska, y ladea su rostro para observarme.

El movimiento hace que estemos ridículamente cerca de besarnos; sonrío al ver que hay chocolate en sus labios.

—¿Lo fui?

—Sí. Dijiste que tenías besos para mí y como una tonta pensé en besos reales. Me volví loca en mi interior cuando repentinamente sacaste besos de chocolate. Quería golpearte. Mucho, quería darte muchos puñetazos y también quería llorar.

—Oh… estuviste a punto de hacerlo. —Río—. Pobre Aska.

—Dime la verdad, ¿lo hiciste adrede?

—No, pero luego lo entendí.

—Y por eso me diste ese beso sexi que no llegó a ser beso y que no me pude sacar de la cabeza por mucho tiempo.

—El plan era besarte…, pero Alice apareció.

—Le dije que había arruinado un momento perfecto. —Alza un brazo, ubicando la mano en mi cuello ocasionando que nuestros labios se rocen—. Pero no importa, un año después estamos aquí.

—Con besos de chocolate… —digo pasando la lengua por su labio inferior, saboreando la dulzura— y besos reales.

Dejo de jugar y le doy un verdadero beso. Alaska oficialmente es la relación más larga y estable que he tenido. Siempre me creí un pésimo novio, pensé que ese don solo lo tenía Dawson, pero con ella poco a poco he ido aprendiendo y entendiendo que quizá antes no di lo mejor de mí de la manera en la que lo hago con ella.

A veces me asusta el nivel de mis emociones por esta pequeña loca que

amo, porque no imaginé que se pudiera sentir tanto por una persona. Sí, a veces ella me enoja o yo la enojo a ella, pero también me enloquece de buena manera, es como estar constantemente corriendo sin cansarse, como escuchar una y otra vez una misma canción sin aburrirte, como leer un libro una y otra vez y seguir sorprendiéndote por su desenlace. Si Alaska fuese un libro, nunca me cansaría de leerlo.

Dejo ir sus labios cuando necesito respirar y, como hago casi siempre, le acaricio la nariz con la mía, lo que de inmediato la hace suspirar.

—¿No te has aburrido? —pregunto.

—¿De ti? —pregunta, y asiento—. No, cada momento es único y me gustas muchísimo. A veces quiero mandarte lejos, pero muchas más veces quiero tenerte cerca.

—Qué romántico.

—Eres mi mejor San Valentín, novio.

—Y tú el mío, pequeña escritora.

Ella me mira a la expectativa y la miro sin entender. Resopla antes de morderse el labio inferior, alejarse y abrazar el peluche. Masculla algo sobre que «no estoy actuando como en los libros» y resopla una vez más.

—¿Qué no hice? —pregunto, es más fácil eso que preguntar qué hice.

—Era la parte romántica en donde decías que me amabas con locura, de una manera en la que nunca imaginaste.

—Lo pensé —miento, y ella resopla.

—No leo mentes.

Paso ambos brazos a su alrededor y una mis manos en la panza de la osa bebé, apretándolas a ambas contra mí en tanto le beso el cuello.

—Ya lo sabes. —Trago con dificultad y ordeno las palabras en mi mente—. Te amo de diferentes maneras. Te amo como Aska..., la pequeña dulzura con la que jugaba... y a la que molestaba.

»Te amo como Alas..., la escritora magnífica que me enseñó... a amar un libro. —Llevo mis labios a su oreja para susurrar esto último—. Y te amo como Alaska..., la novia más genial, comprensiva... e increíble... que pueda existir... Y en el futuro te amaré en muchas... facetas más.

—¡Oh, Jesús enamorado! —Girando su rostro me besa—. Eso fue más de lo que quería. Te amo.

—Aprendo de mi escritora... favorita —susurro antes de besarla de nuevo.

Sí, este es el mejor 14 de febrero que he tenido alguna vez.

23 de febrero de 2017

Noto un peso repentino a mi lado en la cama y luego una mano de manera tosca me palmea la cabeza en tanto escucho un bostezo.

—Vete —murmuro con los ojos cerrados.

—No —responde, y, siendo el tonto que acostumbra a ser, me abraza—. Feliz cumpleaños para mi copia mal hecha.

—¿Es el día?

—Sí, ya amaneció.

Básicamente Dawson está sobre mí mientras canta una tonta canción sobre ser almas gemelas que nadie separará. Eso me hace reír y dejo de luchar al tiempo que lo escucho cantar con el corazón. Cuando termina su elocuente repertorio, escuchamos aplausos desde la puerta de la habitación y, cuando dirijo mi atención hacia ahí, encuentro a mamá y a papá mirándonos.

—Hace veintiún años tuve el doble de dolor para traer a bebés tontos, pero encantadores —dice ella—. ¿No traje bonitos bebés al mundo?

—Lo hiciste, cariño —concuerda papá—, pero también trajiste a dos payasos.

—¡Papá! —nos quejamos Dawson y yo a la vez.

—Mis bebés no son payasos, Henry.

—Son payasos sensibles, pero encantadores —lo arregla, y nos volvemos a quejar haciéndolo reír—. Feliz cumpleaños, gemelos. Ahora ¡arriba! Hay desayuno de cumpleaños y deseo compartirlo con ustedes antes de irme al trabajo. —Se acerca y despeina nuestro cabello antes de salir de la habitación. Mamá nos da un beso a cada uno y dice que nos espera abajo con muchos abrazos. Me incorporo y veo a Dawson hacer lo mismo. Río al ver sus ojos hinchados y su cabello despeinado. Yo debo de verme exactamente igual.

—Te ves horrible…, copia romanticona.

—Tú te ves espantoso, me das ganas de vomitar.

—Creo que piensas… que te ves en un espejo.

—Idiota. —Me golpea el brazo—. Dame un abrazo de feliz cumpleaños, soy tu hermano mayor.

—Por cinco minutos.

—Eso dijo mamá el año pasado, pero sabes que lo cambiará este año. Ahora, mi abrazo.

Finjo que es un fastidio mientras lo abrazo teatralmente y él me palmea el hombro cantando una vez más la canción sobre almas gemelas. Lo dejo sacudirme y gritar en mi habitación hasta que finaliza. Al alejarme le palmeo una de las mejillas en tanto mantengo la mirada fija en él.

—Te pones más guapo… porque te pareces a mí.

—¡Ja! Diría que es lo contrario, te pones más sexi porque no dejas de copiar mi aspecto de una manera barata —garantiza alejándose y bajando de la cama—. Te veo abajo, cumpleañero de respaldo.

—Nos vemos abajo…, cumpleañero impostor.

Lo veo salir mientras me estiro y bostezo. Después tomo mi teléfono de la mesilla de noche y, tal como esperaba, encuentro un mensaje de Alaska, aun cuando fue la primera en felicitarme… frente a frente o, bueno, mejor dicho: desnuda, debajo de mí, gimiendo bajo y con algo mío muy dentro de ella. Sí, hace unas semanas el médico me dio mi tan esperada luz verde y no hemos tardado en intentar ponernos al día con el tiempo que perdimos.

Así que Alaska estuvo aquí toda la madrugada y la acompañé a la puerta de su casa antes del amanecer, de manera que fue la primera persona en desearme un feliz cumpleaños. Sin embargo, aun así se tomó el tiempo de enviarme un mensaje.

Novia candente:
¡Feliz cumpleaños para el novio más atractivo
del mundo entero! Te quiero muchísimo
y me hace feliz ver que cumples otro sexi año
en tu caliente y maravillosa vida.
Planeo que hoy sonrías mucho, porque te lo mereces.

Novia candente:
Cuando despiertes, avísame
para que nos veamos en la ventana.

Drake:
Me encantas y te amo.

Drake:
Despierto, ven a la ventana.

Tras retirar las cortinas, abro la ventana. Pasan unos pocos segundos cuando ella aparece llevando todavía el pijama que hace unas horas le quité y luego le ayudé a ponerse. Me sonríe antes de comenzar a cantarme el «Cumpleaños feliz» y cuando termina aplaude.

—Tengo un poema de cumpleaños para ti. Aquí va.

Me muestra un avioncito de papel, apunta a mi ventana y lo lanza. Por supuesto este no llega y bajo la vista siguiendo con mis ojos el recorrido del avioncito hasta verlo caer sobre el césped que separa nuestras casas. Alzo la vista hacia ella, que maldice.

—¿Sabes? Si supieras física..., tal vez pudieras... haber calculado la distancia.

—¡No eres gracioso! Baja y ve a buscarlo, ve a por tu regalo.

—Pero hace frío.

—Pero es mi poema con mucho amor para ti. —Hace un puchero.

Estoy durante unos duros segundos evaluando los pros y los contras de ir por el poema que ella tontamente envió en un avioncito que nunca tuvo probabilidades de llegar a mi ventana. El amor gana.

—Solo porque lo escribiste... con amor, iré a por él.

Me arroja besos y grita que soy el mejor mientras me anima a bajar. Me pongo un suéter y salgo de mi habitación. En el pasillo me cruzo con Hayley, quien me felicita. Le digo a mamá que voy a por algo y salgo de la casa.

Encuentro el avioncito y alzo la vista. Al ver que Alaska sigue en la ventana, agito la hoja hacia ella después de desdoblarla.

—Objetivo alcanzado —anuncio.

—Misión cumplida —responde ella.

—Solicito autorización para... leer la nota encontrada.

—Permiso otorgado, puede leer la nota, Harris —dice con voz gruesa, y luego ambos rompemos a reír.

Bajo mi vista para leer mi primer regalo de cumpleaños:

Querido Drake:

Te dedico el cielo, la luna y las estrellas. Ya no te dedico mis bragas porque están en tu poder siempre que quieras.

Ya no deseo hacerte sonetos de amor porque ahora te escribo historias muy *hot* (sigue inspirándome, por favor).

Sigues inspirándome las más dulces palabras y las más bellas escenas... Amo que me inspires muchas escenas calientes.

Drake, Drake. Caliente, caliente.

Quiero decirte que amo tus bonitos ojos y que amo apretar tu culo fogoso.

Amo tu lado dulce y cómo gozo con tu lado salvaje.

En lugar de flores, ahora quiero darte condones para que en nuestras fiestas privadas no haya resbalones.

¡Joder! Es que por eso por lo que te escribo una historia +18 y estoy pensando en hacer una secuela para tener muchos más momentos fogosos.

Y por ser tu cumpleaños, hoy te digo millones de veces que te amo.

Gracias por existir.
Gracias por respirar.
Gracias por los orgasmos que me hacen gritar.
Gracias por llamarme novia.
Gracias por amarme.
Gracias por saber qué hacer con tus habilidades de cama geniales.
Me alegra que no tengas que descubrir esto, que puedas leerlo.
Nada de esto rima, pero ¿no es bonita mi poesía?
Feliz cumpleaños, novio. Te quiero mucho.

Sonrío al terminar de leerlo. Tengo una caja dedicada exclusivamente a los poemas de Alaska, la verdad es que me encanta recibirlos. Cuando me da alguno, lo atesoro como un gran regalo porque es algo muy nuestro, algo especial. Por supuesto que llevo mi mirada hacia ella y es aún más evidente que le arrojo un beso que me muero por darle.

—¿Te gustó?

—Me he vuelto a enamorar —garantizo.

Me encanta la manera en la que su sonrisa crece.

—Feliz cumpleaños, novio.

—Gracias, amor. —Le arrojo otro beso—. ¿Vienes a desayunar?

—Cuenta con ello. Ahora entra en tu casa, hace frío.

—Permiso para retirarme.

—Permiso denegado, Harris. Debe decir las palabras mágicas antes de irse.

—Te amo —digo—. Permiso para retirarme.

—Permiso otorgado.

De nuevo rompemos a reír mientras corro dentro de la casa. Supongo que su locura combina con la mía.

22 de agosto de 2017

Al cerrar la última caja me resulta inevitable no sonreír dándome cuenta de que finalmente todo se encuentra empaquetado. Mi teléfono suena y veo que se trata de uno de mis clientes, así que contesto. Mientras hablamos, abro la ventana y luego me paso la mano por el cabello húmedo intentando peinarlo. La toalla alrededor de mis caderas se afloja y la sostengo con la mano desocupada en tanto asiento a lo que me dicen por teléfono.

Cuando escucho un ruidoso suspiro, alzo la vista y me encuentro a Alaska con el culo apoyado en el borde de su ventana mientras me mira y se muerde el labio inferior. No pierdo el ritmo de la conversación telefónica, pero tampoco despego la vista de ella, que, como siempre, se ve hermosa, aunque hoy está mucho más arreglada. Es su cumpleaños, lo que ella llama uno de sus días especiales. Voy algo tarde a la celebración en su casa y estoy seguro de que es algo que mencionará en algún momento.

—Sí, está bien, nos reunimos mañana al mediodía —acepto.

—Excelente, nos vemos mañana. Buenas noches, Drake, es bueno trabajar contigo —se despide mi interlocutor y finaliza la llamada.

Me vuelvo y arrojo el teléfono a la cama antes de volver mi atención a Alaska y apoyarme en el marco de la ventana.

—Hola, cumpleañera.

—Vienes tarde, pero te perdono porque me estás dando una vista estupenda.

—¿Hay algo que quieras ver?

—Hay mucho que quiero volver a ver, pero lo estás escondiendo en la toalla —asegura con una picardía que me encanta.

—Así que Alaska Hans ya tiene diecinueve años.

—¡Sí! ¿Vas a llevarme a tomar bebidas de adultos para celebrarlo? Puedes llevarme a un lujoso hotel en el que nos demos duro. —Sube y baja de manera sugestiva sus cejas—. Eso sí, por favor, todavía no me pidas matrimonio, sigo siendo joven.

—Nota mental: todavía no pedirle matrimonio a Alaska —bromeo.

—No puedo creer que de verdad te mudes. —Hace un puchero—. Extrañaré verte por la ventana.

—Pero podrás venir a mi apartamento y vendré tan a menudo que no notarás que me he mudado.

Y es que al fin logré reunir el dinero para comprarme un auto, con ayuda de Holden, y he alquilado un apartamento para tener mi propio espacio. Es genial haber alcanzado uno de los objetivos que desde hace tiempo quería lograr. Estoy feliz por esta nueva independencia, Alaska también lo está, pero entiendo el sentimiento de nostalgia de romper algo tan cotidiano como era hablar por la ventana en cualquier momento del día o colarnos en la casa del otro. Esos son algunos de los cambios que han sucedido en todo este tiempo.

Mi recuperación ya es completa, pero cada tres meses acudo al médico para chequeos y garantizar que todo esté bien. Alaska terminó sus estudios y, sí, seguí haciendo sus tareas, pero para los exámenes le di muchas clases: algunos los hizo muy bien y otros los pasó con notas no muy altas, pero aprobó todas las asignaturas; sobre la universidad, todavía lo está pensando aunque intuyo que quiere estudiar Letras o algo relacionado con ellas.

Nuestra relación es genial. Sí, en ocasiones siento que la detesto y a ella le pasa igual, a veces discutimos por tonterías y otras por cosas mucho más serias. En abril terminamos nuestra relación, pero para principios de mayo ya habíamos vuelto —nos extrañamos locamente, pero ninguno quería ceder—, desprecié a un imbécil que insistía e insistía en salir con ella incluso cuando ella le hizo saber que tenía novio y ella parecía un mapache rabioso cuando una ex se presentó en la puerta de mi casa con regalos porque había vuelto de un viaje de intercambio.

El pasado mes casi nos dio algo cuando su regla no bajó y tuvimos que comprar dos pruebas de embarazo que, gracias a Jesús multifacético, dieron negativo. Sin embargo, la mayoría de las veces tenemos días buenos, momentos especiales que se sienten únicos y me hacen sentirme agradecido por vivirlos. Ningún día es igual a otro, todos son especiales a su manera.

Ella sigue escribiendo y espero eso nunca cambie. Ahora escribe una historia sucia con mucho contenido +18 que, con gusto, me encargo de inspirar; seguimos leyendo libros juntos, ahora no solo eróticos, aunque admito que esos son los que disfruto más. Alcanzó en JoinApp el número de seguidores necesarios para recibir una compensación económica por escribir en la plataforma y hace unos días una editorial, en donde escribe uno de sus escritores favoritos, le escribió proponiéndole tener una reunión —es algo que no la deja dormir—, así que podemos decir que las cosas marchan estupendamente bien.

Cada día me siento más enamorado de nosotros y de nuestras locuras, siento que la química que tengo con Alaska es algo excepcional. El amor es importante en una relación, pero también lo es la pasión y la confianza, y por suerte nosotros tenemos mucho de esas tres. Cada día aprendemos más del otro, no nos aburrimos e ignoramos a todos los que dicen que deberíamos experimentar otras relaciones para saber si esta es la correcta.

No necesito salir con otras chicas, tener sexo con otras o vivir otras relaciones cuando tengo algo tan real, bueno y sólido, cuando me siento feliz y a gusto con mi relación. ¡A la mierda si somos jóvenes! La edad no va a definirnos y mientras estemos enamorados, enloquecidos y apasionados, estaremos juntos. Así que solemos poner los ojos en blanco e ignorar cuando alguien hace este tipo de comentarios sin que se lo pidamos.

Con Alaska descubrí que me gusta tener una relación y, aunque mi experiencia sexual era más amplia que la suya, juntos también hemos aprendido muchas cosas, sobre todo teniendo en cuenta que leemos mucho. Somos curiosos y creativos, y creo que eso también ayuda a que nada sea cotidiano. De verdad, estoy muy enamorado y eso es bueno porque sé que ella me ama de la misma manera y, precisamente porque somos jóvenes, sé que nos queda un largo camino en donde podremos crear recuerdos y momentos que, aunque no sean perfectos, serán verdaderos y memorables.

—Estoy orgullosa de ti, Drake. Sé cuánto querías esto. —Me hace un corazón con sus manos.

—Gracias, amor.

—Pero ahora trae tu culo aquí y ven, eres el invitado especial de mi cumpleaños.

—Me visto y voy, promesa.

—Y oye... —Me da una sonrisa llena de picardía—. Más tarde vendrás y me darás otro tipo de regalo, ¿verdad?

—Lo disfrutarás.

—¡Me encanta! —Ríe—. Ahora ven aquí, novio, date prisa.

—¡Voy, voy!

Me giro para irme, pero entonces recuerdo aquella vez en que la cortina de Alaska se cayó porque me espiaba esperando ver que debajo de la toalla no llevara nada. Me vuelvo a mirarla de nuevo y la llamo.

—¿Sí? —responde.

Dejo caer la toalla —esta vez no hay bóxer de por medio— y, pese a que ya lo ha visto todo, su boca se abre y apuesto a que el sonrojo aparece de inmediato junto a pensamientos pecaminosos.

—¡Jesús descarado!

—Inspírate para otra escena +18, novia.

Le guiño un ojo y cierro la cortina escuchándola decir «Jesús caliente», río y sacudo mi cabeza. Sí, lo +18 definitivamente es lo nuestro y nos quedan muchas escenas por hacer. Tarareo una canción mientras comienzo a vestirme para celebrar el cumpleaños de una de las personas más importantes en mi vida.

La vida consta de cambios y cambiar no siempre es malo. Cada año de mi vida ha sido diferente al anterior y desde que Alaska y yo estamos juntos de una manera romántica y no platónica todo se ha vuelto mucho mejor. Somos felices, somos apasionados y no somos perfectos. ¡Eso es genial!

Si nuestra vida es una montaña rusa, nunca me quiero bajar, y si somos un libro, nunca me quiero acabar. Soy ese lector nuevo que se enamoró perdidamente de su escritora, el vecino que escondía los sentimientos nuevos por su vecina, el gemelo desastroso que se enamoró y el amigo de infancia que finalmente se declaró.

Ahora cada mensaje de Alaska en el que leo «¿es el momento?» no dudo en responderle: «Es nuestro momento», porque nada nos detiene y nuestra historia +18 se sigue escribiendo.

Extra: La camisola mágica

DRAKE

Marzo de 2017.

De alguna manera sé que debería sentirme culpable. Oh, muy culpable.

Pero no lo hago y eso me hace más que un poco bastardo, aunque mi consciencia pensará sobre ello más adelante, tal vez durante el amanecer o quizá por la tarde, porque ahora estoy demasiado ocupado introduciendo en la cerradura de la puerta de la casa de los Hans las llaves de Alaska que me dejó esta tarde en mi habitación junto a una nota en la que decía: «Te espero esta noche, novio, no hagas ruido al entrar» (el entrar así es lo que debería ocasionarme culpa), y aquí estoy, cerrando la puerta con cuidado detrás de mí.

Las luces se encuentran apagadas porque sus padres duermen y sé que Alice salió a alguna fiesta, sin embargo conozco tan bien esta casa como la mía, por lo que camino a ciegas hacia las escaleras y luego subo los quince peldaños sin caerme y partirme la cabeza.

Estoy enarcando las cejas cuando al acercarme a la habitación de Alaska se escucha una suave canción y, al abrir la puerta, consigo ver la habitación vacía, con las cortinas de la ventana corridas y la cama perfectamente arreglada, lo destacable es el agradable olor a chocolate mezclado con fresas cortesía de unas cuantas velas aromáticas que se encuentran encendidas.

Cerrando la puerta con seguro detrás de mí, camino hacia su mesita de noche, en donde se encuentra una nota con mi nombre escrito lo suficiente grande para que no lo pasara por alto y cuando lo tomo, al leer, respiro bastante hondo.

> Cuando lo compré aún no teníamos nuestro primer beso, pero te vi.
> Me miré en el espejo y te imaginé detrás de mí, deslizando los dedos sobre la tela, sobre mí.
> Llegué a pensar que el tacto de mi mano era la tuya.
> Pero dije: nunca sucederá.
> Y la única razón por la que lo compré fue porque empapé las bragas y no podía devolverlo así.

No imaginaba usando con otros algo que mojé al pensar en ti, así que supuse que se quedaría guardado eternamente porque tú y yo nunca sucederíamos.

Me alegra haber estado equivocada, novio, porque hoy finalmente mi fantasía se hace realidad y tus manos estarán sobre mí, tocando, acariciando y quitando.

Te amo.

Guau, simplemente, guau.

Sus palabras me han afectado, el pantalón de cuadros de mi pijama puede dar prueba de ello por la manera en la que el bulto de mi erección se manifiesta.

—Hola, novio.

Giro con lentitud y por un momento me olvido de respirar, pero por suerte lo hago porque no quiero morirme y perderme este momento.

Alaska se ve… impresionante, siempre lo hace, pero este juego de seducción me ha dejado sin palabras.

Su cabello, como siempre, es una melena oscura abundante y ondulada, pero esta noche trae más volumen, está maquillada de una manera en la que sus ojos grises se ven más grandes y sus pestañas son una obra de arte, sus labios se ven aún más rellenos y carmines. ¿Y en cuanto a su cuerpo? Lo cubre una camisola que debería ser considerada mágica.

Blanca, con tirantes finos sujetándola a sus hombros, un profundo escote en V que amenaza con dejar al descubierto sus areolas que de hecho se vislumbran a través de la delgada seda blanca cubriéndolas. Es lo suficiente corta para permitirme ver el triángulo blanco de encaje entre sus piernas y, como si eso no fuese suficiente, trae ligueros sosteniendo medias blancas que terminan con un par asesinos de tacones negros que nunca le he visto.

Me repito una y otra vez que no puedo morirme en tanto la veo de pie, sacando una cadera y con una sonrisita traviesa. No sé de dónde salió, posiblemente de su enorme armario, pero tampoco me importa ese detalle.

—¿Dirás algo? —me pregunta.

No suena insegura o nerviosa porque es muy consciente de que en este momento me tiene en sus manos y en donde quiera.

En silencio, la veo caminar a paso lento hacia el interruptor de las luces y, cuando las apaga, la iluminación es bastante sexi debido a las velas aromáticas, después viene hacia mí, deteniéndose tan cerca que puedo percibir su perfume por encima del aroma de las velas.

Clavo la vista durante segundos en sus pezones endurecidos y tan visibles debajo de la tela, con lentitud estiro una mano —agradezco haber recuperado la movilidad casi completa de la otra— acariciándole el hombro, y no me pierdo la manera en la que traga, está igual de afectada que yo.

Pienso muy bien en mis palabras, porque si bien he mejorado muchísimo y hablo con mayor fluidez, hago el ejercicio de pensar en mis oraciones antes de entonarlas, de esa manera mi lengua trabaja mejor y no hago pausas tan largas.

—¿Así lo imaginaste? —pregunto, y luego bajo el rostro para susurrar contra sus labios—. ¿O más picante?

—Más —responde con voz temblorosa.

—Entonces hay que darte más…, novia.

Dejo un beso en su barbilla antes de esconder mi rostro contra su cuello, exhalando ese olor tan propio de ella y deslizando la nariz por su piel. Mi índice se engancha debajo de uno de los tirantes de la camisola y lo deslizo por su hombro, lamiendo la piel y luego dejando pequeños besos húmedos que hacen que el primer gemido escape de ella, amo esos sonidos.

—Háblame de cuando compraste… esto. Por favor.

Necesito que me distraiga de volverme loco y simplemente follarla hasta que nos agotemos. Sé cuánto le encantan los juegos previos y a mí también, no deseo saltármelos cuando se esmeró tanto.

—Entré a una tienda de lencería con Alice… Muchas de mis compras ya las has visto y me las has quitado —dice entre jadeos cuando llevo mis besos hacia su cuello y deslizo las manos por sus costados sintiendo la tela y su cuerpo—. Cuando me lo probé, me vi en el espejo y lo amé, me sentí poderosa, pero entonces, cuando me toqué el cuello…

—¿Sí? —Le muerdo el cuello y mis manos llegan hasta sus pechos, tomándolos en mis manos.

—Vi el reflejo en el espejo y te vi o imaginé detrás de mí. —Está sin aliento mientras presiono los pulgares contra sus pezones endurecidos, haciendo movimientos circulares—. Entonces eras tú quien me tocaba… sintiendo la tela de seda y mi cuerpo.

Mis besos bajan por el centro de su garganta hasta llegar entre sus pechos y luego tiro de la camisola para revelar un pecho, maravillándome por ese brote rosa endurecido clamando por mi atención. Lo lamo, dejándolo húmedo, y luego soplo haciéndola gemir.

—¿Y luego? —pregunto, alzando la vista para encontrarme con los suyos apasionados.

—Y luego… Alice llegó y mi fantasía terminó.

—No, novia, no terminó. —Vuelvo la vista a su pecho—. Ahora continúa.

Y capturo su pezón en mi boca, pellizcando con mis dientes y luego calmando con mi lengua antes de chupar, sin dejar de estimularle el otro con la mano, desnudándolo de igual manera, haciéndola arquearse y gemir, ofreciéndose a mí.

Chupo, lamo y muerdo en un pecho dejándolo húmedo cuando me traslado al otro, haciendo que la camisola mágica se acumule alrededor de sus caderas, tomándole la cintura en mis manos para mantenerla en donde quiero y sintiendo sus clásicos tirones sobre mi cabello. Cuando me alejo, está temblando, sonrojada, y tocándola entre las piernas siento su humedad a través del encaje.

—Eres preciosa.

No me responde porque no le doy la oportunidad, la beso de manera profunda y húmeda, mientras mi lengua se abre paso en su boca para saborearla, mis manos retiran la camisola, haciéndola salir de ella y sintiendo sus nalgas en mis manos cuando me doy cuenta de que sus bragas son algo muy parecido a una tanga.

La hago retroceder y luego la subo a la cama, presionando mi nariz entre sus piernas y luego tomándola por sorpresa cuando la hago girar, estrujándole las nalgas con mis manos y presionando los dedos. No le quito los tacones y tampoco las bragas.

—Sobre manos y rodillas.

No pregunta, tampoco hay objeciones, quiere esto tanto como yo. Así que cuando se ubica sobre manos y rodillas, le hago las bragas a un lado y en esa posición la saboreo, lamiendo y chupando tanto como puedo, haciéndola contonearse y pedir más antes de que dos de mis dedos se sumerjan en su interior poniéndola tan húmeda que se le moja el interior de los muslos, solo entonces me muevo para tomar uno de los preservativos que guardamos en su mesita de noche, desnudándome y cubriéndome.

No la desnudo del todo, solo le saco las bragas y luego la veo, sobre sus antebrazos y rodillas, abierta, brillando húmeda, con los ligueros y medias, con los zapatos de tacón. Me agacho dándole otra lamida antes de torturarnos a ambos con mi miembro deslizándose por su entrada y entonces de una sola estocada estoy dentro de ella.

Tomándola de la cintura comienzo a embestir en ella, enamorado de los sonidos de nuestros cuerpos al unirse y de la forma en la que me toma en su interior. Sudo y me muerdo el labio inferior con fuerza para no ser ruidoso. Amo la manera en la que las luces de las velas se reflejan junto a sombras sobre su piel, los sonidos ahogados y cómo su cuerpo se balancea con cada estocada.

Alaska y yo durante el sexo podemos ser románticos, apasionados, duros o lentos, siempre nos funciona, siempre nos volvemos locos. Nos gusta de cualquier forma y quizá es lo que hace que la llama de nuestra vida sexual nunca se apague. Eso y que mi novia es curiosa, siempre practica conmigo lo que quiere escribir y siempre recreamos alguna escena sucia que leemos en algún libro, nunca nos aburrimos.

Estamos cerca, sé que necesita que la toque entre las piernas para que su orgasmo llegue, pero la mantengo en el borde durante un par de minutos, acelerando y desacelerando en tanto me aprieta y moja, me maldice y se queja, pero cuando el corazón me late deprisa y mis pelotas ya no lo soportan, me doy cuenta de que no podemos retenerlo más, así que la giro, encontrándome con su rostro sonrojado y labios entreabiertos. Abre sus piernas lo suficiente para no esconder nada y una de sus manos viaja hasta presionar dos dedos contra el pequeño nudo de nervios hincado entre sus piernas. Veo sus dedos moverse y también me veo a mí entrando y saliendo de su cuerpo con lentitud, pero vuelvo la atención a su rostro cuando le tomo la cintura con fuerza.

—Te amo —me dice.

—También te amo.

Y embisto con fuerza y rápido una vez más mientras ella se toca, consiguiendo que en menos de un minuto ambos nos corramos, colapsando sobre ella y con las respiraciones hechas un completo desastre.

Mi miembro sale de ella, pero permanezco encima de su cuerpo, en donde me acaricia con la mano la espalda sudada.

—Entonces… —Rompe el silencio aún sonando agitada—. ¿Te gustó mi camisola?

Río, incorporándome para plantar un beso en su boca antes de hacerme a un lado.

—La amo, es una camisola mágica.

—Bien.

Me sonríe y, como siempre, le devuelvo el gesto. Mi escritora favorita, mi novia, mi amor.

Extra: Dos semanas y media muy eternas…

ALASKA

Mayo de 2017

Estoy agachada debajo de la ventana, de tal manera que mis ojos miran hacia arriba para poder ver hacia la ventana de Drake porque yo… lo extraño mucho.

Y es que no puedo creerme que realmente llevemos poco más de dos semanas sin hablarnos después de que rompiéramos, y esas son palabras que nunca pensé que diría: Drake y yo rompiendo.

Esperarías que el motivo de una ruptura en una relación tan estable e increíble fuera algo grave o bastante significativo, pero no, la realidad es todo lo contrario.

Tuvimos la discusión más tonta de la vida en medio de una librería cuando me dijo que le había recomendado mis historias a Hayley. Me puse histérica y lo llamé traidor. Él me respondió que se le había escapado y que no lo había hecho con malas intenciones, pero estaba demasiado atacada porque aún llevo mal eso de que las personas que conozco lean mi trabajo.

Me fui y Drake vino detrás de mí. Le dije unas cosas odiosas que lo molestaron y, cuando dijo que tal vez yo no necesitaba un novio como él, yo grité «bien» y eso fue todo. No hemos vuelto a hablar desde entonces, como dos tercos estresados y estúpidos.

En su defensa, a través de Dawson, supe que está estresado con un trabajo complicado de un cliente y yo también estoy un poquito estresada con un leve bloqueo en la historia y un trabajo de investigación para la escuela, así que, más que ignorarnos, creo que nos hemos enfrascado en nuestros asuntos esperando como unos miserables ver quién de los dos cedía primero.

Pero ya han pasado dos semanas y extraño todo de él, desde sus besos hasta sus sonrisas y esa mirada suya que me derrite.

Hay movimiento en su habitación y exhalo con lentitud cuando lo veo entrar y moverse en tanto habla por teléfono pareciendo un poco exaltado. Lleva unos tejanos, un suéter blanco grande y está despeinado como si se hubiese pasado constantemente la mano por el cabello.

Lo sigo con la mirada y debe de sentirla, porque detiene la caminata y se gira a mirarme tan repentinamente que no me da tiempo a ocultarme, quedo atrapada como un ciervo ante las luces de un auto. Mierda.

Decidida a no hacer más el ridículo, me incorporo con fingida seguridad y dejo caer mi trasero sobre el borde de la ventana, tal como he hecho muchas veces.

Su vista está clavada en mí y percibo su intensidad mientras continúa hablando por teléfono y, al terminar, se acerca imitando mi posición en su ventana.

Durante largos segundos nos observamos y estoy a la expectativa de qué sucederá. No es que no nos hayamos visto en las últimas dos semanas, pero habían sido vistazos pequeños e intercambios torpes de saludos que tenían a nuestros hermanos rodando los ojos y mascullando sobre lo tontos que somos, y en eso estoy de acuerdo: somos tontos.

—¿Cómo estás? —pregunta, rompiendo el silencio.

—Bien… Salí de mi pequeño bloqueo y pude avanzar en la trama. —Me aclaro la garganta—. Pronto actualizaré un nuevo capítulo.

—Genial, me muero por leerlo. —Me da una media sonrisa.

—¿Tú qué tal con el trabajo? Dawson me dijo que habías tenido desacuerdos con un cliente.

—Aún pequeñas cosas por resolver, pero más relajado.

—Qué bueno…

Nuevamente permanecemos en silencio, dos tercos sin ceder, pero ¡ya basta! Han sido dos semanas y media eternas, quiero a mi novio de regreso.

—Drake…, lamento haber sido una histérica estresada que pagó todo contigo. Sé que si dices que se te escapó hablarle a Hayley de mis historias es porque así fue y que no tenías malas intenciones. Estuvo fuera de lugar las cosas odiosas que te dije, lo siento.

—No hay problema, Aska, entiendo que te molestaras. No creo que hayas querido ser hiriente y, para que lo sepas, Hayley no lo ha leído porque dice que prefiere esperar a que un día tengas audiolibro, no le gusta leer.

—¡Uf! Ojalá un día llegue tan lejos como para tener un audiolibro.

—Ya verás como sí.

Nos sonreímos y me quedo a la expectativa de que digamos algo más, pero nada sucede. Poco después él suspira y baja de la ventana, lo que me alarma, porque significa que nuestro encuentro está terminando.

—Tengo que irme —dice, rascándose la parte baja de la nuca.

—Oh, bueno… Eh, bien, te veo luego —digo con torpeza.

Me da una sonrisa y luego cierra la ventana dejándome ahí con miles de pensamientos.

¿Me confié demasiado al pensar que esto era una tontería y que regresaríamos sin ningún problema? Incluso pensé que esto ni siquiera contaría como una ruptura, pero ¿y si él ahora no quiere volver? En mi mente todo esto había sido una tontería, pero quizá para él fue todo mucho más grande y lo subestimé.

Me quedo de pie frente a mi ventana pensándolo una y otra vez, diciéndome que tal vez deba tener algún gesto romántico al estilo de mis historias o pedirle una cita para redimirme mejor. Estoy completamente perdida en esos pensamientos, tanto que me toma por sorpresa cuando unos brazos me envuelven la cintura desde atrás.

Lo reconozco por su olor y calidez. ¡Jesús enamorado! Cuánto lo extrañaba.

El corazón se me acelera y me imagino un montón de escenarios en mi atolondrada cabeza antes de que él hable en voz baja contra mi oreja:

—Mi tonta Alaska, te extraño, novia. ¿Podemos ya dejar de fingir que estamos enojados?

Giro entre sus brazos y me encuentro con esos bonitos ojos de colores dispares y una sonrisa dulce que me devuelve el alma al cuerpo.

No tenía que dudar, Drake me ama tanto como yo lo amo a él y no íbamos a terminar por una tontería como esta.

Sonriendo le paso los brazos alrededor del cuello, dispuesta a terminar con estas eternas dos semanas y media de separación. Somos tan dramáticos…

—También te extrañé, novio. Sigamos con nuestra historia +18.

Y, para mi fortuna, me besa como solo él sabe hacerlo.

Definitivamente Drake Harris, además de ser mi primer amor, también es el amor de mi vida.

Extra: Los dos negativos

DRAKE

Junio de 2017

El sexo seguro es muy importante. Papá, Holden e incluso mamá me dieron la charla un millón de veces antes de ser sexualmente activo y luego cuando lo fui; así que siempre fui cuidadoso en mis escasas relaciones y mis abundantes aventuras. ¿Y con Alaska? Aún más.

Cuando Alaska intentó tomar píldoras anticonceptivas, estas le sentaron fatal y después decidió que quería probar inyecciones, cosa que ha funcionado muy bien. En un principio el condón siguió siendo nuestro amigo, pero entonces conversamos profundamente y decidimos despedirnos de él o al menos no frenarnos cuando no lo tuviéramos a mano.

Todo iba bien, excelente, hasta que Alaska vino pálida a mi casa a decirme que tenía un retraso y que había tenido mareos.

Hubo risas nerviosas, un poco de silencio, caminata nerviosa y luego el consenso de ir a por pruebas de embarazo.

Comprar dos pruebas de embarazo conllevó compras nerviosas de helados, gominolas, chicles y un energizante para que yo no me cayera desmayado en pleno pasillo de la farmacia.

Así que ahora estamos en mi habitación, casi solos porque por suerte Hayley está mirando películas en su habitación, y después de que Alaska hiciera pis en dos pruebas, esperamos los resultados.

Sé que mi pequeña loca siempre me dice que espera que tengamos cuatro hijos y que yo aún pienso en cómo los vamos a mantener, pero ¡joder! Ninguno de nosotros quería comenzar tan pronto.

Estoy nervioso porque si da positivo no sé cómo actuar, estoy dispuesto a apoyarla cualquiera que sea su decisión, pero sé que habría mucho peso sobre sus hombros y que ella está asustada. Nos estamos cagando encima del miedo.

—Deja de caminar —me pide mientras come un chocolate sentada en mi cama con la piel un tanto pálida.

—Lo siento.

—No tienes que disculparte. —Me da una suave sonrisa antes de palmear a su lado para que me siente.

»Los métodos anticonceptivos siempre tienen un margen de error, no es que hayamos sido irresponsables. —Se encoje de hombros—. Estoy asustada por si da positivo, sé que una nunca está verdaderamente lista para ser mamá, pero, en serio, ahora no es algo que me apetezca y, realmente, me asusta. ¿Te molesta que piense así?

—No, es abrumador, y si yo estoy asustado, tú lo estás más, después de todo es tu cuerpo. —Me lamo los labios y la atraigo a mi regazo, en donde la abrazo—. Yo te apoyaré en lo que decidas, nunca estarás sola, Alas.

Ladea el rostro para que sus labios se encuentren con los míos y sonrío cuando mi lengua saborea el chocolate de sus labios y, después, de su lengua. Es un beso dulce y lento. Enredo los dedos en su cabellera oscura y ella me sostiene el cuello con las manos, que las tiene bastante frías.

Cuando nuestros labios se separan, mantenemos nuestras frentes apoyadas y nos miramos fijamente. Me resulta inevitable no pensar que, aunque estoy asustado, me alegra que esto me suceda con ella.

Todavía me sorprende descubrir todo el tiempo que llevamos juntos cuando siempre fui un horrible novio para mis ex, pero con Alaska todo fluye. No puedo decir que sea fácil porque ninguna relación lo es, pero de alguna manera sabemos cómo hacer que cada día cuente, nunca nos aburrimos, nos damos tiempo de extrañarnos y a veces simplemente no podemos despegarnos.

La amo de una manera que no había conocido antes. No sé qué nos deparará el futuro, pero me encuentro deseando que lo vivamos juntos.

La alarma de su teléfono resuena por el lugar y ambos respiramos hondo antes de ponernos de pie e ir a por ambas pruebas. Cada uno de nosotros toma una y a la cuenta de tres miramos los resultados.

Exhalo, sintiendo que los nervios abandonan mi cuerpo. No puedo mentir y decir que no me alegra ver el resultado, es lo que ambos deseábamos.

En un futuro posiblemente tendremos los dichosos cuatro hijos, pero ahora no es el momento.

—Negativo —digo mostrándosela, y ella me sonríe.

—Negativo. —Me muestra la prueba que ella sostiene.

Ambos sonreímos dejando las pruebas en mi escritorio y luego abrazándonos, compartiendo la calma y tranquilidad de saber que no seremos padres, que todo queda en un susto.

—¿Lo celebramos teniendo sexo? —pregunta tras unos segundos de silencio, y me es imposible no echarme a reír.

—Celebrémoslo, pequeña escritora. ¿Qué escena quieres que te inspire hoy?

Extra: Una puerta abierta para vivir el sueño

ALASKA

Julio de 2017

De: Lilah Santana (LilahSantana@JoinApp.com)
Para: Alaska Hans (AlasBookH@Gmail.com)

Estimada Alaska Hans, espero que se encuentre bien.

Te habla Lilah, gestor de talento de JoinApp. Hemos estado atentos a tu crecimiento dentro de nuestra plataforma y muy contentos con el contenido que comparte con todos nuestros lectores.

Evaluando tu trabajo nos preguntábamos si estarías interesada en dejarnos gestionar dos de tus historias: *Caída apasionada* y *+18*.

Estaríamos interesados en la publicación del libro físico de la mano de la editorial Rose&Books.

Si te encuentras interesada, por favor, responde este correo. Incluso podemos coordinar una videollamada para aclarar todas tus dudas y hablar más de estos proyectos.

¡Estamos muy contentos de la posibilidad de trabajar contigo! JoinApp cree en ti y en todas las historias que tienes por contar.

Un abrazo,
Lilah Santana, gestora de talento de JoinApp.

—¡Jesús, gestor de talentos! —grito sin poderme creer el correo incluso aunque lo he leído ya tres veces.

Es real.

Oh, joder, es real.

Salgo a toda velocidad de mi habitación y casi choco con mamá, que está subiendo las escaleras y grita llevándose una mano al pecho.

—¡Alaska!

—Lo siento, lo siento, pero me acaba de pasar algo genial. —La abrazo—. ¡Te lo cuento al volver!

—¿Adónde vas?

—¡Con Drake! —respondo a gritos casi cayendo en el último escalón y corriendo a la salida.

No sé cómo no me caigo de la emoción al correr hacia la casa de al lado, pero cuando consigo llegar y Hayley abre la puerta, le beso la mejilla de manera sonora antes de subir las escaleras corriendo e irrumpir en la habitación de Drake. Él, recién duchado y a punto de ponerse el bóxer en ese momento, grita del susto y luego dice mi nombre antes de que yo salte sobre él y caigamos sobre la cama.

Me siento a horcajadas sobre él, sin importarme que estoy sobre su miembro desnudo que ahora se está endureciendo en tanto el bóxer se mantiene a la altura de sus rodillas.

—¡Oh, Dios! Al menos cierren la puerta —grita Hayley cerrando la puerta y pensando en alguna cosa pervertida que no me importa en este momento.

—Mira, mira —canto pegándole por poco la pantalla a la cara a un Drake muy conmocionado—. ¡Drake, mira!

—Dame un momento, en un minuto han pasado demasiadas cosas —susurra respirando hondo.

Cuando logra estabilizarse ante la impresión, toma el teléfono de mi mano y lee el correo. Su expresión pasa de la conmoción a la felicidad a medida que lee y, cuando termina, arroja mi teléfono a un lado de la cama, me sonríe y me hace bajar el rostro hacia el suyo.

—Felicidades, amor. —Me besa—. Sabía que te pasarían cosas grandes, eres una gran escritora.

—¡No me lo puedo creer! ¡JoinApp sabe de mi existencia! ¿Y Rose&-Book? Es de los grupos editoriales más grandes. Siento que estoy soñando.

—No es un sueño, es real y lo mereces totalmente.

Río en sus labios y presiono mi frente contra la suya.

Qué increíble es que haya querido compartir con él uno de los momentos más importantes en mi vida hasta ahora. Eso dice muchísimo de nosotros.

—¿Esto es real, Drake?

—Lo es amor, soy un Alasfan feliz. Me encanta ver a mi escritora favorita triunfar. Te amo y estoy emocionado de verte vivir esta nueva aventura.

—Yo también te amo. —Le doy otro beso y luego me acuerdo de que estoy sobre su cuerpo desnudo—. Ahora celebrémoslo con un buen sexo +18.

—Lo que mi escritora estrella quiera.

Agradecimientos

Detrás de una escritora siempre hay un factor importante: todas las personas soportándote en tu proceso de escritura alocado y creyendo en ti incluso cuando tú mismo dudas de ello; y este es el espacio perfecto para darle un enorme ¡GRACIAS! a cada persona que ha sido parte de este viaje que apenas comienza.

Le agradezco a mi hermosa mamá, Delia, quien siempre ha sido un ancla a la realidad, celebra mis logros, me promociona de manera automática, me dio la vida y aún me hace lavar los platos (incluso si lo odio), somos un hermoso equipo que siempre estará junto. A mi papá Félix, le agradezco por ser la figura paterna y masculina que me demuestra que sí hay excepciones, por ser parte de mi vida, sacarme sonrisas y siempre estar para mí. ¡Los amo, papi y mami!

Un agradecimiento a mi hermana mayor, Derlis Victoria, por la paciencia, risas, opiniones y miradas de «¡Rayos! Mi hermana se ha vuelto loca», y aquí entra mi agradecimiento para las hermanas simbólicas que la vida me ha dado: Willa, Du, Roma, Kris y Karla, gracias por ser mis amigas, mis lectoras, mi apoyo y quienes me sostienen en las buenas y no tan buenas, también agradecida de que fangirleen y enloquezcan conmigo con los spoilers y las noticias bomba que no dejan de llegar.

La vida me ha puesto en el camino a personas maravillosas con las que estoy agradecida; algunas de ellas son Alexanis, Alegría, María Patete, Yosnelys y Agus, gracias por enseñarme que las amistades verdaderas existen, que la distancia son solo cifras y que de corazón a corazón siempre estaremos juntas.

A mis mujeres, Ariana Godoy y Alex Mírez. ¿Qué no les agradezco? Gracias por celebrar mis logros, por limpiarme las lágrimas y darme el golpe virtual cuando lo he necesitado, nunca alcanzaré a agradecerles la manera en la que siempre han creído en mí, hasta tal punto que vieron esto venir antes de que yo incluso pudiera entenderlo. «Son ustedes en 4D», tienen un lugar especial de mi corazón del que nunca las dejaré irse.

Gracias a Wattpad y a Penguin Random House por esta oportunidad, por hacerme parte de su familia y ser parte de este sueño que apenas despega. A Katherine Ríos por ser parte de la locura y porque gracias a esta historia nuestra amistad nació. A Natalia Sánchez (mi hermosa mitad Narlis) que ha sido parte de este camino durante años y que en vísperas de un San Valentín de hace unos años me preguntó: «¿Por qué no haces la historia de Alaska y Drake?», y poco después la historia veía la luz.

Agradecida con cada personaje de esta historia, por volverse más de lo que esperaba y soñaba, por quedarse hondo en mi corazón y estar abriendo todas estas puertas de un mundo con el que tan solo soñaba. ¡Gracias, Daska! ¡Nuestro momento ha llegado!

Y finalmente, para cerrar con broche de oro: ¡gracias a ti! A quien lee esto, ese lector o lectora antigua, que se unió en el camino, que llega hoy o comenzará mañana, gracias por ser parte de mi sueño, por darme la oportunidad de contarte una historia tan especial y creer en mí. Eres parte de este camino que estamos construyendo, en mi frío corazón tienes un lugar especial. ¿Vamos por más?

Si estás leyendo esto simplemente gracias, porque soñar es fácil, pero creer que es una realidad a veces es difícil. Bienvenido a esta locura y gracias por dejar que Alaska y Drake te cuenten su alocada historia +18.